本书系2015年度国家社科基金重大项目

《中国历代小说刊印文献汇考与研究》阶段性成果

中国历代小说刊印研究资料

集萃

王进驹 张玉洁 编著

The Compilation of Research Materials on the Printing and Publication of Classical Chinese Novels

凤凰出版社

图书在版编目（CIP）数据

中国历代小说刊印研究资料集萃 / 王进驹，张玉洁编著. -- 南京：凤凰出版社，2018.10
ISBN 978-7-5506-2821-2

Ⅰ. ①中… Ⅱ. ①王… ②张… Ⅲ. ①小说－书刊印刷－研究资料－中国 Ⅳ. ①G239.29②I207.4

中国版本图书馆CIP数据核字(2018)第211380号

书　　　名	中国历代小说刊印研究资料集萃
编　　　著	王进驹　张玉洁
责 任 编 辑	王清溪
装 帧 设 计	徐　慧
出 版 发 行	凤凰出版社（原江苏古籍出版社） 发行部电话 025-83223462
出版社地址	南京市中央路165号，邮编：210009
出版社网址	http://www.fhcbs.com
照　　　排	南京凯建图文制作有限公司
印　　　刷	苏州市越洋印刷有限公司 苏州市吴中区南官渡路20号　邮编：215104
开　　　本	880×1240毫米　1/32
印　　　张	16.875
字　　　数	392千字
版　　　次	2018年10月第1版　2018年10月第1次印刷
标 准 书 号	ISBN 978-7-5506-2821-2
定　　　价	85.00元

（本书凡印装错误可向承印厂调换，电话：0512-68180638）

目　录

凡例 …………………………………………………（1）

第一部分　文选

一、专著 ……………………………………………（3）
  书林清话 ……………………………… 叶德辉（3）
  中国小说史略 ………………………… 鲁　迅（15）
  中国章回小说考证 …………………… 胡　适（22）
  中国文学研究 ………………………… 郑振铎（28）
  中国印刷史 …………………………… 张秀民（37）
  二十世纪中国小说史(第一卷 1897—1916) …… 陈平原（47）
  通俗小说的历史轨迹 ………………… 陈大康（59）
  明代小说史 …………………………… 陈大康（64）
  明清时期的小说传播 ………………… 宋莉华（74）
  明代书坊与小说研究 ………………… 程国赋（86）
  清代前期通俗小说刊刻考论 ………… 文革红（99）
  明清通俗小说编创方式研究 ………… 纪德君（105）
  明清时期南京通俗小说创作与刊刻研究 …… 韩春平（114）
  明末江南的出版文化 ………………… [日]大木康（124）

物质技术视阈中的文学景观:近代出版与小说研究

……………………………………………… 潘建国（135）

二、单篇论文 …………………………………………（150）

1. 综论 ……………………………………………（150）

   论明清中国通俗小说之版本…………〔澳〕柳存仁（150）

   元明建本通俗演义对我国小说发展的影响……方品光（153）

   中国古代图书的广告与促销术……………苗怀明（161）

   通俗小说与雕版印刷………………………石昌渝（164）

   插图与明清小说的阅读及传播……………宋莉华（175）

   南北书肆与古代通俗小说…………………潘建国（187）

   明清时期通俗小说的读者与传播方式………潘建国（194）

   明清时期说部书价述略……………………宋莉华（203）

   论明清时期小说传播的基本特征……………王　平（211）

   论晚清小说的书价…………………………陈大康（218）

   古代小说插图方式之演变及意义……………汪燕岗（227）

   明清江南出版业与明清话本小说的兴衰……冯保善（239）

2. 明代之前的小说刊印研究 ……………………（245）

   《京本通俗小说》各篇的年代及其真伪问题

   ……………………〔美〕马幼垣　马泰来（245）

   关于现存的所谓"宋话本"………………章培恒（250）

3. 明代小说刊印研究 ……………………………（257）

   水浒传新考:百二十回本《忠义水浒全书》序…胡　适（257）

   《水浒传》版本源流考………………………范　宁（270）

   关于内阁文库本《新刻绣像批评金瓶梅》的出版书肆

   ……………………………………〔日〕荒木猛（279）

明代后期文言小说刊行概况……………［日］大塚秀高（285）
明代小说家、刻书家余象斗 ……………………肖东发（293）
关于《三国演义》的黄正甫本……………………章培恒（301）
《金瓶梅》词话本与崇祯本刊印的几个问题……黄　霖（311）
论明代建阳刊小说的地域特征及其生成原因 …涂秀虹（317）

4. 清代小说刊印研究 …………………………………………（324）

跋乾隆甲戌脂砚斋重评《石头记》影印本……胡　适（324）
《儒林外史》版本源流考 …………………………李汉秋（327）
清代中后期出版业的发展与清代公案侠义小说的繁荣
　　……………………………………………苗怀明（333）
《红楼梦》东观阁本再考……………………………陈　力（339）
"东观阁原本"与程刻本的关系考辨………………曹立波（349）
《聊斋志异》在清代的传播…………………………王　平（354）
清代刻书业与《红楼梦》大普及：为纪念程甲本《红楼梦》问
世 220 周年而作 ……………………………胡文彬（361）

5. 近代小说刊印研究 …………………………………………（367）

近代石印术的普及与通俗小说的传播……………宋莉华（367）
试论近代扫叶山房的通俗小说出版 ………………文　娟（370）

第二部分　论著提要

一、专著 ………………………………………………………（379）

　　1. 综论 …………………………………………………（379）
　　2. 明代之前的小说刊印研究 …………………………（397）

3. 明代小说刊印研究 …………………………… (398)
　　4. 清代小说刊印研究 …………………………… (410)
　　5. 近代小说刊印研究 …………………………… (423)
二、单篇论文 ……………………………………………… (428)
　　1. 综论 …………………………………………… (428)
　　2. 明代之前的小说刊印研究 …………………… (463)
　　3. 明代小说刊印研究 …………………………… (469)
　　　3.1《三国演义》………………………………… (469)
　　　3.2《水浒传》…………………………………… (478)
　　　3.3《西游记》…………………………………… (485)
　　　3.4《金瓶梅》…………………………………… (493)
　　　3.5 明代其他小说作品 ………………………… (498)
　　4. 清代小说刊印研究 …………………………… (504)
　　　4.1《聊斋志异》………………………………… (504)
　　　4.2《儒林外史》………………………………… (508)
　　　4.3《红楼梦》…………………………………… (511)
　　　4.4 清代其他小说作品 ………………………… (519)
　　5. 近代小说刊印研究 …………………………… (524)

凡 例

一、本书汇集了中国历代小说刊印研究的主要成果，以提要、目录、文选的形式比较集中地呈现二十世纪以来学界小说刊印研究的基本面貌和进程，为这方面研究的进一步开展和深入提供参考。

二、全书分为"文选"与"论著提要"两部分。"文选"部分的选取标准为：与小说刊印直接相关，在小说刊印研究的学术史上有开创性、方法论意义；在小说发展各时期的小说刊印综合性研究和重要作品的刊印研究中，具有代表性和影响力；属于出版印刷史、主要讨论刊印技术的论著，酌选较有代表性和影响力的篇目。"论著提要"部分的选取标准参考"文选"而相对放宽。

三、近年来有不少与小说刊印相关的博士硕士学位论文，考虑其数量较大，除已正式出版者外不收入本书。境外学者以外文撰写的相关论著未翻译成中文的，也不收入。所收论著的发表时间截至2017年12月。

四、本书编排顺序：（一）"文选"：按"专著"与"单篇论文"两大类划分。1."专著"以著作初版时间为序；2."单篇论文"分为综论、明代之前、明代、清代、近代五类，各类内部以论文发表时间为序。（二）"论著提要"：分为"专著"与"单篇论文"两大类，两大类均按综论、明代之前、明代、清代、近代分为五类；1."专著"各类内部以著作初版时间为序；2."单篇论文"五类中：（1）综论、明代之前、近代各类内部以论文发表时间为序。（2）"明代"类先按经典作品的成书时间为序，分为《三国演义》、《水浒传》、《西游记》、《金瓶梅》四小类，后加"明代其他小说作品"一小类,各小类内部以论文发表时间为序;"清代"类也先按经典作品的成书时间为序,分为《聊斋志异》、《儒林外史》、《红楼梦》三小类,后加"清代其他小说作品"一小类,各小类内部以论文发表时间为序。

五、本书"文选"部分的专著,每篇包括提要、目录与文选;"论著提要"部分的文集、选集类有提要和目录,其余只有提要。为了容纳多一些论著,"文选"对所选篇章根据内容和篇幅作不同程度的节略。

六、文选部分的注释分脚注、尾注两种形式,照原文格式转录。

本书选目,主要参考程国赋、郑子成编著的《中国历代小说刊印研究资料索引》(凤凰出版社 2017 年版)。

第一部分

文 选

一、专著

书林清话

〔清〕叶德辉

《书林清话》十卷,初刻于清末,后经三次修订,以 1920 年长沙观古堂第三次修订本为佳。

本书对历代刻书的源流、特点、地域、种类、风格、演变以及刻书家的情况作了较为全面具体的论述,提供了关于古代雕板书籍的各项专门知识。著者根据丰富的资料,用笔记体裁介绍了书籍和版片的各种名称,历代刻书的规格、材料,工料价值的比较,印刷、装订、鉴别、保存等方法,古代活板印刷、彩色套印的创始和传播,各时代特出的刻本,刻书、钞书、卖书、藏书的许多掌故。另有《书林馀话》二卷,是叶德辉将所钞而未编入《书林清话》中的刻书相关条目汇集而成,原为稿本,1928 年由叶德辉的侄子叶启崟于上海澹园活字铅印出版。

【目录】

书林清话叙

书林清话序

卷一

    总论刻书之益

    古今藏书家纪版本

    书之称册

书之称卷

书之称本

书之称叶

书之称部

书之称函

书有刻版之始

刻版盛于五代

唐天祐刻书之伪

刀刻原于金石

版本之名称

版片之名称

刊刻之名义

卷二

书节钞本之始

巾箱本之始

书肆之缘起

刻书有圈点之始

刻书分宋元体字之始

翻板有例禁始于宋人

宋建安余氏刻书

南宋临安陈氏刻书之一

南宋临安陈氏刻书之二

宋陈起父子刻书之不同

卷三

宋司库州军郡府县书院刻书

宋州府县刻书

宋私宅家塾刻书

宋坊刻书之盛

卷四

金时平水刻书之盛

元监署各路儒学书院医院刻书

元私宅家塾刻书

元时书坊刻书之盛

元建安叶氏刻书

广勤堂刻万宝诗山

卷五

明时诸藩府刻书之盛

明人刻书之精品

明人私刻坊刻书

卷六

宋监本书许人自印并定价出售

南宋补修监本书

宋刻经注疏分合之别

宋蜀刻七史

宋监重刻医书

宋刻纂图互注经子

宋刻书之牌记

宋刻本一人手书

宋刻书著名之宝

宋刻书字句不尽同古本

宋刻书多讹舛
宋刻书行字之疏密
宋刻书纸墨之佳
宋造纸印书之人
宋印书用椒纸
宋人钞书印书之纸
宋元刻本历朝之贵贱

卷七

元刻书之胜于宋本
元刻书多用赵松雪体字
元刻书多名手写
元时官刻书由下陈请
元时刻书之工价
明时官刻书只准翻刻不准另刻
明时书帕本之谬
明人不知刻书
明南监罚款修板之谬
明人刻书改换名目之谬
明人刻书添改脱误
明许宗鲁刻书用说文体字
明刻书用古体字之陋
明时刻书工价之廉
明人刻书载写书生姓名
明人装订书之式
明毛晋汲古阁刻书之一

明毛晋汲古阁刻书之二
　　　明毛晋汲古阁刻书之三
　　　明毛晋汲古阁刻书之四
　　　明毛晋汲古阁刻书之五
　　　明毛晋汲古阁刻书之六
　　　明毛晋汲古阁刻书之七
　　　明毛晋刻六十家词以后继刻者

卷八
　　　宋以来活字版
　　　明锡山华氏活字版
　　　明华坚之世家
　　　明安国之世家
　　　日本朝鲜活字版
　　　颜色套印书始于明季盛于清道咸以后
　　　唐宋人类书刻本
　　　绘图书籍不始于宋人
　　　辑刻古书不始于王应麟
　　　丛书之刻始于宋人
　　　似丛书非丛书似总集非总集之书
　　　宋元明官书许士子借读
　　　宋元明印书用公牍纸背及各项旧纸
　　　明以来刻本之希见

卷九
　　　内府刊钦定诸书
　　　四库发馆校书之贴式

武英殿聚珍板之遗漏

无锡秦刻九经之精善

纳兰成德刻通志堂经解之一

纳兰成德刻通志堂经解之二

纳兰成德刻通志堂经解之三

国朝刻书多名手写录亦有自书者

国朝不仿宋刻经史之缺典

国朝阮元刻十三经注疏本之优劣

经解单行本之不易得

洪亮吉论藏书有数等

乾嘉人刻丛书之优劣

刻乡先哲之书

古今刻书人地之变迁

吴门书坊之盛衰

都门书肆之今昔

卷十

天禄琳琅宋元刻本之伪

坊估宋元刻之作伪

宋元刻伪本始于前明

张廷济蜀铜书范不可据

日本宋刻书不可据

近人藏书侈宋刻之陋

宋元祐禁苏黄集板

宋朱子劾唐仲友刻书公案

明王刻史记之逸闻

　　　　朱竹垞刻书之逸闻

　　　　明以来之钞本

　　　　古人钞书用旧纸

　　　　钞书工价之廉

　　　　女子钞书

　　　　藏书家印记之语

　　　　藏书偏好宋元刻之癖

　书林清话跋

　书林馀话
　　　序
　　　卷上
　　　卷下
　　　跋

【文选】①
　　　　卷一　刊刻之名义
　　刻板盛于赵宋,其名甚繁。今据各书考之,曰雕、曰新雕、曰刊、曰新刊、曰开雕、曰开板、曰开造、曰雕造、曰镂板、曰锓板、曰锓木、曰锓梓、曰刻梓、曰刻木、曰刻板、曰镵木、曰绣梓、曰模刻、曰校刻、曰刊行、曰板行,皆随时行文之辞,久而成为习语。其曰雕者,《瞿目》宋刊本杜佑《通典》二百卷,一百五、六、八、九卷末有"盐官县雕"是也。又曰新雕,乃别于旧板之名。《瞿目》校宋本《管子》二十四卷,每卷

---

① 〔清〕叶德辉《书林清话》,1920年观古堂刻本。

末有墨图记云"瞿源蔡潜道墨宝堂新雕印"是也。其曰刊者,《瞿目》影宋钞本《作邑自箴》十卷,末有"淳熙己亥中元浙西提刑司刊"是也。又曰新刊,亦别于旧板之名。《天禄琳琅》三庆元六祀孟春建安魏仲举家塾刻《新刊五百家注音辨昌黎先生文集》是也。其曰开雕者,《黄书录》宋绍兴九年刻《文粹》一百卷,末有刊刻地名年月官衔,云"临安府今重行开雕唐《文粹》"是也。其曰开板者,《张志》、《瞿目》影宋本《圣宋皇祐新乐图记》三卷,后有"皇祐五年十月初三日奉圣旨开板印造"二行是也。其曰开造者,《陆志》影宋本《建康实录》二十卷,后记"江宁府嘉祐三年十一月开造《建康实录》,并案《三国志》、《东西晋书》并《南北史》校勘,至嘉祐四年五月毕工"是也。其曰雕造者,《瞿目》影钞宋本孙奭《律》十二卷《音义》一卷,末有"天圣七年四月日准敕送崇文院雕造"一行是也。其曰镂板者,《瞿目》宋刊本《资治通鉴》二百九十四卷,"元祐元年十月四日奉圣旨下杭州镂板"是也。其曰锓板者,《瞿目》影宋本《补汉兵志》一卷,有嘉定乙亥门人王大昌跋,别行记云"大昌于是年九月锓板漕廨,益广其传"是也。其曰锓木者,《瞿目》宋刊本《汉隽》十卷,末有嘉定辛未赵时侃题记云"访求旧本,再锓木于郡斋"是也。其曰锓梓者,《黄书录》、《丁志》宋刊本陆游《渭南文集》五十卷,游子璹跋云"锓梓溧阳学宫"是也。其曰刻梓者,《天禄琳琅》一宋廖氏世绦堂本《春秋经传集解》三十卷,卷末有印记曰"世绦廖氏刻梓家塾"是也。其曰刻木者,《张志》乾道丁亥会稽太守洪适刻王充《论衡》三十卷,云"刻之木,藏诸蓬莱阁"是也。其曰刻板者,《黄书录》宋刊本《产科备要》八卷跋云"淳熙甲辰刻板南康郡斋"是也。其曰镵木者,《杨录》宋麻沙本《类编增广黄先生大全集》五十卷,有麻沙镇水南刘仲吉宅牌记云"不欲私藏,庸镵木以广其传"是也。其曰绣梓者,《张志》宋刊本赵汝愚

《国朝名臣奏议》一百五十卷,末有淳祐庚戌诸王孙希瀞跋云"属泮宫以绣诸梓"是也。其曰模刻者,阮氏文选楼仿刊宋《绘图列女传》卷八,末有白文墨地木印记云"建安余氏模刻"是也。其曰校刻者,《张志》、《钱日记》宋蔡梦弼刻《史记》一百三十卷,《三皇本纪》后有"建溪蔡梦弼傅卿亲校刻梓于东塾"是也。其曰刊行者,《缪记》宋魏仲立刻本《新唐书》二百二十五卷,目后有牌子云"建安魏仲立宅刊行,士大夫幸详察之"是也。其曰板行者,《瞿目》校宋本《管子》二十四卷,卷终有图记二行云"瞿源蔡潜道宅板行"是也。

其余官书,有曰校勘,有曰监雕,有曰印造。坊塾刻本,有曰校正,有曰录正,有曰印行。皆刊刻前后之职,亦因事立名,各有所本。在唐末、宋初习见者,曰镂板,《宋史·毋守素传》"毋昭裔在成都,令门人句中正、孙逢吉书《文选》、《初学记》、《六帖》镂版"是也。曰雕版,唐柳玭《训序》言在蜀时尝阅书肆,云"字书小学率雕板印纸"是也。曰印板,宋王溥《五代会要》云"后唐长兴三年二月,中书门下奏请依石经文字刻《九经》印板"是也。盖镂板、雕板、印板皆当时通俗之名称。其写样本,则曰篆板,《旧五代史·和凝传》"有集百卷,自篆于板,模印数百帙"是也。其印行本,则曰墨板,宋朱翌《猗觉察杂记》云"唐末益州始有墨板"是也。元明坊刻习用者,多曰绣梓,陆续跋《新刊惠民御院药方》二十卷,末有"南溪精舍鼎新绣梓"八字。《杨录》建阳书林刘克常刻《新笺决科古今源流至论前集》十卷、《后集》十卷、《续集》十卷、《别集》十卷,目录后牌记有"近因回禄之变,重新绣梓"等语。《杨志》、《杨谱》元刊本《大广益会玉篇》三十卷,目录后方木记云"建安郑氏鼎新绣梓"。《孙记》元版《唐诗始音辑注》一卷、《正音辑注》六卷、《遗响辑注》七卷,目录后有木长印云"建安叶氏鼎新绣梓"。(按:此非元版,盖入明后刻版。)盖一时风气,喜用何种文辞，遂相率而为雷同之语。胜代至今四五百年，书坊刻书，皆曰绣梓，亦有用新刊字者。知此类字通行日久，习而相忘，宜其不知有雕、镂、锓、镌等字之用矣。

卷七　明时刻书工价之廉

蔡澄《鸡窗丛话》云："先辈云，元时人刻书极难，如某地某人有著作，则其地之绅士呈词于学使。学使以为不可刻则已，如可，学使备文咨部。部议以为可，则刊板行世，不可则止。故元人著作之存于今者，皆可传也。前明书皆可私刻，刻工极廉。闻前辈何东海云，刻一部古注《十三经》，费仅百余金，故刻稿者纷纷矣。尝闻王遵岩、唐荆川两先生相谓曰：数十年读书人，能中一榜，必有一部刻稿；屠沽小儿，身衣饱暖，殁时必有一篇墓志。此等板籍幸不久即灭，假使尽存，则虽以大地为架子，亦贮不下矣。又闻遵岩谓荆川曰：近时之稿板，以祖龙手段施之，则南山柴炭必贱。"按明时刻字工价有可考者，《陆志》、《丁志》有明嘉靖甲寅，闽沙谢鸾识岭南张泰刻《豫章罗先生文集》，目录后有"刻板捌拾叁片，上下二帙，壹佰陆拾壹叶，绣梓工赀贰拾肆两"木记。以一版两叶平均计算，每叶合工赀壹钱伍分有奇，其价廉甚。至崇祯末年，江南刻工尚如此。徐康《前尘梦影录》云："毛氏广招刻工，以《十三经》、《十七史》为主。其时银串每两不及七百文，三分银刻一百字。"则每百字仅二十文矣。今湖南刻书，光绪初元，每百字并写刻木版工赀五六十文。中叶以后，渐增至八九十文，元体字小者百五十文，大者二百文，篆隶每字五文。至宣统初，已增至百三十文，以每叶五百字出入，每钱银直百六十文计，每叶合银叁钱畸零，视明末刻书已增一倍。然此在湖南永州一处则然。永州刻字多女工，其坊行书刻价每百字仅二三十文。江西、广东亦然。价虽廉而讹谬不可收拾矣。

卷八　绘图书籍不始于宋人

徐康《前尘梦影录》云："绣象书籍，以宋椠《列女传》为最精，顾抱冲得而翻刻。上截图象，下截为传，仿佛武梁造象，人物车马极古拙，相传为顾虎头绘。（按：顾刻无图，阮福仿宋刻有图。又顾虎头画，亦阮刻推揣之词，非相传有此说。徐氏云云，殆误记耳。）元椠则未之见。明代最为工细，曾见《人镜阳秋》及郑世子载堉《乐书》、《隋炀艳史》、《元人百种曲》首袠、《水浒传》首本、《隋唐演义》首袠，皆有绘画。国朝则《万寿盛典》、《南巡盛典》首帙，图象系上官竹庄、山水皆石谷子画。即《图书集成》中有图数十册，悉名手所绘，镌工绝等。自兵劫以来，此种珍本均不得见矣。"又云："松江沈绮雲所刻宋本《梅花喜神谱》，颇为博雅君子所赏鉴。沈氏家本素封，有池亭园林之胜。改七芗尝居停其处，谱中梅花，皆其一手所临，印本今尚有之。鲍渌饮刻《知不足斋丛书》，亦附刊焉。"

吾谓古人以图、书并称，凡有书必有图。《汉书·艺文志·论语家》有《孔子徒人图法》二卷，盖孔子弟子画像。《武梁祠石刻七十二弟子像》，大抵皆其遗法。而《兵书略》所载各家兵法，均附有图。《隋书·经籍志》礼类有《周官礼图》十四卷。又注云："梁有《郊祀图》二卷，亡。"又载郑玄及后汉侍中阮谌等《三礼图》九卷。论语类有郭璞《尔雅图》十卷，又注云："梁有《尔雅图赞》二卷，郭璞撰，亡。"晋陶潜诗云"流观山海图"，是古书无不绘图者。顾自刻板以来，惟《绘图列女传》尚存孤本。而徐氏所未见者，有元大德本《绘图列女传》，元板《绘像搜神》前后集，(毛扆《秘本书目》著录，吾友姚子梁观察文栋有其书。明刻《三教搜神大全》七卷颇精，即此书改名分卷。

吾曾仿刻。）明仇英绘图《列女传》，（十六卷，明汪道昆本，刘书增辑。至乾隆时原版犹存，售于鲍以文廷博，始印行之。）明顾鼎臣《状元图考》，（三卷，万历己酉刻本。咸丰六年汉阳叶氏重刊行。）《增编会真记》（《缪续记》云："四卷，明顾玄纬辑，《校记》一卷，《杂录》四卷。图绘字书极精，隆庆元年众芳书斋校刻本。"）等，尚非当时希有之书，何以未之尽睹。至元人影宋钞本《尔雅图》四卷，（下卷分前后。）有嘉庆六年曾燠仿刻本。金贞祐二年（宋宁宗之嘉定七年。）嵩州福昌孙夏氏书籍铺印行《经史证类大观本草》三十一卷，（宋唐慎微撰。）附《本草衍义》二十卷，（宋寇宗奭撰。）有元大德壬寅（六年。）宗文书院重刊本，又有明万历丁丑（五年。）重刊元大德本。金泰和甲子（宋宁宗之嘉泰四年。）晦明轩刊《重修政和经史证类备用本草》三十卷，有明成化四年商辂序刻本，又有嘉靖癸未（二年。）重刊成化本。元李衎《竹谱详录》七卷，有鲍廷博《知不足斋丛书》本。绘图均极精能，不下真本一等。而外此如传奇杂曲，吾所藏者，明刻《三国志演义》、（二十册。前有图二百四十幅，余藏本不全，《缪续记》有全册。）《玉茗堂四梦》及明吴世美《惊鸿记》、单槎仙《蕉帕记》、无名人《东窗记》、高奕《四美记》、闵刻《西厢记》之类，其工致者尤多。又内府刻《避暑山庄图咏》二卷，《补萧云从离骚全图》二卷，山水人物，妙擅一时。今虽传本日希，言藏书者不可不留心采访矣。

中国小说史略

鲁 迅

北新书局 1925 年初版,后有修订本及各类版本多种。

鲁迅的《中国小说史略》建立了中国小说史的体系。该书搜罗资料宏富,采辑审慎,脉络清晰地描画出中国小说的发展线索。作者分析历代小说的思想、艺术,言简意赅,评断允当。其中对小说版本流传等问题的考辨,涉及小说刊印的相关问题。

【目录】

题记

序言

第一篇　史家对于小说之著录及论述

第二篇　神话与传说

第三篇　《汉书·艺文志》所载小说

第四篇　今所见汉人小说

第五篇　六朝之鬼神志怪书(上)

第六篇　六朝之鬼神志怪书(下)

第七篇　《世说新语》与其前后

第八篇　唐之传奇文(上)

第九篇　唐之传奇文(下)

第十篇　唐之传奇集及杂俎

第十一篇　宋之志怪及传奇文

第十二篇　宋之话本

第十三篇　宋元之拟话本

第十四篇　元明传来之讲史(上)

第十五篇　元明传来之讲史(下)

第十六篇　明之神魔小说(上)

第十七篇　明之神魔小说(中)

第十八篇　明之神魔小说(下)

第十九篇　明之人情小说(上)

第二十篇　明之人情小说(下)

第二十一篇　明之拟宋市人小说及后来选本

第二十二篇　清之拟晋唐小说及其支流

第二十三篇　清之讽刺小说

第二十四篇　清之人情小说

第二十五篇　清之以小说见才学者

第二十六篇　清之狭邪小说

第二十七篇　清之侠义小说及公案

第二十八篇　清末之谴责小说

后记

【文选】①

第十五篇　元明传来之讲史(下)(节选)

原本《水浒传》今不可得，周亮工(《书影》一)云"故老传闻，罗氏为《水浒传》一百回，各以妖异语引其首，嘉靖时郭武定重刻其书，削其致语，独存本传"。所削者盖即"灯花婆婆等事"(《水浒传全书》发凡)，本亦宋人单篇词话(《也是园书目》十)，而罗氏袭用之，其他不

---

① 鲁迅《中国小说史略》，《鲁迅全集》第九卷，人民文学出版社 1982 年版，第 145—152 页。

可考。

现存之《水浒传》则所知者有六本,而最要者四:

一曰一百十五回本《忠义水浒传》。前署"东原罗贯中编辑",明崇祯末与《三国演义》合刻为《英雄谱》,单行本未见。其书始于洪太尉之误走妖魔,而次以百八人渐聚山泊,已而受招安,破辽,平田虎王庆方腊,于是智深坐化于六和,宋江服毒而自尽,累显灵应,终为神明。惟文词蹇拙,体制纷纭,中间诗歌,亦多鄙俗,甚似草创初就,未加润色者,虽非原本,盖近之矣。其记林冲以忤高俅断配沧州,看守大军草场,于大雪中出危屋觅酒云:

> ……却说林冲安下行李,看那四下里都崩坏了,自思曰:"这屋如何过得一冬,待雪晴了叫泥水匠来修理。"在土炕边向了一回火,觉得身上寒冷,寻思:"却才老军说(五里路外有市井),何不去沽些酒来吃?"便把花枪挑了酒葫芦出来,信步投东,不上半里路,看见一所古庙,林冲拜曰:"愿神明保祐,改日来烧纸。"却又行一里,见一簇店家,林冲径到店里。店家曰:"客人那里来?"林冲曰:"你不认得这个葫芦?"店家曰:"这是草场老军的。既是大哥来此,请坐,先待一席以作接风之礼。"林冲吃了一回,却买一腿牛肉,一葫芦酒,把花枪挑了便回,已晚,奔到草场看时,只叫得苦。原来天理昭然,庇护忠臣义士,这场大雪,救了林冲性命:那两间草厅,已被雪压倒了。……(第九回《豹子头刺陆谦富安》)

又有一百十回之《忠义水浒传》,亦《英雄谱》本,"内容与百十五回本略同"(《胡适文存》三)。别有一百二十四回之《水浒传》,文词脱略,往往难读,亦此类。

二曰一百回本《忠义水浒传》。前署"钱塘施耐庵的本,罗贯中编次"(《百川书志》六)。即明嘉靖时武定侯郭勋家所传之本,"前有汪太函序,托名天都外臣者"(《野获编》五)。今未见。别有本亦一百回,有李贽序及批点,殆即出郭氏本,而改题为"施耐庵集撰,罗贯中纂修"。然今亦难得,惟日本尚有享保戊申(一七二八)翻刻之前十回及宝历九年(一七五九)续翻之十一至二十回,亦始于误走妖魔而继以鲁达林冲事迹,与百十五回本同,第五回于鲁达有"直教名驰塞北三千里,证果江南第一州"之语,即指六和坐化故事,则结束当亦无异。惟于文辞,乃大有增删,几乎改观,除去恶诗,增益骈语;描写亦愈入细微,如述林冲雪中行沽一节,即多于百十五回本者至一倍余:

……只说林冲就床上放了包裹被卧,就坐下生些焰火起来,屋边有一堆柴炭,拿几块来生在地炉里;仰面看那草屋时,四下里崩坏了,又被朔风吹撼摇振得动。林冲道:"这屋如何过得一冬,待雪晴了,去城中唤个泥水匠来修理。"向了一回火,觉得身上寒冷,寻思:"却才老军所说五里路外有那市井,何不去沽些酒来吃?"便去包里取些碎银子,把花枪挑了酒葫芦,将火炭盖了,取毡笠子戴上,拿了钥匙出来,把草厅门拽上,出到大门首,把两扇草场门反拽上,锁了,带了钥匙,信步投东,雪地里踏着碎琼乱玉,迤逦背着北风而行,——那雪正下得紧。行不上半里多路,看见一所古庙,林冲顶礼道:"神明庇佑,改日来烧钱纸。"又行了一回,望见一簇人家,林冲住脚看时,见篱笆中挑着一个草帚儿在露天里。林冲径到店里;主人道:"客人那里来?"林冲道:"你认得这个葫芦么?"主人看了,道:"这葫芦是草料场老军的。"林冲道:"如何?便认的。"店主道:"既是草料场看守大哥,且请少坐,天气寒冷,且酌三杯权当接风。"店家切一盘熟牛肉,烫一壶热酒,请林冲。又自买了些牛肉,又吃了数杯,就又买了一葫芦酒,包了那两块牛肉,留下些碎银子,把花枪挑了酒葫芦,怀内揣了牛肉,叫声"相扰",便出篱笆门,依旧迎着朔风回来。看那雪,到晚越下的紧了。古时有个书生,做了一个词,单题那贫苦的恨雪:

广莫严风刮地,这雪儿下的正好,拈絮捋绵,裁几片大如栲栳,见林间竹屋茅茨,争些儿被他压倒。富室豪家,却道是"压瘴犹嫌少",向的是兽炭红炉,穿的是棉衣絮袄,手拈梅花,唱道"国家祥瑞",不念贫民些小。高卧有幽人,吟咏多诗草。

再说林冲踏着那瑞雪,迎着北风,飞也似奔到草场门口,开了锁,入内看时,只叫得苦。原来天理昭然,佑护善人义士,因这场大雪,救了林冲的性命:那两间草厅,已被雪压倒了。……(第十回《林教头风雪山神庙》)

三曰一百二十回本《忠义水浒全书》。亦题"施耐庵集撰,罗贯中纂修",与李贽序百回本同。首有楚人杨定见序,自云事李卓吾,因袁无涯之请而刻此传;次发凡十条;次为《宣和遗事》中之梁山泺本末及百八人籍贯出身。全书自首至受招安,事略全同百十五回本,破辽小异,且少诗词,平田虎王庆则并事略亦异,而收方腊又悉同。文词与百回本几无别,特于字句稍有更定,如百回本中"林冲道:'如何?便认的'",此则作"林冲道:'原来如此'"。诗词又较多,则为刊时增入,故发凡云,"旧本去诗词之烦芜,一虑事绪之断,一虑眼路之迷,颇直截清明,第有得此以形容人态,颇挫文情者,又未可尽除,兹复为增定,或撙原本而进所有,或逆古意而益所无,惟周劝惩,兼善戏谑"也。亦有李贽评,与百回本不同,而两皆弇陋,盖即叶昼辈所伪托(详见《书影》一)。

发凡又云:"古本有罗氏致语,相传灯花婆婆等事,既不可复见,乃后人有因'四大寇'之拘而酌损之者,有嫌一百二十回之繁而淘汰之者,皆失。郭武定本即旧本移置阎婆事,甚善,其于寇中去王田而加辽国,犹是小家照应之法,不知大手笔者正不尔尔。"是知《水浒》有古本百回,当时"既不可复见";又有旧本,似百二十回,中有"四大寇",盖谓王田方及宋江,即柴进见于白屏风上御书者(见百十五回本之六十七回及《水浒全书》七十二回)。郭氏本始破其拘,削王田而加辽国,成百回;《水浒全书》又增王田,仍存辽国,复为百廿回,而宋江乃始退居于四寇之外。然《宣和遗事》所谓"三路之寇"者,实指攻夺淮阳京西河北三路强人,皆宋江属,不知何人误读,遂以王庆田虎辈当之。然破辽故事虑亦非始作于明,宋代外敌凭陵,国政弛废,转思草泽,盖亦人情,故或造野语以自慰,复多异说,不能合符,于是后之小说,既以取舍不同而纷歧,所取者又以话本非一而违异,田虎王庆在百回本与百十七回本名同而文迥别,殆亦由此而已。惟其后讨平方腊,则各本悉同,因疑在郭本所据旧本之前,当又有别本,即以平方腊接招安之后,如《宣和遗事》所记者,于事理始为密合,然而证信尚缺,未能定也。

总上五本观之,知现存之《水浒传》实有两种,其一简略,其一繁缛。胡应麟(《笔丛》四十一)云,"余二十年前所见《水浒传》本尚极足寻味,十数载来,为闽中坊贾刊落,止录事实,中间游词余韵神情寄寓处一概删之,遂既不堪覆瓿,复数十年,无原本印证,此书将永废"。应麟所见本,今莫知如何,若百十五回简本,则成就殆当先于繁本,以其用字造句,与繁本每有差违,倘是删存,无烦改作也。又简本撰人,止题罗贯中,周亮工闻于故老者亦第云罗氏,比郭氏本出,始着耐庵,因疑施乃演为繁本者之托名,当是后起,非古本所有。后人见繁本题施作罗编,未及悟其依托,遂或意为敷衍,定耐庵与贯中同籍,为钱塘人(明高儒《百川书志》六),且是其师。胡应麟(《笔丛》四十一)亦信所见《水浒传》小序,谓耐庵"尝入市肆紬阅故书,于敝楮中得宋张叔夜禽贼招语一通,备悉其一百八人所由起,因润饰成此编"。且云"施某事见田叔禾《西湖志余》",而《志余》中实无有,盖误记也。近吴梅著《顾曲麈谈》,云"《幽闺记》为施君美作。君美,名惠,即作《水浒传》之耐庵居士也"。案惠亦杭州人,然其为耐庵居士,则不知本于何书,故亦未可轻信矣。

　　四曰七十回本《水浒传》。正传七十回楔子一回,实七十一回,有原序一篇,题"东都施耐庵撰",为金人瑞字圣叹所传,自云得古本,止七十回,于宋江受天书之后,即以卢俊义梦全伙被缚于张叔夜终,而指招安以下为罗贯中续成,斥曰"恶札"。其书与百二十回本之前七十回无甚异,惟刊去骈语特多,百廿回本发凡有"旧本去诗词之繁累"语,颇似圣叹真得古本,然文中有因删去诗词,而语气遂稍参差者,则所据殆仍是百回本耳。周亮工(《书影》一)记《水浒传》云:"近金圣叹自七十回之后,断为罗所续,因极口诋罗,复伪为施序于前,此书遂为施有矣。"二人生同时,其说当可信。

中国章回小说考证
胡　适

大连实业印书馆 1943 年初版。

本书收入了 1920 至 1927 年间亚东图书馆出版的胡适撰著的章回小说考证或序文，即关于《水浒传》、《水浒续集》、《红楼梦》、《西游记》、《三国志演义》、《三侠五义》、《官场现形记》、《儿女英雄传》、《海上花列传》、《镜花缘》等 10 种通俗小说的研究文章。此书汇集了胡适白话小说研究的重要成果，对我国古代通俗小说重要作品的成书演化、文本内容、艺术思想、版本考证等各方面的研究具有开创性意义。

【目录】

《水浒传》考证

　《水浒传》考证

　《水浒传》后考

　　附录"致语"考

　　百二十回本《忠义水浒传》序

　《水浒续集两种》序

《红楼梦》考证

　《红楼梦》考证

　重印乾隆壬子本《红楼梦》序

　考证《红楼梦》的新材料

　跋《〈红楼梦〉考证》

《西游记》考证

　《西游记》考证

《三国志演义》考证
　　《三国志演义》序
《三侠五义》考证
　　《三侠五义》序
《官场现形记》考证
　　《官场现场记》序
《儿女英雄传》考证
　　《儿女英雄传》序
《海上花列传》考证
　　《海上花列传》序
《镜花缘》考证
　　《镜花缘》的引论
　　关于《镜花缘》的通信

【文选】①

红楼梦考证（节选）

　　现在我们可以研究《红楼梦》的"本子"问题。现今市上通行的《红楼梦》虽有无数版本，然细细考较去，除了有正书局一本外，都是从一种底本出来的。这种底本是乾隆末年间程伟元的百二十回全本，我们叫他做"程本"。这个程有两种本子，一种是乾隆五十七年壬子（一七九二）的第一次活字排本，可叫做"程甲本"。一种也是乾隆五十七年壬子程家排本，是用"程甲本"来校改修正的，这个本子可叫做"程乙本"。"程甲本"我的朋友马幼渔教授藏有一部，"程乙本"

---

① 胡适《中国章回小说考证》，大连实业印书馆1943年版，第220—225页。

我自己藏有一部。乙本远胜于甲本，但我仔细审察，不能不承认"程甲本"为外间各种《红楼梦》的底本。各本的错误矛盾，都是根据于"程甲本"的，这是《红楼梦》版本史上一件最不幸的事。

此外，上海有正书局石印的一部八十回本的《红楼梦》，前面有一篇德清戚蓼生的序，我们可叫他做"戚本"。有正书局的老板在这部书的封面上题着"国初钞本《红楼梦》"，又在首页题着"原本《红楼梦》"。那"国初钞本"四个字自然是大错的。那"原本"两字也不妥当。这本已有总评，有夹评，有韵文的评赞，又往往有"题"诗，有时又将评语钞入正文（如第二回），可见已是很晚的抄本，决不是"原本"了。但自程氏两种百二十回本出版以后，八十回本已不可多见。戚本大概是乾隆时无数辗转传抄本之中幸而保存的一种，可以用来参校程本，故自有他的相当价值，正不必假托"国初钞本"。

《红楼梦》最初只有八十回，直至乾隆五十六年以后始有百二十回的《红楼梦》，这是无可疑的。程本有程伟元的序，序中说：

> 《石头记》是此书原名。……好事者每传钞一部置庙市中，昂其值得数十金，可谓不胫而走者矣。然原本目录一百二十卷，今所藏只八十卷，殊非全本。即间有称全部者，及检阅仍只八十卷，读者颇以为憾。不佞以是书既有百二十卷之目，岂无全璧？爰为竭力搜罗，自藏书家甚至故纸堆中，无不留心。数年以来，仅积有二十余卷。一日，偶于鼓担上得十余卷，遂重价购之，欣然翻阅，见其前后起伏尚属接榫。（榫音笋，削木入窍名榫，又名榫头。）然漶漫不可收拾。乃同友人细加厘剔，截长补短，钞成全部，复为镌板，以公同好。《石头记》全书至是始告成矣。……小泉程伟元识。

我自己的程乙本还有高鹗的一篇序，中说：

予闻《红楼梦》脍炙人口者,几廿余年,然无全璧,无定本。……今年春,友人程子小泉过予,以其所购全书见示,且曰:"此仆数年铢积寸累之苦心,将付剞劂,公同好。子闲且惫矣,盍分任之?"予以是书虽稗官野史之流,然尚不谬于名教,欣然拜诺,正以波斯奴见宝为幸,遂襄其役。工既竣,并识端末,以告阅者。时乾隆辛亥(一七九一)冬至后五日铁岭高鹗叙,并书。

此序所谓"工既竣",即是程序说的"同友人细加厘剔,截长补短"的整理工夫,并非指刻板的工程。我这部程乙本还有七条"引言",比两序更重要,今节抄几条于下:

(一)是书前八十回藏书家抄录传阅,几三十年矣。今得后四十回,合成完璧。缘友人借抄争睹者甚夥,抄录固难,刊板亦需时日,姑集活字刷印。因急欲公诸同好,故初印时不及细校,间有纰缪。今复聚集各原本,详加校阅,改订无讹。惟阅者谅之。

(一)书中前八十回抄本各家互异。今广集核勘,准情酌理,补遗订讹。其间或有增损数字处,意在便于披阅,非敢争胜前人也。

(一)是书沿传既久,坊间缮本及诸家所藏秘稿,繁简歧出,前后错见。即如六十七回此有彼无,题同文异,燕石莫辨。兹惟择其情理较协者,取为定本。

(一)书中后四十回系就历年所得,集腋成裘,更无他本可考,惟按其前后关照者,略为修辑,使其有应接而无矛盾。至其原文,未敢臆改。俟再得善本,更为厘定,且不欲尽掩其本来面目也。

引言之末,有"壬子花朝后一日,小泉、兰墅又识"一行。兰墅即高鹗。

我们看上文引的两序与引言,有应该注意的几点:

(1) 高序说"闻《红楼梦》脍炙人口者,几廿余年"。引言说"前八十回,藏书家抄录传阅,几三十年"。从乾隆壬子上数三十年,为乾隆二十七年壬午(一七六二)。今知乾隆三十年间此书已流行,可证我上文推测曹雪芹死于乾隆三十年左右之说大概无大差错。

(2) 前八十回,各本互有异同。例如引言第三条说"六十七回此有彼无,题同文异"。我们试用戚本六十七回与程本及市上各本的六十七回互校,果有许多异同之处,程本所改的似胜于戚本。大概程本当日确曾经过一番"广集各本核勘,准情酌理,补遗订讹"的工夫,故程本一出即成为定本,其余各抄本多被淘汰了。

(3) 程伟元的序里说,《红楼梦》当日虽只有八十回,但原本却有一百二十卷的目录,这话可惜无从考证(戚本目录并无后四十回)。我从前想当时各抄本中大概有些是有后四十的,但我现在对于这一层很有点怀疑了(说详下)。

(4) 八十回以后的四十回,据高程两人的话,是程伟元历年杂凑起来的,——先得二十余卷,又在鼓担上得十余卷,又经高鹗费了几个月整理修辑的工夫,方才有这部百二十回本的《红楼梦》。他们自己说这四十回"更无他本可考";但他们又说:"至其原文,未敢臆改。"

(5)《红楼梦》直到乾隆五十六年(一七九一)始有一百二十回的全本出世。

(6) 这个百二十回的全本最初用活字版排印,是为乾隆五十七年壬子(一七九二)的程本。这本又有两种小不同的印本:① 初印本(即程甲本),"不及细校,间有纰缪"。此本我近来见过,果然有许多纰缪矛盾的地方。② 校正印本,即我上文说的程乙本。

（7）程伟元的一百二十回本的《红楼梦》，即是这一百三十年来的一切印本《红楼梦》的老祖宗。后来的翻本，多经过南方人的批注，书中京话的特别俗语往往稍有改换；但没有一种翻本（除了戚本）不是从程本出来的。

中国文学研究
郑振铎

作家出版社 1957 年初版。

本书是郑振铎先生 1949 年以前关于中国古代文学,主要是通俗文学研究的专题文章结集。全书共分六卷:第一卷是古代文学研究,以有关《诗经》的论文为主,附以《民族文话》;第二卷是小说研究,以《水浒传》、《三国志演义》、《金瓶梅词话》、《西游记》、《岳传》及"三言"、"二拍"等的文章为主;第三卷是戏曲研究,以有关元代杂剧、《西厢记》以及《词林摘艳》、《琵琶记》等的文章为主,并附《缀白裘索引》;第四卷是词、曲与民间文学研究,以有关词、散曲、民歌、变文、宝卷、弹词与民间故事等的论文为主;第五卷是中国文学杂论,包括若干有关中国文学研究的方向、方法和文学遗产的问题及有关林琴南、梁任公的研究等论文;第六卷是中国文学新资料的发现。在古代通俗小说研究部分,郑振铎对《水浒传》、《三国演义》、《西游记》等作品的刊本源流、演化进行了考证和分析,其研究成果在小说版本研究史上具有重要地位。

【目录】

序

第一卷 古代文学研究

  读毛诗序

  关于诗经研究的重要书籍介绍

  民族文话

第二卷 小说研究

  水浒传的演化

水浒传的续书

三国志演义的演化

嘉靖本三国志演义的发见

谈金瓶梅词话

西游记的演化

岳传的演化

万花楼

伍子胥与伍云召

关于游仙窟

中国小说提要

明清二代的平话集

幻影

中国通俗小说书目序

第三卷　戏曲研究

元明之际文坛概观

元代"公案剧"产生的原因及其特质

论元人所写商人、士子、妓女间的三角恋爱剧

净与丑

论北剧的楔子

西厢记的本来面目是怎样的？

重刻元本题评音释西厢记

西游记杂剧

钞本百种传奇的发现

姚梅伯的今乐府选

中国戏曲史资料的新损失与新发现

词林摘艳里的戏剧作家及散曲作家考

元刊本(?)琵琶记

投笔记

买胭脂

鲁智深的家庭

武松与其妻贾氏

读曲杂录

修文记跋

博笑记跋

邹式金杂剧新编跋

清人杂剧初集序

清人杂剧二集题记

清代燕都梨园史料序

缀白裘索引

第四卷　词曲与民间文学研究

跋图书集成词曲部

跋嘉靖本篆文阳春白雪

诗余画谱跋

宋金元诸宫调考

盛世新声与词林摘艳

元明以来女曲家考略

明代的时曲

跋挂枝儿

挂枝儿

跋山歌

白雪遗音选序

大众文学与为大众的文学

再论民间文艺

民间文艺的再认识问题

佛曲俗文与变文

佛曲叙录

从变文到弹词

西谛所藏弹词目录

民间故事的巧合与转变

螺壳中之女郎

中山狼故事之变异

榨牛奶的女郎

韩湘子

第五卷　中国文学杂论

小说月报中国文学研究卷头语

研究中国文学的新途径

中国文学研究者向那里去？

中国文学的遗产问题

论文字的繁简

文艺复兴中国文学研究号题辞

我们所需要的文学

迎"文艺节"

谴责小说

论武侠小说

寓言的复兴

    经书的效用

    林琴南先生

    梁任公先生

第六卷　中国文学新资料的发现

    巴黎国家图书馆中之中国小说与戏曲

    记一九三三年间的古籍发现

    三十年来中国文学新资料发现记

【文选】①

西游记的演化(节选)

三年以前,我在上海,已知道日本村口书店有明版《西游记》二种待沽的消息。为了索值过高,决非我们教书匠力之所及,虽然天天燃烧着想读到他们的愿望,却只得冷了心肠,不作此想。去年,在时局混乱的情形中,听说这二书已为北平图书馆购得了,这使我们如何的高兴!连忙坐了公共汽车进城,得以第一次获睹数年来念念不忘的两部书。

土黄色的细绫锦套,一望而知为日本式的装璜。凡五套,四套是吴本西游记,其他一套却是从未见之记载的一部异本:

　　鼎锲全相唐三藏西游传(第一卷末,又题作《唐三藏西游释厄传》)

　　羊城冲怀朱鼎臣编辑

　　书林莲台刘承茂绣梓

这一部西游传分甲、乙、丙、丁……等十集,凡十卷,但只有四本,篇幅

---

① 郑振铎《中国文学研究》上册,作家出版社1957年版,第226—287页。

不及吴本西游记四分之一,每页分为上下二层,上图下文。就其版式及纸张看来,当是明代嘉隆间闽南书肆的刻本。其时代最迟似不能后于万历初元。说她是一部孤本,大约不会错。在她出现以前,我们从来不知道有此书。羊城人朱鼎臣固然是一位陌生的作家;即"书林莲台刘承茂"也似是不见经传的一个闽南书肆主人。有了这部书的出现,我们才可以明白,杨致和的《西游记传》是"我道不孤",才可以知道,杨本四十一回的《西游记传》和朱鼎臣十卷本的《西游传》究竟是什么性质的东西。

但那四套的明刊吴本《西游记》,也并不是什么凡品。明刊小说,惟《西游记》为最罕见。清初刊的《西游真诠》,卷首曾附有插图二百幅(但后来刊本皆已去之),刻工极为精致。就插图的内容看来,确不是《西游真诠》所有。(因插图第九回是袁守诚妙算无私曲,并无陈光蕊赴任逢灾的一回。)《真诠》大约是利用了明末的这副图版而"张冠李戴"了的。(这插图本当是天启、崇祯间苏或杭的一个刻本,似即为《李卓吾批评西游记》的插图吧?)三年前,上海中国书店在某书封皮的背面,发见明刻本《西游记》一页,诧为奇遇。后此页由赵蜚云先生送给了我。这一页万历写刻本《西游记》的发见,便是这四大套明刻吴本全书发见的先声。这吴本的《西游记》全书,首有秣陵陈元之序,序末题"时壬辰夏端四日也",盖即万历二十年(公元1592)所刊。刊地为金陵,刊者为金陵书贾世德堂唐氏。陈序云:

> 唐光禄既购是书,奇之。益俾好书者为之订校,校其卷目梓之。凡二十卷,数十万言有余。

是此书亦尝经唐光禄"秩其卷目",未必全为原本之式样的了。但今所见《西游记》,则当以此书为最古。插图也很精,与罗懋登的《三宝太监下西洋记》略同式。万历间金陵刊本的插图,殆都是这种式样的。

今存的明刻本吴氏西游记,尚有:

(一)鼎锲京本全像西游记日本内阁文库藏,题"闽建书林杨闽斋梓",上图下文,全为闽南书坊的款式。亦为二十卷,亦有陈元之序,而序末年月,已改为"癸卯夏",盖即万历三十一年,去世德堂本的刊行已十一年。(似即据世德堂为底子,故以京本相号召。闽南书肆,凡翻刻南京、北京书,皆冠以京本二字,以示来源,有别杜撰。其风殆始于南宋。)

(二)唐僧西游记日本帝国图书馆藏,似亦万历间刊本,而从世德堂本出者。惜未详为何人所刊。

(三)李卓吾先生批评西游记日本内阁文库藏。亦同世德堂本。卷首插图,几一百叶二百幅。有题"刘君裕刻"者;当为启、祯间刻本。(以上三本见孙楷第的《日本东京所见中国小说书目提要》,北平图书馆出版)其面目都是和世德堂本不殊的。在世德堂本之前,有无更早的刊本,却不可知,世德堂本题"华阳洞天主人校",此华阳洞天主人,似即陈序中所谓唐光禄。

陈序很重要,惟关于作者则游移其辞:

……《西游》一书,不知其何人所为。或曰:出今天潢何侯王之国。或曰:出八公之徒。或曰:出王自制。余览其意,近跲跎滑稽之雄,厄言漫衍之为也。旧有序,余读一过,亦不著其姓氏,作者之名。

彼时,似不知此书出于吴承恩手。惟既有"出今天潢何侯王之国"语,则吴氏或尝为"八公之徒"欤?嘉、隆间的文人们,出入于藩王之府,而为他们著书立说者不少概见。吴氏殆亦其一人。惜所云"旧序",世德堂本未刊入,今绝不可得见,未能一窥其究竟。

世德堂本,粗视之与今坊本无异,但有一点与今坊本大不相同,即今坊本有第九回:

　　陈光蕊赴任逢灾 江流僧复仇报本

的一大段"陈玄奘出身"事,而世德堂本则无之,其第九回便是:

　　袁守诚妙算无私曲 老龙王拙计犯天条

恰相当于今坊本第十回的开始。十回以下,文字全同今坊本,惟回目略殊:

	世德堂本	《证道书》《新说》《真诠》诸坊本
第九回	袁守诚妙算无私曲 老龙王拙计犯天条	陈光蕊赴任逢灾 江流僧复仇报本
第十回	二将军宫门镇鬼 唐太宗地府还魂	老龙王拙计犯天条 魏丞相遗书托冥吏
第十一回	还受生唐王遵善果 度孤魂萧瑀正空门	游地府太宗还魂 进瓜果刘全续配

第十二回起,则诸本回目皆全同,没有什么可注意的。到底这"陈光蕊"故事是吴本所原有而世德堂本删去的呢,还是吴本原无,而为清代诸刊本所妄加的呢?这且待下文再详之。

正当此两部不平常的明刻本《西游记》及《西游传》出现的时候,一个更重大的消息也为我们所喧传着。原来,在北平图书馆善本室所庋藏的许多传抄本永乐大典中,有一本第一万三千一百三十九卷的,是送字韵的一部分。在许多"梦"的条文中,有一条是:

　　魏征梦斩泾河龙。

引书标题作"西游记",文字全是白话,其为小说无疑。谁能猜想得到,残存的《永乐大典》的一册之中,竟会有《西游记》小说的残文存在呢！在吴承恩之前，果有一部古本的《西游记》小说！鲁迅先生的论点是很强固的被证实了。这一条，虽不过一千二百余字，却是如何的重要，如何的足令中国小说研究者雀跃不已！

我们虽不曾再发见第二条西游记残文，但此永乐大典本西游记之为吴承恩本的祖源，却是无可疑的。

……

这样，《西游记》的源流，是颇可以明了的了。最早的一部今日《西游记》的祖本，无疑是《永乐大典》本。吴承恩的《西游记》给这"古本"以更伟大、更光荣的改造。后来明、清诸本，皆纷纷以吴氏此书为依归。或加删改，却总不能逃出其范围以外。故吴本的地位，在一切《西游记》小说中无疑的是最为重要——自然也无疑的是最为伟大。

总结了上文，其诸本的来历，可列一表如下：

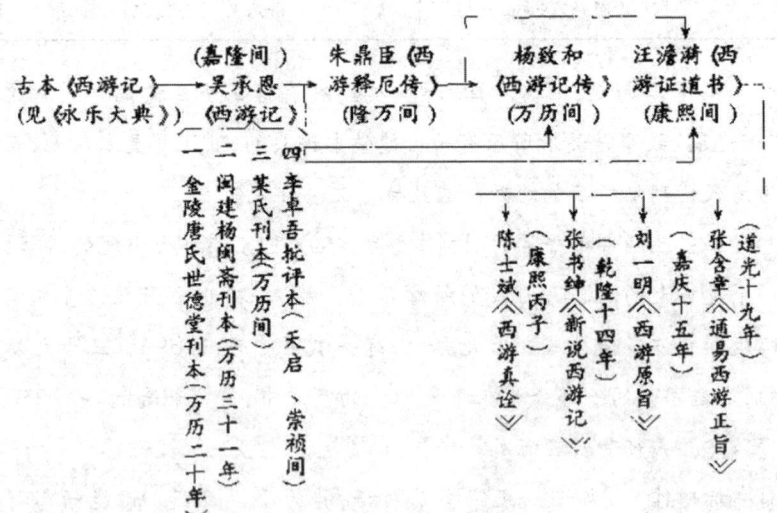

中国印刷史

张秀民

上海人民出版社 1989 年初版，2006 年浙江古籍出版社插图珍藏增订版。

本书是一部比较全面、系统的中国印刷史，论述了从唐初贞观至清末一千三百余年印刷发展过程，梳理雕版印刷的起源、活字印刷的发明及其发展流变，概括各朝代书籍刊印的状况，介绍各个时代的刻书地点、刻本内容、版本特色、刻工印工的生活和事迹，以及各种刻印的方法。书籍以外的各种印刷品，如版画、年画、报纸、纸币，以至印刷所用的各种物料如纸、墨等文房工具，也都提供了新鲜的资料和独特的见解。

【目录】

钱存训博士序

李希泌先生序

自序

增订版自序

凡例

第一章　雕版印刷术的发明与发展

　　前言

　　雕版印刷术的发明

　　雕版印刷的发展

　　唐代（618—907）雕版印刷的始兴

　　五代（907—960）监本及蜀国、吴越的印刷

　　宋代（960—1279）雕版印刷的黄金时代

辽代(916—1125)雕刻两部《契丹藏》

金代(1115—1234)监本及雕印佛、道藏

西夏(1038—1227)

大理(937—1253)

元代(1271—1368)刻书衰落

明代(1368—1644)刻书又大盛

清代(1644—1911)各种印刷的兴衰

太平天国(1851—1864)刻书

第二章 活字印刷术的发明与发展

活字印刷的发明

活字印刷的发展

西夏活字

元代活字

明代活字

清代活字

活字本的形式

活字本的内容

活字印刷未能占主导地位的原因

活字本目录

第三章 历代写工、刻工、印工生活及其事略

五代

宋代

辽代

金代

西夏

元代

明代

清代

第四章　中国印刷术对亚洲各国与非洲、欧洲的影响

亚洲

非洲

欧洲

附录

跋

增订版跋

【文选】①

第一章　雕版印刷术的发明与发展

明代(一三六八——一六四四年)刻书又大盛

总论(节选)

……

明陆容(1636—1496)《菽园杂记》云:"国初书板惟国子监有之,外郡县疑未有,观宋潜溪《送东阳马生序》可知。宣德、正统间,书籍印版尚未广。今所在书板日增月益,天下右文之象,愈隆于前已。……上官多以馈送往来,动辄印至百部,有司所费亦繁。"陆氏所推测大抵符合实际情况。成化、弘治,史称"海内富庶,民物康阜",印书日趋发达,至嘉靖、万历而极盛。王慎中(遵岩)、唐顺之(荆川)相谓曰:"数十年读书人能中一榜,必有一部刻稿,屠沽小儿没时必有一

---

① 张秀民著,韩琦增订《中国印刷史》,浙江古籍出版社2006年版,第240—271页。

篇墓志。此等板籍幸不久即灭,假使尽存,则虽以大地为架子,亦贮不下矣。"又云:"近时之稿板,以祖龙手段使之,则南山柴炭必贱。"①李贽云:"戴纱帽而刻集,例也。"②嘉靖时凡榜上有名者必刻稿,万历时凡做过官的无不照例刻集子。这由于明代"书皆可私刻",无元代逐级审批手续,只要有钱,就可任意刻,而刻字工资极低廉,又纸墨易得,故纷纷出版。据周弘祖《古今书刻》所载,明人所刻明代著作及古书约两千六百九十七种(一本作两千四百八十九种),但此数字未计入万历本,故明人实际刻书当有一两万种。有的一书多至数十版,如元季高明《琵琶记》,至万历二十五年已有诸家刻本七十余种。明梅膺祚《字汇》,万历四十三年一年中,即有八种坊本。古书如《文选》、《陶集》,各约有四十余版,《楚辞》六十种版,同一书版本如此之多,可说是空前绝后的。今存明版约两三万部,台湾存六千余部(均多复本),大多数为万历本,次为嘉靖本。这与两帝在位各有四十余年有关,又次为正德、隆庆、天启、崇祯本。

……

明代刻书最早始于吴王元年(1364),至洪永而盛,成、弘以后,至正、嘉、隆、万而极盛,讫天、崇而不衰。惟建文、弘熙、泰昌年祚短促,弘光南都,未几倾覆,隆武、永历偏安一隅,刻本自稀,然大陆、台湾仍有用永历纪年者。③

---

① 均清蔡澄《鸡窗丛话》。
② 见清管廷芬《芷湘笔乘》稿本。
③ 建文二年刻《埤雅》、《皇明典礼》。四年,钱古训刊《说苑》,同年刻朱权《汉唐秘史》。洪熙元年,弋阳王府看《朧仙神奇秘谱》。泰昌刻《皇明文隽》、《金罍子》、熊过《南沙先生文集》、《北宋三遂平妖传》、《麟经指月》。弘光元年刻《春秋存俟》、《甲申纪事》、《雪窦寺志略》。隆武元年福建洪士升合刻宋郑思肖《心史》、谢翱《晞发集》。二年余超龙刻宋余靖《武溪集》,重刻《熊勿轩先生遗稿》,台湾历年用永历纪年。李定国、孙可望刻佛经,均用永历年号。以上所举不尽全。

明代刻书特点：一、雕版印刷特别兴盛；二、版画精美；三、有蓝印、套印、彩印；四、各种活字版的流行。

刻书地点

南京

……

过去只知道明代南京有不少书坊，但从无统计数字，现在根据诸家目录及原本牌子，考得以下各家。

……

以上所举南京书坊九十四家，多于建阳九家，更远远超过北京。此外金陵饶仁卿、周文焕、王少唐、张少吾等家，亦各刻书，以未标明金陵书林，暂不列入。金陵书林或书坊，多冠有金陵二字，又有少数标明白下、秣陵、建业者。最早者为王氏勤有书堂，洪武四年刻有《新刊对相四言杂字》，是一部带图的识字课本。王举直洪武三十年刻有《雅颂正音》。积德堂宣德十年（1435）刊《金童玉女娇红记》，为现存南京本戏曲之最古者。

南京书坊以唐姓十五家为最多，次为周姓十四家。万历间唐氏各家除刻医术、经书、文集、尺牍、琴谱外，又刻了很多戏曲，其中以唐对溪富春堂为最多，据说有十集百种，现存者有《管鲍分金记》、《三顾草庐记》、《吕蒙正破窑记》、《岳飞破虏东窗记》、《张巡许远双忠记》、《商辂三元记》等约五十种左右。他刻书有一特色，即在板框四周有花纹图案，称为"花栏"，打破宋、元以来传统的单边、双边的单调。富春堂图案为雉堞形，有时在书名上特别标明，如《新刻出像音注花栏韩信千金记》。余如《白兔记》、《寻亲记》、《金貂记》、《王昭君出塞和戎记》、《范雎绨袍记》、《观世音修行香山记》、《出像琴心记》等，也都有花栏。这种增加书籍美观的花边装饰，也见于唐氏世德堂《新刻出像音注花栏裴度香山还带记》，但后来未见流行，有时偶然在书名页上尚可见到。世德堂又刻有《赵氏孤儿记》、《五伦全备忠孝记》、《双凤齐鸣记》、《荆钗记》、《拜月亭题评》等共十一种。唐氏文林阁有唐锦池、唐惠畴。前者刻有《易鞋记》、《燕脂记》、《袁文正还魂记》等。后者梓有《汉刘秀云台记》、《古城记》等，两者共十六种(文林阁唐锦池有时或称集贤堂唐锦池)。广庆堂唐振吾(唐国达亦称广庆堂)刊有《西湖记》、《武侯七胜记》、《葵花记》等八种。唐晟校梓《琵琶记》。陈氏继志斋刻有《旗亭记》、《折桂记》、《埋剑记》、《义侠记》、《黄梁梦记》等十三种。其中有的书一刻再刻，如继志斋刻《玉簪记》，又有萧氏师俭堂本与唐氏文林阁本。世德堂有《香囊记》，继志斋也有刻本。《千金记》有世德堂、富春堂两本。估计明代南京书坊所刻戏曲可能达两三百种，有很多已被郑振铎(西谛)先生影印，收入《古本戏曲丛刊》中。

金陵书林除大批出版戏曲外，又喜刻小说，因这两类书适应了广大人民的需要，销路较好。万卷书楼刻李卓吾订正《三国志传》。杨尔曾《韩湘子全传》有九如堂本。《西游记》有荣寿堂本，又有唐氏世德堂本，称《出像官板大字西游记》。又刻《南北宋志传通俗演义题评》、《唐书志传通俗演义》、《三遂平妖传》。周氏大业堂刊《东西汉通俗演义》、《三国志演义》、《西晋志传题评》、《东晋志传题评》、《新刊出像补订参采史鉴唐书志传通俗演义》。兼善堂刻《警世通言》十卷，聚奎楼刻笑话书名《谑浪》。

为迎合读者的喜好，一般戏曲小说都出像、出相，或称全像、全相，过去建阳坊本多为上图下文，图画扁短横幅。南京本改为整版半幅，或前后页合并成一大幅，图像放大，线条粗放，多饶古趣。唐振吾广庆堂、陈氏继志斋图画渐趋工丽,金陵人瑞堂本《隋炀帝艳史》(崇祯四年),穷工极巧,则出于徽派版画工住在杭州的黄子立(建中)之手。胡贤刻《帝鉴图说》(万历元年),奎璧斋本焦竑《养正图解》,大盛堂本《出像增补搜神记》都有插图。

……

建宁

自宋至明季,福建建宁府书坊一直为全国重要的出版地之一,在南宋建本已远销到高丽、日本。①清闽人陈寿祺云:"建安麻沙之刻盛于宋,迄明未已。四部巨帙自吾乡锓板以达四方,盖十之五六。"②宋、元时代书坊多在建宁府附郭之建安县,宋代三十七家书坊中标明麻沙者只八家,建阳崇化书坊者只一家。元代四十二家中,标明建阳或麻沙、崇化者只五家,其余都在建安。至明代建安书坊衰落,而建阳独盛。景泰《建阳县志》称:"天下书籍备于建阳之书坊。"建阳书坊有麻沙、崇化两处,名为"两坊",为书籍产地,自昔号称"图书之府"。嘉靖《建阳县志》称:"书籍出麻沙、崇化两坊,麻沙书坊毁于元季,惟崇化存焉。"明弘治十二年(1499)"建阳县书坊又被火,古今书板荡为灰烬"。《嘉靖志》又称:"今麻沙虽毁,崇化愈蕃。"又云:"今麻沙乡进士张璿,偕刘、蔡二氏新刻书板寖盛,与崇化并传于世。"可知嘉靖时麻沙刻书有所恢复,而崇化更盛。麻沙街在永忠里,离建阳城西七十里。书坊街在崇化里,"比屋皆鬻书籍,天下客商贩者如织,每月以一、六日集"③。这种每个月有六天专门出售书籍的集市,为国内其他地方所无,它能吸引全国书商络绎不绝地去批货。宣德四

---

① 宋熊禾同文书院上梁文有"儿郎伟,抛梁东,书籍高丽、日本通"句。
② 《左海文集》。
③ 嘉靖《建阳县志》卷三。

年曲阜衍圣公也遣人往福建麻沙买书①。可见这个图书之府,提供商品书籍之丰富。明周弘祖《古今书刻》载建宁府书坊书目三百六十五种②。而嘉靖《建阳县志》卷五载建阳书坊书目多至四百五十一种,是嘉靖二十四年(1545)的数字,自二十四年以后至明末建本小说杂书,更如夏夜繁星,其数当在千种左右,占全国出版总数之首位。胡应麟云:"其精吴为最,其多闽为最,越皆次之。"明代有《建宁书坊书目》、《福建书目》,今均未见。

明代建阳书坊均自称"书林",近人或以为宋代称书林、明代改称书坊者与事实不符。建阳书林或简作建邑书林,建阳别称潭阳,故或称潭阳书林,潭邑书林,其偶作闽建书林,或闽书林者,亦多为建阳书林之简称。明代建阳书林有堂号姓名可考者,今据所见明建本牌子及各家官私目录所载,列举于下:

……

以上八十四家几乎都在建阳,在建安者只数家。又有潭城金氏,芝城建邑书林余氏,而不注铺号者,此外未标明建阳、潭阳或闽建,而只有书林二字,如书林余恒、余兆胤、余云波、余宗伯、余寅伯、余应虬、余敬宇、余东泉、余南扶、余长庚长庚馆、余氏兴文堂、余氏存庆堂,可能均为余象斗一族。刘氏明德堂、刘氏博济药室、刘求茂,当为刘氏安正堂同族。熊冶初、熊辅,疑为熊宗立一家。郑氏丽正堂、郑以厚、郑以桢、郑世容、郑云林,疑为郑氏宗文堂一家。詹氏西清堂、詹圣辉,疑为詹彦洪一族。黄正达、黄正选、黄正慈集义堂,当为黄正

---

① 清梁章钜《归田琐记》卷三《麻沙板书》。
② 景泰《建阳县志续集》书目计一百七十三种。明周弘祖《古今书刻》建宁府书坊书目作三百六十五种(原本宋、辽、金三史作一种,今作三种)。嘉靖《建阳县志》卷五作四百五十一种。

甫之兄弟。其他如书林黄廉斋等数十家①,可能也多在建阳。为慎重计,均暂不列入。建阳书林实际可达一百余家,比南京还多。

建阳书林与南京书坊一样,有的一家父祖子孙兄弟沿用同一老铺字号,也有独立门户,自创新字号的,如熊冲宇(成冶)有时用熊宗立种德堂名,自己又称种经堂,又称正德书堂。建安、建阳均有郑氏宗文堂,可能为联号。有的建阳书商不仅在本地开店,同时在南京也开业,如闽建书林叶贵刊焦竑《皇明人物考》(万历),同时在金陵三山街设肆,名"金陵建阳叶氏近山书舍",又称"金陵三山街建阳近山叶贵",刻熊璠《卜居秘髓图解》(万历二十三年),称"都门叶氏近山币购,以寿诸梓",又刊《诸葛武侯秘演禽书》。建邑书林萧腾洪《新刻太医院校正痘疹医镜》,又在金陵萧腾鸿有书肆名师俭堂,刻《玉簪记》等多种,疑即一人。

上表所列刘氏翠岩精舍、刘氏日新堂、叶氏广勤堂、郑氏宗文堂、虞氏务本堂,均为元代老铺,至明代或百余年或二百余年,其子孙继续营业。翠岩精舍入明永乐刻《事林广记》,宣德十年刘应康刊《小四书》,景泰丙子新刊《史钺》,成化己丑刻《通真子补注王叔和脉诀》、《脉要秘括》。刘氏日新堂于至正癸丑刻《春秋金钥匙》一卷。按:元至正无癸丑,实际上已是明太祖洪武六年了,于易代后,犹奉元正朔,这与元初晦明轩张存惠刻《本草》,虽金亡已十五年,仍用金泰和纪年,可谓无独有偶。叶日增广勤堂后人叶景逵明正统刻《增广太平惠民和剂局方》、《图经本草》、《针灸资生经》,成化又刻《埤雅》。建安郑天泽宗文堂后人正嘉间刻明宣宗《五伦书》及《蔡伯喈诗文

---

① 书林黄廉斋、黄尔昭、叶仰山、叶顺檀香馆、叶一兰作德堂、陈德宗、陈德崇、邵文聘、王氏善敬堂、王应俊、詹伯元、龚氏明实堂、朱氏紫阳馆、吴世良四仁堂、林氏鸣沙、翁见川、张闽岳、张斐、张氏新贤堂等。

集》、《初学记》、《艺文类聚》。建安虞氏务本书堂后人于洪武刻《易传会通》。

  宋、元两代建安、建阳书坊以刘姓为多,次为余姓。明代据上表所列以余姓二十家为最多,次为刘姓、熊姓各九家,杨姓八家,又次为詹姓五家,郑姓、叶姓各四家。余氏刻书起于宋、元,明初稍衰,至万历间又大盛,均出于书林发源之鼻祖宋代广西安抚使余同祖①之后。余氏自12世纪至17世纪继续刻书,年代之久,国内罕见。余君诏梓行《皇明英烈传》。萃庆堂余泗泉万历间镌王凤洲《纲鉴历朝正史全编》、《吕纯阳得道飞剑记》等。余彰德刻《六经三注粹钞》、《世史类编》、《古今人物论》等。资信斋余良木刻《南华真经三注大全》。居仁堂余献可梓《李、袁二先生精选唐诗训解》。余秀峰刊《纲鉴汇约大成》、《草堂诗余》。余象年刊《纲鉴大方》。余季岳刊《按鉴衍义帝王御世盘古至唐虞传》。余世腾梓行《西汉志传》。余廷甫新刊《名家地理大全》。余仙源刻《皇明资治通纪》。余元长刊《续百将传》。余氏双桂堂刻余象斗编《三台诗林正宗》。文台余象斗,子高父,字仰止,号仰止子,又号仰止山人,又号三台山人,又称双峰堂余文台,在书坊中最为有名。万历间除刊有《大方万文一统内外集》、《校正演义全像三国志传评林》二十卷、《全像忠义水浒志传评林》二十五卷外,又自己编写了《西汉志传》、《南游记》、《北游记》、《皇明诸司廉明奇判公案》等。余应鳌编《按鉴演义全像大宋中兴岳王传》。又鳌峰熊大木编有《全汉志传》、《唐书志传通俗演义》、《大宋中兴通俗演义》,后者有杨氏清白堂刊本(嘉靖三十一年)。

---

① 清光绪丙申《重修余氏新谱》作十四世祖,见福州师范学院图书馆藏本。

二十世纪中国小说史(第一卷 1897—1916)

陈平原

北京大学出版社 1989 年初版。

本书是《二十世纪中国小说史》的第一卷,考察 1897 年至 1916 年之间,"小说界革命"前后"新小说"的诞生与发展,以及新小说家的艺术实践。其中第三章中对近代小说发展中商品化倾向的论述,涉及小说近代化中出版和刊印的相关问题。

【目录】

第一章 新小说的诞生
  第一节 小说界革命的发生与发展
  第二节 新小说演进的动力
  第三节 新小说群体的形成
  第四节 新小说作为二十世纪中国小说的起点

第二章 域外小说的刺激与启迪
  第一节 开眼看世界
  第二节 意译为主的时代风范
  第三节 翻译小说的实绩
  第四节 接受中的误解

第三章 商品化倾向与书面化倾向
  第一节 小说市场的拓展
  第二节 小说家的专业化
  第三节 新小说的商品化倾向
  第四节 新小说的书面化倾向

第四章 由俗入雅与回雅向俗
第一节 在雅俗、新旧之间
第二节 由俗入雅——梁启超们的救世说
第三节 回雅向俗——礼拜六派的消闲说
第四节 雅俗并存局面的初步形成

第五章 集锦式与片断化
第一节 珠花式的结构类型
第二节 集锦式的结构类型
第三节 短篇小说的重新崛起
第四节 盆景化与片断化

第六章 文白并存的小说文体
第一节 文言小说与白话小说的消长起伏
第二节 白话小说与方言小说
第三节 古文小说与骈文小说
第四节 "别具一种姿态"的译本文体

第七章 从官场到情场
第一节 "忠奸对立"模式的消解
第二节 "官民对立"模式的转化
第三节 无情的情场
第四节 三角恋爱模式的文化功能

第八章 旅行者的叙事功能
第一节 启悟主题与整体感
第二节 补史之阙与限制叙事
第三节 引游记入小说
第四节 旁观"民间疾苦"

第九章　实录、谴责与感伤

　　第一节　从写实到实录

　　第二节　从讽刺到谴责

　　第三节　从悲壮到哀艳

附录一　作家小传

附录二　作品年表

卷后语

【文选】①

第三章　商品化倾向与书面化倾向
第一节　小说市场的拓展

　　1815 年 8 月 5 日,马礼逊在马六甲出版了第一个中文的近代化期刊《察世俗每月统纪传》;而中国人自办的近代化报纸,则当推伍廷芳 1858 年于香港创办的《中外新报》。到了十九世纪下半叶,中国人自办的报刊才开始大量涌现。1815 年至 1861 年,总共才出现 8 种中文报刊,而 1902 年梁启超统计全国存佚报刊时,则列有 124 种。辛亥革命后,"'人民有言论著作刊行之自由',既载诸临时约法中;一时报纸,风起云涌,蔚为大观"②,全国报刊达 500 家之多。袁世凯上台后,封闭查禁,威逼利诱,一时新闻界萧条冷落。只不过报纸杂志的日益繁荣已成必然之势,可能因政治高压而挫折,却不会因此而停止前进的步伐。到 1921 年全国已有报刊 1104 种。现把这一时期的报刊种类列表如下。只是此表数字录自不同文章,时人的估计可能

---

　　①　陈平原《二十世纪中国小说史(第一卷 1897—1916)》,北京大学出版社 1989 年版,第 78—90 页。

　　②　戈公振:《中国报学史》178 页,生活·读书·新知三联书店,1955 年。

偏于夸大,后人的统计则不免有所遗漏;再加上各时期统计有重叠的,有不重叠的,此表只提供大体趋向(参阅表4)。

表4 中国早期报刊统计表

统计时间	报纸、杂志	资料来源	杂志(周刊、月刊、季刊)	资料来源
1815—1861	8	①	—	
1886	78	②	44	②
1901	124	③	44	③
1911	500	④	203	⑤
1921	1104	⑥	548	⑥

表4 资料来源

① 戈公振《中国报纸进化之概观》(《国闻周报》4卷5期,1927年)云:"据《时事新报》记载,由嘉庆廿年至咸丰十一年之四十六年中,计有报纸八种,均教会发行……"

② 李提摩太《中国各报馆始末》(《时事新论》卷一,1898年)云:"前有耶稣教会派人查考中国各报始末,去年已经布列,除《京报》外,自始至今共有七十六种。"而实际统计则为78种,其中含月报36种,周报8种。

③ 梁启超《中国各报存佚表》(《清议报》第100册,1901年)共收录日报80种(其中存60种)、丛报44种(其中存21种)。另外,《时务汇编续集》第26册中《新旧各报存目表》收录1872年至1902年存佚报刊共144种,其中日报65种(存45种)、册报79种(存37种),供参考。

④ 戈公振《中国报学史》第五章"民国成立以后"云:"当时统计全国达五百家,北京为政治中心,故独占五分之一,可谓盛矣。"(三联

书店1955年版118页)

⑤张静庐据各家资料编成《清季重要报刊目录》,共收录杂志203种,报纸252种,合计共455种(《中国近代出版史料初编》,中华书局,1957年)。

⑥《第二届世界报界大会纪事录》(转引自戈公振《中国报纸进化之概观》)云:"民国十年全国共有报纸1114种。"但据下文提供的日刊、二日刊、周刊、旬刊、半月刊、月刊数字统计,应为1104种。倘若把周刊、旬刊、半月刊、月刊作杂志计,共548种。

跟这种报刊的日益繁荣相一致,专门的小说杂志也应运而生。晚清的各类报纸以及政治、教育、经济、农业等专门刊物,也都刊载一点小说以招徕读者;①但真正影响小说发展的是报纸文艺副刊与专门文学杂志的出现。1897年,严复、夏曾佑为《国闻报》作《本馆附印说部缘起》,计划"广为采辑"小说并"附纸分送",只是这计划并没有实现。同年,上海《字林沪报》设副刊《消闲报》,日出一张,随报分送;1900年,《中国日报》辟副刊《鼓吹录》。以后,大部分报纸都腾出固定的版面设置文艺副刊(其中有定刊头的,也有不定刊头的)。文艺副刊篇幅不大,每期不过两三千字,但能量不小,除了报纸发行量一般比杂志大,读者面也比杂志广外,更有出版周期短、频率高等优点。

我国最早的文学杂志《瀛寰琐记》创刊于1872年,其中除蠡勺居士翻译的英国小说《昕夕闲谈》外,余者都是诗文。1892年,韩子云

---

① 胡道静的《〈上海的日报〉补正》称"报纸以词章补白,始于《申报》";"报纸中刊载小说,始于《沪报》"。实则《申报》创刊第一年(1872年)就刊有《洋场竹枝词》、《沪城感事诗》、《申江行》等诗词和《谈瀛小录》、《一睡七十年》、《乃苏国奇闻》等小说。至于报纸刊载小说的目的,《时报》的《发刊例》(1904年)说得很清楚:"以助兴味而资多闻。"

独立创办小说杂志《海上奇书》,不过主要发表他自己的长、短篇小说,再配一些前人的笔记小说。据统计,从1872年至1897年这二十五年中,总共才出现过五种文学期刊,其中三种实际上是《瀛寰琐记》的改版;而从1902年至1916年这15年期间创刊的文艺期刊则有57种。①也就是说,后十五年的文艺期刊数量是前二十五年的11倍!这些文艺杂志上刊载各类文学作品,而其中小说所占的比重无疑最大。至于以"小说"命名的杂志,更是理所当然地以刊载小说为主。单就目前掌握的资料,1902年至1917年这15年期间就创办过29种以"小说"命名的杂志(其中含报纸两种)②,参阅表5(括号中数字为已知期数)。

表5 1902—1917年创刊的以"小说"命名的杂志(报纸)

杂志名称	创刊时间	出版地	杂志形式	编辑	期数
新小说	1902	日本横滨①	月刊	梁启超	24
绣像小说	1903	上海	半月刊	李伯元	72
新新小说	1904	上海	月刊	陈景韩	(10)
小说世界日报	1905	上海	日刊	(不详)	(200)
小说世界	1905	上海	半月刊	(不详)	(2)
月月小说	1906	上海	月刊	汪惟父、吴趼人	24
新世界小说社报	1906	上海	月刊	警僧	(9)
小说七日报	1906	上海	周刊	谈小莲	(5)
小说林	1907	上海	月刊	徐念慈	12

---

① 鲁深:《晚清以来文学期刊目录简编》,《中国现代出版史料丁编》(下)。
② 另外,杨世骥《文苑谈往》中提到《沪滨小说》和《小说智珠》;阿英《晚清文艺报刊述略》中提及《小说图画报》;史和等《晚清浙江报刊录》提及《宁波小说七日报》;李默《辛亥革命时期广东报刊录》提及《粤东小说林》。以上杂志有待进一步考证。

续表

杂志名称	创刊时间	出版地	杂志形式	编辑	期数
小说世界	1907	香港	旬刊	(不详)	(4)
中外小说林	1907	广州	旬刊	黄伯耀、黄世仲	(28)
广东戒烟新小说	1907	广州	周刊	李哲	(9)
竞立社小说月报	1907	上海	月刊	彭俞	(2)
新小说丛	1908	香港	月刊	林紫虬	(3)
白话小说	1908	上海	月刊	姥下余生	(2)
扬子江小说报	1909	汉口	月刊	胡石庵	(5)
扬子江小说日报	1909	汉口	日刊	胡石庵	(30)
十日小说	1909	上海	旬刊	环球社	(12)
小说时报	1909	上海	月刊	冷血、天笑	33
小说月报	1910	上海	月刊	恽铁憔、王西神	126②
小说画报	1910	(不详)	月刊	(不详)	6
中华小说界	1914	上海	月刊	沈瓶庵	30
小说丛报	1914	上海	月刊	徐枕亚	44
小说旬报	1914	上海	旬刊	英蜚等	(3)
小说海	1915	上海	月刊	黄山民	36
小说大观	1915	上海	季刊	包天笑	15
小说新报	1915	上海	月刊	李定夷	94
小说画报	1917	上海	月刊	包天笑等	21
小说革命军	1917	上海	双月刊	胡寄尘	3

① 第二年移至上海。② 录至1920年。

1901年梁启超作《清议报一百册祝辞并论报馆之责任及本馆之经历》,曾慨叹中国办报之难:第一经费缺乏,第二主笔难寻,第三风气不开,阅报人少,第四从业之人思想浅陋,学识迂腐。故"大抵以资本不足,阅一年数月而闭歇者十之七八","其余一二"则"展转抄袭,读之惟恐卧"。因此,梁启超抱怨报馆已兴数十年,报刊之数已以百计,"而于全国社会无纤毫之影响"。说"无纤毫之影响",自然是痛切之言,不足为凭;但表白办报之难,却是实话。综合性报刊难以维持,小说杂志日子自然也不好过,办一两期就难以为继者屡见不鲜。陶报癖的《〈扬子江小说报〉发刊辞》和徐念慈的《丁未年小说界发行书目调查表·引言》都曾指出小说界的这一窘境。①但即使如此,风气还是渐开,报刊的读者面还是渐广,办得有特点、受读者欢迎的杂志的销数还是逐步增加——也许在今人看来,这一增长的速度实在太慢了。《时务报》从 4000 份增加到 17000 份,这在当时已是十分振奋人心的消息了! 从晚清到五四,办报纸办刊物者一般都不认真负责地谈杂志的销数,与亲友书信或事后回忆还算比较可靠的,至于为招徕读者而作的广告则难免有夸张之嫌。②

……

如果说近代化的报刊创自晚清,书籍的出版却是古已有之,只不过由于新的印刷技术的输入以及读者求知欲望的日益增长,使书籍的出版日益繁荣。1898 年广学会曾统计其译书的销售:1893 年为洋银 800 余圆,1898 年则为 18000 圆,"相距五年陡增二十倍不止,已足证中国求新之众"③。而戊戌维新后,中国的出版业才真正大踏步前进。李泽彰的《三十五年来中国之出版业》为我们提供了 1902 年至

---

① 陶文载《扬子江小说报》1 期,1909 年;徐文载《小说林》9 期,1908 年。
② 如《新民丛报》第 9 册"本社告白"云已销万数千份;第 11 册"尺素五千纸"云销数自二千增至五千,可同册"本社告白"又云销数已及万数千份;第 22 册"告白"又云"总发行数递增至九千份",几种说法自相矛盾。
③ 蔡尔康译《广学会第十一届(1898)年报纪略》,张静庐编《中国近代出版史料二编》,中华书局,1957 年。

1930年商务印书馆逐年出书数字;而陆费逵的《六十年来中国之出版业与印刷业》则证明从晚清到二十世纪二十年代,商务印书馆的营业额一直占全国书业的三分之一左右,①据此我们可以推知这三十年全国出版书籍的大致情况。这么大一个国家,每年出版几百种上千种图书,按今天的眼光看来实在少得可怜;②可在当年这已是了不起的进步。

至于小说的印数,由于清末民初出版商一般不肯在版权页上注明,③时人也很少涉及,如今只能从只鳞片爪中勾出某些轮廓。"新小说"中印数最多的大概当推曾朴的《孽海花》和徐枕亚的《玉梨魂》。1911年出版的《小说时报》第9期中《小说新语》一文说:"《孽海花》一书,重印至六七版,已在二万部左右,在中国新小说中,可谓销行最多者。"④1915年出版的《小说丛报》第16期"枕亚启事"声称:《玉梨魂》"出版两年以还,行销达两万以上"。张静庐在《在出版界二十年》中也证实,《玉梨魂》"出版不到一二个月,就二版三版都卖完了",并认为"我们如果替民国以来的小说书销数做统计,谁都不会否认这部《玉梨魂》是近二十年来销行最多的一部"。⑤

绝大部分清末民初小说的印数无法统计,包括那些名噪一时的"畅销书"。不过从印行的版数,我们还是能大体了解其销行的情况。

---

① 李文收入《中国现代出版史料丁编》,陆文收入《中国出版史料补编》。

② 据《1981年中国出版年鉴》,1979年中国共出版书籍17,212种;据《书讯报》1987年3月30日报道,1986年中国出版书籍51,789种。

③ 也有个别例外的,如1905年由上海图书集成局印刷,申报馆发行的《苦社会》,就在版权页注明"初版三千部"。

④ 阿英《晚清小说史》第二章则说:"《孽海花》在当时影响极大,不到一二年,竟再版至十五次,销行至五万部之多。"

⑤ 《在出版界二十年》37页,上海杂志公司,1938年。另外,范烟桥《民国旧派小说史略》称《玉梨魂》销数几十万册,但没说明统计的范围。

翻译小说中,柯南道尔的《华生包探案》1906—1920年间共印行了7版,亚米契斯的《馨儿就学记》1910—1926年间共印行了8版,②而《福尔摩斯侦探案全集》1916年初版后,20年间共印行了20版。至于创作小说,销路当亦不坏,徐枕亚的《雪鸿泪史》1916—1920年间共印了10版,李涵秋的《广陵潮》1914—1933年间共印行了14版,连短篇小说及诗文集《枕亚浪墨》,也都在不到十年中印行了12版。另外,有些畅销书的版数根本无法统计,因为盗版的实在太多了,如《九尾龟》据说版式就有数十种之多。

比起一些风靡一时的政治读物或者教科书来,②畅销小说的印数当然不算什么;可比起其他书籍,小说的发行量还是相当惊人的。考虑到当时出版业的落后和读者层的单薄(在晚清影响很大的《新民丛报》,最高发行量才达到14,000份;老牌的《申报》,到1918年也才发行30,000份。报刊尚且如此,书籍可想而知),行销一两万已是相当惊人的数字。

更值得注意的是小说在整个出版业中的重要位置。康有为在《日本书目志》卷十的"识语"中称:

> 吾问上海点石者曰:何书宜售也?曰:书经不如八股,八股不如小说。③

尽管1902年开明书店主人夏颂莱在《金陵卖书记》中曾明言"小说书并不销",但指的是"开口便见喉咙"的拙劣之作;至于《黑奴吁天

---

① 包天笑在《钏影楼回忆录》中称见过此书的第18版以及各地方的翻印本,"所以此书到绝版止,当可有数十万册"。

② 据方汉奇《中国近代报刊史》(山西人民出版社,1981年)称,《革命军》在不到十年的时间内印刷二十多版,发行一百一十余万册。

③ 康有为后来有诗云:"我游上海考书肆,群书何者销流多?经史不如八股盛,八股无如小说何。"(《闻菽园居士欲为政变说部诗以速之》)

录》、《十五小豪杰》之类,则"百口保其必销"。由于新学之士的极力提倡,原先主要是粗通文墨的"愚民"读小说,如今连士子们也"易其浸淫'四书'、'五经'者,变而为购阅新小说"。① 于是,新小说的销售市场迅速扩大。而这当然影响及于出版商的营业方针,清末民初小说在整个出版物中所占的比例实在异乎寻常的大。1902—1910 年间,商务印书馆共出版图书 865 种 2042 册,其中文学类占 220 种 639 册;1911—1920 年间商务出版图书 2657 种 7087 册,其中文学类占 626 种 1755 册。② 也就是说,在商务印书馆出版的书籍中,有四分之一是文学书;而所谓文学书,实际上绝大部分为小说。况且,还有一些主要经营小说的出版社,如小说林社、新世界小说社、改良小说社等。估计在整个出版业中,小说所占的比例约在四分之一左右。最突出的是 1907 年,商务印书馆出版书籍 182 种 435 册(含杂志),③ 按当时商务印书馆营业额占全国书业的三分之一这一比例推算,这一年全国出版的书籍大约不过 550 种 1300 册,而其中查有实据的小说就有 199 种之多(翻译 135 种,创作 64 种)④,占三分之一强。

比起欧美、日本等国,中国清末民初的报刊书籍出版无疑仍然十分落后。当我们赞叹出版小说一千多种时,不能不记住梁启超 1904 年提供的不无夸张的统计数字:"查每年地球各国小说出版之数,约八千种乃至一万种。内美国约二千种,英国一千五百余种,俄国约一千种,法国约六百种,伊大利、西班牙各五百余种,日本四百五十余

---

① 老棣《文风之变迁与小说将来之位置》,《中外小说林》第 1 年 6 期,1907 年。
② 据《商务印书馆五十年》统计。
③ 李泽彰《三十五年来中国之出版业》,《中国现代出版史料丁编》下卷,中华书局,1959 年。
④ 统计时依据阿英《晚清戏曲小说目》,其中包括未完稿和部分刊于杂志者。

种,印度、叙利亚约四百种云。"①只是比起前此的出版业来,清末民初的小说出版仍可称为"空前的繁荣"。起码十四年间(1898—1911年)出版的小说比前此二百五十年出版的小说种数还要多这一点,②足以说明晚清小说市场的日趋活跃和兴旺。

---

① 《小说丛话》中饮冰语,《新小说》11号,1904年。
② 孙楷第《中国通俗小说书目》共收录清初至1897年出版的小说275种,袁行霈、侯忠义《中国文言小说书目》共收录清初至1897年出版的文言小说559种,两者合起来也才834种。而单是阿英《晚清戏曲小说目》中收录的1898—1911年出版的小说,就有1145种之多。

通俗小说的历史轨迹
陈大康

湖南出版社 1993 年初版。

本书从宏观视角考察明清通俗小说的历史发展过程及其规律,将小说同时当作文学作品与商品进行研究,使用了传播学、统计学等研究方法,将书坊与书坊主对小说的创作影响作为小说史发展的重要推动力进行考察。

【目录】

序

绪论

第一章　通俗小说的产生及其特点
　　第一节　通俗小说内涵的规定
　　第二节　"教化为先"传统的确立
　　第三节　创作以改编为主的原因与影响

第二章　通俗小说近二百年停滞局面的形成
　　第一节　印刷业落后的制约
　　第二节　封建统治者的高压控制
　　第三节　抑商政策造成的伤害
　　第四节　重新起步的条件的逐渐成熟

第三章　通俗小说的重新起步
　　第一节　连锁反应的开始
　　第二节　初步繁荣局面的形成
　　第三节　《西游记》与《金瓶梅》的历史地位
　　附　录　关于熊大木的名与字

第四章 过渡时期的繁荣
    第一节 拟话本的形式特征及其蜕变
    第二节 过渡型拟话本的编创方式
    第三节 时事小说的崛起
    第四节 明末其他创作流派的发展

第五章 明末通俗小说迅速发展的原因与特色
    第一节 官方的倡导及其影响
    第二节 小说理论的逐渐成熟
    第三节 文学团体的出现与书坊扩大影响的努力

第六章 迈入独创阶段的清初前期创作
    第一节 以中短篇为主的三大流派
    第二节 清初前期的长篇小说
    第三节 清初前期小说创作继续繁荣的原因

第七章 陷入危机的清初后期小说
    第一节 封建统治者严厉禁毁小说的影响
    第二节 来自通俗小说内部的创作危机
    第三节 克服危机力量的积聚

第八章 《红楼梦》——演变过程完成的标志
    第一节 乾隆朝的创作概况
    第二节 曹雪芹对以往创作经验的继承
    第三节 《红楼梦》对小说创作发展的贡献

结语

后记

【文选】①

第二章　通俗小说近二百年停滞局面的形成
第一节　印刷业落后的制约（节选）

通俗小说停滞了近200年后的重新起步是在嘉靖年间,作品数量逐渐增多是在万历朝,而这正是明代的印刷业得到长足发展的时候。晚清时的创作状况更能说明问题。明清通俗小说的种数约有一千余种,其中几乎一半是出于晚清这20—30年中。通俗小说能如此突飞猛进地发展,西方先进的印刷技术的引入是其必不可少的物质前提。同治十一年,《申报》馆开始采用手摇轮转印刷机;光绪五年,专门从事石印业务的点石斋成立;光绪二十四年,上海印刷业开始采用欧式回转印机;光绪二十六年,纸型技术又被引入。印刷新技术的相继引入,使得通俗小说的出版成为较容易的事。以石印为主的上海书局在光绪二十一年这一年里至少出版了十多种通俗小说,而商务印书馆仅在光绪三十四年里就接连推出了《海上繁华梦》、《学究新谈》、《瞎骗奇闻》、《市声》等多部新作。在靠雕版印刷的年代里,这样的出书速度是任何书坊都不敢想象的。由上述可知,通俗小说史上的两次大发展,都是伴随着印刷业的进步而发生的。尽管这不是唯一的决定因素,但谁也无法否认这是必不可少的物质前提。

一部通俗小说得到刊印,这不仅在数量上保证了能被广大读者阅读,而且在经济上也减少了传播时的障碍。如《红楼梦》最初是以抄本流传,"好事者每传抄一部,置庙市中,昂其值得数千金"②。虽然人们用"不胫而走"来形容这部作品所受到的欢迎,但数十两银一

---

① 陈大康《通俗小说的历史轨迹》,湖南出版社1993年版,第37—39页。
② 程伟元:《红楼梦序》。

部的价格却是广大读者无法承受的。自程伟元的萃文书屋刊印此书后,翻印者日多,书价也随之大幅度下降。先进的印刷技术引入后,书价还可降至更低,而印数则可大量增加。在雕版印刷时,当书板印了几千部后就会因磨损而不能再用,万历时余象斗之所以要重刻《列国志传》,其原因就是"惟板一付,重刊数次,其板蒙旧"①。铅印或石印在这方面表现出了巨大的优越性,如曾朴的《孽海花》在短时间内就连续翻印了15版。印数多,书价低,这两者保证了通俗小说能在最大的范围里流传,只有在这样的环境中,通俗小说才能充分地发展。

印刷业与通俗小说的关系并不止于传播方面,实际上它还是影响创作的因素之一。对作者来说,取之不尽的创作源泉固然应是现实的社会生活,但借鉴已在世上流行的通俗小说的创作经验也异常重要。许多人投身通俗小说创作的重要原因之一,就是因为世上有通俗小说这样一种文学样式在流行,并且那些作品深受广大读者的欢迎。这种刺激会导致新作品的问世,随后它们又与已有的作品一起刺激着更后来作家的创作。然而,要形成这种连锁反应,须得有承担印刷的书坊介入。《西游记》及其影响是这方面的一个例证。这部作品约成书于嘉靖朝后期,但最早的刊本却出现在约四十年后的万历二十年。在这段时间里,除了隆庆三年刊印的那本粗糙简陋的《钱塘渔隐济颠禅师语录》之外,到目前为止尚未发现有什么神魔类的通俗小说。可是自《西游记》刊印后,紧接着在万历二十五年就出现了罗懋登的《三宝太监西洋记通俗演义》,万历三十年刊出了余象斗的《北方真武玄天上帝出身志传》,万历三十一年与三十二年又分别刊

---

① 余象斗:万历三十四年三台馆版《列国志传》"识语"。

出了邓志谟的《铁树记》、《咒枣记》与朱星祚的《二十四尊得道罗汉传》,而《封神演义》、《飞剑记》、《牛郎织女传》等神魔小说也都出于此时。在这些神魔小说中,《三宝太监西洋记通俗演义》袭取《西游记》的痕迹尤为明显,而它的问世仅在《西游记》刊行的五年之后。在明代,崇道气氛最为炽烈当数嘉靖朝,这也是《西游记》出现的背景,但整个神魔流派的形成却不在嘉靖朝,而是紧接着《西游记》刊行之后。这几十年的时间差提示我们,在分析这流派形成的原因时,首先应注意到《西游记》刊行后所产生的影响。

以上的论述表明,通俗小说的发展对于印刷业有着极大的依赖性,如果印刷业尚未发展、普及到一定的水平,或者对刊印通俗小说尚无较浓厚的兴趣,那么通俗小说的处境将是十分艰难的。

明代小说史

陈大康

上海文艺出版社2000年初版。

本书以独到的小说史观,把明代小说史视为精神产品与商品不断再生产的过程,重视出版和传播对小说的制约和推动作用,运用了新的研究模型去诠释明代小说的历程,即作者、出版、小说理论、官方的文化政策以及读者这五个交叉影响、互相制约的因素,形成一股合力影响了小说的发展。书中借鉴和运用了模糊数学、突变论、数理统计等思想或方法。本书突出书坊和书坊主以及传播的作用,其研究视角和方法呈现出与以往小说史不同的编写方式与特点。

【目录】

明代小说研究与文学遗产继承问题(序)

导言

第一编 明初的小说创作(洪武至洪熙四朝 1368—1425)

  第一章 战乱后的创作飞跃

    第一节 《三国演义》与国家的分裂和统一

    第二节 《水浒传》与元末的农民大起义

    第三节 《剪灯新话》中的战乱图景

  第二章 在传统约束下的选择

    第一节 明初通俗小说的历史渊源

    第二节 采用改编手法的必然性

    第三节 明初文言小说创作风格的变化

第三章　开辟方向的示范与规定
　　第一节　通俗小说内涵的规定
　　第二节　羼入诗文手法的运用及其原因
　　第三节　"教化为先"的传统的确立

第二编　萧条与复苏(宣德至正德七朝　1426—1521)
　第四章　政治高压下的生存危机
　　第一节　明初文学创作的概况与氛围
　　第二节　小说发展停滞的政治原因
　第五章　传播环境对创作发展的制约
　　第一节　通俗小说的发展与对传播载体的依赖性
　　第二节　明初的印刷状况与抑商政策的伤害
　第六章　文言小说创作的复苏
　　第一节　先行复苏的原因与志怪小说
　　第二节　内容庞杂的逸事小说
　　第三节　寓言小说与传奇
　第七章　通俗小说创作复苏的预前准备
　　第一节　说书艺人的贡献与话本的流传
　　第二节　三大阻碍因素的变化

第三编　嘉靖、隆庆朝的小说创作(嘉靖、隆庆二朝　1522—1572)
　第八章　通俗小说创作的重新起步
　　第一节　连锁反应的开始
　　第二节　《大宋演义中兴英烈传》的编创方式
　　第三节　"熊大木模式"及其意义
　第九章　渐与现实贴近的文言小说创作
　　第一节　创作环境的进一步改善

第二节　重志怪轻传奇的创作格局及其成因
　　第三节　逐渐贴近现实的逸事小说
第十章　明代的中篇传奇小说
　　第一节　中篇传奇多羼入诗文的手法与小说观念的变迁
　　第二节　中篇传奇小说内容的流变
　　第三节　明代中篇传奇小说的地位与意义

第四编　繁华与危机的双重刺激(万历、泰昌二朝　1573—1620)

第十一章　讲史演义的繁荣与公案小说的流行
　　第一节　万历朝讲史演义的创作概况
　　第二节　面对矛盾的惶惑与尝试
　　第三节　明后期的公案小说
第十二章　《西游记》与神魔小说
　　第一节　《西游记》作者的再创作
　　第二节　万历后期的神魔小说
　　第三节　神魔小说的崛起及其意义
第十三章　《金瓶梅》与人情小说
　　第一节　《金瓶梅》的成书与流传
　　第二节　创作直接反映现实的开始
　　第三节　万历朝前后的色情小说
　　附录：关于《金瓶梅》的作者考证
第十四章　文言小说的创作与小说选编本的流行
　　第一节　渐成时尚的笔记小说的编撰
　　第二节　传奇小说创作传统的重新恢复
　　第三节　专题性类书与小说合刻集

第五编　明末的小说创作

第十五章　文人的参与及小说理论的总结

第一节　明末小说创作的舆论环境

第二节　小说理论的逐渐成熟

第三节　文人的推动与书坊扩大销路的努力

附录：

明中后叶文言小说作者情况简表

明中后叶序、刻前代小说者简况

明中后叶官员、名士与通俗小说关系简表

第十六章　拟话本与编创手法的过渡

第一节　拟话本的形式特征及其蜕变

第二节　过渡性拟话本的编创方式

第三节　拟话本创作中的三大主题

第十七章　时事小说的崛起与明末其他小说创作

第一节　时事小说的产生原因与归类标准

第二节　时事小说的特色与价值

第三节　明末的其他小说创作

结语

明代小说编年史

明代小说编年史人名书名索引

小说史的叙述视角、叙述体例和叙述方法——兼评陈大康《明代小说史》

后记

【文选】①

第三编　嘉靖、隆庆朝的小说创作
第八章　通俗小说创作的重新起步
第三节　"熊大木模式"及其意义（节选）

上节所分析的《大宋演义中兴英烈传》的编创方式，其实就是"熊大木模式"典型的表现形式之一，而若要进一步了解这种模式在通俗小说发展史上的地位与意义，就还得从这部作品的问世经过说起。大约是嘉靖三十年（1551）的某一天，建阳书坊清白堂主杨涌泉拜访了他的姻亲、书坊忠正堂主熊大木。这件事在当时根本不被人注意，然而它却是熊大木编撰通俗小说生涯的起点，因此也可以视为后来数十年间书坊主主宰通俗小说创作之滥觞。那位杨涌泉拜访时带了一本浙江出版的《精忠录》。此书叙述了岳飞的业绩，并收录了从南宋直至明代表彰岳飞的各种诰谕、表章与诗文。杨涌泉出于职业的敏感，意识到若将这部"意寓文墨，纲由大纪"②的文集改写为通俗小说，就一定能畅销于世，因为民族英雄岳飞的故事如同三国故事一样，一直为民间大众所津津乐道，但后者已有《三国演义》，而前者却无相应的通俗小说行世。或许是杨涌泉自己的文化程度尚拙于作书，于是他就去找"眷连"熊大木"恳致再三"："敢劳代吾演出辞话。"熊大木作了一番"才不逮班、马之万一，顾悉能用广发挥哉"③的谦虚后答应了他的请求，最后写成了《大宋演义中兴英烈传》。从这一过程来看，该作品的问世带有一定的偶然性，但纵观明代小说的发展历程，在通俗小说创作重新起步的当时出现这一类作品，而且又是由熊

---

① 陈大康《明代小说史》，人民文学出版社2007年版，第247—256页。
②③ 熊大木：《大宋演义中兴英烈传序》。

大木这类书坊主编撰而成,这其间却有着一定的必然性。

正如第一节中所言,《三国演义》、《水浒传》等作品在嘉靖间刊印后受到了广大读者的热烈欢迎,坊主们惊喜地发现了一条新的生财之道,然而此时除了问世于明初的《三国演义》等作之外,世上并无其他作品可供刊印。由于职业的关系,最清楚广大读者的阅读热情、稿荒的严重以及两者间的尖锐矛盾的书坊主,为维护售多利速的生财之道,对这一局面最感焦虑的也是书坊主。倘若是别种行业的商人,那么不管销售形势是如何的供不应求、本低利高,一旦货源告罄,他们便只得徒唤奈何。书坊主则不然。职业的需要使他们的文化水准远高于其他商人,其中有些人也确能编撰较粗陋的通俗小说。因此,既然此时文士们出于传统的偏见尚不屑于创作通俗小说,那么对利润的追逐便很自然地将本应只负责传播环节的书坊主引入创作领域充任作者角色,这也就是本阶段以及万历朝前期大部分通俗小说出自书坊主之手的原因。从这一角度考察,书坊清江堂主杨涌泉与书坊忠正堂主熊大木策划与编撰那部《大宋演义中兴英烈传》,便不能再视为一个纯属偶然的事件。

杨涌泉与熊大木的策划大获成功。《大宋演义中兴英烈传》在刊刻后不仅是销售顺利,而且还风行一时,即使仅据至今尚存的刊本作统计,它在明代也至少先后被七家书坊翻刻,①同时这部作品还有精美的抄本传入了皇宫。②在当时的形势下,他们的尝试成功实是必然之事,而受此鼓舞,熊大木又接连编撰了《唐书志传》等三部作品。其

---

① 详见孙楷第《中国通俗小说书目》。
② 孙楷第《日本东京所见小说书目》论及《大宋演义中兴英烈传》时曾云:"余曾见法人铎尔孟氏藏一明钞大本。图嵌文中,彩绘甚工,虽不免匠气,的是嘉靖时内府抄本。则当时此书曾进御矣。"

后,又有一些书坊主开始仿效,他们或自己动手,或雇用下层文人编撰,在万历中后期文人逐渐重视并参与创作之前的数十年里,基本上就由书坊主主宰了通俗小说的创作。明前期诸条件的限制造成了创作上的青黄不接,于是明代小说的发展也就不可能避开这一特殊阶段,即使没有熊大木,也总会有别的书坊取代他的工作以解决严重的稿荒问题。现在,既然种种偶然因素的交集使熊大木成了始作俑者,我们也就不妨将这一特殊阶段的创作及其较独特的形态,概括地称之为"熊大木模式"。

具体而言,"熊大木模式"具有两层含意。首先,它是指负责传播环节的书坊主越位,成为创作的主体,从熊大木开始到万历中期,他们几乎垄断了通俗小说创作领域。如果不是只孤立地考察作品而是同时又注意它的社会影响,那么从作家动笔到广大读者欣赏作品便构成了一个完整的过程,而创作与刊售则是该过程中最主要的两个既相互联系且又相对独立的环节。在通常情况下,在两者互相适应,处于一种动态平衡状态,但是在某些特殊的阶段,也会出现因某一环节异常薄弱而导致严重失衡的情景。在小说史上,也确实有过作者涉足出版业自办发行的事例,如清初的李渔,不过像他这样为维护自己作品的版权不遭侵犯而自办发行的现象毕竟较为罕见。小说发展的事实已经证明,全局性出版环节的解决并不是由于作家的干预或介入,而是得靠物质生产条件的改善与社会诸相关因素的综合影响,问世于明初的《三国演义》等作品到嘉靖年间方能刊出,便是这方面有力的例证。可是反过来,书坊主介入创作的现象在小说史上却不时可见,在嘉靖、万历时发生得尤为频繁、集中,故而能用"熊大木模式"来代指这引人注目的格局。

当出版环节扩张其功能以弥补创作领域的不足时,尽管书坊主暂时地拥有了作家的称号,或暂时地一身二任,但是他们的创作动机、文化水准与艺术品位都表明了这些人仍然还是书坊主,其编撰方式幼稚而粗糙,作品也有着易于辨认的形态,这便是"熊大木模式"的第二层含意。在数十年间,书坊主编撰通俗小说的手法并未有过太大的变化,熊大木是首开其风者,而他的第一部作品《大宋演义中兴英烈传》,则是对这种编撰方式的相当典型的示范。

"熊大木模式"形成于《大宋演义中兴英烈传》的编撰,这位书坊主后来的三部作品基本上也都是用这样的方式编撰成书。《唐书志传》的叙述一依《通鉴》,间亦采及词话、杂剧中的内容,如"秦王三跳涧"之类;《全汉志传》的编撰显然也是既依据史书,同时也参考如元代建安虞氏所刊的《全汉书续集》等平话;至于《南北宋志传》,熊大木自称是"依原成本,参入史鉴年月编定","收集《杨家府》等传总成二十卷"。① 这里"收集"二字用得极妙,实际上他是抄袭。戴不凡先生曾经将该书中的《南宋志传》与《五代史平话》细加对勘,得出了如下的结论:

> 总起来看,两本之异同约有下面几点:(一)《志传》文繁;但是,《平话》中原文几乎全被《志传》抄进去了。(二)《志传》文繁之处,有不少是为了增叙打仗的热闹场面,但有时是为了介绍人物、情节,以及适应章回小说每回开头和结尾处的需要。(三)《志传》增加了像上举一百十四字的诏旨(以及奏表)全文之类。(四)它增加了"有诗为证",特别是周静轩的许多诗。

熊大木在抄袭的基础上略作改写,其改写时的心态也一见可知:增叙

---

① 三台馆版《北宋志传》第一回前"按语"。

打仗厮杀的热闹场面其实是为了吸引读者；引用诏旨奏章之类是强调作品所述故事的真实性；而插入一些"有诗为证"则是想使通俗小说带上一点"雅"味。正如前面所述，引用诏旨奏章与插入"有诗为证"是模仿的产物，而熊大木如此看重这种形式，看来是为了作品能争取到士人的认可，这样既能增加读者的数量，又能获得更有影响的舆论支持。由戴先生的分析可以看出，熊大木的编撰手法在后来也并没有什么改变。这位书坊主在不长的时间内接连完成四部长篇小说的写作，他的编撰方式就是保证能以惊人的速度不断推出新作的必要前提之一，而通过这四部作品的编撰，以及它们传世后所产生的影响，"熊大木模式"也就基本定型了。

……

通过对本阶段通俗小说作者的大致了解，我们已可发现这样两个重要事实。首先，那些作品中的大多数出自福建建阳，这意味着此时全国的出版中心同时也就是通俗小说的创作中心。虽然当时作品总的数量不多，但却已明显地显示出此种迹象。随着创作的逐步的繁荣，两个中心合一的情况将越发引人注目。自万历后期开始，全国的出版中心逐渐移至经济更为发达的江浙一带，此时我们又可看到通俗小说的创作中心也发生了同步的转移。上述史实表明，通俗小说的创作从重新起步时开始，即已充分地显示出它对来自出版业的支撑的依赖性。其次，本阶段中，主要是书坊老板在从事通俗小说的编写，除沈孟柈的身份现暂不清楚外，其余的六部中竟有五部是出自书坊主或至少与书坊主关系极为密切的人之手，此时若无郭勋编撰的《英烈传》，那么便可说是书坊主垄断了通俗小说的创作。这种现象的产生并不是偶然的，而且它还将持续几十年，其原因则在于通俗小说既是精神产品又是文化商品这双重品格的矛盾统一。一旦通俗小说以商品的身份进入流通渠道并获得成功,那么在供求法则的调节下,它的生产或迟或早会因受刺激而渐与流通的状况相适应,而书坊主的介入,则又加快了这一进程。总之,这是发展过程中的必经阶段,不能想象通俗小说的创作能够舍此而跃至繁荣。

明清时期的小说传播
宋莉华

中国社会科学出版社 2004 年初版。

本书结合传播学理论,确定了以下几个方面作为研究重点:明清社会状况与小说传播的大致分期;小说流传方式与印刷技术的演进;影响小说传播的几种符号;明清小说的流通渠道;小说传播的文化增殖效应等等。其中涉及抄本、评点、续书、禁书、小说与戏曲的双向渗透等问题。全书从社会影响的角度揭示这些要素本身在小说流通中的作用。

【目录】

导论

上编　明清时期通俗小说的传播

　第一章　明清通俗小说传播的社会背景与分期

　　第一节　都市化进程推动了通俗小说的繁荣

　　第二节　小说传播的起步阶段(明初至明正德)

　　第三节　小说传播的黄金时期(明嘉靖至清康熙)

　　第四节　小说传播转入低潮时期(清中叶以后)

　第二章　印刷技术的演进与小说的传播方式

　　第一节　刊刻

　　第二节　传抄

　第三章　影响明清小说传播的几种符号

　　第一节　插图与明清小说的阅读及传播

　　第二节　方言与明清小说及其传播

　　第三节　明清小说评点的广告意识及其传播功能

第四章 明清小说的流通渠道
　　第一节 书坊与书坊主人
　　第二节 书场与说书艺人
　　第三节 明清通俗小说流通的其他渠道
　　第四节 禁毁：小说流通渠道中的双刃剑
第五章 小说传播中的文化增殖效应
　　第一节 文化增殖效应考察之一：续书的产生与流传
　　第二节 文化增殖效应考察之二：小说对戏曲题材的渗透
　　第三节 文化增殖效应考察之三：小说传播对讲唱文学及其他艺术的推动

下编　明清时期文言小说的传播

第六章 丛书与文言小说的流传
　　第一节 丛书的界定与分类
　　第二节 综合性丛书与文言小说的流传
　　第三节 影响深远的明清小说类丛书
第七章 类书与文言小说的流传
　　第一节 类书的界定与收录状况
　　第二节 一般性类书与文言小说的流传
　　第三节 类书体的小说集
第八章 三类文言小说总集的传播
　　第一节 《世说新语》的流传与明清"世说体"小说的兴盛
　　第二节 明清文言笑话集的辑纂与流传
　　第三节 唐传奇在明清的流传与影响

第九章　私家藏书、书院、官书局与文言小说的流传

　　第一节　私家藏书与文言小说的流传

　　第二节　书院与文言小说的流传

　　第三节　官书局与文言小说的流传

第十章　文言小说在汉文化圈的汉传

　　第一节　朝鲜时代流传的中国文言小说

　　第二节　江户时代中国文言小说在日本的流传

附录一　明清时期说部书价述略

附录二　近代石印术的普及与通俗小说的传播

参考书目举要

【文选】①

　　上编　明清时期通俗小说的传播
　　　第四章　明清小说的流通渠道
　　　　第一节　书坊与书坊主人

　　书籍的流通渠道包括传播的人和传播的场所两个方面。就明清小说的传播而言,其与书坊及书贾的关系尤为密切。书坊是中国古代民间以刊印销售书籍为业的手工业作坊,叶德辉《书林清话》"书肆之缘起"谓,汉人已有关于书肆的记载,北宋称"书林"、"书堂",南宋称"书棚"、"书铺"、"书籍铺",明清时上述名称则混用不一。②由于"小说淫词"为官刻、私刻所不齿,故多出于书坊。特别是隆庆(1567—1573)、万历(1573—1620)以后,坊刻业盛极一时,坊刊小说

---

① 宋莉华《明清时期的小说传播》,中国社会科学出版社 2004 年版,第 129—139 页。

② 参见叶德辉:《书林清话》,岳麓书社 1999 年版,第 28 页。

更是炙手可热,书坊成为小说流通的最主要通道。

一、书坊街的形成

书坊在选择具体的开设地点时,通常从有利于书籍流通出发。宋代书坊的开设往往以繁华的闹市区为首选,与其他商铺错杂相间。《东京梦华录》记载相国寺:"寺东门大街皆是幞头、腰带、书籍铺、冠朵铺席、丁家素茶。"①相国寺是当时的瓦市,热闹非凡。宋王栐《燕翼诒谋录》谓:"东京相国寺,乃瓦市也,僧房散处而中庭两庑可容万人。凡商旅交易皆萃其中,四方趋京师以货物求售转售他物者,必由于此。"②宋南渡之后,书坊仍集中在临安的瓦舍勾栏附近。《大唐三藏取经诗话》卷尾即有"中瓦子张家印"。荣六郎书籍铺刻本《抱朴子》题曰:"旧日东京大相国寺荣六郎家,见居临安府中瓦南街东,开印经史书籍铺"云云。

明清书坊开设的位置既考虑到人流密集的闹市区有利于书籍销售,又充分意识到文人乃是书籍包括通俗小说的极为重要的读者群和购买群,故书坊亦将县学、府学、书院等周围的地段视为开设的理想场所,并形成专业刻售图书的书坊街、书坊区以其他商业经营为辅。许多地方的书坊街则成功地做到了二者兼顾。胡应麟《少室山房笔丛》云:"今海内书,凡聚之地有四:燕市也,金陵也,阊阖也,临安也。"③本文拟以此四地的书坊街为例加以具体说明。

北京乃明清两代的都城,为全国政治文化中心。其书坊不及金陵之多,当地刻本也有限,却成为明清最大的书籍集散地,正如胡应

---

① 《东京梦华录》卷三"寺东门街巷",《景印文渊阁四库全书》"史部·地理类·杂记之属",台北:商务印书馆1986年版。
② 《燕翼诒谋录》卷二,《景印文渊阁四库全书》"史部·杂史类"。
③ 《少室山房笔丛》卷四"甲部经籍会通四",扫叶山房1923年石印本。

麟《少室山房笔丛》所云:"燕中刻本自稀,然海内舟车辐辏,篚筐走趋,巨贾所携,故家之蓄,错出其间,故特盛于他处。"①明代北京书坊大多在大明门、正阳门一带。正阳门至大明门前为棋盘街,是东西城往来的要冲。《长安客话》载:"大明门前棋盘天街,乃向离之象也。府部对列街之左右。天下士民工贾以牒至,云集于斯,肩摩毂击,竟日喧嚣,此亦见国门丰豫之景。"②正阳门俗称前门,早在元代,这一带已是民居稠密,市井繁华了,至明代,更是几乎集中了全城的商业、服务业作坊及娱乐场所。清中叶后,北京书肆渐移至正阳门西琉璃厂,其地点适中,有着独特的地理优势。

汪启淑《水曹清暇录》载:

> 琉璃厂在正阳门西,盖造内用琉璃瓦也。厂门楼,名瞻云阁。厂内有官署,厂外余地颇广,树木茂密;有石桥,度桥而西,土阜高数十仞,足供登眺。街长里许,百货毕集,玩器书肆尤多。元旦至十六日,游者极盛,奇景异观,车马辐辏。③

潘荣陛《帝京岁时纪胜》载:

> 琉璃厂在正阳门外之西。厂制东三门,西一门,街长望许,中有石桥。桥西北为公廨。东北楼门上为瞻云阁,即窑厂之正门也。厂内官署、作房、神祠之外,地基宏敞,树木茂密,浓荫万态,烟水一泓。度石梁而西,有土阜高数十仞,可以登临眺远。门外隙地,博戏聚焉。每于新正元旦至十六日,百货云集,灯屏琉璃,万盏棚悬,玉轴牙签,千门联络,图书充栋,宝玩填街。更

---

① 《少室山房笔丛》卷四"甲部经籍会通四",扫叶山房1923年石印本。
② 《长安客话》卷一"皇都杂记·棋盘街",北京古籍出版社1980年版,第11页。
③ 转引自孙殿起《琉璃厂小志》,北京古籍出版社1982年版,第29页。

有秦楼楚馆遍笙歌,宝马香车游士女。①

光顾书肆的读者层次十分复杂,士民工商无所不有。自乾隆三十八年四库开馆起,琉璃厂又成为文人学士常至之所。当时参与《四库全书》的编撰者,多系翰詹中人,且多寓居宣南,琉璃厂距其居处较近,故吸引了许多文士。王士禛(1634—1711)、罗聘(1733—1799)、孙星衍(1753—1818)、朱彝尊(1629—1709)等好学之士皆曾寄居于琉璃厂毗邻处。②琉璃厂一带闹静结合,雅俗汇流,书坊集中于此,形成专门的图书市场,间以多种器玩古董铺,无疑在最大层面上吸引了读者。

南京、苏州亦形成了书坊街,两地图书出版之盛也与此不无关系。"凡金陵书肆,多在三山街及太学前。凡姑苏书肆,多在阊门外及吴县前。"③《桃花扇》第二十九出,书坊主人蔡益所曾对三山街书肆之盛作了如下描述:

> 天下书籍之富,无过俺金陵。这金陵书铺之多,无过俺三山街;这三山街书客之大,无过俺蔡益所。(指介)你看十三经、廿一史、九流三教、诸子百家、腐烂时文、新奇小说,上下充箱盈架,高低列肆连楼。不但兴南贩北,积古堆今,而且严批妙选,精刻善印。俺蔡益所既射了贸易诗书之利,又收了流传文字之功;凭他进士举人,见俺作揖拱手,好不体面。

三山街一带是明代重要的商业区:"百货聚焉。其物力,客多而

---

① 转引自孙殿起:《琉璃厂小志》,第7页。
② 转引自孙殿起:《琉璃厂小志》,第12页。
③ 《少室山房笔丛》卷四"甲部经籍会通四"。

主少,市魁驵侩,千百嘈卉其中,故其小人多攫攘而浮竞。"①距三山街不远即为府学,乃文人士子出入之所,又隔着秦淮河与声色场所旧院相对。苏州书坊街的位置与之相仿,集中于阊门外及吴县前。阊门紧邻大运河,其东南不远处为县学,西北则与青楼林立的山塘街衔接,七里山塘街之后即为风景名胜虎丘,可谓水陆并达。故这一带最是姑苏花柳繁华之地,同时又是富室聚居之所。从清代苏州画家徐扬(乾隆十六年1751被召入宫中作画)所绘《盛世滋生图》可见此地人头攒动,市声喧哗,泊船相接。崇祯吴县志卷十"风俗"云姑苏"城中与长洲东西分治,西较东为喧闹。居民大半工技。金阊一带比户贸易,负郭则牙侩辏集,胥、盘之内密迩府县治,多衙役厮养,而诗书之族聚庐错处,近阊尤多"。五方商贾辐辏云集,又兼诗书之族聚庐错处,出入其间,这种环境对书籍的流通最为有利,故金陵、苏州两地书坊经营非常成功。

此外,杭州的书肆"多在镇海楼之外,及涌金门之内,及弼教坊,及清河坊,皆四达衢也"②。也无非是为了利于书籍的销售。坊刻业发达的福建各地也多有专门的书坊街和书坊区,建阳书坊集于崇化里书坊街,福州集于南后街,泉州集于道口街等等。

二、不拘一格的经营策略

书坊经营之目的,惟在射利。它们往往能根据图书市场的实际情况,迅速调整和变动经营策略,体现出了机动灵活、不拘一格的特点。

明中叶以来之书坊,多集刻、印、销售于一体。如大连图书馆藏

---

① 顾起元(1565—1628):《客座赘语》卷一"风俗",《元明史料笔记丛刊》,中华书局1987年版,第26页。
② 《少室山房笔丛》卷四"甲部经籍会通四"。

乾隆五十六年(1791)自愧轩刻本《西湖拾遗》,封面镌有"杭城十五奎巷内玄妙观间壁青墙门内本衙发兑"的双行牌记,表明自愧轩既刻书又售书。试以闽书坊为例,建阳书坊云集,"建阳崇安接界处有书坊村,村皆以刊印书籍为业"①。并形成大规模的书市,书籍贸易兴盛。"在崇化里,比屋皆鬻书籍,天下客商贩者如织,每月以一、六日集。"②"建阳朱子之乡,士子侈谈文公,书坊之书盛天下。"③清人杨澜(清乾隆间举人,道光元年1821任四川昭化知县)《临汀汇考》提到福建"长汀四堡乡,皆以书籍为业,家有藏板,岁一刷印,贩行远近"④。这些带有手工业作坊性质的商业书房,大多刻印兼发行,属于自产自销的类型。也有些书坊自己刻书,同时兼售其他书坊所刻书籍的。如晚清规模较大、刻书较多的书肆善成堂,除自己刊版印书外,还贩卖其他各坊所刊书籍,许多图书上还保存着"善成堂自在苏杭闽检选古今书籍发兑"的长方戳记。

有的书坊则专事书籍贩卖。如福州书坊多集于南后街,故有"正阳门外琉璃厂,衣锦坊前南后街"之说。其中带草堂、藏古堂、聚成堂、耕文堂、古香斋等书坊皆以贩卖为主。大连图书馆藏乾隆十六年(1751)会静堂刻本《西湖佳话》,封面印有"杭城清河坊下首文翰楼书坊发兑",文翰楼的经营范围也主要是销售。

由于雕版印刷技术要求较高,并非每家书坊都能胜任,于是出现了专门的雕版印行。福州南后街的灵兰堂、陈仁权刻坊、吴玉田刻书坊等专事雕版印刷。有些书商不愿或不能费时、费力、费资刻版,可

---

① 《福建通志》卷七一,《景印文渊阁四库全书》"史部·地理类·都会郡县之属"。
② (明)冯继科等纂修:《建阳县志》卷三,上海古籍出版社1962影印明嘉靖本。
③ 《福建通志》卷九。
④ 《临汀汇考》,光绪四年(1878)刻本。

以向雕版印行或有存版的书坊租借书板印刷。如杨致和本《西游记传》题为"近文堂板"、"龙江聚古斋梓"表明该书乃聚古斋以近文堂板印刷而成。由于人事变迁等缘故,书坊及书板易主是常有之事。张竹坡曾刻有《金瓶梅》书板,"惜其年不永,将刊板抵偿凤遳于汪苍孚,苍孚举火焚之"①。清代泉州书坊郁文堂曾刊刻《说岳全传》、《平闽全传》、《粉妆楼全传》等大量通俗小说,其书板就有很大一部分是从当地辅仁堂收购的旧板。此外,泉州的聚文堂、崇经堂等书坊因经营不善,难以维持,其藏书板多为郁文堂、绮文居等书坊收购。

明清的许多书坊都具有浓郁的宗族色彩,世代相袭,为从事此项经营积累了足够的经验。宗族内部在经营过程中往往互通有无,传递信息,采取多种合作方式相互提携。也有数家书坊合作的情况,如《明经通谱》封面有"京都正阳门外琉璃厂龙云斋、文锦斋、荣林斋、潄润斋、文德斋、文茂斋六家刻字铺承办"字样,凡此种种,不一而足。

书坊出于速售牟利的目的,有时还采取流动书肆的形式,即针对科举考试、庙会、灯会等具体情况,在人流量大的地方开办临时书肆。如北京"每会试举子,则书肆列于场前。每花朝后三日,则移于灯市。每朔望并下浣五日,则徙于城隍庙中。灯市极东,城隍庙极西,皆日中贸易所也。灯市岁三日,城隍庙月三日,至期百货萃焉,书其一也"。杭州的书肆"省试,则间徙于贡院前。花朝后数日,则徙于天竺,大士诞辰也。上巳后月余,则徙于岳坟,游人渐众也"②。此外,在江南地区还有一种特殊的流动书肆即书船。据光绪《乌程县志》卷二九所引《湖录》载:"书船出乌程织里及郑港、谈港诸村落,吾湖明

---

① 刘廷玑:《在园杂志》卷二,金毓黻辑:《辽海丛书》民国二十年(1931)至民国二十三年(1934)辽海书社排印本。

② 《少室山房笔丛》卷四"甲部经籍会通四"。

中叶如花林茅氏、晟舍凌氏闵氏、汇沮潘氏、雉城臧氏,皆广储签帙。旧家子弟好事者,往往以秘册镂刻流传。于是织里诸村民,以此网利,购书于船。南至钱塘,东抵松江,北达京口,走士大夫之门,出书目袖中,抵昂其值,所至每以礼接之。客之末座,号为书客,间有奇僻之书,收藏家往往资其搜访。"①对于河汉纵横、文化事业发达的江南城镇而言,书船不失为一种有效的书籍传播渠道。

三、书坊主人的枢纽作用

书坊作为图书流通的主要渠道,其核心人物是书坊主人。从决定刻印的书籍、策划内容、约集文稿、聘请监督工匠完成刻印一直到市场销售,可以说书坊主人充分参与到了书籍流通的各个环节中来,扮演了作者与读者、文化与商业的中介角色,同时也在雅俗文化及社会各阶层认识的沟通与交流中起到了链接纽带的作用。发掘新的书源以满足市场需要,这对书坊的成功经营至为重要。明清以来,小说读者群不断扩大,小说需求量骤增,故书坊主人广泛结交文人,努力寻求与小说作者灵活多样的合作形式。或聘用文人直接服务于书坊,从事编撰校对工作,如广州庠生朱鼎臣,长期服务于闽书坊,编撰了多种小说《新锲全相南海观音菩萨出身行传》、《新刻音释旁训评林演义三国志传》、《唐三藏西游释厄传》等。②烟水散人《赛花铃题辞》曰:"忽今岁仲秋,书林氏以《赛花铃》属予点阅","予故不敢自为娱商,乞付书林氏,嘱令梓刻,以广其传。而烟水散人又严加校阅,增补至一六回,更觉面目一新"。此烟水散人还曾编次《桃花影》,该书卷四最后一回与正文联结处有一段作者自叙文字:"今岁仲夏,友人

---

① 清潘玉璿修、周雪濆等纂:《乌程县志》,光绪七年1881刻本。
② 参见李时人:《明刊朱鼎臣〈唐三藏西游释厄传〉》,《明清小说论丛》第三辑。

有以魏生事嘱予作传。予亦在贫苦无聊之极,遂尔坐水钓矶,雨窗十日而草创编就其事。……友人必欲授之梨枣。但不知世有观者,果信之耶抑疑之耶。此非予之怪悦也。予盖闻之白云坞老人云。"尽管作者闪烁遮掩,但已可见出烟水散人是非正式地受雇于书坊的潦倒文人,其编书之举乃是受命于坊贾,意在获利的商业性行为。或聘为塾师,从事教职之余参与书籍编撰工作,如邓志谟受聘于建阳余氏萃庆堂任塾师,著有《铁树记》、《飞剑记》、《咒枣记》、《山水争奇》、《风月争奇》、《梅雪争奇》、《蔬果争奇》、《意婉争奇》八种小说,均由萃庆堂刊行。更多的情况还是书坊主人广与文人交友,殷勤奔走于文人之间,以友人的身份向之索作序言、评点乃至请其修订、编辑书籍。试择几例如下:

雉衡山人《东西两晋演义志传序》云:

今年仲夏,溽暑蒸人,洼居甚苦,偶遇泰和堂主人……主人语我曰:"某欲刻《东西两晋传》,而力有未逮,得君为我商订,庶乎有成。"……余爱是标题甲乙,稍加铅椠,迨秋仲而杀青斯竟。①

明李云翔《钟伯敬评封神演义》"序"云:

余友舒冲甫自楚中重资购有钟伯敬先生批阅《封神》一册,尚未竟其业,乃托余终其事。余不愧续貂,删其荒谬,去其鄙俚,而于每回之后或正词,或反说,或以嘲谑之语以写起忠贞侠烈之品,奸邪顽顿之态,于世道人心不无唤醒耳。②

清蔡元放《东周列国志》"序"云:

---

① 转引自丁锡根:《中国历代小说序跋集》,第940页。
② 《新刻钟伯敬先生批评封神演义》,扫叶山房光绪九年(1883)刻本。

坊友周君,深虑于此。嘱余者屡矣。寅卯之岁,予家居多暇,稍微评骘,条其得失而抉其隐微。①

水箬散人《驻春园小史》"序"云:

兹吾友欲公同好,特为梓行,嘱余评点,细为批阅。②

正是由于书坊主人的殷勤奔走,使作者与读者、文化与商业连接起来,大大提高了书籍的传播速度。

另一方面,书坊主人有相当一部分出身书坊世家,世代业此,如著名的建安余氏及熊、陈、郑、叶、刘、蔡、虞诸家。丰富的经验使这些书坊主人对书坊业务非常熟悉,经营起来驾轻就熟。明清许多新开的书坊,如金陵、北京、武林、歙县等地的书坊也多设在具有刻书传统的地方。据孙殿起《琉璃厂小志》第四章"贩书传薪记"所辑录的资料可知,琉璃厂一带的书肆许多是师徒相传,书坊主人多有在书肆当学徒的经历,这为他们日后独立经营积累了必要的经验。许多书坊主人甚至亲自操觚,编撰小说,如余象斗、熊大木、陆云龙、袁于令等,自编自刻自销,大大缩短了流通的中间环节,加速了小说的流传。

---

① 《东周列国志》"蔡元放序",人民文学出版社 1979 年版。
② 《驻春园小史》"水箬散人序",清乾隆四十八年(1783)万卷楼刊本。

明代书坊与小说研究

程国赋

中华书局 2008 年初版。

本书从出版文化的角度考察小说,尤其是通俗小说作为商品生产、流通的全过程。作者深入探讨了坊刻小说兴盛原因、发展阶段及其特征、稿源、编辑与广告发行、插图、小说体制、小说选本、小说流派、小说评点、小说读者阶层等诸多方面,详细阐述了明代书坊与小说之间的密切联系。肯定了明代书坊与书坊主在小说创作与传播过程中所做的贡献,对其不足也作了必要的说明。

【目录】

绪论

第一章 明代坊刻小说兴盛之原因分析
  第一节 社会经济的恢复发展与城镇的繁荣
  第二节 世风的嬗递与消费文化的崛兴
  第三节 水陆交通发达与对内对外贸易的繁荣
  第四节 经、史地位受到冲击与明朝文化的普及倾向
  第五节 宋元以来的刻书传统
  第六节 刻书原料的充足以及刊刻成本的降低

第二章 明代坊刻小说的发展阶段及其特征
  第一节 前期:明初至正德时期
  第二节 中期:嘉靖、万历时期
  第三节 后期:泰昌、天启至崇祯时期

第三章 明代坊刻小说的稿源
  第一节 明代坊刻小说的稿源渠道

第二节　明代书坊主的小说创作

第三节　明代坊刻小说的稿源特点

第四章　明代坊刻小说的编辑与广告发行

第一节　明代坊刻小说的编辑工作

第二节　明代坊刻小说的广告发行

第五章　明代坊刻小说插图研究

第一节　明代坊刻小说插图的渊源

第二节　明代坊刻小说插图的刊刻形态

第三节　明代坊刻小说插图的功用

第四节　明代坊刻小说插图的地域特征

第六章　明代书坊与小说体制

第一节　明代书坊与演义体的形成与发展

第二节　明代书坊与小说回目

第七章　明代书坊与小说选本

第一节　明代坊刻小说选本的界定及分类

第二节　明代书坊与小说选本的兴盛

第三节　明代坊刻小说选本审美倾向的变迁

第四节　中篇文言小说选本分析

第八章　明代书坊与小说流派

第一节　明代书坊与历史小说流派

第二节　明代书坊与神魔小说流派

第三节　明代书坊与世情小说流派(含情色小说)

第四节　明代书坊与公案小说流派

第五节　明代书坊与时事小说流派

第六节　明代书坊与话本小说流派

第九章　明代书坊与小说评点
　　第一节　坊刻小说评点本篇目统计
　　第二节　坊刻小说评点兴盛原因分析
　　第三节　明代书坊主的小说评点实践及其演变特征
　　第四节　明代书坊与文人评点小说
第十章　明代小说读者阶层与小说刊刻
　　第一节　坊刻小说读者阶层的构成
　　第二节　明代不同时期小说读者主体构成的变化
　　第三节　读者阶层与坊刻小说的通俗化趋势
　　第四节　读者阶层的阅读行为与小说刊刻形态
　　第五节　读者心理与小说刊刻
结语
附录一　明代坊刻小说目录
附录二　明代家刻小说目录
附录三　明代刊刻小说的部分书坊及书坊主考述
附录四　明代小说作家吴还初生平与籍贯新考
附录五　明代书坊与小说研究著作、论文索引
后记

【文选】①
　　　　第三章　明代坊刻小说的稿源
　　　　第三节　明代坊刻小说的稿源特点
　　笔者以上从四个方面论述明代坊刻小说的稿源渠道，即：购刻小

---

① 程国赋《明代书坊与小说研究》，中华书局2008年版，第100—116页。

说、征稿、组织编写、书坊主自编。根据对稿源渠道的考察,并结合明代坊刻小说的整体状况,试图归纳明代坊刻小说的稿源特点。应该指出的是,本节探讨的重点不是稿件自身的特征,而是在明代坊刻小说稿件形成过程中所呈现的特点与规律。

一、书坊主体现很强的参与意识

无论是购刻小说、征稿还是组织编写,或者书坊主自编小说,都体现了明代书坊主强烈的参与意识。这一特定的社会群体由于身份、职业、爱好等缘故,对书籍出版市场有着非常敏锐的把握能力,对读者阶层的需求相当了解,嘉靖后期,建阳书商杨涌泉发现武穆王《精忠录》一书,他预感到此书可能畅销,可以带来巨大的经济利益,所以约请同为书商的熊大木加以编写:

> 近因眷连杨子素号涌泉者,挟是书谒于愚曰:"敢劳代吾演出辞话,庶使愚夫愚妇亦识其意思之一二。"余自以才不及班、马之万一,顾奚能用广发挥哉?既而恳致再三,义弗获辞,于是不吝臆见,以王本传行状之实迹,按《通鉴纲目》而取义。[64]

明代不同时期,在稿源的寻找、发现、拓展方面,书坊主都积极地参与,然而他们参与的方式却不尽相同。嘉靖、万历时期,由于商品经济的迅速发展,城市繁荣,不同层次的读者群体对小说等通俗文学的需求急剧增加,书坊主们大量刊印通俗小说以满足市场之需,不过,明中叶以前,文人的传统小说观念尚未开放,他们虽然参与文言小说的创作与传播,但对小说往往存在矛盾复杂的心态,这种复杂的心态在明代永乐二年进士、曾任国子监祭酒的李时勉身上体现得较为明显,他在永乐年间曾为李昌祺的《剪灯余话》作序,但在正统七年又请禁小说:

《实录》:"正统七年,二月辛未,国子监祭酒李时勉言:'近有俗儒,假托怪异之事,饰以无根之言,如《剪灯新话》之类,不惟市井轻浮之徒,争相诵习,至于经生儒士,多舍正学不讲,日夜记忆,以资谈论,若不严禁,恐邪说异端,日新月盛,惑乱人心;乞敕礼部,行文内外衙门,及提调学校佥事御史,并按察司官,巡历去处,凡遇此等书籍,即令焚毁,有印卖及藏习者,问罪如律,庶俾人知正道,不为邪妄所惑。'从之。"⑥

在明代中期以前的中上层文人中间,李时勉的复杂心态是颇具代表性的。即使到了商品经济十分繁荣、社会风气急剧变化、传统小说观念受到挑战的情况下,还是有不少文人对通俗小说持相当谨慎的态度,万历十七年,进士及第、曾任兵部左侍郎的汪道昆为《水浒传》作叙,不愿意或者不方便用真名,还用了"天都外臣"的化名⑥。明代学者胡应麟对文人这种矛盾的心态予以揭示:"古今著述,小说家特盛;而古今书籍,小说家独传……至于大雅君子心知其妄而口竞传之,旦炽其非而暮引用之,犹之淫声丽色,恶之而弗能弗好也。夫好者弥多,传者弥众,传者日众而作者日繁,夫何怪焉?"⑦一方面是文人的小说观念不够开放,很少参与小说尤其是通俗小说的创作与传播,市场上新创的作品不多,另一方面是社会对小说的需求急剧增加,这两者之间构成矛盾,为解决这一矛盾,书坊主除四处寻找、拓展稿源、组织下层文人进行编写以外,还自己亲自动手创作,在满足市场的同时,也获取高额的利润。

到了明代后期,由于小说观念的改变,小说地位得到很大的提高,以李贽、冯梦龙为代表的中上层文人参与小说的现象日益普遍,稿源市场较为充足,书坊主可以从容地购买稿件,或采取征稿的方式寻求优秀文稿。这一时期尽管凌濛初、陆云龙、袁于令等书坊主也进入小说作者队伍,但从小说创作和传播的整体来看,书商与文人之间的分工更为细致、明确,书商更多地承担起小说传播的职能,或购买小说、或征稿、或组织编写,但很少参与小说的创作,此职能则由文人群体来承担,书坊主与小说作者身份混杂的状况有了很大的改变。

二、对旧本的依赖较多

在明代坊刻小说的序、跋、识语、正文中间,不少作品标明源于旧本。与旧本相关的概念还有原本、秘本、古本、古板、旧传、旧文等等。我们虽然不排除有的书坊假托旧本以抬高身价的可能性,但在明代小说刊刻中,旧本的大量存在是很有可能的,正如明人郎瑛《七修类稿》所言:"我朝太平日久,旧书多出,此大幸也。"⑧另外,我们从具体的小说文本也可以推断,当时的旧本是普遍存在的,并非全为书坊托言,例如,嘉靖三十二年杨氏清江堂刊本《唐书志传通俗演义》标明"金陵薛居士的本鳌峰熊钟谷编集",明确指出旧本作者为"薛居士";万历三十三年西清堂詹秀闽刊《两汉开国中兴传志》卷一注云:"旧本说此蛇众人看时,其大如山;汉祖视之,小如一带。未知的否?但此亦不必论。"崇祯六年杭州名山聚所刊袁于令《隋史遗文》卷之一第三回《齐州城豪杰奋身槿树岗唐公遇盗》回末总评云:"旧本有太子自扮盗魁阻劫唐公,为唐公所识。"这些注文、回评涉及到旧本的具体内容,显然是有旧本作为依据,另外,小说作品以外的其他书籍的刊刻也出现依赖原本的现象,如弘治八年钟德堂刻《中庸章句大全》云:"本堂敬求颁降原本。"以此观之,旧本之说应该不是书坊妄言。

明代坊刻小说的稿源对旧本的依赖较多,尤其是历史题材的作品,嘉靖、万历时期比较明显,明末这种状况虽得到改善,但是还在一定程度上出现依赖旧本的情况,如《隋史遗文》的创作便是如此。明代坊刻小说稿源所依赖的旧本主要包括哪些内涵?笔者以为主要由四个层面构成:一,宋元旧刊小说;二,嘉靖以前刊印的说唱结合的词话本;三,明代社会上流传的小说抄本;四,明末所云旧本、旧传亦指嘉靖、万历时所刊小说。为了比较清晰地阐述明代坊刻小说稿源与旧本之间的密切联系,笔者试列表如下:

小说名称	原刊本或现存最早刊本	文献出处
熊大木《大宋演义中兴英烈传》	嘉靖三十一年杨涌泉清白堂刊	熊大木《序武穆王演义》:"武穆王《精忠录》,原有小说,未及于全文。今得浙之刊本,著述王之事实,甚得其悉。"
熊大木《唐书志传通俗演义》八卷	嘉靖三十二年杨江清江堂刊	标"金陵薛居士的本"。
佚名撰《皇明开运英武传》(即《英烈传》)八卷	万历十九年金陵杨明峰刊	题"原版南京齐府刊行",文中多处标"旧本",如卷一《撒敦设计害忠良 脱脱被谗服鸩酒》:"按旧本《英烈传》:脱脱又遣哈刺答率兵攻破淮安。"
《三国志通俗演义》十二卷	万历十九年金陵周曰校万卷楼刊	周曰校《三国志通俗演义识语》:"购求古本。"
佚名撰、黄化宇校正《两汉开国中兴传志》六卷	万历三十三年西清堂詹秀闽刊	卷一注云:"旧本说此蛇众人看时,其大如山;汉祖识之,小如一带。未知亦否?但此亦不必论。"
余邵鱼《春秋五霸七雄列国志传》八卷	万历三十四年余象斗三台馆刊	封面题字:"谨依古板校正批点无讹。"七卷《茶车窃孙子归齐》一节余象斗评云:"原本言孙子嘱袁达不可斩庞涓。"
施耐庵撰、李卓吾批评《忠义水浒传》一百卷	万历三十八年杭州容与堂刊	明·怀林《批评水浒传述语》:"《水浒传》讹字极多……俱照原本不改一字。""一如原本。"

续表

小说名称	原刊本或现存最早刊本	文献出处
佚名撰《皇明开运辑略武功名世英烈传》(即《英烈传》)六卷	万历四十二年余应诏(一题君召)刻	《古本小说集成》据万历余应诏本影印,第25页,标"旧本《英烈传》"
罗贯中撰、杨升庵批评《隋唐两朝志传》十二卷	万历四十七年苏州龚绍山刊	明·林翰《隋唐志传叙》:"前岁偶寓京师,访有此本,求而阅之,始知实亦罗氏原本。"
杨尔曾《东西两晋演义志传》十二卷	万历年间建阳余氏三台馆刊	明·雉衡山人《东西两晋演义序》:"仍旧文而稍加润色耳。"
罗贯中编《按鉴演义全像通俗三国志传》二十卷二百四十节	建阳熊冲宇种德堂万历刊	全名《新刻汤学士校正古本按鉴演义全像通俗三国志传》
罗贯中编《新刻京本按鉴考订通俗演义全像三国志传》二十卷	天启二年建阳黄正甫刊	明·博古生《三国志叙》:"第坊刻不遵原本,妄为增损者有之。"
罗贯中编辑《三国志传通俗演义》十二卷一百回	苏州夏振宇天启刊	全名《新刊校正古本大字音释三国志传通俗演义》
袁于令《隋史遗文》(全称为《剑啸阁批评秘本出像隋史遗文》)	崇祯六年杭州名山聚刊	卷之一第三回《齐州城豪杰奋身槠树岗唐公遇盗》回末总评云:"旧本有太子自扮盗魁阻唐公劫唐公,为唐公所识。"(另第三十五、第五十五回回末总评均提及"原本"。)

续表

小说名称	原刊本或现存最早刊本	文献出处
金人瑞评《第五才子书水浒传》	崇祯十四年苏州韩住贯华堂刊	封面题"金阊贯华堂古本"
于华玉《岳武穆尽忠报国传》	崇祯年间友益斋刊	《岳武穆尽忠报国传·凡例》："近有演义旧传一书。"
东吴弄珠客序《金瓶梅》一百回	崇祯佚名刊	封面题《新刻绣像批评原本金瓶梅》
方汝浩《禅真逸史》八卷四十回	明末杭州夏履先刊	夏履先《禅真逸史凡例》："此书旧本出自内府,多方重购始得。"

明人对旧本的态度是相当尊重的,坊刻不遵旧本,还会受到批评,明人博古生《三国志叙》在谈到《三国志通俗演义》刊刻时就批评坊刻不依旧本,妄加改动的现象:"第坊刻不遵原本,妄为增损者有之。"不过,从旧本到明刊小说稿源的形成,期间发生质的飞跃,突出地表现在"义"与"理"的渗透上面,促进了演义体的发展与成熟,熊大木改编旧本《精忠传》就是较为典型的事例:"武穆王《精忠录》,原有小说,未及于全文。今得浙之刊本,著述王之事实,甚得其悉。然而意寓文墨,纲由大纪,士大夫以下遽尔未明乎理者,或有之矣。"⑥于是熊大木在"眷连"杨涌泉的恳求下,"以王(按:指岳飞)本传行状之实迹,按《通鉴纲目》而取义"⑦。这样就完成了从旧本到演义体的过渡。

到了明末,对旧本的依赖程度有所减弱,一方面是经嘉靖到明末,各地书坊的大量刊印,小说旧本市场被发掘殆尽,另一方面,到了明末,小说观念、小说的编创手法都发生巨大变化,文人独立创作的成分逐步增强,反映现实的题材愈来愈受到读者、作者以及书坊主的重视。时事小说的创作,虽然多依塘报、邸报、奏疏而作,且快速成篇,小说的艺术性受到影响,但是它的创作与刊刻标志着古典小说创作从对旧本的依赖、改编到文人逐步独创的质的飞跃。学术界一般认为《金瓶梅》是第一部文人独立创作的小说[21],就明末文人创作、供案头阅读的拟话本而言,冯梦龙"三言"对宋元旧本的依赖和改造,是人所皆知的事实,凌氏"二拍"与笔记等也有很多联系(参见其序),可以说,在中国小说史上,时事小说才是真正意义上摆脱对旧本的依赖、由文人独立创作的、反映现实内容的小说,而这种局面的形成,与熊大木、余象斗、杨尔曾等书坊主的小说创作实践和经验积累、与书坊主陆云龙兄弟的创作及其影响、与小说传统观念的变革都是密切相关的。

三、不同刊刻中心的稿源呈现明显的地域特征

在明代有限的刊刻中心之间,因为当地提供稿源的市场不同,所以引发刊刻形态的差异。吴越之地如南京、苏州、杭州地区,文人群体活跃,稿源充足,所以书坊主可以比较从容地选择既具有较高艺术水平、又适合市场的稿件,他们重视小说刊刻质量,正如明代胡应麟评价金陵、苏州所刊书籍时所言:"书多精整"[22];建阳地区的经济、文化的发展远远不及吴越地区,它以刊刻中心的地位出现,但是经济、文化的发展落后于吴越地区,虽然也有不少下层文人在书坊主周围进行小说的创作与刊印,但是具有较高文学修养、有一定的社会地位、有一定文名的中上层文人参与小说编撰刊刻的较少,所以,在稿源方面比不上南京、苏州和杭州,缺少优秀的稿源,于是只好想尽办法弥补其不足:

一是标明"京本",这在建阳所刊小说中是相当普遍的。"京本"

一词并非明人发明,南宋尤袤《遂初堂书目》即有《京本太平广记》一书,明代建阳书坊在小说刊刻中使用"京本"则有其独特的意义,正如郑振铎先生所言:"闽中书贾为什么要加上'京本'二字于其所刊书之上呢? 其作用大约不外于表明这部书并不是乡土的产物,而是'京国'传来的善本名作,以期广引顾客的罢。"[73]万历十六年余世腾克勤斋刻熊大木编《全汉志传》、万历十六年杨先春刻熊大木《全汉志传》、万历杨先春刻吴承恩撰、华阳洞天主人校《西游记》、万历二十二年余象斗双峰堂刻《水浒志传评林》、建阳杨起元(闽斋)万历三十一年刻吴承恩《西游记》等等,均标注"京本"。明代书坊所言"京本"之"京"指两京(北京、南京),就小说而言,应主要指南京。作为明代小说、戏曲的刊刻中心之一,南京以其稿源丰富、刊刻书籍质量精美而著称,难怪建阳人要冒其名了,建阳人余季月明末刊《盘古至唐虞传》,在封面即直接声称"金陵原梓"。建阳郑以桢宝善堂万历刻《新镌校正京本大字音释圈点三国志演义》,封面题《李卓吾先生评释圈点三国志演义》,封面题"李卓吾先生评释圈点《三国志》,金陵国学原板,宝善堂梓"。标注"京本",突出其稿件来源地,显示小说的正宗地位并藉此扩大小说的影响,这与元杂剧在曲目上标明"古杭新刊"的做法有异曲同工之妙[74]。

二是注重插图等广告促销手段,大多数的建本小说采取上图下文的形式,甚至每页一图,重视评点,明代影响较大的小说评点就是从建阳书坊主余象斗创设的"评林体"开始的;重视小说的广告促销手段;同时,注重压缩刊刻成本,以压低书价,从而应对激烈的市场竞争。稿源的状况在一定程度上影响着小说刊刻形态、刊刻质量。

在小说稿件的选择及刊印上,不同类型、不同风格的小说刊刻体现较为显著的地域性,苏州、杭州、金陵等地刊印情色小说较多,而建阳书坊极少刊刻此类小说,这与不同地区的文化背景、社会风气有着密切的联系。[75]

以上我们从四个方面分析明代坊刻小说的稿源,并阐述明代坊刻小说稿源所体现的特点,得出主要结论如下:

第一,明代坊刻小说稿源主要有购刻小说、征稿、组织编写、书坊主自编等四种渠道。书坊主积极参与拓展稿源,在早期,小说稿件不足的情况下,他们亲自参与小说创作,明后期由于文人小说观念的逐步开放,很多中上层文人投入到小说的创作与传播之中,小说稿源日渐丰富,书坊主与文人之间的分野愈来愈清晰。

第二,明代书坊主以雇佣或聘请为塾师的形式,在其周围聚集了一批像邓志谟这样的下层文人,他们受宋元说话艺人结社传统以及明代中后期结社风气的影响,往往结成社团;这批文人与书坊的结合,有着重要的小说史意义,标志着中国小说创作史上最早的专业作家队伍的形成。

第三,明代坊刻小说尤其是早期的历史题材小说,对旧本依赖较大,到了明代后期这种依赖性才逐步减弱。时事小说的创作与刊刻标志着古典小说创作从对旧本的依赖、改编到文人逐步独创的质的飞跃。

第四,不同刊刻中心的稿源呈现明显的地域特征。南京、苏杭地区稿源丰富,所以重视稿件的艺术水平,重视刊刻的质量,建阳地区的稿源不及南京、苏杭,所以标注"京本"、注重插图等广告手段;在小说稿件的选择和刊印上,不同类型、不同风格的小说刊刻体现较为显著的地域性。

【注释】

⑭⑲⑳参见熊大木《大宋武穆王演义序》,嘉靖三十一年清白堂刊本《大宋中兴通俗演义》卷首。

⑮参见清·顾炎武《日知录之馀》卷四《禁小说》,《续修四库全书》子部杂家类据宣统二年吴中刻本影印。

⑯参见明·沈德符《万历野获编》卷五《勋戚》,第139页,中华书局1959年版。

⑰明·胡应麟《少室山房笔丛》卷二九《九流绪论下》,第282页,上海书店出版社2001年版。

⑱明·郎瑛《七修类稿》卷四十五事物类《书册》篇,第478页,上海书店出版社2001年版。

㉑也有学者提出异议,如徐朔方,参见其《小说考信编》中《金瓶梅成书新探》、《再论〈水浒传〉和〈金瓶梅〉不是个人创作》诸文,上海古籍出版社1997年版。

㉒明·胡应麟《少室山房笔丛》卷四《经籍会通四》,第42页,上海书店出版社2001年版。

㉓郑振铎《西谛书话·京本通俗小说》,第107页,生活·读书·新知三联书店1983年版。

㉔如关汉卿《古杭新刊的本关大王单刀会》、尚仲贤《古杭新刊尉迟恭三夺槊》、石君宝《古杭新刊关目风月紫云亭》、王伯成《古杭新刊关目李太白贬夜郎》、杨梓《古杭新刊霍光鬼谏》、郑光祖《古杭新刊关目辅成王周公摄政》、佚名《古杭新刊小张屠焚儿救母》等。

㉕参见本书第八章《明代书坊与小说流派》第三节《明代书坊与世情小说流派(含情色小说)》有关论述,这里不再赘述。

清代前期通俗小说刊刻考论

文革红

江西人民出版社 2008 年初版。

本书从出版的角度,以小说出版为中心,考察清代前期小说的发展状况。通过对清代前期各地区小说的刊刻者及其所刊小说的种类和数量的统计,并伴以大量的考证,获知清代前期共有小说出版者 177 家,含苏州地区 52 家,杭州地区 32 家,金陵地区 16 家,其他地区合计 30 家,地点不能明确的 47 家。其中文人型出版者 40 家,共推出新的小说作品 65 部,重刻新的小说 12 种;非文人型小说出版者 137 家,共推出新的小说作品 75 部,重刻新的小说 96 种,而其重刻的新的小说中有 54 种原为文人型出版者所刊刻,由此得出结论:清代前期小说出版以苏州和杭州为中心(两地共推出新的小说 103 种,重刻新的小说 41 种),文人型出版者在清代前期小说出版中发挥了重大作用。

【目录】

中文摘要

英文摘要

引言

第一章 清代前期通俗小说出版的地域分布

  第一节 已知清代前期通俗小说及版本总数

  第二节 清代前期通俗小说出版者的地域分析

第二章 清代前期小说出版中心——苏州

  第一节 清代前期苏州地区小说出版概况

  第二节 清代前期苏州地区文人型小说出版者及其所刊小

　　　　　　　　说考
　　第三节　清代前期苏州地区商人型小说出版者及其所刊小
　　　　　　　　说考
第三章　清代前期小说出版副中心——杭州
　　第一节　清代前期杭州地区文人型小说出版者及其所刊小
　　　　　　　　说考
　　第二节　清代前期杭州地区商人型小说出版者及其所刊小
　　　　　　　　说考
第四章　清代前期重要小说出版地区金陵及其他
　　第一节　清代前期金陵地区小说出版者及其所刊小说考
　　第二节　清代前期其他地区小说出版者及其所刊小说考
　　第三节　清代前期地区不明小说出版者及其所刊小说考
第五章　清代前期通俗小说出版者情况的变化及其所起作用
　　第一节　清代前期通俗小说出版者情况的变化
　　第二节　文人型出版者在清代前期通俗小说出版中的作用
第六章　从出版的角度看清代前期通俗小说发展的几个原因
参考文献
附录
　　附表一　《增补中国通俗小说书目》已经著录的清代前期小
　　　　　　　　说版本总表
　　附表二　《增补中国通俗小说书目》未著录刊刻年代，经查
　　　　　　　　实的清代前期小说刊本表
　　附表三　《增补中国通俗小说书目》著录为乾隆刊本，经查
　　　　　　　　实为清代前期小说刊本表
　　附表四　《增补中国通俗小说书目》未收的"四大奇书"及

其他清代前期小说版本表

附表五　《增补中国通俗小说书目》未著录的现存清代前期小说版本表

附表六　《增补中国通俗小说书目》未著录的已佚清代前期小说版本表

附表七　清代前期通俗小说出版者总表

附表八　清代前期拟话本小说版本总表

附表九　清代前期人情小说版本总表

附表十　清代前期才子佳人小说版本总表

附表十一　清代前期色情小说版本总表

附表十二　清代前期神怪小说版本总表

附表十三　清代前期历史演义小说版本总表

附表十四　清代前期时事小说版本总表

附表十五　明代原刻拟话本小说表

附表十六　明代原刻人情小说表

附表十七　明代原刻色情小说表

附表十八　明代原刻神怪小说表

附表十九　明代原刻公案小说表

附表二十　明代原刻历史演义小说表

附表二十一　明代原刻时事小说表

索引一　清代前期通俗小说出版者首字汉语拼音音序索引

索引二　清代前期通俗小说书名首字汉语拼音音序索引

后记

【文选】①

第六章　从出版的角度看清代前期通俗小说发展的几个原因(节选)

二、文人出版者的大量介入和刻、印分工的积极意义

如本书的第五章所述,文人出版者的大量参加小说出版对推动小说的发展起了重大积极作用,但文人资金的相对匮乏则对文人参加小说出版起了限制作用。在这样的情况下,刻、印的分工合作对文人介入小说出版提供了很有利的条件。

所谓刻、印的分工合作就是出资刊版(含组稿)和负责印刷、发行者不是同一个人,而由刊版方和印刷、发行方共同合作。在这样的合作形式中,刊版方往往是文人,印刷、发行方则往往是商人。因为前者善于判断书稿的是否能收到读者的欢迎,也善于组稿(或索性由自己撰写);后者则善于处理印刷、发行中的各种复杂问题。同时,这种方式既减少了文人的资金投入,也有利于资金的回收(他在把书版交给另一方使用时,也就可以获得收益)。

从目前掌握的资料来看,清代前期文人所刻的小说不但在印成后委托书坊发兑,而且已经开始出现了由文人只负责刻板而交由书坊去印行的方式。最明显的是古吴邂世老人的长春阁,其所撰《后七国乐田演义》为长春阁藏板,该书自序后有"邂世老人"、"长春阁"二印,可知长春阁即古吴邂世老人所有,该书为其自己刻板。但现存此书版心上虽刻有"长春阁藏板",扉页左下端则题"古吴陈长卿梓行"。又有冯梦龙所编《列女传演义》,也为长春阁藏板,现存两种版

---

① 文革红《清代前期通俗小说刊刻考论》,江西人民出版社2008年版,第639—642页。

本，一为古吴陈长卿梓行，一为三多斋梓行（为后印本）。可见古吴避世老人是先把《列女传演义》的版木交给陈长卿梓行，后又给三多斋梓行；这也就说明了他之先把此书书版交给陈长卿梓行，并不是卖给后者，而是租给他的；不然不可能后来又交给三多斋。

由此看来，凡是由某家藏版而由另一家梓行的书，都是由一家刊版而由另一家印刷、发行。《后七国乐田演义》当也属于这种情况。藏版者当然持有版权，因而梓行者乃是向其租赁版木，应向其交纳费用。

这种类型的书，除上举长春阁藏版的两种外，尚有上海图书馆藏《新刻全像三宝太监西洋记通俗演义》二十册二十卷，扉页中间大字题"西洋记"，右下方题"映旭斋藏板"，左下方则题"步月楼梓行"①。此书为清代前期刊本。

既然已经标明是"映旭斋藏板"，则书是映旭斋刻的，为什么还要说明是"步月楼梓行"？一般来说，藏板者即刊刻者、版权拥有者，因为自己辛辛苦苦刻的书，不可能放到别人那里去；别人辛苦刻的书，也不可能放在你这里。"梓行"即印刷、发行的意思，你既可以印刷、发行自己刻的书，也可以印刷、发行别人刻的书，这种提法表明虽然刻的一方是"映旭斋"，印刷、发行的一方却是"步月楼"。原来藏板的人出于种种原因，比如资金难以为继，或是扩大印行的范围，自己不去印刷、发行，而是交给别人去印刷、发行，但又不愿意将版权放弃，就采用出租板片的方式以赚钱。

在这样的情况下，"映旭斋"虽然将书交给"步月楼"去印行，但

---

① 《新刻全像三宝太监西洋记通俗演义》二十册二十卷，映旭斋藏版，清代前期步月楼梓行本，上海图书馆藏。

仍然具有此书的版权;而"步月楼"仅仅是取得了印刷、发行的权利,也就是后印的权利,即"映旭斋"实际上是把小说的板片出租给了"步月楼",但并没有卖掉自己的版权:你拿去印,利润归你;但版权还是我的。板子不卖出来,就有权;卖出去,他就没有权了。因为版权还是他的,所以,在版权页上仍具有冠名权,于是就出现了上述那种一书中有两个书坊名称同时存在的情况。这种两个书坊共同标注版权的做法,是判断版权是买卖还是租赁的重要标志。

总之,这种合作的方式是:你把我的书版拿去印,给我一笔钱;书卖出去后,你也可以从中得到好处。从原则上说是双赢,在具体操作上当还有双方都必须遵守的协议。这种协议的情况目前还一无所知。

那么,出租板片的经营方式起源于何时呢?据张秀民《中国印刷史》记载,出租板片的经营方式起源于宋代,当时称为"板头钱"或"赁板钱",这种经营方式在明朝得到继承:

> 《南藏》刻成后,藏板大报恩寺(在金陵)。外地来南京请经的和尚,可在印经铺住宿,每印一部须付报恩寺板头钱二十两,该寺靠这副经板,每年可得几百两银子的收入。宋朝已有所谓板头钱或赁板钱的名目,不过报恩寺得到的更多。[①]

据此可知,赁板业务起源于宋代,至明朝时已不罕见,当时连寺庙的和尚都出租板片去赚"赁板钱"。明朝时"赁板钱"的计算方法之一,是以部论价的,也就是说,你印一部书,就要付一部书的钱。

此一方式较之由文人刻印后委托书坊发卖更有利于文人之参与小说出版(至少可以省掉印刷费用,而且收入更有保证),因而也就更有助于推动小说出版的发展。

---

① 张秀民.中国印刷史[M].上海:上海人民出版社,1989.351.

明清通俗小说编创方式研究

纪德君

社会科学文献出版社 2012 年初版。

本书从编创、传播与接受之交互作用的角度,研究编创者、书坊主、评点者、读者对明清通俗小说编创方式的具体影响,并在此基础上,分别考察了明清几类主要通俗小说的编创方式,从整体上探讨了明清通俗小说的创作状况、演变趋势及其所体现的艺术规律。其中多章探讨了这一时期书坊与书坊主在小说的编创、传播过程中的作用。

【目录】

绪论
 一　影响与制约通俗小说编创的诸因素
 二　考察编创方式的视角、思路与方法
 三　"编创方式"释义

上编　明清通俗小说编创的多维考察
 第一章　作者与通俗小说的编创
  一　相关研究成果的回顾与述评
  二　通俗小说作者生平状况的整体观照
  三　"发愤著书"与小说编创
  四　"劝善惩恶"与小说编创
  五　"以文为戏"与小说编创
  六　说书艺人与小说编创
 第二章　书坊主与通俗小说的编创
  一　相关研究成果的回顾与述评

二　书坊主编创通俗小说的主要方式
　　三　书坊主翻改通俗小说的主要方式
　　四　书坊主雇请文人编创小说
第三章　评点与通俗小说的编创
　　一　相关研究成果的回顾与述评
　　二　历史演义小说评点与编创的互动
　　三　神魔小说评点对编创的引导
　　四　世情小说评点对编创的影响
第四章　读者与通俗小说的编创
　　一　相关研究成果的回顾与述评
　　二　通俗小说读者的存在方式
　　三　通俗小说读者阶层的构成
　　四　通俗小说读者对小说编创的影响

下编　明清通俗小说编创的分类考察
　第一章　历史演义小说
　　一　《三国志通俗演义》的编创方式
　　二　书坊主的商业化炮制
　　三　评点对历史演义小说编创的引导
　　四　读者对历史演义小说编创的影响
　第二章　神魔小说
　　一　神魔小说编创方式的确立
　　二　书坊主与下层文人的编撰
　　三　文人评点对编创方式的引导
　　四　读者接受对编创方式的影响
　第三章　世情小说的"末流"：艳情小说

一　《金瓶梅》性描写的思路与方式

二　书坊牟利与艳情小说的滥造

三　不删郑卫、以欲为情与写淫止淫

四　刻意媚俗，博人之欢

第四章　世情小说的"异流"：才子佳人小说

一　才子佳人小说创作模式的初步确立

二　书坊主与才子佳人小说的大量复制

三　文人评点与才子佳人小说创作模式的变异

四　读者接受对才子佳人小说创作的影响

第五章　世情小说的主流：世情书

一　世情书的基本创作方式

二　世情书的批评与创作

三　世情书的读者与创作

四　世情书的出版与续作

第六章　英雄传奇小说

一　英雄传奇多脱胎于民间艺人的说书成果

二　说书人对英雄形象的塑造

三　说书人对英雄人物打斗的渲染

四　说书人对故事情节的建构

五　说书人对其他说部的袭用

第七章　公案侠义小说

一　公案侠义小说多脱胎于民间说唱成果

二　说书人演说公案侠义故事的旨趣

三　说书人对故事传奇性的追求

四　说书人对故事趣味性的营造

　　　　五　说书人对故事情节的建构

结语

　　　　一　世代累作与文人集撰
　　　　二　书坊主效颦改编
　　　　三　文人改写拟作
　　　　四　文人独立创作

附录

　　　　附录一　明清时期文人型小说作者生平状况一览表
　　　　附录二　明清通俗小说创作中的浊流
　　　　附录三　明末五部上古史演义小说的史料来源

试论《三国志通俗演义》与《通鉴》、《通鉴纲目》之关系

主要参考文献

【文选】①

　　　　上编　明清通俗小说编创的多维考察
　　　　　第二章　书坊主与通俗小说的编创
　　　　　第三节　书坊主翻改通俗小说的主要方式（节选）

（二）书坊主翻刻、改造通俗小说的方式

　　那么，书坊主是如何翻刻、改造通俗小说的呢？其具体方式主要有如下数种：

　　其一，照版翻刻。书坊主翻刻通俗小说，其最直接者，莫过于发现某部小说畅销后，立即翻刻重印。如前文所举余象斗翻刻熊大木

---

① 纪德君《明清通俗小说编创方式研究》，社会科学文献出版社2012年版，第129—134页。

编写的《新刊大宋演义中兴英烈传》、《唐书志传通俗演义》,即是如此。又如清代北京书坊本立堂刊《彭公案》,其"牌记"云:"如翻此板,男盗女娼。"可笑的是,同在京城的经国堂书坊,不仅立即翻刻了《彭公案》,甚至连这骂人的牌记也照样翻印。

其二,删繁就简。不过,多数书坊主并不满足于照版翻刻。为了招揽读者,他们往往各呈伎俩,或改变书名、版式,或增加插图、评点,或删改情节,压缩字数,并冠以"新刊"或"新镌"等字样。明博古生《三国志叙》即云:"第坊刻不遵原本,妄为增损者有之;不详考核,字至鱼鲁者有之。"《水浒传》也不例外。明天都外臣在《水浒传序》中即这样慨叹:"故老传闻:洪武初,越人罗氏,诙诡多智,为此书,共一百回,各以妖异之语引于其首,以为之艳。嘉靖时,郭武定重刻其书,削去致语,独存本传。余犹及见《灯花婆婆》数种,极其蒜酪。余皆散佚,既已可恨。自此版者渐多,复为村学究所损益。盖损其科诨形容之妙,而益以淮西、河北二事。猪豹之文,而画蛇之足,岂非此书之再厄乎!"明胡应麟在《少室山房笔丛》卷四十一《庄岳委谈》中也叹惜说:"余二十年前所见《水浒传》本,尚极足寻味。十数载来,为闽中坊贾刊落,止录事实,中间游词余韵、神情寄慨处,一概删之,遂几不堪覆瓿。"孙楷第先生在《日本东京所见小说书目》中谈及余氏双峰堂翻刻的《水浒志传评林》时,对其删略旧本诗词、正文的情况做过简要阐析,指出其"于就旧本原有文字删略殊多,实为书肆妄作因陋就简之俗本"。又如崇祯八年刊本《新刻按鉴编纂开辟衍绎通俗志传》,封面署"五岳山人周游仰止集",其序者王黉云:"开辟衍绎者,古未有是书,今刻行之,以公宇内。"据此,《新刻按鉴编纂开辟衍绎通俗志传》的编创者当为周游,可实际上它是翻刻余象斗编集的《列国前编十二朝传》,略加修辑,易名而成。王古鲁先生即指出:"其中

'五岳'及'周游'四字,显系挖补,不意于第一页下半页第一行中发见'余仰止曰',恍然大悟,此原系余氏刊本……版落另一书贾周游之手,遂将'三台馆山人余象斗仰止集'挖改而成,又因本人单名,不能不中空一字,挖改时又因一时大意,未曾将'余仰止曰'改为'周仰止曰',所以露出了这个线索。"① 再如清初苏州书坊啸花轩亦以翻刻通俗小说而出名,其所刊小说二十九种,其中二十种为翻刻本。如《前七国孙庞演义》,有明致和堂崇祯九年刊本,九万五千余字,啸花轩翻刻此书时竟删去六万余字,而书名照旧。

其三,增补穿插。当然,书坊主在翻刻某部通俗小说时也不是一味的删减,他们有时也会对翻刻之书进行增补,而以古本、全本、足本等相标榜。例如,余象斗双峰堂本《批评三国志传》,56.3万字,属于叶逢春本《三国志传》系统,在此基础上又增补了花关索故事。本来,嘉靖元年本《三国志通俗演义》无关索其人其事。周曰校本略叙其事,卷九写诸葛亮南征途中,关索来见,被用为前部先锋,曾接应张盛、张冀,又与王平同往诱敌,孔明在四擒孟获时"只教关索护军"。但是,《批评三国志传》所写不仅比较详尽,而且故事发生在荆州、入川与平汉中时期。当然,余氏峰堂本增补的这些内容,也并非出于自创,而是根据民间说唱改编。实际上,关索或花关索的故事从宋代就开始在民间流传,但与关羽没有任何关系。在《三国志平话》下卷,诸葛亮征孟获时出现了关索。明成化说唱词话中的《花关索传》是明成化十四年(1478年)重刊本,包括花关索的出身传、认父传、下西川传、贬云南传。因此,余象斗根据这些说唱本抄改,自非难事。兹将《批评三国志传》与明成化间说唱词话《花关索传》略作比较,列表

---

① 王古鲁:《王古鲁日本访书记》,海峡文艺出版社,1986,第9页。

如下：

《批评三国志传》	《花关索传》
花关索母胡氏，在关羽逃难时"怀胎三个月"，后在娘家生下花关索。	花关索母胡金定，避居娘家时"腹内怀胎三个月"。在胡家生下花关索。
花关索"七岁时，元宵玩灯，迷失道路，被索员外拾去，养至九岁，送与班石洞花岳先生学习武艺。因此兼三姓，取名花关索。"	七岁时，入城看灯走失，被索员外养为义子。九岁，班石洞花岳收其为徒。十八岁回家，从师花岳及索家姓，唤做花关索。
"先过鲍家庄，遇鲍三娘，后过芦塘寨，遇王桃、王悦。皆与孩儿斗演武艺，比儿不过，愿成夫妇。"	花关索收十二强人，奔西川寻父。经鲍家庄，战败鲍三娘而娶之。过芦塘寨，再败王桃、王悦姐妹，并娶之。
花关索奉母携妇到荆州，父不能认。经张飞排解，父子一家得以团聚。	花关索奉母携妇，由张飞引见，与荆王关羽团圆。
关索随刘备拒曹操，阵前生擒王志。王志原为阆中守将，后降曹。无王志为关索部将故事。	花关索援救张飞，降服西川阆中守将王志，后王志随花关索镇云南、伐吴。
孔明奏请关索镇云南。刘备伐吴时，关索已病卒。	刘备贬花关索为云南把关人。后受诏伐吴，夺回荆州，复父仇。刘备病卒，关索不久身亡。

由上表可见，《批评三国志传》中的花关索故事主要是根据说唱《花关索传》改编、穿插在小说中的。其他书坊主也惯于采用这种伎俩，如明末杨定见、袁无涯在编刻百二十回本《水浒传》时，就采取李卓吾百回本而加入"征田虎"和"征王庆"；并也附有"李卓吾"的评语，自称《李卓吾先生批评忠义水浒全传》。

其四，杂凑汇编。有的书坊主还别出心裁地攘取数种小说之精华，杂凑成书，易名刊售。例如，冯梦龙编纂之"三言"与凌濛初编创之"二拍"流行后，有书坊主即亲自动手或请人帮忙割取其中一些名篇,汇编成书,予以翻刻。如明刊本《觉世雅言》即是如此,该书共八卷,包括八篇话本小说,其中四篇选自《醒世恒言》,二篇选自《喻世明言》,另两篇则分别选自《警世通言》和《初刻拍案惊奇》。有的书坊主则将其所得"三言"、"二拍"之残版,杂凑起来,易名重印。郑振铎在《明清二代的平话集·引言》中即指出:"坊间射利之徒,每每得到残板,便妄题名目,另刊目录,别作一书出版……此种'易淆观听'的'伪书',至今尚存有流传,像所谓别本喻世明言、别本拍案惊奇二刻,及觉世雅言等皆是。"①在《明清二代的平话集·觉世雅言》中,他又指出:"像这样的以各书的残卷,杂凑成书,随便题一书名者,在明清之交几乎成了一个风气。"②还有的书坊喜欢标榜其翻刻的某部小说是"京本"。郑振铎在《明清二代的平话集·京本通俗小说》中即云:"以'京本'二字为标榜的,乃是闽中书贾的特色","闽中书贾为什么要加上'京本'二字于其所刊书之上呢?其作用大约不外于表明这部书并不是乡土的产物而是'京国'传来的善本名作,以期广引顾客的罢。"③因此,他认为,所谓"京本通俗小说大有闽刊的可能"。应该说,这种可能性的确存在。例如,《春秋列国志传》、《全汉志传》既然分别为建阳余邵鱼、熊大木编次,那么又怎可能是"京本"呢?可书贾余象斗仍以"京本"名之。还有的建阳书贾则喜欢在小说封面标示"金陵原梓"。如余季岳所刊《盘古至唐虞传》、《有夏志传》封面即印有"金陵原梓"字样。

其五,修整润色。这也是书坊主惯用的伎俩。如明金陵书贾周

---

① 郑振铎:《西谛书话》,北京:生活·读书·新知三联书店,1998年5月第二版,第97页。
② 郑振铎:《西谛书话》,第140页。
③ 郑振铎:《西谛书话》,第107页。

曰校翻刻《三国志通俗演义》时，即在"识语"中这样说："是书也刻已数种，悉皆伪舛。辄购求古本，敦请名士，按鉴参考，再三雠校，俾句读有圈点，难字有注音，地理有释意，典故有考证，缺略有增补，节目有全像。"有时，书坊主还会对其翻刻的小说的结构、体例进行调整，例如明末崇祯间武林刊本《东西两晋演义》，题"武林夷白堂主人重修"、"泰和堂主人参订"（按，夷白堂主人即杨尔曾），旧有秣陵陈氏尺蠖斋评释、绣谷周氏大业堂校梓本，其书东西晋各自为书，每书若干条，标目而不标回数。杨尔曾所谓"重修"，只是合两晋而为一书，改条为回，缀以七言联对，并对旧本中"先后之倒置，章法之紊乱"的现象略加改正，"仍旧文而稍加润色耳"。又如友益斋于崇祯年间刊刻《岳武穆尽忠报国传》，即"重订"旧传——熊大木的《大宋中兴通俗演义》，其《凡例》声称："旧传沿习俗编，惟求通畅，句复而长，字俚而赘，即有奇谋伟略，鲜不辄而衷之，等于陈谈。兹痛为剪刞，务期简雅，缮较凡七易丹墨，大有分肌劈理、脱胎换骨之功，差足以羽翼正史，压倒肆铃矣。慎毋作稗野观。"这种类型的改编，虽无多少创作成分，不过也可以为改编者创作其他小说积累一些经验。例如，杨尔曾在重修《东西两晋演义》之后的第十一年就编创了《韩湘子全传》，明天启三年（1723年）金陵九如堂刊本，题"钱塘雉衡山人编次"，"武林泰和仙客评阅"，卷首序，后署"天启癸亥季夏朔日烟霞外史题于泰和堂"。

明清时期南京通俗小说创作与刊刻研究

韩春平

暨南大学出版社 2012 年初版。

本书从时空交叉的角度,紧密结合明清时期南京的政治、文化和教育地位,以地域文化为切入点,分别从科举考试与通俗类书、神魔小说等流派的发端新变、小说的评点体例开创与评点流派的形成、金陵版通俗小说插图的文学艺术成就、"南京记忆"文学现象等五个方面较为详细地考察了明清时期南京通俗小说的创作、刊刻和传播的文化特征与成就,以及小说史的意义和影响。

【目录】

总序

绪论

第一章 明清时期南京通俗小说创作与刊刻背景
  第一节 明清时期南京政治、经济和文化地位概述
  第二节 明代中后期南京的文化氛围:"承平仙都"与"江左风流"
  第三节 发达的刊刻条件和讲求质量的刊刻理念

第二章 明代万历间南京通俗类书论
  第一节 科考类书和通俗类书
  第二节 科举考试对南京坊刻本通俗类书编撰与刊刻的影响
  第三节 南京坊本通俗类书收录内容辗转抄引现象论
  第四节 通俗类书结集中篇传奇小说的意义和影响

第三章 明清时期南京通俗小说流派论

  第一节 明代神魔小说流派在南京地区的发端和兴盛

  第二节 明清时期南京世情小说流派

  第三节 明代后期南京书坊刊刻的其他"新"通俗小说

第四章 明清时期南京通俗小说评点论

  第一节 明清时期通俗小说评点渊源和功能

  第二节 明代后期南京坊刻本通俗小说评点的思想和艺术成就

  第三节 明万历十九年周氏万卷楼本《三国志通俗演义》注疏评点的意义

  第四节 清初通俗小说"四大奇书"评点本在南京的刊刻与传播

第五章 明清时期南京通俗小说版画论

  第一节 明代南京通俗小说版画盛行的历史条件

  第二节 明清时期南京通俗小说版画的辉煌成就

  第三节 明代南京通俗小说版画的地域色彩和艺术史价值

第六章 明清时期通俗小说"南京记忆"现象分析

  第一节 明清时期通俗小说"南京记忆"符号化和象征化

  第二节 明清时期通俗小说"南京记忆"情节类型与时代关系

  第三节 《红楼梦》系列小说对金陵温柔富贵乡的追忆和想象

结语

附录

  一、明清时期南京通俗小说创作一览表

  二、明清时期南京通俗小说刊刻一览表

三、明清时期涉及"南京记忆"现象的通俗小说篇目一览表

参考文献

后记

【文选】①

第四章　明清时期南京通俗小说评点论

第四节　清初通俗小说"四大奇书"

评点本在南京的刊刻与传播（节选）

明代万历至崇祯年间，南京既是全国刻书中心之一，又是书籍消费和传播中心。到明清易代，战乱给整个南方书坊业造成沉重打击，南京书坊业也难以幸免，但在清初顺治至康熙初年，清朝政府还未制定严厉的小说禁毁令以前，南京仍然是当时通俗小说重要的刊刻和传播中心。康熙元年李渔从杭州迁居南京开书坊的重要原因之一就是南京书坊出版业风气好，翻刻盗版现象少。具体表现如下：

第一，清初南京书坊业仍然活跃。一批著名书坊入清后继续刊刻书籍，如唐氏世德堂、周氏万卷楼、周氏大业堂、李渔翼圣堂、芥子园、郑元美奎璧斋、胡正言十竹斋等，另外还有不少新兴书坊。清初南京书坊刊刻通俗小说并不多，主要有顺治、康熙年间由明入清的金陵著名书坊周氏大业堂和李渔的翼圣堂、芥子园等。周文炜大业堂入清后由其子周亮工兄弟主持，堂名改为"醉畊堂"。周亮工醉畊堂分别于顺治十四年、康熙十八年刊刻了金圣叹评点本《第五才子书水浒传》和毛纶、毛宗岗父子评点本《四大奇书第一种三国演义》，带动

---

① 韩春平《明清时期南京通俗小说创作与刊刻研究》，暨南大学出版社2012年版，第190—201页。

了"才子书"和"四大奇书"评点本的传播和流行。李渔康熙元年至十六年(1662—1677)间寓居南京,开设书坊翼圣堂和芥子园,刊刻了一系列优秀的通俗小说。周亮工和李渔个人交游广泛以及李渔四处推销书籍,客观上带动了南京书坊出版业的持续繁荣,扩大了周亮工、李渔及其刊刻书籍的影响力。

第二,清初南京仍然是文化消费和传播中心。南京作为清江南省乡试中心,为坊刻本通俗小说提供了消费与传播的土壤和主体。

值得注意的是,明末长篇章回体通俗小说《三国演义》、《水浒传》、《西游记》和《金瓶梅》等"四大奇书"评点本在清代定型和传播,与清初南京书坊业有着密切关系。

……

二、"四大奇书"系列通俗小说的刊刻和传播

(一)周亮工刊刻金批《水浒传》和毛批《三国演义》考

首先,周亮工喜爱通俗小说,于《水浒传》版本的演变、评点者、作者等颇有见地。

周亮工出生于刻书之家,作为名宦、学者兼书坊主,肯定通俗小说的文体独立性,曾批评《续文献通考》把《琵琶记》和《水浒传》列入"经籍志"是"罗列不伦",认为"稗官小说,古人不废",只有小说文体独立,才能垂远。①

《书影》的有关论述表明周亮工十分喜爱《水浒传》,"多恨翻刻讹书及矮人妄注"。②周亮工熟悉《水浒传》诸种版本,他对版本质量和真伪的鉴定与评价可信度强,具有相当高的文献学和版本学价值。

---

① 〔清〕周亮工:《书影》第1卷,上海古籍出版社1981年版,第12页。
② 〔清〕周亮工:《书影》第2卷,上海古籍出版社1981年版,第39页。

周亮工据卷首诗词指出《水浒传》不同版本的演变,云:

> 故老传闻:罗氏为《水浒传》一百回,各以妖异语引其首;嘉靖时,郭武定重刻其书,削其致语,独存本传。金坛王氏《小品》中亦云此书每回前各有楔子,今俱不传。予见建阳书坊中所刻诸书,节缩纸板,求其易售,诸书多被刊落。①

关于《水浒传》的评点本,周亮工指出晚明盛行的李卓吾评点本实为叶昼托名。早在明代万历年间,周氏大业堂就最早刊刻了叶昼托名李卓吾所评点的《李卓吾先生批评西游记》一百回,故周亮工对叶昼托名活动十分了解。如:

> 叶文通,名昼,无锡人,有才情。……当温陵《焚》、《藏》书盛行时,坊间种种借温陵之名以行者,如《四书第一评》、《第二评》、《水浒传》、《琵琶》、《拜月》诸评,皆出文通手。②

寓居金陵的名士盛于斯(1597—1640)与大业堂主人周文炜、周亮工父子友善。其《休庵影语》中也提到大业堂所刊《李卓吾先生批评西游记》为叶昼托名李卓吾所评,云:

> 余幼时读《西游记》,至《清风岭唐僧遇怪,木棉庵三藏谈诗》,心识其为后人之伪笔,遂抹杀之。后十余年,会周如山(文炜)云:"此样抄本,初出自周邸。及授梓时,订书,以其数不满百,遂增入一回,先生疑者,得毋是乎?"……而此回为后人之伪笔,决定无疑。……又若《四书眼》、《四书评》,批点《西游记》、《水浒》等书,皆称李卓吾,其实皆叶文通笔也。③

关于《水浒传》作者问题,周亮工对作者罗贯中、施耐庵、宋人等

---

①② 〔清〕周亮工:《书影》第1卷,上海古籍出版社1981年版,第8页。
③ 朱一玄、刘毓忱:《西游记资料汇编》,南开大学出版社2002年版,第316页。

不同说法表示质疑,认为在证据不足情况下应该持"阙疑"态度。云:

>《水浒传》相传为洪武初越人罗贯中所作。又传为元人施耐庵作,田叔禾《西湖游览志》又云此书出宋人笔。近金圣叹自七十回之后,断为罗所续,因极口诋罗,复伪为施序于前,此书遂为施有。予谓世安有为此等书人当时敢露其姓名者? 阙疑可也。定为耐庵作,不知何据?①

入清后,周亮工醉畊堂刊刻的第一部长篇章回通俗小说是顺治十四年(1657)金圣叹评点本《第五才子书水浒传》,其实金批《水浒传》早在明崇祯十四年(1641)就由苏州贯华堂首次刊刻,但醉畊堂本金批《水浒传》的再刊真正影响并带动了通俗小说"四大奇书"评点本的陆续刊刻,在中国古代通俗小说刊刻史和评点史上具有重要意义。

其次,了解周亮工与金批《水浒传》和毛批《三国演义》评点者的关系。

关于周亮工与金圣叹的关系。目前没有确切资料证明周亮工与金圣叹直接的交游,但已有学者多方证明二人之间存在着神交。②金圣叹(1608—1661)与周亮工为同时代人,以古文之法评点诗歌、时文、古文、戏曲和小说,文学主张与周亮工相似。周亮工久仰苏州金圣叹之才名与文名,曾认真拜读圣叹各种评点文字。周亮工在他辑录的《赖古堂名贤尺牍新钞》(简称《尺牍新钞》)中高度评价金圣叹评点的律诗、时文讲究"起承转合"之妙;对其戏曲、小说评点文笔之妙尤加赞叹,《尺牍新钞》收录了金圣叹的《贯华堂集》,眉批云:"圣

---

① 〔清〕周亮工:《书影》第1卷,上海古籍出版社1981年版,第16页。
② 陆林:《周亮工参与刊刻金圣叹批评〈水浒〉、古文考论》,《社会科学战线》2003年第4期,第123页。

叹妙舌,不可无一。所批《西厢》……非不种种妙绝,苦是一支笔,所谓'数见不鲜'也。若当时只行《水浒》一种,便令海内想煞。"①由"便令海内想煞"一句可知周亮工早已十分喜爱金圣叹《水浒传》的评点文字。周亮工作为一名注重考据的学者,在《书影》中又客观批评金圣叹腰斩《水浒传》并认定前七十回为"施耐庵"所作及托名"施耐庵"作序的做法,指出"近金圣叹自七十回之后,断为罗所续,因极口诋罗,复伪为施序于前,此书遂为施有。予谓世安有为此等书人当时敢露其姓名者?阙疑可也。定为耐庵作,不知何据?"②

金批《第五才子书水浒传》首次由苏州贯华堂于明末崇祯十四年刊刻,周亮工虽未面交金圣叹,却"总欲传其人于不朽"③。清初大业堂在苏州设有征稿处,《尺牍新钞》扉页后有征稿启事一则,云:"……更祈海内同人,共惠瑶篇,续成锦集。凡有所寄。望邮至金陵状元境内大业堂书坊,或苏州阊门外池自水书坊。"④金批《水浒传》很可能是周亮工从苏州征稿处所得。

周亮工顺治十四年再刊金批《第五才子书水浒传》,并在中国古代文学评点史上第一次提出"金圣叹一派"说。《尺牍新钞》卷八收录明末余大成(1580—1642)的《答心灯》,周亮工眉批指出:余大成

---

① 引自陆林:《周亮工参与刊刻金圣叹批评〈水浒〉、古文考论》,《社会科学战线》2003年第4期,第122页。
② 〔清〕周亮工:《书影》第1卷,上海古籍出版社1981年版,第16页。
③ 〔清〕周在延:《书影序》,周亮工:《书影》,上海古籍出版社1981年版,第12页。
④ 陆林:《周亮工参与刊刻金圣叹批评〈水浒〉、古文考论》,《社会科学战线》2003年第4期,第121页。

善以多种譬喻"反复浅言之","近金圣叹一派,早已自先生开之"。①可见,周亮工对金批语言特征和精神的把握非常准确。正是顺治十四年周亮工再刊以及高度评价,使金圣叹评点产生真正影响,为"金圣叹一派"评点流派的形成奠定了理论基础。康熙初年周亮工又让其子周在浚负责刊刻金圣叹评点本《天下才子必读书》。

关于周亮工与毛纶、毛宗岗父子的关系。清初南京以周亮工与李渔两位书坊业领军人物为中心形成一个集创作、评点和刊刻为一体的通俗小说出版圈。周亮工与李渔是刊刻出版业上的朋友,杜濬、余怀等又是二人好友,另外李渔与毛纶友善,著名戏曲家尤侗与周、李、毛三人均为挚友。由此交错的交游圈可知,毛纶父子评点本《三国演义》决定由南京周氏醉畊堂刊刻不是偶然。

醉畊堂毛评本《三国演义》封面题"声山别集"、"古本三国志"、"四大奇书"、"第一种",卷一首题"茂陵毛宗岗序始氏评"、"吴门杭永年资能氏定"。前有康熙己未(按:康熙十八年)十二月李渔题于杭州吴山层园的《古本三国志序》,序云:

> 《水浒》之奇,圣叹尝批之矣,而《三国》之评独未之及。予尝欲探索其奇以正诸也,乃酬应日烦,又多出游少暇;年来欲践其志,会病未果。适子婿沈因伯归自金陵,出声山所评书示予。观其笔墨之快,心思之灵,堪与圣叹《水浒》相颉颃,极钵心抉髓之谈;而更无靡漫沓拖之病,则又似过之,因称快者。再因伯复索序,声山既已先我而评矣,而予又为之序,不亦赘乎?……如今声山又布其锦心,出其绣口,条句分析,揭造物之秘藏,宣古人

---

① 陆林:《周亮工参与刊刻金圣叹批评〈水浒〉、古文考论》,《社会科学战线》2003年第4期,第122页。按:中华书局1985年版《丛书集成初编》本《赖古堂名贤尺牍新钞》未见眉批;卷八收录余大成《答心灯》,陆林先生文为卷五,疑误。

之义蕴,开卷井井,实获我心。①

周氏醉畊堂于康熙十八年(1679)刊刻毛纶父子评点本《三国演义》时,周亮工已去世,由其子主持醉畊堂;同期李渔也离开南京定居杭州,由女婿沈因伯留在南京继续经营芥子园。从李渔《古本三国志序》所言,可知沈因伯由南京到杭州是请李渔为醉畊堂毛评本《三国演义》作序的。再从"四大奇书"刊刻及题署情况看,笔者以为醉畊堂与芥子园,尤其是在后辈经营期间很可能存在着密切的合作关系。

再据毛纶《第七才子书琵琶记》卷首"苕溪浮云客子"写于"康熙丙午(按:康熙五年)孟秋望日"的"序":"予与毛子德音(毛纶)交有年矣……其郎君序始(毛宗岗)从予游。……一日忽持其手录《第七才子书》来告予曰:'此家严所口授,兹将付剞劂,乞一言以弁其端。'"②再看毛纶《第七才子书琵琶记总论》所言:"遂不日而竣役。予因叹高东嘉《琵琶记》与罗贯中《三国志》皆绝世妙文,予皆批之,则皆欲刻之,以公同好者也。"又云:"昔罗贯中先生作通俗《三国志》一百二十卷。其纪事之妙,不让史迁,却被村学究改坏,予甚惜之。前岁得读其原本,因为校正。复不揣愚陋,为之条分节解,而每卷之前又各缀以总评数段。且许儿辈亦得参附末论,以赞其成。书既成,有白门快友见而称善,将取以付梓,不意忽遭背师之徒,欲窃冒此书为己有,遂致刻事中阁,殊为可恨。今特先以《琵琶》呈教,其《三国》一书,容当嗣出。"③由此可知,毛纶父子评点《三国演义》其实早在康

---

① 〔清〕李渔:《古本三国志序》,见丁锡根:《中国历代小说序跋集》,人民文学出版社1996年版,第901页。
② 吴毓华:《中国古代戏曲序跋集》,中国戏剧出版社1990年版,第360页。
③ 转引自王晓华:《清代毛评〈绣像第一才子书三国演义〉之考证》,《山东档案》2009年第1期,第54页。

熙五年(1666)即已完成,同时有白门(南京)快友见而称善并决定立即付诸刊刻。此白门快友极可能就是李渔。不久毛纶的《第七才子书琵琶记》评点本由李渔芥子园刊刻①,尤侗亦作《第七才子书序》②。毛纶因评点本《三国演义》"不意忽遭背师之徒,欲窃冒此书为己有,遂致刻事中阁",十三年后才由周氏醉畊堂刊刻出版。

……

周文炜大业堂在明万历年间首次刊刻叶昼托名李贽评点的《李卓吾先生批评西游记》一百回,周亮工在清初先后刊刻金圣叹评点本《水浒传》和毛纶、毛宗岗父子评点本《三国演义》,并冠以"四大奇书"之名系列推出,很可能是受父亲的影响而为之。

---

① 瞿冕良《中国古籍版刻辞典》记录清初李渔芥子园刊有《第七才子书琵琶记》,齐鲁书社1999年版,第211页。
② 吴毓华:《中国古代戏曲序跋集》,中国戏剧出版社1990年版,第352~354页。

明末江南的出版文化

［日］大木康

上海古籍出版社2014年初版。

本书中所说"明末",大体是指从嘉靖至隆庆、万历、天启、崇祯这一时期,与一般以万历以后为明末的范围有所区别。而将目光聚焦于"江南",则是因为本书主要研究对象——冯梦龙、陈继儒等文人俱活跃于江南地区,而该地域在当时是出版文化的发达区域。本书聚焦明末江南地区的图书出版,考察其背景、有关现象、代表人物和著作、对社会文化的影响等,着力于当时书籍的产生、流通过程本身诸问题,运用了社会史的研究方法。

【目录】

序言

第一章 明末江南书籍出版状况

  第一节 出版数量的增加

  第二节 刻书地区的变化

  第三节 刊刻形态的变化——官刻、家刻、坊刻

第二章 明末江南出版业隆盛的背景

  第一节 技术的进步

  第二节 原材料的供给与刻工

  第三节 书籍的需求

  第四节 书籍的价格

第三章 明末江南出版文化诸相——初期大众传媒社会的成立

  第一节 李卓吾思想的流行

  第二节 华亭董家焚抄事件

第三节　东林和复社

第四节　明清交替时期的信息传达

第四章　明末江南的出版人

第一节　陈继儒

第二节　冯梦龙

第五章　《儒林外史》反映的出版活动

第一节　士人与出版

第二节　八股之士

第三节　诗文之士

第四节　再论八股之士

附录

一　晚明出版文化的成就及其影响

二　明清时期书籍的流通

三　明末画本的兴盛及其背景

四　明清两代的钞本

参考文献

跋

中文版后记

【文选】①

第四章　明末江南的出版人

第二节　冯梦龙

既然印刷术的普及带来的结果是信息更广泛地传播,那它在本

---

①　[日]大木康著,周保雄译《明末江南的出版文化》,上海古籍出版社 2014 年版,第 89—98 页。

质上就会与普通大众结合,导致信息的大众化。陈继儒的情况是,把从前在文人雅士之间悄悄传承的文人趣味生活的技巧,现在向更广泛的人群传递,任谁都能接近,即高雅之世俗化。另一方面,本与雅致毫无关联的世俗世界,也通过印刷出版表达自我主张,可以说这也是一种自然趋势。冯梦龙(1574—1646)正是后者之典型,他掌控着印刷出版手段,几乎毕生都与通俗文学密切相关。此处我想仅仅聚焦于他与出版的关系来探索其历程。为了叙述方便,我分万历年间,泰昌、天启年间,崇祯年间这三个时期来进行考察。①

(1) 万历年间

万历二年(1574)冯梦龙生于苏州,在"吴下三冯"三兄弟中排行老二,被誉为"三冯"之首。虽然其幼年时期的情况难以详考,但可以肯定的是他出生于苏州富豪之家,勉力参加科举考试。另一方面,他也出没于花街柳巷,到处冶游。当时的苏州经济繁荣,属全国首屈一指的都市,冯梦龙是当时的都市男儿。

关于冯梦龙编刊书籍的最早资料见于董斯张编《广博物志》(该书附有万历三十五年序言),其卷二十三"闺壶一"里记有"陇西董斯张编,吴越冯梦龙订"。此时,冯梦龙33岁。尽管这次不是他自己刊行,而是帮助友人出版书籍,但现知有关冯梦龙的最早资料与书籍制作有关,这一点值得我们注意。冯梦龙负责的卷二十三"闺壶"收录有"贤母、贤妇、节妇、才妇、孝女"这些内容,可以说它与冯梦龙的趣味颇为相符,因为冯梦龙始终对人,尤其是男女关系不失关心。卷十八"人伦一"由其兄冯梦桂校订。编者董斯张与冯梦龙的交情也见于

---

① 关于冯梦龙,参拙著《明末のはぐれ知識人——馮夢龍と蘇州文化》(讲谈社,1995)。

《太霞新奏》卷七"为董遐生赠薛彦升序"。董斯张是写作白话小说《西游补》的董说之父。

接着，与刻书相关联，冯梦龙出现在关于一百二十回本《水浒传》即所谓的《水浒全传》的刊行问题之记述中。其中原委可参见许自昌《樗斋漫录》卷六：

> 顷闽有李卓吾名赞者，从事竺乾之教，一切绮语，扫而空之，将谓作《水浒传》者必堕地狱当犁舌之报，屏斥不观久矣。乃愤世疾时，亦好此书，章为之批，句为之点，如须溪、沧溟（原本作"溪"）何欤？岂其悖本教而逞机心，故后掇奇祸欤？李有门人，携至吴中。吴士人袁无涯、冯梦龙等酷嗜李氏之学，奉为蓍蔡，见而爱之，相与核对再三，删削讹谬，附以余所云《杂志》、《遗事》，精书妙刻，费凡不赀，开卷琅然，心目沁爽，即此刻也。其大旨李公序中，余屑屑辩驳，亦痴人前说梦云尔。

这段记录说醉心于李卓吾思想的袁无涯、冯梦龙等，校订、刊刻李卓吾门人带至苏州的《李卓吾评〈水浒传〉》。这位"门人"就是杨定见。

……

陈以闻（湖北麻城人）担任吴县知县期间（万历三十六—三十八年，1608—1610），同乡杨定见携带了李卓吾评点的两种书造访苏州，由陈以闻引见，拜会了书种堂书店主人袁无涯，决意刊刻《水浒传》。正如《太霞新奏》卷五冯梦龙"送友访伎"中所见"余友无涯氏"，作为袁无涯之友，冯梦龙参加了该书的校订与刊刻。

之后，或许是袁无涯的引荐，冯梦龙见到了知县陈以闻，就如冯梦龙《麟经指月》中所附梅之焕《叙麟经指月》里记载的那样："吾友陈无异令吴，独津津推毂冯生犹龙"，这表明他得到了陈以闻的赏识。

出于如此关系,冯梦龙之后前往李卓吾晚年流寓之地湖北麻城。

陈以闻与湖北公安袁宏道也关系密切,他还在吴县任知县时,就在袁无涯处校阅、刊行了袁宏道的《瓶花斋集》(万历三十六年,1608)、《锦帆集》(万历三十七年,1609)、《解脱集》(万历三十八年,1610)。可以发现,以寄寓麻城的李卓吾为核心(李卓吾本人卒于万历三十年,1602),麻城陈以闻、杨定见和同样钦佩李卓吾的公安袁氏兄弟,以及苏州的追随者袁无涯、冯梦龙等人交流甚多。《水浒全传》最迟完成于万历四十二年(1614),就如本书第一章第三节所述,它还有超级豪华版。

《水浒传》之后,表现出与冯梦龙刻书有关的是《金瓶梅》的刊刻。本书第二章第三节也曾引用的沈德符《万历野获编》卷二十五"金瓶梅":

> 又三年,小修上公车,已携有其书,因与借抄挈归。吴友冯犹龙见之惊喜,怂恿书坊以重价购刻。马仲良时榷吴关,亦劝予应梓人之求,可以疗饥。予曰:"此等书必遂有人版行,但一刻则家传户到,坏人心术,他日阎罗究诘始祸,何辞置对? 吾岂以刀锥博泥犁哉!"仲良大以为然,遂固篋之。未几时,而吴中悬之国门矣。

沈德符抄写袁中道所携《金瓶梅》,并把书给冯梦龙看。冯十分欣喜,推荐给书坊,让他们高价收购。由此可见,冯梦龙至少与书坊有很深的关系,而且相当吃得开。

然而,尽管沈德符不同意刊刻,但《金瓶梅》还是在万历末年前出版了。有人认为,撰写《金瓶梅词话》序言的东吴弄珠客即是冯梦龙(最早见姚灵犀编《瓶外卮言》所收《〈金瓶梅〉版本之异同》,天津古籍书店,1989)。如果那样,尽管沈德符制止付梓,但冯梦龙还是刊行了《金瓶梅》。另外,冯梦龙在万历末年作为田家塾师(家庭教师)而赴麻城,或许原因之一就是那里的刘涎白家有全本《金瓶梅》。也有人说《新刻绣像批评金瓶梅》(通常被称为崇祯本)的评点者东吴弄珠客是冯梦龙的可能性很大(黄霖《〈新刻绣像批评金瓶梅〉评点初探》,《成都大学学报》社会科学版,1983年第1期)。

反映冯梦龙与出版有瓜葛的,还有《挂枝儿》、《山歌》、《叶子新斗谱》等等与俗曲、游戏相关的书籍。

……

以上是冯梦龙万历年间的出版活动,这一时期以《水浒传》、《金瓶梅》、《挂枝儿》、《山歌》等通俗文学作品和《叶子新斗谱》等游戏性颇强的书籍为主。这些书有的由书店刊行,有的为家刻本。

(2) 泰昌、天启年间

从万历末年至天启年间,是冯梦龙出版事业最为活跃的时期。该时期冯梦龙所刊行的书籍如下:

表7

年份	书名
泰昌元年(1620)	《麟经指月》(开美堂) 《新平妖传》(天许斋)
天启元年(1621)前后	《古今小说》(天许斋)
天启四年(1624)	《警世通言》(金陵兼善堂)
天启五年(1625)	《春秋衡库》(阊门叶昆池)
天启六年(1626)	《智囊》 《太平广记抄》
天启七年(1627)	《醒世恒言》(金阊叶敬池) 《太霞新奏》

续表

年份	书名
天启年间(1621—1627)	《四书指月》 《古今笑》(即《古今谭概》) 《情史类略》 《如面谈》(出版年未详。卷首有钟惺的序,钟惺殁于天启四年)
崇祯元年(1628)	《墨憨斋新定洒雪堂传奇》(《墨憨斋定本传奇》大概也是这个时期刊行)

此外,《峥霄馆评定新镌出像通俗演义魏忠贤小说斥奸书》,谢国桢《增订晚明史籍考》认为它可能是冯梦龙之作。倘若如此,那也是崇祯初年刊行。在仅仅十年不到的时间里,他就写作或编纂了如此之多的书籍。

冯梦龙以前偶尔参与白话小说等的出版,真正致力于出版的契机大概是泰昌元年(1620)的《麟经指月》。在该书所附梅之焕的《叙麟经指月》中有:

敝邑麻,万山中手掌地耳,而明兴,独为麟经薮。未暇遐溯,即数十年内,如周、如刘、如耿、如田、如李、如吾宗,科第相望,途皆由此。故四方治《春秋》者,往往问津于敝邑。而敝邑亦居然以老马智自任。乃吾友陈无异令吴,独津津推毂冯生犹龙也。王大可自吴归,亦为余言,吴下三冯,仲其最著云。余拊髀者久之。无何冯生赴田公子约,惠来敝邑。敝邑之治《春秋》者,连连反问渡于冯生。《指月》一编,发传得未曾有,余于是益重冯生。而二君子为知言知人也。

冯梦龙受田氏所邀赴麻城。如前所述,麻城是李卓吾的寄寓之地,也是收藏全本《金瓶梅》的刘延白的出生地,而且它因科举考试中以选《春秋》而及第者众多之故而名闻遐迩。序中说:在这里,冯梦龙反过来指导人们学习《春秋》,编纂了《麟经指月》一书。但或许也可以认为,冯梦龙为了编纂科举用《春秋》参考书而去了治《春秋》的著名地区——麻城。①冯梦龙已经四十四五岁了,虽有文名但乡试未中,他决心依靠著述出版来安身立命,首先作为开局,大概就是让自己擅长的《春秋》参考书问世。当时已是出版业的成熟年代,而冯梦龙已经在书店中吃得开,所以才能以出版为谋生之途径。

在与《麟经指月》同一年,苏州天许斋刊行了《新平妖传》。之后又由金阊嘉会堂再版,题为墨憨斋批点,封面上印有如下识语:

旧刻罗贯中《三遂平妖传》二十卷,原起不明,非全书也。墨憨斋主人曾于长安复购得数回,残缺难读,乃手自编纂,共四十卷,首尾成文,始称完璧。题曰《新平妖传》,以别于旧。本坊绣梓,为世共珍。金阊嘉会堂梓行。

如果相信这段识语,那就是冯梦龙赴北京购得《平妖传》的部分原稿。这里的长安是首都北京的雅称。

关于冯梦龙与书铺的具体关系,由天许斋刊行的《古今小说》的《绿天馆主人序》里有:

茂苑野史氏,家藏古今通俗小说甚富。因贾人之请,抽其可以嘉惠里耳者凡四十种,畀为一刻。

可见,收藏了许多古今通俗小说的冯梦龙,依书店之请,遴选出40篇,编成这部《古今小说》。

也许冯梦龙确实有许多藏书,但要收集《古今笑》(《古今谭

---

① 科举八股文的诀窍流行于某一区域,这颇令人感兴趣。在梅之焕的《叙麟经指月》中,作为序文惯例,他夸奖了内容和作者,但传至麻城的秘诀被制成书籍广泛流传,麻城士人是否乐意? 这也是书籍出版时的一大问题。

概》)、《智囊》、《情史类略》等大部头的资料并非易事。可以窥得冯梦龙编纂书籍状况的是《智囊补自序》:

> 忆丙寅岁,余坐蒋氏三经斋小楼近两月,辑成《智囊》二十七卷。

可见他寄居于秀水县著名藏书家蒋之翘家近两月,目不窥园,利用其藏书,编成《智囊》。若非如此,大概难以编纂如此众多的书籍。

再者,冯梦龙的许多书籍由坊间书店(或应书肆之请)刊行,而戏曲(《墨憨斋定本传奇》)则由他自己刊行。如此看来,虽说冯梦龙因与许多作品和小说有关而为人所知,但他本人对戏曲最为投入。

(3) 崇祯年间以后

崇祯三年(1630),冯梦龙57岁,终于被擢为贡生。此后一段时间或许是随着社会地位的提升,他回避了与出版(特别是通俗文学的出版)的关系,又或者是出版的必要性消失,总之冯梦龙出书数量趋少。然而,崇祯七年(1634),在他成为福建寿宁县知县那年,冯梦龙增补《智囊》,出版了《智囊补》,另外在知县任期内,还编纂出版了地方志《寿宁待志》。崇祯十一年(1638),他离任知县之职返回苏州,过着怡然自得的生活。在本书第二章第三节中所引用的祁彪佳《甲申日历》中就有"乡绅冯梦龙"。

崇祯十六年(1643),在庆祝冯梦龙七十寿诞时,钱谦益赠贺诗一首《冯二丈犹龙七十寿诗》(《牧斋初学集》卷二〇下)。钱谦益和汲古阁毛晋同为常熟人,崇祯十六年出版的毛晋《和友人诗》(汇集了与友人唱和之诗的诗集,收录于《虞山丛刻》)中,收录有冯梦龙与毛晋的和诗《冬日湖村即事》(该诗也收录于朱彝尊《明诗综》)。根据这些诗,可以得知在同一时代为书籍出版尽心尽力的冯梦龙和毛晋有直接交情。再者,在毛晋的《和友人诗》中,可以看到他与福建徐燉的酬和之诗。徐的《红雨楼藏书目》记载了当时他所拥有的众多戏曲小说，而其中也可以看到冯梦龙所编的地方志《寿宁待志》和冯梦龙自创的戏曲《万事足》。

另外，我在第二章第三节中业已论及，冯梦龙与作为戏曲作家而著称的祁彪佳颇有交情，他为祁彪佳收集了沈璟及其一族的戏曲作品，并赠送了自己创作的《新列国志》、《智囊》等。与毛晋、徐燉相同，祁彪佳也是爱好戏曲小说的士人之一，由此可以窥得冯梦龙交友的一个倾向。另外，他给天然痴叟的《石点头》撰序并作评语，这也是崇祯年间的事。

崇祯十七年（1644），李自成攻破北京，冯梦龙再度投身于编纂出版事业。冯梦龙的友人苏州许琰接北京陷落之报后绝食而死。为了纪念许琰，冯梦龙刻印了许琰的诗集（《甲申纪事》卷一三"和韵四绝序"）。这大概属家刻本。另外，他收集了来自北京的信息，编集刊行了《甲申纪闻》、《绅志略》，如同我在第三章第四节中所记，当时的冯梦龙宛如现在的新闻记者。这也是因为他在当时的出版界人脉极广，所以才有了这种可能。冯梦龙将《甲申纪闻》、《绅志略》等多种作品荟为《甲申纪事》，在其序文中他记载了：

> 甲申之变，天崩地裂，悲愤莫喻，不忍纪亦不忍不纪。余既博采北来耳目，草《纪事》一卷，忠逆诸臣，别为《绅志略》。（中略）合之而事迹始备。参伍异同，或可取实，并付梓人。

这里似乎是指由梓人，即由书肆出版书籍。书店在这个时间点出版北京新闻，可能会获利巨大。冯梦龙第二年也陆续刊行了《中兴伟略》、《中兴实录》等书籍，可见，直到人生的最后时光，冯梦龙仍与出版业保持着那种难以分割的关系。唐王隆武二年（清顺治三年，1646），复明之梦化为泡影，冯梦龙亦辞世。

通过上述介绍可以得知,冯梦龙以年轻时出版小说为发端,直至生命晚期仍刊行时事书籍,他的一生都与出版事业结缘深厚。

冯梦龙毕生出版了许多书籍,其中好几种都由苏州叶姓书店刊行,内容如下:

(A) 科举考试用书

《春秋衡库》(叶昆池)

(B) 日用类书

《如面谈》(叶碧山)

(C) 小说

《古今谭概》(叶昆池)

《新列国志》(叶敬池)

《醒世恒言》(叶敬池、叶敬溪)

《石点头》(叶敬池)

以上名字中的池字和溪字都带有三点水,这令人联想到他们是同一代人。这或许是同一族人轮流来出版当时畅销的冯梦龙书籍。也让人想到:在叶姓书店里,冯梦龙起到了顾问一般的作用,由此获得了不菲的报酬。

以上概述了活跃于晚明的陈继儒和冯梦龙两人的出版活动。一个在高雅世界,另一个在通俗世界,他们驰骋的两大领域各异,但都与出版业密切相关,而且他们都依靠出版来立身扬名。在这一意义上,可以说陈继儒和冯梦龙是晚明登场的知识分子的新典型。

物质技术视阈中的文学景观：近代出版与小说研究
潘建国

北京大学出版社 2016 年初版。

本书展现了晚清中国书籍史上重大的技术变革，多维度描述物质技术与小说演进的关系。近代以来，新兴印刷技术所蕴含的巨大的出版能量，为小说的繁荣奠定了坚实的物质基础。在物质技术变革急剧加速的步伐中，西方先进的印刷文化进入以上海为出版中心的中国，并逐渐辐射到周边的江南地区乃至整个中国。近代书局利用新的出版技术以及新的经营模式，开展小说征文、小说版权转让以及善本小说整理等活动，推动乃至调控晚清新小说的发生与发展，促使传统的明清章回小说实现其文本传播技术的近代升级。作为中国古代小说文本特色的图像，亦借助新技术完成它的近代复兴之路。本书对晚清至近代这一时间段内在物质技术推进中的文学景观进行了考察，揭示其中展现的文学观念和文体破立的消长，剖析其中体现的小说史及出版史意义。

【目录】

引言

清代后期上海地区印刷文化的输入与输出

档案所见 1906 年上海地区的书局与书庄

晚清上海五彩石印考

清末上海地区的书局与晚清小说

铅石印刷术与明清通俗小说的近代传播——以上海（1874—1911）为考察中心

西洋照相石印术与中国古典小说图像本的近代复兴

近代海上画家与通俗小说图像的绘制

晚清时期小说征文活动考论

晚清上海的报馆与《野叟曝言》小说

晚清上海地区小说版权的转让与保护——以汪康年出版《巴黎茶花女遗事》为例

《松荫庵漫录》与《申报》所载晚清笔记小说

民国时期上海地区侦探小说期刊述略

商务版冯梦龙《古今小说》印行始末考——以王古鲁、张元济、朱经农诸人书札为史料

清末民初文人的小说阅读与研究——以常熟徐兆玮为学术个案

近代小说的研究现状与学术空间

后记

【文选】①

铅石印刷术与明清通俗小说的近代传播
——以上海(1874—1911)为考察中心(节选)

一、铅石印术与明清通俗小说的翻印

同治十三年(1874)九月,申报馆出版《儒林外史》,这部采用新式铅字排印的小说,"校勘精工,摆刷细致,实为妙品"②,与传统木刻本迥异其趣,故甚受读者欢迎,初版千部"曾不浃旬而便即销罄"③,

---

① 潘建国《物质技术视阈中的文学景观:近代出版与小说研究》,北京大学出版社 2016 年版,第 91—104 页。
② 同治十三年九月二十七日,《申报》登载"新印《儒林外史》出售"广告。
③ 光绪元年(1875)四月十七日,《申报》登载"《儒林外史》出售"广告。

六个月后即重印一千五百部。根据申报馆公布的铅印书籍成本测算①,《儒林外史》全书总字数约三十三万,初版一千部,每部印制成本约 0.3 元,第二次印刷一千五百部,每部成本则降为 0.27 元;而据广告所载,第一版及第二版的售价均为 0.5 元,因此,倘若申报馆以实价全部售出的话,那么仅仅出版《儒林外史》小说,报馆就能获得毛利近五百五十元,可谓丰厚至极。《儒林外史》的成功出版,不仅刺激了申报馆铅印明清通俗小说的业务,自同治十三年(1874)至光绪九年(1883)的十年间,该馆铅印出版的明清通俗小说凡二十二种;也引发了其他书局的效仿,譬如光绪三年(1877)机器印书局铅印《于少保萃忠传》、光绪十三年(1887)广百宋斋铅印《精订纲鉴廿四史通俗演义》等。

光绪四年(1878),申报馆"从外洋购取照印字画新式机器一副",创办点石斋石印书局,再次引领申城出版业的新潮流。开创伊始,点石斋所印多为书画碑帖及字典等类,其石印出版的首部通俗小说为《三国演义》,光绪八年(1882)十一月四日,《申报》登载"石印《三国演义全图》出售"广告,声称:"本斋现出巨资购得善本,复请工书者照誊,校雠数过,然后用石印照相法印出。故是书格外清晰,一无讹字。为图凡二百有四十,分列于每回之首,其原图四十,仍列卷端,工致绝伦,不特为阅者消闲,兼可为画家取法。"值得指出的是,当点石斋石印出版《三国演义》之时,申报馆铅印出版的明清通俗小说

---

① 光绪二年(1876)正月二十七日,《申报》曾登载"代印书籍"广告,明确标出了该馆铅印书籍的大致成本:"本馆承办代印各书,其价银格外公道,凡诸君有自著佳构或欲排印,则有至便且捷之法也。计印中国常式书一本约四万字者,照新出《平浙记略》式样,连纸连刷五百本之数,只取工料银二十五元,若再加五百本,亦只须增加十二元五角。所需时日,每一本书约三四日便可完工,兼本馆铅字现已尽换一新,故此后出书愈觉清爽,非木板可比。务祈诸君审之。"

已达十七种之多。就出版时间而言,通俗小说的石印本显然要晚于铅印本;但石印术的"缩印"及"照图"功能,却使其超越了铅印术的技术优势,后来居上,迅速成为当时明清通俗小说翻印的主要方式。申报馆与点石斋,分别出版了时间最早的明清通俗小说铅印本及石印本,正式拉启了近代书局翻印明清通俗小说的序幕。

  根据文献资料,笔者将清代后期通俗小说的翻印史,划分为三个时期。自同治十三年(1874)至光绪十六年(1890)为初兴发展期,期间采用铅石印刷术翻印明清通俗小说的书局,主要有申报馆、机器印书局、广百宋斋、点石斋、同文书局、蜚英馆、鸿文书局、大同书局、鸿宝斋、萃珍书屋、文澜书局等十数家,翻印通俗小说约35部、54种版本(不计同一书局的重版),其中铅印本38种、石印本14种、铜版本2种①。通俗小说虽已经纳入近代书局的出版范围,却尚未成为书局出版的热点,其数量占各书局出版图书总数的比例甚低,譬如:《同文书局石印书目》(1884)收录该局出版的图书凡54种,而此时同文书局石印出版的通俗小说仅2种,约占总数的3.6%;即便是出版通俗小说最积极的申报馆,截止光绪五年(1879)五月,该馆共出版通俗小说11种,而《申报馆书目》(1877)、《申报馆书目续集》(1879)载录该馆出版物总数为120种,通俗小说也仅占9.2%。不过,活跃于该时期的近代书局,其创办者或为西人(如英商美查),或为民族资本家(如同文书局的徐润等),或为报馆文人(如机器印书局的沈饱山等),拥有相对较为充足的资金、设备或文化资源;而上海地区各书局的图书

---

  ① 统计数字的资料来源为:上海图书馆、国家图书馆、北京大学图书馆及上海师范大学图书馆馆藏小说,《申报》该时期内登载的通俗小说出版广告,王清原等编《小说书坊录》(2002年修订版)等。详细统计表格,参拙稿《近代书局与白话小说》上编第一章第二节(待刊),下文亦同。

出版总量,尚未达到当时市场需求的饱和状态,故彼此之间的商业竞争,亦未进入白热化或恶性阶段,凡此种种,都为通俗小说的翻印,提供了较为良好的内外部环境。因此,该时期出版的铅石印通俗小说,大多具有开本宽大、纸墨精良、校勘认真、图像精美等优点,代表着晚清铅石印小说的最高水平,阿英《清末石印精图小说戏曲目》所著录的精图小说,绝大部分均出版于光绪十六年(1890)之前。

自光绪十七年(1891)至光绪二十四年(1898)为鼎盛期,据笔者不完全统计,此八年时间中,去其重复,上海地区共有六十二家书局采用铅印或石印技术,翻印通俗小说约280种(包括同一小说的不同书局版本)。无论是书局的家数,还是翻印的通俗小说数量,均较前期有了大幅度增长。翻印的顶峰期,位于光绪十九年至二十二年(1893—1896)之间,此四年翻印的通俗小说合213种,约占总数的76%;而280种通俗小说的近代翻印本中,石印本237种,约占总数的85%,铅印本43种,仅占总数的15%,可见石印术乃通俗小说翻印趋于鼎盛的决定性因素;其中,尤以上海书局、文宜书局、理文轩、图书集成局、珍艺书局等数家最为积极,上海书局翻印的明清通俗小说更高达88种,约占该时期翻印总量的近三分之一,实足惊人。此处需要说明的是,笔者只是将光绪二十四年(1898)作为通俗小说翻印由盛转衰的标志①,而非翻印中断的年限;事实上,光绪二十四年

---

① 之所以将光绪二十四年(1898)定为标志,理由如下:该年六月,光绪帝下诏废除八股,改试策论,各种时务新书成为出版业的新宠儿,包括文宜书局、理文轩等在内的近代书局,多将出版热点转移到此类科举新时文;光绪二十三年(1897),上海书业公所进行全市书底汇查,申城出版界的版权保护意识开始萌动,这对通俗小说的翻印产生一定的制约;光绪二十四年(1898)八月二十二日,理文轩在《申报》登载"书底招人租印"启事,宣布拟将石印《七侠五义》,铅印《三侠传》、《彭公案》等小说书底,出租给同业刷印,此举意味着通俗小说翻印的商业利润已经大为降低,整体上由鼎盛走向衰落。

(1898)之后,上海地区各书局仍在持续出版铅石印本通俗小说,然其翻印的数量与频率,与之前相比已有较大减退,进入笔者划分的第三时期,即翻印的后续期。

(一) 铅石印刷术的优势

铅石印技术的使用与普及,对传统木刻印刷业构成了巨大冲击,彻底改变了包括明清通俗小说在内的书籍出版方式,并迅速形成了其独特的出版优势,笔者将其概括为如下四个方面:

1. 技术优势

铅印术属于凸版印刷技术,即以铅字排成活版后刷印,所印之书字画清晰,棱角分明,字体触手如凸,立体感强,且不会出现木板书籍常见的断版、字体残缺及后印模糊等通病。同治末年至光绪初年,看惯了木板书的中国读者,对新兴的铅印书籍,充满新奇喜爱之情,申城甚至出现了"竞尚铅板,每值书出,无不争相购置"的现象,究其原因,乃在铅印书籍"校雠精详,字迹清晰,无过于此"①。而通俗小说铅印本与传统木刻本之间的质量反差,辄更为强烈。众所周知,通俗小说在明清时期向被视为不登大雅之堂,刻工每多粗糙,纸墨亦较差劣,图书质量难如人意;因此,当申报馆、机器印书局、广百宋斋、图书集成局等书局,推出精美的铅印本小说后,其风靡沪江,热销一时,实不足为奇。仔细阅读诸家书局的小说出版广告,可以发现:批评木刻本的"漫漶不清"、强调铅印本的"字迹清朗,行列井然"②,乃其广告宣传的重点所在。

---

① 光绪七年(1881)二月一日,《申报》所载"精一阁书坊"告白。
② 光绪十七年(1891)二月十五日,《申报》登载图书集成局"新印《绘图三国演义》"广告;光绪十八年(1892)三月四日,《申报》登载广百宋斋"新印绘图《东西汉演义》"广告。

再来看石印术,它属于平版印刷技术①,晚清时期盛行中国的石印术,大多采用照相转写法,照相技术的介入,使得石印术具有两个得天独厚的优势:其一为缩印功能,即便是《殿板二十四史》、《钦定古今图书集成》、《资治通鉴》等大部古籍,也可在短期内缩印出版,数十回的明清通俗小说,自更不在话下。其通常的出版过程为:购觅某小说之木刻佳本作为底本,请工于书法者誊抄一遍,经校对修润,然后以照相石印法缩印出版,为确保缩印后字体仍然清晰,誊抄时需放大字体,抄成精美大本。当然,部分书局为降低成本牟利,也有将现成铅印本或石印本小说,直接盗版缩印。其二为图像照印功能,详见下文。

2. 图像优势

通俗小说文本中的图像,包括人物绣像及情节插图两类,其设由来已久,大多以木刻版画印制,偶有铜版刷印者。然因制作工艺及成本等因素,小说图像并未普及,其绘刻精美者更属寥寥。至晚清时期照相石印技术传入,图像印刷遂为唾手易事,点石斋曾在广告中描述了石印图像的大致过程及出版优势:"先取古今名家法书楹联琴条等,用照相法照于石上,然后以墨水印入各笺,视之与濡毫染翰者无二","凡印字之波折,画之皴染,皆与原本不爽毫厘","但将原本一照于石,数千百本咄嗟立办,而浓淡深浅,着手成春,此固中华开辟以来第一巧法也"②。赖此一术,通俗小说的绣像与插图得以普及,各种标以"绣像"、"绘图"或"增像全图"的小说,层出不穷,甚至还出现了不少采用五彩石印技术印刷的彩图本,图像本成为明清通俗小说

---

① 参见范慕韩主编《中国印刷近代史》第七章第二节,印刷工业出版社 1995 年版;成都杨刚讲义《石版制版术》,石印传习所印行本,年代不详,寒斋藏。
② 光绪八年(1882)十二月八日,《申报》登载点石斋"楹联出售"广告。

之近代传播的典型形态。

3. 速度优势

与传统木刻印刷相比,新兴铅石印术最为直观的技术优势,当属印刷速度。早期的铅印书局(如墨海书馆)曾以耕牛为动力,每日可印"四万余纸"①,后引进火力印书机,其速更快,譬如装备了多架火力印书机的图书集成局,每月可印书二百本②;申报馆曾登载广告称"百页之书,约五日当可完工"③,而其铅印《女才子》小说,"十日之间,便已竣事,且校对详细,装订整齐"④。由于使用了照相转写法,石印术的印刷速度与简便程度更胜于铅印,同文书局曾形容石印云:"不疾而速,化行若神,其照书如白日之过隙中,其印书如大风之发水上,原书无一毫之损,所印可万本之多,三日为期,诸务毕举,木刻迟缓,不足言矣。"⑤虽不无夸张之色彩,却亦形象地道出了石印的技术优势。铅石印术的技术便利与速度优势,极大地扩增了书局的出版能量,譬如总册数多达5020本的《古今图书集成》,图书集成局仅用三年时间,就铅印出版了一千五百部;而同文书局竟然同时开印《古今图书集成》、《殿板二十四史》、《殿本佩文韵府》等书,凡此种种,均是木刻印刷时代无法想象的壮举。不难想象,如此巨大的出版能量,若用来出版多则百回、少则十数回的通俗小说,庶几有易如反掌

---

① 参王韬《瀛壖杂志》卷六关于墨海书馆印书景象的描述,上海古籍出版社1989年版。

② 光绪十三年(1887)七月二十九日,图书集成局在《申报》登载"代印大部书籍"广告,称"每月代印二百本之多,如五百本、一千本原书,可二个月半、五个月完工"。

③ 光绪二年(1876)四月十二日,《申报》登载该馆"招印书籍"广告。

④ 光绪三年(1877)九月十四日,《申报》登载该馆"发售《女才子》告白"。

⑤ 光绪九年(1883)五月二十三日,《申报》所载"上海同文书局石印书画图轴价目"广告。

之叹。

4. 价格优势

先来统计一下铅石印图书的出版成本。光绪六年（1880）三月八日，点石斋在《申报》登载"廉价石印家谱杂作等"广告，公布了石印书籍的各项费用："今本斋另外新购一石印机器，可以代印各种书籍，价较从前加廉。今议定代印书籍等，以二百本为准，以每块石印连史纸半张起算，除重写抄写费不在其内，每百字洋二分半，每半张连史纸仅需洋一分，比如连史纸半张分四页，书内六十页，共石板十五块，印书二百本，共连史纸三千个半张，以每半张一分计，共洋三十元。如书内共三万字，除抄写价外，计洋七元五角，共书二百本，不连钉工，只须洋三十七元五角。倘自己刻木板，其费约四十五元，刷印及纸料尚不在内也。两相比较，实甚便宜，况石印之书比木板更觉可观乎。又如书页欲缩小加大，亦照半张连史纸核算。"

据此测算，一部三万字的图书，若石印出版二百本，不计底本抄写费及装订费，需洋37.5元，每万字的单册成本约为洋0.0625元；而木刻本的费用，每万字的单册成本为洋0.075元，若加上"刷印及纸料"价，则还要更高。光绪二年（1876）一月二十七日，申报馆在《申报》登载"代印书籍"广告，公布了该馆铅印书籍的成本，即一部四万字的图书，铅印出版五百部，需洋25元，每万字的单册成本为洋0.0125元。很显然，铅石印书籍的印刷成本要低于木板，反映到书价上，铅石印本的售价均低于木刻本。譬如光绪七年（1881）毗陵汇珍楼出版木活字印本《野叟曝言》小说，每部二十册，白纸者售价为七元五角，竹纸者售价为六元；光绪八年（1882）十二月，瀛海词人出版铅印本，每部十册，售价仅一元；光绪九年（1883）初，申报馆亦推出铅印本，每部二十册，售价亦为一元。再如光绪五年（1879）四月二十五日,《申报》登载"《绣像三国演义》"销售广告,称此书乃据常熟顾氏小石山房木刻原板,以白纸重刷而成,售价为二元;而光绪八年(1882)点石斋出版石印《三国演义全图》,新增图像二百四十幅,每部订为八本,以锦套分装两函,售价仅一元四角。两相比较,铅石印本小说的售价较之木刻本,无疑更具有市场竞争力。事实上,上文所举申报馆铅印本及点石斋石印本小说,均属晚清铅石印本小说中的佼佼者,其售价已经偏高,至光绪十六年(1890)之后,近代书局翻印通俗小说进入鼎盛期,由于竞争的加剧,铅石印本小说的开本、纸墨及抄写校对诸项,均较前粗劣,其售价亦随之继续降低,平均每册不到一角;有时为了应付恶性竞争,售价更是低得惊人,譬如光绪二十年(1894),文宜书局为打压对手理文轩,曾将《大明奇侠前后传》小说八册的售价订为洋三角,每册竟不足四分,与木刻本的价格差距进一步拉大。

(二)铅石印刷术的弊端

当然,铅石印刷术对于明清通俗小说的近代传播来说,不啻是一把双刃剑,既有积极的推动作用,也产生了相当严重的负面影响。尤其是光绪十六年(1890)之后,小说出版市场供求关系失去平衡,商业竞争加剧,出版环境恶化,种种弊端开始显现,并最终导致通俗小说翻印陷于无序失控状态。笔者将其中较具普遍性的弊端,概括为如下四个方面:

1. 盗版及重复出版

翻印明清通俗小说基本上不存在作者版权问题,所谓"盗版",是指侵犯书局的书底版权。一家规范的书局铅印或石印一部通俗小说,均须支付若干成本,其中底本费、校对费、纸墨费、刷印费及装订费等项,此乃两者共同的开支;此外,铅印尚有铅字排版人工费,石印则有底本重抄人工费、照相转写费等项。由于上述成本的支出,书局便拥有了该小说的书底版权。然而,为牟取更大的利润,部分书局企图减少或省去制作书底的成本,于是盗版生焉。就实际情况来看,以整书盗印及盗印图像两种形式最为多见。所谓"整书盗印",主要出现于石印业,即把其他书局出版的铅石印本小说作为底本,直接照相缩印,譬如点石斋于光绪十四年(1888)石印《绘图东周列国志》,其书"图说精美,墨色显明,为海内君子所许,不胫而走",至光绪十六年(1890),"有射利之徒,见利忘义,即用原书照印,以图鱼目混珠",为保护自己的利益,点石斋立即"将原底重校复印",并"特于绣像赞语后,每加小印一方,以为区别"①,然而点石斋推出的"重校复印"本,不久又遭盗印,光绪二十年(1894)八月,点石斋再次将小说原底重印,并且加印了新的防伪标记:"兹点石复印,书面加'光绪二十年秋七月重印',另盖'双梧书屋鉴定'印章,末页盖'原图原书,翻印雷殛火焚'一戳,如无此二章记,即系赝鼎,赐顾者请详察。"②所谓"盗印图像",则专指盗印其他书局石印本小说中的绣像或插图,譬如上举点石斋石印本《绘图东周列国志》,就曾遭遇"铅板将原图石印混充"的情形;光绪十四年(1888)"邗江味潜斋"石印本《西游记》,二十幅绣像及二百幅插图,由著名画家吴友如及田子琳等人所绘,十分精美,此版本图像后亦被人盗印;光绪十九年(1893)焕文书局石印《绘图增批西游记》,书首二十幅绣像,即盗印味潜斋本,甚至连第二十幅"狐精"左下角"元和吴友如绘"的题署,亦未削去。

至于重复出版,乃指不同的书局在短时间内重复翻印同一部通

---

① 光绪十六年闰二月二十三日,《申报》所载"原底重校复印《列国志》"广告。
② 光绪二十年(1894)八月二十日,《申报》所载点石斋"原底《绘图列国》出书并申明翻印"广告。

俗小说,这种情况在通俗小说翻印的顶峰期,表现得尤为严重。某部通俗小说出版后稍有销路,立刻便有数家书局重复出版,文宜书局、理文轩、古香阁、十万卷楼等书局之间的竞争已臻白热化,它们在《申报》上登载了大量小说出版广告,诸如《听月楼全传》、《鼎盛万年清》、《彭公案》、《三公案》、《白圭志》、《绿牡丹全传》、《永庆升平传》、《欢喜冤家》等小说,被竞相重复出版,这不但造成了出版资源的巨大浪费,更进一步恶化了出版环境。光绪十六年(1890)九月六日,《申报》登载无名氏"为业之难"启事,云"斯业书者,石印以来货贱价微,而藏本印售则可获利,仆前有秘本数种,印售未久,外或翻板,或缩照,各局坊相继而起,未有规例,茫无究问",很显然,盗版及重复出版,已经对整个出版业构成了极大危害。

2. 改换书名,欺世取售

光绪二十二年(1896)二月二十九日,英华书局在《申报》登载"新出闲书《拍案惊奇记》"广告,云"石印畅行,新书叠出,大半此抄彼袭,更换名目",可谓一针见血地指出了当时通俗小说翻印的一大弊端,即改换小说题目,欺世取售。该弊端的形成原因盖有两个:其一,通俗小说翻印趋于鼎盛,竞争日益加剧,文本资源颇有枯竭之虞;其二,盗版及重复出版十分严重,为制造新奇效果,取悦读者,书局遂出此下策,申城随即涌现出一批貌似稀见的通俗小说,各书局在《申报》登载的出版广告中,也纷纷打出"向无刊本"、"世所罕见"、"近时新书"、"近人新撰"、"近代名人所撰"等语,哗众取宠,以利销售。或许改名后的小说曾令读者耳目一新,销路颇畅,书局因此获得不小的经济利益,这使得当时的书局纷纷效仿,乐此不疲。譬如文宜书局曾将《争春园》改名《剑侠奇中奇》、将《常言道》改名《富翁醒世传》;理文轩曾将《锦香亭》改名《睢阳忠义录》、将《云中雁三闹太平庄全传》

改名《大明奇侠传》;上海书局曾将《禅真逸史》改名《残梁外史》、将《桃花影》改名《牡丹奇缘》;古香阁曾将《玉娇梨》改名《三才子双美奇缘》;龙威阁将《飞跎全传》改名《绣像三教三蛮扬州佳话》;十万卷楼将《水石缘》改名《奇缘赛桃源》等等,如此甚多,不赘举。

更有甚者,书局不仅改换小说书名,还增入序跋或篡改回目以作策应,增强欺骗性。譬如光绪二十二年(1896),古香阁将《驻春园小史》改名《第十才子绿云缘》石印出版,书首增入光绪二十年(1894)半耕主人"第十才子书序",声称"《绿云缘》一书,传世已久,因未剞劂,故人多罕见。兹吾党欲公同好,特为梓行,嘱余评点,细为批阅"云云,假造出新书初版的情形;再如南京图书馆所藏光绪年间石印本《花田金玉缘》,未标书局名称,或由文宜书局于光绪二十年(1894)所印,此书实即《图画缘小传》,该书局改名后,增入"临湖浪迹子"序言,假托"友由粤携来《花田金玉缘》一书,问序于余"云云,复将原小说全部十六回回目重新改写,如此一来,读者倘若不熟悉《图画缘》小说的人物与情节,便很难加以识别,迄今仍有人将《花田金玉缘》误作稀见小说①。

3. 篡改序跋题署

序跋是明清通俗小说的重要组成部分,其内容每多涉及小说作者生平、题材本事、创作过程及刊印细节等项,是研读小说文本的珍贵资料。然令人遗憾的是,近代书局翻印通俗小说时,为节省成本,应付激烈的竞争,却多有撤去原书序跋的惯例,甚至玩弄篡改原书序跋以冒充新出之书的伎俩。譬如《增像全图三国演义》,扉二牌记题

---

① 《明清小说研究》2004 年第 3 期,载有朱喜《一部〈中国通俗小说总目提要〉失收的小说——介绍〈花田金玉缘〉》。实际上《中国通俗小说总目提要》不仅收录《画图缘》,而且标明其别名为《花田金玉缘》,提要中还列出了两书的回目,以作比较。

为"广陵味潜斋藏本上海鸿文书局石印",前有《重刊三国志演义序》,署"光绪十四年孟夏旬吴飞云馆主书",粗看之下,似乎该序是专门为此次出版新撰,然经笔者仔细比对,其文字与咸丰三年(1853)常熟顾氏小石山房刊本《三国志演义》之《重刊三国志演义序》完全相同,该序的署名原题"咸丰三年孟夏旬吴清溪居士书",味潜斋与鸿文书局在翻印时作了篡改。最具讽刺意味的,要数《增评补像全图金玉缘》,此书由同文书局于光绪十年(1884)首次石印,光绪十五年(1889)重印,重印本书前有"华阳仙裔"《重刊金玉缘序》,时间署"光绪十四年小阳月望日",此重印本后屡遭盗版,光绪三十二年(1906)上海桐荫轩翻印,书名题"足本全图红楼梦",首有"华阳仙裔"之序,时间改题为"光绪三十二年九月";至光绪三十四年(1908)求不负斋再次翻印,书名题"增评全图足本金玉缘",前亦有"华阳仙裔"之序,时间却已改为"光绪三十四年九月",很显然,"华阳仙裔"的序言,已经成了一张现成的标签,可以按照翻印者的需要,随意改动粘贴。上述例证表明,明清通俗小说之近代铅石印本中的序跋,有相当部分存在抄袭或篡改的情形,研究者在使用这些文献时,应当十分谨慎。

4. 缩印过小,纸墨粗劣

缩印本是石印的技术优势所在,然物极必反,它也给出版业带来了严重的后遗症,即字迹过小,伤人目力,尤其是盗版石印的小说,其文字更细如蝇头,模糊漫漶,几乎难以识读。此外,盗版缩印及降低成本等因素,又导致光绪十六年(1890)以后铅石印本(尤其是石印本)小说的开本尺寸,日渐窄小,与光绪中前期点石斋、同文书局、广百宋斋等书局所印之书相比,其缩减幅度高达40%—60%。笔者抽样测量了30种铅石印本小说的尺寸,光绪十六年(1890)之前,开本多为宽12—13厘米,高19—20厘米;之后则缩减至宽7—9厘米,高

12—15厘米,诸如文宜书局石印本《绘图英雄侠义风月传》(1892)、晋记书庄石印本《鬼话连篇录》(1894)及古香阁石印本《绘图第十才子绿云缘》(1896)等书,均可置于掌心把玩,每字大小仅2毫米见方。如此微型的版本,原多用于出版科举挟带之书;但移至通俗小说,显然无法令人满意。因此,至光绪二十五年(1899),所谓"大板石印"本小说,重又成为图书市场的新宠①。

铅石印本通俗小说的图书质量,与其所用纸墨的优劣,也有重要关系。就笔者所见,近代书局用于翻印通俗小说的纸张,以机制连史纸及有光纸居多,其纸色偏黄,质地薄脆,容易碎裂,保存至今的铅石印本通俗小说,翻阅之时往往碎纸翩飞,每每令人不忍卒读;而铅石印刷的油墨,与传统木板印刷的油墨不同,基本上依靠进口,故价格不菲,书局为降低成本,辄往墨中掺杂火油,其印出之书,稍延时日便油渍渗透,书页变黄。不难想象,倘若一部通俗小说的版本,其开本窄小,纸质薄脆,字若蝇头,墨色模糊,油渍渗透;其书名又经书贾改题,序跋亦系篡改或伪托,则此版本的优劣不言而喻矣。令人遗憾的是,近代书局翻印通俗小说虽堪谓繁盛,此类劣本却占大部,故其长期以来不受藏家甚至研究者的关注与重视,又何足怪之。

---

① 光绪二十五年九月七日,《申报》登载理文轩"大部书籍批发"广告,其新印各书如《西游记》、《封神传》、《列国志》等小说,书名前均冠以"大板石印"字样。

二、单篇论文

1. 综论

论明清中国通俗小说之版本
[澳]柳存仁

发表于香港《联合书院学报》1963年第2期，后收入《和风堂文集》（上海古籍出版社1991年版）。

此文是柳存仁 Chinese Popular Fiction in Two London Libraries 一书第一章《小说与版本》的译文。文章对中国小说史的三个时期、基础版本知识、通俗小说的版本问题、小说插图和说明文字、版本使用的紊乱情况、书铺的分布等各方面问题进行了考察和探讨。

【文选】

版本使用的紊乱（节选）

从我所看过的这一百三十多种伦敦所藏的中国通俗小说来观察，有些刻本是很紊乱的，这种现象，大约从明代起，就不能免。

著名的书肆专刻经史子集的，一般地说，对书籍的版子处理得当然都很郑重。但是刻印小说的书铺，总是特别认真的少，企图迅速牟利的多。所以有许多小说，不只刻得不精，也有许多书坊把它们刻的旧版转售与本城或他城的其他书贾，另外用一个堂名重印的；或者，同是这一部书，同为这一间书铺刊刻的，却分用两个以上的不同的堂名印书。这种情形,却能够使我们研治小说版本的人感觉得困扰瞀乱。至于在书上乱题批评者的人名,如明末之题汤显祖(玉茗堂)、徐文长、钟惺、陈继儒、李贽,清初的题金圣叹,其中的真伪,辨别起来也常要耗费许多工夫,证明或反面地把它推翻;而最多数的时候是"查无实据,事出有因"。

我们先从稍早的版本或和稍早的版本有些牵涉关系的本子谈起。

英国博物院所藏一部明代王泗源补刻的朱鼎臣本《三国志史传》,是《三国演义》的古本之一。在中国仍然保存了朱鼎臣本,所以这一部就朱鼎臣旧版补刻而成的"王补朱刻"本《三国志传》,是较容易有比勘的机会的,我们只要有两个版子的书影,便可以对出补刻的地方。然而,即就这个"王补朱刻本"而论,其正文题署撰人及刻书者的地方,有许多卷都只刻"书林"二字,或"书林梓"三字,"书林"之于"书铺","梓"字和"书林"两字之间空缺了一块,仍是没有出版者的名称。只有卷一这一处,刻有"建邑梓"三字,顶多说明是福建的地方。

这些,已经可以启人疑窦了,看到了卷十三及卷十四的首页,前者忽出现"古临冲怀朱鼎臣辑"一行,后者则是"羊城冲怀朱鼎臣编辑"一行。

我们再仔细观察,例如卷一,第三、四叶;卷二,第十四叶;卷三,第五至九叶,十三至十四叶,二十至二十二叶,都可以看出补版字体与其他字体不同的地方。卷三以后其他各叶,情况亦复相类。

在原刻本列名编辑的朱鼎臣,他本身是十六世纪到十七世纪初书坊界很值得注意的人物。万历年间刘莲台梓行的《唐三藏西游释厄传》,我以为实是吴承恩百回本《西游记》所承袭的祖本之一,而不是像胡适之、孙楷第先生所说的它是吴著的简本,各卷也列有朱鼎臣编辑之名。《三国志史传》的原刻本和王补本固然不用提了,另外一部焕文堂刻本的《观音出身南游记传》(不同于《四游记》中的《南游记》),是专叙观音菩萨的故事的,也是他所"编辑"。自然,这里我说的编辑,可能都是有"旧本"的,那二十卷、二百四十则的《三国》自然绝非他的创作,所谓编辑的工作不外是文字的增润删修,也多少留下一点他的笔墨。可惜各本所刻除了他的字是"冲怀"之外,连他的籍贯都或作羊城(广州),或作古临(杭州),殊不一致,不用提研究他的事迹了。就是这么一个人物,是前述的"王补朱刻"本的中心,虽然那原书是否他所"刻",还是疑问,因为所谓朱鼎臣旧版只是对"王补"这一点而言,指的是那旧版上有朱鼎臣的名字罢了。

和上述相像而有不同的一个例,是敬书堂本的《北宋三遂平妖传》。这书的版本,是和明末崇祯间金阁嘉会堂本这书同一系统的许多清刻本之一,但其目录上又刻"映旭斋增订"字样。映旭斋本身却是明末的另一个书坊,刻印得很精的《三宝太监西洋记》,其覆本便是它刻的。这里的推论是,敬书堂本或是照映旭斋刻本的《北宋三遂平妖传》的文字而刻的,因为这里谈不上什么补版的问题。

元明建本通俗演义对我国小说发展的影响

方品光

发表于《福建师范大学学报》1982 年第 1 期。

本文对元、明两代福建建阳、麻沙一带刊印的通俗演义小说相关情况进行了考察,包括建阳书肆刊刻通俗读物的历史源流与发展,嘉靖至明末刊印的讲史演义、公案义侠、神魔灵怪等小说作品及其插图,书坊主余象斗、熊大木的主要成就,以及建阳刊刻的通俗演义对我国小说发展的影响等。指出建本小说对后来的历史小说创作产生了很大影响,对我国小说的发展起了积极促进作用。

【文选】

一

我国宋元明时期,由于手工业和商业的发展,都市随之繁荣,市民阶层的人数增加,因而戏曲、话本、歌谣等市民文学也很繁盛。各地书坊为迎合市民阶层日益增长的需求,大量刊印通俗小说,形成了"刊布成帙,举世传诵"的盛况。明前期叶盛曾说:"今书坊相传射利之徒伪为小说杂说,南人喜谈如汉小王(光武)、蔡伯喈(邕)、杨六使(文广),北人喜谈如继母大贤等事甚多。农工商贩,抄写绘画,家畜而人有之;痴骏女妇,尤所酷好"(《水东日记》卷廿一·小说戏文)。明后期更是如此,且有过之。我省的建阳是一个主要的刻书之地。明代建阳县境的刻书作坊多达五、六十家,以刊刻通俗小说著称的有余氏三台馆、余氏双峰堂、余氏萃庆堂、刘氏乔山堂等,特别是余氏三台馆所印的小说,刻工精细,附有绣像插图,很受读者欢迎;此外,还有余氏自新斋、杨氏清白堂、存诚堂、余新安、叶志元、金拱唐等等,这些书坊都刻过不少通俗小说。

建阳书肆刊刻通俗读物有着悠久的历史,远在元代至治年间(1321—1323)建安(即今建阳)书肆虞氏就刊刻了广为流传的平话《武王伐纣》、《七国春秋》、《秦并六国》、《前汉志传》、《三国志》,并且还加上绣像插图。这五种平话的出版地,鲁迅的《中国小说史略》、北京大学中文系编的《中国小说史稿》、南开大学中文系编的《中国小说史简编》均作"新安"。孙楷第的《中国通俗小说书目》作"建安",新安在安徽省,建安为我省建安县,究竟何处为是,因其原书存日本内阁文库,无法核对。但据日本京都大学文学部所编《京都大学文学部汉籍分类目录·第一》(昭和三十四年三月二十日,中西印刷株式会社印刷,代表者中西滕太郎)小说类的宋元之属所载,有新刊全相平话四种——全相武王伐纣平话三卷、乐毅图齐七国春秋后集三卷、全相秦并六国平话三卷、全相续前汉书平话三卷,均系昭和十五年京都临川书店据建安虞氏刊本影印的。由此可见,这五种平话刊刻地不是新安,而是建安。

自嘉靖以至明末,建阳书坊刻印的小说、杂书,如雨后春笋,有数千种之多,居全国发行总数的首位,促进了通俗小说的广泛传播。建本小说种类繁多、体裁广泛,不仅有宋元平话,还有讲史演义、公案义侠、神魔灵怪等小说,如《二十四帝通俗演义全汉志传》、《通俗演义三国志传》、《唐书志传通俗演义》、《八仙出处东游记》、《二十四尊得道罗汉传》等等。由于书肆密集、作坊众多,大家争相刊雕易售的刊本,所以有的一种书就有许多种版本,仅《三国志演义》,从元至治间虞氏刊本《全相三国志平话》以下,就有十四种版本,即(1)《新镌校正京本大字音释圈点三国志演义》十二卷(明闽郑以桢刻),(2)《新刻按鉴全像批评三国志传》二十卷(万历壬辰〈1592〉余氏双峰堂刻),(3)《新刻京本补遗通俗演义三国全传》(万历丙申〈1596〉诚德堂熊清波刻),(4)《新镌京本校正通俗演义按鉴三国志》(万历乙巳〈1605〉闽建郑氏三垣馆刻),(5)《重刻京本通俗演义按鉴三国志传》(万历庚戌〈1610〉闽建杨元起闽斋刻),(6)《新锲京本校正通俗演义按鉴三国志传》(万历辛亥〈1611〉闽书林郑世容刻),(7)《新锲全像大字通俗演义三国志传》(万历间闽笈邮斋刻),(8)《新刻音释旁训评林演义三国志传》(万历间建阳王泗源刻),(9)《新刊校正演义全像三国志传评林》(万历间余象斗刻),(10)《新锓全像大字通俗演义三国志传》(明刘龙田乔山堂刻),(11)《李卓吾先生批评三国志》(明建阳吴观明刻),(12)《新刻按鉴全像三国志传》(明建阳刘荣吾刻),(13)《新刻按鉴演义全像三国英雄志传》(明闽书林杨美生刻),(14)《新刻京本按鉴考订通俗演义全像三国志传》(明天启闽黄正甫刻)。这就为研究《三国演义》的演变、发展,提供了极丰富多彩的版本。

建阳刊本从宋代起就有纂图插画,如宋勤有堂的《古列女传》、《仪礼图》,元虞氏刊刻的五种平话全有绣像插图。入明以来建阳刊本附图插画的风气更盛,到嘉靖隆庆以后非常普遍,尤其是通俗小说杂书几乎无书不附插图。这些插图,绘画样式丰富、格调新颖,有每回插一页版画的,如余泗泉萃庆堂刻的《新锲晋代许旌阳得道擒蛟铁树记》、吴观明刻的《李卓吾先生批评三国志》;有一面书页的上半栏为绣像、下半栏为正文的,如杨氏清白堂刊的《京本通俗演义按鉴全汉志传》、刘龙田乔山堂的《新锓全像大字通俗演义三国志传》;有的刊本则为上评、中图、下文,如余氏双峰堂的《京本增补校正全像忠义水浒志传评林》,还有更新颖的是图嵌文中,余氏三台馆的《新刻皇明开运辑略武功名世英烈传》和余氏萃庆堂的《新锲唐代吕纯阳得道飞剑记》即是这种刊本。书中绣像插画不仅为刊本增添了不少的生活情趣,而且其刊雕版面还为今天书刊中的插图和连环画开了先导。

二

建阳书坊主人,在刻印书本的同时,还编撰各种类书,和供市民日常参考用的医书和通俗小说杂书等。他们或亲自编撰,或与当地文人合作。如元代著名书肆日新堂主人刘锦文:"博学能文,教人不倦,多所著述。凡书板磨灭、校正补刊,尤善于诗,有答策秘诀行世。"(嘉靖《建阳县志》载);广勤堂主人叶景逵,搜罗一万六千多首五言六韵诗编成《万宝诗山》,以供科举考试之用。明代著名书坊种德堂熊宗立"通阴阳医卜之术,注解天玄雪心二赋、金精鳌极难经脉绝等书。撰药性赋补遗及集妇人良方行于世"(陈衍《福建通志》44:4/3b)。编撰通俗小说称著的,以三台馆主人余象斗最为突出。余氏三台馆为明万历间刻书名肆,刊刻过许多书籍,单刊刻通俗小说就有:《新刊京本春秋五霸七雄全像列国志传》八卷,《新刻按鉴编集二十四帝通俗演义全汉志传》十四卷,《新刊校正演义全像三国志传评林》二十卷,《新镌全像东西两晋演义志传》十二卷,《新刻按鉴演义全像唐书志传》八卷,《全像按鉴演义南北两宋志传》二十卷,《新刊按鉴演义全像大宋中兴岳王传》八卷,《新刻皇明开运辑略武功名世英烈传》六卷,《全像类编皇明诸司公案传》六卷等。余象斗本身是文人学者,他在吴承恩《西游记》的启迪和影响下,编写了闹天宫、闹地狱、闹人间、最后又皈依佛门的华光大帝故事《南游记》(又名《五显灵官大帝华光天王传》)和佛门残酷修行故事《北游记》(又名《北方真武玄天上帝出身志传》),以及《全像类编皇明诸司公案传》等。这对后来的讲史演义,神魔灵怪、公案义侠小说,都有很大影响。余象斗是我国明代末叶著名的小说家和出版商,他刊雕的小说,刻工精细,附有绣像插图,很受读者欢迎。

在明后期通俗小说作家中,熊大木也是杰出的一个。大木字钟谷、又字鳌峰,建阳人,嘉靖时期的书坊主人。他很重视野史小说,编写过很多通俗演义,如《京本通俗按鉴全汉志传》十二卷,《新刊参采史鉴唐书志传通俗演义》八卷,《大宋中兴通俗演义》八卷,以及《全像按鉴演义南北宋志传》二十卷等。他的作品艺术成就不高,但写英雄传奇的传统体裁是他开始的,为以后这类作品的蓬勃发展开辟了道路。与建阳书肆主人合作编写或专门为书坊撰写小说、提供出版书源的文人,以邓志谟为典型。志谟字景南,号竹溪散人(一作竹溪散生),又号百拙生,所著之书多署"饶安",疑为江西饶州府安仁人。他来到福建后,为建阳余氏私塾教师,所著书多为余氏书肆刊行出版。他写过不少诡怪的"争奇",如今所知,有《山水争奇》、《风月争奇》、《梅雪争奇》、《花鸟争奇》、《童婉争奇》、《蔬果争奇》等。他又编撰了《晋代许旌阳得道擒蛟铁树记》二卷,《唐代吕纯阳得道飞剑记》二卷,《五代萨真人得道咒枣记》二卷。这些书都由余泗泉萃庆堂梓行。

三

建阳所产通俗演义对于我国小说发展的影响:

(1)元明两代建阳刊刻的通俗小说数量极多、流传极广,促进了我国文化和历史知识的传播。书坊主人为了多售刊本、营利赚钱,千方百计地搜集市民消遣所需要的民间艺人的"说话"材料,经过编辑加工,刊雕成书,客观上使得这些口头传播的民问文学成为"话本",能经久地保存、广泛地流传。任何优秀的口头文学,如果没有文人把它加工、整理、锲木成书,都有可能失传,所以建阳书肆对于保存我国文学遗产是有贡献的。元至治年间的五种平话和明后期的通俗读物,以史实作线索,用大量的史料铺叙成为历史小说,使人们读后了解本国的历史,起着普及历史知识的作用。同时这些通俗演义的诞生是我国长篇小说的开始,并且直接为后世长篇小说的创作高潮作了充分准备。明末著名的小说家冯梦龙,崇祯年间在我省寿宁当过知县,很受建阳刊行的小说的薰陶与感染,因而他为编写"三言":《喻世明言》、《警世通言》、《醒世恒言》,搜集到丰富的素材,例如《警世通言》卷四十的《旌阳宫铁树成妖》,便直接取材于余氏萃庆堂刊的《晋代许旌阳得道擒蛟铁树记》;《醒世恒言》第二十二卷《吕洞宾飞剑斩黄龙》,也取材于《唐代吕纯阳得道飞剑记》。他创作的历史小说《新列国志》,更是在建安虞氏刊《秦并六国平话》基础上编写而成的。

(2)几部著名小说都是在建本小说基础上发展起来的。

《三国演义》是我国古典文学中的优秀作品,它是在元至治年间建安虞氏刊刻的《全相三国志平话》的基础上演变而成的。三国故事很早就长期流传于民间,到了宋代,三国故事不仅盛传而且有了鲜明的倾向性,"拥刘反曹"的观念愈来愈明显,许多优美动人的故事情节不断地丰富起来。元至治年间建安书坊主人虞氏,把它刊印成《全相三国志平话》后,它已是《三国演义》的雏型了,全书有八万多字,分上、中、下三卷,每卷又分上下两栏,上栏是图相,下栏是正文,倾向性鲜明,结构比较庞大,故事性比较强。从故事内容和结构看,它已是粗具《三国演义》的规模。元末罗贯中继承了平话"拥刘反曹"的观念,接受了其中的人物典型,注入了他自己的心血,使内容更加丰富充实起来,以栩栩如生的人物形象和动人的故事情节,表现了有积极意义的主题,并增添了不少史料和诗词表札等,加强了作品的真实性,篇幅扩增近十倍,改进了文字的表达,大大提高了语言的艺术性。

《东周列国志》也是根据元至治年间建安虞氏刊刻的《全相秦并六国平话》逐渐改造、加工创作而成的。《秦并六国平话》成书后,使春秋战国时期的故事得到广泛传播,经过二百多年,到了嘉靖、隆庆间,建阳余邵鱼根据史实和平话编成《列国志传》。明末崇祯间冯梦龙把前书改编为《新列国志》,在故事情节上作了较大的加工,文字上进行了修改润色,以七言咏古诗作为入话、总挈,使之较前书更明白通畅。清乾隆间蔡元放又根据《秦并六国平话》和史实,编写成《东周列周志》,以更加通俗的形式演述了春秋战国的历史。

《封神演义》写的关于殷周斗争的故事,从汉代就有零星记载,在民间也一直流传着武王伐纣的故事,经过宋代艺人的加工,产生了《武王伐纣平话》,元至治年间建阳书肆虞氏把它刊雕成书后,流传更广。及至明隆庆万历间,许仲琳以《武王伐纣平话》为基础,博采民间传说,并加上自己的虚构与夸张,铺衍成长篇的神魔小说《封神演义》(又名《封神榜》)。

《杨家府演义》是在建阳熊大木撰、余氏三台馆刻本《北宋志传通俗演义》的基础上编写而成的。北宋杨家将抵抗契丹的故事,很早就在民间流传,南宋话本有《杨令公》、《五郎为僧》,元代戏曲中得到进一步发展,有《谢金吾诈拆清波府》、《昊天塔孟良盗骨》等,元明杂剧中有《八大王诏救忠臣》、《杨六郎调兵破天阵》等。到了明代嘉靖间建阳熊大木撰写了《北宋志传通俗演义》,余氏三台馆梓行成书;万历间纪振伦把前书编写成《杨家府演义》(又名《杨家府世代忠勇通俗演义》)。

《说岳全传》:最早把岳飞抗金故事编写为通俗演义的是熊大木。他的《大宋中兴英烈传》虽然从内容到语言的运用,都还显得粗糙,但为英雄传奇小说的发展开了头,使它有了个新转机。崇祯年间于华玉编写的《重订按鉴通俗演义精忠传》,以及后来出现的《岳王传演义》、《精忠全传》等等,都是按照熊大木旧本改写的。到了清康熙雍正间,钱彩又集以上"说岳"演义之大成,编写成了《说岳全传》。

此外,万历年间余象斗编、三台馆刻的《皇明诸司公案传》,郑氏萃英堂刻的《皇明诸司廉明奇判公案》,刘大华刻的《国朝名公神断详刑公案》(均无名氏撰),对后世的《三侠五义》等义侠公案小说的产生,都有启发和影响。余氏萃庆堂刊的《晋代许旌阳得道擒蛟铁树记》、《五代萨真人得道咒枣记》、《唐代吕纯阳得道飞剑记》等,对后世的神魔灵怪小说的创作也有一定影响。有的还成了后来小说的素材(《铁树记》被编进冯梦龙的《警世通言》,《飞剑记》编进《醒世恒言》)。

综上所述,我省建阳所产的通俗演义时间早,题材广泛,刊印数量大,为后世小说提供了丰富的素材,对明清两代的历史演义的创作产生巨大影响,促进了我国长篇小说的发展。同时,建阳通俗小说刊本数量大、种类多,也为研究我国的小说发展史,提供了丰富多彩的样本。

中国古代图书的广告与促销术

苗怀明

发表于《华夏文化》1998 年第 3 期。

古代书坊的广告和促销宣传中,以小说最具代表性。本文以小说的宣传为例,透视中国古代的图书文化,指出图书的销售直接关系到书坊的兴衰和生存,不少书坊主对图书的宣传和促销十分重视,对书坊种种的销售策略进行了考析。

【文选】

总的来看,书坊主的广告宣传主要表现在以下几个方面:

在书的封面上直接印上广告语。如明代雄飞馆书坊将《三国演义》、《水浒传》合印在一起,另起新名《英雄谱》,并在该书封面上写道:"《三国》、《水浒》二传,智勇忠义,迭出不穷。而两刻不合,购者恨之。本馆上下其驷,判合其圭。回各为图,括画家之妙染;图各为论,搜翰苑之大乘。较雠精工,楮显致浩。诚耳目之奇玩,军国之秘宝也。"从小说内容直说到插图、文字,很有诱惑力。封面是图书给人的第一印象,所以很多书坊主都在小说封面印上诸如"绣像"、"全像"、"评点"、"批评"、"京本"、"新刻"、"重镌"之类的字眼,以增加买主的兴趣。不少小说的名目因此而加长许多,如《新刻按鉴全像批评三国志传》、《钟伯敬先生评绣像东西汉全传》、《精绘绣像飞龙全传》、《新本白蛇精记雷峰塔》等。小说正文之外,增加插图、评点、注释,这也是促销的一种手段,至于插图是否精美、评点是否出自名家之手、注释是否正确,小说是否原本、重订、精校,那就另当别论了。

改换书名,另以一新奇、极富吸引力的名字代替,这也是古代书坊主常用的手段。许多小说大家都比较熟悉，但书坊主改换名目后，给人一种新鲜感，似乎又增加了新的内容。因此，这也造成了一种小说有多种异名的现象。以中国古代小说四大名著而言，《三国演义》又称作《三国志演义》、《第一才子书》、《三国志传》、《三国全传》等；《水浒传》被改名《第五才子书》、《征四寇传》、《汉宋奇书》、《英雄谱》等；《西游记》也有异名《西游证道书》、《西游真诠》、《西游原旨》、《通易西游正旨》等；至于《红楼梦》，更是有《石头记》、《大观琐录》、《金玉缘》等新奇名称。这种促销手段也许有效，但无疑它给后来的研究者带来了不少麻烦。

打名人牌，拿名人做幌子，这并不是现代人的专利。早在中国古代，书坊老板们就已认识到名人潜在的商业价值。明清时期，有一批文人奇士如李贽、徐渭、汤显祖、冯梦龙、金圣叹、李渔等，他们不仅生平身世极富传奇色彩，而且对通俗文学极有兴趣，或亲自创作，或进行评点，多热心参与。许多书坊主就借机利用这些人的名号，进行促销宣传。好在那时人们还没有著作权、版权等观念，否则那些书坊主们会有找不完的麻烦。书坊主打名人牌一般有两种方式，一是伪托某小说为某名人所著，如《英烈传》一书，许多书坊老板不仅将书名改为《云合奇踪》、《洪武全传》，而且还在封面醒目地印上"徐文长先生编辑"等字样，以吸引买主。另一种方式则是号称某书为某名人所评点，或伪托某名人作序。如《后西游记》一书，有的书坊主就在封面上印着"圣叹评点"，再如《东西汉演义》，有的封面上就醒目地印"钟伯敬先生评"，而且将书前的一篇序文伪托为袁宏道所作。这种伪托手段真真假假、虚虚实实，令人难辨，但行之有效。

请人写序做宣传，这也是古代书坊主们常用的一种广告促销术。古代小说的书前一般都有序，少者一篇，多者三五篇。序的作者多为书坊主或小说作者的朋友,受人之托,自然要替别人说好话。因此,这些序文就具有一种软广告的性质,研究者在将之视作第一手研究资料时,一定要注意这一点。有的序文虽有赞美之辞,但还不失分寸,如学憨主人为《世无匹》小说所写的题辞中说该书"伦常交至,祸福感召,又能惩创遗志,感发善心,殊有风人之旨寓乎间,此书有裨于世道人心不少",这是古代小说序文中常见的语调。也有些序文溢美过甚,广告色彩太浓,如《痴人福》只是一本三流小说,小梅氏却说它"文情深奥,其义理关节,大有深味,真不亚于四大奇书";再如《玉蟾记》一书也是一般平庸之作,但种柳主人却在序文中夸它"思何灵欤!识何精欤!学何博欤!褒贬严于《春秋》,词旨洁于《史记》,其论断处似老泉,其明叙处似欧、柳",这种夸饰已经不着边际,反而起副作用,让人反感了。书坊主们的广告促销手段还有在书中印上书坊地址、预告续书内容、请名人题字等,这里不再一一详述。

通俗小说与雕版印刷
石昌渝

发表于《文史知识》2000年第2期。

本文对中国古代通俗小说与雕版印刷业之间的关系进行了考察,并从出版印刷的角度,分析了中国古代小说版本情况复杂的原因。

【文选】

中国古代通俗小说发展的历史不是一条笔直和平坦的大道,其间充满了曲折和起伏。制约小说发展的因素很多,有精神的和物质的,有文学的和非文学的。非文学的因素如政治、宗教、伦理以及主流文化价值观等等,均对小说的生成和发展产生了深刻的影响,而物质方面则以印刷业对小说的制约最为突出。可以这样说,通俗小说的发展必须以印刷为前提条件,印刷业运作的实际状况又制约着小说体制的演变和发展。

通俗小说的源头可以追溯到唐代。敦煌石室所藏的唐代话本《唐太宗入冥记》、《韩擒虎话本》、《孔子项托相问书》以及秋胡故事等等,当是通俗小说的早期形态。然而自唐末五代,经宋元,直到明代嘉靖年间,通俗小说才突飞猛进,产生出大批作品,一跃而超越传统诗文,成为一代文学的标识。从唐末到明中叶,历经六百年,而通俗小说为什么停滞不前?原因当然是多方面的,但有一点可以肯定,那就是印刷条件不具备。

通俗小说是民间"说话"书面化的产物。口头伎艺的"说话"向书面文学通俗小说的转变,由敦煌石室所藏之话本证明,在唐代业已发生。不过敦煌石室所藏话本都是写本,绝无版本。唐代是雕版印刷的初兴时期,雕版印刷的成本高,生产规模也有限,刻印仅限于释经、历书、小学字书、诗集、阴阳五行等书,根本轮不到通俗小说。通俗小说只能手抄,而手抄的生产方式极大地限制了通俗小说的传播,自然也限制了作为大众文化的通俗小说的发展。宋代印刷有了长足进步,不过这个进步还没有达到印本完全取代写本的程度,宋代的写本书仍是一种重要的图书形制。《明史·艺文志序》称,宣德年间秘阁所藏宋元书籍以写本居多,"秘阁贮书约二万馀部,近百万卷,刻本十三,抄本十七……皆宋元所遗,无不精美。装用倒摺,四周外向,虫鼠不能损"。秘阁所藏宋元书籍十分之七都是写本,比重很大。考虑到藏书家珍视写本书因而入藏较多这个因素,秘阁所藏刻本和写本的比例并不代表宋元刻本和写本的实际比例,但至少可以证明宋元时代写本与刻本并行于世,那个时代,不是所有可以公诸于世的著作都能够雕版印刷。宋代是理学昌明的时代,有限的印刷能力不大可能分配给通俗小说。宋版书存世者绝无通俗小说,各公私书目中也没有著录过宋版通俗小说。《大唐三藏取经诗话》曾被王国维断为南宋刻本,但后来他改变了看法,确定为元刊。

　　从民间"说话"这方面来看,宋代"说话"较唐代是大大发展了,形成了一个面向大众的完整的艺术体系,不仅从创作到演出有系统的体制,而且在题材上有明确的分类,艺人的表演也有了个人的风格。据《醉翁谈录》著录,"说话"的名目达数百种之多。如此大量的"说话"名目,其中一些只是被明代小说情节所吸纳,却没有见着直接书面化的并付之版刻的通俗小说,这不能不说是印刷的不肯给予方便。

　　元代的印刷业相对于宋代并没有实质性进步,在朱墨两色套印与活字板运用方面有所发展,但总体上,无论是质量还是数量均不及宋代。不过,元代文化价值观与宋代有重大变化,儒家思想的统治地位发生了动摇,统治者的思想禁锢要松弛得多,士人的科举进身之路基本被阻断,俗文学的地位得到提升,杂剧繁荣并成为一代文学之盛。文化价值观中俗文学地位的上升不仅表现在杂剧创作的繁荣和杂剧演出地域的广大以及演出的频繁,而且还表现在杂剧剧本可以付之雕版印刷。当时大都、杭州刊刻的杂剧有《西蜀梦》、《东窗事犯》、《单刀会》、《尉迟恭三夺槊》等等多种。俗文学从写本跨进到刊本,这在俗文学史上是一个划时代的进步。这个进步自然与元代文化观念的变化相关,但它与印刷业的发展也是分不开的。继杂剧而兴起的便是通俗小说。小说虽然不及杂剧,但小说总算争得了刊刻的权力,现存的元刊通俗小说就有《宣和遗事》、《大唐三藏取经诗话》、《新编红白蜘蛛小说》、《三国志平话》等五种平话等等。

元刊通俗小说的体制与印刷直接相关。至治年间(1321—1323)福建建安虞氏所刊的五种平话:《武王伐纣平话》、《乐毅图齐七国春秋后集》、《秦并六国平话》和《三国志平话》,其版式风格相同,每种均为上、中、下三卷,上图下文,蝴蝶装。五种中以《三国志平话》的字数最多,七八万字。试以《三国志平话》为例来说明它的体制与印刷的关系。《三国志平话》作为元代的长篇白话小说是有代表性的,它是长篇白话小说的初期形态。撇开小说的主题、情节、人物、语言等等艺术内容不谈,就其叙事而言,只能算是一个情节的详细梗概。但它决不是供"说话"人使用的脚本,而是供人阅读的小说,叙述尽管简略,却基本上可以满足读者对故事的欣赏需求。叙述简略不是作者的文字能力有问题,多半是为了节省篇幅。全书上卷20页,中卷21页,下卷20页,每卷页数不多,很可能还与蝴蝶装有关。古代纸书形制由卷子到经摺装和旋风装,再到蝴蝶装、包背装,最后才是线装。蝴蝶装反折书页,以板心抵书背,各页用浆糊粘属,外裹以书皮。这种装订方式不及包背装,更不及线装牢固,每册页数也受到限制。明刘若愚《酌中志》记宫内藏《三国志通俗演义》共24册,2150页,现存嘉靖刊本《三国志通俗演义》为二十四卷二十四册,由此可以推算出每卷册大约在几十页左右,显然,线装书每卷册装订容量要大于蝴蝶装。《三国志平话》叙事简略受了篇幅的限制,这种限制是由印刷装订的条件决定的,而最终还是由市场来决定。元代印刷业毕竟是十三四世纪的印刷业,生产成本谅必不低,读者会掏出多少银子来购买这样一部消遣的书,是书商必须要考虑的问题。把叙事密度压缩到略陈梗概的程度,这就造成了《三国志平话》一类的元刊平话的特征。

元代通俗小说发展显示着旺盛的势头,但这个势头遭到元末战乱的猛烈一击。整个社会经济都受到严重破坏,印刷业不可避免地萧条下来。通俗小说失去媒体的支持,无异于折断了翅膀。明代前期印刷业的情况,陆容《菽园杂记》卷10描述说,"古人书籍,多无印本,皆自钞录……国初书版,惟国子监有之,外郡县疑未有。观宋潜溪《送东阳马生序》可知矣。宣德、正统间,书籍印版尚未广。今所在书版,日增月益,天下古文之象,愈隆于前已"。陆容生于正统元年(1436),卒于弘治九年(1494),他记载的是他亲历的变化。这里可以提供一个旁证,明周弘祖《古今书刻》著录闽版书共计470种,其中367种为坊刻本,而这些坊刻本绝大多数是嘉靖以后的产品。证明陆容的记载是符合当时的实际情况的。比陆容早约二十年出生的叶盛(1420—1474)在《水东日记》卷21中谈到小说杂书,说"今书坊相传射利之徒伪为小说杂书,南人喜谈如汉小王(光武)、蔡伯喈(邕)、杨六使(文广),北人喜谈如继母大贤等事甚多。农工商贩,钞写绘画,家畜而人有之"。叶盛所谓的"小说"究竟是白话还是文言,体制若何,一概不详。但有一点是清楚的,这种街谈巷议,又为平民百姓喜爱的故事书,在农工商贩家里的并非刊本,而是"钞写绘画"的写本。这又印证了陆容的说法。

　　现在我们见到的明代通俗文学作品的最早刊本均未早过宣德年间。1967年在上海嘉定县明代墓葬中发现的十一种说唱词为成化年间北京永顺堂所刊,同时还有北京金台鲁氏刊印的《四季五更驻云飞》唱本。如果文言小说《娇红记》也算作通俗文学的话,那么它有宣德十年(1435)南京积德堂刊本《金童玉女娇红记》二卷。多年来流行的意见认为《三国志演义》和《水浒传》成书于元末明初,这种见解既没有版本的依据,也没有嘉靖以前的文献记载的旁证,仅根据"罗贯中"的署名,联系《录鬼簿》记录的罗贯中为元末明初人,因此认定这两部长篇小说产生在元末明初。但是,从洪武元年(1368)到嘉靖元年(1522)约150年的时间里,通俗小说是一片空白,难以想象,在《三国志演义》和《水浒传》这样的艺术的参天大树周围竟是一片荒漠;如果从印刷业的历史状况来判断,这个"元末明初说"也是十分可疑的。

　　通俗小说的繁荣是与嘉靖时期印刷业的繁荣紧紧连在一起的。印刷业为通俗小说的商业化提供了必要的物质技术条件,而出版商的运作又影响到通俗小说的制作。在通俗小说的生产中,出版商是轴心。作家受出版商之约,甚至有的题材便是由出版商决定,作家在出版商设计的框架中进行创作。例如《大宋中兴演义》,嘉靖三十一年(1552)福建建阳书商、清江堂主人杨涌泉约请熊大木编撰该书,熊大木在《大宋中兴演义序》中说:"武穆王《精忠录》,原有小说,未及于全文。今得之浙之刊本,著述王之事实,甚得其悉。然而意寓文墨,纲由大纪,士大夫以下遽尔未明乎理者,或有之矣。近因眷连杨子,素号涌泉者,挟是书谒于愚曰:'敢劳代吾演出辞话,庶使愚夫愚妇亦识其意思之一二。'余自以才不及班、马之万一,顾奚能用广发挥哉?既而恳致再三,义弗获辞,于是不吝臆见,以王本传行状之实迹,按《通鉴纲目》而取义。"《精忠录》六卷,包括岳飞事迹、著述以及古今褒典、论述、赋咏等,为嘉靖时镇守浙江的太监主持编刊,熊大木说它是"小说",那"小说"的含义是非正史的稗官野史。此书在当时一版再版,甚是畅销。这与时局有关,明代自正统土木堡之役英宗被俘之后,外患愈益严重,从朝廷到民间,都希冀出现岳飞那样的英雄。杨涌泉见岳飞话题是个热门,出版可望获利,便策划将它编成通俗小说。由书商来聘约作家编撰小说,在古代是一种较为普遍的方式。明末凌濛初写作《拍案惊奇》,也是受了书商之托。"肆中人见其("三言")行世颇捷,意余当别有秘本,图出而衡之",他于是"因取古今来杂碎事可新听睹、佐谈谐者,演而畅之",这就是《拍案惊奇》。

通俗小说一开始就有商业文化的色彩,它是在商业目的的驱使下生产的消费文学。有一种根深蒂固的误解,以为通俗文学就是社会低层阶级的文学,说到通俗小说的读者,就联想到商人、手工业者、军汉以及其他市民等等。诚然,低层阶级所能接受并喜闻乐见的是通俗文学,但通俗文学的读者面要远远大于低层阶级,贵族、官僚以及士大夫等等也有通俗文学的消费需求。一个人的精神需求是多方面和多层次的,一位具有很高思想和艺术素养的上层社会人氏,也可能希望从通俗文学中得到他期望的娱乐、休憩和慰藉。不能把通俗文学仅仅理解为社会阶层属性的文学,重要的是它是不同精神功能层次需求的产物。

让我们看看古代通俗小说的市场情况。一部小说的售价与社消费水平的关系,多少可以说明购读者应具有怎样的经济实力。万历苏州龚绍山刊本《陈眉公批评列国志传》12卷223则,约40万字,该书内封钤有定价"每部纹价壹两"。万历、天启间苏州舒载阳刊本《封神演义》20卷100回,约70万字,该书内封钤有定价"每部定价纹银贰两"。这个定价是由它的包括纸张、木料、雕版、印刷、稿费和其他经营成本以及利润再加上当时市场供求因素决定的,这个定价在当时算是贵重还是低廉呢?按明朝官俸折银米规定,六钱五分当米一石(《明史》卷83志第58"食货六")。这个米价当然会随着丰年或灾年而波动,姑且以此为比率计算,《列国志》值米约一石四斗,《封神演义》值米约三石。明朝官员的俸禄,按洪武二十五年定制,"正一品月俸八十七石,从一品至正三品,递减十三石至三十五石,从三品二十六石,正四品二十四石,从四品二十一石,正五品十六石,从五品十四石,正六品十石,从六品八石,正七品至从九品递减五斗,至五石而止"(《明史》卷82志58"食货六")。官俸如此,吏员月俸最高的是一二品官司提控、都吏,月俸为二石五斗,最低是光禄寺等吏、典,月俸六斗。教官的俸禄,州学正月俸二石五斗,县教谕、府州县训导月俸二石。参照这样一系列数字,《列国志》一石四斗,《封神演义》三石,实在不能算是低廉的精神消费品。白银如果不折成粮食,以住房价来比照,同样也能说明问题。《金瓶梅》成书在嘉靖万历间,第六十回写西门庆给常时节买房子,前后四间一套的住宅价格为三十五两。《列国志》定价一两,《封神演义》定价二两,比较起来也是相当昂贵的。什么人才可以买得起它们呢?在饥饿线挣扎的劳苦大众自然是买不起,仅能维持温饱的城镇小市民也买不起,买得起的必定是有钱的官绅地主商人及其子弟,租书铺的老板也会买,但他是为了转租赚钱。一般的民众,多半只能上租书铺租来一读,或者通过根据欣赏它们改编的戏曲说唱走进它们的艺术世界。

读者对象的定位决定了通俗小说不同于民间文艺的"说话"。早期的通俗小说以"说话"为加工的材料，继承了"说话"的题材、叙事方式和趣味等等，因而具有传统诗文以及文言的野史笔记所不曾有过的市井生活的实景、恣意纵情的暴露和朴拙粗野的情调；但通俗小说又力图淘洗去"说话"之粗鄙不堪和荒诞不经的成分，在不失去泼辣粗犷的风趣的前提下，尽量打扮得文雅绮丽一些。即如庸愚子《三国志通俗演义序》所说，三国故事，"前代尝以野史作为评话，令瞽者演说，其间言辞鄙谬，又失之于野，士君子多厌之。若东原罗贯中，以平阳陈寿《传》，考诸国史，自汉灵帝中平元年，终于晋太康元年之事，留心损益，目之曰《三国志通俗演义》。文不甚深，言不甚俗，事纪其纪，亦庶几乎史，盖欲读诵者，人人得而知之，若《诗》所谓里巷歌谣之义也"。明了这一点，就不难理解通俗小说何以如此热衷穿插诗词和骈文俪句，何以在讲史小说中大量抄搬史书。

中国古代图书的著作权和版权均没有法律保障，一书畅销，则翻刻蜂起，而且任意删改，造成诸多的版本问题。有的作品在它还是稿本、抄本的时候，书商如果认定出版有利可图，就不管作者意愿，将它付之雕版。李汝珍的《镜花缘》就曾有过这样的遭遇。尽管有许多出版者向官府申请保护版权的榜文，将榜文刻印在自家书上，如南宋浙本《新编四六必用方舆胜览》便全文刊载两浙转运司禁人翻刻的榜文，但根本遏制不了翻刻的行为。面对这种恶劣的风气，有些作者和出版者愤怒已极，李渔在他印制笺简的跋语中咬牙切齿地说：

> 是集中所载诸新式，时人效而行之，唯笺帖之体裁，则令奚奴自制自售，以代笔耕，不许他人翻梓，已经传札布告，诫之于初矣。倘仍有垄断之豪，或照式刊行，或增减一二，或稍变其形，即

以他人之功，冒为己有，食其利而抹煞其名者，此即中山狼之流亚也。当随所在之官司，而控告焉，伏望主持公道。至于倚富恃强，翻刻湖上笠翁之书者，大海以内，不知凡几，我耕彼食，情何以堪！誓当决一死战，布告当事，即以是集为先声。总之，天地生人，各赋以心，即宜各生其智，我未尝塞彼心胸，使之勿生智巧，彼焉能夺吾生计，使不得自食其力哉。

咒盗版者为中山狼也好，决一死战也好，至多博得世人的一片同情而已，没有相关的法律保障，阻止不了翻刻的我行我素。经、史、子、集以及种种实用之书，尚且禁止不了翻刻，像通俗小说这类无关经世济时宏旨的闲书，就更避免不了被任意翻刻的时运了。

随意翻刻造成通俗小说的版本情况十分繁杂的局面。这里存在两种情况，一是翻刻者根据自己的观点和好恶随意修改原刻本或作者稿本，二是翻刻者为了节省版面降低成本而随意删节原刻本。这两种情况都使得现代人阅读和研究古代通俗小说不能不注意版本问题。第一种情况可以《水浒传》为例。它成书之初并无征辽和征王庆田虎的情节，百回本有征辽的情节却没有征王庆田虎的部分，标榜为插增本的一百二十回本以及相类的卷回不等的简本才把征王庆田虎的情节加入进来。明末金圣叹宣称他得到原本，而原本只有七十回，实际上是他将梁山排座次以后的情节全部删去，加上一个惊噩梦做全书结局，这个本子竟成了清代最流行的版本。一部小说，后人可以随心所欲地增添删削，乃是中国小说史的一大特色。再说《红楼梦》，现存的各种早期钞本《石头记》附有脂砚斋等人的评语。高鹗、程伟元用木活字排印时，不但续补上并非曹雪芹所作的后四十回，而且对前八十回的情节也有所改动，最突出的例子莫过于关于尤三姐的悲剧。曹雪芹写尤三姐原与贾珍贾蓉有染，所谓"贾珍贾蓉等素有聚麀之诮"。尤氏姐妹固然有追慕虚荣之嫌,但她们寄人篱下,羊肉落到虎口里,本质上是被侮辱和被损害的弱女子。即便是尤三姐行为上有污,然而自当与柳湘莲订婚,便一改过去作风,断绝了与宁国府主子们的暧昧关系,一心指望与柳湘莲结合走向新的生活。可是柳湘莲知道了尤三姐的过去,不能接受这样一位历史上有污点而现已完全改正了的女子做自己的妻子,断然要求退婚,尤三姐的希望彻底破灭,于是饮剑自杀。曹雪芹其实提出了一个极其深刻又极其尖锐的问题:像尤三姐这类女子,中国封建社会的男子能够不咎既往、娶她为妻吗? 这个问题闪烁着曹雪芹的伟大的人道主义精神。高鹗程伟元显然不能理解曹雪芹,他们把原作中有关尤三姐"淫行"的文字删去,使尤三姐成为一个圣洁的少女,这样,柳湘莲的悔婚便成了一个误会,尤三姐之死是由误会造成的。篡改原著的悲剧内涵,使其悲剧的深刻性大大削弱。翻刻者的改动当然并不都是蹩脚的,即是改得好,那也不是原作所有,它容易混淆历史。

第二种情况造成许多作品、尤其是一些名著在版本上有繁本和简本之别。不能说一切简本都是删节繁本而成的,但大多数情况是书商随意删节原本,制造了一个又一个的简本。比如《西游记》,现知最早的刊本是万历二十年(1592)世德堂《新刻出像官板大字西游记》20卷100回。其后就有万历三十一年(1603)杨闽斋清白堂刊本《鼎锲京本全像唐僧取经西游记》20卷100回,此本相对世德堂本来说是一个简本,删削的文字有数万之多。而《唐三藏西游记》20卷100回则是更简的简本。此外还有对情节大动手脚的简本,如杨致和编辑的《西游记》4卷40则,朱鼎臣编辑、刘莲台刊行的《唐三藏西游释厄传》10卷,《唐三藏西游释厄传》插增了"唐僧出身"情节,故又名《唐僧出身西游记传》。到了清初,又出现一个新版本,题名为《新镌出像古本西游记证道书》,此本较世德堂本多出一回"唐僧出身",同时将世德堂本的第九回至第十二回并为三回,全书仍为 100 回。此本一出,盖过以往各本,成为最流行的版本。

  版本问题并不只是通俗小说的问题,大凡古代典籍,在传钞、雕版和摆字的过程中不免会有衍、脱、伪、倒的错误,有的错误陈陈相因,以至必须用校勘的方法来辨章学术、考镜源流,这里只是讲造成通俗小说版本复杂局面的原因除了一般性之外还有其特殊性。

插图与明清小说的阅读及传播
宋莉华

发表于《文学遗产》2000年第4期。

本文探讨了明清小说插图与文本的阅读及传播之关系，从中也可一窥小说插图在小说创作、刊刻、传播史上的作用。明清小说几乎无书不图，插图本的大量存在，是明清小说中一个殊可注意的现象。插图的形象性不仅可提高阅读的兴趣，帮助和引导读者理解文本内容，而且插图作为版画，其艺术性不断增强，逐渐具有独立的艺术欣赏价值，从而又进一步推动了明清小说的传播。

【文选】

二、明清小说插图对文本阅读的引导

明夏履先《禅真逸史·凡例》称该书插图："图像似作儿态。然史中炎凉好丑，辞绘之，辞所不到，图绘之。昔人云：诗中有画。余亦云：画中有诗。俾观者展卷，而人情物理，城市山林，胜败穷通，皇畿野店，无不一览而尽。其间仿景必真，传神必肖，可称写照妙手，奚徒铅椠为工。"这一段话道出了小说插图的首要作用，即以直观的形象表现或补充说明文本的意义，从而对阅读进行有益的引导。

明清小说插图对阅读的引导首先体现在图与文合，以插图对故事情节加以形象地说明。这一功能在上图下文这一小说插图的早期形式中即得到强调。明弘治十一年北京书肆岳家重刻本《大魁本全相西厢记》是目前可见的较早的曲本插图，该书采用了上图下文的版式。其牌记称：

谨依经书重写绘图，参订编次大字魁本，唱与图合。使寓于客邸、行于舟中闲游坐客,得此一览,始终歌唱,了然爽人心意。命锓梓刊行,便于四方观云。(《中国版刻图录》第五册,图版383,文物出版社1961年版)

出版者明确地指出了其绘图的用意是使图与唱相合,便于读者观览,了然于心。而这一版式正是继承了上图下文的宋元小说旧型。阿英认为元刊《全相平话五种》之插图具有连环画性质,对情节的说明作用极强:"这几部小说里的插图,连续性很强,不像'摘要',近乎后来的连环画册。不同的,是这样连环图画小说,还不是以图为主,是以文字为主,仍然具有插图性质。""从这个时期开始,小说的插图就始终在两个原则下面进行绘制。一是如'武王伐纣'这样形式的连环图画,一就是每一回目插一幅图,或双幅图。后者虽不完整,但也相当接近连环图画。"①其插图随着读者阅读文本的进程缓缓展示,读者可以通过插图了解故事情节发展,这于文字阅读能力不高的市民读者是很相宜的。故此以上图下文为特色的闽版小说,尤受市民读者青睐,在万历前后达到巅峰。福建刻工亦受聘各地,一时之间,各地书坊纷纷效仿,刊刻此种图书,如金陵书坊周曰校万卷楼刊《国色天香》(1587年刻,1597年重刻)、世德堂明末刊《绣谷春容》、德聚堂1695年刊《封神演义》等皆为上图下文。"隆庆及万历之初,版画作风突转入一新时代。而仍以建安诸肆为先导,刘龙田刊《西厢记》,其插图,易狭长之小幅而成全页之巨制,实为宋元版画之革命。"②小说插图亦随之变化,单以更细腻的笔触描绘高潮情节。这些情节大体

---

① 《中国连环图画史话》,《阿英美术论文集》,人民美术出版社1982年2月版,第54页。

② 《中国版画史序》,《郑振铎美术论文集》,人民美术出版社1985年6月版,第9页。

上仍具有连续性。以万历间金陵书坊刊刻的插图本小说为例,唐氏世德堂刻《南北宋志传通俗演义》、周曰校万卷楼刻《三国志通俗演义》、《海刚峰公案》以及周如山大业堂刻《唐书志传》等,插图均为双版大幅,在图的两旁注有内容提要的联语,目的就是使插图与内容相对照,起到情节的说明作用,其中的插图都可以作为单独的连环画观览。尤其值得注意的是明末清初木活字印本《花幔楼批评写图生绡剪》,由徽州黄子和、叶耀汝刻,共19回,只刻图而弃文,意在使图画具有完全的表意功能。在清初以降的绣像小说中,插图对情节的说明作用进一步得到延续。许多绣像小说除卷首的人物绣像外,又在回前附了插图,描绘此一回的内容。如广百宋斋校印本《绣像封神演义》,除了卷前合刻的7幅绣像外,每回都另有情节性插图。石印本《增评补像全图金玉缘》,卷前有图120幅,每回回前又附两图。古越诵芬阁藏版本亦如此。这种插图形式在绣像小说中极为普遍,它仍可粗略勾勒出情节的轮廓,起到对情节的说明作用。

其次,小说插图起到了人物形象的展示作用。建安版上图下文的形式,虽然画面狭长窄仄,局促一隅,但不失民间艺术的古朴粗犷和生动活泼,"人物图像虽小,但动作的活泼,姿态的逼真,是会令观者们赞赏不已的",其人物形象自有其可爱之处①。当然此种构图的人物表现力受到一定限制,这是不言而喻的,它无法表现人物深层次的内心与表情。单面独幅占据小说插图主导地位后,人物被放大,其动作、姿态、面部表情都细致入微,有了喜怒哀乐的情感的表现,也因而有了不同的形象。麦大鹏在《绘图镜花缘序》中对谢叶梅所作该书

---

① 《中国古代版画史略》,《郑振铎艺术考古文集》,文物出版社1988年9月版,第367页。

人物图像称赏不已:

> 先生固会邑之端人也,少时癖嗜画学,人物最工,故相与赞扬而乐为之像。神存意想,而挹其丰姿,的一百八人。晤对之下,性情欲活,恍聆啸语一堂;披其图而如见其人,岂非千古快事乎?(清光绪十六年上海石印本)

此段引文极言书中插图传神写照,惟妙惟肖,对书中人物形象的展示十分成功。也由此可见,读者对插图的人物表现功用非常重视。明末刊本《西湖二集》的插图在对景写生的同时,突出了插图的这一功用,值得我们注意。写西湖胜景的图籍自嘉靖、隆庆以来可谓多矣,但该书另辟蹊径,以西湖山水为背景,而将重心置于人物的描写上,别有意境。绣像小说大行于世之后,人物形象的展示作为小说插图的重要功用之一继续被强调。鲁迅《且介亭杂文·连环图画琐谈》:"明清以来,有卷头只画一书中人物的,称为绣像。"绣即绣梓,指精美的刻版印刷;像即人物肖像。绣像小说的插图一般只有人物没有配景,抛弃从前小说插图中无关紧要的程式化的景物描绘,集中笔墨表现人物。而且一幅图往往只表现一个人物,插图合刻于卷首,类似于人物肖像集。乾隆十五年(1750)版《西游证道书》采用的插图实是明刻旧版,但明刻附有200幅细图,而《西游证道书》仅将其中的17幅人物图像附于卷首,无疑是受到绣像小说潮流的影响。乾隆五十六年程伟元活字排印本《红楼梦》中人物图像虽不十分工细,但"我们第一次在这里和贾宝玉、林黛玉的书中人物的图像见面,是感到亲切的,兴奋的"[①]。可见,小说插图对人物的形象展现,对读者阅读极

[①] 《中国古代版画史略》,《郑振铎艺术考古文集》,文物出版社1988年9月版,第417页。

为重要。

再次,小说插图还具有一定的文献资料价值,便于读者更好地了解作品的时代和社会背景,深入解读文本。崇祯本《新刻绣像批评金瓶梅》,附有插图200幅,由新安刘应祖、洪国良、黄子立、黄汝耀等合刻,十分精美,可以视为明末社会生活的一面镜子。郑振铎先生在《中国古代版画史略》417页中评论说:

> 这些插图,把明帝国没落期的社会生活的各方面无不接触到。是他们自己生活于其中的,故体验得十分深刻,表现得也异常"现实"。流离颠沛的人民生活,与荒淫无耻的官吏富豪的追欢取乐,恰恰成一对照。像这样涉及面如此广泛的大创作,在美术史上是罕见的。不要说,这些木刻画家们技术如何的成熟,绘刻得如何精工,单就所表现的题材一点讲来,就足以震撼古今作者们了。如果要研究封建社会没落期的生活,这些木刻画就是一个大好的、最真实的、最具体的文献资料。

明末刻本《拍案惊奇》、《西湖二集》、《醉醒石》、《石点头》、《鼓掌绝尘》等,内容多叙讲当时的故事,"明末社会混乱情况,在这里至少是写出了一角",小说中的插图也保存了不少当时社会生活场景①。此外如《花幔楼批评写图生绡剪》以及指斥魏忠贤的小说《魏忠贤小说斥奸书》等,其插图都纯是当代衣冠,保存了丰富的史料。

上述三个方面,充分体现出小说插图能够配合作品内容,图文并茂,相得益彰,对阅读进行有效的引导,故而极大地推动了小说的流传,甚至闺阁妇女,莫不饫闻习见。这在明清小说中多有反映:《野叟曝言》第三十一回载,璇姑"因把四嫂送来之书,展开一看,是一部

---

① 阿英:《小说一谈》,上海古籍出版社1985年8月版,第74页。

《会真记》、一部《娇红传》、一部《好逑传》,板清纸白,前首绣像,十分工致"。《金石缘》第七、八回写苏州林员外之女爱珠,"做诗写字之外,将些淫词艳曲,私藏觑看",一日,拿了一本《浓情快史》"睡在床上看,看一回难过一会,不觉沉沉睡去",恰被误入其闺房的利公子撞见,见她"枕边一本《快史》,反折绣像在外,像上全是春宫"。绣像小说既已传入闺房,其在社会上的风靡之状可以想见。

三、明清小说插图作为版画艺术对文本传播的促进

明清小说插图除了因其对阅读能够进行有益的引导而广为流布外,其本身作为版画艺术的审美价值也不容忽视,并由此刺激了插图本小说在广大读者特别是具有相当文化素养及欣赏品味的文人士子及认同文人品味的官僚、富商阶层中的传播。

从明中叶以来小说出版业及市场的蓬勃发展来看,有能力购买小说的读者不少[1]。日本学者矶部彰、大木康等根据识字率及购买力,推断能直接拥有及阅读小说的读者仍限于官僚、文人或富商[2]。其中的关键因素是小说书的价格。目前这方面可知的资料极有限,明确标定书价者仅限于不多的几部书,如日本内阁文库藏金阊舒载阳刊本《封神演义》,"每部定价纹银二两"[3];金阊龚绍山梓本《新镌陈眉公先生批评春秋列国志传》,"每部纹银一两"[4]。参照当时的物价,嘉靖时南京米价约一石米需银一两,小说书价可谓不菲,非中下

---

[1] 马孟晶:《十竹斋画谱和笺谱的刊印与胡正言的出版事业》,《新史学》十卷三期,第35页。

[2] 参见矶部彰:《关于明末〈西游记〉的主体受容层研究》,《集刊东洋学》第44辑,第55—56页;大木康:《关于明末白话小说之作者与读者——据矶部彰氏之论》,《明代史研究》1984年12月期,第1—15页。

[3] 矶部彰:《关于明末〈西游记〉的主体受容层研究》。

[4] 大木康:《明末江南出版文化之研究》,《广岛大学文学部纪要》第五十卷特辑号一,第104页。

层市民读者所能承受,其购买者以文士、官僚及商人阶层为主。①

当出版市场逐渐扩大和成熟之后,为配合特定读者群的阅读倾向与品味,书坊在经营策略上也作了相应的调整。作为明清小说读者主体之一的文人士子对插图本小说的偏好是显而易见的。清人王韬《新说西游记图像序》谓:

> 此书旧有刊本,而少图像,不能动阅者之目。今余友味潜主人,嗜古好奇,谓必使此书别开生面,花样一新,特倩名手为之绘图。计书百回,为图百幅,更益以像二十幅,意态生动,须眉跃然见纸上,固足以尽丹青之能事矣。此书一出,宜乎不胫而走,洛阳为之纸贵。(据清光绪上海味潜斋石印本)

这一段引文显示了作者对插图的艺术质量要求很高。旧有刊本插图少而刊刻粗陋,故不能打动读者。新的版本画意出自名家,画面生动,别开生面,王韬断言这个版本将会畅销,也体现了他本人对插图艺术的重视和喜爱。

在《镜花缘图像叙》中,王韬再一次表现了对小说插图的强烈癖好:

> 首册所绘图像,工巧绝伦,反覆紬视,疑系出粤东剞劂手,非芥子园新刊本也。后虽有翻板者,远弗能逮。特有奇书,而无妙图,亦一憾事。予友李君,风雅好事,倩沪中名手,以意构思,绘图百,绘像二十有四。于晚芳园则别为一幅,楼台亭榭之胜,具有规模。诚于作者之用心,毫发无遗憾矣。悔修居士谓北平李子松石,竭十余年之力,而成此书,功固不浅哉!然今之绘图者出于神存目想,人会手抚,使其神情意态,活见楮上,当亦非易。

---

① 参见顾起元:《客座赘语》卷一"米价"条。

两美合并,二妙兼全,固阙一而不可者也。(据清光绪十四年上海点石斋石印本)

他将小说书缺少插图引为憾事,认为抚玩插图之妙是小说阅读过程中不可或缺的享受。

正是为了迎合读者的这一欣赏旨趣,书贾在小说的出版广告中每每以插图相号召,并由初期的突出其图解功能转向强调插图的版画艺术及欣赏价值。周曰校万卷楼刊本《三国志通俗演义》,刻于1591年,属于万历前期。其识语曰:"是书也,刻已数种,悉皆伪舛,茫昧鱼鲁,观者莫辨,予深憾焉。辄购求古本,敦请名士按鉴参考,再三雠校。俾句读有圈点,难字有音注,地里有释义,典故有考证,缺略有增补,节目有全像;如牖之启明,标之示准。"其附插图的用意也很明显,强调"节目有全像",正与圈点、音注、释义诸项出于同样的目的,即帮助和引导粗识文字的读者阅读。此类广告在小说出版方兴未艾的万历中期之前是具有代表性的,但随着出版业的成熟,出版商开始懂得针对特定读者群有重点地宣传。插图对阅读的引导功能被淡化,代之以强调其自身的艺术价值。试举几例如下。

龚绍山万历四十三年梓本(1615)《春秋列国志传批评》的识语谓:

本坊新镌《春秋列国志批评》,皆出自陈眉公手阅。删繁补缺,而正讹谬,精工绘像,灿烂之观。

明人瑞堂崇祯四年(1631)刊本《隋炀帝艳史·凡例》称此书插图不同于一般坊作:

坊间绣像,不过略似人形,止供儿童把玩。兹编特肯名笔妙手,传神阿睹,曲尽其妙。一展卷,而奇情艳态勃勃如生,不啻虎头、吴道子之对面,岂非词家韵事、案头珍赏哉!

雄飞馆崇祯刊本《英雄谱》识语谓：

> 本馆上下其驷，判合其圭，回各为图，括画家之妙染；图各为论，搜翰苑之大乘。较雠精工，楮墨致洁，诚耳目之奇玩、军国之秘宝也。识者珍之。

这些广告意味颇浓的识语、凡例皆极力强调插图的精美传神，以此作为吸引读者的促销手段。

小说插图作为版画作品的艺术性不断加强，具体主要在以下几个方面表现出来。其一，书贾多延请名家，画家与刻工合作默契，佳作如云。如万历二十年刻本《李卓吾先生批评西游记》乃出自名刻工刘君裕、郭卓然之手；万历二十年汪慎修刊本《三遂平妖传》则由刘希贤刻；万历末叶昆池刊本《南北两宋志传》中的插图是名画家李翠峰手笔；明崇祯刻《七十二朝四书人物演义》由项南洲、洪国良刻，绘图者是明末插图名家陆武清。陈洪绶是小说插图艺术进程中的关键人物，其所绘《水浒叶子》由黄子立摹刻，更是精美绝伦，堪称版画精品，被醉耕堂本用作《水浒传》插图后，对小说插图的创作产生深刻影响。正是由于名家汇萃，分工协作，极大地提高了小说插图的艺术水平，尤以明末清初为最。其二，构图形式不断创新，如出现了月光版的圆形构图及单面独幅构图中的俯瞰法等。崇祯十四年刊本《西游补》、明刻吴郡宝瀚楼本《今古奇观》、金阊叶敬池刊本《石点头》等皆为月光版珍本（见图二）。俯瞰法插图如杨定见本《忠义水浒全传》"菜园中演武"一幅，由左上角高衙内调戏林冲娘子和右下角林冲站在墙边观赏鲁智深练武这两个同时发生的场面构成（见图三）。

图二　金阊叶敬池刊本《石点头》　　图三　杨定见本《忠义水浒全传》

明崇祯雄飞馆刊本《英雄谱》也充满了这种构图,如"死诸葛惊生仲达"等,常常将阵前的血肉厮杀和帐中的运筹帷幄、背地的计议谋划和当场人头落地等两个场面合于一图,这种构图安排强调了场面的共时性,可谓独具匠心。其三,人们对画面的整体效果越来越重视,要求插图能够与题识、赞、印章、边框的设计浑然一体,作者在题识与赞语的措辞、书法和位置安排,印章和边框的形状、花纹上都颇费心思。仅插图与其题识、赞语或文字说明的结构安排上就竭尽变换之能事,常令读者耳目一新。前图后赞、上赞下图、右图左诗等都是极常见的,广东刻本则喜在图上端划开一小格刻赞语,颇别致,如清道光广东刊本《绣像正德游江南全传》,咸丰间广州富经堂刊本《绣像瓦岗寨演义传》图赞刻法皆类此。同时,明清小说插图的边框的变化也比较显著,其对画面的装饰作用日益受到关注。各书坊在板框设计上别出心裁,以各种图案、花纹构成边栏,如竹节栏、博古栏等,赏心悦目。明崇祯人瑞堂刊本《隋炀帝艳史》有插图 80 幅,每幅选集古人佳句与事符合者作为题咏,诗句皆制锦为栏,"锦栏之式,其制皆与绣像相关合。如调戏宣华则用藤缠,赐同心则用连环,剪彩则用剪春罗,会花荫则用交枝,自缢则用落花,唱歌则用行云,献开河谋则用狐媚,盗小儿则用人参果,选殿脚女则用蛾眉,斩佞则用三尺,玩月则用蟾蜍,照艳则用疏影,引谏则用葵心,对镜则用菱花,死节则用竹节,宇文谋君则用荆棘,贵儿骂贼则用傲霜枝,弑炀帝则用冰裂,无一不各得其宜"①。锦栏制作如此繁复细致,正是为了迎合文人的趣味,供其案头赏玩。其四,彩色插图出现并逐渐走向成熟。孙楷第先生所见内府抄本《英烈传》、《列国志传》,其插图当为彩色小说插图的先声。康熙十四年南京刻印的《西湖佳话》,卷前有西湖风景图 6 叶,皆用五色套版,着色艳丽,实属艺术精品。清康熙间(约 1680 年前后)刊《李笠翁评本三国志演义》亦为彩色套印本,相当悦目。

　　从插图本小说传播的实际状况来看,书坊的经营策略是奏效的。明末朱一是(1600—1664)《蔬果争奇·跋》(清白堂 1642 年刊本)云:"今之雕印,佳本如云,不胜奇观。诚为书斋添香,茶肆添闲。佳人出游,手捧绣像,于舟车中如拱璧。"由此可见,从书斋到茶肆,小说插图极大地满足了文人清玩的精神需求,也成为妇女消遣永昼和长夜的良方。清江苏巡抚汤斌发布的严禁私刻淫邪小说戏文的告谕,从另一个角度为我们提供了插图本小说流行的盛况:"绣像镂版,极巧穷工,致游侠无行,与年少志趋未定之人,血气摇荡,淫邪之念日

---

① 据明崇祯人瑞堂本《隋炀帝艳史·凡例》,转引自丁锡根编著《中国历代小说序跋集》,953 页。

生,奸伪之习滋甚。"正是由于插图本小说的畅销,导致了大量翻刻本的出现。余象斗刊《华光天王传》,上图下文,深受欢迎。刊行不久,即被翻刻,以致他在《东游记·八仙传引》中对盗版者大加指斥:"不俗斗自刊《华光》等传,皆出予心胸之编集,其劳鞅掌矣!其费弘巨矣!乃多为射利者刊,甚诸传照本堂样式,践人辙迹而逐人尘后也。今本坊亦有自立者,固多,而亦有逐利之无耻,与异方之浪棍,迁徙之逃奴,专欲翻人已成之刻者。袭人唾余,得无垂首而汗颜,无耻之甚乎?故说。"许多书坊竟不顾图不对文,大肆剽窃他书插图,以期速售年利。如叶敬池刊本《警世通言》由吴郡名工郭卓然刻,插图精美喜人,其中的三幅《三现身包龙图断案》、《赵太祖千里送京娘》、《小夫人金钱赠年少》为崇祯刊本《皇明中兴英烈传》所窃。咸丰三年勾吴清溪居士刊本《三国演义》,所用插图袭自上官周《晚笑堂竹庄画传》中的《明太祖功臣图》及其他作品,而这些剽窃的绣像复又被《两晋演义》、《后二国》所抄袭。凡此种种表明:小说插图作为版画艺术,具有较高的欣赏价值,使读者获得了更多的审美愉悦,因而对小说购求更趋踊跃。

通过对明清小说插图的考察,可知插图是小说传播的重要媒介。它既有对文本情节的提示及说明作用,又有对人物形象的刻画和展示作用,还具有一定的文献资料价值。同时,小说插图作为版画作品的艺术价值亦不可低估。这些都促成了插图本小说在明清时期广泛流传。本文仅对明清小说插图与文本阅读及传播之关系作一初步探讨,其中很多具体问题还有待进一步研究。

南北书肆与古代通俗小说

潘建国

发表于《国学研究》2000年第七卷。

本文以北京、南京、苏州、浙东、上海等五个主要的书业中心为代表，对南北书肆之变迁概况，书肆与通俗小说的流通收藏之间的关系，近代书肆营业书目所见通俗小说等三个方面的问题进行了考述。

【文选】

二、南北书肆与通俗小说的流通收藏

古代通俗小说绝大部分由民间坊肆刊印，今人韩锡铎、王清原《小说书坊录》收录自宋至清末民初小说书坊多达1069家，笔者曾据有关资料增补150馀家[29]，总数已超过1200家，令人惊叹。而值得我们特别注意的是，明清时期的书坊往往集刊印与销售于一身，换言之，它们既是出版社，同时又是书肆。譬如明代福建建阳余象斗，其身份为小说家、出版商、书肆老板，在他所刻小说上，常印有促销广告性质的文字，苦心营建书坊"双峰堂"的品牌形象：日本蓬左文阁藏《按鉴演义全像列国评林》，扉页有四行小字："《列国》一书，乃先族叔翁余邵鱼按鉴演义纂集。惟板一付，重刊数次，其板蒙旧。象斗校正重刻全像批评，以便海内君子一览。买者须认双峰堂为记，余文台识"；慈眼堂库藏《京本增补校正全像忠义水浒志传评林》首叶上栏文曰："《水浒》一书，坊间梓者纷纷，偏像者十馀副，全像者止一家。前像板字中差讹，其板蒙旧，惟三槐堂一副，省诗去词，不便观诵。今双峰堂余子改正增评，有不便览者芟之，有漏者删之，内有失韵诗词歌削之，恐观者言其省漏，皆记上层。前后廿馀卷，一画无差别，士子买者可认双峰堂为记"[30];再如大连图书馆藏乾隆五十六年(1791)自愧轩刻本《西湖拾遗》,封面镌有"杭城十五奎巷内玄妙观间壁青墙门内本衙发兑"双行牌记[31],可知自愧轩既刻小说,亦卖小说。这种情形直到清末民初尚未改变,北京琉璃厂的书肆曾刻印过许多书籍,其中小说戏曲的数量颇为可观,据孙殿起、雷梦水《记厂肆坊刊本书籍》[32]统计有:

善成堂:《第一才子书》一百二十回,清毛宗岗撰,光绪间刊,朱批本。《南北宋志传》一百回,明玉茗堂批,光绪间刊。《西游真诠》一百回,清陈士斌撰,光绪间刊。

老二酉堂:《说岳全传》八卷八十回,清仁和钱彩锦文氏编次,永福金丰大有氏增订,光绪八年壬午重刊,一名《增订精忠演义全传》。

有益堂:《儿女英雄传》四十回,首回一卷,光绪十四年刊。

宝经堂:《绣像第一才子书》一百二十回,清毛宗岗撰,光绪间刊。

文光楼:《忠烈小五义传》一百二十四回,清石玉昆传,光绪十六年庚寅刊。《李公案奇闻初集》三十四回,原题惜红居士编纂,光绪刊。

二酉堂:《济公全传》二十回,原题西湖墨浪子偶拈,光绪庚申重刊。

文成堂:《绣像升仙传》八卷五十六回,原题倚云氏手著,光绪二十五年己亥孟夏重刊。

聚珍堂:《王希廉评红楼梦》百二十回,光绪二年丙子刊,木活字本。《红楼梦影》二十四回,光绪三年丁丑刊,木活字印本。《儿女英雄传》四十回,首回一卷,光绪四年戊寅刊,木活字本。《想当然耳》八卷,清安福邹钟乐生撰,光绪四年戊寅以木活字印本。《忠烈侠义传》百二十回,清石玉昆撰,光绪五年己卯刊,木活字本,一名《三侠五义》。《济公传》二十回,光绪□年刊,木活字本。《聊斋志异拾遗》□卷,光绪间刊,木活字本。《红楼梦赋》一卷,光绪间刊。

富晋书社:《新校注古本西厢记》六卷,民国十九年一月与东来阁书庄依明万历甲寅山阴朱朝鼎刊本同影印。

实际上,除刊刻、销售之外,民间坊肆还曾兼营租赁小说的业务,还曾组织、策划、甚至亲自动手编撰过通俗小说,一句话,坊肆几乎承担起了通俗小说流通的全部事宜。正因为如此,明清政府才屡屡将禁毁的主要矛头对准在坊肆身上,不仅明确颁令"不准开设小说坊肆,违者将开设坊肆之人,以违制论"[33],而且几乎每道禁令均有"示仰各书铺税书铺人等知悉"、"示仰各书坊肆,有一等专赁淫词小说书铺及外来书估,苏城内外画铺古董铺人等知悉"之类针对性的语词。道光十七年(1837),苏州地方政府颁令禁书,十月十二日,苏州书业堂、扫叶山房、酉山堂、兴贤堂、文渊堂、桐石山房、文林堂、三味堂、步月楼等65家书肆被迫响应,在邑庙订立《公禁淫书议单条约》,规定"凡有应禁淫书板本,各坊自行检出赴局呈缴,照议领价";"外省书友来苏兑换者,先将捆单交崇德书院司月查明,如有应禁书籍,即行交局销毁";"大新板每块一百文,大旧板每块七十文,片头新板每块八十文,片新板每块六十文,旧板每块五十文,滩头小片每块二十文,唱本板每板三十文,书本照批价洋银对扣,倘有模糊不全者,照数减半,抄本每十页五文,每页以四百字为准"[34],从上述内容可知,坊肆不但藏有极其丰富的小说书板、刊本及抄本,还常常通过书肆间的交流协作,将小说行销各地,所有这些,都大大促进了通俗小说的流通与传播。

如果说明清时期的通俗小说,更多还只是一种娱乐性文学读物的话,那么,到了民国以后,随着其社会地位、文学地位的提高,通俗小说逐渐被摆上了学者的书桌,成为研究之对象与资料。但是"这一类'不登大雅之堂'的古书,在图书馆里是不大有的"[35],要进行研究,首先必须自己去搜访文本。因此,一些著名的小说研究者,诸如马廉、孙楷第、郑振铎、阿英、周越然、赵景深、胡士莹、陈汝衡等等,同时也都是通俗小说的收藏家。综观他们的收藏经历,我们不难发现:通过书肆苦心收罗乃是其共同的、也是最为重要的手段。这里,不妨稍举几个例子:

北京大学图书馆善本室藏马廉稿本《不登大雅文库书目》,收录了马氏所藏古代通俗小说208部,其中有不少注明了所购书肆的名称,据笔者统计,购自"来熏阁"者共有18部:《比目鱼》、《海游记》、《霞笺记》、《定鼎奇闻》、《闹青楼》、《写真幻》、《续四才子书凤凰池》、《竹闲堂新编小史警寤钟》、《新编风流和尚》、《新刻痴婆子传》、《二续金瓶梅》、《贪欢报》、《三遂平妖传》、《十二笑》、《西湖二集》、《二刻醒世恒言前后集》、《小野新编催晓梦》、《小说奇言》;购自"九经"者有8部:《新编宿花心》、《续金瓶梅》、《蜃楼志》、《新镌绣像小说贪欣误》、《再求凤传意外缘》、《新编桃花艳史》、《前七国孙庞演义后七国乐田演义》、《新镌重订出像注释通俗演义东西两晋志传题评》;购自"保萃"者有3部:《虎丘花畔逸史花阵奇》(即《女开科传》)、《儿女英雄传评话》、《新刊按鉴编集二十四帝通俗演义全汉志传》;购自"文友"者有3部:《醒世恒言》、《警世通言》、《型世奇观三刻拍案惊奇》;购自"带经"者有《采花心》;购自"瑞文"者有《石点头》;购自"文禄"者有《青琐高议》;购自"述古"者有《绣谷春容》;购自"遽雅斋"者有《新镌古本批评绣像三世报隔帘花影》;购自"文萃"者有《笔耕山房弁而钗》;购自"保古"者有《红楼梦》,合计39部,约占了总数的18.4%。

郑振铎《西谛书目》著录通俗小说 682 种，堪称小说收藏之冠。而从《西谛书话》的有关记载来看，这些小说，多半也是购自林林总总的南北书肆。热衷于古籍收藏的郑振铎与各地书肆均保持着良好的关系，他在《求书日录》中写道："我所接见的全是些书贾们，从绝早的早晨到上了灯的晚间，除了到暨大授课的时间以外，我的时间全耗于接待他们，和他们应付着，周旋着。我还不曾早餐，他们已经来了。他们带了消息来，他们带了'头本'来，他们来借款，他们来算账。我为了求书，不能不一一的款待他们。有的来自杭州，有的来自苏州，有的来自徽州，有的来自绍兴、宁波，有的来自平、津，最多的当然是本地的人"[36]，其中有赫赫有名的来青阁书肆老板杨寿祺、中国书店老板郭石麟、抱经堂书肆老板朱遂翔、富晋书社主人王富晋等等，正是通过这些书贾的四处搜访，郑振铎才能时有所获。上海被日本侵占以后，郑振铎只身在"孤岛"中为抢救国家典籍文化而拼搏奋战、呕心沥血，成绩卓著，不过，倘若离开了无数大小书贾的帮助，恐怕也将力不从心。在这段艰难的岁月，他的小说收藏日见丰厚，1940 年 1 月 18 日，郑振铎在日记中："午餐后，回家整理小说书。大致已完毕，共凡九箱，普通本子的小说已经应有尽有，惟'善本'尚不甚多耳"[37]，多年以后，他回想自己收藏通俗小说的经历，不无感慨地说："常与亡友马隅卿先生相见，他是在北方搜集小说、戏曲和弹词、鼓词等书的，取书共赏，相视而笑，莫逆于心，颇有'空谷足音'之感。其后，注意这类书者渐多，继且成为'时尚'，我便很少花时间再去收集它们了。但也间有所得。坊友们往往留以待我，其情可感。遂也不时购获若干"[38]，对书友及书贾的感念溢于言表。

其他小说收藏、研究者的购书经历也与马、郑两人相仿佛：譬如阿英曾穿梭于上海（西门、城隍庙）、苏州、浙东等地的古旧书肆中，寻觅他所钟情的通俗小说,他与书贾的联系也十分紧密,特别是杭州书肆松泉阁主人王松泉,专替阿英收集"晚清资料和戏曲小说"[39],1936年,阿英从余姚卢氏家中一举购得小说600多册,功劳更应全部归于王松泉;譬如以收藏明清艳情小说而蜚声旧上海的周越然,亦曾流连忘返于中国书店、来青阁、镉隐庐、汉文渊、积学斋、富晋、忠厚、受古等书肆冷摊,终于淘得《姑妄言》、《素娥篇》、《空空幻》、《桃花庵》等海内孤本小说[40];譬如说书史研究专家陈汝衡所著《说苑珍闻》,提及不少珍藏稀见小说(如民国四年国学维持社本《扬州梦》、铅字排印本小说《醒世小说》等),其来源亦多为古旧书肆。类似的书林掌故甚多,可不必赘举,在整个小说传播、收藏过程中,南北书肆起着至关重要的作用,当是不争的事实。

【注释】

[29] 参拙文《〈小说书坊录〉补遗》(未刊稿)。

[30] 均见王古鲁《日光访书记》,载《风雨谈》1944年第九期。

[31] 见刘镇伟等编著《明清小说叙录》,大连出版社1995年版。

[32] 参孙殿起《琉璃厂小志》第三章"书肆变迁记",北京出版社1962年版。

[33]《大清仁宗睿皇帝实录》卷二百八十一,转引自王利器《元明清三代禁毁小说戏曲史料》,上海古籍出版社1981年版。

[34]〔清〕余治《得一录》卷十一之一,转引自王利器《元明清三代禁毁小说戏曲史料》,上海古籍出版社1981年版。

[35] 郑振铎《劫中得书记·新序》,文载《西谛书话》,生活·读书·新知三联书店1983年版。

[36] 文载《西谛书话》,生活·读书·新知三联书店1983年版。

[37] 郑振铎《求书日录》,文载《西谛书话》,生活·读书·新知三联书店 1983 年版。

[38] 郑振铎《劫中得书记·新序》,文载《西谛书话》,生活·读书·新知三联书店 1983 年版。

[39] 黄裳《湖上访书记》:"松泉阁主人王松泉是一位可以谈谈的书友,他和阿英相熟,常替他收集晚清资料和戏曲小说",载钟敬文、张岱年、邓九平等主编《竹窗记趣》,中国广播电视出版社 1997 年版。

[40] 参拙文《周越然及其藏书考略》,载《中国典籍与文化》1998 年第 4 期;《周越然与明清小说》,载《浙江学刊》1998 年第 2 期。

明清时期通俗小说的读者与传播方式

潘建国

发表于《复旦学报》2001 年第 1 期。

本文对明清时期通俗小说最为基本的两种传播方式——版籍传播与曲艺传播分别进行了考察,指出前者是直接读者接触小说文本的途径,通过阅读小说文本来接受小说内容,其获取文本的方式主要有购买、转借与租赁;后者则使得间接读者依靠听书、看戏等途径,间接接受小说内容。两种传播方式对明清通俗小说的文学面貌及社会地位,产生了非常重要的影响。

【文选】

一、直接读者与明清通俗小说的版籍传播

毋庸赘言,直接读者,乃是明清通俗小说读者群中最为坚定的部分。但问题的关键在于:直接读者的具体身份是什么?他们获取小说文本的途径又有哪些?解决了这两个问题,明清通俗小说的版籍传播问题,自亦迎刃而解。根据我们的研究,直接读者获取文本的方式,不外乎以下两种:

第一,购买。

在明清通俗小说中,偶有涉及小说购买者的描写,兹略举数例:

《蜃楼志》第三回:"素馨自幼识字,笑官将这些淫词艳曲来打动他。不但《西厢记》一部,还有《娇红传》、《灯月缘》、《趣史》、《快史》等类。素馨视为至宝,无人处独自观玩。今日因蕙若偷看《酬简》,提起崔、张会合一段私情,又灯下看了一本《灯月缘》真连城到处奇逢故事,看得心摇神荡,春上眉梢,方才

睡下";

《笔梨园》第一回:"看官们,要晓得江干城何来这些俊俏的口角,风骚的态度,俱是没有的。况且读书不深,那晓得品题人物?只因避乱山居时,买了几部小说,不时观看,故此聪明开豁";

《肉蒲团》第三回,写未央生欲引发其妻的风情,就到书铺中买了许多风月之书,有《绣榻野史》、《如意君传》、《痴婆子传》之类,共一二十种,"放在案头,任他翻阅";

《廿四史通俗演义》第四十二回载有作者吕抚交代写作动机与过程的一段文字,文云"抚少年最喜读史,独恨其词义颇深,不能通俗。康熙甲子三岁,借读《三国志》于旷轩,因恨三国前后,无有如《三国志》者,遂欲将古今事迹,汇为通俗演义,以便观者。乃构求《开辟演义》、《盘古志》、《夏禹王治水传》、《列国志》、《西汉传》、《东汉传》、《三国志》、《两晋传》、《南北史》、《艳史》、《隋唐演义》、《唐传》、《残唐传》、《北宋志》、《南宋志》、《岳王传》、《辽金元外史》、《英烈传》、《新世弘勋》等书,严加删辑,去其诬伪,补其漏遗",最后成就小说《廿四史通俗演义》;

《红楼梦》第二十三回载茗烟见贾宝玉终日不快,"因想与他开心,左思右想,皆是宝玉顽烦了的,不能开心,惟有这件,宝玉不曾看见过。想毕,便走去到书坊内,把那古今小说并那飞燕、合德、武则天、杨贵妃的外传与那传奇角本买了许多来,引宝玉看";

《野叟曝言》第三十一回,载璇姑"因把四嫂送来之书,展开一看,是一部《会真记》、一部《娇红传》、一部《好逑传》,板清纸白,前首绣像,十分工致";

《金石缘》第七、八回,载苏州林员外之女爱珠,"做诗写字之外,将些淫词艳曲,私藏觑看",一日,"将一本《浓情快史》一看,不觉两朵桃花上脸,满身欲火如焚,口中枯渴难当",又"拿了《快史》一本,睡在床上看,看一回难过一会,不觉沉沉睡去",恰在此时,游玩经过的利公子误入爱珠闺房,见她"枕边一本《快史》,反折绣像在外,像上全是春宫",便断定"此女必是风流人物",遂大胆上前,将其诱奸;

《儿女英雄传》第三十九回,写江湖英雄邓九会为朋友安学海准备的书房案桌上摆着几套书,是"一部《三国演义》、一部《水浒传》、一部《绿牡丹》,还有新出的《施公案》合《于公案》";

这里,笑官是广东洋行"商总"、"绝顶""富翁"苏万魁的儿子;江干城是贩盐发财的商人;未央生是家境颇富的书生;吕抚则是落第诸生、小说作家、出版商;茗烟乃贾府命根子宝玉的小厮;四嫂是替富家公子偷情牵线,已得了十两银子作为活动费;爱珠是苏州员外的女儿;邓九公是江湖英雄,家财丰厚,购买小说是提供给曾经科举及第的安学海解闷。上述诸人的社会身份不尽相同,但有一点却颇为一致,即均具有较强的经济实力。与此相对应,迄今为止,尚未发现过贫民购买通俗小说的记载。这种情形似乎向我们表明:明清通俗小说的价格较高,购买者必须具备一定的经济实力。下面,不妨来看两则有关明清通俗小说售价的材料:

日本内阁文库藏《新镌陈眉公先生评点春秋列国志传》,明万历乙卯(1615)姑苏龚绍山刊行,扉页正中底下有一方木戳,上写"每部纹价壹两"。本书虽云陈继儒评点,实为余邵鱼本的翻刻[4]。

内阁文库藏《新刻钟伯敬先生批评封神演义》(百回本),孙楷第先生云"此亦万历末年所刊,或竟在昌启时",封面书名下方有"每部定价纹银贰两"。由金阊书坊舒冲甫刻印。半叶十行,行二十字,字体扁而端好悦目,开板亦阔。图五十叶百面,尤精彩如绘,写刻俱出名手无疑[5]。

单从这两个数字,还无法衡量小说的贵贱,我们将此售价与当时的物价以及低级官员的月俸作一番比较:明沈榜《宛署杂记》首版于万历二十一年(1593),卷十四、十五"经费"十分详细地记载了当时的物价,如万历二十年前后,鸡的价格为每只4分银子,狗每只5分银子,白布每匹2钱银子,红枣每斤1分3厘银子,若按此计算,一套《封神演义》就相当于50只鸡、40只狗、10匹白布、154斤红枣;再来看低级官员的月俸,《明太祖实录》卷一八五记载,洪武二十年,朱元璋更定各品文武官员的岁俸,此标准后成为明代百官俸禄的定制,从正七品开始,其数额如下表[6]所示:

品级	官职	月米(石)	岁米(石)
正七品	监察御史、京县县丞、知县、兵马司副指挥等	7.5	90
从七品	中书舍人、布政司都事、州判官、盐运司经历、卫经历等	7	84
正八品	通政司知事、按察司知事、府经历、县丞、卫知事等	6.5	78
从八品	盐运司知事、应天府知事、布政司照磨等	6	72
正九品	布政司检校、按察司照磨、茶马司大使、府知事、县主簿等	5.5	66
从九品	翰林院待诏、都税司大使、宝泉局大使、军器局大使、布政司大使、府仓大使等	5	60

万历时期的米价,平均约为每石七钱二分七厘,这样,一本《封神演义》约值米 2.75 石,竟相当于一名知县月俸的三分之一强。

资料显示:清代中前期通俗小说的价格,仍维持在较高的水平。清吕抚《廿四史通俗演义》第四十二回载其历经十个寒暑,编成长达二百四十二卷、六百五十回的《廿四史通俗演义》,"早欲将是书问世,以工价繁重,未能也。藏之笥箧者几三十年",为了节约成本,吕抚改雕板印刷为自制泥活字印刷,但即便是如此,"计其刷印纸张之费,非二金不能成一部",因此他喟然叹曰"此富人书也,非通俗也"[7];毛庆臻《一亭考古杂记》载:"乾隆八百旬盛典后,京板《红楼梦》流行江浙,每部数十金。至翻印日多,低者不及二两"[8];朝鲜李圭景《五洲衍文长笺散稿》卷七"小说辩证说"载 1775 年(乾隆四十年)时,朝鲜永城副尉申绥委托来华的"首驿"李谌购买《金瓶梅》小说,"一册直银一两,凡二十册"[9],全套售价高达银二十两。

偏高的售价,在相当长的时期内,极大地限制了明清通俗小说购买者的数量和身份,就目前所知的资料而言,他们的身份主要为商贾(包括其子弟)、官宦(包括其子弟)及具备一定经济能力的知识分子;在地域上,则集中于经济发达地区,如吴中、徽州、山西、广东等地。民国著名书商孙殿起《琉璃厂小志》引张涵锐《北京琉璃厂书肆逸乘》云:"山西各县,为小说戏曲书籍之出品地,盖清时各县贾人多业银号,豪于财,购书亦多精品;及其家落,子弟不知重视,廉值出卖,故厂肆书贾多往求之。民国十年左右,有张修德者曾购得《金瓶梅词话》,介文友堂以现金八百元售与北京图书馆",此正可为一证。

值得指出的是,偏高的售价,对明清通俗小说的版籍传播,也产生了极为严重的负面影响。为了克服这一价格障碍,明清以降的南北书坊,尝试了种种办法,以求压缩成本,刺激销售。一部通俗小说,从编撰到出版,需要经过许多环节,每一道发生费用的环节,均可提供一个成本压缩的空间:譬如在编撰环节,书坊可以采用抄袭他人之书、缩短小说篇幅等手段,以逃避或节省稿酬支出;在雕版环节,书坊可以采用租借、挖改现成书版,或选用廉价板材、使用便利的匠体字进行雕刻等手段,以提高经济效益;在印刷、装订环节,书坊则可通过选用廉价纸张、缩小书籍开本等方法,来减低成本。实际上,降本销售,乃是一面双刃剑,它在刺激销售的同时,也导致了通俗小说艺术质量的大滑坡。通俗小说书价的整体回落,乃与印刷技术的近代变革紧密相联,道光之后,西方之石、铅印刷术传入中国,并迅速取代传统雕版印刷术而成为印刷业的主流,印刷成本急剧降低,小说至此方成为真正意义上的通俗书,关于此,笔者另文详述。

第二、转借、租赁。

转借,指向已经购买了小说文本的亲友借阅;租赁,则指向专门的书铺租借文本阅读,这些人理所当然也是明清通俗小说的直接读者,而且,从数量上讲,应该还会超过前文所述购买文本的直接读者。转借之事,既出于人之常情,亦多有发生,譬如吕抚向旷轩借阅《三国志》、俞樾向潘祖荫借阅《三侠五义》等等,可不必赘述。兹就租赁一事,稍作考索。

资料表明,至晚在清初,小说租赁业就已颇为兴盛,其主要的营业方式有两种:1. 刊刻书单供人选择租借,清琴川居士《皇亲奏议》卷二十二载康熙二十六年(1687)刑科给事中刘楷奏:"臣见一二书肆刊单出赁小说,上列一百五十余种,多不经之语,诲淫之书,贩买于一二小店如此,其余尚不知几何"[10];2. 直接将小说摆列市肆出租,乾隆三年(1738),广韶学政王丕烈上奏请求禁毁淫词小说,在奏折中声称当时有人收买各种小说,"公然叠架盈箱,列诸市肆,租赁与人,供其观看"[11]。

出租小说读本的书铺,清代又称"税书铺",此"税"字盖指"租费"之意。由于资料的匮乏,当时通俗小说租赁的具体租费为多少、租赁的手续如何、税书铺的利润又为多少,今天已难一一详考。不过,鉴于租赁通俗小说的书铺常常兼租唱本,我们不妨来考察一下唱本的租赁情况,或者藉此可以窥见小说租赁的若干情形。据李家瑞先生《清代北京馒头铺租赁唱本的概况》研究,清代北京的馒头铺(如永隆斋、永和斋、兴隆斋、集雅斋、隆福斋、吉巧斋、聚文斋、鸿吉斋、保安斋、天顺斋、崔记、福盛斋、三美斋等)多兼营唱本租赁之业务,在这些出租的唱本封面上,印有长文图章,譬如永隆斋钞本《福寿缘鼓词》上印长章云:"本斋出赁四大奇书,古词野史,一日一换,如半月不换,押账变价为本,亲友莫怪。撕书者男盗女娼。本铺在交道口南路东便是";兴隆斋钞本《大晋中兴鼓词》上印长章云:"本斋出赁钞本公案,言明一天一换,如半月不换,押账作本,一月不换,按天加钱。如有租去将书哄孩,撕去书皮,撕去书编,撕纸使用,胡写、胡画、胡改字者,是男盗女娼,妓女之子,君子莫怪"。据此可知租书的手续,"是先拿相当钱文,交给馒头铺作押账,然后取书一本,限一日看完,第二日再来换第二本,倘或你取去半月了也不来换,就把你交的押账没收了。若过一月还不来换,那把你押账没收以外,还要按天加钱"[12]。每本唱本的租费,光绪元年(1873)三美斋《天赐福》封面所标为九文钱;聚文斋钞本《三国志鼓词》上有一章,文云"失书一本,赔钱一吊",则每本唱本所交的押金当亦在一吊(即制钱一千文)左右。

通俗小说的租赁手续应与唱本相仿。不过,唱本的页数一般在二十以上、三十以下,通俗小说的篇幅则远不止此数,因此,其限换的时间与每本的租费、押账,无疑都要高于唱本。阿英《小说搜奇录》录有四宜斋钞本《铁冠图分龙会》小说,四宜斋乃清代道光时期的租书铺,里页印文云"书业生涯,本大利细,涂抹撕扯,全部赔抵,勤换早还,轮流更替,三日为期,过期倍计,诸祈鉴原,特此告启"。若从短时间来看,小说租赁确为"本大利细",但长期反复租赁之后,所获利润亦颇为丰厚。清梁恭辰《劝戒录四编》卷四引汪棣香《劝毁淫书征信录》之"某童子买毁淫籍顿改福相之报"载,上洋某童子决心买毁淫书,"翌日复往书坊,大索风流书籍,主人出百余种示之,曰:'官人要看,逐渐来赁可也。'童子曰:'我欲尽买此书。'主人曰:'我赁此书,利息无穷,安肯让尔独买去'",可谓一语道破天机。

租赁小说,只需支付比售价低廉得多的租金,便可获得自己想读的小说文本,这对于那些喜爱小说而又无力购买的读者来说,无疑是件好事,但对于始终孜孜于小说禁毁运动的明清两代政府来说,却又变成了眼中钉、肉中刺,因为租赁的方式,对于通俗小说的版籍传播,有着极大的促进作用:《大清仁宗睿皇帝实录》卷二百八十一载,嘉庆十八年(1813)皇帝下谕称"此等小说,未必家有其书,多由坊肆租赁,应行实力禁止,嗣后不准开设小说坊肆,违者将开设坊肆之人,以违制论";道光二十四年(1844)浙江杭州知府亦在告示中云"更有一种税书铺户,专备稗官野史,及一切无稽唱本,招人赁看,名目不一,大半淫秽异常,为害尤巨"[13]。鉴于此,清政府陆续颁布了若干非常严厉的法令,以惩处经营小说出租业务的书坊主及其查禁不力的官员,譬如乾隆三年(1738)规定"开铺租赁者,照《市卖例》治罪。该管官员任其收存租赁,明知故纵者,照《禁止邪教不能察缉例》,降二级调用";道光十八年(1838)江苏按察使裕谦则云"市卖租赁"小说者,按律应"杖一百,徒三年"。然而,有清一代,小说租赁业并未因政府的查禁而衰亡,相反,它始终颇为兴旺,并逐渐成为诸多社会行业中的一行,嘉庆二十三年(1818)诸联《生涯百咏》卷一《租书》诗云:"藏书何必多,《西游》、《水浒》架上铺;借非一瓻,还则需青蚨。喜人家记性无,昨日看完,明日又借租。真个诗书不负我,拥此数卷腹可果",读者"昨日看完","明日又借",当然不是真的"记性无",而是已经被小说内容深深吸引住了。很显然,在通俗小说如此巨大的魅力面前,再严厉的禁令,也只好成为一纸空文!

【参考文献】

[4] 王古鲁.日本访书记[M].福州:海峡文艺出版社,1986.

[5] 孙楷第.中国通俗小说书目[M].北京:作家出版社,1957.

[6] 黄惠贤、陈锋.中国俸禄制度史[M].武汉:武汉大学出版社,1996.

[7] 白莉蓉.清吕抚活字泥版印书工艺[J].文献,1992,(2).

[8] 一粟.古典文学研究资料汇编.红楼梦卷[M].北京:中华书局,1980.

[9] 崔溶澈.中国禁毁小说在韩国[J].东方丛刊,1998,(3).

[10] 王利器.元明清三代禁毁小说戏曲史料[M].上海:上海古籍出版社,1981.

[11] 王利器.元明清三代禁毁小说戏曲史料[M].上海:上海古籍出版社,1981.

[12] 李家瑞.清代北京馒头铺租赁唱本的概况.张静庐.中国近现代出版史料补编[M].北京:中华书局,1957.

[13] 王利器.元明清三代禁毁小说戏曲史料[M].上海:上海古籍出版社,1981.

明清时期说部书价述略

宋莉华

发表于《复旦学报》2002 年第 3 期。

小说作为一种特殊的商品,其流传在很大程度上受制于书价。本文考察了自明至清说部书价总体呈现下降的变动趋势,并分析了产生这一趋势的具体原因,认为这与明中叶以来书坊的遍布、活字印刷的发展及石印的推广直接相关。同时指出,由于明清时人对宋元版及抄本日益珍重,说部中的这一部分价格反而急剧上升。

【文选】

二、影响说部书价若干因素的考察

从理论上来说,书籍也是商品,书价应当与其它物价的变动大略一致,能够反映出当时的货币购买力。但实际的情形并不完全如此。如果从整个清代的米价变化来看,清初到十九世纪后半叶,上涨了约五倍,而书价的走向与此相左。这是由于影响书价的诸多因素中,还有许多与货币的价值变动没有直接的关系。

(一) 版本与书价

关于图书的定价标准,明人胡应麟(1551—1602)曾经有过具体的论述:

> 凡书之直之等差,视其本,视其刻,视其纸,视其装,视其刷,视其缓急,视其有无。本视其钞刻,钞视其讹正,刻视其精粗,纸视其美恶,装视其工拙,印视其初终,缓急视其时,又视其用,远近视其代,又视其方。合此七者,三五而错综之,天下之书之直之等定矣。[12]

上述七个方面,可以说是给图书定价的普遍性原则。低廉的售价是书籍销售百试不爽的法宝,明人郎瑛(1487—1566)谓:"我朝太平日久,旧书多出,此大幸也,亦惜为福建书坊所坏。盖闽专以货利为计,凡遇各省所刻好书价高,即便翻刻,卷数目录相同,而篇中多减去,使人不知。故一部止货半部之价,人争购之。"[13]可见建本畅销不外是由于价廉之故。书坊为降低书价,往往采取节缩纸板、选用廉价的印刷材料等手段,这已经是众所周知的事实,明清时人即有论述,张秀民、杨绳信、潘吉星等当代学者也用力尤勤,本文对此无意赘述。

就说部而言,文言小说的版本与书价的关系具体体现在两个方面:第一,由于产生的时代早,文言小说涉及到宋元版的问题;第二,文言小说大量以抄本流传,其在定价标准与价格高低上都与普通的刻本相差悬殊。关于其定价标准,毛扆(1640—1713)《汲古阁珍藏秘本书目》云:

> 抄本书看字之工拙,笔赀之贵贱,本之厚薄,其书之秘否,然后定价。就宋元板而言,亦看板之工拙,纸之精粗,印之前后,书之秘否,不可一例。所以有极贵极贱之不同。(《士礼居黄氏丛书》本)

自明人开始,宋元板书已受到重视,而清人佞宋之风愈演愈烈,故自明至清其价格一直呈上升趋势。明末毛晋(1599—1659)汲古阁多有宋本及金元人图书,他不惜高价收购好书,在门外张贴广告:"有以宋椠本至者,门内主人计页酬钱,每页出二百。有以旧钞本至者,每页出四十。有以时下善本至者,别家出一千,主人出一千二百。"[14]以此计之,一册书若百页,宋本即需银二十两,旧抄本亦需四两,几乎高出当时一般书价的十余倍甚至更多。清初,毛晋的长子毛扆将书售于季振宜,并编成售书书目《汲古阁珍藏秘本书目》。为突

出宋元椠本,毛氏或在书名前冠以版刻时代,或对从宋本抄出者加以具体说明:

表6 子部小说家

书名	版本	价格
默记一本	绵纸从宋板抄	八钱
续世说十本	绵纸从宋板抄	六两
宋板芥隐录笔记一本		一两二钱
北户录三卷一本	宋板抄出	六钱
睽车志五卷一本	此书柳安愚在宋刻本临摹者	八钱
宋板容斋三笔半部 七卷起十六卷止四本		一两六钱
清波杂志十二卷别志三卷四本	宋板影写	二两四钱
李涪刊误一本	宋板影写	五钱
云麓漫钞十五卷六本	宋板影抄	三两六钱
实退录十卷二本	丛书堂从宋板抄	一两
北宋板博物志一本	其次序与南宋板不同,系蜀本大字,真奇物也	四两
能改斋漫录十六本	此书从内阁宋本抄出	八两
醉翁谈录二本	影宋板精抄	一两二钱

从上表可以看出,旧抄本的价格高于刻本,而宋元板书籍的价格又高于抄本。该目中,刻本与一般抄本平均每本定价三钱,而从宋板影写或抄出者每本则从五钱至八钱不等,宋板《芥隐录笔记》一本一两二钱,宋板《博物志》一本价银更是高达四两。该目中还有许多稀有罕见和名家抄写的本子,定价也都较一般抄本为高。如:

子部　小说家
耆旧续闻　十卷一本　旧抄　此书人间绝无　八钱
手镜摘览　八卷二本　此书人间绝无　一两六钱

> 子部　明朝人小说
> 野记一本　旧抄本 鬻书者谓是枝山亲笔,二两
> 　　　　　索价六金,余以半价购之

需要说明的是,毛扆的定价在当时仍属偏低,他是因生活所迫不得不折价销售:"至于精抄之书,每本有费四两之外者。今不敢多开,所谓裁衣不值缎子钱也。在当年抄时岂料有今日哉!"到乾嘉时期,价格愈昂。当时藏书校勘的巨擘黄丕烈(1763—1825)尤嗜宋本,自号"佞宋主人"。从其藏书题跋记中可得一二关于书价的记载:

宋刻《说苑》卷第二十:以卅金易得。
顾氏文房小说本《开元天宝遗事》二卷:书友索直三饼金。
旧抄本《稷神录》六卷《补遗》二卷:以白金五星易诸书友郁姓。
旧抄本《抱朴子》内篇二十卷外篇二十卷:索青蚨三金。[15]
抄本《亭客话》十卷:开始索直五十金,后以白金十八两致之。[16]

可以看出,这时的售价已高于清初。

至清末,宋元版书更是身价百倍,非大富大贵之家不能购置。叶德辉(1864—1927)《〈求古居宋本书目〉叙》中称:

> 其(黄丕烈)收宋本书自《大戴礼记》始,跋称乾隆壬子十一月,是时先生年三十岁。嘉庆十年乙丑《百宋一廛赋》刊成,先生年已四十四岁。至壬申录此目,则在嘉庆十七年,先生年已五十岁。计二十年之中所获宋刻书几二百种,时当国家累世承平之世,吴门富商秀户如汪阆源士钟、袁又恺廷梼、周香严锡瓒皆以收藏宋本书籍风动一时。然其时一书之直,贵者逾百金,廉者只数金而止,藏者能读,读者能藏,非以为古董玩好也。今则膏粱纨绔互市,乐郎竞侈收藏,附庸风雅。一帙之直动累千金,使黄、

汪、袁、周诸人生于今时,亦惟有望洋兴叹而已。(《观古堂书目丛刻》)

这表明,正是由于清人对宋本的普遍重视,使其不断升值,充分体现了版本是左右书价的重要因素。清人吴引孙《测海楼藏书目录》中也有类似的感慨:"宋元以前奇编异帙为希世宝,悬价购求,所遇辄鲜,即明以后精刊旧椠,暨国朝殿版各书,亦复昂值居奇,艰于购致。"总之,宋元版书价格日高,旧抄本的价值不菲,它们更多是作为珍玩而改变了其纯粹作为图书的性质,流传的范围越来越有限。

晚清以前,通俗小说主要以刻本流传,其定价原则基本不脱胡应麟所说的七个方面,其中印刷材料的选择与刻印、装帧的精粗是最主要的标准。李圭景(1788—?)《五洲衍文长笺散稿》卷七《小说辨证说》载:朝鲜王朝英祖乙未年(1755),永城副尉申绥使首驿李谌购买《续金瓶梅》,一册直银一两,凡二十册,即共需价银二十两,远远高于当时一般的书价。究其原因,就是由于刊本精工,为顺治十八年(1661)首刊本,由胡念翌写,黄顺吉、刘孝先刻,都是有名的写手与刻工。同时,传抄始终是通俗小说重要的传播方式之一。在刻本未大量行世之时,抄本往往以奇书可居,售价不菲。《红楼梦》问世之后的一段时间内就仅以抄本流传,由于很受欢迎而又不易获得,"好事者每传抄一部,置庙市中,昂其值得数十金",[17]但到后来翻印本越来越多,售价跌到不及二两。这也就是胡应麟所谓的"视其缓急,视其有无"。《品花宝鉴》作者陈森曾携该书抄本遍游江浙,在各地都受到官吏文士欢迎。《罗延室笔记》载:"道光季年,《品花宝鉴》未出版时,陈森书挟抄本,持京师大老介绍书,遍游江浙诸大吏间,每至一处,作十日留。阅毕,更之他处。每至一处,至少赠以二十金,因是获资无算。半聋少时,随其父浙江粮道任。陈至,留阅十日,赠以二十四金,彼犹以为菲薄也。"[18] 一般的文人在购书、藏书时都会注意到版本的优劣,明清时期私人藏书之风特盛,藏书家对版本更为重视。所以版本与书价的关系极为密切,牵涉的读者不在少数。

(二) 活字印刷与石印

活字印刷术的发明,是印刷史上伟大的技术变革。由于每次印书不需要整块整板地刻字,不仅便捷高效,节省劳动力,提高了书籍生产的速度,而且极大地降低了图书成本。相对而言,木活字本最为普遍。木活字用梨木、枣木或者杨柳木雕成。由于取材方便,成本不高,制作起来较简单迅速,所以成为我国活字印刷史上常用的一种活字。乾隆四十二年(1777)《钦定武英殿聚珍版程式》中金简奏曰:使用雕版印刷,"不惟所用版片浩繁,且逐部刊刻,亦需时日"。"莫若刻枣木活字","印刷各种书籍,比较刊版,工料省简悬殊"。根据他的计算,所制活字共需银1400余两。而雕版印刷,仅一部《史记》的版刻费用,即需银1450余两,木活字版的成本显然低得多。清人吕抚(生活于康熙、雍正年间)作《廿一史通俗演义》,"未刻四大图之前,早欲将是书问世,以工价繁重未能也。藏之箧簏者,几三十年"。后作者尝试自制泥活字印刷此书,"价甚廉而工甚者"。[19] 此书原有242卷685回,作者计算了一下纸张等费用,"非二金不能成一部",于是"删多为少,于荒史则略存其十分之二三,其余但存其二十分之一二"。[20] 今见此书凡22卷共44回,约35万字,保守地估计,原书篇幅至少是现在的五倍,原书价值若需二金,则删减后该书仅需四钱,其价格之低廉非雕版图书可比。活字本小说在价格上的优势从《红楼梦》一书的流传情况中也反映出来。《后红楼梦》逍遥子(清乾嘉时人)叙云:"曹雪芹《红楼梦》一书,久已脍炙人口,每购抄本一部,须数十金。自铁岭高君梓成,一时风行,几于家置一编。"①毛庆臻《一亭考古杂记》载:"乾隆八旬盛典后,京板《红楼梦》流行江浙,每部数十金。至翻印日多,低者不及二两。"[21]

从现存的书籍来看,活字本小说多刊于明嘉靖、万历以后。现在所能见到的如明末清初黄子和、叶耀辉刻本木活字本《花幔楼批评写图小说生绡剪》、乾隆元年(1736)泥活字本《精订纲鉴二十一史通俗演义》、乾隆五十六年(1791)、五十七年(1792)以木活字排印的《红楼梦》、咸丰元年(1851)木活字本《结水浒全传》、同治八年(1869)群玉斋木活字本《儒林外史》等。光绪七年(1881)聚珍堂摆印的《极乐世界传奇》第八册末所附书目中,则包括了《绣像王评红楼梦》、《济公传》、《批评儿女英雄传》、《红楼梦影》、《忠烈侠义传》、《续红楼梦》等凡16种小说。

晚清石印术的普及对书价的影响更加显著,使读者的购买力发生了根本性的变化,更多不同层次的人有能力消费小说。石印即石版印刷,是平版印刷的一种。它利用水油相拒原理,以天然多微孔的石印石,经过处理制成印版。印刷时,先用水润湿版面,使空白部分吸水后有拒油性,上墨后,仅图文部分能附着油墨,即可成书。自1832年底,广州出现了第一家中国人开办的石印铺后,经营石印者渐多,终成席卷全国之势,极大地促进了图书印刷业的繁荣。

价格低廉和易于携带使石印书籍大受青睐。《康熙字典》小字本仅售1元至3元,故"第一批印四万部,不数月而售罄,第二批印六万部,适某科举子北上会试,道出上海,每名争购备五六部,以作自用及赠友之需,故又不数月而罄"。[22]吴引孙《有福读书堂》多载石印小

---

① 宣统二年(1910)上海章福记石印本。

说,其价甚廉,如《封神演义》100 卷 2 元,《三国演义》120 卷 2 元 5 角,《石头记》120 卷 3 元,《聊斋志异》16 卷 2 元,《夜谈随录》12 卷 5 角等。

  由于石印较之于活字印刷,更为简便易行,省去了刻字这一极为烦琐的工序,节省了人力和时间,使书价有了大幅度下降。如果说活字印刷术的发明,是印刷史上一次革命性的技术突破,那么石印术的普及则是导致书价下降的另一次技术飞跃。

【参考文献】

  [12] 少室山房笔丛.[M]"甲部经籍会通四",民国十二年(1923)扫叶山房石印本.

  [13] 七修类稿.[M]卷下.

  [14] 转引自罗树宝编著.中国古代印刷史.[M],第 342—343 页,印刷工业出版社 1993 年.

  [15] 以上见潘祖荫刻本.士礼居藏书题跋记.[j].

  [16] 冷雪庵印行.士礼居藏书题跋补录.[j].

  [17] 程伟元乾隆五十六年刊本.红楼梦序.[j].

  [18] 转引自蒋瑞藻.小说考证.[M],页 244,上海古籍出版社,1984 年.

  [19][20] 廿一史通俗演义.古本小说集成.[M]上海古籍出版社 1990 年据天津图书馆藏正气堂本影印.

  [21] 一亭考古杂记.光绪十七年(1891)石印本.

  [22] 姚公鹤.上海闲话.[M],转引自张静庐辑注.中国出版史料补编,第 90 页,北京:中华书局,1957 年.

论明清时期小说传播的基本特征

王 平

发表于《文史哲》2003 年第 6 期。

本文探讨了明清时期小说传播呈现出的新特点：出现了众多的民间书坊，并成为小说的重要传播者；传播模式由人际传播的讲说转为以印刷物为主的大众传播；传播的途径从借阅、传抄逐渐转为商品流通，各种形式的版本层现迭出；传播接受者由具有一定文化程度的各个社会阶层的人群组成，尤其是出现了一批特殊的接受者即评点家，促进了小说的广泛传播。同时，指出这一时期小说传播的效果，既有文学的传播接受如创作续书、改编戏曲等，也有应用的接受和海外的传播；统治者虽不断下令对小说加以禁毁，但无法阻止住小说传播的强劲势头。

【文选】

一、传播方式：从讲说传抄到刊印选刻

明代以前，小说的传播方式和途径不外以下几种：一是史家和目录学家的著录，二是读者本人的传抄，三是类书、丛书的收录，四是说书艺人的讲说，五是改编为戏曲。直到宋元，才开始有少数作品被刊印传播。明代前期小说传播的情况与以前基本相似，进入明中叶之后，情况发生了明显变化。

首先，印刷品取代传抄和讲说而成为小说的主要传播方式。当然这种转变有一个过程，一方面要取决于造纸业、印刷业的不断发展，另一方面也要取决于接受者的购买力。转变之初，是一些对小说感兴趣的文人士大夫，将几部原来仅靠传抄而又有较大影响的小说付梓刻印。曾为嘉靖壬午本《三国志通俗演义》作"引"的"修髯子"张尚德就是其中的一位。该本前有"庸愚子"蒋大器弘治甲寅(1494)序,表明在弘治年间《三国志演义》还是以抄本形式流传。一部 70 余万言的小说仅靠抄本传播,其范围当然极为有限,张尚德敏锐地觉察到了这一点,于是"请寿诸梓,公之四方"。[1](P70)从此以后,各种版本的《三国志演义》不断出现,粗略统计,现存的明代刊本有 30 余种,清刊本有 70 余种。

嘉靖年间的武定侯郭勋曾重刻《水浒传》,其后不仅有郭本的覆刻本,其它各种本子也不断出现。学术界一般认为《三国演义》和《水浒传》成书于元明之际,如果这一点能够成立,那么在经过 100 余年后,两书才有了刻本。自《西游记》之后,情况不同了。今天能够见到的最早的《西游记》的完整刻本是明万历二十年(1592)的世德堂本,此时距吴承恩去世不过十几年。《金瓶梅》也是如此,袁宏道写于万历二十四年(1596)的《与董思白书》,是有关该书流传的有年代可考的最早记载,可以推知,此时距《金瓶梅》成书不会太久。我们今天见到的《金瓶梅词话》本,前有"东吴弄珠客"写于万历丁巳年(1617)的序,其间相距也不过 20 余年。至于余邵鱼撰的《列国志传》、冯梦龙撰的《新列国志》、西周生的《醒世姻缘传》等大量的明清小说,几乎都是写完之后立即刻印。

当然以抄本形式传播的情况也还存在,其主要原因有二,一是书商对该书能否赢利没有把握,二是著者本人无意或无力将其付梓。但无论出于何种原因,都必然要影响到该书的传播,甚至会使其失传或亡佚。明人甄伟在为《西汉通俗演义》作序时便指出"书成,识者争相传录,不便观览"。[1](P14)但有了刻本之后,便迅速传播开来。如青柯亭本《聊斋志异》问世后,很快便"风行天下,万口传诵",[3](P9)许多地方不断翻刻,后来出现的注释本、评点本、绣像本,都以其为底本。《儒林外史》开始也是先有抄本流传,吴敬梓的好友程晋芳曾说:"《儒林外史》五十卷,穷极文士情态,人争传写之。"[1](P902)但抄本毕竟流传有限。只有刻本问世后,此书才迅速流传开来。不仅《聊斋志异》、《儒林外史》等一流小说如此,就连一些二三流的作品也是一印再印,如《济颠大师醉菩提全传》仅"书业堂"便于乾隆四十二年、四十三年和四十四年接连刻印三次。而像《歧路灯》、《姑妄言》等小说则因无人刻印,所知者甚少,甚至几乎湮灭。

其次,为了满足传播接受者的需要,或吸引更多的读者购买,书坊推出了各种形式的版本。如《三国演义》周日校、夏振宇刊本都标明为"新刊校正古本大字音释"本,郑以桢刊本标明为"新镌校正京本大字音释圈点"本。余氏双峰堂刊本为"新刻按鉴全像批评"本,进一步增加了图像和批评,熊清波刊本为"新刻京本补遗通俗演义"本,将图像插在了书中。郑少垣联辉堂三垣馆刊本为"新镌京本校正通俗演义按鉴"本,每页是上图、下文。崇祯间雄飞馆又将《三国演义》与《水浒传》合刻为《英雄谱》本,上为《水浒传》,下为《三国演义》。直至清代毛宗岗本出现后,仍有书商在书名上作文章,如现藏于英国博物院的"绣像第一才子书",实际上就是毛本《三国演义》的坊刻本。[4](P55)将小说配以图像的做法被读者所接受,于是许多小说都出现了绣像本。

明代中叶尽管造纸业、印刷业都有了长足的发展,但一部小说的价格依然较高。[5](P267—268)万历时一部20余万字的《春秋列国志》定价为一两白银,而当时一亩地也不过值二两白银。虽然白话小说被称为通俗小说,但这种价位并非一般读者所能问津。为了降低书的成本,以扩大销量,书坊又推出了所谓的"简本"。这种情况一直延续到清代,清人周亮工曾指出,建阳书坊所刻诸书,"节缩纸板,求其易售",[1](P349)建阳是明清时期书坊密集的地区,书坊之间有着激烈的竞争。从另一个角度看,简本虽然降低了书价,便于读者购买,却是以牺牲原作为代价的,因此,这种方式并不可取。长篇小说以"简本"的方法来扩大销售,短篇小说则采用"选本"或分类编排的方法来吸引读者。明末"姑苏抱瓮老人"从"三言""二拍"选出40篇作品辑为《今古奇观》,果然收到了极好的效果。这部选本后来流行极广,在很长一段时间内,"三言""二拍"中的许多故事是靠这部选本在社会上传播着。当然,有些选编者按照自己的兴趣对原作随意删改,客观上不利于小说的传播,如王金范选刻的十八卷本《聊斋志异》就是如此,这大概也是这一版本没有得到广泛流传的原因。

二、传播者:从书坊编纂到文人评点

明清时期出现了一批专门刻印、经营各类图书的书坊,这些书坊类似于今天的出版社,对于小说的传播起到了至关重要的作用。据《小说书坊录》[6]辑录,宋元两代的书坊不过三家,明代增至134家,截止到嘉庆年间清代的书坊就有200家。明代嘉靖年间刻印小说的书坊还不是太多,《三国志通俗演义》和《水浒传》的刻印者分别是"司礼监"、"都察院"和贵族郭勋。到了万历年间民营的书坊数量激增。如周曰校的"万卷楼"万历年间便刻印了《国色天香》、《三国志演义》、《百家公案》、《大宋中兴通俗演义》等五六种小说。余象斗的"双峰堂"和"三台馆"万历年间刻印了《三国志传》、《北宋志传通俗演义》、《大宋中兴通俗演义》等近20种小说。

入清之后,出现了同一书坊几代人连续经营的情形。如康熙年间的"同文堂",一直延续到咸丰年间,先后刻印了《斩鬼传》、《东西汉演义》、《今古奇观》、《拍案惊奇》等小说。雍正年间的"芥子园"一直延续到同治年间,先后刻印了《水浒传》、《西游真诠》、《今古奇观》等小说。有些书坊带有专门化的色彩,如康熙年间的"啸花轩"专刻才子佳人小说和艳情小说,先后刻过《巫山艳史》、《金云翘传》、《醉春风》等10余种小说。

明清时期的某些书坊主人既精通经营又能编撰小说,如嘉靖年间的熊大木曾编写了《唐书志传通俗演义》、《全汉志传》、《大宋中兴通俗演义》、《南北宋志传》,余邵鱼曾编撰了《列国志传》,万历年间的余象斗曾编撰了《皇明诸司廉明奇判公案》、《皇明诸司公案》、《北游记》、《五显灵官大帝华光天王传》(即《南游记》)等。因为他们是书坊主人,所以首先考虑的是销路,以便于能够更多地赢利。而要打开销路,必须迎合读者的需要,因此这几部小说是在《三国志通俗演义》、《水浒传》、《西游记》及《百家公案》受到读者欢迎之后及时编写出来的。又因为编撰者是书坊主人,自身的文学水平有限,同时还要抢时间,于是这些小说便有模式化、雷同化的不足。但毕竟促进了小说的创作与传播。

嘉靖年间之后许多书坊主人与小说作者保持着密切的联系,他们不仅及时地将小说作品付梓刻印,有时还鼓动乃至于参与作者的创作。"绿天馆主人"(即冯梦龙)即在书坊主人的请求之下,编成了《古今小说》。凌濛初编纂"二拍"也是如此,他在《拍案惊奇序》中说道:"肆中人见其(指"三言")行世颇捷,意余当别有秘本,图出而衡之,不知一二遗者,皆其沟中之断芜,略不足陈已。"[1](P1052) 在《二刻拍案惊奇小引》中又说道:"贾人一试之而效,谋再试之。"[1](P1052) 可见"二拍"的编撰都是由书坊主人的鼓动。小说成为一种商品,与当时的商品经济融为一体。

文人不仅是小说的接受者,而且也是小说的传播者,他们写的那些序跋评语对于小说传播起到了重要作用。尤其是那些评点家,可以称之为"特殊的接受者",他们的评点本往往成为最流行的本子。如金圣叹评点的《水浒传》、毛宗岗评点的《三国演义》、张竹坡评点的《金瓶梅》等等,无不如此。清人梁章钜曾说:"今人鲜不阅《三国演义》、《西厢记》、《水浒传》,即无不知有金圣叹其人者……"[1](P89)可以这样说,《三国演义》等古典小说名著之所以能够超出其它小说而广泛流传,一方面固然是其自身的艺术水平所决定,另一方面金圣叹等评点家也起到了重要的作用。

还有一些文人为了适应市场的需要,专事收集、汇刊各类文言小说,编成了小说选集或丛书,从而成为文言小说的重要传播者。如陆楫编的《古今说海》142卷,辑录了前代至明的小说,分为四部七家,采用135种书籍,有明嘉靖二十三年和道光元年刊本。何良俊编的《丛说》38卷,有明万历七年刻本。陈世宝的《古今寓言》12卷,商浚辑的《稗海》368卷,先后有明万历、清康熙、乾隆年间的刊本。顾起元的《说略》30卷,梅鼎祚的《才鬼记》16卷,《青泥莲花记》13卷。冯梦龙的《古今谭概》34卷,有明刻本;《情史》24卷,编辑了历史上的爱情故事870余篇,有明末刻本、清初芥子园刻本等等。[7]

【参考文献】

[1] 朱一玄.明清小说资料汇编[M].济南:齐鲁书社,1989.

[2] 胡应麟.少室山房笔丛[M].上海:上海书店,2001.

[3] 张友鹤.聊斋志异会校会注会评本[M].上海:上海古籍出版社,1978.

[4] 朱一玄.古典小说版本资料选编[M].太原:山西人民出版社,1986.

[5] 陈大康.明代小说史[M].上海:上海文艺出版社,2000.

[6] 韩锡铎,王清原.小说书坊录[M].沈阳:春风文艺出版社,1987.

[7] 四库全书总目[M].北京:中华书局,1965.

论晚清小说的书价

陈大康

发表于《华东师范大学学报》[1]2005年第37卷第4期。

西方先进印刷技术的引入与"小说界革命"的兴起,促使小说的创作与出版步入近代意义的模式。本文以晚清时期小说书价为考察对象,指出当时图书市场迅速扩大,小说在图书市场所占的份额不断增长,而各书局为争夺读者的市场竞争日趋激烈。在这转换过程中,小说书价曾出现过波动,但激烈的竞争与媒体的监督,又使书价体系较快地进入稳定状态。

【文选】

光绪二十年七月十六日(1894年8月16日),《申报》刊载了一篇《爱观奇书人告白》,这其实是一则广告:

> 阅报见《大明奇侠传》一书,理文轩八角,文宜(书局)一角,愚向文宜(书)局买来一部,携归阅之,殊觉可恶,内中抽去大半,想阅书之人最恨,不分贵贱莫论。故又至理文轩又买一部,至家细阅,书品精雅,字迹放大。愚将二店之书详比,文宜局之书只有廿五回,八万余字;理文轩有五十四回,二十余万字。想二书好歹,不问可知,购书诸君决不贪区区便宜。

紧接着在第二日,即七月十七日,《申报》又刊载了一篇《文宜书局再启》,与昨日之广告针锋相对:

> 昨《爱观奇书人告白》,显系理文轩捏造之凭据也。你云铅

---

[1] 按:除特别标注,本书所录各大学学报均为哲学社会科学版或社会科学版。

版书佳,何又捏名登报,显露情虚,实据真所谓极叫尚且无人去问。所云冒名《奇侠传》,你头虽未伸出,谅你眼亦瞎矣。你之铅版错字甚多也,火油气味也,数月走油变为黄色也,与别店之铅版大相悬殊也,而诸君均悉理文(轩)之旧劣处颇多,余亦不细说也。再《大明奇侠后传》,已将原底重为细校,比铅版胜百倍矣。

现付石印,总在旬内准可出售,亦订四本,洋价一角。此白。

《大明奇侠传》即《云中雁三闹太平庄》之别名,它共五十四回,问世于道光二十九年(1849),最早由琅嬛书屋刊出,同治三年(1864)先后有一笑轩与国英轩刊本,光绪二十年上海书局出版时改题为《大明奇侠传》,仍是五十四回。文宜书局出版的只有十回,显然只是全书的一部分;而且,世上从无该书局所宣称的《大明奇侠后传》一书,它显然应是全书的另一部分。从广告中"旬内准可出售"一语推断,这本《大明奇侠后传》的出版应是文宜书局早已计划好的事,实际上它只是将一部作品拆为两本,出版时间稍拉开些距离也是有意而为之:在已有同名书行世的情况下,以价廉保证前书的行销;因前书中故事未完,这又为后书的行销作了铺垫。

这主意原本不错,但不料理文轩恰恰在同时也推出了《大明奇侠传》。同样一部小说,文宜书局售价只是一角,而理文轩却是八角,相当一部分读者购书时,自然会选择较便宜的,而前者篇幅只是后者的三分之一的事实,往往在一时间不会被注意到,等看完书发现时,那本《大明奇侠后传》已开始发售,只好再去买一本。在这个过程,理文轩的利益受到了伤害,从决意在《申报》上登广告的举动来看,它的损失应是相当大的。面对理文轩化名"爱观奇书人"的匿名攻击,文宜书局在第二天就作了反击,"你头虽未伸出,谅你眼亦瞎矣",这是谩骂之语,但"铅版错字甚多也,火油气味也,数月走油边为黄色也"诸语恐怕是击中了要害。平心而论,文宜书局析一书为两种显为坑害读者的伎俩,而理文轩定价过高也当无异议,那本二十余万字的《大明奇侠传》标价八角,可是光绪六年申报馆出版的《绘芳录》篇幅高达七十余万字,它也只售八角。两家书局的目的又归于同一,即不顾一切地要攫取最大的利润。长期以来,人们对雕板书及其定价已较熟悉,而当印刷业开始运用刚引进不久的铅印与石印等西方先进技术时,图书市场在定价方面必然会出现一个较短暂的混乱阶段。结束混乱的主要途径是竞争,它会使书价不至于太偏离其价值,竞争越激烈,其进程便越快。与以往相比,此时又出现了加剧竞争的新的因素,那就是较广泛发行的报纸。理文轩与文宜书局的广告都刊登在《申报》上,当千家万户读到这两则互相攻击的广告时,他们不会只想到《大明奇侠传》的价格,而是会举一反三地关注整个图书市场的定价,千百万读者的共同要求便会形成一种巨大的约束力。

申报馆既发行报纸又刊售小说,它出版小说便常在《申报》上刊载相应的广告,书价是其中重要的内容。如光绪元年四月十五日"《儒林外史》出售"的广告中就宣称是"收回纸价银圆五角",该年八月初四日"《昕夕闲谈》全帙出书"的广告中则云"收回纸价工洋四角",诸如此类的表白在刊售其他小说的广告中也常可看到。只收回成本显为不实之言,但却使人较易相信其书价的合理。同时,这类广告又常自誉质量的精良,一一读来,不难发现那些书局刊印所用的底本必是"善本",接着便是"校对精详,装订工致",而小说中的图像,自然又是"名手精绘","奕奕如生,髭须毕现"。对书品的夸耀是力图让读者相信物有所值,有的包装还十分精美,如图书集成局光绪十四年三月三十日在《申报》上刊载"《增像三国演义》出售"的广告就介绍说"兹已用上等洁白纸印成,分装十二册,外加红木夹板"。这部书是"每部码洋二元",若是批发还可再优惠,即"惠买请至申报馆面议"。

晚清时上海书局林立,从理文轩与文宜书局的互相攻讦,可以看出当时书局间的竞争及其激烈的程度。这种竞争有利于读者,因为它可使合理的小说书价体系较快地形成,而且还迫使一些书局想方设法节缩成本,降低书价,甚至是干脆让利,以争取更多的读者。如光绪十八年五月初三日,"申报馆主人"在《申报》上刊载"新书减价"启事:

> 本馆本年所印《小五义》、《续小五义》二书,海内风行,不胫而走,未及一年,夹笥已空。兹又印成书,成本较前稍减,是以格外从廉出售,以飨阅者之心。计《小五义》码洋三角五分、《续小五义》码洋四角,诸君子盍惠临购取乎?

申报馆光绪十六年出版《小五义》时售价五角,翌年出版《续小五义》时售价五角五分,到光绪十八年两书再次刊印时,都降价了一角五分,约30%。由于是再次印刷,"成本较前稍减"当是实情,但它绝非降价出售的主要动因,与"格外从廉出售"也对不上号。主要原因是激烈的市场竞争:光绪十六年,北京文光楼首刊《小五义》,该书的畅销使上海的申报馆、广百宋斋以及重庆的善成堂几乎是立刻同时跟进,竞争局面顿时形成;至于《续小五义》,文光楼首刊后至光绪十八年止,跟着翻刻的至少有申报馆、上海书局、珍艺书局、善成堂、泰山堂等多家,竞争似更激烈。降价并不是以牟利为旨归的书商的初衷,这是面对竞争、夺回市场的不得已的手段,而且也并不是各家书局都能采用此法,在这点上,影响广泛与资本雄厚的申报馆显然占有优势。有关《花月痕》的情况也是如此。图书集成局于光绪十九年出版时售价七角,翌年正月十三日,该局在《申报》上刊载"《花月痕》减价出售"广告,宣布从即日起"每部码洋四角",降价幅度高达43%,理由是"现以工本业已收回,是以减价出售,以公同好。"图书集成局在广告中还自誉"本局所印《花月痕》一书字迹清疏,纸色洁白,早已风行海内,不胫而走",其书品是各种"翻印本字小而漫漶者"无法相比的。这一宣示透露了图书集成局降价的真实原因,"翻印本字小",其价格自是较为低廉,它们的流行,迫使该局采取果断措施,以夺回市场,否则,即使再"字迹清疏,纸色洁白",也只会成为滞销书。

降价是小说销售竞争中常见的现象之一,小本经营者常靠此多少挽回些损失,以免血本无归,而资本雄厚者可借此主动出击,打击对手。宣统二年正月初四日《申报》刊载了"改良小说社新年赠彩(一月为限)"广告,称"于正月初一日起凡购本社出版新小说满现洋一元以上者,奉送大本本社小说洋码二角,多则照数递加"。在这则广告里,改良小说社还开列了一百三十种小说书目,以吸引读者。这次为期一个月的活动看来效果很不错,于是在第二年即宣统三年,仍是正月初四日,改良小说社又在《申报》上刊载广告,告知读者再次举办促销活动,方法如同去年。改良小说社促销活动的成功,引来了其他书局的仿效。宣统三年闰六月初一日,点石斋在《申报》上刊载了一则"爱读小说诸君注意,特别廉价又有赠品"的广告:

> 本局名家小说数十种,词令之典雅,兴趣之浓深,早为爱读诸君所称许。当此学堂暑假,莘莘学子无不束装归里,以作此数日之闲。但出门一步即火伞高张,汗如雨下,日长昼永,消遣殊难。惟借小说家言,奇奇怪怪之事,作炎天伏夏、茶余酒后之资,则既可增长见识,又可解愁破闷,消夏妙品,无过于此。兹本局为利便学界起见,特倡新例,自即日起至七月十五日止,凡在暑假期内,门庄来购者,一律照定价七折计算,满一元者则各折码

洋二角之小说一种作为赠品,多则递加。邮局函购一律照送。打七折确为十分优惠,但将满现洋一元加送二角称为"特倡新例",这显然不符事实,因为改良小说社至少已接连搞了两个春节了,它对此自然不会忍而不发。果然,改良小说社在该月十二日也赶紧在《申报》上刊载了"阅新小说又有特别赠品"的广告,促销时间也是到七月十五日止,但又发明了新花样:"凡购本社新小说满现洋一元者,奉赠荷兰水自制法一册,以作诸君消暑之需。倘已有此书,任从选择他种新小说亦可。总以满现洋一元加送二角为度,多购照加。"广告的最后是提醒读者:"欲得便宜,请从速!"

"满现洋一元加送二角",这容易使顾客产生打八折的错觉,这也是书局销售的技巧,实际上打的是八三折。打折销售是商家促销的常见手法,而两家书局在同一时间、同一家报纸上刊登广告,又用同样的打折幅度招徕读者,这可谓是典型的竞争实例。当然,争夺读者的方法不只是打折一种,如光绪三十四年八月二十日,商务印书馆在《申报》上刊载了"购阅《说部丛书》按月缴银办法"的广告:

> 本书十集,订一百三十本,原定价洋四十元二角五分,又加本箱一具,价一元。凡现银购买全部者,减价二十八元,并附赠袖珍小说全部,计二十本。今为购阅诸君便利起见,另定按月缴银办法,分为甲、乙两种。甲:全部二十九元,先交定洋五元,以后按月交四元,至六个月为止;乙:全部三十一元,先交定洋五元,以后按月交二元,至十三个月为止。本馆印有详细章程,并定单格式,如蒙惠顾,可以取阅。

全套购买《说部丛书》,这实质上是批发销售,周转快,价格自然应是优惠,而同是全套购买,商务印书馆又推出了分期付款的销售方式,且又照顾到读者不同的购买力,付款分成六个月与十三个月两种方式。若从打折角度看,一次付清是六八折,六个月付清是七折,而十三个月付清则是七五折,与"满现洋一元加送二角"的方式相比,虽更优惠一些,但售出数量要大得多,而且能较长期地将读者抓在自己手中。

分期付款是先让读者拿到书,然后再逐月收钱,而时事报馆的做法则恰相反,它是先收一部分预约费用,日后再钱货两讫。光绪三十四年十一月初六日,时事报馆在《时报》刊载了发售全年画报预约券广告:

> 本馆自去冬十一月初五日发行以来,于正次两大张记载紧要新闻外,又添聘名画师绘成全幅画报,其内容如小说之《罗敷怨》、《中国伟人》、《偶像奇闻》、《玫瑰贼》、《碧血巾》□(等),均按照篇中事迹绘成精图,颇增阅者兴趣。……惟以销场畅旺,逐日之报售出无存,往往远近诸君补购前数日之报无以应命,抱歉实深。刻下将届一年之期,本馆因将全年画稿重行付印,分类装钉(四十册),定于明年正月出书。现发售预约券,每部收回成本两元八角,购券时先收洋一元。此系特别廉价,期以十二月底为止。未购此项预约券者,将来每部须洋五元,购者幸勿失此机会。

号称只是收回"成本两元八角",这显为商家噱头,这里所谓的"成本"定是已将利润包括在内,而提前两个月预收的钱就已超过书价的35%,发行者的算计可谓精矣。至于广告末声称"未购此项预约券者,将来每部须洋五元",则是以价格将会翻了一倍的威胁诱使大家都来预购。明明是要读者预付资金供自己经营,但仅观其广告,却好像是为读者谋取了多大的利益。

书局为小说销售而设计的手段五花八门,而这些活动隐含的意义却是读者嫌小说书价的过贵。吴趼人刚到上海做小职员时,一个月的收入只有八元,黄警顽在《我在商务印书馆的四十年》里写道,他清末进馆做学徒时,"馆方除供应食宿外,每月发给零用钱两元",这些人在当时上海相当多,他们显然是买不起小说的。正是在这样的背景下,陆士谔于宣统元年写成的《新上海》第九回中,就有当时读者对书价贵的埋怨。当雨香对新小说大加称赞之时,魏赞营说道:

> 现在的新小说定价很贵,兄弟前天在商务印书馆买上一部《红礁画桨录》,薄薄的,只有两本,倒要大洋八角呢,瞧不上一天就完了。兄弟现在光景比不得从前,那有这许多钱来买书瞧。

然而,这些收入菲薄的人群也在读小说,他们的阅读主要是靠租借来解决:

> 雨香道:"新小说有租阅的地方。租价是很便宜,只取得十成之一。听说是一个某志士创办的,这某志士开办这个赁阅社,专为输灌新知、节省浮费起见。……这招牌儿叫着'小说赁阅社',就开在英界白克路祥康里七百九十八号。他的章程很是便利,你要瞧什么书,只要从邮政局里寄一封信去,把地址开写明白,他就会照你所开的地方,立刻派社员递送过来听你拣选,以一礼拜为期。到了一礼拜,他自有人前来收的。你只要花一成的赁费,瞧一块钱的书只要花掉一角钱就够了,又不要你奔波跋涉,你想便利不便利?我们号里已赁阅了四五年了,好在这小说赁阅社里各种小说都全。今日新出版的,不到明日他已有了。"

陆士谔之《新上海》六十回完成于宣统元年末,作品中所说的租借小说,在当时确有其事,其实约在三年前的光绪三十三年正月二十三日,这家小说赁阅社还在《时报》上刊载"小说出租"的广告:

> 选备各种小说贱价出租,取租费仅十成之一,从此诸君出一

书之资,即能获十书之益,天下便利孰逾于此。谨告。英界中泥城桥沿浜珊家圈咸德里三衖内,文远里孙字一百四十五号门牌。小说贳阅社启。

陆士谔在作品的第十回中写道:"在下这部《新上海》,自己信得过,没一字虚设,没一句虚言,下笔时千斟万酌,调查详细,博访再三,盖欲把此书成一部信史。"他笔下关于小说的种种叙述实为当时人所作的记录,是相当可信的。他在第十六回里还让主人公梅伯看到这样一幅景象:广智书局出版的《明治政党史》、《十九世纪外交史》、《社会主义》、《戊戌政变记》等书,"见旁人买时都只得两三个铜元一册,翻那书上价目,却明明白白刊着一元、八角、五角、三角呢。"他"心里很是纳罕",雨香向他解释说:"这种书,原没有小说的有用,自然没有人要瞧他了。……从前没有新小说的时候,自然还有人买来瞧瞧,这会子人家不会省几个钱去买小说呢,所以这书局就把这许多书,当着废纸秤担儿卖出来,怎么会不贱?"

这段描述所透露的信息,是当时新小说风行后,已相当地挤压了其他书籍的市场,而小说易销这一事实,又必然促使已有的书局更多地将资金投入小说的出版,同时社会上又会产生更多新的出版小说的书局,这意味着小说市场的竞争变得十分激烈,其结果则是加快形成较稳定的小说价格体系。所谓"稳定",并非是价格固定不变,而是指价格接近于价值,它的表现之一,便是各书局的小说书价达到一个基本平衡的状态,如人镜学社光绪三十一年版的《怪獒案》与广智书局光绪三十二年版的《怪獒案》,定价就都是三角,本文所附的近500种晚清小说的书价,也可以帮助我们了解这一点。

古代小说插图方式之演变及意义

汪燕岗

发表于《学术研究》2007 年第 10 期。

本文考察了中国古代小说插图从故事情节图转变到人物图、从上图下文式到分章分回插图再到书前贯图的演变过程,指出不同的插图方式是由各地书坊主所针对的读者群的不同而决定的,又与版画艺术的发展和文人的审美需求密切相关;梳理了小说插图由明到清再到石印术普及后的变化发展过程,以及在不同阶段的特点。

【文选】

中国书籍之插图起源甚早。隋唐以前印刷术尚未发明,插图皆是手绘,隋唐以来,书籍中的版画插图才逐渐产生。明代由于印刷术的发展,书籍配图相当普遍,在深受大众喜爱的小说一类的作品中,更是几乎无书无图。大致说来,中国古代小说插图根据内容可分为两类,一类是故事情节图,一类是人物图。前者着重表现情节中某一精彩场面,后者重在表现人物。而插图之方式,又由图在书中的位置大致分为两种:一、上图下文方式,图文互配,类似后世的连环画;二、整版方式(单面、双面、多页连式),一幅图即占一页或更多。整版方式又主要有两种情况,一种是把图插在各回之前或回中,一种是把图结合起来放在全书卷首。随着书籍中大量配图,一些插图术语也因之产生,如"全相"、"全像"、"出像"、"出相"、"绣像"、"全图"、"补像"等,这些词语是出版商们在内封、卷首及版心等地方使用的标示用语,每个词对应着一类插图方式,而插图类型及方式的转变,则与文本阅读和审美风尚之间有着密切的关系。

一、两种不同的插图方式：全相（全像）与出相（出像）

关于"全相"，《汉语大词典》解释说："旧时通俗话本、演义等绘有人物绣像及每回故事内容者，称为'全相'。"[1](第1册,P1161) 这种说法不对。较早出现"全相"二字的小说是元代的《全相平话五种》，该套书为元至治年间建安虞氏所刻，上图下文，叶必有图，描绘的是该叶的故事情节。自元以后，单以"全相"来号召的小说比较少，杨春容所刊的《南海观世音菩萨出身修行传》，上图下文，卷前亦题"全相"。"全相"之"全"应指每页都配有插图，而"相"字是指故事情节图，插图方式一般都是上图下文式，以每页上面的图来表现下面的文字。

和全相对应的是"全像"，这个词用的比较多。如建阳詹秀闽刊的《京板全像按鉴音释两汉开国中兴志传》，故事情节图，上图下文。另外闽书林杨闽斋所刻的《鼎锲京本全像西游记》、建阳书坊清白堂刊的《新刻全像二十二尊得道罗汉传》等都是如此。余象斗还刊有一种"评林"本小说，也是这种方式，如《京本增补校正全像忠义水浒传评林》，不过在图上还加了些评语。

《全相平话五种》为何用"相"字，而不用"像"或"图"字？为何"相"字也有插图的意思？这就要从元代以前流行的"变相"说起。19世纪末敦煌遗书的发现是世界学术史上的大事，遗书中有一类作品就是变文。尽管对变文涵义的理解至今还有分歧，但"大多数的看法，都认为变文与变相有关。也就是说，变文，作为一种文字，和另一种叫作变相的图画有不可分割的关系，两者相辅而行"[2](白化文《什么是变文》,P434) 而所谓"变相"，一般认为就是把文字之描述转变为图画，至于变相是否从画佛经故事引申到画其他故事，或是相反，学者有不同的看法。"变"或"变相"用来指称图画，较早见于唐代张彦远的《历代名画记》卷三《记两京外洲寺院画壁》，其中提到了"地狱变"、"真经变"、"西方变"等；又提到"变相"，如"佛殿南杨契丹画涅槃等变相"、"东精舍郑法士画灭度变相"等。[3](P53—65) 其实，用"变"或者"变相"来指称绘画作品要比"像"字或"图"字晚得多。古代中国画家画的人物故事等许多作品只是用"像"、"图"或"图画"等称之，也许是随着大量改编文字配以图画来叙述，才用了"变"或"变相"来称呼。

"变"或"变相"多是指故事画，如周一良《读〈唐代俗讲考〉》云："'变'、'变相'，跟'像'不同。大抵'像'的主体是人，而'变'的主体是事。再看《历代名画记》、《酉阳杂俎》等所记寺院壁画的'变'或'变相'，除一二不可考者外，都标明某某经变，知道是根据其中所说的事。也是变以绘事为主的证据。"[2](P163) 杨公骥也说："佛寺中的变相或变大多是具有故事性的图画，'变文'是解说'变'（图画）中故事的说明文，是'图画'的'传'、'赞'，是因'变'（图画）而得名；'变文'意为'图文'。"[4](P415) 因为"像"的主体是人，故诸如佛祖像、菩萨像、明王像、罗汉像、天尊像等大多用"像"字。

根据学者们的研究，变文是配合图画来进行演出的，大约是一边指点图画，一边说唱并解释故事。这种图文配合的宣讲方式，就是后世通俗小说配图的源头。元代的《全相平话五种》用的是"全相"二字，"全"是指每页都配有插图，这种连环画方式的配图形式在敦煌变文中已有之。金维诺《〈祇园记图〉与变文》一文云："伯希和盗窃到巴黎去的四五二四号卷子，一面是变文，一面是图画，这一变相正是表现劳度差与舍利弗斗法的故事，而每节图画都以变文相应。图文的结合，就像明清的插图本小说一样。"[2](P353) 因而，《全相平话五种》其实应该用"全变平话五种"或"全变相平话五种"称之才对，因为"变"或"变相"才是指图画，"变相"常常简称为"变"，没有简称为"相"的，正因为《全相平话五种》这一误解之变动，"相"也有了图画的意思。再看"出相"的涵义。鲁迅《且介亭杂文·连环画琐谈》云："宋元小说,有的是每页上图下说,却至今还有存留,就是所谓'出相'。"[5](P22)《汉语大词典》也是这样解释："有的书籍,书页上面是插图,下面是文字,谓之'出相'。"[1](第2册,P488) 这种说法也不对。明清小说题为"出相"的插图极少,其中较有名的是天启三年金陵九如堂刊刻的《新锲批评出相韩湘子》,并不是上图下文,而是书前插入单面方式的图32幅,表现每回的精彩片断。

正如全相和全像的关系一样,明清小说中"出像"一词用的极多。有学者认为出像是整幅的插图,如戴不凡云："明人刻小说戏曲恒多整页之'出像'、'全图'。"[6](P294) 的确,如《新刻出像增补搜神记》,刻于万历元年富春堂,是现存最早的金陵派小说版画,单面图;金陵世德堂万历二十年的《新刻出像官版大字西游记》,其插图是对页连式的整版图①;崇祯元年刊本《峥霄馆评定出像通俗演义魏忠贤小说斥奸书》,单面整版插图;崇祯刊本《新镌出像批评通俗演义鼓掌绝尘》也是如此。以上这些小说插图,都是以整版方式(单面和对页连式),常常是每回一、二幅图,来表现该回的精彩之处。

值得注意的是,用"全像"的多是建阳书坊,而用"出像"的多是金陵、杭州等地的书坊。如同是刊刻《南北两宋志传》,余象斗的三台馆刊本全名为《全像按鉴演义南北两宋志传》,上图下文方式;而金陵世德堂刊本题为《新刊出像补订参采史鉴(南)北宋志传题评》,内容

---

① 对页连式,有人也称为合页连式,指一幅插图是由相对的两面(页)构成,摊开书来就是一幅图。在描述插图时,要注意分清"叶"和"页"两个字。一般来说,一叶(folio)是指两页(page),而"页"相当于我们说的"面"。江苏社科院主编的《中国通俗小说总目提要》在记述《欢喜冤家》的插图时说:"有图像共二十四幅,半叶两幅。正集六叶十二幅,续集六叶十二幅。"第245页,中国文联出版公司,1997年。"六叶"之"叶"就应该为"页"。

基本相同，但插图改变成对页连式的整版插图。《唐书志传通俗演义》的情况也是如此。

我们知道，自从嘉靖元年《三国志演义》首次刊刻后，通俗小说的创作和出版重新起步，但得风气之先的却是福建建阳书坊主，他们一般采用上图下文的插图方式，便以"全相"、"全像"来号召。如建阳书坊主余象斗在所刻《列国志传》一书的内封有题语曰："《列国》一书，乃先族叔翁余邵鱼按鉴演义纂集。惟板一付，重刊数次，其板蒙旧。象斗校正重刻，全像批断，以便海内君子一览。"又万历二十年所刻《三国志传》前的《三国辩》云："坊间所梓《三国》何止数十家矣。全像者止刘、郑、熊、黄四姓。"①余象斗商业意识很强，他刻的书在内封、牌记中多有宣传性的广告识语，这里的"全像"、"批断"就是书贾吸引读者的手段。上图下文的方式多用"全像"、"全相"，偶尔也用"合像"、"偏像"等词，如万历三十一年建阳熊佛贵所刊之《三国志演义》，卷端就题为《新锲音释评林演义合像三国史传》，同样上图下文，只是每页的图像不是单独成一幅，而是与对页图像合为一幅。这种形式并非独创，元代的《全相平话五种》就是如此，"全相"是说每叶有图，而"合像"指两个一页合为一幅，强调的重点不同而已。

"偏像"形式比较特殊。现存明清通俗作品还没有见到在书中标明"偏像"的插图本，只有余象斗在万历二十二年刊刻之《水浒志传评林》书首眉端《水浒辩》中提到："《水浒》一书，坊间梓者纷纷，偏像者十余副，全像者止一家。"余氏刻书，毫无例外都是上图下文，并且

---

① 刘世德在《〈三国演义〉周曰校刊本四种试论》中认为，《三国辩》这样吹嘘，无非是一种商业竞争行为："各地的书商在刊行《三国志演义》等小说的时候，书内有没有配置图像，是他们追求的一个重要目标。有图像和无图像，分别适应了不同的阶层、不同文化程度读者的需求。"此说极是。见《文学遗产》2002年第5期。

是每页有图之全像本,他把"偏像"和"全像"并称,显然两者有所不同,那么"偏像"指什么呢?马幼垣介绍过一种分别收藏在德国德累斯登萨克森州图书馆和梵蒂冈图书馆的残本《水浒传》,该书插图形式古怪,它也是上图下文,但摊开的两面只有一幅图,或在前半页或在后半页,[7]即是说并非每页都有图,(见图版一)笔者认为,这就是被余象斗称为"偏像"的插图。马幼垣从内容上判定该残本的刊刻年代还在余象斗的《水浒志传评林》之前,从插图看也复如此,故该残本是现存《水浒传》最早的版本之一。

二、故事图与阅读

两种插图方式对阅读的作用是不同的,作为版画的艺术品,其表现力也有不同。"全相"或"全像"既然每页有图,则上图下文方式较为理想,这种连环画式对文化层次不高的读者相当有用,边阅读边看图,有助于理解故事情节。①但是,由于上面印了图,占去了较大的空间,为节省篇幅,降低成本,下面的文字不免要简省一些,《水浒传》的简本多是建阳刊刻,其插图方式就是上图下文式。明代建本书刊刻

---

① 美国学者何谷理(Robert. E. Hegel)以余象斗为例谈到了这个问题,他认为余氏把图和文刻在同一页,表明了其对插图和文本的同等重视,这样无论对识字能力高低的人都有助于阅读,同时也可使销量增加。见 Reading Illustrated Fiction in Late Imperial China. StanfordUniv. Press,1998,P139。何氏同时也强调,上图下文式的插图尽管每页有图,但这些插图并没有包含一个连贯的故事或情节,故只能叙述情节之高潮或精彩之处。同上,P172。何谷理的这个论点很重要,上图下文式的插图并不能通过看图来了解故事情节的发展,与近代的连环画不同,连环画文字简略,以画为主,画足以涵括整个故事,古代小说则不能。因此说"有助于阅读"只是相对而言,其配图还有美化、装饰书籍之考虑。这些和变文配图不同,上面谈到尽管小说插图式样是来源于变文之配图,但功用有所不同。变文配图是为了方便讲唱,讲唱人常可指一图而讲唱许久,敦煌千佛洞发掘的变文很多,而变相图却很少,其原因就是"一种变文可供作多种形式的绘画作品的演唱底本"。参见白化文《什么是变文》,《敦煌变文论文录》,上海古籍出版社,1982年。

的质量较差,这和上图下文插图方式的选择目的是一致的,面对的是文化层次和购买力较低的读者。金陵等地的整版插图则不同,由于版面扩大,更能表现人物的动作和表情;画面处理也不那么局促,讲究环境描写和景物布局。试比较余象斗刊《京本增补校正全像忠义水浒传评林》(见图版二)和袁无涯刊《忠义水浒传》中的"洪教师林冲比杖棒"两图。(见图版三)

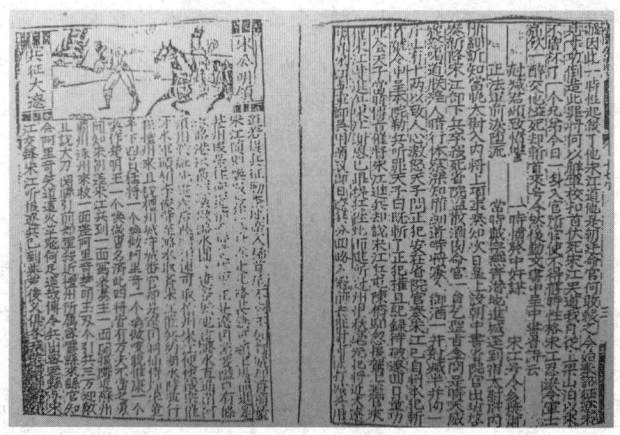

图版一

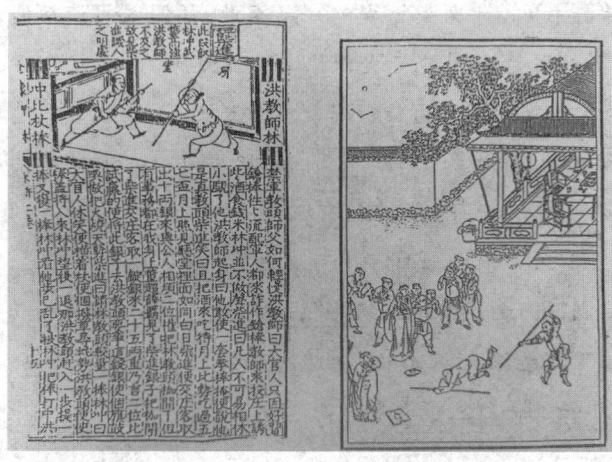

图版二　　　　　　　图版三

余刊本的插图不过仅具人物意态,全无环境和背景描刻;而袁本不仅有林冲和洪教头的比试,还有柴进和众庄客的围观,地上一锭大银和一副打开的枷锁,天上一轮圆月和几粒疏星,表明已是夜晚。几千字,甚至上万字一回的文本只配一、二幅图,图像的叙事能力无疑是减弱了,但由于版面扩大,画家发挥的空间变大,从而使插图的表现力大为增强。在晚明唯美风气的影响下,插图也向着极精极巧的方向发展,逐渐成为文人雅士的案头清赏。如人瑞堂刻的《隋炀帝艳史》,其插图十分精美,书坊主也颇为得意,凡例特意声明:"坊间绣像,不过略似人形,止供儿童把玩。兹编特恳名笔妙手,传神阿堵,曲尽其妙。展卷而奇情艳态,勃勃如生,不啻顾虎头、吴道子之对面,岂非词家韵事,案头珍赏哉!"天启乙丑(1625)武林刻《牡丹亭还魂记·凡例》亦云:"戏曲无图,便滞不行,故不惮仿摹,以资玩赏,所谓未能免俗,聊复尔尔。"书不配图就竟然卖不出去,可见士人对插图是何等的喜爱。于是有的书坊主干脆把全部的插图集合起来放到书前,以供人玩赏。启祯间的小说插图多为如此,如《警世阴阳梦》、《辽海丹忠录》、《七十二朝人物演义》、《开辟衍绎通俗志传》、《魏忠贤小说斥奸书》、《孙庞斗智演义》等,至此,插图之阅读功能逐渐隐退,而审美功用越加凸显,于是绣像本小说大行。

现在常把人物图称为"绣像"。如鲁迅云:"明清以来,有卷头只画书中人物的,称为绣像。"[5](P22)但早期称为"绣像"的插图也是故事情节画,并非人物图。著名的有《新刻绣像批评金瓶梅》,有图200幅,为新安刻工黄子立、刘启先等人的杰作,把贵族豪门的生活场景,一一捉写到画面上,虽称为"绣像",却是实实在在的故事情节图。在书坊主眼里,"绣像"和"出像"等概念也没有加以区分。如《隋炀帝艳史》凡例云"锦栏之式,其制皆与绣像关合",把书中的故事情节图也称为"绣像"。崇祯六年刻的《隋史遗文》,有图63幅,置于卷首,也是故事情节图,但内封仍题为《新镌绣像批评隋史遗文》,各卷则作《剑啸阁批评秘本出像隋史遗文》。"绣"意为精工郑重、精雕细琢,"像"在当时还是指故事情节图,书坊主"绣像"二字不过表明自己的图比别人精美罢了。"绣像"一词出现相对较晚,万历中后期,江南各地版画深受新安派风格之影响,转而为工细婉丽,时人称为"绣梓","绣"的原意是用彩色线在布帛上制成花、鸟等图案。"绣像"一词的来历当与此有关,而不少插图的艺术水平确也当得起"绣像"之称。

无论是哪种插图方式,只要是情节插图,都或多或少对故事有所提示。人物插图则不同,它虽然也能引起读者的兴致,但对情节的理解几乎没有什么用处,插图成了摆设,是插图案头清赏之特征发展的极致。因此人物插图在明代出现较晚,但到了清代,故事图大为减少,人物图则显著增加。

三、人物图与插图的衰落

戴不凡《小说见闻录》之《小说插图》云:"自清初以降,虽'绣像'小说大行,而'全像'、'出像'之制几废,其中竟罕有稍具艺术价值者。"[6]这里所云之"绣像"就专指人物插图。清初以来,"绣像"成了人物插图的专用术语,随着故事情节插图的衰落,"全像"、"出像"等词语也少有人再使用。清代许多小说在重刊时都把故事图变成了人物图,最有名的当数《水浒传》一书。明代《水浒传》的刊本,如余象斗的《京本增补校正全像忠义水浒传评林》、容与堂刊的《李卓吾先生批评忠义水浒传》以及袁无涯刊的《忠义水浒全传》等都是故事情节图,但清代顺治年间醉耕堂刻《水浒传》,插图则取自陈洪绶(老莲)的《水浒叶子》,雍正十二年刊行之《绣像第五才子书》,人物图40幅,也用《水浒叶子》。

人物插图可分为有背景和无背景两种,这在《红楼梦》中表现的很明显。乾隆五十六年,《红楼梦》的第一个印本(即"程甲本")问世,题作《绣像红楼梦》,书前附有24幅绣像。此后的程乙本、本衙藏本、东观阁本、宝文堂本、藤花榭本等,也在书前或多或少配了一些人物图,但这些插图,除了人物外,还有一些背景,画家把人物放在小说描写的环境中加以刻画,虽是人物图,却也多少再现了一些故事情节和场景。而道光十二年双清仙馆所刻之《红楼梦》,所附之绣像纯为白描,人物以外全无背景,如同悬浮太空中。[8](P360—363) 从康熙晚期到道光年间,这种在卷首附人物像的小说最普遍,但插图的质量也每况愈下,且每每翻印人物画册以为己图,如戴不凡批评云:"清代坊刻小说多小本,前附绣像多不倩人绘制,而往往以'缩放尺'自金古良之《无双谱》、上官周之《晚笑堂画传》、《芥子园画传四集·百美图》诸书中剽窃翻刻者。此等图谱中之人像与小说本来毫无关系,益以缩尺既不精密,刻工又复了草,往往成为'奇观',亦可哈已。"[6](P298)

道光以后,由于石印术的普及,插图的制作变得简单快捷。以前版画需要画家和刻工密切合作,画家的作品只有通过优秀的刻工才能传神地表现出来。石印画则不同,只需要画家绘制好插图就行了,因此小说中插图又多了起来,印制也较好,故事情节图又开始出现。许多出版商除了在卷首附人物绣像外,还在每回前配上一、二幅故事情节画,并以"补像"、"增像"、"全图"相标榜来吸引读者。如同文书局光绪十二年石印的《增像三国全图演义》首绘像144幅,每回插图2幅;广百宋斋光绪十五年石印本的《绘图增像西游记》,首绘像20幅,每回前插图1幅,等等。《红楼梦》的情况也大致如此,阿英云:"有的石印本《红楼梦》,除数十幅'绣像'外,还每回加上一幅或两幅插图。根据当时印行的各种本子,可以看出图本有几个系统,就是以

《增评补图石头记》、《增评补像全图金玉缘》、《增评绘图大观琐录》及《绣像全图金玉缘》为代表的四个体系。"[9](P111)

需要注意的是,这时"像"专指人物插图,"图"则指故事情节图,"增像"不过是出版商夸口比别人增加了一些人物像罢了,而"全图"仅指每回配一、二幅图。清人王韬《新说西游记图像序》云:"此书旧有刊本,而少图像,不能动阅者之目。今余友味潜主人,嗜古好奇,谓必使此书别开生面,花样一新,特倩名手为之绘图。计书百回,为图百幅,更益以像二十幅,意态生动,须眉跃然见纸上,固足以尽丹青之能事矣。""像"、"图"之别分得很清楚。晚清小说多是这种前像后图的插图形式,可谓集明以来小说插图样式之大成,可惜艺术水平却大不如前了,但"绣像"和"全图"成为清末以来使用最多的术语,也最为我们熟悉。

以上可以看出,中国古代小说的插图是从故事情节图向人物图转变的。插图方式也经历了以建阳为主的上图下文式,到江南地区的分章分回插图,再到书前贯图的演变。不同的插图方式是由各地书坊主所针对的读者群的不同而决定的,又与版画艺术的发展和文人的审美需求密切相关。人物插图是案头清赏发展到极致的表现。清代小说打着"增像"、"全图"的口号,但插图早失去了明小说插图的神韵,仅为小说版式之装帧和美化,不能成为精美的艺术品,至此古小说插图走向了尽头。

【参考文献】

[1] 汉语大词典[Z].上海:汉语大词典出版社,1994.

[2] 周绍良、白化文主编.敦煌变文论文录[C].上海:上海古籍出版社,1982.

[3] 张彦远.历代名画记[M].北京:人民美术出版社,1983.

[4] 杨公骥.杨公骥文集[M].长春:东北师范大学出版社,1998.

[5] 鲁迅.鲁迅全集(第6册)[M].北京:人民文学出版社,1961.

[6] 戴不凡.小说见闻录[M].杭州:浙江人民出版社,1980.

[7] 马幼垣.现存最早的简本《水浒传》:插增本的发现及其概况[J].中华文史论丛,1985,(3).(后收入《水浒论衡》,第87页,台湾联经出版事业公司,1992年。)

[8] 孙逊.《红楼梦》绣像、文学和绘画的结缘[A].'93中国古代小说国际研讨会论文集[C].北京:开明出版社,1997.

[9] 阿英.小说四谈[M].上海:上海古籍出版社,1985.

明清江南出版业与明清话本小说的兴衰

冯保善

发表于《明清小说研究》2011年第2期。

本文通过考察明清时期江南地区出版行业的活动,包括话本小说的组织策划、参与创作编辑、出版运作等,指出其直接引发了明清话本小说的兴起,并掀起了话本小说创作的高潮;明清江南话本小说的出版史所呈现的是明清话本小说的兴衰史。同时也指出,出版行业急功近利的商业性,小说商品过于看重娱乐,及其对于文学教化功能的偏颇认识,埋下了话本小说创作走向衰亡的因子。

【文选】

一、明清江南出版与明清话本小说的发展嬗变

关于明代图书的聚集,刻书业的地域分布,各地刻书的数量与质量差异,在明人胡应麟的《少室山房笔丛》(成书于嘉靖四十四年至万历二十年之间)卷四《经籍会通四》中,有具体地揭示,所谓:"今海内书,凡聚之地有四,燕市也,金陵也,阊阖也,临安也。闽、楚、滇、黔,则余间得其梓;秦、晋、川、洛,则余时友其人,旁诹历阅,大概非四方比矣。"此言当时图书的集结,有四大中心:北京、南京、苏州、杭州。其又云:"吴会、金陵,擅名文献,刻本至多,钜帙类书咸荟萃焉。海内商贾所资,二方十七,闽中十三,燕、越弗与也。然自本方所梓外,他省至者绝寡,虽连楹丽栋,搜其奇秘,百不二三,盖书之所出而非所聚也。"此言在上述四大图书集结中心里面,苏州、南京虽然刻本极多,规模极大,但以类书巨著为主,鲜见外地图书流通,珍稀之书难寻。又谓:"凡刻之地有三,吴也,越也,闽也。蜀本宋最称善,近世甚希。

燕、粤、秦、楚今皆有刻，类自可观，而不若三方之盛。其精，吴为最；其多，闽为最，越皆次之。其直重，吴为最；其直轻，闽为最，越皆次之。"则是从图书刻印出版而言，吴地、越地、福建最盛，但质量以吴地为最，价值亦重；闽地印书数量最大，价值最为轻贱。明人谢肇淛《五杂俎》卷十三《事部一》也谈到明代各地刻书质量的差异，有云："宋时刻本以杭州为上，蜀本次之，福建最下。今杭刻不足称矣。金陵、新安、吴兴三地，剞劂之精者不下宋板，楚、蜀之刻皆寻常耳。闽建阳有书坊，出书最多，而板纸俱最滥恶，盖徒为射利计，非以传世也。大凡书刻，急于射利者必不能精，盖不能捐重价故耳。近来吴兴、金陵，骎骎蹈此病矣。近时书刻，如冯氏《诗纪》、焦氏《类林》，及新安所刻《庄》、《骚》等本，皆极精工，不下宋人，然亦多费校雠，故舛讹绝少。吴兴凌氏诸刻，急于成书射利，又悭于倩人编摩其间，亥豕相望，何怪其然。至于《水浒》、《西厢》、《琵琶》及《墨谱》、《墨苑》等书，反覃精聚神，穷极要眇，以天巧人工，徒为传奇耳目之玩，亦可惜也。"

我们在此更关注的，是从胡应麟与谢肇淛所列举当时的刻书之地中，涉及到了金陵、苏州、闽、新安、吴兴、楚、滇、黔、秦、晋、洛、蜀、燕、粤。在此之外，文献中记载，如常州、扬州、南昌等地，也多有刻书。但综合观之，图书业与刻书业的中心，则有金陵、苏州、杭州、吴兴、建阳、北京数地。其中金陵、苏州、杭州、新安、吴兴、常州、扬州，均在学界一般所认为的江南范围之内。

讫于清代，全国刻书业的格局之最大变化，莫过于福建建阳从刻书业的中心退出。清初王士禛在其《居易录》卷十四中即云："近则金陵、苏、杭书坊刻板盛行，建本不复过岭。"金埴《不下带编》卷四亦云："今闽版书本久绝矣，惟白下、吴门、西泠三地书行于世。然亦有优劣，吴门为上，西泠次之，白下为下。"两人不约而同，均指出了建阳刻书在清初的衰微,以及金陵、苏州、杭州三地成为当时全国新的刻书业中心的基本事实。

的确,在明代,福建建阳的刻书十分繁盛,仅其书坊,据方彦寿《建阳刻书史》统计"数量多达221家"①。明代金陵的书坊刻书,也相当繁荣,张秀民《中国印刷史》中罗列94家②;缪咏禾《明代出版史稿》据《江苏刻书》,在其基础上另补充11家③,如此,其书坊总计有105家(为建阳二分之一弱)。明代苏州书坊,张秀民《中国印书史》在同城之县长洲、吴县以外,列37家;缪咏禾《明代出版史稿》据《江苏刻书》及《苏州市志》补充30家,合计67家。明代杭州的书坊,张秀民《中国印刷史》列24家,顾志兴《浙江出版史研究——元明清时期》列36家。

明代的江南出版,在金陵、苏州、杭州、湖州之外,如常州、无锡、松江、扬州、宁波、金华、嘉兴、绍兴、处州、温州、严州、台州、衢州、新安、歙县等也有刻书,并具有一定影响。

具体到明清时期通俗小说的刻印,则主要为各地书坊所为。大体统计,苏州约计73家,金陵约计34家,杭州约计34家。迨晚清,上海成为全国最大的出版中心,其刻印出版小说的书坊、书局等约182家。明代建阳小说出版盛极一时。其于中国小说史发展的卓越贡献,在方彦寿《建阳刻书史》、程国赋《明代书坊与小说研究》④等著作中,有具体的罗列及论述,兹不赘。然而,在话本小说的刻印方面,建阳书坊却没有表现出多少热情,或者说其贡献甚微。今所知见者,也仅有在万历年间,建阳书商熊龙峰刻印了话本小说,有四篇留存。

相比较,江南书商在话本小说的出版方面,取得了为其他地方难以望其项背的成就。人所周知,早在南宋时期,杭州便有了"中瓦子张家印"行的《大唐三藏取经诗话》。明清时期,包括杭州在内的江南诸地,更成为话本小说出版成就最为辉煌的地区。

这里我们先就明清江南刻印话本小说的主要版本,作一个大致的系年,以便有更为具体直观的了解:

……

即使根据如上远不够完整的话本小说刻印书目进行统计,明、清两代,在江南所刻印的话本小说,已有64部。其刻印话本小说的具体地方有南京、苏州、杭州、湖州、徽州、扬州六地。其中苏州30部,杭州18部,南京12部,扬州2部,徽州1部,湖州1部。苏州、杭州、南京为刻印话本小说之中心无疑。从刻印话本小说的时间段来看,明嘉靖年间1部,万历年间3部,泰昌、天启、崇祯年间23部(其中7部约在此阶段,去重复得14部),清顺治、康熙年间16部(去重复得13部,除去前代已刻者得12部),雍正、乾隆年间12部(去重复得6部,前代未刻者仅《西湖拾遗》、《二刻醒世恒言》2部),嘉庆、同治、光绪年间9部(新刻仅《娱目醒心编》《俗话倾谈》2部)。

如果我们再综合考虑,话本小说三大家——冯梦龙、凌濛初、李渔,无一例外均为江南文人,并在江南创作;话本小说史上第一流的创作,以及具有一定影响的作品,如《清平山堂话本》、"三言"、"两拍"、《石点头》、《型世言》、《西湖二集》、《欢喜冤家》、《今古奇观》、《无声戏》、《十二楼》、《豆棚闲话》等,均出版于江南,并大多出自江南文人笔下,江南之于话本小说的特殊关系,江南出版业对于话本小说发展史的重要意义,便更足以引起我们高度地重视。

由如上所述,我们不难看出这样几个发展阶段:

1. 以嘉靖年间杭州洪楩清平山堂刊印《六十家小说》为标志,揭开了明清话本小说发展史的序幕;其对于话本小说的编辑整理,于后来之创作者,应当具有重要的启示价值。

2. 明代天启年间，苏州冯梦龙编辑整理前人及个人创作，结集为"三言"(《古今小说》、《警世通言》、《醒世恒言》)，其集体展示话本小说成果，规范话本小说文体，为文人创作话本小说做出了示范，直接引导了明清话本小说创作潮流的出现。天启至崇祯年间，随着凌濛初著《拍案惊奇》、《二刻拍案惊奇》，天然痴叟著《石点头》，周清源著《西湖二集》，陆人龙著《型世言》，西湖渔隐主人著《欢喜冤家》，醉西湖心月主人著《宜春香质》、《弁而钗》，众多的话本小说作品接踵而出，则将话本小说的创作与出版推向高潮，使得这一时期成为中国话本小说发展史上的巅峰时期。

3. 清代顺治、康熙年间，姑苏抱瓮老人编选《今古奇观》，是对明代话本小说创作成就的一次检阅，也是一个重要的总结；李渔在杭州创作《无声戏》、《十二楼》，以及之前之后的《清夜钟》、《一片情》、《金粉惜》、《人中画》、《幻缘奇遇小说》、《飞英声》、《西湖佳话》、《警寤钟》、《照世杯》、《生绡剪》、《豆棚闲话》等的创作出版，成为话本小说发展史在明末之后的另一个次高峰时段。

4. 雍正、乾隆以后，就目前之所知见，江南话本小说的出版，大抵为旧作翻印，新刊仅《西湖拾遗》、《二刻醒世恒言》、《娱目醒心编》、《俗话倾谈》等四种，且无多少艺术价值可言。其为话本小说的式微期，毋庸赘言。

在江南话本小说出版中所展示的这种发展态势，与整个中国话本小说的发展嬗变恰相吻合。所以，我们有充分的理由说，明清江南话本小说的出版，反映了明清话本小说创作的兴盛繁荣状况及其走向式微衰败的历史过程，江南话本小说的出版成果，具体印证了明清话本小说的基本发展历史进程。

【参考文献】

① 方彦寿《建阳刻书史》第五章《明代建阳刻书业的鼎盛》(上),中国社会出版社 2003 年版,第 367 页。

② 张秀民《中国印刷史》第一章《雕版印刷术的发明与发展》,浙江古籍出版社 2006 年版,第 246 页。

③ 缪咏禾《明代出版史稿》第四章《明代出版的集中地区》,江苏人民出版社 2000 年版,第 73—74 页。

④ 程国赋《明代书坊与小说研究》,中华书局 2008 年版。

2. 明代之前的小说刊印研究

《京本通俗小说》各篇的年代及其真伪问题
[美]马幼垣　马泰来

发表于台湾《清华学报》1965年第5卷第1期。

本文在重订《京本通俗小说》各篇创作年代、确定此书是否有不同年代作品的基础上，次及全书编集、刊刻的问题，藉以论述《京本通俗小说》的真正价值，指出《京本通俗小说》只是一部伪书，所收的话本全是从冯梦龙编著的《警世通言》和《醒世恒言》中抽取，企图使读者以为是一部前所未闻的早期宋人话本集，而叶德辉的单刊本更是伪本之伪。

【文选】

　　三、编集年代问题

《京本通俗小说》既如上述，包括几篇明人作品，因此"元人写本"、"宋本"云云，自然不能立说。

郑振铎根据平话丛刊的进化程序，以为嘉靖间刊刻的《清平山堂话本》，万历间熊龙峰刊行的短篇小说，都是单篇行世，并无编制，内容亦甚杂，而且包括若干文言传奇文，可是"《京本通俗小说》则不然，彼已很整齐划一的分了卷数，且所收的话本，性质也极纯粹，似无可怀疑其为出于嘉靖以后之刊物"①。所言甚有见地。不过郑氏把《京本通俗小说》的刊行，列在冯梦龙三言之前，还需详为商榷。

---

① 见上引郑振铎《明清二代的平话集》一文。

如以《京本通俗小说》和《警世通言》、《醒世恒言》互为比勘,很容易发现巧合的地方实在多至难以入信:

(一)《清平山堂话本》现残存话本二十九种,见于《古今小说》、《警世通言》二书的,仅十种;熊龙峰刊短篇小说今存四种,见于《古今小说》的,仅一种,而《清平山堂话本》和熊刊话本比较起来,相同的亦仅一种①,重见的比例都很低。可是《京本通俗小说》所录的九种小说,却俱见于《警世通言》和《醒世恒言》二书。

(二)《古今小说》、《警世通言》和《清平山堂话本》、熊刊短篇小说各书,相同的几篇,文字也有很大差异,这是本事演化过程所不能避免的。但是《京本通俗小说》和《警世通言》、《醒世恒言》二书比较,重见各篇,文字差别则极少。

(三)《警世通言》、《醒世恒言》二书中,冯梦龙于篇目下,注明"宋人小说"、"宋本"、"古本"字样的,全部重见于《京本通俗小说》,而且除《定州三怪》一篇外,题目亦完全相同。

这样巧合太多,便不可仅用"巧合"二字作为解释。因此,编集年代的问题,大有重为考订的必要。

上文考释《拗相公》、《冯玉梅团圆》时,曾谓《京本通俗小说》编者故意更动《警世通言》篇中的文字,以求托古。除此二篇外,《碾玉观音》、《菩萨蛮》中,亦有《京本通俗小说》源除《警世通言》的证据。

---

① 《清平山堂话本》中的《戒指儿记》、《羊角哀死战荆轲》、《死生交范张鸡黍》、《陈巡检梅岭失妻记》、《五戒禅师私红莲记》、《李元吴江救朱蛇》、《简帖和尚》七篇,大抵即《古今小说》卷四《闲云庵阮三偿冤债》、卷七《羊角哀舍命全交》、卷十六《范巨卿鸡黍生死交》、卷二十《陈从善梅岭失浑家》、卷三十《明悟禅师赶五戒》、卷三十四《李公子救蛇获称心》、卷三十五《简帖僧巧骗皇甫妻》。又《清平山堂话本》的《风月瑞仙亭》、《错认尸》和《刎颈鸳鸯会》三篇,大抵即《警世通言》卷六《俞仲举题诗遇上皇》的入话、卷三十三《乔彦杰一妾破家》及卷二十三《张舜美元宵得丽女》,而《清平山堂话本》的《风月相思》大抵即熊刊小说《冯伯玉风月相思》。

《碾玉观音》入话部分,有诗词十一首,其中《蝶恋花》词一首,《京本通俗小说》以为苏小妹所作,《警世通言》则谓苏小小。查该词见宋何远《春渚记闻》卷七《诗词事略》、王宇《司马才仲传》①,及明陈耀文《花草粹篇》卷七、田汝成《西湖游览志余》卷十六《香奁艳语》、冯梦龙《情史》卷九情幻类《司马才》条,除《花草粹编》外,四书皆附本事,略谓宋朝司马槱(才仲)梦会苏小小,苏歌该词的前半阕;后司马才仲与秦觏谈及此事,秦觏即续作后半阕。《花草粹编》则以为该词为司马槱一人所作②。考司马才仲梦遇苏小小事,宋人已编为话本,名《钱塘佳梦》,见宋罗烨《新编醉翁谈录》甲集卷一"舌耕序引"、"小说开辟"条所举烟粉类书目③。《碾玉观音》既为宋人作品,断无误以苏小妹为该词作者的理由,可知原文必作苏小小,而《京本通俗小说》编者因不知司马才仲梦会苏小小故事,以为苏小小不是宋人,未便与入话中各诗词的作者,如王荆公、苏东坡、秦少游、邵尧夫等并列;又见《醒世恒言》卷十一有《苏小妹三难新郎》一话本,遂径改苏小小为苏小妹,毫不理会词中"妾本钱塘江上住"一语,和传说中的苏小妹为西蜀眉山人,并不协和。

又《碾玉观音》一篇,《京本通俗小说》分为上下两部,很是特别,现存各话本皆不见有同样体制。是篇《警世通言》原仅作一卷,但文中有:"这汉子毕竟是何人?且听下回分解"等语,体例和《张生彩鸾

---

① 见明秦淮寓客辑《绿窗女史》冥感部、梦寐。
② 谭正璧谓宋李献民《云斋广录》亦载司马仲梦遇苏小小事。《云斋广录》虽收于《说郛》及《龙威秘书》,但仅转录数条,皆无此事,而此书十卷本,尚未见,未知内容如何,有待将来再为补充。
③ 明弘治十一年金台岳家刻《奇妙全相注释西厢记》、万历乔山堂刘龙田刻《重刻原本题评音释西厢记》,及崇祯十三年西陵天章阁刻《李卓吾先生批点西厢记真本》,皆附《钱塘梦》话本,亦述此事。

灯传》文中"未知久后成得夫妇也不？且听下回分解"，极为相同。《张生彩鸾灯传》到此方从入话转入正传，并无分上下两部的理由与可能。这种过渡语夹在一篇较长的话本里，只是方便勾栏艺人说话时容易分次讲述。《京本通俗小说》的编者不明这种话本体制，所以删去"这汉子毕竟是何人？且听下回分解"二句，并在这里强将话本分为上下两部。这两点已足证明《京本通俗小说》的《碾玉观音》是转抄《警世通言》卷八《崔待诏生死冤家》的。

此外，《菩萨蛮》篇中三次提及吴七郡王的"两个夫人"，《警世通言》俱作"两国夫人"。考宋朝制度，妇人封号，其丈夫位"自执政以上，封夫人；尚书以上，封淑人……直郎以上，封孺人。然夫人有国郡之异"①。"又有封两国夫人之制……表其尊崇"②。吴七郡王为高宗妻舅，妻子本身又是秦桧的长孙女，自然有被封为"两国夫人"的资格。可见《警世通言》的称谓是对的，而《京本通俗小说》的编者，因不明宋朝制度，遂径改为"两个夫人"，此足证《京本通俗小说》后于《警世通言》，否则冯梦龙断无在这通俗小说里，改易此人人皆懂的"两个夫人"为意义难明的"两国夫人"，而且这样的还原，亦未必是冯梦龙所能办得到的。

综合以上各点，《京本通俗小说》毫无疑问是从《警世通言》和《醒世恒言》抽选出来的，编集年代自然也后于"三言"。至于编辑的动机，更是明显，只是企图伪托一本足以吸引大家注意力的所谓宋人话本集，所以尽将原文"故宋"一类字句，改为"我宋"等语，以附合宋人语气。幸而各篇小说中不无可供考究年代的线索，加上善本《警世通言》、《醒世恒言》的比勘，伪托的真目便无复蔽饰。

---

① 见《枫窗小牍》卷上。
② 见《云麓漫抄》卷三。

四、结论

　　根据以上的考释,《京本通俗小说》只是一部伪书,所收的话本全是从冯梦龙编著的《警世通言》和《醒世恒言》中抽选出来,略略改动某些辞句,企图使读者以为是一部前所未闻的早期宋人话本集;而叶德辉的单刊本更是伪本之伪。这双重的作伪完全支配近数十年来宋代通俗小说的探讨,研究者以为《京本通俗小说》在版本上较三言更接近原来面目①,这种观念实有修正的必要。《京本通俗小说》既源自《警世通言》和《醒世恒言》,且加上作伪性的改动,就是在文字比勘上,是否有若干价值,亦甚有问题。此书虽为伪本但所录的各篇,除《拗相公》是元人话本,《冯玉梅团圆》和《金主亮荒淫》二种是明人作品,其余都是宋人旧遗,这是需要特为说明的。

---

　　① 傅惜华选注《宋人话本选》、胡士莹选注《古代白话短篇小说》、吴晓铃等选注《话本选》、中华书局编《话本选注》等选本,收录的话本,如并见《警世通言》、《醒世恒言》和《京本通俗小说》的,都选用《京本通俗小说》,而不用前二书。

关于现存的所谓"宋话本"

章培恒

发表于《上海大学学报》1996年第1期。

本文以大量材料,论证了《西山一窟鬼》等一批白话小说多为元、明两代的作品,对学界公认是宋人作品的看法进行了辨正,指出少数虽或出于宋代,但今天所见的本子都已经过元、明人的加工。

【文选】

二

引导人们对宋代话本作出很高评价的,是一些实物。最主要的是《京本通俗小说》;其次是冯梦龙"三言"中被认为宋人说话的三篇作品——《崔待诏生死冤家》、《一窟鬼癞道人除怪》和《十五贯戏言成巧祸》。此外,《五代史平话》、《梁公九谏》和《大唐三藏取经诗话》也常被认为是宋话本。其实这里存在很多问题。

先说《京本通俗小说》。现在所能见到的最早本子是一九二〇年缪荃孙刊《烟画东堂小品》本,共收七篇。缪荃孙在《跋》中说,其底本为影元人写本,书中的《冯玉梅团圆》篇说到"我宋建炎年间",《错斩崔宁》篇说"我朝元丰年间",《菩萨蛮》篇说"大宋绍兴年间",《拗相公》篇说"我宋元气都为熙宁变法所坏";因而五十年代及其以前的研究者都认为这四篇是宋人话本,连带认为其他三篇也出于宋代。但到一九六五年,马幼垣、马泰来氏发表了《〈京本通俗小说〉各篇的年代及其真伪问题》(载台湾《清华学报》新5卷1期),指出《京本通俗小说》乃是根据冯梦龙编的《警世通言》和《醒世恒言》而编集的,其中《冯玉梅团圆》一篇,即《警世通言》卷十二的《范鳅儿双镜重圆》，其中并含有明人瞿佑所作的"帘卷水西楼"一词（这是已故孙楷第先生的发现，马氏兄弟在论文中已经说明；孙说见于《中国短篇白话小说的发展》，发表于 1951 年，后收入其所著《沧州集》），该篇明是明朝的作品，所以缪荃孙说《京本通俗小说》是影元人写本实是无稽之谈。何况在缪氏之前，从不见有此书的著录（缪氏说其底本中有原收藏者钱遵王图章，但钱氏所著的《也是园书目》、《述古堂藏书目》也未著录此书）；在缪氏刊印之后，其底本的去向也"未有所闻，全无纪录"。至于书中所出现的上述"我朝"、"我宋"、"大宋"等字样，均为《警世通言》及《醒世恒言》所无，是《京本通俗小说》的编集者为了显示这些作品确为宋人话本而增改的。所以，他们认为这是一部根据《警世通言》和《醒世恒言》而制造的伪书，而作伪者很可能是缪荃孙。在他们发表此文以前，本已有学者对《京本通俗小说》的底本情况发生怀疑，如我国的郑振铎、日本的长泽规矩也、吉川幸次郎等；但都不如此文的明确、有力。在它发表之后，不少有影响的学者给予高度肯定，如美国的韩南（Patirck Hanan）、法国的莱维（André Lévy）等；我国学者苏兴当时没有看到他们的论文，但通过自己的研究也得出了《京本通俗小说》是伪书的结论（见苏兴《〈京本通俗小说〉辨疑》，载《文物》1978 年 3 月）。所以，《京本通俗小说》并不能作为判断宋话本依据的实物。

不过，马氏兄弟的论文虽是我国小说史研究上贡献很大的力作，由于发表至今已三十年，随着研究的深入，我想，从今天看来似还存在可以补充之处。那就是：他们虽认为《京本通俗小说》是伪书，但认为除《拗相公》是元人作、《冯玉梅团圆》（即《范鳅儿双镜重圆》）是明人作外，其余的《碾玉观音》、《菩萨蛮》、《西山一窟鬼》、《志诚张主管》、《错斩崔宁》和《京本通俗小说》提及而未收的《定州三怪》都是宋人话本;而这些实在都还有进一步考察的必要。

其肯定《定州三怪》为宋话本是因篇中有"若是说话的当时同年生,并肩长,劝住崔衙内,只好休去"等语,和《错斩崔宁》中的一段话"措辞运语,不可以说不极相似,显是当时说话人的惯用语"。因论文作者认为《错斩崔宁》是宋人作品,故定此篇也出于宋人。而如果《错斩崔宁》的时代有了问题,此篇出于宋人之说也随之动摇。其肯定《志诚张主管》是因"篇中'如今说东京汴州开封府界'、'话说东京汴州开封府界'等句,'东京'之前不加上'故宋'、'宋朝'、'北宋'、'大宋'等词,明是时人语气";但《简帖和尚》也只说"东京汴州开封府"而不加朝代名,却仍不能否定其为元话本,则定《志诚张主管》为宋人作的证据似过于薄弱。其定《菩萨蛮》为宋人作的理由,是篇末陈可常辞世颂有"五月五日天中节,赤口白舌尽消灭"之语,而《梦梁录》卷三《五月》有"士宦等家以生硃于(重午)午时书'五月五日天中节,赤口白舌尽消灭'之句"的记载,遂谓"可知此话本在宋元前已脍炙人口"。然《梦梁录》并未说当时士宦等家书此二句是受该话本的影响,解释为话本将士宦等家在重午所写的这两句引入了陈可常辞世颂也解释得通。又谓"篇中称吴益为吴七郡王,其例和《碾玉观音》一样,显是时人语气,可知这篇是宋人作品"。所谓《碾玉观音》之例,是说《碾玉观音》称韩世忠为"三镇节度使咸安郡王"、刘锜为"刘两府"、杨存中为"和王"而不加别的说明,所以论文的作者说"说话的主要对象只是市井大众,假如时间渐久,这些名称便不是一般听众所能容易理解,因此这话本的创作年代,当距高宗时不会很远。"但《菩萨蛮》于吴七郡王却是作了介绍的,说他是"高宗皇帝母舅",即使"时间渐久",听此"说话"的人仍能明白其人身分,不至有不理解之感;其所没有交代的,只是吴七郡王的名字。但一则因其身分已交代清楚，虽没有名字，对听众理解话本并无影响，从而并不是非交代其名字不可；二则其所以不交代名字，恐不是因编写话本时离吴七郡王时代很近，不交代听众也知道，而是因时代已远，作者自己也已不清楚了，此种实有人物的名字又不能随便捏造，不如不交代之为愈。何以见得？高宗并无姓吴的母舅，倒是有姓吴的妻舅，封为郡王，但受封已在孝宗时。见《宋史·外戚传》下。作品所说"吴七郡王"应即高宗妻舅，但把他写成高宗母舅，又说他在绍兴十一年间已是郡王，让灵隐寺长老称他为"恩王"，这都说明话本作者距"吴七郡王"的时代已远，对他的了解不仅是模糊影响之谈，而且颇多错误。那么，说他由于不知道这位郡王的名字而不交代，也不是不合情理的事。

现在说剩下的三篇。它们在"三言"中题为《崔待诏生死冤家》、《一窟鬼癞道人除怪》（皆见《警世通言》）和《十五贯戏言成巧祸》（见《醒世恒言》）。题下分别注："宋人小说题作《碾玉观音》"、"宋人小说，旧名《西山一窟鬼》"、"宋本作《错斩崔宁》。"故研究者一般都认为这三篇为宋人话本。但这里有两个问题：第一，冯梦龙的注是否可靠？这三篇除《错斩崔宁》被《述古堂藏书目》及《也是园书目》著录为"宋人词话"、《宝文堂书目》著录了《玉观音》（不知是否即《碾玉观音》，且未标明作品时代）外，余均不知所据。上文已经论证过钱曾对"宋人词话"的著录不尽可信。同时，冯梦龙虽在提倡、整理通俗小说上很有贡献，但却并不谨严。袁无涯刊行的百二十回本《忠义水浒全传》，其中征田虎、王庆的二十回是后人所加，但却托为古本，并伪造了这二十回的李贽批语。许自昌《樗斋漫录》卷六说，李贽门人将此百二十回批本的稿本"携至吴中。吴士人袁无涯、冯梦龙等……见而爱之，相与核对再三，删削讹谬……精书妙刻，费凡不赀……"倘李贽门人(按即杨定见)所携来的已有后人撰写的二十回及伪造的二十回批语,冯梦龙却信以为真,参与校对、刊印工作,那是他受了骗,可见他在版本鉴定上的水平实在不能说高。倘杨定见携来的本无这二十回及批语,一刊印出来后却成一了一百二十回本,那么,主持此本校刊工作的袁无涯和冯梦龙也就是伪造二十回正文和李贽批语的负责人;冯梦龙既能这样地伪造古籍,我们对他所说这三篇话本出于宋人的话也不能不持审慎态度。总之,不能光凭冯梦龙的注就相信这三篇为宋话本。第二,即使这三篇原为宋话本,但冯梦龙在将它们收入"三言"时是否作过较大的加工?它们在多大程度上还保存着宋话本的面貌?自从一九七九年黄永年教授发现了元刊话本《红白蜘蛛》残页后,这问题已显得十分突出(说见后)。

……

假如这三篇都是宋话本,我们就很难理解其时代绝不会比它们早的《红白蜘蛛》为何竟如此稚拙。自然,同一个时代的作品,其艺术成就本有高低之别。但一则《红白蜘蛛》既有元代建阳书坊刊本,在当时自是受到欢迎的说话,其水平至少应在中上。再则《崔待诏生死冤家》等三篇"宋话本"既然成就相若,那就可见这在当时已不是个别、特殊的现象。从而对它们跟《红白蜘蛛》的这种巨大差距也就更难以作出合理的解释。

在《红白蜘蛛》发现以前,研究者一般认为"三言"中的早期作品与其底本之间没有大出入。但发现了《红白蜘蛛》以后,我们才知道"三言"中有的作品与其早期话本之间差别极大。《崔待诏生死冤家》等三篇既各自存在非宋话本的痕迹,其艺术成就又与《红白蜘蛛》如此悬殊,那么,它们倘非宋以后话本,就一定已在宋话本的基础上由明代人作了大量的改动、加工,远远不是宋话本的原貌了。

那么,到底是哪一种可能性大一些呢?《十五贯戏言成巧祸》中的末尾叙述对静山大王的处理时说:"准律:杀一家非死罪三人者,斩加等,决不待时。"这倒确是宋朝的法律,"杀一家非死罪三人"还是宋朝法律的原文,参见《宋刑统》卷一《名例律·十恶》及卷十七《贼盗律·杀一家三人及支解人》。可见作者对宋朝的有些法律条文相当熟悉。从篇中"南宋"之称,可知作者已不是南宋人,而话本的作者又不可能是研究前朝法律的人,也不会为了写这一节而特地去查考宋代的法律书(倘说这几句是冯梦龙窜入,但冯梦龙同样不是研究宋朝法律的专家,当时又不把写通俗小说当作严肃的工作,自不会为了窜入几句话而特地去查宋朝的法律书),他之熟悉此类条文,当是因其时代距离执行宋法律的年代不太远,有些条文还保存在人们记忆中。由此言之,话本原作者当为元代人,今本是否经过明代人的加工,则已无从考知。因为它与《红白蜘蛛》既同为元代作品,而同一时代的杰出作品与一般作品的水平本可有较大距离,此篇的艺术成就较《红白蜘蛛》高出不少,也不一定是后人加工的结果。至于《崔待诏生死冤家》和《一窟鬼癞道人除怪》,两篇都有明代人的痕迹,而前者于杭州只称"行在",不加具体地名,如出于南宋以后,也不会离宋亡太远,后者有"今时景灵宫贡院"语,也不可能迟于元代。因为宋代的礼部贡院在临安的"观桥西",也即新庄桥之东(见《咸淳临安志》卷十二《贡院》条及卷二十一《桥道》的"观桥"条注),景灵宫则在新庄桥之西(见同书卷三《景灵宫》),二者相近。宋代临安又有地方性的贡院,"在钱塘门外王家桥"(见《咸淳临安志》卷五十六《贡院》条)。其所以称"景灵宫贡院"当是为了区别于王家桥的贡院。但景灵宫在元初就已被毁,其原址成了演武场(见雍正《浙江通志》卷三十《演武场》条引旧《浙江通志》),元代贡院则设在祥符桥(见雍正

《浙江通志》卷三十《贡院》条引万历《杭州府志》),宋代的原贡院当也已毁坏或改作别用。总之,在元代于祥符桥设贡院之后,就不可能再出现"今时景灵宫贡院"的话。所以,这两篇当是明以前的话本而经明代人——大致是冯梦龙——加工过的。至于其底本出于宋代抑或元代,今天已不可知了。

3. 明代小说刊印研究

水浒传新考:百二十回本《忠义水浒全书》序
胡 适

发表于《小说月报》1929年第9期。

胡适在文中梳理了《水浒传》版本出现的小史和1920年代对《水浒传》演变的考证研究成果,对水浒的故事演变、版本源流问题进行了考辨。

【文选】

一 《水浒》版本出现的小史

这三百年来,大家都读惯了金圣叹的七十一回本《水浒传》,很少人知道《水浒传》的许多古本了。《水浒传》的古本研究只是这十年内的事。十年之中,居然有许多古本出现,这是最可喜的事。

十年前(民国九年七月)我开始做《水浒传考证》的时候,我只有金圣叹的七十一回本和坊间通行而学者轻视的《征四寇》。那时候,我虽然参考了不少的旁证,我的许多结论都只可算是一些很大胆的假设,因为当时的证据实在太少了。

但我的《水浒传考证》引起了一些学者的注意,遂开了搜求《水浒传》版本的风气。我的《考证》出版后十个月之内,我便收到了这些版本:

(1)李卓吾批点《忠义水浒传》百回本的第一回到第十回,日本冈岛璞翻明刻本。(一七二八年刻。)

(2)《忠义水浒传》百回本的日文译本,冈岛璞译。(一九〇七年排印。)

（3）《忠义水浒传》百十五回本，与《三国志演义》合刻，名为《英雄谱》，坊间名为《汉宋奇书》。（有熊飞的序，似初刻在崇祯末年。）

（4）百二十四回本《水浒传》。（光绪己卯，即一八七九年，大道堂藏版，有乾隆丙午年的序。）

此外我还知道两种版本：

（5）百十回本《忠义水浒传》，也是与《三国志》合刻的《英雄谱》本。（日本铃木虎雄先生藏。）

（6）百二十回本《忠义水浒传》，明刻本。（日本京都府立图书馆藏，有杨定见序。）

这两种我当时虽未见，却蒙日本学者青木正儿先生把他们的回目和序例都抄录了寄给我。

我有了这六种版本作根据，遂又作了一篇《水浒传后考》。这是民国十年六月的事。

民国十二年左右，我知道有三四部百二十回本《忠义水浒全书》出现，涵芬楼得了一部，我自己得了一部，还有别人收着这本子的。后来北京孔德学校收着一部精刻本，图画精致可爱。

民国十三年，李玄伯先生的侄儿兴秋在北京冷摊上得着一部百回本《忠义水浒传》。据玄伯说（《重刊忠义水浒传序》）：

> 观其墨色纸色，的是明本。且第一册图上每有新安刻工姓名，尤足证明即郭英（适按，当作郭勋。）在嘉靖年间刻于新安者。

明代《水浒》面目，遂得重睹。

我不曾见着兴秋先生的原本，但此书既名《忠义水浒传》，似非郭武定的旧本，因为我们从百二十回本的发凡上知道"忠义"二字是李卓吾加上去的。新安刻工姓名，算不得证据，因为近几百年的刻图工人，要算徽州工人为最精，至今还有刻墨印的专业。故我们只能认李先生的百回本是李卓吾的《忠义水浒传》的一种本子。（玄伯的本子，有"引言"一段，只从张天师祈禳起，与日本翻刻的李卓吾本稍不同，不知是否偶阙这几页。）

玄伯先生于民国十四年把这部百回本标点排印出来，于是国中遂有百回本的重印本。（北京锡拉胡同一号李宅发行，装五册，价二元七角。）

前年商务印书馆把涵芬楼所藏的百二十回本《水浒传》也排印出来，因为我的序迟迟不能交卷，遂延到今年方才出版。

总计近年所出的《水浒传》版本，共有下列各种：

甲　七十一回本。（金圣叹本）

乙　《征四寇》本。（亚东图书馆《水浒续集》本）

丙　百十五回本（《英雄谱》本）

丁　百十回本（《英雄谱》本）（铃木虎雄藏）

戊　百二十四回本（胡适藏）

己　李卓吾《忠义水浒传》百回本。

（1）李玄伯排印本

（2）日本冈岛璞翻刻前二十回本

（3）日本冈岛璞译本

庚　《忠义水浒全书》百二十回本。

二、十年来关于《水浒传》演变的考证

十年前我研究《水浒传》演变的历史，得着一些假设的结论，大致如下：

（1）南宋到元朝之间，民间有种种的宋江三十六人的故事。有

《宣和遗事》和龚圣与的三十六人赞可证。

（2）元朝有许多"水浒"故事，但没有《水浒传》。有许多元人杂剧可证。

（3）明初有一部《水浒传》出现，这部书还是很幼稚的。我们叫他做"原百回本《水浒传》"。这部书也许是罗贯中做的。

（4）明朝中叶，约当弘治正德时代，另有一种七十回本《水浒传》出现。我假定这部书是用"原百回本"来重新改造过的，大致与现行的金圣叹本相同。这部书也许是"施耐庵"作的。但"施耐庵"似是改作《水浒传》者的托名。

（5）到了明嘉靖朝，武定侯郭勋家里传出一部定本《水浒传》来，有新安刻本，共一百回，我们叫他做"百回郭本"。我假定这部书的前七十回全采"七十回本"。后三十回是删改"原百回本"的后半部的。"原百回本"后半有"征田虎"和"征王庆"的两大部分，郭本都删去了，却加入了"征辽国"一大段。据说旧本有"致语"，郭本也删去了。据说郭本还把阎婆事"移置"一番。这几点都是"百二十回本"的发凡里指出的郭本与旧本的不同之点。（郭本已不可得，我们只知道李卓吾的百回本。）

（6）明朝晚年有杨定见、袁无涯编刻的百二十回本《忠义水浒全书》出现。此本全采李卓吾百回本，而加入"征田虎""征王庆"两大段；但这两段都是改作之文，事实与回目皆与别本（《征四寇》，百十五回本，百十回本，百二十四回本）绝不相同；王庆的故事改变更大。

（7）到金圣叹才有七十一回本出现，没有招安和以后的事，却多卢俊义的一场梦，其他各本都没有这场梦。

（8）七十一回本通行之后，百回本与其他各本都渐渐稀少，于是书坊中人把旧本《水浒传》后半部印出单行，名为"征四寇"。我认

《征四寇》是"原百回本"的后半,至少其中征田虎、王庆的两部分是"原百回本"留剩下来的。

这是我九年十年前的见解的大致。当时《水浒》版本的研究还在草创的时期,最重要的百回本和百二十回本,我都不曾见着,故我的结论不免有错误。最大的错误是我假定明朝中叶有一部七十回本的《水浒传》。但我举出的理由终不能叫大家心服;而我这一种假设却影响到其余的结论,使我对于《水浒传》演变的历史不能有彻底的了解。

六七年来,修正我的主张的,有鲁迅先生、李玄伯先生、俞平伯先生。

……

三、我的意见

……

大概最早的长篇,颇近于鲁迅先生假定的招安以后直接平方腊的本子,既无辽国,也无王庆、田虎。这个本子可叫做"X"本。

玄伯先生也认前传与征方腊传用的地名最为近古。不但如此,征辽与征田虎、王庆三次战事都没有损失一个水浒英雄,只有征方腊一役损失过三分之二。这可见征方腊一段成立在先,后人插入的部分若有阵亡的英雄,便须大大的改动原本了。为免除麻烦起见,插入的三大段只好保全一百另八人,一个不叫阵亡。这是一种证据。征田虎、王庆时收的降将,如马灵、乔道清之流,在征方腊一役都用不着了。这也可见征方腊一段是最早的,本来没有这些人,故不能把他们安插进去。这又是一种证据。

这个"X"本,也许就是罗贯中的原本。

后来便有人误读《宣和遗事》里的"三路之寇"句话，硬加入田虎、王庆两大段，便成了一种更长的本子，也许真有百二十回之多。这个本子可叫做"Y"本。

后来又有一种本子出来，没有王庆、田虎两大段，却插入了征辽国的一大段。这个本子可叫做"Z"本。鲁迅先生疑心征辽的故事起于明以前，也许在南宋时。玄伯先生则以为征辽的一传最晚出。我想玄伯的话，似乎最近事实。

这三种古本的回数，现在已不可考了。大概"X"本不足百回，"Y"本大概在百回以外，"Z"本大概不过百回。

到了明朝嘉靖时代，武定侯郭勋家里传出一部《水浒传》，有新安刻本，有汪太函(道昆)的序，托名"天都外臣"。(此据《野获编》)汪道昆，字伯玉，嘉靖二十六年(一五四七)进士，与王世贞齐名，是当时的一个大文学家。他是徽州人，此本又刻在徽州，也许汪道昆即是这个本子的编著者。当时武定侯郭勋喜欢刻书，故此本假托为郭家所传。郭勋死在嘉靖二十八年(一五四九)，也许此本刻出时，他已死了，故更容易假托。其时士大夫还不敢公然出名著作白话小说，故此本假托于"施耐庵"。这个本子，因为号称郭勋所传，故我们也称为"郭本"。

近见邓之诚先生的《骨董琐记》卷三有云：

> 闻缪艺风丈云：光绪初叶，曾以白金八两得郭本于厂肆，书本阔大，至一尺五六寸，内赤发鬼尚作尺八腿，双枪将作一直撞云。(页二二)

缪先生死后，他的藏书多流传在外，但这部郭本《水浒传》至今无人提及，不知流落在何方了。百二十回本的发凡说：

> 郭武定本，即旧本，移置阎婆事甚善，其于寇中去王田而加

辽国,犹是小家照应之法,不知大手笔者正不尔尔。如本内王进开章而不复收缴,此所以异于诸小说,而为小说之圣也欤!

又说:

旧本去诗词之烦芜……颇直截清明。

又说:

订文音字,旧本亦具有功力,然清讹舛驳处尚多。

总以上所说,郭本可知之点如下:

(1) 王进开章,与今所见各本同。

(2) 移置阎婆事,不知如何移置法。

(3) 去王庆、田虎两段。

(4) 加辽国一段。

(5) 删去诗词。

(6) 有订文音字之功。

(7) 据缪荃孙所见,书本阔大,其中双枪将作一直撞,还保存《宣和遗事》的旧样子,赤发鬼作尺八腿,则和龚圣与"宋江三十六人赞"相同。

我们关于郭本,所知不过如此。

胡应麟说:

余二十年前所见《水浒传》本,尚极足寻味。十数载来,为闽中坊贾刊落,止录事实,中间游词余韵神情寄寓处,一概删之,遂不堪覆瓿。复数十年,无原本印证,此书将永废。

胡应麟生于一五五一年,(据王世贞"石羊生传")当嘉靖三十年。他的死年不可考,他的文集(《少室山房类稿》,有《四库全书》本,有《续金华丛书》本。)里无万历庚子(一六〇〇)以后的文字,他死时大概年约五十岁。他说的"二十年前所见水浒传本",当是他少年时,约当隆庆万历之间,当西历一五七二年左右。他所见的本子,正是新安刻的所谓郭本。他说那种本子"尚极足寻味",中间多有"游词余韵神情寄寓处",更证以上文所引"王进开章"的话,我们可以断定郭本的文字必定和李贽批点的《忠义水浒传》百回本相差不远。

　　李贽(卓吾)死在万历三十年(一六〇二),年七十六。今世所传《忠义水浒传》,大概出于李贽死后。因为他爱批点杂书,故坊贾翻刻《水浒传》,也就借重这一位身死牢狱而名誉更大的名人。日本冈岛璞翻刻的《忠义水浒传》,有李贽的《读忠义水浒传序》一篇。此序虽收在《焚书》及《李氏文集》,但《焚书》与《文集》皆是李贽死后的辑本,不足为据。此如《三国演义》之有金圣叹的"外书",似是书坊选家的假托。若李氏批点本《水浒传》出在一六〇〇年以前,胡应麟藏书最多,又很推崇《水浒传》,不应该不见此本。故我疑心李氏批点本是一六〇〇年以后刻印的,大概去李氏之死不很久,约当一六〇五年左右。大概郭本流传不多,而闽中坊贾删节的本子却很盛行,当时文学家如胡应麟之流,都曾感觉惋惜,于是坊贾有翻刻郭本的必要,遂假托于李贽批点之本。试看冈岛璞翻刻本所保存的李贽批语,与百二十回本的批语,差不多没有一个字相同的。如第二回,两本各有十几条眉批,但只有一条相同。两本同是所谓李贽批点本,而有这样的大不同,故我们可以断定两本同是假托于李贽的。

　　这种李氏百回本,大概是根据于郭本的,故我们可以从这种本子上推论郭本的性质。

　　郭本似是用已有的"X"、"Y"、"Z"等本子来重新改造过的。"X"本的事迹大略,似乎全采用了。"Y"本的田虎、王庆两大段,太幼稚了,太荒唐了,实在没有采用的价值。但郭本的改作者却看中了王庆被高俅陷害的一小段,所以他把这一段提出来,把王庆改作了王进,柳世雄改作了柳世权,把称王割据的王庆改作了一个神龙见首不见尾的孝子,把一段无意识的故事改作了一段最悲哀动人又最深刻的《水浒》开篇。此外,王庆和田虎的两大段便全删去了。

郭本虽根据"X"、"Y"等本子,但其中创作的成分必然很多。这位改作者(施耐庵或汪道昆)起手确想用全副精力做一部伟大的小说,很想放手做去,不受旧材料的拘束,故起首的四十回(从王进写到大闹江州),真是绝妙的文字。这四十回可以完全算是创作的文字,是《水浒传》最精采的部分。但作者到了四十回以后,气力渐渐不加了,渐渐地回到旧材料里去,草草地把一百零八人都挤进来,草草地招安他们,草草地送他们出去征方腊。这些部分都远不如前四十回的精采了。七十回以下更潦草的厉害,把元曲里许多幼稚的《水浒》故事,如李逵乔坐衙,李逵负荆,燕青射雁等等,都穿插进去。拼来凑去,还凑不满一百回。王庆、田虎两段既全删了,只好把"Z"本中篇幅较短的征辽国一段故事加进去。

故郭本和所谓李卓吾批点的百回本《水浒传》,是用"X"本事迹的全部而大加改造,加上"Z"本的征辽故事,又加上从"Y"本借来重新改造过的王进与高俅的故事作为开篇,但完全删除了王庆、田虎两大部分。

但据胡应麟所说,十六世纪的晚年,闽中坊贾刻有删节本的《水浒传》(其说引见上文)。邓之诚先生《骨董琐记》卷三引金坛王氏《小品》说:

> 此书每回前各有楔子,今俱不传。予见建阳书坊中所刻诸书,节缩纸板,求其易售,诸书多被刊削。此书亦建阳书坊翻刻时删落者。

每回前各有楔子,是不可能的事;此与周亮工《书影》所说"一百回各以妖异语引其首",同是以讹传讹,后文我另有讨论。王彦泓所记建阳书坊删削《水浒》事,可与胡应麟所记相互印证,同是当时人士的记载。此种删节的《水浒传》,我们现在所见的,有百十五回本,有百二十四回本;虽未见而知道的,有百十回本。这些本子都比李卓吾批点本简略的多。鲁迅先生称这些本子为"简本",但他不信百十五回本就是胡应麟说的闽中坊贾删节本。他以为百十五回简本"文词蹇拙,体制纷纭,中间诗歌亦多鄙俗,甚似草创初就,未加润色者。虽非原本,盖近之矣"。鲁迅主张百十五回简本的成就"殆当先于繁本"。他的理由是:"以其用字造句,与繁本每有差违,倘是删存,无烦改作也。"

鲁迅先生所举的理由,颇不能使我心服。他论金圣叹七十回本时,曾说:

> 然文中有因删去诗词而语气遂稍参差者,则所据殆仍是百回本耳。

这可见"倘是删存,无烦改作"之说不能完全成立。再试看我所得的百二十四回本删节更厉害了,但改作之处更多。如鲁迅所引林冲雪中行沽的一段:

在百回本(日本翻明本) 有六百零一字(百二十回本同)

在百十五回本 有二百四十八字

在百二十四回本 只有一百四十一字

可见百二十四回本是删节最甚的本子,然而这个本子也有很分明的改作之处。如林冲在天王堂遇着酒生儿李小二,小二夫妻在酒店里偷听得陆虞侯同管营差拨的阴谋,他们报告林冲,劝他注意,林冲因此带了刀,每日上街去寻他的仇人,以后才是接管草料场的文章。这一大段在百回本和百二十回本里都有二千字之多,在百十五回本里也有一千一百多字。但在百二十四回本里,李小二夫妻同他们的酒店都没有了。只说有一天,一个酒保来请管营与差拨吃酒,他们到了店里,见两个军官打扮的人,自称陆谦、富安,把高太尉的书信给管营与差拨看了,他们定下计策,分手而去。全文只有三百五十多个字。故若添上李小二夫妻的故事,须有一千一百到二千字;若删了他们,改造一番,三百多字便够用了。这可见删节也往往正有改作的必要,故鲁迅先生"删存无烦改作"之说不能证明百十五回本之近于古本,也不能证明此种简本成于百回繁本之先。俞平伯先生也主张此说,同一错误。

今日市上最风行的每页插图的节本小说多种,专为小孩子和下流社会做的,俗名"画书"。每页上图画差不多占全页,图画上方印着四五十个字的本文,其中有《水浒传》、《西游记》、《薛仁贵征东》等等,删节之处最多,有时因删节上的需要,往往改动原文,以便删节。看了这些本子,便知"删存无烦改作"之说是不能成立的。

故我主张,百十回本和百二十四回本等等简本大概都是胡应麟所说的坊贾删节本;其中从误走妖魔到招安后征辽的部分,和后文征方腊到卷末,都是删节百回郭本的;其中间插入征田虎、王庆的部分,是采用百回郭本以前的旧本(上文叫作"Y"本)的。加入这两大段,又不曾删去征辽一段,便不止百回了,故有百十回到百二十四回的参差。

外面通行的"征四寇",即是从这坊贾删节本出来的。我从前认"征四寇"是从"原百回本"出来的,那是我的误解。

四、论百二十回本

这种有田虎、王庆两段的删节本《水浒传》,自然比那些精刻的郭本、李本流行更广,于是一般读者总觉得百回本少了田、王两寇,像是一部不完全的《水浒传》。所以不久便有百二十回本出现，即是现在商务印书馆翻印的"绣像评点《忠义水浒全书》"。因为大家感觉百回本的不完整，故这部书叫做"全书"。

这部百二十回本又叫做"新镌李氏藏本《忠义水浒全书》"，卷首有"楚人凤里杨定见"的小引，自称是"事卓吾先生"的，又说"先生殁而名益尊，道益广，书益播传；即片牍单词留向人间者，靡不珍为瑶草，俨然欲倾宇内"。李贽死在万历三十年，此书之刻，当在崇祯初期，去明亡不很远了。

杨序又说，他在吴中，遇着袁无涯，遂取李贽"所批定《水浒传》"付无涯。大概杨定见是改造百二十回本的人，袁无涯是出钱刻印这书的人，可惜都不可考了。

此本有"发凡"十条，其中颇多可供考证的材料，故我在《水浒传后考》里，鲁迅先生在《中国小说史略》里，往往征引"发凡"的话。但十年以来，新材料稍稍出现，可以证明"发凡"中的话有很不可信之处，如第六条说：

> 古本有罗氏致语，相传"灯花婆婆"等事，既不可复见；乃后人有因四大寇之拘而酌损之者，有嫌一百廿回之繁而淘汰之者，皆失。

这些话，十年来我们都信以为真，故我同鲁迅先生都信古本《水浒》有罗氏致语，有相传"灯花婆婆"等事，鲁迅又相信古本真有一百二十回。我现在看来，这些话都没有多大根据，杨定见并不曾见"古本"，他说"古本"怎样怎样，大概都是信口开河，假托一个古本，作为他的百二十回改造本的根据而已。

罗氏致语之说，除此本"发凡"之外，还有周亮工《书影》说的：

> 故老传闻，罗氏《水浒传》一百回，各以妖异语冠其首。嘉靖

时，郭武定重刻其本，削其致语，独存本传。

又王氏《小品》也说：

此书每回前各有楔子，今俱不传。

这都是以讹传讹的话。每回前各有妖异的致语，这是不可能的事。《水浒传》的前面有"洪太尉误走妖魔"的一段，这便是《水浒传》的"致语"。全书只有这一段"妖异语"的致语，别没有什么"灯花婆婆"等事。"灯花婆婆"的故事乃是《平妖传》的致语，其书现存，可以参证。这是因为《水浒传》和《平妖传》相传都是罗贯中做的，两书各有一段妖异的致语，后来有人记错了，遂说"灯花婆婆"的故事是古本《水浒传》的致语。后来的人更张大其词，遂说一百回各有妖异的致语了。

至于古本有百二十回之说，也是"托古改制"的话头，不足凭信。大概古本不只一种，上文所考，"X"本无征辽及王、田二寇，必没有一百回；"Y"本有王、田而无辽国，"Z"本有辽国而无王、田，大概至多不过在百回上下，都没有百二十回之多。坊间的删节本，始合王、田二寇与辽国为一书，文字被删节了，事实却增多了，故有超过百十回的本子。杨定见改造王、田二寇，文字增加不少，成为百二十回本，所以要假托古本有百二十回，以抬高其书；其实他所谓"古本"，不过是建阳书坊的删节本罢了。

《水浒传》版本源流考
范 宁

发表于《中华文史论丛》1982年第4期，后收入《范宁古典文学研究文集》（重庆出版社2006年版），沈伯俊编《水浒研究论文集》（中华书局1994年版），朱一玄编《古典小说版本资料选编》（山西人民出版社1986年版）等。

本文以北京图书馆藏《水浒传》容与堂刻本为切入点，对《水浒传》的版本源流问题进行梳理，指出容与堂本是目前最完整的早期刻本，郭勋本是芥子园翻刻的大涤余人序本，百二十回本的评语是大涤余人所作。

【文选】

一、从容与堂刻本说起

北京图书馆藏有《李卓吾先生批评忠义水浒传》（中华书局上海编辑所影印）一百卷一百回，版心下有"容与堂藏板"五个小字，故世称容与堂本。这个本子刻于何年何月，没有记载，亦不著编撰者姓名。唯日本内阁文库藏有另一种容与堂本（中国社会科学院文学研究所也有这个版本的残卷），前面都有李卓吾《忠义水浒传叙》，和末题"庚戌仲夏虎林孙朴书于三生石畔"。庚戌应是万历三十八年，而北京图书馆藏本刻印时间还要早些，故有人推测约刻于万历三十年前后。又由于高儒《百川书志》史部野史类有《忠义水浒传》一百卷，题钱塘施耐庵的本，罗贯中编次，因与这个刻本作百卷相合，有人就推断这书编撰者是施耐庵和罗贯中。后来有的本子作施耐庵，有的本子作罗贯中，说法不一。

北京图书馆收藏的容与堂本和日本内阁文库藏本文字上有些异同。如卷一范仲淹越班启奏说："目今天灾盛行,生民涂炭,日夕不能聊生,人遭缧绁之厄。""缧绁"文库本作"死亡"。又同卷"将丹诏供养在三清殿上",文库本挖去"养"字。"违别圣旨"文库本作"违慢圣旨",这里显然是文库本挖改的。因为作"缧绁"、"供养"、"违别",从上下文意义连贯看来,都不十分恰当,有的还很别扭。改作"死亡"、"供口"、"违慢"就通顺多了。尤其是"丹诏","供"起来是可以的,怎么能"养"呢?所以挖去后,没有添加字,空了下来,这就充分证明空格是在原有刻板上挖改,而留下来的挖改痕迹。

北京图书馆藏的容与堂本,印刷虽然比内阁文库藏本早些,但也不是初印本。我们翻开三十六卷(回)第五页就可发现有挖板。如"宋江道:我只是这句话由你们□□商量"。"你们"下空白二格。冠有天都外臣序石渠阁补刊本作"由你们怎地商量"。可见原有"怎地"二字被挖去。又"只见吴用花荣两骑马在前,后□□十骑马跟着"。这里石渠阁补刊本作"后面数十骑马跟着",是"后"下应有"面数"二字被挖去。内阁文库本在这地方补刻"带数"二字,这就证明所空二格是有意挖去的。事情还不只此,不仅是挖去留空白,而且有挖补。如卷二十一(回)"宋江听了公厅两字,怒气(直起)","直起"两字并挤在一格。石渠阁补刊本只作"怒气起",无"直"字,可见"直"字乃挖后添补上去的。文库本此处挖改作"怒气直冲起来",添加的字就更多了。又卷二十三(回)"只见店主人把(三只)碗一双箸一碟熟菜放在武松面前",石渠阁补刊本无"只"字,这"只"字也是挖补的,所以挤在一格。

容与堂刻本和冠有天都外臣序刻本(即石渠阁补刊本)这两个刻本谁先谁后,现在一般都认为有天都外臣序本早,因为序末署有"万历己丑孟冬"的年月,"万历己丑"乃万历十七年,比文库藏容与堂本上的孙朴书写年月早得多,所以被认为今天能见到的《水浒传》最完全而又最早的版本。但是王古鲁说这个序言不是原刻本上有的,而是康熙时石渠阁补刻放进去的。王古鲁这个意见值得重视。沈德符《野获编》卷五说:"武定侯郭勋在世宗朝号好文多艺,能计数,今新安所刻《水浒传》善本,即其家所传,前有汪太函序,托名天都外臣者。"这就是说,天都外臣的《序》乃放在郭勋本前面的。郭勋本的特点有二:一是"削其致语,独存本传",另一是"移置阎婆事"。所谓"致语"可以是一段小故事,也可以是一首或几首诗词,这在宋元话本中常见。现在我们见到的这个冠有天都外臣序的石渠阁补刊本,既未去每回开头的诗词,也未移置阎婆事,自然不是郭勋本。王古鲁说那篇天都外臣序不是这个本子上的,是从别的版本上移过来的,他还只是从板刻形式辨认,没有发现石渠阁补刊的《水浒传》根本就没有经过郭勋的修改。李宗侗(玄伯)在他排印的《百回本水浒》前言中说:"族侄兴秋在小摊上买了一部《忠义水浒传》,观其墨色纸色,的是明本。且第一册图上,每有新安刻工姓名,尤足证明即郭英嘉靖年间刻于新安者。"李玄伯认为他所得到的刻本乃郭勋刻本,而把郭勋错成郭英。李玄伯这个本子,今已散失,不可得见,唯北京图书馆收藏的前有大涤余人叙的两个残本。其中一种的图像正如李玄伯所说。而这个本子每回开头的诗词都删掉了,阎婆事亦已移改,和传说中的郭勋本相同,也和天都外臣序中所说"郭武定重刻其书,削去致语"的说法符合。不过这个刻本不是郭勋原刻本,而是后来的翻刻本。

石渠阁补刻本上那篇天都外臣的序言,是从别的本子上移来的,这个刻本既不是郭勋本,而刻印年代也就成了问题。但这个本子和容与堂本同出一个底本是可以断定的。至于刻印先后或同时，就不易定了。就容与堂本有李卓吾批语，这个本子上没有，说明它们不是一个版本，不过除开批语外，其他字句几乎全同。多数错字都错成一样。如卷六"没头罗汉，这法身也受灾殃；拆背金刚，有神通如何施展？"这"拆背"二字，内阁文库、四知馆本，以及杨定见百二十回本均作"拆臂"，似较两本作"拆背"为好。又卷八写董超、薛霸把林冲的脚用开水烫伤了，痛得走不动时，两本都说："只得又挨了四五里路，看看正走动了。"这实际上把原意弄反了，应是"走不动了"，不是"正走动了"，所以内阁文库藏本改作"看看走不动了"，杨定见百二十回本作"看看正走不动了"，方与上下文意贯串。又如卷十七（回），两本都有这样一句话说："何清笑道：直等哥哥临危之际，兄弟却来道理有个救他。"实在不通，所以内阁文库藏本改作"兄弟却有个道理来救他"，方才通顺。又卷二十四（回）："那妇人道，混沌魍魉，他来调戏我，到不吃别人笑，你要便自和他道话，我却做不的这样人。"这里容与堂本和石渠阁补刊本都作"道话"，对照内阁文库藏本看，方知是"过活"二字之误。以上各点都是两本错成一样，正说明它们出于同一个底本。

石渠阁补刻本和容与堂本的字句基本一样，而且错字也错得相同，但这并不是说它们版本没有区别。事实上，它们还有各自的误刻和修改。如卷三十七（回），石渠阁补刻本说："一行人都送到浔阳江边。"容与堂本误作"一行人都送到到浔江边。"又如卷四十三（回），石渠阁补刻本"曹太公推道更衣，急急的到里正家里。"容与堂本"里正"错成"李正"。又卷十二（回）"王伦道：你莫不是绰号唤青面兽的？"石渠阁补刻本误作"你莫是绰号唤青面兽的？"这里说明它们采用的底本虽然相同，但刻时还不免各自产生错误。此外，石渠阁补刻本有的地方还多出一些字句,如卷十一,"江湖上但叫小弟做旱地忽律"、"坐着一个好汉正是白衣秀士王伦"、"摸着天"、"云里金刚"、"绰名豹子头",这些都是容与堂本没有的。

  石渠阁补刻本、容与堂本卷四十五(回)都有这样的话:"这上三卷书中所说,潘驴邓小闲。"案"潘驴邓小闲"见卷二十四。以五回为一卷,从四十五回向上推十五回为三十卷(回),跟二十四卷(回)接近,约略言之,把它说成上三卷,勉强也可以。这也就是说,这两个百回百卷本的底本可能是五回一卷的二十卷本,而二十卷本和百卷本的内容文字并无差别,只是分卷多少不同而已。

  说二十卷本和百卷本文字无差别,还可以现存的所谓嘉靖刻本的残留五回半作证。这五回半的文字和石渠阁补刻本、容与堂本除开刻时个别错字不同外,其余字句全部一样。它们错字有时也错得相同,如五十四回说:"大小将校离了高唐州,德胜回梁山泊。"嘉靖本、石渠阁补刻本、容与堂本均作"德胜",错了。当依内阁文库藏本改作"得胜"。自然,内阁文库藏本错改的地方也有,如五十五回"宋江却又陪话,再三枚举。"因不懂"枚举"是器重、挽留的意思,改为"劝谕"。

  《水浒传》刻本以嘉靖刻本、容与堂刻本、石渠阁补刻本文字最完整,可能接近原作。三个本子字句完全相同,只是刻印时各本错字多少不一样。这三个刻本虽然先后时间不同,但无疑是属于同一个系统的版本。容与堂的挖改本即内阁文库藏本,改动较大,后来钟伯敬批的四知馆本即以这个本子为底本翻刻的。举个例子说明吧,卷九十四,容与堂本、石渠阁补刻本这样写:"宋江道:我丧了父母也不如此伤恼。"内阁文库藏本改"恼"为"悼",四知馆本也作"悼"。又容与堂本九十三卷:"李俊道:但若是那船上走了一个。其计不階了。"石渠阁补刻本"阶"作"偕"。而内阁文库藏本作"谐",四知馆本也作"谐"。当然,四知馆本个别地方也有改动,如第一回"朝廷天子要救万民,只除是……",四知馆本改"要"为"若欲"二字,就是一例。

总之,今天我们能见到的《水浒传》版本,除所谓嘉靖刻的残本,清康熙时石渠阁的补刊本外,容与堂本是最完整的早期刻本。

二、所谓郭勋刻本

据嘉靖时《百川书志》著录,《水浒传》为"钱塘施耐庵的本,罗贯中编次"。现有材料证明罗贯中是元末明初人,和《续录鬼簿》编者贾仲明是好友。至于施耐庵,明惠康野叟《识馀》卷一说:"世传施号耐庵,名字竟不可考。"徐复祚《三家村老委谈》误把施耐庵说成施君美。乾隆时人编撰《宝敦楼传奇汇考目》袭徐氏误说谓施耐庵即施惠,而吴梅竟称《水浒传》作者为施惠。但《录鬼簿》上那个施惠并无耐庵其号,也没有说他写过《水浒传》。此外有人说施耐庵乃江苏白驹镇的施彦端,是白驹镇施家的始祖。施氏族谱在施彦端名字旁边注明字耐庵,施家祠堂木主也把他们始祖写成施耐庵。传说他写过《江湖豪客传》,有人说它就是《水浒传》,尚须进一步探讨。

《水浒传》这部小说编撰于元末明初,但到嘉靖年间才有刻本。嘉靖以前只有抄本,抄时修修改改总是难免的。我国文学创作史上有个特殊现象,通俗小说谁都可以任意修改,不仅抄时可以改,就是刻时也可改,《三国志演义》的各种版本的文字不同,就是很好的例证。《水浒传》没有刻本以前如何被修改,现在已经搞不清楚,但第一个被指名道姓的修改者是郭勋。钱希言《戏瑕》卷一《水浒传》下说:"今坊间刻本,是郭武定删后书矣。郭故跗注大僚,其于词家风马,故奇文悉被铲剃,真施氏之罪人也。而世眼迷离,漫云搜求武定善本,殊可绝倒。"钱氏认为郭刻本并非善本,而有人称为善本,这大概指的是沈德符。《野获编》曾说万历时新安所刻《水浒》善本就是翻刻郭勋本的。新安刻本前面有汪太函(道昆)万历十七年托名天都外臣所写的序,自然不是嘉靖时武定版了。沈德符所说这个万历版,当即李玄伯的那个大涤余人序本。鲁迅曾经写信给胡适,谈到李玄伯所购的《水浒传》,是一个残本。后来李玄伯排印出来的《百回本水浒》却是完整的百回。这是李玄伯作伪,他把百二十回本拿来拼凑搭配的。其实,芥子园翻刻的大涤余人序本,就是一个完整的翻刻郭勋本。由于这个本子一般人不易看到,以致没有人发现李玄伯弄虚作假。

现存号称郭勋刻本有三种:一是郑振铎先生收藏的所谓嘉靖本;二是北京图书馆收藏的前面冠有天都外臣序本;三是李玄伯排印的《百回本水浒》。这三个本子我认为都不是郭勋刻本。郭勋刻本的两个特点,一是削去致语,二是移置阎婆事。王古鲁曾经论证所谓致语即话本中的每篇开头的诗词,这是可信的。阎婆事即王婆为宋江撮合与阎婆惜结为夫妇事。这个事容与堂本放在二十一回即刘唐下书以后,所谓郭勋移置问题,即把这件事移到二十回刘唐下书之前。什么是郭勋刻本?只要检查一下那个本子和这两点符合,一下就解决了。郑振铎先生收藏的是残本,前面诗词并未删掉,也就是说没有削去致语。但阎婆事是否移置,因这两回散失,无法复核。不过郑藏本是一个二十卷本。二十卷本《水浒》今虽不见全本,但我曾考察《水浒志传评林》,发现《评林》是从二十卷本删节而成。《评林》叙阎婆惜与宋江结亲在刘唐下书后,和容与堂本同,于此可以窥见二十卷本是没有移置阎婆事的。这就是说郑藏二十卷残本并未把阎宋结亲移到刘唐下书之前。郑藏本既然没有所传郭勋刻本两个特点,自然就不是郭勋刻本了。至于北图冠有天都外臣序本,序称"嘉靖时,郭武定重刻其书,削去致语,独存本传"。而这个石渠阁补刻本每回开头的诗词俱在,并未削去。不仅此也,查书中二十回和二十一回的阎婆事亦未移动,所以这个石渠阁补刻本不能是郭勋刻本或翻刻本。而那篇天都外臣序是康熙时补刻者从别的版本中移置过来的,不是这个本子上原有的。再谈李玄伯那个《百回本水浒》吧,李玄伯的本子前面诗词都删掉了,阎婆事也已移,和郭勋本两个特色相符合,似乎是郭勋本了。但是事实不然,这个本子是用大涤余人序本残册与百二十回本拼凑而成,以至有人误认这个本子是删割百二十回的田虎王庆故事而冒充古本行世。李玄伯排印本是冒牌货,最明显的是四十二回那首诗。诗说:"遇宿重重喜,逢高不是凶。北幽南至睦,两处见奇功。"这是所有百回本连芥子园本和北京图书馆藏残册大涤余人序本都如此,只有袁无涯刻的百二十回本,才改为"外夷及内寇,几处见奇功"。因百二十回本增加田虎、王庆,不只两处,故改为几处。李玄伯本乃百回,没有田虎、王庆故事,却也改"两处"为"几处",而整首诗和百二十回本相同,显然不是大涤余人序本所有,而是割取百二十回本而拼凑成这个样子。还有一处可以证明李玄伯本不是真正大涤余人序本,而是一个拼凑本,这就是二十五回那首"恋色迷花不肯休"诗,芥子园本第二句作"虔婆淫妇心头毒",而百二十回本作"谁知武二刀头毒"。李玄伯排印本同于百二十回本而与芥子园百回本不同,也说明李氏排印本是大涤余人序本和袁无涯刻百二十本的混合本。我们还发现一件有趣的事情,就是李玄伯用以拼凑的百二十回本,还不是袁无涯的原刻本,而是郁郁堂的翻刻本。证据就在七十九回,有一句"认旗上写的分明",袁无涯原刻本错成"诏旗",郁郁堂本改作"号旗",而李玄伯排印本也作"号旗",这就露出老底来。还可补一个例子,芥子园刊本、袁无涯原刊本有一句"极坚贞没缝的,也要钻进去"。而郁郁堂本改作"铁最实没缝的,也要钻进去"。李氏排本同郁郁堂本。

如上所言，郑振铎先生收藏的所谓嘉靖本，书前冠有天都外臣序的石渠阁补刻本，李玄伯排印的《百回本水浒》本，都不是郭勋删改本。真正的郭勋本，是芥子园翻刻的大涤余人序本。这个本子删去了每回前面的诗词，也移置了阎婆事，同时还删改了其中一些诗词和文句。同时翻刻人做了一件坏事，他胡乱地加上"李卓吾批评"字样，骗了许多人。杨定见和袁无涯是以郭勋删改本为底本，增加田虎王庆故事而成为百二十回的，这就是百二十回本的文字基本同于大涤余人序本即郭勋本，而不同于容与堂等本的原因。当然，杨定见并不是完全照抄大涤余人序本的文字，个别地方也有改动，如九十九回（杨定见本百十九回）讲到李俊下半生时，芥子园本有诗一首说："幼辞父母去乡邦，铁马金戈入战场。截发为绳穿断甲，扯旗作带裹金枪……四海太平无事业，青铜愁见鬓如霜。"百二十回本去掉了这首诗而另换上一首"知机君子事，明哲迈夷伦。……"表示他对李俊的新评价。

这里附带谈谈一个争论不休的问题，李卓吾的两个评本的批语真伪问题。一百二十回本和容与堂本都有所谓李卓吾批语。而两本批语文字差异很大。究竟哪个是真的，哪个是假的，《水浒》研究者意见尚未统一。现在我们既弄清楚了百二十回本是以大涤余人序本为底本，不仅正文语句相同，就连批语也是一样的。一百二十回的批语，大部分是过录大涤余人的。大涤余人的序上说"故特评此传行世"，可见这个本子上的评语是大涤余人写的。由于刻书人胡乱在书上加标"李卓吾批评"，以致有人误认为是李卓吾的。杨定见一面转抄了这些批语，一面增加和改写了一些批语，又不作声明，鱼目混珠，以致引起争论。现在事情弄清楚了，争论就可以休矣。

关于内阁文库本《新刻绣像批评金瓶梅》的出版书肆

[日] 荒木猛

本文原载《东方》1983年第6期,后收入《中外文学》1984年第2期、《日本研究〈金瓶梅〉论文集》(齐鲁书社1989年版)。

本文作者在查阅了《金瓶梅》东大本和内阁文库本后,确认了这两种本子是同版的说法。同时,对内阁文库本封皮内部的印刷物字迹进行了研究,认为这些印刷物是元明以来大量出版的通俗类书,刻印者将有字的一面反折在内后作为《金瓶梅》的封面使用,进而判定明代鲁重民可能正是内阁本《金瓶梅》的刊行者,而其刊行的年代当在崇祯十三年之后不远。

【文选】

这些本子在日本能见到的,不用说只是这内阁本与第三种东大本、第四种天理大本三种,而笔者得手阅读的只是其中的内阁本和东大本。这次前往两处阅览的笔者目睹了事实之后,确信以往关于这两种本子是同版的说法,同时还发现了内阁文库本中极有兴味和深意的情况。在内阁文库本中,从前应该依次有封面、东吴弄珠客序、廿公跋和五十页一百副图等,但这些据说在疏散时的忙乱之中遗失了。现存的就是除这些之外的全部正文一百回,分成二十册线装。在这里,所谓笔者发现,就是指现存的这二十册本子,将不知印于何时的书页的有字的一面反折在里面后作为封皮。今将这类以往人们所不注意的东西发表之际,谨请博雅之士予以指教。这是因为东大本没有这种情况。另外,由于印字的一面被贴上一张白纸,所以不能直接地看清楚下面的印刷物,而只能透过这些困难地看到印刷物上的字。我想透过上面看这些印刷物的话，或许能找到什么线索，故试将这些印刷物中我认为有特征的部分择录于下：

1. 第一册下面　曹因墓铭
2. 第二册下面　逸品绎函目录卷之
3. 第三册上面　孟子
4. 　　　下面　春秋大全二十卷
5. 第五册上面　忝补邱鲁心印　中庸
6. 　　　下面　论种麦奏　董仲舒
7. 第六册上面　论语
8. 第七册上面　书函　上书类　下卷六十五　与张大理　丘时可
9. 第八册上面　启函　候问启　上卷七十一
10. 　　　下面　论语序
11. 第九册上面　（印有《左传》的一部分）
12. 　　　下面　读古文　六卷　汉书
13. 第十册上面　子函　淮南子精神训　三卷九十四
14. 　　　下面　……藻文止类　西湖鲁重民孔式篡
15. 第十一册上面　两汉鸿文　卷十一　书十四
16. 　　　下面　孟子
17. 第十二册下面　易经大全
18. 第十三册下面　中庸二卷
19. 第十四册上面　论语一卷
20. 第十五册上面　论语八卷
21. 　　　下面　孟子四卷
22. 第十六册上面　十三经类语卷之三豫章　罗万　藻文止类

两湖鲁(以下阙)

  23．第十七册上面　　孟子五卷

  24．第十八册下面　　□古文四卷西汉文

  (注：上述表中，□部分表示印刷不清楚的字。又，旁线部分表示印在鱼尾处的。阿拉伯数字是笔者为方便起见而编号的。)

  那么，原来这些印刷物的情况大致是怎样的呢？我想有以下两种情况吧：Ⅰ、因为一旦装订成的封皮后来变得破烂不堪，后世就有谁把这类印刷物再去折成反面后换作封皮。Ⅱ、理当为出版书肆在装订时，将自己作坊内正在发行的印刷物中那些印得粗劣而不用的废纸作为封皮的。由于我认为这两种说法中的第Ⅰ种说法正像后文要说明的那样难以成立，故这里就立足于第Ⅱ种说法试作如下分析。于是，在这里可以得到比较明确的线索，即第2号的《逸品绎函》(以下接着编号目录同时都写上书名)与第22号《十三经类语》二书，同这内阁本《金瓶梅》当是同一书肆的出版物。再翻开《内阁文库汉籍分类目录》一看，就判明该库藏有称作《八品函》的一书，其中一部分即第2号《逸品绎函》，同时也藏有两种《十三经类语》。我立刻将此两书取出翻阅。先看《八品函》一书，全书十九册。其中第一册至第三册是诗函，第四、五册是赋函，第六、七册是文函，第八、九册是书函，第十、十一册为四六函(题签虽如此记载，但翻开里面却是启函)，第十二册至第十五册为史函，第十六册至第十八册为子函，最后第十九册称为逸函。各函的卷首有陈仁锡的序言和目录。其书就内容、形式的不同，各函分别收录了一些古今名文。显然这是元明以来大量出版的通俗类书中的一种。而将这本书同那些《金瓶梅》用作封皮用的印刷物相对照，则正好完全一致。其第2部分正是《八品函》第十九册的目录开头。同时，第8部分在同书的第九册，第9部分在同书的第八册,第 13 部分为同书的第十八册,都能各个找到相合的篇章。再看两部《十三经类语》,都是全十四卷,分装成七册,这里与署名何兆圣编的《十三经序论选》一卷一册合起来共为八册。《十三经类语》是罗万藻编,鲁重民注,并有崇祯十三年的序。它将十三经按内容分成一百三十四类后编录,也像是通俗类的读物。与《八品函》一样,将作为《金瓶梅》封皮的印刷物同这部书对照的话,也可以明白:其第 14 部分正与此书的第五册卷三立教类一部分完全一致,又第 22 部分也为同页的一部分。于是可以判明:《金瓶梅》封皮的一部分是使用了印刷《八品函》与《十三经类语》多余下来的废纸。

在《八品函》中见到的陈仁锡,《明史》卷二八八《文苑传》有他的传。据此,其字为明卿,父允坚,也是进士。他虽是天启二年进士而后为翰林院编修,但因顶撞魏忠贤而一时被罢官。到改元为崇祯时复官,出山后官至南京国子监祭酒。爱好著述。在《东大东洋文化研究所汉籍目录》中,署有他名字的书,这包括他自己的著述和在他人之书上写有评语的,实际上可共举出三十二种之多。现在不想在此不厌其烦地将他的作品一一列出,其中也恐怕有书贾为了便于销售而冒用他名字的作品。《四库全书总目提要》(以下将此略称为《四库提要》)卷二十三《重订古周礼》六卷①条,一面说这部书的作者是陈仁锡,一面又作出了如下的结论:"其注释多剽窃朱申句解,体例尤为猥杂,殆庸劣坊贾托名,未必真出仁锡也。"除此之外,《四库提要》还著录了作为他的著作共十种:卷八《系辞十篇书》十卷②、《易经颂》十二卷③,卷三十七《四书考》二十八卷④、卷六十五《史品赤函》四卷⑤,卷九十六《性理综要》二十二卷⑥、《性理标题汇要》二十二卷⑦,卷百七十四《苏文奇赏》五十卷⑧,卷百九十三《古文奇赏》二十二卷、《续奇赏》三十四卷、《三续奇赏》二十六卷、《明文奇赏》四十卷⑨,同卷还有《古文汇编》二百三十六卷⑩。这里第⑤种《史品赤函》四卷大概与他的《八品函》种的《史函》部分一致,非但署名相似,而且卷数也同。众所周知,清朝政府为动员大量的学者给四库全书写提要而征集全国的书籍时开始于乾隆三十七(1772)年。当时那些写有对清政府不适合的书被处理掉的当然有相当数量,但尽管如此,除了通俗小说等外,还是在相当广泛的范围内周全地收集了各种本子,因此,《四库提要》是一部查阅书籍在乾隆年间是否已不存或仍通行的可以信赖的书目。如果说的《史品赤函》相当于《八品函》中的一部分的话,那么就以《四库提要》中仅仅著录《史部赤函》的事实来看,不正是很好地说明了明亡百二十年后这段时间内,《八品函》已成为稀觏的本子,意味着不大可能再见到《史品赤函》之外的东西了吗?但现在的问题是,作为内阁文库本封皮的印刷物恰恰没有《史函》部分,而如前所见的也使用了《书函》、《子函》、《启函》、《逸函》各部分。这就可以说明笔者在前面考虑的情况是符合实际的,即很难想象这些《金瓶梅》的封皮是后世人用整本书来替换成的。接着我们看罗万藻这个人物。他的传记在《明史》卷二八八艾南英传中也可以看到。据此,知其字文止,江西人,天启七年举人,福王时官上杭县知县。《四库提要》卷百三十八《十三经类语》和卷百八十《此观堂集》条说,他与同乡艾南英、章世纯、陈际泰一起主持豫章社,世称"江西四家",为人恬淡无欲。关于何兆圣,还没有找到什么头绪。剩下的就有鲁重民一人。《四库提要》卷百三十八《十三经类语》条中提到鲁民重,这大概是鲁重民的误笔吧。翻开《东大东洋文化研究所汉籍目录》,作为鲁重民编撰的书籍,除了《十三经类语》外,还提到了以下一种:

  《官制备考》二卷,明李日华撰,明鲁重民补订,崇祯元年武林鲁氏刊本,四六全书之一。

　　于此可以清楚地看到:鲁重民与明末杭州经营出版业的书肆名字是统一的。再查《京大人文研汉籍目录》,也有《十三经类语》十四卷(景印岫庐现藏罕传善本丛刊本)外,还载有:《舆图摘要》十五卷,明李日华撰,明鲁重民补订(四六全书之一),因而于此可以判明:鲁重民是一个至少刊印过《十三经类语》、《舆图摘要》、《官制备考》这三种书的明末杭州书贾。从李日华的著作于此出版来加以考察,那么也可判明他与李日华(1565—1635)有着某种关系。而且,此人恐怕正是内阁本《金瓶梅》的刊行者,而其刊行的年代当在明代气运将尽的崇祯十三年之后不远。

　　郑振铎氏曾经根据崇祯本所附二百幅图画上所署的刘应祖、刘启先、洪国良、黄于立、黄汝耀的刻工名字,察见"崇祯本"刊行的年代为崇祯年间和刊行的地点为杭州①。这种见解与现在笔者的调查完全一致。这里就更加感到郑氏目光的敏锐。

---

① 郑振铎《谈金瓶梅词话》(发表在1933年7月,北京生活书店刊《文学》创刊号上)。

明代后期文言小说刊行概况

[日]大塚秀高

本文分上、下篇,分别发表于台湾《书目季刊》1985年第1、3期,谢碧霞译。选入本书时,应作者要求,对原文进行了部分修正和追记。

本文以整理明末(指传奇小说发展末期与笔记小说兴隆期交接之际,以万历为中心)文言小说选本的刊行状况为中心,结合当时的文化发展状况,分为长篇传奇小说集、通俗类书、文言小说汇编几个部分进行了论述。

【文选】

前言

就代表明代的小说而言,实乃白话小说,而非文言小说。然而,由元代开始以迄明朝初期、中叶,无论是长篇或短篇,皆有相当数量的传奇小说及小说集刊雕行世。可是,传奇小说衰退的趋势并无法遏止,清初的《聊斋志异》戛然结束了传奇小说的尾声,自此文言小说的中心乃转至所谓"笔记小说"之志怪要素浓厚的小说。元代及明朝前期刊行的长篇传奇小说以《娇红记》及《钟情丽集》最为著名,短篇传奇小说集则以《剪灯新话》和《剪灯余话》享誉甚高。笔者此篇小论,主要目的是整理明末——亦即传奇小说末尾期与笔记小说兴隆期交接之际,以万历为中心——文言小说选本的刊行状况,由此以明当时文化状况之一端。兹分侠烈各节以逐次论之。

一、长篇传奇小说集

传奇小说定义为何,在此当无必要重述。凡唐代滥觞之种种才子佳人剑侠妖怪故事,以及其后一脉相承之问题,皆足征表其貌。然而何类传奇小说方可冠以长篇之名,则非毫无可议之处。问题着眼点不只是篇幅字数,其内容情节亦是关键所在。不过,在此笔者姑且稍嫌含糊地将长篇传奇小说界定为:创作于元代以后,以单行本刊行的传奇小说,或是与此文字篇幅近似的传奇小说。

由元末到明代中叶,长篇传奇小说以单行本刻行者,所知计有下列八种:

娇红记　二卷

钟情丽集　四卷

艳情集　八卷

李娇玉香罗记　三卷

怀春雅集　二卷

双偶集　三卷[①]

天缘奇遇

荔枝奇逢[②]

其中前二者现今尚有当时的单行本存世,亦即《新锲校正评释申王奇遘拥炉娇红记》二卷,以及《新刻钟情丽集》四卷。前者称"郑云竹本",其刊行期后限可以迟至万历,可是就种种状况来看,早在元末,至迟不过明初,应已有刊本行世[③];后者刊行期则为弘治癸未(十六年)[④]。其他六种,目前尚未发现其时之单行本。至于其内容,则高儒于载录前六种书名后附笔如下:

皆本莺莺传而作。语带烟花,气含脂粉,凿穴穿墙之期,越礼伤身之事,不为庄人所取。但备一体,为解睡之具耳。[⑤]

除就此评语凭空想象之外,别无他方。所幸者,《怀春雅集》[⑥]、《天缘奇遇》二种,由于收录于本节讨论对象之长篇传奇小说当中,《荔枝奇逢》则得目睹后世刊本,皆可免存想之憾。

现在,让我们来讨论万历年间刊行的长篇传奇小说集。就此范围而言,所知有《风流十传》、《花阵绮言》二书。顺次讨论如下。

风流十传　八卷

此书刊本,所知仅止东京大学东洋文化研究所藏本(双红堂文库)。旧藏者长泽规矩也氏自身执笔的提要中[7],记此书及其来历如下:

> 风流十传　八卷　明万历刊
>
> 九行二十字、注文双行、单边无界。卷首陈继儒和万历庚申顾廷龙二"序",万历庚申韩敬"后序",附目录,目录下有"陈眉公先生批评钟情集卷之一",卷二双双传、卷三三妙传、卷四天缘奇遇、卷五娇红传、卷六三奇传、卷七融春传、卷八金鱼传。高崎藩大河内家旧藏。邮送北京改装。

虽然名为"十传",实际所收长篇传奇小说不过八种。孙楷第《日本东京所见中国小说书目》卷六附录。传奇于此书提要中宣称:"十传"之名因长泽氏所拟,取陈继儒"客座所述闲情野史风流十传"之语而拟称附之。此书原或收长篇传奇小说八种,故"十传"二字非毫无问题。叶德均云"风流十种"[8],《续修四库全书提要》子部杂丛类所著录传抄本则称《风流十书》八种八卷(所收录八种,与《风流十传》同),《小说字汇援引书目》中亦见应为一书之《传奇十种》名。此究竟是否与高崎藩大河内家所传本为同一书,孙楷第认为"十"字或为"八"字误为,在在皆是耐人寻味的问题。

万历庚申即万历四十八年(一六二〇),万历皇帝于是年七月驾崩,其后为纪念继位甫一月即为宦官毒杀的广宗,而称其年为泰昌元年,由此可知此书应为其前刊本。有关各传奇小说之内容大要,由于孙氏业已记述,此处从略。

花阵绮言　十二卷

《花阵绮言》性质,与《风流十传》类同。此书明刊本,目前至少有四本存世,亦即内阁文库、天理图书馆(节山文库)、宫内厅书陵部(清印本?)、上海图书馆⑨各机构典藏本。此外,亦有旧满铁大连图书馆藏本⑩、北京图书馆之郑振铎旧藏应心斋刊本⑪等等,然其目录中则未有刊行日期等记载。至于前述四本,根据其版式、字体、"楚江倦叟(隐)石公纂辑"之文字以及署名"楚人中郎袁宏道"之题词等等迹象看来,推定其为万历以后刊本应不为过。袁宏道于万历三十八年去世(一六一〇)(《风流十传》后序作者韩敬,则于其年以状元登进士第),因此,依常情判断,此书应刊行于此年之前,然而此书是否的确出于袁宏道之手,则不无疑问。目前所能言者,则是此书应刊行于袁宏道声名大噪、享誉文坛之际,其刊行之期,恐或早于《风流十传》。

此书于宝历十三年(一七六三)传至日本⑫,书名亦见《小说字汇援引书目》。所收传奇小说有以下七种:

　　卷一　　三奇合传
　　卷二·三　花神三妙
　　卷四·五　天缘奇遇
　　卷六·七　钟情丽集
　　卷八　　娇红双美
　　卷九·十　金谷怀春
　　卷十一·十二　觅莲雅集

其中除《觅莲雅集》之外,其余六种与《风流十传》所收一致(《金谷怀春》与《融春集》二者实即《怀春雅集》)。因此,万历期间长篇传奇小说集中收录之长篇传奇小说总计九种,不过,当时庶民百姓爱好之长篇传奇小说则不止此。

时代降至清光绪二十年(一八九四),晋记书庄刊行一活字袖珍本长篇传奇小说集,名曰《七种才情传奇书》。叶德均以为此书乃《国色天香》之摘出别行本[13]。在此另辟一节,以期讨论通俗类书所收之长篇传奇小说。

……

结言

明末,文言小说选本以多样之形式刊行,或以长篇传奇小说为重心而行之,或以文言小说全体为对象而行之,或以并收文言小说与白话小说两者而行之,等等不一。凡此诸书,目前所藏甚鲜,甚或为所谓海内孤本。然而此种现象并不能反映状况。由于当时此类书籍流布颇广,故未为人珍藏保存。诸此选本,皆有助于缩短平民百姓与文言小说之距离,由长篇传奇小说单刊本以及《剪灯新话》、《剪灯余话》完本之销声匿迹可见一斑。因此,若仅以完本、单刊本之存否以论其时之文学状况,不免有偏颇之虞。剪灯二话之例,即为充分明证。到目前为止,各研究报告皆有下述倾向:急于解说中国完本已湮渺亡佚,以及此书在日本之再发见,完全无视于上述诸选本——《丛话》包括在内——所收篇章。此确有一正是非之必要。

另一方面,文言小说选本自身所反映之当时状况,亦是多重变貌。万历十年代刊行之《国色天香》、《绣谷春容》等通俗类书之中,"诸体小说"地位不见得高,倒是书简、诗话、琐记等等,颇有分量。作为前代说话人蓝本之《绿窗新话》,其后裔于《绣谷春容》中题以《新话摭粹》收之,与上述现象颇有关联。然而一进入二十年代,局势则大有转变。《万锦情林》以降之通俗类书,排书简等而外之,而小说不问文言、白话,则原原本本收入"记类"、"传类"之中,其所占比例急速增加。与此现象并行发展的,是已趋形式化之长篇传奇小说部门亦尝试一些改变,因而有单收长篇传奇小说之《花阵绮言》、《风流十传》的出现。引起这些现象的原因是,万里二十一年并收剪灯二话及《觅灯因话》合为《丛话》的刊行,以及其后收录魏晋以降文言小说——包括剪灯二话——之十二卷本《剪灯丛话》的问世。亦受《新话摭粹》系谱影响之《一见赏心编》、《艳异编》、《情史》等之刊行,以及由《绿窗女史》至《五朝小说》之相继问世,《剪灯丛话》之刊行,乃成明末文言小说集大成发展之滥觞。版本之相互袭用,亦可窥当时如火如荼刊行状况之一斑。

至于白话小说选本化之动向,乃肇端于熊龙峰之刊行"话本",先是假通俗类书收录"话本"之面目以始,其后则是冯梦龙、凌濛初拟话本以成,白话小说选本化至此达至巅峰。三言二拍可说是与文言小说中"五朝小说"的地位相当。

由以上所述,笔者对于冯梦龙此一集文言、白话小说大成之人物,不得不刮目相看。通俗类书之冯本《燕居笔记》、文言小说汇编之《情史》、《五朝小说》之异版《五朝纪事正续太平广记》,以及白话小说集《三言》等等,呈现种种面貌,生于明末的冯梦龙,在明朝末年这段时期,扮演何种角色,起了何等作用,皆值得深入研究。此当为今后研究之课题。

【注释】

① 以上六种,据高儒《百川书志》卷六史·小史,以及晁瑮《宝文堂书目》卷中·子杂。

② 以上二种,由长篇传奇小说集所收《觅莲记》及《怀春雅集》,皆显示有单行本的存在。龚书辉《陈三五娘故事的演化》(《厦门大

学学报》第七本,一九三六年),考证后者成立期约为永乐初年至明代中叶之间(入矢義高氏《荔镜记戏文解题》,《天立图书馆善本丛书》汉籍之部第十卷所收)。又,关系论文见蔡铁民《明传奇〈荔支记〉演变初探——兼谈南戏在福建的遗响》(《厦门大学学报》哲学社会科学版,一九七九——三)。后世刊本所知有下列二种。又,《小说字汇援引书目》中亦见《荔枝奇逢》之名。

  新刻荔镜奇逢集二卷　嘉庆十九年尚友堂刊　牛津图书馆藏(伟烈亚力旧藏)

  二刻泉潮荔镜奇逢二卷　道光二十七年刊　东京大学东洋文化研究所藏(双红堂文库)

  ③ 伊藤漱平教授《〈娇红记〉解说》(中国古典文学大系三十八《今古奇观下　娇红记》所收,平凡社,一九七三)叙述甚详。

  ④ 见孙楷第《日本东京所见中国小说书目》卷六附录·传奇,以及《续修四库全书提要》子部·小说家类笔记之属成簣堂文库藏弘治癸未刊本提要。補記:川瀬一馬編著"お茶の水図書館新修成簣堂文庫善本書目"(お茶の水図書館,1992年10月)に著録される。忠恕堂金台晏氏刊。

  ⑤ 高儒《百川书志》卷六史·小史。

  ⑥《小说字汇援引书目》见《怀春怀(按:字误)集》之名。此若为《怀春雅集》,则单行本亦东传日本。

  ⑦《东京大学东洋文化研究所藏双红堂文库分类目录》。

  ⑧《读明代传奇文七种》(《戏曲小说丛考》所收,中华书局,一九七九)。

  ⑨《上海图书馆善本书目》卷三子部·小说家类琐语之属著录(未见)。

⑩ 辛岛骁《满铁大连图书馆大谷本小说戏曲目录（下）》(《斯文》九—六、一九二七年六月）著录。

⑪《西谛书目》（北京图书馆撰,文物出版社,一九六三）卷二子部·小说家类琐事著录。補記：北京図書館は現在中国国家図書館と改称しているが，以下補記を除き，すべて執筆当時の名称による。なお"花陣綺言"には上記のほか，無窮会織田文庫、大谷大学、荷蘭漢文研究院蔵本の諸本が知られる。

⑫《商舶载来书目》（大庭脩《江户时代における唐船持渡书の研究》所收,关西大学东西学术研究所,一九六七）。

⑬ 见注⑧论文。

明代小说家、刻书家余象斗

肖东发

收入《明清小说论丛》1986年第4辑。

本文对明代小说作者、刻书商人余象斗的生平事迹进行了考述。在走访全国各地图书馆、查阅公私藏书目录的基础上,列出了《建阳余氏刻本知见录》二百余种,其中余象斗刻本四十五种,仅小说类就有二十种。对余象斗的异名和化名、余象斗刻书中的"京本"现象、插图和"作伪"等情况进行了分析。

【文选】

1. 关于余象斗的异名和化名

通过上述书目,我们不难看出,三台馆、双峰堂都是余象斗经营的书肆堂号,因为在许多书中两者是并题的。如我在上海图书馆曾看到《列国志传》一书,封面上既有"三台馆刻",又有"买者须认双峰堂为记 余文台识"字样。该馆还有一部《新例三台明律正宗》,封面上又题"买者可认'三台'为记"。下署"双峰堂余文台识"。同时还印有一枚刻着这七个字的篆文圆形的图章。《余氏宗谱》中记其父余孟和号双峰,其弟余象箕讳怡台。但是我们通过三台馆(双峰堂)刻本可知余文台、仰止山人、三台山人为余象斗字和号。余世腾、余象乌、余君召、余宗云、余元素等可能都是余象斗化名。郑振铎先生在《三国演义的演化》一文中曾根据伦敦所藏《残本新刊按鉴全像批评三国志传》说:"余象乌字仰止,与其兄弟余象斗同为闽南应为闽北,著名的书贾,刻印了不少新旧书籍。"据《余氏宗谱》可知余象斗弟兄共四人,他本人行大,其余为象箕、象圣,象贤三人,并无名象乌的。

此象乌既亦题,字仰止,可知实际也就是字文台即余象斗本人。可以证明这一点的是:英国剑桥大学图书馆所藏该书第七、八两卷中,其书前题署就变成:"书坊仰止余世腾批评,书林文台余象斗绣梓",就是把余象乌改成了余世腾,其余文字均未变动。我们再参阅一下万历十六年三台馆刻本《京本通俗演义按鉴全汉志传》就更清楚了,此书又题"书林文台余世腾梓",可见字"仰止"的余象乌,与字"仰止"的余世腾及字"文台"的余世腾。其实都只是字"文台"的余象斗一个人。题作"仰止余象斗"的署名也同见于《万锦情林》和《东游记》。又如《水浒志传评林》原题"中原贯中罗道本名卿父编集,后学仰止余宗云登父评校,书林文台余象斗子高父补梓"。其实此本书不但是余象斗所刻,而且细阅其内容,就会发现书中的评语也是他写的,这和书首所注明的"仰止",只不过是又化名为"余宗云"罢了。关于这一点,孙楷第先生在《日本东京小说书目》、刘修业先生在《古典小说戏曲丛考》、柳存仁先生在《伦敦所见中国小说书目提要》中均有考证,此不赘录。需要提出的是刻《唐国志传》和《大宋中兴岳王传》的"红雪山人余应鳌",我怀疑这是余象斗之子余应甲的化名,倒不一定是余象斗本人,因为"应"字辈诸人是象斗的下一代,"鳌"与"甲"义近,可惜这两部书均无确切年代可考,仅记此以供专家们再进一步的考察吧。

2. 关于"京本"

余象斗所刻的书中,许多都标有"京本"字样。对此,不少学者都认为是虚名假托,并无其实。胡士莹先生在《话本小说概论》中论及《京本通俗小说》一书时曾说:"此书标'京本'字样,实书贾伪托以示版本之可靠,犹之宋说话人以'京师老郎'为号召一样,这是当时福建建安一带书贾的惯技。"郑振铎先生在《明清二代的平话集》一文中也有类似论述:"以'京本'二字为标榜的,乃是闽中书贾的特色,这样看来,《京本通俗小说》大有闽刻的可能。但闽中的书贾为什么要加上'京本'二字于其所刊书之上呢?其作用大约不外乎表明这部书并不是乡土的产物,而是'京国'传来的善本名作,以期广引读者的罢。"如果仅就《京本通俗小说》一书而言,郑、胡二先生的论断是有其道理的。然而如果据此而加以引申,说凡题"京本"之书,均是伪托标榜,得出"其必非出版于两京(北京、南京)",甚至连其版本渊源也绝然与"两京"无关,恐怕就过于武断了。还是应该实事求是地加以具体分析。上文曾引余象斗"辛卯之秋"所列的书目的最后一句说明是"余重刻金陵等版及诸书杂传,无关于举业者,不敢赘录"。这里的所说与上文的书名标记不同,无标榜之意,讲的都是实情。此处仅举数例:

(1) 双峰堂刊行的《大宋中兴通俗演义》每卷题"书林双峰堂刊行"。而卷七亦题"书林万卷楼刊行"。版心又题"仁寿堂"。万卷楼、仁寿堂为金陵周氏堂号。该书图嵌正文中,记刻工曰"王少淮写"。按少淮上元人,则应是在金陵所刻,亦即重刻余氏本。

(2)《英烈传》有杨明峰刊和三台馆刊二本,实为一书。前本卷一题"原版南京齐府刊行书林明峰杨氏重梓"。按明诸国以"齐"名者,惟太祖庶子榑,国青州,永乐间国除,子孙为庶人,居南京。此云"南京齐府",盖以旧称称之。后本封面题"官版皇明全像英烈志传",有鼎式木记云"书林余君召梓行"。节目文字实与杨明峰本全同,但并八卷为六卷而已。卷一"太祖出身"条,杨氏本注云:"按《西樵野记》"。余氏本改作"按原本《英烈传》"。所谓原本,当即"南京齐府本"。

(3)《盘古至唐虞传》、《有夏志传》二书,署"书林余季岳识",封面左下题"金陵原梓"。

（4）《大宋中兴岳王传》题"红雪山人余应鳌编次"，"潭阳书林三台馆梓行"。此本与南京万卷楼本相同，但不附《精忠录》。

（5）《唐国志传》第一卷题"红雪山人余应鳌编次"，"潭阳书林三台馆梓行"，正文及序文均与南京唐氏世德堂本相同，新本署"三台馆主人题"，世德堂本署"题之尺蠖斋"，不知孰作孰袭也。此等例子，不胜枚举。

（6）我在辽宁省图书馆曾见一部《新锓评林旁训薛郑二先生家藏酉阳掺古人物奇编》，原题"闽书林陟瞻余应虬梓行"。按余应虬为余象斗之侄，余彰德之子。该书每叶版心下均刻有"南京版"三字，卷末有牌记云："万历乙酉（1609）秋月南京原版刊行。"

我在北京图书馆还见到一本《艺林寻到源头》原题"潭阳尔雅甫余昌宗汇辑"。卷首有朱永昌序，开端即云："余友（指余昌宗）寓金陵有年矣……"王重民先生据此推断："昌宗殆为建安余氏之设坊于金陵者。"按余昌宗乃是余象斗族孙。

由以上所举，可以看出福建书林余氏所经营的刻书事业是与"金陵"有着多方面的联系的：一种情况是"金陵版"书籍传到福建，由余氏重刻；一种情况是建阳余氏刻本，传到南京，由金陵书坊翻刻；第三种情况是福建余氏族人在南京开设书肆，从事刻书售书。其原因也可能是，由于经营上的需要，余象斗等人和金陵建立若干方面的联系，既可丰富稿源——收集到能够畅销且又适合自己再加工、重刻的书籍版本，同时也可以更有效地推销自己的产品。余象斗三台馆、双峰堂刻书品种数量如此之大，不打开销路，不搞贩运也是难以为继的。人文荟萃、奢华繁荣的六朝古都当然要比地处武夷山南的福建建阳对各类书籍的需求大得多。地区间经济发展不平衡，城乡差别及地区差价等因素的刺激,也促使余象斗等与南京联系不断。所以我认为,余氏刻书标有"京本"字样的,有的可能是出于伪托标榜,但也有的确实是根据南京版书籍所改编、翻印的。

3. 关于插图

从前列书目可以明显看出,余象斗所刻的小说,几乎无书不附插图,这也是明代中后期特别是万历年间坊刻戏曲小说书籍的一大特色。书中的绣像插图,不仅为书籍本身增加不小的吸引力,而且也推动了我国版画艺术的发展,余象斗所刻诸书的插图,格调新颖,样式丰富,较为常见的是上图下文,如《全汉志传》、《唐书志传》等;有的是上评中图下文,如《列国志传》、《三国志传》等。《水浒志传评林》,全书数百页,每页均有插图,刻工精良,风格古朴,图文并茂,实为后世的连环画开了先河;有的在每回卷首或正文中附上整页的插图,如《英烈传》、《万锦情林》等。北京图书馆存《大宋中兴通俗演义》,书中的大型插图每一幅由两个半页组成,宋金两军交战,人物众多,彩色描金,画面十分生动。上记刻工"王少淮写",很可能与孙楷第先生在日本内阁文库见到的是同一版本。最有趣的是,我们竟可以从余氏所刻的书中找到余象斗本人的图像。王重民先生是这样描述的:

> 图绘仰止高坐三台馆中,文婢捧砚,婉童烹茶,凭几论文,榜云:"一轮红日展依际,万里青云指顾间,固一世之雄也。"四百年来,余氏短书遍天下,家传而户诵,诚一草莽英雄,今观此图,仰止固以王者自居矣。

这是王先生《美国国会图书馆藏中国善本书录》中《海篇正宗》提要中的一段文字,我原以为此图无缘得见,后来稍一留心访求,竟从余象斗编印的《三台便览通书正宗》、《诗林正宗》、《万锦情林》等书中见到多种版本的"三台山人余仰止影图"。甚至一部书中附上不止一幅,如四川图书馆所藏《五刻理气纂要详辩三台便览通书正宗》中,卷端有"三台余仰止先生历法",卷十一又有一"余仰止仰观天象"图,真是多次刊版,反复传印,大力宣扬。余象斗传记文字材料少得可怜,但他的图像倒比比皆是,这也是刻书家得天独厚的方便条件吧。

4. 关于"作伪"

余象斗有时为了竞售自己的产品,也每每挖空心思,不择手段,弄虚作假,标榜伪托之事也确实干了不少。这从他所刻书的"刊记""告白"中即可看出。上文所引的《辛卯书目》,广告味道已经极浓。一部《四书》搞了那么多花样,还标明"俱系所选,一字不同","字字句句,注释分明","广聘"天下名流为其撰稿,刊录《辛卯书目》的《史记品粹》就标着状元朱之蕃汇辑,会元汤宾尹校正,翰林黄志清同订。无非是像证明自己所刻书之应受重视,其实是否果真如此,恐怕也是靠不住的。

余象斗自万历二十八年至三十八年,曾三刻《大方纲鉴》,第一刻托名李廷机,书题《新刻九我李太史编纂古本历史大方纲鉴》,卷内题"吏部左侍郎李廷机编纂,内阁大学士申时行校正,闽建邑书林余象斗刊行"。卷末有"万历庚子孟冬双峰堂余文台梓行"牌记,庚子为万历二十八年。考《明史》卷二百十七《廷机传》,廷机于万历二十七、八年官南京吏部右侍郎,此书题左侍郎,乃是传闻之误。同时这一部书,十年后又变成了《鼎锲赵田梓凡袁先生编纂古本历史大方鉴补》,题"赵田袁了凡先生编纂,潭阳余象斗刊行"。卷末有"万历庚戌仲冬月双峰堂余氏梓行"牌记。卷首不仅有伪托的袁黄序,还有一篇袁了凡学生韩敬序,云:

> 书历三年后成,而老师(按:指袁了凡)亦以是年绝笔,痛哉!闽建邑余君文台,慷慨豪侠,行义好施,夙与袁有通盟谊。其二

> 三伯仲郎俱以文学名,而长君君及屡试辄冠,翩翩闽中祭酒,束装千里,来购是书,适师大归矣!

如按此说,这部书真可谓得之不易,孰不知实际上早在十年前就已刻过不只一遍了,现在只不过更换名目而已。明明在欺骗读者,却伪托他人之口,拼命为自己脸上贴金,也正露出了书贾作伪的本色。

还有一部《万用正宗不求人全编》,书后有牌记是"万历岁次丁未潭阳余文台梓",而卷十六牌记题云:"万历新岁毂旦乔山堂刘少岗绣。"此卷原为万历初年刘氏乔山堂所刻,余象斗取之以为自己所刻书,只求速刻速售,竟然忘记铲去刘氏牌记,却又在书前的《告白》中说:

> 坊间诸书杂刻,然多沿袭旧套,采其一,去其十;弃其精,得其粗。本堂近锓是书,名为《万用正宗者》,分门定类,俱载全备,展卷阅之,诸用了然。

贬低别人,吹嘘自己,然而所取的又是别人的东西,真是自我揭露,却也造成了自我的讽刺。

再如《大宋中兴岳王传》、《唐国志传》二书本是熊钟谷所编,三台馆在翻刻此书时,赫然题上"红雪山人余应鳌编次",把原来熊大木的序改署为:"三台馆主人言",为此花费了不少心机,但结果却还是把《唐国志传》卷一第七则《李密捕众》章众的"钟谷演义至此,亦笔七言绝句"漏下未改。余象斗在他所刻的《八仙出处东游记》中,也曾痛心疾首地发过一通议论:

> 不俗斗自刊华光等传,皆出于予心胸之编集。其劳鞅掌矣!其费弘巨矣!乃多为射利者刊,甚诸传照本堂样式,践人辙迹而逐人尘后也。今本坊亦有自立者固多,而亦者逐利之无耻,与异方之浪棍,迁徙之逃奴,专欲翻人已成之刻者,袭人唾余,得无垂

首而汗颜,无耻之甚乎? 故说。三台山人仰止余象斗言。
这几乎是咬牙切齿,破口大骂了。"三台馆主人"余应鳌看见这段文字又作何感想呢? 当时的风气就是新书刻成,只要易售,争相仿效,有的还把原作者照录,有的就是攫别人之作为己作,这都是书贾们的惯技。

关于《三国演义》的黄正甫本

章培恒

发表于《上海师范大学学报》2001年第5期。

本文指出,被认为足以证明《三国演义》黄正甫本为现存"最早"刊本的几个内容上的特点,实都已见于嘉靖二十七年的叶逢春刊本,且有内证可以证明黄本实出于叶本一系的本子之后。

【文选】

三

那么,黄本到底刊于何时?

该本卷首有博古生的《三国志叙》,所署写作年月为"癸亥春正月"。孙楷第先生《中国通俗小说书目》以此本为天启间刊本,盖以"癸亥"为天启三年癸亥(1623年)。对孙楷第先生的这一判断历来无异议,至张志和氏才提出不同看法。如上所引,他认为这篇《三国志叙》以及封面、目录是天启间刻的,但目录后的"镌全豫(张氏原注:应为像,此为原书刻错的字)演义三国志群臣姓氏附录"和正文的字体不同,并由此得出了"正文则是旧板"的结论。

现在请看字体不同的具体情况。张志和氏说:《三国志叙》的"字为手写体","目录字为仿宋体","群臣姓氏附录"及正文则"为较粗糙的简体字"。这就是张氏用来证明黄本的序、目录和正文等并非同板的理由。按,明代后期坊刻小说、戏曲的序言,往往为行书之类的"手写体",此已是研究古代小说、戏曲者的常识;而以序言所署年月为确定坊刻小说、戏曲刊刻年月的依据,也已是古代小说、戏曲研究者的通例(当然,也可能有一二年的误差,例如写序在上一年而刊刻则在下一年)。用序言为"手写体"而正文为非手写体为理由而否定序与正文为同时所刻，这却是张氏的独创。但既要自创新例，那就必须拿出充分的证据来，也即对明代现存的序文为"手写体"而正文非"手写体"的坊刻小说、戏曲的刊刻年代——加以考证，以证实这样的刻本中有相当数量的本子的刊刻年代均早于序文所署年月数十年乃至一百年以上。只有这样，才能推翻现在用以测定此类书籍刊刻年代的通例而得出张氏那样的结论；否则就难免使人深感诧异。

至于目录的字刻得端正一些，以后部分的文字刻得草率一些，这在福建一带的坊刻小说中也是常见的事。因为，目录刻得端正，容易给人——至少是不认真翻看的读者——造成刻工道地的印象，以吸引其购买，以后的字刻得草率，则可节省成本。所以，"目录字为仿宋体"，乃是缺乏常识之谈。只要查查《辞海》就可以知道："仿宋体，一种印刷活字字体。1916年前后由钱塘丁辅之、丁善之等集宋代刻本字样仿刻而成。"[13]而黄本乃是木刻本，并非活字排印本。其谓正文等"为较粗糙的简体字"，也不确；只不过有少数字使用了当时的俗写简体而已。

然则张氏所举出来的黄本中那些在嘉靖壬午本中"都没有了"的说明性的字句，可否证明"嘉靖本显然后出"、因而黄本在它之前呢？也不。被张氏用作证据的这类字句，共三条。今逐一论之。

(一)张氏说：在黄本"卷之七下有'七卷八卷首尾共两年事'数字，这样的字句的出现，也只能是最初的写定者据史籍敷演故事时才能留意的。而在嘉靖本中，这样的字句都没有了"[14]。这是张氏所谓"嘉靖本显然后出"的证据之一。

这种说明，固然有可能是"最初的写定者"在编写时所加，但如有另一人把《三国演义》的每一卷都仔细读一读，也可以知道每卷所写之事始于何年,止于何年,所以它也可能是某一位出版者(或抄录者)所加。不过,明代后期的刊刻小说的书坊——尤其是福建的书坊——大概不会愿意下这类过细而无利可图的工夫,因而此类说明有可能出现较早,也就不能排斥"旧本"原有而被嘉靖壬午本所删的可能性。然而,既有这样的说明,就应每卷都有,不应只出现在第七卷,也不应两卷合在一起来说明。——七卷八卷所述恰巧事情较少、年分较短,合在一起计算还较容易;但如有叙述年份长、事情多的卷帙(如第一、二卷共十二年,十七、十八卷共二十六年),两卷合在一起计算,岂不太麻烦?因此黄本说明的这种状况,显然已不是原貌。

其实,附有此类说明的本子,现在所能见到的以叶逢春本为最早。该本十卷(现存本缺三、十两卷),每卷下皆有说明:第一卷为"起汉灵帝中平元年甲子岁,止汉献帝兴平二年乙亥岁,首尾共一十二年事实";第二卷为"起汉献帝兴平二年乙亥岁,止汉献帝建安五年庚辰岁,首尾六年事实";第四卷为"起汉献帝建安十二年丁亥,至汉献帝建安十三年戊子,首尾共二年事实";第五卷为"起汉献帝建安十三年戊子,尽汉献帝建安十六年辛卯,首尾共四年事实";第六卷为"起汉献帝建安十七年壬辰岁,尽汉献帝建安二十四年己亥岁,首尾共八年事实";第七卷为"起汉献帝建安二十四年己亥,至蜀章武二年,魏黄初三年壬寅,首尾事实凡四年";卷八为"起蜀章武二年、魏黄初三年、吴黄武元年壬寅,至蜀建兴六年、魏太和二年、吴黄武七年戊申,首尾共七年事实";卷九为"起蜀建兴六年、魏太和二年、吴黄武七年戊申,至蜀延熙十六年、魏嘉平五年、吴建兴二年癸酉,首尾共二十六年事实"。如前所述,叶本较多地保存了嘉靖壬午本以前的"旧本"的面貌;同时,正如该书的整理者井上泰山教授所指出的,叶本是一个很草率的坊刻本[15];此种详细而做起来很麻烦的说明(尤其是

第七卷以下需同时用两个以至三个年号来计算),倘非"旧本"原有,只以图利为目的的书坊是不会去做的。换言之,叶本的这种说明乃是(或接近)"旧本"的原貌;因而只在第七卷下有这样一句简单的说明的黄本则已与"旧本"原貌相距很远了。它与没有此种说明的嘉靖壬午本在这点上的区别,只能证明黄本不属于嘉靖壬午本系统,却绝不能证明其刻得比嘉靖壬午本早。

在这里还牵涉到一个分卷问题。叶本十卷,黄本二十卷;叶本的每一卷在黄本中都成了两卷。那么,原来到底是十卷抑二十卷呢?"旧本"倘原是二十卷,自应每卷下有这样的说明(因若以每二卷为一个统计单位,则该单位故事所历的年数必较以一卷为一个单位者增加,统计起来只有麻烦;而且,不是每卷都有说明而要隔一卷才有一个,那就使读者不能知道每一卷故事所历的年数及其讫于何年或始于何年,例如,倘以说明置于第一卷,就不知第一卷止于何年和第二卷始于何年,那必然会引起读者的不满,认为这是一个偷工减料的、草率的本子),后来翻刻,也没有必要将其合并为每二卷才有一个。所以,原来当是十卷,在将它分为二十卷时,如仍用每卷有一说明的形式,则对每卷故事的起讫需要重新统计,颇为麻烦,为了贪图方便,就把原来每卷下的说明改为二卷合用,以省掉重新统计的工作。

接着而来的一个问题是:把十卷分为二十卷,是否始于黄本?倘若是的,那么,第七卷下的说明"七卷八卷首尾共两年事"自也是出于主持黄本编刊者的手笔,或出于他的授意,那么,他为什么只在第七卷下加这样的说明,而其他的各卷都不加呢?倘说他在加了一次说明后就不耐烦了,所以其他各卷都没有;但加说明自应从第一卷起,为什么唯一的一个说明却出现在第七卷?所以,导致这种状况的唯一可能是:黄本所依据的本子原是每二卷有一说明的,主持黄本编刊者认为此种说明没有必要,就把它们删去了,只是由于删除时的疏忽,把第七卷下的说明保留了下来,刻出来就成了现在的样子。由此言之,黄本的底本实是一个已把"旧本"的十卷分割成了二十卷的本子,而且颇为草率。因为:第一,它不对每卷故事的起讫时间和所历年数重加统计,而采取了把"旧本"的每卷有一说明改成每二卷出一说明的只图省力而不惜降低质量的方式;第二,从叶本可知,"旧本"每卷下的说明是先注明该卷故事的起讫时间,而且颇为详细,包括年号和干支,然后再注其所历年数,但在黄本的底本中,却把起讫时间这一项都删去了。——关于此点,也许有人会说:黄本第七卷下的说明虽然没有起讫时间,但何以证明其并非黄本所删而是它的底本的原来样子呢?这将在论述下一个问题时一并解决。

(二) 张氏说:黄本"镌全豫('像'字之讹)演义三国志群臣姓氏附录(在嘉靖本为'三国志宗僚')""中所列的人物,与嘉靖本及其他本所列基本一致。但此本'附录'中有两句话却为嘉靖本及其他本所无,一是在'附录'之前有'起汉灵帝戊申岁至晋世宗庚子岁止,首尾总计一百一十三年事实'"[16]。又说:嘉靖壬午本卷首蒋大器序说"若东原罗贯中以平阳陈寿传,考诸国史,自汉灵帝中平元年,终于晋太康元年之事,留心损益,目之曰《三国志通俗演义》","但我们看嘉靖本所叙史事,实起自汉灵帝建宁元年(168年)终于晋太康元年(280年)",黄本卷首"附录""下有'起汉灵帝戊申岁至晋世宗庚子岁止……'一行文字。……这与该书所叙史事年代起止是一致的。"[17]所以,张氏不但因此而认为有此行文字的黄本为"旧本"和"嘉靖本显然后出"[18],并还进而作了如下结论:"这也证明蒋大器的序实在是一文不值的"[19]。

不过,如上所引,叶本第一卷的说明是:"起汉灵帝中平元年甲子岁,止汉献帝兴平二年乙亥岁",所述起始之年恰恰与蒋序吻合;而且,叶本的这一说明当出于"旧本",也已如上述。当然,正文第一节《祭天地桃园结义》的开头确是"后汉桓帝崩,灵帝即位,时年十二岁。……建宁二年四月十五日,帝会群臣于温德殿中……"[20]然则"旧本"在说明中何以不说"起汉灵帝建宁元年戊申岁"呢?当是因为建宁元年只是汉灵帝即位之年,而非三国史事肇始之岁。如从正式的历史纪年来说,"三国"自应从东汉灭亡、曹丕代汉的黄初元年算起;但魏、蜀、吴之间的如火如荼的斗争却是远在这之前就开始的,到黄初元年,这些最精采的故事都已结束了。倘竟从黄初元年写起,《三国演义》的吸引力至少要失去十之七八。因而"旧本"把三国故事的正式开始定为中平元年——据该书所写,在这一年中,随着黄巾军的"举事",蜀、魏、吴三国的创始人刘备、曹操、孙权相继登场,这之后三个集团的势力逐渐扩大,乃至形成三国鼎立的形势。既然《三国演义》所述说的是三国故事,那么,把书中刘备、曹操、孙权开始登场的中平元年作为它的开始,当然比把建宁元年——那年刘备还在"贩履织席为业"[21]——作为其开始要合理得多。所以,书中所简单交代的灵帝即位至黄巾"举事"的过程不过是三国故事的引子。否则,《祭天地桃园结义》一开头就是"后汉桓帝崩,灵帝即位……",只要是识字的人,谁都看得懂那是在说灵帝即位那一年的事,为什么"旧本"卷一的说明和蒋大器的序偏偏不说其始于灵帝建宁元年而要说它起于中平元年呢?顺便提一下,蒋大器所看到的本子可能还是每卷下说明起讫年代的,故其所述与"旧本"相合。

因此,黄本"附录"下的"起汉灵帝戊申岁……"的"一行文字",实与"旧本"抵触。而如果黄本的底本中,其卷一说明原有"起汉灵帝中平元年甲子岁……"的话,黄本的编刊者自能明白三国故事是从甲子年刘、曹、孙相继登场开始的,而不致硬说其起于"汉灵帝戊申岁"了。

(三)被张氏作为黄本出于嘉靖壬午本以前的另一证据,是"附录"的"魏姓氏'别传'后,有'已上皆有本传,惟本堂全像演义,搜补事实,一一载之。故增附录耳'。由此亦可想见此书在最初写定时,据当时的三国故事参以史籍,踵事增华,整理成书的情形"。[22] 按,黄本的"镌全像演义三国志君臣姓氏附录",所载均为人名。此处的"本堂全像演义,搜补事实,一一载之,故增附录耳"之语,显然是指黄本(或其底本)"搜补"了原先的《三国演义》所不载的"事实",并把它们"一一载"于书中,以致书中人物增多,所以在卷首的"镌全像演义三国志群臣姓氏"中增加了"附录",以记载这些"搜补"进去的"事实"中的人名。张氏也是这样理解的,故有"踵事增华"等语。不过,这几句话却恰恰暴露了黄本(或其底本)的编刊者根本不了解《三国演义》卷首这个"三国志君臣姓氏"的意旨,因而这几句话绝非"旧本"原有。

类似这样的君臣姓名,在《三国演义》的很多版本中都有。例如,嘉靖壬午本卷首有《三国志宗僚》,所载人名按蜀、魏、吴三个系统依次排列(黄本也按这一系统排列);而每个系统中的名称次序又不尽相同。蜀的排列次序是帝、后及其儿子,然后"列传"、"别传"、"附传"。吴与蜀相似,唯在帝、后之后有"宗室",所载不仅为各帝之子,蜀的"列传"则为吴所无。魏与蜀的区别,首在传的名称:蜀的"列传",魏改称"本传"之后、"列传"之前。叶本在全书总目录后,有一个"三国君臣姓氏附录":其细目为"魏国帝纪 后妃纪 臣纪 皇族纪 别传 蜀国帝纪 后妃纪 臣纪 皇族纪 别传 附传 吴国帝纪 后妃纪 臣

纪 皇族纪 附传"。但无具体人名。估计这只是一个目录,具体人名当在第十卷(正文的最后一卷)之后。今其第十卷已佚,此一部分当也随之亡佚。黄本所用名目也是"帝纪"、"后妃纪"、"臣纪"之类的名目,与叶本当为同一系统,但已作过增改。

在这里首先应弄清楚的是这一名单的性质。嘉靖壬午本的"三国志宗僚",似应理解为史籍《三国志》中的"宗僚"姓名;叶本的"三国君臣姓氏"则既可理解为《三国志》中的,也可理解为《三国演义》中的;黄本的"镌全豫(像"字之讹)演义三国志君臣姓附录"(类似这样的名称并非始于黄本,但为节省篇幅,本文于此不涉及)则显然是指《三国演义》中的君臣姓氏了。

先看嘉靖壬午本。它的这份名单中,囊括了《三国志》中的较重要人物,尤其是有正式传记的人物,而且有好些是只见《三国志》而在《三国演义》中根本不出现的,如魏的阮籍、嵇康,吴的腾后(孙皓妻)等;至其"附传"一目,则专收其传记或事迹在《三国志》中仅仅附见于别人传记中的人物(偶有例外,见后),更显然是以《三国志》为标准的。由此言之,这份名单乃是《三国志》中人名的名单。但是,也有极个别人物是《三国志》中没有而仅见于《演义》的,例如蜀的"附传"中的周仓。这可以有两种解释:一、此类人名为后人窜入;二、《三国志宗僚》中偶尔也收入《三国志》所没有的、《演义》中的重要人物。但即使采取后一种解释,这份名单也主要是《三国志》人物的名单。

再看叶本。虽然其"三国君臣姓氏附录"的具体名单亡佚了,但因一则除少数地方有异外,叶本与壬午本基本相同,这份名单当也如此,再则黄本与叶本名单当出于同一系统,黄本名单也与壬午本基本相同,所以,叶本名单与壬午本名单纵有出入,当也极微。在这里需要注意的是:一、叶本"君臣姓氏"的排列,先魏后蜀,这显然出于《三国志》。二、叶本的这份"姓氏"中,于"帝纪"之后,即为"后妃纪"、"臣纪"等,这当然是不通的,不符合修史体例,但因叶本出于"旧本",所以这可能是较为原始的面貌,而壬午本把"纪"字全都取消,并把臣子降为"传",则是出于后来的修改。三、叶本魏、蜀皆有"别传",而壬午本中魏的"别传"却成了"列传"。就壬午本来看,蜀的别传为刘焉、刘璋,即蜀地的原来的统治者,也即并非刘备的臣子;壬午本将他们编入"别传",而与收刘备、刘禅臣子的"列传"区别,这自然是合理的;但魏的部分那些与刘焉、刘璋身份相当的人如"吕布、袁术"等为什么不列入"别传"而入于"列传"呢,何况叶本魏也有"别传"。所以壬午本的魏的"列传"当为"别传"之误。而"别传"既误为"列传",所以就把原来收曹氏臣子的"列传"(壬午本蜀的部分的"列传"是收刘备、刘禅的臣子的,魏的部分自应是相同的体例),改为"本传"了。

总之,无论从出于"旧本"的叶本根据《三国志》来排列这分名单的魏、蜀、吴次序,抑或从壬午本名单所列人物的上述情况来看,都可证明"三国志宗僚"或"三国君臣姓氏"主要不是《三国演义》的人物表。所以,把这份名单称为《镌全像演义三国志君臣姓氏附录》——"演义三国志"的人物名单,则显然是后人对这份名单的性质的误解,当然不会是"旧本"的原话。尤其是黄本独有的所谓"惟本堂全像演义,搜补事实,一一载之,故增附录耳"诸语,不但如上所述进一步坐实了这是《三国演义》的人物表,而且这话是出现在魏的"别传"之后、"附传"(黄本魏国无"附传",但在这几句后所列人名仅较壬午本的魏国附传少了一个缪袭,多了一个莫名其妙的枚生,当然还增加了不少错字;所以,这几句话后的名单,基本上就是壬午本的"附传"名单;且黄本于蜀、吴皆有"附传",为方便计,本文把这些人都称为魏国

"附传"中的人物)之前的,所以这至少意味着魏国"附传"中的这些人物都是见于其所"搜补"并"一一载"于《演义》中的"事实"而为《演义》的最初本子所没有的。但遗憾的是:在这一魏国"附传"里的人物,有许多(除上举的嵇康、阮籍外,还有应璩、刘祯等)是黄本《三国演义》正文所没有的,当然也看不到有关的"事实",可见"搜补事实,一一载之"云云,实是谎言。但他既然对嵇康、阮籍等一大批人的事实根本没有"搜辑"过,也没有将它们记入《演义》,何以敢于如此当众撒谎呢?这当是因其误认这份名单为《三国演义》人物表(如上所述,这份名单当是"旧本"已有),以为既然榜上有名,书中就一定有其"事实",反正一般读者也不会知道这些"事实"是谁搜集来的,不妨贪天之功以为己有。那么何以要如此自吹自擂呢?这就牵涉到当时书坊之间为招徕顾客而进行的激烈竞争,具体情况可参看金文京教授《三国志演义の世界》[23]的关于《三国志演义》出版战争的论述。

然而,张志和氏却把这种远离事实的广告作为黄本早于嘉靖壬午本的有力证据之一,这真是从何说起。

【参考文献】

[13]《辞海》1999 年版(辞书出版社,1999)。

[14] 张志和氏《前言》。

[15] 参见井上泰山氏《解说》,《三国志通俗演义史传》下卷。

[16][17][18][19] 张志和氏《前言》。

[20]《三国志通俗演义史传》上卷。

[21]《祭天地桃园结义》,《三国志通俗演义史传》卷一。

[22] 张志和氏《前言》。

[23] 金文京《三国志演义の世界》(日本东方书店,1993)。

《金瓶梅》词话本与崇祯本刊印的几个问题
黄 霖

发表于《河南大学学报》2006 年第 1 期。

本文针对时下海内外学者有关《金瓶梅》词话本的版刻及其与崇祯本的关系等一些看法,论证了现存最早的《新刻金瓶梅词话》即是初刻本,它与崇祯本之间的关系即是"父子关系",并对各崇祯本之间的关系问题,作了一些辨析。

【文选】

一、《新刻金瓶梅词话》即是初刊本

说《新刻金瓶梅词话》即是初刻本,首先要说明的是对于"新刻"一词的理解。"新刻"的确可以理解为在原刻的基础上重新刊印。叶德辉《书林清话》卷一在述其"刊刻之名义"时曾对"新雕"、"新刊"作了这样的解释:"刻板盛于赵宋,其名甚繁。今据各书考之……又曰新雕,乃别于旧板之名。《瞿目》校宋本《管子》24 卷,每卷末有墨图记云'瞿源蔡潜道墨宝堂新雕印'是也。……又曰新刊,亦别于旧板之名。《天禄琳琅》三庆元六祀孟春建安魏仲举家塾刻《新刊五百家注音辨昌黎先生文集》是也。"刘辉先生即据此义而认为词话本是二刻:"正因为有原刻在前,故特别标明此为'新刻',列于每卷之首。"[3](P119) 但是,时至明代,特别是在刊刻戏曲、小说时,"新刊"、"新刻"的含义往往有所变化,"新刊"、"新刻"特指初刻的情况也屡见不鲜,即以叶德辉的《书林清话》来看,也有将"新刊"指为初刊的,如云:

汇刻词集自毛晋汲古阁刻《六十家词》始……国初无锡侯氏

新刊《十家乐府》：南唐二主（中主四首，后主三十三首）、冯延巳《阳春集》（宋嘉祐陈世修序，序谓"二冯远图长策不矜不伐"云云）、子野（张先）、东湖、（贺铸）、信斋（葛剡）、竹洲（吴儆）、虚斋（赵以夫，有淳祐己酉芝山老人自序）、松雪（赵孟頫）、天锡（萨都剌）、古山（张埜，邯郸人，有至治初元临川李长翁序），皆在毛氏宋词六十家之外，载王士禛《居易录》十三。此刻世不多见，《汇刻书目》既未胪载，《邵注四库简明目》亦未及见。（卷7）

这里提到"新刊"的《十家乐府》显然是初刻。除此之外，我们不妨再举数例来证明明清时所说的"新刻"即是初刊。

（一）《水东日记》卷6：

　　古廉李先生在成均时，松江士子新刊孙鼎先生《诗义集说》成，请序。先生却之，请之固，则曰："解经书自难为文，近时惟东里杨先生可当此。况六经已有传注，学者自当力求。此等书吾平生所不喜，以其专为进取计，能怠学者求道之心故也。"

（二）《弇州四部稿续编》卷12《为胡元瑞序》：

　　曩余为胡元瑞序《绿萝轩稿》，仅寓燕还越数编耳。序既成，而元瑞以新刻全集凡十种至，则众体毕备，彬彬日新富有矣。

（三）《警世通言叙》：

　　陇西君，海内畸士，与余相遇于栖霞山房。倾盖莫逆，各叙旅况。因出其新刻数卷佐酒，且曰："尚未成书，子盍先为我命名！"余阅之，大抵如僧家因果说法度世之语，譬如村醪市脯，所济者众。遂名之曰《警世通言》而从臾其成。时天启甲子腊月豫章无碍居士题。

（四）《禅真逸史》第21回：

　　每年春秋二社，羊家为首，遍请村中女眷们聚饮，名为群阴会。羊家新刊一张十禁私约刷印了,每一家给与一纸。又于土谷神祠张挂禁约,各家男子,都要循规蹈矩,遵守内训,犯禁者责罚不恕。稍违他意,便率领凶徒打骂,因此人人怕他。

(五)《荡寇志》第136回:

只见那块石碣抬到面前,张公与贺、盖等四人一齐观看。贺太平道:"此非古迹,确是新镌。"

假如我们再打开《中国通俗小说书目》,可以看到大量冠以"新刻"、"新镌"、"新刊"的小说大都是初刊本,如《新刊按鉴编纂开辟演绎通俗志传》、《新刊京本春秋五霸七雄全像列国志传》、《新镌全像孙庞斗志演义》、《新刻按鉴编集二十四帝通俗演义全汉志传》、《新刻续编三国志后传》、《新镌全像通俗演义隋炀帝艳史》、《新刻增异说唐后传》、《新镌出像小说五更风》、《新镌小说八段锦》、《新镌绣像小说贪欢误》、《新刻小说载花船》、《新刻全像海刚峰先生居官公案传》等等,它们是不同于《重刻西汉通俗演义》、《重刻京本增评东汉十二帝通俗演义》等标为"重刻"的作品的。

根据以上材料,我想说明的是:仅以"新刻"两字是难以断为即是"重刻"的。"新刻"可能是指重新翻刻,但也有可能是指初次新刻。

那么,《新刻金瓶梅词话》究竟是重刻还是初刻呢?"重刻"论者(不管是"二刻"还是"三刻"论者)主要是依据当时一些早期笔记中谈到的都是20卷本的《金瓶梅》,而没有谈到10卷本的《金瓶梅词话》来加以推断,实无一条实证。关于这些推断,下文再作分析。这里,我想重要的还是要依据文本本身的事实来说明问题。而现存的《新刻金瓶梅词话》的文字即清楚地告诉我们,它即刊刻在万历末至天启年间,其刊刻的时间正合当时各家所说。

当时谈到《金瓶梅》刊刻情况的实际上只有三家。

一是谢肇淛的《金瓶梅跋》说:"此书向无镂版。"此跋当写于万历三十四年丙午(1606)或之后,因这一年袁中郎曾写信给他要书:"《金瓶梅》料已成诵,何久不见还也!"此跋收在谢肇淛的《小草斋集》中。该集卷首叶向高序作于天启丙寅(1626),故一般说来,谢肇淛到此时尚不知世有《金瓶梅》刊本。

二是沈德符的《万历野获编》曰:"丙午,遇中郎京邸,问曾有全帙否?曰:第睹数卷,甚奇快。……又三年,小修上公车,已携有其书,因与借抄挈归。吴友冯犹龙见之惊喜,怂恿书坊以重价购刻。马仲良时榷吴关,亦劝予应梓人之求,可以疗饥。予曰:此等书必遂有人板行,但一刻则家传户到,坏人心术,他日阎罗究诘始祸,何辞置对,吾岂以刀锥博泥犁哉?仲良大以为然,遂固箧之。未几时,而吴中悬之国门矣。"马仲良"榷吴关"时在万历四十一年癸丑(1613),此时由冯梦龙开始怂恿书坊刊印,未果,但"未几时",在"吴中悬之国门"。这个"未几时"是个不确定说法,我们又无法考定沈德符写这条材料的具体时间,只是知道当在万历四十七年(1619)三月丘志充任汝宁知府之后,因为文中提到"邱旋出守去"一语。换句话说,多数是写在天启年间。

三是薛冈的《天爵堂笔余》说到"往在都门,友人关西文吉士以抄本不全《金瓶梅》见示,余略览数回。……后二十年,友人包岩叟以刻本全书寄敝斋,予得尽览"。这里的"往在都门",当在万历二十九、三十年间(1601—1602);[7]"后二十年",当在天启一二年间(1621—1622)。但这个"后二十年"只是个约数。薛冈在天启七年(1627)给文在兹的侄子文翔凤写《与文太清(翔凤)光禄》信时亦称"二十年肝胆",说明他与文家两代人的交情有20年左右。因此,薛冈收到包岩叟寄来的《金瓶梅》刊本当在天启年间。

据上所析,《金瓶梅词话》真正"悬之国门"当在天启年间。而其文本实际也证实了这一点。在这里,我们有必要借用马征先生的一段文字:

> 1986至1987年,笔者和鲁歌先生一起进行了一项繁琐而浩大的工程:把《金瓶梅》的各种版本汇校一遍,发现这个词话本为避皇帝名讳,改字的情况很突出。我们统计,从第14回到61回,刁徒泼皮"花子由"这个名字出现了4次,但第62、63、77、80回中,却一连13次将这一名字改刻成了"花子油",这是为了避天启皇帝朱由校的名讳。由此可窥,从第62回起,它必刻于朱由校登基的1620年夏历九月初六日以后。[8](P266—267)

这一事实,的确有力而生动地说明了《金瓶梅词话》刊刻的过程:假如这100回的大书从万历四十五年(1617)由东吴弄珠客作序而开雕的话,刻到第57回时泰昌帝朱常洛还未登基,而刻到第62回时,天启帝朱由校已经接位,故在以后的各回中均避"由"字讳,而第95、97回中的"吴巡检"尚未避崇祯帝朱由检的讳,故可确证这部《金瓶梅词话》刊印于天启年间。

这样,结论当是:这部《新刻金瓶梅词话》即是初刊本,刊成于天启年间。这是因为:

(一)刊印于天启丙寅(1626)的《小草斋集》中的《金瓶梅跋》明说"此书向无镂版"。

(二)今存此书避天启而不避崇祯之讳,即说明它刊于天启年间。

(三)初刊于天启年间的结论与沈德符、薛冈的说法也相吻合。

(四)"花子由"之名的前后不同的情况即反映了一种呈"初刊"状的原始面貌;反之,假如是"重刻"的话,当一律避讳,且在前面的

"花子由"会首先引起注意而改去。

（五）目前未见《新刻金瓶梅词话》之前有原刊（假如有的话）的文本,也未见有相关的记录,全凭推测不足据。

【参考文献】

[3] 刘辉.现存《金瓶梅词话》是《金瓶梅》的最早刻本吗——与马泰来先生商榷[A].金瓶梅论集[C].台湾:贯雅文化事业有限公司,1992.

[4] 李时人.《金瓶梅》的作者、版本与写作背景[A].金瓶梅新论[M].北京:学林出版社,1991.

[5] 许建平.《新刻金瓶梅词话》是初刻抑或是三刻[J].枣庄师专学报,2000,(1).

[6] 叶桂桐.中国文学史上的大骗局、大闹剧、大悲剧——《金瓶梅》版本作者研究质疑[J].烟台师范学院学报,2002,(3).

[7] 黄霖.《金瓶梅》成书问题三考[J].复旦学报,1985,(4).

[8] 马征.《金瓶梅》悬案解读[M].成都:四川人民出版社,2004.

论明代建阳刊小说的地域特征及其生成原因

涂秀虹

发表于《文学遗产》2010年第5期。

本文讨论了建阳刊小说的明显地域特征:从语体来说,以白话通俗小说为主,而较少介入文言小说的刊刻;从题材来说,多集中于讲史、神魔、公案三类题材,而极少艳情小说的刊刻;从作品类型来说,《三国志演义》、《水浒传》、《西游记》三大名著的刊刻与改编占了现存全部刊本的一半,且以简本为主,此外所刊小说多为书坊组织文人编撰,受典范作品影响,但艺术成就大体不高;从版式上看,现存三分之二的刊本为上图下文版式,图像雕刻大多比较粗糙。上述特征的形成,与明朝的封建统治能力和官方的政策导向、闽北地区的理学氛围与区域性文化特征、建阳的经济文化水平,以及与此相关的建阳书坊的经营策略等方面密切相关。

【文选】

三 编刻类型与稿源

建阳书坊刊刻小说大致可分为两类,一类是《剪灯新话》、《三国志演义》、《水浒传》、《西游记》等典范作品,一类是这些典范作品影响下产生的小说。典范作品大体都是江南刊本的重新编刻,如《三国志演义》、《水浒传》、《西游记》三大奇书的各种版本占现存建阳小说刊本将近一半,其中绝大多数为简本。典范作品影响下产生的小说也有一些版本来自江南,如三台馆刊杨尔曾编订《新镌全像东西两晋演义志传》,如焕文堂印万卷楼刊本《海刚峰先生居官公案传》等,但是绝大多数出于建阳书坊组织文人自编。这些作品因袭摹仿,其叙事水平与元刊平话比较接近,艺术成就远远无法与典范作品相比,因此,时至今日,这些小说已多被市场流通所遗忘,这是传播史上优胜劣汰的必然规律。

建阳刊小说的编刻类型有其深层的生成原因,最直接的因素在于稿源,特别是小说作者的构成。对于建阳书坊来说,稿源的问题其实是书坊发展的瓶颈。当闽学发展走过了它的黄金时代,闽北文化复归于它山林的偏远和沉寂时,稿源问题特别突出地表现出来,并最终限制了建阳刻书业的持续发展。随着明代弘治、正德以后封建统治能力的下滑,理学在民众生活中的核心地位也逐渐减退,建阳书坊理学著作和经史类著作稿源不足,这是明代正德、嘉靖以后建阳书坊向小说刊刻转型的重要原因。

但是,建阳刊刻小说若要持续发展,小说稿源同样是最为关键的因素。而建阳书坊不容易获得高质量的稿源。

从文言小说和白话小说全部作品和作者来看,典范作品的作者都不出于建阳,如"剪灯"系列的瞿祐《剪灯新话》和李昌祺《剪灯余话》,中篇传奇(元)宋梅洞《娇红记》,白话长篇小说罗贯中《三国志演义》、施耐庵《水浒传》、吴承恩《西游记》。《三国志演义》、《水浒传》、《西游记》的作者研究至今存在争议,但这些作者也与福建地区无涉。典范作品影响下的小说其作者或者是建阳文人,包括建阳书坊主,更多的则是建阳书坊聘请的文人,多来自江西。笔者对"三国"、"水浒"、《剪灯新话》、《剪灯余话》之外的九十种刊本进行统计,除三十四种不明作者或不明作者籍贯之外,三十二种出自福建文人,其中以建阳刻书世家之熊大木、余邵鱼、余象斗之作最多;十一种出自江西文人如邓志谟、朱星祚、黄化宇、吴还初等;其他浙江、广州、金陵、湖北、河南、安徽、甘肃等地各有少量,其中如冯梦龙等可能系伪托。

从已知情况来看，建阳书坊组织编撰小说的作者都是名不见经传的下层文人，文学修养不高。但他们中有的人阅读面很广，所谓"博洽士"，善于做编辑的工作。如熊大木，《大宋中兴通俗演义》等数种小说之外，还编校、集成《日记故事》、《新刊类纂天下利用通俗集成锦绣万花谷文林广记》、《新刊明解音释校正书言故事大全》等，就是《大宋中兴通俗演义》、《唐书志传通俗演义》、《全汉志传》、《南北宋志传》等小说，严格说来也具编辑性质，因为都有所据旧本，结合史料及其他传说资料编写而成，所以，我们往往称之为"编撰"，而不称之为"创作"。又如邓志谟，其编辑情况与熊大木非常相似，《铁树记》、《飞剑记》、《咒枣记》等小说之外，还有《山水争奇》等七种"争奇"、《故事白眉》、《故事黄眉》、《锲旁注事类捷录》、《古事镜》等等，编了很多书，基本都属于类书。利用旧本，大量抄录史料及其他资料，拼凑痕迹比较明显，这是建阳书坊编撰小说的基本特征；甚至如公案小说，多转录、拼凑而只是更换书名而已。由建阳书坊编撰和刊行的很多小说都具有开拓新题材的意义，如《南北宋志传》、《唐书志传通俗演义》、《大宋中兴通俗演义》、《列国志传》、《包龙图判百家公案》等小说，开启了杨家将、说唐、说岳、列国志等小说题材的创作；大量同类型小说的刊刻从小说史发展的角度、从小说文体与小说类型形成的角度、从普及小说接受从而推进小说发展的角度来说有其重要意义，但若每一部小说单独分析，其叙事艺术成就不高。

明代小说的典范之作多已在嘉靖之前产生，但是，为数很少的几部作品远远无法满足读者的需求，而此时通俗小说的创作尚处于不自觉的状态，因此建阳书坊主以其商业敏感率先组织文人编撰小说，对于小说的发展显然有其重要意义。可惜的是，建阳书坊未能与高水平小说作家合作,未能获得高质量稿源,这是与建阳当地的经济文化发展水平密切相关的。

宋代闽北地区曾为全国文化最发达地区,这有着天时地利人和多方面的原因,但其中一个不容忽视的因素是带动闽北地区文化发展的理学属于山林文化,它不依赖于城市的发展,甚至它必须逃避城市发展的喧嚣,它要求学者远离城市归于山林,读书思考,涵泳性情,正如李侗传于朱熹的指诀:"默坐澄心,体认天理。"闽北由于武夷山的阻隔,有深山大川之静僻,非常适合理学家体认天理的默坐澄心,同时离南宋的政治文化中心临安不太远,若以当时的半壁江山而论,建阳甚至正好处于全国中心的位置,因此又很方便于以天下为己任的理学家感触国家民族命脉,适时干预时事。这是闽学能建立集大成的思想体系,而又能成为主流意识形态的客观原因之一。

然而,时至明代中叶,山林文化衰微,城市文化成为主流,而通俗小说是商品经济发展的产物,与城市化的文明程度密切相关。从宋元话本、元刊杂剧来看,很多小说戏曲都出自"古杭新编",苏杭一带由于城市规模大,经济发达,是小说戏曲之渊薮。而且江南地区当时事实上已初步形成以苏、杭为中心城市的经济区,包括镇江、应天(南京)、松江、常州、嘉兴、湖州等地在内,类似于今日的长江三角洲经济区,构成了都会、府县城、乡镇、村市等多层级的市场网络。江南地区人口密集,明代,苏州、杭州与北京、南京是全国人口最多的城市,比如苏州,据《明史》记载,洪武二十六年户四十九万一千五百一十四,口二百三十五万五千三十。弘治四年,户五十三万五千四百九,口二百四十八千九十七。万历六年户六十万七百五十五,口二百一万一千九百八十五。① 可以想见,在江南地区这个庞大、密集的人群中,有多少艺术人才,有多少热衷小说戏曲的读者,每天演绎着多少小说戏曲取之不尽的市井故事素材。

而闽北,历来以山林文化著称,它培育出了唐宋以来大量的诗人和学者,武夷名山曾吸引众多道、释修行者。兴于宋代的建阳刻书正源于此深厚的文化意蕴。但是,它处于深山,刻书兴盛的麻沙和书坊更是两个远离尘嚣的秀美山村,明代的建阳经济文化都不发达,就城市化的发展程度来说与杭州、苏州、金陵等地相比更是望尘莫及。由于计产育子、溺婴等习俗,建阳乃至福建人口长期增长不大。

根据万历《建阳县志》卷三"籍产志"记载,万历二十年建阳人口为"户二万五千四十六,内寄庄户二百二十三,口八万三千三百七十一"②。又由于福建山水阻隔的地理特征,福建从来未能形成调控全局的文化中心,闽人善于经商,但是,福建的商业贸易也始终未形成统一的区域性市场网络。闽南地区商业贸易发达,宋代泉州刺桐港、明代漳州月港都曾经非常兴盛,一度甚至成为全省的经济中心,但以闽南一带为中心主要向海外辐射,与闽北、闽西内地的交流由于交通不便相对较少。明代景泰年间至于天启,是漳州月港最为兴盛的时期,这个时期也是建阳刊刻小说的兴盛时期,但是,我认为两者没有必然联系。闽南对外贸易的商品中也有"建本文字",但是,建阳书坊刻书是以江南刻书为向心的,其版本翻刻、编撰取材、图书集散都主要与江南地区交流,从图书销售的角度说,通过江南地区流向全国的市场绝对要比通过闽南流向海外的市场大。所以,一定程度上可以

---

① 《明史》卷四○《地理一》,中华书局1974年版,第4册,第918页。
② 《(万历)建阳县志》,第341页。

说,建阳书坊相当于当时全国图书行业的小商品生产(加工)地,小作坊密集,生产成本较低,生产水平也较低,但生产量很大。

城市文明和市民文化的发展先天不足,没有喧嚣城市那家长里短的丰厚积累,天马行空的空旷想象也受阻于触目的群山,缺乏叙事文学丰厚的土壤,建阳的小说编撰和小说刊刻必然缺乏原创性大手笔的精品。

建阳经济不发达,在宋元时期尚有银矿和建茶产业,至于明代,则惟以书坊书籍为当地最大产业。万历《建阳县志》卷三"赋役"说:"今潭产至单微。"①卷一记各乡市集:"在乡一十六里乡市各有日期。如崇化里、书坊街、洛田里、崇洛街、崇文里、将口街,每月俱以一六日集……是日里人并诸商会聚,各以货物交易,至晡乃散,俗谓之墟。而惟书坊书籍,比屋为之,天下诸商皆集。次则崇洛绵花纱布二集为大,余若崇泰里、马伏、石街、后山街……则聚无常期,亦不过鱼盐米布而已。"②由此可见其产业单一,商业不盛,经济相对落后。

明代,似乎福建文化的辉煌已成过去,特别闽北地区区域文化呈明显弱化趋势。从一些数据统计看来,明代福建进入政府中枢的官员已经很少,远远无法跟宋代相比,跟邻近的江西相比也大为逊色。

明代闽北乃至福建都已经很少产生著名文人,像明初杨荣那样的名人极少。以科举及第情况来说,明代与宋代远远无法相比,而嘉靖以后闽北地区更明显衰落,明前期该地区进士总数一百一十九人,而嘉靖及其以后只有六十六人,仅占明代该地区进士总数的35%;从各科平均及第人数来看,嘉靖以前每科及第近三人,嘉靖以后则为一

---

① 《(万历)建阳县志》,《日本藏中国罕见地方志丛刊》,第343页。
② 《(万历)建阳县志》,《日本藏中国罕见地方志丛刊》,第265页。

人左右。而状元、榜眼、探花这三鼎甲中,仅明初洪武十八年(1385)建阳的丁显中状元,其余空无一人。①根据万历《建阳县志》卷二"书院"之"同文书院"条下小字记载,"其地方业儒者少"②,建阳县学生员也不多。

显然,由于地处偏僻,文化衰退,闽北本地较少产生人才,也留不住人才,更不能吸引外来人才。这是建阳刊小说作者构成的根本因素。建阳经济文化不发达,民间资金积累薄弱,使得建阳书坊主未能有大魄力向外地组织高水平的作者和稿源;而建阳之外经济文化发达地区,也许已经具备了创作较高水平小说的力量,但是,又缺乏像建阳书坊这样的组织推动力,同时期同样未能产生高水平小说。于此可观明代嘉靖、万历时期小说面貌生成之一斑。

① 林拓《文化的地理过程分析》,第125页。
② 《(万历)建阳县志》,《日本藏中国罕见地方志丛刊》,第300页。

4. 清代小说刊印研究

跋乾隆甲戌脂砚斋重评《石头记》影印本

胡 适

1961年,胡适将所藏甲戌本影印出版,并题写了这篇跋文。后收入《胡适红楼梦研究论述全编》(上海古籍出版社1986年版)。文中指出了甲戌本在《红楼梦》版本研究上的重要地位与价值,并将四十年来陆续发现的五种脂本和程甲本、程乙本依据年代先后列出,并对每个本子的版本情况加以说明,从中总结出《红楼梦》从抄本到刻本的版本演变轨迹。

【文选】

总计我们现在知道的《红楼梦》的"古本",我们可以依各本年代的先后,作一张总表如下:

(一)乾隆十九年甲戌(一七五四)脂砚斋钞阅再评本,止有十六回。有今年胡适影印本。

(二)乾隆二十四年己卯(一七五九)冬月脂砚斋四阅评本,存三十八回:第一至第二十回(其中第十七、第十八两回未分开),第三十一至第四十回,第六十一至七十回(缺第六十四、六十七回)。

(三)乾隆二十五年庚辰(一七六○)秋月定本"脂砚斋凡四阅评过",共八册,止有七十八回。其中第十七、第十八两回没有分开,第十七回首叶有批云,"此回宜分二回方妥"。第十九回尚无回目,第八十回也尚无回目。第七册首叶有批云:"内缺六十四、六十七两回。"又第二十二回未写完,末尾空叶有批云:"此回未成而芹逝矣!

叹叹！丁亥(乾隆三十二年，一七六七)夏，畸笏叟。"第七十五回的前叶有题记："乾隆二十一年(一七五六)五月初七日对清。缺中秋诗，俟雪芹。"此本有一九五五年文学古籍刊行社影印本，用己卯本补钞了第六十四、六十七回。民国四十八年有台北文渊出版社翻影印本。

（四）上海有正书局石印的戚蓼生序的八十回本，即"戚本"。此本也是一部脂砚斋评本，石印时经过重钞。原底本的年代无可考。此本已有第六十四、六十七回了；第二十二回已补全了，故年代在庚辰本之后。因为戚蓼生是乾隆三十四年己丑(一七六九)的进士，我们可以暂定此本为己丑本。此本有宣统末年(一九一一)石印大字本，每半叶九行，每行二十字；又有民国九年(一九二○)及民国十六年(一九二七)，石印小字本，半叶十五行，每行三十字。小字本是用大字本剪粘石印的。大字本前四十回有狄葆贤的眉批，指出此本与今本文字不同之处。小字本的后四十回也加上了眉批，那是有正书局悬赏征文得来的校记。

（五）乾隆四十九年甲辰(一七八四)梦觉主人序的八十回本。此本虽然有意删削评注，但保留的评注使我们知道此本的底本也是一部脂砚斋重评本。

（六）乾隆五十六年辛亥(一七九一)北京萃文书屋木活字排印的《新镌全部绣像红楼梦》。这是程伟元高鹗第一次排印的一百二十回本。我叫他做"程甲本"。"程甲本"的前八十回是依据一部或几部有脂砚斋评注的底本，铅印本、石印本的祖本。

（七）乾隆五十七年壬子(一七九二)北京萃文书屋木活字排印的《新镌全部绣像红楼梦》。这是程伟元高鹗第二次排印的"详加校阅，改订无讹"的一百二十回本。我叫他做"程乙本"。因为"程甲本"一到南方就有人雕板翻刻了,这个校阅改订过的"程乙本"向来没有人翻板,直到民国十六年(一九二七)上海亚东图书馆才用我的"程乙本"去标点排印了一部。这部亚东排印的"程乙本"是近年一些新版的《红楼梦》的祖本,例如台北远东图书公司的排印本,香港友联出版社的排印本,台北启明书局的影印本,都是从亚东的"程乙本"出来的。

《儒林外史》版本源流考

李汉秋

发表于《文学遗产》1982年第4期。

吴敬梓的《儒林外史》是清代最重要也最流行的长篇小说之一。扬州、苏州、上海曾先后成为刊印的中心,现在能看到的版本还有十几种。本文在作者亲自调查的基础上,略述版本源流,并澄清一些悬案。

【文选】

一、三个嘉庆本同源一版

从程晋芳的《怀人诗》知道,《儒林外史》在一七四九年之前已经写成。程晋芳于一七七〇至一七七一年间写的《文木先生传》又说:"《儒林外史》五十卷,穷极文人情态,人争传写之。"可见在那时还只以抄本流传。

最早的刻本据金和《儒林外史跋》说,是"全椒金棕亭杨先生官扬州府教授时梓以行世,自后扬州书肆刻本非一"。金棕亭名兆燕,作扬州府教授的时间是一七六八至一七七九年。可惜此所谓金刻本迄今没有发现过。

现所见最早刻本是三种嘉庆本:嘉庆八年(1803)的卧闲草堂本、嘉庆二十一年丙子(1816)的艺古堂本和清江浦注礼阁本,都是五十六回,北京图书馆均收藏。经仔细校勘后笔者认为,此三本实同源于一版——姑称为卧版,它们只是卧版的不同版次而已,版框、行格、页码都完全相同,连卷首闲斋老人序的字迹、行款都一模一样,仅仅是内封上的版主和刊刻年代经挖补作了更动。

三本的文字完全相同，卧本空缺的地方，艺本、清本同样空缺。例如卧本第十二回第十七页（上）第二行"遂与订交"的"与"字空缺，第四行"权潜斋"的"潜"字空缺，第四十二回第八页（下）末行"我们"二字空缺，艺本、清本在相同位置都同样空缺。卧本第四十六回第二页（上）第一行"还是意"三字空缺；清本在同一位置照样空缺；艺本在同一位置原也照样空缺，后用另一种较小较细的字模补上"还是客"三字，即如这样的修补也难得一见。

　　卧本的误刻、漏刻、倒刻，艺本、清本也完全承袭。例如：卧本第十六回第十二页（下）第三行，"借"字本应在该行的末字，却误植在该行的首字，第十九回第十四页（下）第二行末三字"妻子一"误植在下一行的末三字位置上，第三十八回第十三页（下）第二行"往陕西去"的"往陕"二字与第十四页（上）例数第二行"风餐露宿"的"露宿"二字，因在页中的位置相似而互调误植了；第三十九回第五页（上）第四行"二十里"的"二"字与下一行"有一位"的"一"字互调而误植了；第四十六回第十四页（上）第二行"故家乔木"的"木"字与隔行"第二副"的"副"字，因在行中位置相同，隔行互调误植：凡此艺本、清本在相同位置上都有完全相同的讹误，其他讹字误刻，全都一模一样。

　　前引金和跋告诉我们，《儒林外史》的刊刻中心最初是在扬州，清江浦是淮阴，离扬州不远，当时同隶淮扬海道，清江浦注礼阁本既是卧本的复印本，那么，卧本是否属于"扬州书肆刻本非一"的范围之内？它能否是《儒林外史》的初刻本？值得注意，也都有待进一步考证。

　　……

三、群玉斋本即是苏州书局本

同治八年(1869)出现"群玉斋活字板"摆印本,书后附金和于同年十月写的跋,说道:"发逆乱后,扬州诸板散佚无存,吴中诸君子将复命手民,甚盛意也。薛蔚农(按:应作慰农)观察知先生于余为外家,垂询及之,余敢以所闻于母氏者(余母为青然先生女孙),略述其颠末如此。"在《儒林外史评》里,天目山樵光绪三年识语也说:"此书乱后传本颇寥寥,苏州书局用聚珍板印行,薛慰农观察复属金亚匏(按:金和字亚匏)文学为之跋"。《全椒县志》卷九金和传则说:"敬梓征君所著《儒林外史》,传本罕见,和出藏本与邑人薛时雨集资为笺注而梓行之。"

薛时雨字慰农,全椒人,看来苏州书局本的刊行同他的推动分不开。他曾在嘉兴、杭州做官,太平天国革命风起云涌时,他和潘季玉都曾在上海李鸿章手下办事,以后曾主持崇文书院和江宁尊经书院,在《盏山志》里曾写过吴敬梓传的顾云,好读《儒林外史》的沈葆祯都同他有交往。他同潘季玉等"吴中诸君子"的联系是密切的。

但全椒志的记载却有明显的错误,那时并没有出现过《儒林外史》的"笺注"本,金和写跋也没有说苏州书局用的是他家藏的底本。有趣的是,金跋主张《儒林外史》"原本仅五十五卷",而附载此跋的苏州书局本却是五十六回!此版字大清晰,天地头和行距都很宽,很醒目,是当时很流行的版本,盖复印过多次,有的本子附载金和跋全文,有的则不附。过去论者每以有金和跋的为苏州书局本,没有金和跋的为群玉斋本,这是不符合实际情况的。笔者曾不止一次见过:内封既署明"群玉斋活字板",书后又附载金跋全文的本子,可见群玉斋本和苏州书局本之间并不存在什么界限。笔者将这类本子,包括有金跋全文的群玉斋本、没有金跋的群玉斋本以及有金跋全文而缺少内封的原上海合众图书馆藏本,放在一起仔细比勘,事实证明,它们不仅版框、行格、页码完全相同,正文文字也无一出入,它们实同源一版,仅仅是不同版次对金跋作不同处理而已。

此版所依据的还是卧版的本子,对卧版明显易辨的讹误,它有所订正,但许多讹误依然沿袭下来。例如前举第三十八回"风餐露宿"是常用词组,卧版误作"风餐往陕",如此显误,它订正了;但因与此互调而把"往陕西去"误作"露宿西去",它就不察而沿误。第三十九回"有一位肖昊轩先生"卧版误作"二位",它订正了;而卧版把隔行的"二十里外"误作"一十里外",它就沿误。除沿卧版之误外,刊印中又新增加了许多讹误,诚如王承基所说,是校勘不精的书。

四、天山樵的评点和申报馆印本

苏州书局的刊行大大推动了《儒林外史》的传播,同治光绪间在上海一带出现了大批爱好者,张文虎成为一个重要的中心人物。

张文虎字啸山,笔名天目山樵、华谷里民、南汇诸生。受乾嘉学派影响,尚考据,尤长校勘,曾国藩称之为"大江南北惟此一人",属以金陵书局雠校事,校注《史记三注》,成《札记》五卷,为时推重。同光间游沪上。著述很多,多收于《舒艺室文集》和《覆瓿集》中。

他是《儒林外史》的热烈爱好者、热情评荐者。刘咸忻说他"好坐茶寮,人或疑之,曰:'吾温《儒林外史》也。'"(《校雠述林》卷四《小说裁论》)他评点《儒林外史》从同治年间看到苏州书局本后就开始了,同治十二年暮春就写过识语,次年刊行的申报馆第一次排印本收录。光绪二年又写过识语;到光绪三年嘉平小寒写的识语说:"予评是书凡四脱稿矣。"此后,光绪五年、六年、七年又几次写了识语,真可谓乐此而不疲耶!

他的评点本先后借给雷谔卿、阆颐生、沈锐卿、朱贡三、杨古酝、艾补园等人过录;他们又辗转传给其他人过录或阅览,例如艾补园就曾借给徐允临(号石史)过录,在社会上流传颇广,终于引起申报馆的注意。光绪七年(1881)季春天目山樵识语说:"旧批本昔年以赠艾补园,客秋在沪城,徐君石史言曾见之,欲以付申报馆摆印。予谓申报馆已有摆印本(按:指申报馆第一次排印本),其字形过细,今又增眉批,不便观览,似可不必。今春乃闻已有印本发卖(按:指申报馆第二次排印本),不知如何也。"这段记述同石史"从好斋辑校本"的跋文相合。查艾补园(亦作艾谱园)名承禧(又作祁禧),上海人,光绪十五年举人,春闱不第,在沪办养正小学,申报馆第二次排印此书或即由他和石史提供底本的。第二次排印本(简称申一本)比第一次排印本(简称申一本)字大,间隔也宽,评语用夹批而不用眉批,或是采纳天目山樵意见的结果。

申一本刊于同治十三年(1874)九月,因收有前一年的天目山樵识语,有人称之为"天目山樵识语本"。经过校勘可以看出,此本的直接底本是苏州书局本,略举下表以说明:

	齐省堂本 马二先生遽把 (匡超人)接过诗来,虽然不懂 (鲍文卿)吩咐他们 这领青衿	卧版三本 道把 不懂 他门 青矜	苏本和申一、二本 便把 不知 你们 青襟
十四回 十七回 二十六回 四十四回			

上列加着重号的词语,苏州书局本或有误或不准确,而申一、二本都与它相同,表现了承袭的痕迹,类似情况全书各回所在多有。

但申一本还是校正了以前各本包括苏本的许多讹误的,例如以前各本经常把"桌子"误作"卓子"、"搁"误作"阁"、"敝"误作"蔽"、"撒"误作"撤"、"幅"误作"副"、"入硷"误作"入敛"、"晚近"误作

"婉近",申一本一般都校正过来。

申二本刊于光绪七年(1881)春,在正文中以双行夹批插入天目山樵评语,这是此本的最重要特色,因称为"天目山樵评语本"。天目山樵评语从此才有了印本。申二本在申一本基础上又做了一番校勘工作,订正了过去各本包括申一本的许多讹误。它不像齐省堂本那样以己意擅改原文,但个别地方也受齐本影响改得不尽妥当。

清代中后期出版业的发展与清代公案侠义小说的繁荣
苗怀明

发表于《编辑学刊》1997 年第 2 期。

本文深入探讨清代公案侠义小说的出版机制与流传情况，分析其中的成败得失，不仅有助于中国小说史、出版史的研究，而且还可以为当今的畅销书出版提供一些有益的参考。

【文选】

(二)

与前代的小说出版相比，清代公案侠义小说的刊行过程带有更为浓厚的商业气息。利润的驱动促使书坊主们很投入的积极参与进来，而且他们不再像前代的书坊主那样只做一般的中介工作。在激烈的同行竞争中，他们具有敏锐的题材意识，主动介入到小说的创作或改编过程中，以求先声夺人，占领市场，得到更多的收益。以《三侠五义》的刊印为例，具有书商身份的退思主人从其好友入迷道人那里得到该书书稿后，意识到这本小说能赚大钱，马上拿到聚珍堂书坊刊印，等入迷道人发觉时，书已刻成。① 尽管限于材料，我们无法确知退思主人的真实姓名，但从其对题材的敏感及行为可以判定他的书坊主或书商身份。再如《小五义》一书的刊行，文光楼书坊主人石铎出于年利的考虑，一直"采访《龙图阁公案》底稿，历数年之久，未曾到手"，后来，"不惜重金，购求到手"，立即"延请名手，择录而剖删之"，

---

① 入迷道人《三侠五义》序。

共耗费二千余金,印刷了五千部。①应该说这是一种带有很大风险的投资,石铎如此卖力,绝非仅仅是出于喜欢,牟求重利是其行为的主要推动力,只要看一下书后的这则告白便可明白:"下余一百余回,尚未刊刻,到此热闹节目,为何住手?皆因中部所费,不下二千余金,无力再刻下部,篇首业已叙过。如有慷慨富厚之士,愿为续刻者,请到本铺商酌,本坊主人情愿效劳。计一年中,除檄还资本外,尚可得到三五百金。名实兼收,岂非快事。"其它如《彭公案》、《施公案》续书的刊印也无不如此。

在许多小说作品的卷首都有书坊主人所写的序言,如《小五义》前有文光楼主人所写的序,八续、十续《施公案》前有上海文宜书局主人所写的序等,由此可见书坊主们积极参与的情景。一般来讲,他们参与编辑、整理的基本工作程序是:先找到合适的书稿,如退思主人从友人那里借到《三侠五义》书稿,石铎重金购买《小五义》、《续小五义》书稿等;然后请人进行整理,或亲自动手。如石铎得到书稿后,"不惜重资,延请名手,择录而剖例之。稿中凡有忠义者存之,淫邪者汰之,间附己说,不尽原稿也"②。再如文光主人得到《施公案》续书的书稿后,"前后采辑凡千余篇,编成百回,悉心校雠,重刊以公同好"③。书稿改编整理完毕,就该进行刊印销售了。

找到合适的书稿,刊印出版,这对书坊主们来讲,只是完成了工作的第一步。如何销出作品,收回投资,并得到重利,这才是书坊主们最关心的。为了为小说作品及自己的书坊做宣传,书坊主们采用了许多行销宣传的办法。

---

① 文光楼主人《小五义》序。
② 庆森宝书氏《小五义》序。
③ 文光主人《新刊绣像全图施公案后传》序。

印上书坊的详细地址,方便读者前往购买,这是许多书坊普遍采用的老办法。如光绪十八年北京本立堂书坊所刊《彭公案》的封面上就刻着"京都琉璃厂西门路南本立堂书店刷印出售";光绪九年北京文雅斋书坊所刊《三侠五义》的封里刻着"板存京都前门外鲜鱼口内小桥路北文雅斋书坊";再如光绪十六年文光楼书坊所刊的《小五义》封里也刻着"存板琉璃厂东门路北文光楼书坊"。

预告续书后文内容,做好前期宣传,激发读者的阅读兴趣和购买欲望,以求扩大销售量,这在清代公案侠义小说的发行销售上是一种用得较多的方法。它主要包括两种形式,一种是在封面或封里印上"二续嗣出"、"九续现已发印,即日出版,先此预白"等内容,或在书尾及书前序文中预告说明。比如光绪十八年北京经国堂书坊所刊《彭公案》的书尾有一则告白:"此书本宅非不欲以全函刻出,无奈书目新奇太多,二叙(当为续——笔者注)次第接刻,定日出售。"再如九续《施公案》的书尾也说:"诸公欲看全部,俟等十续书成,以窥全貌。"另一种形式是在书后预告后文续书的主要内容与故事梗概。例如光绪十六年北京文光楼书坊所刊《小五义》书后即云:"智爷生死,破铜网阵,一切各节目,仍有一百余回,随后刊刻,续套嗣出。先将大节目暂为开载于后……俱在续套《小五义》分解。"再如三续《施公案》的结尾亦云:"众弟兄听了此言,吓得面如土色,不知如何查究,且听下部四续书中分解,以后再有……这许多热闹节目,全在四、五、六集之中,本坊随后陆续刊出,列公逐一观看。"这种利用故事悬念来吊读者胃口的广告方式还是颇有效果的。文光楼书坊光绪十七年所刊的《续小五义》书前就说:"上部《小五义》未破铜网阵,看书之人纷纷议论,承辱到本铺购买下部者,不下数百人。"

还有一种经常采用的方式就是在书前序文中直接做正面的宣

传,夸赞该书如何精彩,如何值得阅读。如北京文光楼书坊所刊印的《小五义》、《续小五义》二书,它们明明是一位一般说书艺人的演出记录稿,但书坊老板石铎偏将著作权归到道咸间著名说唱艺人石玉昆的名下。① 显然,这是在利用名人效应来做宣传。再如文光主人所收集、整理并刊印的续《施公案》明系说书演出记录稿而来,纯属想象虚构之作,但文光主人却煞有介事地介绍说:"凡名臣传、方略、实录,无不采取,惨淡经营,费尽心血,历三年之久,始成此书……虽系小说,并非淫词艳曲可比,亦为正史之小补。"② 虽然名不符实,但也无可厚非,它毕竟是一种广告宣传的策略。

值得一提的是,有些书坊自发地表现出一定的版权意识,以期在激烈的竞争中占据主动地位,更多地获利。例如文光楼书坊以重金购买了《小五义》、《续小五义》两书的书稿,因资金短缺,它先刻印了《小五义》一种,很快,有几家书坊据此翻刻,推出自己的版本,而且,还有"无耻之徒,街市粘单,胆敢凭空添破铜网,增补全图之说"。显然,这种做法影响该书坊《续小五义》的销路,所以,文光楼书坊"急续刊刻,以快人心",并对别的书坊这种抢生意的行为进行谴责③。再如光绪十八年京都经国堂书坊所刊《彭公案》,其卷首都门贪梦道人自叙后有牌记云:"如翻此版,男盗女娼",这是一种很原始的保护版权方式。其后又有补叙,谴责有人侵犯其版权,并郑重警告:"孰意书行中竟出不肖之辈,张贴通衢,大贬其价……似此寡廉鲜耻,趋利赚人,实堪痛恨。今又续刊后部,亦百回。倘再搅扰,本宅定究!特加此启。"当然,个别书坊的这种简单的保护版权方式所起效果甚微,

---

① 文光楼主人《小五义》序。
② 文光主人《新刊绣像全图施公案后传》序。
③ 见光绪十七年文光楼刊《续小五义》之书前启事。

但由此也可以看出,基于竞争和赢利的内在需要,书坊会主动要求保护版权,以垄断市场,这是出版业发展的内在要求和必然趋势。那种一本万利的侵权盗版行为,会严重挫伤书坊积极寻找书稿、整理改编的热情,影响小说的创作发展。

综上所述,从清代公案侠义小说的畅销走红及其所表现出的各种特点可以看出:这是一次具有现代意义的畅销书现象,尽管它带有新旧时代交替的过渡痕迹。同先前历代的小说出版相比,书坊主及书商们在这类小说的出版过程中有着更为主动的地位和更为重要的影响。也正是他们的积极参与和推动,使清代公案侠义小说的繁荣达到了当时社会历史条件下的极致,产生了巨大的轰动效应,并呈现出许多新的时代特色。其结局自然是皆大欢喜,一方面,繁荣了小说的创作;使社会各阶层读者得到娱乐和审美快感;另一方面,付出辛勤劳动的书坊老板们自然也得到了丰厚的回报。

但是,这种快速的、带有浓厚商业色彩的出版运作方式,所能端出的只能是大众文化快餐,粗糙有余,精致不足,这也是畅销书出版的一个通病,至今亦然。书坊老板们出于商业目的,为了赶时间,抢速度,拿到书稿后稍作处理就匆匆刻印,来不及进行较细致的润饰和修订,这必然会带来小说作品艺术水平的低下。清代公案侠义小说作品中以《三侠五义》成就最高,这与它历经文化素养较高的文人不断整理加工有关,其它小说作品如《施公案》、《彭公案》则没有这么幸运,因而不同程度地显得粗糙。再者,那种填鸭式的无休止地对原书一续再续,造成许多作品的重复和雷同,千篇一律,如出一手,久而久之,读者会产生厌倦心理,而读者开始产生厌倦之时,也正是这类小说的衰歇之时。早在清代公案侠义小说畅销盛行时,就有清醒之士明确认识到这一点:"自《七侠五义》一书出版后,世之效颦学步者不下百十种……余初窃不解世何忽来此许多笔墨也,后友人告余,凡此等书,由海上书枪觅蝇头之利,特倩稍识之无者,编成此等书籍,以广销路。盖以此等书籍最易于取悦下等社会,稍改名字,即又成为一书,故千卷万卷,同一乡下妇人脚,又长又臭,堆街塞路,到处俱是也。"①其直接结果是,许多续书几乎是刚一面世便杳无声息,在社会上毫无影响,连如今做专门研究时想翻阅一下都很难找到。其后,武侠小说、言情小说、侦探小说等相继兴盛,清代公案侠义小说完成其历史使命,逐渐引退。但由其所引发的许多文化现象是很值得我们认真分析和探讨的。

---

① 石庵《忏想室随笔》,载朱一玄《明清小说研究资料汇编》,齐鲁书社1990年版。

《红楼梦》东观阁本再考

陈 力

发表于《文献》2003 年第 1 期。

本文在《〈红楼梦〉东观阁本小议》(《红楼梦学刊》1994 年第 2 期)一文的基础之上有所增益补充,介绍了东观阁与东观阁主人的相关情况,对东观阁系列刻本之间的关系以及东观阁本与程甲系列刻本的关系进行了考辨。

【文选】

二、东观阁之初刻本、重刻本与覆刻本

东观阁初刻《红楼梦》究在何时,现在并不清楚,一般认为应该在乾隆末年或嘉庆初年。至于胡适之先生将乾隆五十七年苏州书坊翻刻《红楼梦》与东观阁刻《红楼梦》混为一事,并无实据,且东观阁非苏州书坊之证据,已见上文,因此东观阁本刊刻于乾隆五十七年之说难以成立。

《红楼梦》东观阁之初刻本题名《新镌全部绣像红楼梦》,无注,半叶十行二十二字,白口,书口下镌"东观阁"。前有东观主人识语,云:

> 《红楼梦》一书,向来只有抄本,仅八十卷。近因程氏搜辑刊印,始成全璧。但原刻系用活字摆成,勘对较难,书中颠倒错落,几不成文;且所印不多,则所行不广。爰细加厘定,订讹正舛,寿诸梨枣,庶几公诸海内,且无鲁鱼亥豕之误,亦阅者之快事也。
> 东观主人识。

东观阁初刻本系据程甲本重刻,但在文字上与程甲本颇有异同。一方面是由于程甲本本身有明显的排字错误,另一方面也是东观阁初刻本曾据他本如程乙本进行了校勘,关于这一点,笔者曾在《〈红楼梦〉东观阁本小议》一文中进行过分析,不赘。⑥

东观阁初刻本为白文本,到了嘉庆十六年,东观阁又刻了一版,这就是所谓嘉庆十六年本。东观阁嘉庆十六年本封面题:"嘉庆辛未重镌,东观阁梓行,新增批评绣像红楼梦",也是半叶十行二十二字,白口,开本较初刻本稍小,卷首的插图也与初刻本不同,最明显的就是初刻本的插图边框为直角,而嘉庆十六年本为波纹曲角。

东观阁嘉庆十六年之重刻本在红学史上有着重要的意义,其最重要的一点就是它在正文行间加批注及圈点,这是今天已知《红楼梦》的第一个有注的刻本。同时,东观阁初刻本和嘉庆十六年批注本问世后,衍生出了不少的覆刻本和重刻本,对于《红楼梦》的传播也起到了非常重要的作用。

一粟先生在《红楼梦书录》中著录有《新增批评绣像红楼梦》,其封面题"嘉庆辛未(十六年)重镌,文畬堂藏板,东观阁梓行,新增批评绣像红楼梦",其中也有圈点、重点、重圈及行间评。一粟先生称此本为嘉庆十六年东观阁重刊本⑦。窃意东观阁嘉庆十六年重刻本与文畬堂本并不能完全划等号,这里有三种可能:一、文畬堂本乃文畬堂借东观阁嘉庆十六年所刻书板刷印者;二、文畬堂本乃东观阁嘉庆十六年本转板后由文畬堂刷者;三、文畬堂覆刻或重刻东观阁嘉庆十六年本,如同治元年宝文堂覆刻嘉庆东观阁本题"东观阁梓行,宝文堂藏板"。因未见文畬堂本原书,姑妄言之⑧。

在东观阁本中,还有嘉庆十九年本。此本笔者曾在《〈红楼梦〉东观阁本小议》一文中作了初步的介绍。笔者所见为四川大学图书馆和杜春耕先生所藏,小字巾箱本,共一百二十回,首有绣像二十四幅,封面题"嘉庆甲戌重镌绣像红楼梦",次高鹗叙,次目录,次绣像,白口，半叶十行二十二字，亦即日本学者伊藤漱平所谓嘉庆十九年本者。伊藤氏未指明此即东观阁之重刻本，盖因其并无东观阁刻之明显证据。

东观阁嘉庆十九年本的情况比较复杂，笔者以东观阁嘉庆十六年本与之比勘，它的一部分是东观阁嘉庆十六年本但铲去了行间批、重点、重圈者，这部分版式及字体笔画等都与东观阁嘉庆十六年本无异，只是行间批等被铲去，其上下边框尚遗斑斑铲痕，但仍有少量行间批及重点、重圈漏铲而被保留了下来。除此之外，这部分在刷印前还做了一些校勘的工作，例如东观阁嘉庆十六年本第六回第二页 B 第七行：

因这年秋尽冬初，天气泠将上来……

东观阁嘉庆十六年本"冷"字之"冫"大概在刻板时被误铲去而作"令"，而杜春耕先生藏嘉庆十九年本已改为"泠"，并且此字略向右下方倾斜，显系剜改；又，东观阁嘉庆十六年本第六回第三页 A 第九行：

我又没有收税的亲戚、教尔的朋友，有什么法子可想的？

按程甲本、程乙本、东观阁初刻本的"教尔"均做"做官"，杜春耕先生藏嘉庆十九年改作：

我又没有收税的亲戚、做官的朋友，有什么法子可想的？

"做官"二字略向右下方倾斜，亦显系剜改，其他的字体等与东观阁十六年刻本完全相同（但铲去了行间批和重点、重圈）。

嘉庆十九年本的另一部分则是据东观阁嘉庆十六年本覆刻，但基本上没有行间批、重点和重圈。这部分字体笔画与东观阁嘉庆十六年本大致相同，但细细审之，仍可判定它们并非如前述据嘉庆十六年本铲去行间批、重点、重圈而刷印者。例如东观阁嘉庆十六年本第一回第四页 B：

> 这东南有个姑苏城，城中阊阎最是红尘中一二等富贵风流之地，这阊阎外有个十里街……

十九年本"阊"则作"门"；东观阁嘉庆十六年本第一回第五页 A：

> 枕书伏几盹睡。

嘉庆十九年本则将"几"误作"凡"；东观阁嘉庆十六年本第七十九回第三页 B：

> 宝玉却未曾会过这孙[绍祖]一面的

"绍祖"二字作合文。而嘉庆十九年本则作：

> 宝玉却未曾会过这孙[绍且]一面的

"绍祖"二字虽仍作合文，且字体亦与嘉庆十六年本极为相似，但"祖"误作"且"。这些都显系覆刻之误。

笔者曾经在《〈红楼梦〉东观阁本小议》一文中推测，"到嘉庆十九年前后，北京琉璃厂的东观阁大概已经歇业或者由于其他缘故，其嘉庆十六年所刻之书板转归他人，这批书板的新主人将残缺的书板修补重刻并铲去原有的重点、重圈、行间评等后重新刷印，所以封面不记刻书处，并抽去了东观阁主人的识语，此即川大本和伊藤所见本"[⑨]。最近见到的杜春耕先生藏嘉庆十九年与川大藏本一样，封面也没有刻书处。根据上面的讨论，看来当初的推测应该是不错的。因为书版仍属东观阁的话，东观阁主人似乎没有必要铲去原来的批注，同时又另行覆刻部分书版补配。综上所考，嘉庆十九年本乃东观阁嘉庆十六年本之剜改并补配者。

还有一些本子，虽题名为东观阁梓行，但并不一定就是东观阁所刻，而有可能为其他书坊据东观阁本重刻，如嘉庆二十三年刻本、道光二年刻本、道光十年储英堂刻本和同治元年宝文堂刻本等。

嘉庆二十三年、道光二年刻本,此二本版式相同,正文及注文与东观阁嘉庆十六年刻本相同,但行款、开本则与嘉庆十六年刻本不同,为半叶十一行二十二字,白口,开本较十六年本宽。一粟先生将嘉庆二十三年本列在东观阁嘉庆十六年刻本下,意其亦出于东观阁。[10]王三庆先生也认为,此本系东观阁据嘉庆十六年本重刊,即东观阁的第三版。[11]管见以为,嘉庆二十三年本虽题"嘉庆戊寅重镌,东观阁梓行",但并非东观阁所刻,而可能是其他书铺据东观阁重刻。理由如下:此本有重点、重圈、行间批,与东观阁十六年刻本相同,但行款却完全不同,这意味着需要重新写样、刻板,工程较大,如果不是板片完全漫漶不能继续刷印或者内容有重大变动,一般书商是不会重新刻板的。即或是要重新刻板,也可据上一版直接覆刻,如此可免写样与校对之劳。至于道光二年本,虽然行款与嘉庆二十三年本相同,字体也极为相近,但细审其版式和字体笔画,二者并非同一版刷印,道光二年本显然是据嘉庆二十三年刻本覆刻。

关于储英堂本,笔者所见为辽宁省图书馆所藏,扉页题:"道光庚寅重镌,东观阁梓行,储英堂藏板,新增批评绣像红楼梦"。后附东观阁主人识语,行款及行间批、重点、重圈等与东观阁嘉庆十六年本同,字体风格与东观阁嘉庆十六年本相似,但将二本进行对比,储英堂本显然是据东观阁嘉庆十六年本覆刻,第六回第三页A第九行:"我又没有收税的亲戚、教尔的朋友,有什么法子可想的?"储英堂本"做官"二字亦误作"教尔",但将部分重圈改成了长点。

据嘉庆十六年本覆刻并且流传很广的还有同治元年宝文堂刻本。宝文堂本封面题:"同治壬戌重镌,东观阁梓行,宝文堂藏板,新增批评绣像红楼梦",后附东观主人识语及程伟元序。宝文堂本行款与东观阁嘉庆十六年本相同,也是半叶十行二十二字,除部分重圈改作重点外,其馀如行间批、字体风格等与嘉庆十六年本相同,细审其版面,可以清楚地看出它实际上是据东观阁十六年刻本覆刻[12],但插图与东观阁本完全不同,而与道光十二年双清仙馆刻王希廉评本相同。宝文堂本虽系据东观阁嘉庆十六年本覆刻,但较底本也有一些改动,除了一些错字外,宝文堂本覆刻时也将大部分重圈改成了长点,这一点与储英堂本相同。笔者比较了储英堂本与宝文堂本,似乎宝文堂本字形更接近东观阁嘉庆十六年,可以大致认定宝文堂本非据储英堂本覆刻,而是直接据东观阁嘉庆十六年本覆刻。

　　据一粟先生《红楼梦书录》,善因楼本也出自东观阁本。善因楼本也是半叶十行二十二字,有重点、重圈及行间批,第九至十四回书口下更有东观阁字样,[13]曹立波博士有较详细的介绍,[14]善因楼本乃据东观阁嘉庆十六年刻本覆刻,[15]并且,善因楼本似乎并不止一个刻本,至少有扉页题"批评新奇,绣像红楼梦,东观阁梓行"与题"批评新大奇书红楼梦,善因楼梓行"两种。

　　还有一些本子虽然没有署明系据东观阁本重刻和覆刻,但仍同东观阁刻本有着直接的关系。

　　三让堂本是程甲本系统中一个非常著名的本子。三让堂本扉页题"新增批点红楼梦,三让堂藏板",半叶十一行二十七或二十八字,白口,书口下或镌"三让堂",插图与东观阁本完全不同。就其内容来看,系据东观阁本嘉庆十六年本重刻。关于这一点,各家均无异说。三让堂本有重点、重圈和行间批,这是最受人注目的地方。王三庆先生云:"(三让堂本)从圈点形式而言,属于东观阁本系统,而把高序省略,目录移在图赞之后,又绣像十五页正正文每面十一行,似受藤本的影响。然而采取每行二十至二十八字更袖珍的板式,加上评语作号召是这一系列刊本的特色。"[16]韩进廉先生亦云:道光间刻印的三让堂本《绣像批点红楼梦》"其特点是有圈点、重点、重圈及行间评",[17]魏绍昌先生更明确地提出:"程甲本、程乙本都是删去脂批的白文本,自三让堂本起,才又加批语。"[18]《中国通俗小说总目提要》也说三让堂本是程本系统的第一个批点本[19]。而台湾学者徐仁存、徐有为则认为东观阁嘉庆二十三年重刻本最先有评点[20]。以上这几种说法都不确切,如前所述,《红楼梦》刻本系统中,最早有批评的应该是嘉庆十六年东观阁刻本。笔者核对了三让堂本的重点、重圈和行间批,基本上就是据东观阁十六年本重刻。当然,三让堂本与东观阁本也有一些不同,如行款、插图都与东观阁本不同,文字上也作了少量的校勘。至于徐仁存、徐有为先生大概没有看到东观阁嘉庆十六年刻本,因而误将嘉庆二十三年重刻东观阁本当作了最早的批点本。

关于三让堂本的刻印时间,据王三庆先生研究,三让堂刊刻的年代"上限大概在嘉庆廿三年(一八一八),下限则到同治初年"。与三让堂同属一个系统的有经纶堂本、文元堂本、忠信堂本、同文堂本、纬文堂本、右文堂本、三元堂本、务本堂本、经元升记本、登秀堂本、佛山连元阁本、翰选楼本、五云楼本等,它们有些是借三让堂本书板刷印,有些是三让堂本转板后的印本,有些有补刻,有些则是重刻。[21]

藤花榭本也是红楼梦众多刻本中一个非常重要的本子,它与东观阁本也有着密切的关系。藤花榭本封面题:"绣像红楼梦,藤花榭藏板",无注,半叶十一行二十四字。关于藤花榭本的刊刻时间,清道光三年曹耀宗《红楼梦百咏词跋》云:"予昔游金陵,适藤花榭板初刊,偶携一册,杂置书丛,今越五载,长夏无事,检取评点之。"嘉庆二十四年,藤花榭还刊行了归锄子撰《红楼梦补》,一粟及王三庆先生据此断定《红楼梦》藤花榭本当刊行于嘉庆二十三年左右。[22]杜春耕先生藏有一部藤花榭本，封面题："嘉庆庚辰镌，绣像红楼梦，藤花榭藏板"，按嘉庆庚辰为嘉庆二十五年，但此本版面模糊，显系后印，未知封面所题是否为后来补刻。不过，据此可以确定藤花榭本的刊刻时代必在嘉庆二十五年或其前。关于藤花榭本的底本，一粟先生并未明确指出，韩进廉、魏绍昌先生均谓据程甲本翻刻[23]。王三庆先生谓"此本如非直以程本覆刻，即据东观阁原刊本翻刻，并以程甲本订正"[24]。韩、魏、王诸先生之说都有些问题，我们不妨对此稍作分析。

藤花榭本的插图与三让堂本基本相同，而三让堂本的文字内容与东观阁十六年刻本基本相同，据此看来，藤花榭本应该与东观阁十六年本有着某种联系。更重要的是，藤花榭本的文字本身也与东观阁嘉庆十六年本有些关系，甚至错字亦沿袭东观阁嘉庆十六年刻本之误，如第十三回第九页A第一行，程甲本作：

　　王夫人道：心哥既这么说

程乙本作：

　　王夫人道：你大哥既这么说

《红楼梦》的另一个早期刻本——"本衙藏板"本作：

　　王夫人道：珍哥既这么说

东观阁初刻本作：

　　王夫人道：珍哥既这么说

东观阁嘉庆十六年刻本则作：

　　王夫人这：珍哥既这么说

"王夫人这"显系"王夫人道"之误，而藤花榭本文字全同东观阁嘉庆十六年刻本，"道"亦误作"这"。藤花榭本与东观阁嘉庆十六年本同误，大概不是出于巧合，因此这样的例子并非个别，如：第七十六回第11页B第10行，程甲本作：

小燠忙去开门看时,却紫鹃翠缕与几个老嬷嬷来找他姊妹两个

"本衙藏板"本、东观阁初刻本同。东观阁嘉庆十六年本"找他"却误作"我他",藤花榭本文字全同东观阁嘉庆十六年刻本,"找"字亦误作"我"字。在我们下面所列的程甲本、程乙本、"本衙藏板"本、东观阁初刻本、东观阁嘉庆十六年刻本异文对照表中,除一条藤花榭本与诸本文字都不同外,其余全同东观阁嘉庆十六年刻本。因此,藤花榭本之底本应当是东观阁十六年刻本,而非如王三庆先生所言为东观阁之初刻本,也非程甲本。

据藤花榭重刻的有同治三年耘香阁刻本、济南会锦堂、济南聚和堂、凝翠草堂本等。

【注释】

[6] 参见拙稿《〈红楼梦〉东观阁本小议》,《四川大学学报》1993年第4期,《红楼梦学刊》1994年第2期转载。

[7]《红楼梦书录》第37页,上海古籍出版社1981年。

[8] 杜春耕先生所藏有题为嘉庆十六年东观阁文畬堂版者,但缺前四回。笔者细核原书,实为同治元年宝文堂覆东观阁十六年本。

[9]《四川大学学报》1993年第4期,《红楼梦学刊》1994年第2期转载。

[10]《红楼梦书录》,第38页。

[11][13]《红楼梦版本研究》,第620页,台北,石门图书公司1981年。

[12] 宝文堂本系据东观阁嘉庆十六年刻本覆刻的证据,除字体风格和版式等全同东观阁嘉庆十六年本外,还沿袭了东观阁嘉庆十

六年本的一些文字错误,如前面提到的第六回第三页A第九行:"我又没有收税的亲戚、教尔的朋友,有什么法子可想的?"宝文堂本"做官"二字亦误作"教尔"。魏绍昌先生谓宝文堂本乃据东观阁初刻本翻印,误。魏说见《红楼梦版本小考》第59页,中国社会科学出版社,1982年。

[14] 曹立波:《〈红楼梦〉东观阁本研究》,第30—31页,北京师范大学研究生院,2002年5月。

[15] 查东观阁嘉庆十六年本第九回至第十四回书口并无"东观阁"字样,善因楼本为何有"东观阁"字样,因未见原书,不敢妄言。

[16]《红楼梦版本研究》,第629页。

[17]《红学史稿》,第94页,河北人民出版社,1981年。

[18]《红楼梦版本小考》,第60页,中国社会科学出版社,1982年。

[19] 江苏省社会科学院明清小说研究中心、江苏省社会科学院文学研究所编:《中国通俗小说总目提要》,第512页,中国文联出版公司,1990年。

[20]《程刻本红楼梦新考》,第1页,台湾编译馆1982年。

[21] 参见一粟先生《红楼梦书录》,41—44页,上海古籍出版社1981年;王三庆先生《红楼梦版本研究》,台北,石门图书公司1981年,第629页;曹立波女士《〈红楼梦〉东观阁本研究》第37—38页"东观阁——三让堂系统评本见知表",北京师范大学研究生院,2002年5月。

[22] 一粟先生说见《红楼梦书录》,第39页。王三庆先生说见《红楼梦版本研究》。

[23] 韩说见《红学史稿》第93页;魏说见《红楼梦版本小考》第59页。

[24]《红楼梦版本研究》,第628页。

"东观阁原本"与程刻本的关系考辨
曹立波

发表于《文学遗产》2003年第4期。

本文考察了北京大学图书馆藏程甲本,指出其文字特征与国家图书馆、中国社会科学院文学研究所收藏的程甲本基本相同,但贴补处大体照程乙本所改,后来的东观阁刻本与"东观阁原本"贴改的文字相同,而与程甲本原有的文字略异。本文指出,此程甲本应为东观阁翻刻前的工作底本,它揭示了程甲本与东观阁本之间的密切关系;同时证实了东观阁在翻刻程甲本的过程中,同时参考了程乙本。

【文选】

三 "东观阁原本"与程甲、程乙本

值得注意的是,北京大学这部带有"东观阁原本"字样的程甲本,与国家图书馆藏程甲本(以下简称"国图程甲本",)以及中国社会科学院文学研究所藏程甲本(以下简称"社科院程甲本",)相比,有同有异,随之而来,又引发出了新的问题——

(一)"东观阁原本"与国图程甲本、社科院程甲本,有一些活字排印中出现的特征是相同的。

例(1):北大"东观阁原本"第七十四回卷首,活字板摆印成"红楼梦第七四十回",显然"十"与"四"颠倒了。而国图程甲本、社科院程甲本的第七十四回卷首,同样为"第七四十回"。

例(2):北大"东观阁原本"第九十一回卷首,活字摆印时将"一回"二字放歪了,倾斜得很明显。而国图程甲本、社科院程甲本的第九十一回卷首,"一回"两个字同样倾斜。

例（3）：北大"东观阁原本"第九十四回10a页1行："谁知那块玉竟像绣花针儿一般，找了一天总无影响。""响"字刻成繁体的"響"，而且又黑又重，在此页十分突出。而国图程甲本、社科院程甲本的第九十四回此处，"響"字的墨色同样比其它字要重。

例（4）：北大"东观阁原本"第九十九回2b页2行："你去叫外头挑个很好的日子，给你宝兄弟圆了房儿罢。""给你"二字比其它字小，而且略微向右偏，与同一行的上下字没有对齐，印刷也不如其它字清楚。而国图程甲本、社科院程甲本的第九十九回此处，"给你"二字同样比其它字要小，而且偏右。

上述例证可知，无论是活字摆印中的颠倒、倾斜，还是字体的大小、粗细等诸多相同点，都说明这三部程甲本当初是用相同的木活字板印成的。

（二）"东观阁原本"与国图程甲本，二者间有些异文，属于国图程甲本贴改所致。要证明这一问题，需要借助其它程甲本为参照。社科院程甲本、杜春耕先生自藏程甲本可资佐证。

例（1）：第七十八回6b页9行：

国图程甲本：果然是未正二刻他咽了气，未正三刻上就有人来。

北大"东观阁原本"：果然是未正二刻他咽了气，正三刻上就有人来。

社科院程甲本：果然是未正二刻他咽了气，正三刻上就有人来。

杜春耕自藏程甲本：果然是未正二刻他咽了气，正三刻上就有人来。

例（2）：第七十八回7a页1行：

国图程甲本：一花有一花之神，还有总花神。

北大"东观阁原本"：花有一花神，还有总花神。

社科院程甲本:花有一花神,还有总花神。

杜春耕自藏程甲本:花有一花神,还有总花神。

上述两例,杜春耕先生在《程甲、程乙及异本考证》一文中谈及,以此例比较了他自藏的程甲、程乙本和书目文献出版社1992年影印本(国家图书馆所藏)之间的异同,并通过贴改现象指出:"'书目社程甲本'是'自藏程甲本'的改进本。"① 本文试图从第七十八回的两例出发,来考察北大"东观阁原本"这部经胡适鉴定过的程甲本,其文字的状况。在例(1)中,国图本在"正三刻"前多了一个"未"字,"未正"二字是在原来一个"正"字的位置上贴补的。同样,例(2)中,国图本把"花有一花神"的"花"字贴补为"一花";将"神"字贴补为"之神"。而北大"东观阁原本"与社科院程甲本、杜春耕自藏程甲本一样,在这两个地方都保持了印刷时的原貌。

(三)北大"东观阁原本"与其它程甲本之间还有不少异文,应为"东观阁原本"贴改的结果。贴补的文字基本依照了程乙本,又与东观阁诸刻本大体一致。杜春耕先生曾用十个例证来"说明'书目社程甲本'的改文,是越过了程乙本的"② 。然而,本文通过近十个例证可以说明,北大"东观阁原本"的改文不仅没有越过程乙本,而且多数参照了程乙本。

……

与程刻本相比,东观阁初刻本的扉页背面,多了一则与程伟元、高鹗二序并提的"东观主人识",它的作用相当于出版序言。但这是一个总序,后来所有带"东观阁"字样的木刻本,无论是白文本还是评点本,都刊有同样的"东观主人识":

---

①② 杜春耕《程甲、程乙及异本考证》,《红楼梦学刊》2001年第4辑,第61页。

《红楼梦》一书，向来只有抄本，仅八十卷。近因程氏搜辑刊印，始成全璧。但原刻系活字摆成，勘对较难，书中颠倒错落，几不成文；且所印不多，则所行不广。爰细加厘定，订讹正舛，寿诸梨枣，庶几公诸海内，且无鲁鱼亥豕之误，亦阅者之快事也。

东观主人识

它向读者展示了《红楼梦》的出版从活字摆印向木板刻印转折的轨迹，以及在这一转折点上东观阁本的历史价值。具体地说，东观主人的题记主要有如下作用：首先，肯定了"程氏搜辑刊印"的功绩。东观主人肯定程伟元对《红楼梦》的两大贡献，一是将"向来只有抄本"的书付梓"刊印"；二是将"仅八十卷"的书加以"搜辑"，成为一百二十卷的"全璧"。其次，强调东观阁对《红楼梦》的贡献，即修订"活字摆成"本的"颠倒错落"，并扩大发行量。程氏刊印本"原刻系活字摆成，勘对较难，书中颠倒错落，几不成文"，东观阁本针对程本因活字摆成而出现的并错，进行校订工作。如将程甲本第九十四回2a页1行的"混赈事"改成"混赈事"；将此回6a页1行"开花也天气"改成"天气这花开"；将第一百二十回目录中的"甄隐士"改成"甄士隐"等。对错别字、排颠倒的字和上下文不通顺的句子等，都采取相应措施加以修正。然后"寿诸梨枣，庶几公诸海内"，"且无鲁鱼亥豕之误，亦阅者之快事也"，突出了东观阁本对程本的错误加以修订的意义。联系北京大学的"东观阁原本"，我们能够了解到，程高本《红楼梦》问世不久，东观主人所作的"细加厘定，订讹正舛"的校订工作，是从这部程甲本上开始的。

从北大"东观阁原本"校订中贴改的内容推知，东观主人手中除了程甲本之外，还有程乙本。所以，"东观阁原本"修订的时间当在程乙本刊行之后，即乾隆五十七年（壬子，1792）之后。

事实如果是这样,随之而来的一系列问题将需要重新解释。其一,周春所言"壬子冬,知吴门坊间已开雕"①的《红楼梦》属于东观阁本的可能性不大②。其二,胡适《重印乾隆壬子本〈红楼梦〉序》云:

> 马幼渔先生所藏的程甲本就是那"初印"本。现在印出的程乙本就是那"聚集各原本,详加校阅,改订无讹"的本子,可说是高鹗、程伟元合刻的定本。这个改本有许多改订修正之处,胜于程甲本。但这个本子发行在后,程甲本已有人翻刻了;初本的一些矛盾错误仍旧留在现行各本里,虽经各家批注里指出,终没有人敢改正。我试举一个最明显的例子为证。第二回冷子兴说贾家的历史,中有一段道:第二胎生了一位小姐,生在大年初一,就奇了。不想次年又生了一位公子……③

胡适此序意在为程乙本鸣不平,但从文中所举的例证来看,他谈及马幼渔所藏的程甲本时,只举出第二回的矛盾之处,并没有指出全书尤其是九十几回中的贴改与程乙本的相同之处。可见,东观阁本对程甲本的翻刻并没有抢在程乙本之前,反而参考了程乙本,这一现象自胡适先生起,便被忽略了。

---

① 周春《阅红楼梦随笔》,载一粟《红楼梦卷》,中华书局 1963 年版,第 66 页。
② 伊藤漱平先生在《程伟元刊〈新镌全部绣像红楼梦〉小考》(上)(《红楼梦学刊》1979 年第 1 辑)一文的注释中腔调"壬子冬吴门(江苏省苏州)开雕的正是东观阁本"。
③ 胡适著《胡适红楼梦研究论述全编》,上海古籍出版社 1988 年版,第 148 页。

《聊斋志异》在清代的传播

王 平

发表于《蒲松龄研究》2003 年第 4 期。

本文梳理了《聊斋志异》在清代的传播过程,考察了其从抄本流传到刊本印行的过程,以及评点对《聊斋志异》传播的影响等问题。指出其之所以能够成为中国文言小说的扛鼎之作,其自身的成就固然起着决定性的作用,但传播的因素也不可忽视。

【文选】

一

《聊斋志异》是蒲松龄花费大半生心血写成的短篇小说集,在其写作的同时,某些作品便已经在社会上流传开来,只不过流传的范围比较有限。这时的传播者主要是作者的亲朋好友,他们或者应作者之请为《聊斋志异》撰写序言,如高珩、唐梦赉;或者出于赞赏加以评点,如王渔洋;或者出于喜爱也参加到创作中来,如朱湘及毕家的几位亲友等。这些为数不多的传播者同时也是接受者,他们所看到的本子基本上就是蒲松龄的原作。他们虽然不可能使《聊斋志异》在社会上广泛流传,但却起到了一个至关重要的作用,那就是坚定了蒲松龄继续创作的信心和决心。其中一个明显的事例,便是山东按察使喻成龙"尽礼敦请"蒲松龄前往济南作客。这位宪台大人之所以对一位布衣之士如此看重,就是因为蒲松龄写了《聊斋志异》。这自然对蒲松龄是一个极大的鼓舞。

在很长一段时间内,《聊斋志异》以抄本的方式在社会上传播着。蒲松龄友人朱缃就曾先后多次直接向蒲松龄借《聊斋志异》抄录或校正[1](P233—240)，可惜这一抄本已经失传。其子"殿春亭主人"朱崇勋于雍正癸卯年(1723)在《聊斋志异跋》中谈到了当时的传抄情况：

> 余家旧有蒲聊斋先生《志异》抄本，亦不知其何从得。后为人借去传看，竟失所在。每一念及，辄作数日恶；然亦付之阿閦佛国而已。一日，偶语张仲明世兄。仲明与蒲俱淄川人，亲串朋好，稳相浃，遂许为乞原本借抄，当不吝。岁壬寅冬，仲明自淄携稿来，累累巨册，视向所失去数当倍。披之耳目益扩，乃出资觅佣书者亟录之，前后凡十阅月更一岁首，始告竣，中间雠校编次，昬穷曙继，挥汗握冰，不少释。此情虽痴，不大劳顿耶？书成记此，聊存颠末，并志向来苦辛。倘好事家有欲攫吾米袖石而不得者，可无怪我书悭矣。[2](P1169)

从这段跋语我们可以得知，朱家原有抄本仅为全书之半。这便产生了一个疑问，因为据袁世硕先生考证，朱缃所抄录的《聊斋志异》已有十五册之多[1](P235)，即使不完整，也不可能仅有一半。这只有一个可能，即朱崇勋"为人借去传看，竟失所在"的抄本是另一种没有抄全的本子。

这段话还说明在蒲松龄去世后，原稿本只有极为密切的亲友才可能借出。这位张仲明乃是张元之子，张元曾为蒲松龄作《墓表》，并在朱家坐馆。有了这两层关系，"殿春亭主人"才可能借到原稿。这种对原稿谨慎的态度既有利于原稿的保存，同时也限制了其传播。同时还可以得知，抄写一部完整的《聊斋志异》绝非易事，需要一人整整抄写十个月。正因如此，抄主往往不愿随便借给他人，这自然也不利于其传播。

但是，尽管传播范围有限，希望读到《聊斋志异》的人却越来越多，正如蒲立德在《聊斋志异跋》中所说："初亦藏于家，无力梓行。

近乃人竞传写,远迩借求矣。"[2](P1170) "人竞传写,远迩借求",说明《聊斋志异》传播的范围有所扩大,抄写者当不在少数。但是我们所能看到的、保存于今日且据手稿本直接过录的抄本不过仅有"康熙抄本",而且还是一部残本。这说明抄本的保存十分不易,其传播也就必然有限。有些直接过录的抄本便没能流传下来,如济南朱氏抄本就是如此。至于其它"异史抄本"、"铸雪斋抄本"、"二十四卷抄本"、"黄炎熙选抄本"等等,大都是辗转相抄而来,而且一般都珍藏于家中,所以才能够保存至今天。

蒲立德在《跋》中还说道:"昔昌黎文起八代,必待欧阳而后传;文长雄踞一时,必待袁中郎而后著。自今而后,焉知无欧阳、中郎其人者出,将必契赏锓梓,流布于世,不但如今已也。则且跋予望之矣!"这时,蒲松龄已经谢世25年。又过了25年,蒲立德"予望之"的知音终于出现了,这便是"青柯亭刻本"的主事者赵起杲。

赵起杲,山东莱阳人,对《聊斋志异》有着浓厚兴趣。根据其《聊斋志异弁言》[2](P1174)可知刻本的产生过程:乾隆十一年(1746)冬,赵起杲从其朋友周季和处得到《聊斋志异》抄本两册,"读而喜之","欲访其全,数年不可得"。第二年春天,这一抄本被王闰轩"攫去"。后在福建任职时,结识了郑方坤的后人。郑方坤,字荔芗,福建人,乾隆初曾官山东兖州、沂州知府,"性喜储书"。赵起杲估计其家或许有《聊斋志异》藏本,果然不出所料。于是命人抄录正副二本,与其它抄本校对后,赵起杲认为郑本得自蒲家"原稿"。乾隆二十八年,赵起杲在杭州任职,其友鲍廷博曾多次"怂恿予付梓,因徇未果"。又过了三年,因为"借抄者众,藏本不能遍应,遂勉成以公同好"。因赵起杲任睦州知府,其府衙后院有青柯亭,故世称此本为"青柯亭本"。

尽管赵起杲官为知府,但还要靠出版商鲍廷博出资赞助,可见刻印这样一部数十万言的书并非易事。赵起杲在"例言"[2](P1180)中说道:"原本凡十六卷,初但选其尤雅者厘为十二卷;刊既竣,再阅其余,复爱莫能舍,遂续刻之,卷目一如其旧云。""卷中有单章只句,意味平淡者删之,计四十八条。"这说明,青柯亭本在刊刻时,为了避免触犯时忌,对原作有所改动。但其对《聊斋志异》的传播起到了重要作用,这主要表现在两个方面:一是不断被翻刻,如乾隆五十年杭州油局桥陈氏刊本、乾隆六十年重刊本、道光八年敬业堂重刊本等等。二是成为许多评注本、绘图本的底本,如何守奇、吕湛恩、何垠、但明伦、冯镇峦等人的评注本,铁城广百宋斋的图咏本等等。从某种意义上说,正是因为青柯亭本的问世,才使"《聊斋》一书,风行天下,万口传诵"[2](P1180)。

赵起杲发起刊刻《聊斋志异》似乎有着很大的偶然性,但实际上也是一种必然,这是由《聊斋志异》自身价值所决定的。当人们发现认识到某部文学作品的价值后,为了使其迅速传播,总会想方设法付诸梨枣。所以几乎与青柯亭本问世的同时,山东长山县周村出现了王金范的十八卷选刻本。但从传播角度来看,这一选刻本的影响远不及青柯亭本,尽管此后又有乾隆五十年和光绪年间重刻本,但却没能广泛流传开来。袁世硕先生认为"其原因自然是多方面的,如印行的数量、刻印之工劣,都会影响到流传,但是,更根本的原因,恐怕还在于其内容多有不及青柯亭本之处"[1](P409)。因为不忠实于原著,极大地损伤了《聊斋志异》的原貌,致使其成了缺少价值的刻本,这是一个重要教训。

二

除了赵起杲、王金范及众多出版商之外,一批注释家、评点家也成为《聊斋志异》的重要传播者。这些评点和注释显然是为了满足更广大读者的需要,因而也就进一步扩大了《聊斋志异》的传播范围。

道光三年(1823)何守奇批点本问世,[3]这是一部最早的《聊斋志异》评点本。尽管其批语不多,但为《聊斋志异》的评点开辟了一条道路。道光十五年有天德堂重刻本。道光五年(1825),观左堂刊刻了第一部由吕湛恩注释的《聊斋志异》青柯亭本的注释本,只刊注释,不刊原文。该本取"注而不释之体",只注章句典故、近世人事、僻奥字音义,"使阅者得此更无翻阅之劳",对读者甚有帮助。道光二十三年(1843)广州五云楼将吕注与《聊斋志异》原文合刻,三年后三让堂又据之重刻,后来诸家坊本多用其注。

道光十九年(1839),何垠注本初刊,其注以字词音义为主,较少注典故人事。板式分上下两栏,上栏为注文,下栏为原文。道光二十年、二十六年有重刊本。道光二十二年(1842)但明伦评本问世。该本以两色套印,墨印正文,朱印评语,十分精致,再加之评语颇有见地,故此后据之刊行的本子较多。值得一提的是光绪二十三年(1897)耕山书庄排印本,附吕湛恩注及同文局本绘图,开绘图本之先河。

这里有一个现象值得注意,青柯亭本问世后,相继出现了乾隆五十年、六十年、道光八年重刻本,其后各种批点本、注释本集中出现在道光年间,唯独嘉庆的二十五年间竟然没有一种刻本出现,这恐怕与嘉庆年间对小说坊肆的禁止特别严厉有关。嘉庆七年十月癸亥,嘉庆皇帝亲自谕示内阁,"将各坊肆及家藏不经小说,现已刊播者,令其自行烧毁,不得仍留原板,此后并不准再行编造刊刻,以端风化而息诐词"。[4](P56—57)随后,又接连不断地发出谕令,仅嘉庆十八年十月、十二月便接连两次。十二月的谕示说:"至稗官野史,大多侈谈怪力乱神之事,最为人心风俗之害,屡经降旨饬禁。此等小说,未必家有其书,多由坊肆租赁,应行实力禁止,嗣后不准开设小说坊肆,违者将开设坊肆之人,以违制论。"[4](P56)乾隆、道光、咸丰、同治年间虽也禁毁小说,但对小说坊肆还没有如此严厉。

由于各家注评特点不同,于是出版商将各家注评合为一刻,以满足读者的需求。如咸丰十一年(1861)坊刻本,合王士禛评、吕湛恩注;咸丰间坊刻本,合王士禛评、吕湛恩注、但明伦评;同治五年(1866)维经堂刻本,合王士禛评、吕湛恩和何垠二家注。光绪十七年(1891)合阳喻琨将王士禛、何守奇、但明伦、冯镇峦四家评汇为四家合评本,其中冯镇峦的评语是首次付刻。据冯氏《读聊斋杂说》可知,其评点时间是嘉庆二十三年(1818),比何、但两家要早,因其以抄本形式在社会上流传,故知之者较少。该合评本分为上中下三栏,上中栏为评语,下栏为正文。光绪末,重庆一的山房有该本重刻本。

在《聊斋志异》传播史上值得一提的是光绪十二年(1886)上海同文书局石印本《详注聊斋志异图咏》,其底本是青柯亭本,根据每篇故事中有代表性的细节或场面各绘图一幅,有的一篇还绘制两三幅,共计444幅,每图题七绝一首。这些图与诗不仅造成了诗文并茂的艺术效果,而且其自身就是对《聊斋志异》的一种阐释与接受,可以启发读者的思路,提高阅读兴趣。该本受到读者喜爱,三年后有悲英书局仿印本,后又有上海扫叶山房石印本,并加入了王士禛和但明伦的评语,各种仿印本、影印本层出不穷。

青柯亭本及由其繁衍而出的本子影响极大,但有一个缺憾,这便是它删去了若干篇章。于是各种"拾遗"本应运而生。道光四年(1824),黎阳段栗王辑刻了《聊斋志异遗稿》,四卷51篇,都是刻本所未收者。据段氏自序可知,这些篇章来自济南朱氏抄本的雍正年间抄本。书中有段氏及胡泉、冯喜赓、刘瀛珍等四人的评语。光绪四年

(1878)有北京聚珍堂翻刻本。道光十年(1830)长白荣誉辑《聊斋志异拾遗》一卷,四十一则。据卷首胡定生序可知,这些篇章得自淄川蒲氏后裔。其中《蛰龙》、《爱才》、《龙》"博邑有乡民王茂才"三则,不见于现存手稿本和早期诸抄本,是否蒲氏原作,尚有疑问。

道光二十八年(1848)满族人札克丹将《聊斋志异》中的126篇作品翻译成满文。为了便于读者阅读,满汉文对照,取名为《满汉合璧聊斋志异》刻印。光绪三十三年(1907)北京二酉堂出版翻刻本。这说明《聊斋志异》也深受满族读者的喜爱。

清代末年,《聊斋志异》传到了海外。1880年英国伦敦T·德拉津公司出版了翟理斯的英译本《聊斋志异选》,共选译164篇。1883年俄国圣彼得堡出版的《中国文选》第一册收入了瓦西里耶夫翻译的《阿宝》、《庚娘》。1887年日本明进堂出版了名为《艳情异史》的日文译本,译者是神田卫民。1889年法国巴黎卡尔曼出版社出版了陈季同的法文选译本《中国故事集》,共选译26篇。1911年德国法兰克福吕腾与勒宁出版社出版了马丁·布贝尔的德文译本《中国鬼怪和爱情故事集》,共选译16篇。这些外文译本对《聊斋志异》中的爱情篇章表示出了普遍的兴趣,这也正是《聊斋志异》的精华所在。

【参考文献】

[1] 袁世硕.蒲松龄事迹著述新考[M].济南:齐鲁书社,1988.

[2] 朱一玄.明清小说资料汇编[M].济南:齐鲁书社,1990.

[3] 袁世硕.蒲松龄志[M].济南:山东人民出版社,2003.

[4] 王利器.元明清三代禁毁小说戏曲史料[M].上海:上海古籍出版社,1981.

清代刻书业与《红楼梦》大普及:
为纪念程甲本《红楼梦》问世220周年而作

胡文彬

发表于《中国矿业大学学报》2011年第4期。

本文认为,《红楼梦》一书问世时恰逢北京乃至全国刻书的"盛世"。程伟元、高鹗二人搜集、整理、印刷120回本《红楼梦》客观上保护了《红楼梦》抄本免遭流散湮没之厄运。北京刻书业的蓬勃发展,促进了《红楼梦》120回本的快速出版,同时刊印本的大量普及又促进了北京刻书业的进一步繁荣。刻本出现后,《红楼梦》成了畅销书,自程高本《红楼梦》行世后,《红楼梦》从北京走向世界。

【文选】

清代北京刻书业起于顺治朝,兴盛于康雍乾三代,成为中国刻书发展史上最为发达繁荣的历史时期。对此,清代官方档案和私家诗文笔记、日记都有详尽的记载。李致忠《历代刻书考述》、叶再生《中国近代现代出版通史》(第一篇《历史的简要回顾》)、章宏伟《出版文化史论》(上篇)等著作均有精辟的考述,为我们了解清代北京刻书业的概况提供了重要的参考。

清代北京刻书业自康熙中期以后进入快速发展期。综观这一时期的刻书特点,至少有以下几个方面:

(一)官刻南北共进,中央地方并行。康熙在北京指令武英殿设立修刻书处,并设扬州书局承担内府所印重要图书(如曹寅奉旨刻《全唐诗》、《佩文韵府》诸书)。

(二)私家刻书与坊肆刻业相互促进,交相辉映。康熙年间出现的汪琬《尧峰文钞》、王士禛《古夫于亭稿》、《渔洋精华录》、陈廷敬《午亭文编》及《韩昌黎先生诗集》、汤斌《汤子遗书》等[1],均是这一时期私家刻书的代表著作。至于坊间刻书,清代已是遍及全国,北京以琉璃厂为中心的坊刻店铺林立,书多盈屋。其中著名老店,如五柳居、鉴古堂、文萃堂、二酉堂诸店已是闻名遐迩[2]。

(三)刻书品种和刷印数量远超前代,营销范围遍及国内外。朝鲜《梦游野谈》作者云:"余见正阳门外册肆,堆积满架,而太半是稗官杂记。益江南西蜀举子,应举上京见落者,路远不得还,留待后科。作小说印刊卖,以资生,故其多如是。"[3]

(四)康熙、乾隆两朝,北京刻书业技术发达,铜活字、木活字、雕刻印刷并用。书籍多有插图,图文并茂,装帧艺术明显超过前代。

(五)坊间刻书、售书相互结合,促进图书流通,市场活跃。

一言以蔽之,北京刻书业至乾隆年间已经形成巨大规模,出现了前所未有的繁荣气象。

一、北京坊刻与《红楼梦》刻本的出现

《红楼梦》一书问世时恰逢北京乃至全国刻书的"盛世"。起初以抄本流传于北京庙市,人们竞相抢购。但由于全书长达120回,字数多达百余万字,卷帙浩繁,抄录不易,故而流传数量有限,制约了需求。供需矛盾突出,必然引起有头脑、有眼光的书商们的关注。从程伟元、高鹗联合署名的《红楼梦引言》中人们可以感悟到,《红楼梦》120回本迅速付梓的重要原因,就是要解决这个供需之间的矛盾,以满足藏书家和普通读者的不同需求。《红楼梦引言》共列七条,其第一条云:

> 是书前八十回,藏书家抄录传阅几三十年矣,今得后四十回

合成完璧。缘友人借抄、争睹者甚夥,抄录固难,刊板亦需时日,姑集活字刷印。因急欲公诸同好,故初印时不及细校,间有纰缪……

其第七条又云:

是书刷印,原为同好传玩起见,后因坊间再四乞兑,爰公议定值,以备工料之费,非谓奇货可居也。

这两条《引言》将刊印缘起交代得十分清楚,无须再加解释。

清乾隆五十六年(1791),《红楼梦》120回本以木活字刊印于北京萃文书屋,世称"程甲本"。数月后,程高经过校勘"纰缪"后再度刷印,世称"程乙本"。据我考证,不论是"程甲本"还是"程乙本"均在北京刊行,其所用纸张均为北京琉璃厂桥东的"东厂扇料",一为"万茂魁记",一为"祥泰字号"[4]。程伟元、高鹗二人搜集、整理、印刷120回本《红楼梦》客观上保护了《红楼梦》抄本免遭流散湮没之厄运,他们付出的努力是永远值得记忆。

《红楼梦》120回本在北京两次刊印改变了以抄本形式流传所产生的供需矛盾,直接扩大了流传地域,自然也扩大了是书的读者群,出现了"开谈不说《红楼梦》,读尽诗书也枉然"的热烈景象。毫无疑问,北京刻书业的蓬勃发展,促进了《红楼梦》120回本的快速出版,同时刊印本的大量普及又促进了北京刻书业的进一步繁荣。

《红楼梦》程高刻本刊印后,各地书商乘风跟进翻刻。嘉道以降,坊刻《红楼梦》遍及大江南北,远及海外。一时间,《新镌全部绣像红楼梦》(本衙藏版,东观阁刊本)、《绣像红楼梦》(抱青阁刊)纷纷问世,与此同时金陵藤花榭、苏州宝兴堂、济南聚和堂、会锦堂、佛山连元阁等书店相继刊出以程甲本为底本的120回《红楼梦》[5]36—74。

……

四、"红学"一词的出现与百廿回本《红楼梦》走向世界

......

《红楼梦》一书正式摆印之后，不但迅速流传到全国各地，出现翻刻重印的风潮，而且迅速走向日本、朝鲜、越南、泰国、缅甸、俄罗斯等国家[9]。据现已发现的记载证明，早在"程乙本"印行的第二年，即清乾隆五十八年（1793），日本宽政五年，南京王开泰寅贰号船有九部十八套《红楼梦》从浙江乍浦港运往日本长崎。大庭脩《关于江户时代唐船持渡书的研究》、伊藤漱平《红楼梦在日本的流传》，都作过详细的报告。继此之后，长崎"村上文书"中还记载了清嘉庆八年（1803，日本享和三年）有亥七号船载《绣像红楼梦》二部四套到日本。大约在这一时间里，《红楼梦》刻本先后传到朝鲜半岛和越南、俄罗斯。据韩国学者崔溶澈的报告，朝鲜李朝王宫乐善斋藏有120回《红楼梦》专供喜欢是书的王妃阅读。

《红楼梦》流传到欧美各国，以今天俄罗斯列宁格勒收藏的抄本《红楼梦》为最早。这部珍贵的早期脂评抄本，是1832年（清道光十二年壬辰）俄国希腊东正教传教士帕维尔·库尔亮德采夫带回俄国的。关于这个抄本的面貌和特点，台湾著名红学家潘重规在《列宁格勒十日谈》中作过介绍，并将此抄本上独有的双行批语辑录发表在《红楼梦研究专刊》第十二辑（1979年7月版）上。在俄罗斯等国家里，除藏有上述抄本《红楼梦》外，各大图书馆里也藏有各种早期刻本《红楼梦》和《后红楼梦》一类续书、传奇脚本。至于英法德意等国家的图书馆藏有的《红楼梦》版本，大都是"程甲本"或"程乙本"的翻印本。例如，著名学者柳存仁在《伦敦所见中国小说书目提要》中记录英国博物院收藏"嘉庆辛未（十六年，1811）《新增批评绣像红楼梦》"、"嘉庆丙子（二十一年，1816）《绮楼重梦》"，英国皇家亚洲学会

藏有善因楼梓行《批评新大奇红楼梦》与续书"嘉庆己未(四年,1799)秦子忱撰《红楼复梦》"等等。

考诸史籍可知,上述大多数国家对中国几千年的珍贵典籍都十分珍视,每次来华的使团、留学生、传教士乃至商业贸易者,大都要从中国购买相当数量的古旧图书或新刻各种图书。例如,姜绍书《韶石斋笔谈》记云:

> 朝鲜人最好书,凡使臣之来,限五六十人,或旧传或新书或稗官小说,在彼所缺者,日出市中,各写书目,逢人遍问,不惜重值购回,故彼国有异书藏本也。

朝鲜学者李德懋在《青庄馆全书》记云:

> 每年使臣冠盖络绎,而其所车轮来往者,只演义小说及八家文钞、唐诗品汇等书。此二种虽曰实用,然家家有之,亦有本国刊本,则不必更购。

又如,有笔记记载三等承恩公镶蓝旗蒙古人葆初,"俄国亲王来觐,曾以千金购其书归"。此外,日本著名学者仓石武四郎在北京隆福寺文奎堂购买程乙本(今藏日本仓石文库)、吉川幸次郎从琉璃厂来熏阁购得程甲本(现归伊藤漱平藏),大高岩《燕京日记》中记载在东安市场外小摊上购得"古版本《红楼梦》,花两块钱;《后金玉缘》六毛钱"。凡此种种见闻,限于篇幅无法细述。但上述引录文字足以证明,自乾隆五十六年程高本《红楼梦》行世后,是书已经从北京走向世界。

如果说,北京是《红楼梦》的诞生地、"红学"的发源地和走向世界的起点,成为不朽的生命之地;那么《红楼梦》走向世界,也给北京人民带来永恒的骄傲和光荣!

我非常同意潘重规教授的看法:

> 传播《红楼梦》一书的功臣,最具劳绩而又最受冤屈的,要数

程伟元。百二十回《红楼梦》是他搜集成书的,编校刻印是他主持的,然而长期以来,人们误认他不过是一个书商,所以校补《红楼梦》的工作,都归功于高鹗,而程伟元只落得一个串通作伪,投机牟利的恶名。天地间不平之事宁复过此。[10]
时至今日,难道他们的"恶名"不应该予以洗刷吗?

【注释】

[1] 李致忠.历代刻书考述[M].巴蜀书社 1990:343.

[2] (朝鲜)朴趾源.热河日记[M].上海书店出版社,1997:111、334.

[3] (韩国)闵宽东,金明信.中国古典小说批评资料丛考(国内资料)[M].韩国学古房,2003:333.

[4] 胡文彬.东厂扇料与祥泰字号——关于程本摆印地点新证[M]//魂牵梦萦红楼情.中国书店,2000:242—2440.

[5] 一粟.红楼梦书录(增订本)[M].上海古籍出版社,1981:36—74.

[9] 胡文彬.红楼梦在国外[M].中华书局,1993.

[10] 潘重规.红学史上一公案——程伟元伪书牟利的检讨[M]//红学论集.三民书局版,1992:135—140.

5. 近代小说刊印研究

近代石印术的普及与通俗小说的传播

宋莉华

发表于《学术月刊》2001年第2期。

本文对近代印刷技术与通俗小说传播之间的关系进行了考察，指出近代石印术的普及，促进了石印小说的流传和通俗小说的传播，进而推动了晚清小说创作的繁荣；同时，近代出版业的发展又孕育了现代传媒意识的产生，并使传统书坊向现代转化。

【文选】

二、石印术的普及与石印版小说概况

阿英指出，晚清小说繁荣的首要原因"当然是由于印刷事业的发达，没有前此那样刻书的困难；由于新闻事业的发达，在应用上需要多量产生"①。由于石印具有成本低廉，印刷周期短，用人少，能保持古书原貌，比木刻更易于保存书法的优美，而且字迹清晰美观等优点，石印业迅速崛起，取代雕版印刷的主导地位，独步一时②。1887年(光绪十三年正月十三日)《申报》云：

石印书籍肇自泰西。自英商美查在沪上开点石斋，见者悉惊奇赞叹。既而宁、粤各商仿效其法，争相开设。而新印各书无不勾心斗角，各炫所长，大都字迹虽细若蚕丝，无不明同犀理。

---

① 《晚清小说史》，人民文学出版社1980年版，第1页。
② 参见曹之：《中国古籍版本学》，武汉大学出版社1992年版，第399页。

其装潢之古雅，校对之精良，更不待言。诚书城之奇观，文林之盛事也。

1889年5月25日上海《北华捷报》载文《上海石印书业之发展》称：

上海石印中国书籍正在很快地发展成为一种重要的企业。石印中使用蒸汽机，已能使四五部印刷机同时开印，并且每部机器能够印出更多的页数。因为中国资本家咸能投资于此种企业，赢利颇丰。印书如此便利，对于一个大家喜欢读书的国家来说，是一件幸事①。

自1832年底，广州出现了第一家中国人开办的石印铺后，经营石印者渐多，终成席卷全国之势。光绪年间，仅上海一地，石印所即有56家，较铅印业多一倍有余。上海铅印业的出现虽比石印业早20年，且申报馆、字林西报馆、美华书馆、土山湾印书馆、同文书会等皆能排印中文书报，具有相当规模，但整个光绪年间，仍以石印业的社会影响为大。各地官报局、官印局通常石印、铅印并举，而各地民营印书馆，石印则明显占优势。石印术的普及为近代通俗小说的传播提供了切实的技术保障。

石印技术用于小说出版，持续时间长达70余年。我们现在所能见到的最早的几种石印版小说是同治五年(1866年)上海文宜书局出版的《花月痕》、上海顺城书局光绪元年(1875)版《后列国志》、上海书局光绪元年版《隋炀帝艳史》、《五美缘》等。其余绪一直要延伸到20世纪40年代初。现存最晚的石印本小说有1939年开鲁蒙文学会《泣红亭》、1940年开鲁蒙文学会《青史演义》、1940年上海锦章图书局《三国演义》及《全图加批西游记》、1941年上海锦章图书局《五

---

① 转引自张静庐辑注：《中国出版史料补编》，中华书局1957年版，第88、91页。

雷阵》等。

据日本学者丸山浩明《中国石印版小说目录》(稿)中的统计,石印版小说总数约630余种,出版高潮集中在1888年、1893—1895年、1908—1910年及1912—1914年。① 而从《中国通俗小说总目提要》所收录的书目来看,到1888年以前,明清两代所刊通俗小说总数仅约460种。② 可见由于石印术被广泛应用于小说印刷,近代通俗小说在出版数量、速度上都非以往可比。阿英《晚清小说史》谓:"《孽海花》在当时影响极大,不到一二年,竟再版至十五次,销行至五万部之多。"③ 如果没有石印术的迅速发展,在这样短的时间内,发行次数、数量如此之多是难以想象的。晚清石印版小说从其内容构成来看,主要由传统的明清通俗小说、新小说以及翻译小说三部分组成。其出版发行机构则以石印书局和报刊并举。一种小说往往在数家报刊连载,或先经报刊连载,复以单行本行世,其传播速度之快,影响面之大,不能不说是得益于石印技术的普及。

---

① 参见丸山浩明:《中国石印版小说目录》(稿),《广岛女子大学国际文化学部纪要》第7号,第39页。
② 《中国通俗小说总目提要》,江苏省社会科学院编,中国文联出版公司1990年版。
③ 《晚清小说史》,第1页。

试论近代扫叶山房的通俗小说出版

文 娟

发表于《明清小说研究》2012年第2期。

本文考察了扫叶山房在近代刊印出版通俗小说的相关情况,指出其刊刻小说的特征包括对作品题材精心选择、重视传统题材、强调民间性与传统性、坚持木刻雕版刊行通俗小说等等,指出以上种种反映出这家带着自身固有的传统性融入近代小说出版潮流中的书坊,在通俗小说的出版上不断受到时代环境的深刻影响,试图进行某些革新的努力以及步履维艰的革新困境。

【文选】

三、刊行方式的变革

从上文中对于扫叶山房通俗小说的出版特征分析不难发现,一方面,其通俗小说出版基本以翻印传统的明清通俗为主,教化宣传的色彩颇为强烈,另一方面,在社会时代背景的影响下又试图突破这一局面,尝试出版针砭时弊,揭露学界黑幕的通俗小说作品。而从通俗小说的刊行方式上,我们也能看到该书坊在出版技术运用方面所表现出来的传统与变革交织的特征。

在铅石印技术尚未出现之时,木刻雕版是书坊刊行书籍的重要方式,校刻精良的板片储备对书坊甚为关键,尤其是对于以出版学术型书籍为主的书坊而言更是如此。作为一家"刊刻秘笈,以惠学林"的传统书坊,当年扫叶山房创始的契机就是席世臣家族购得了常熟毛氏汲古阁所藏的若干书板,因此扫叶山房雕版印刷的传统也对其通俗小说的刊行方式产生了深刻的影响。从目前所知的资料来看,席威主持扫叶山房期间所出版十部通俗小说,除了《隋唐传》是铅印本,《东周列国志》有刻本和石印两种版本之外,其余无论是公案类的《忠烈侠义传》,还是神怪类的《封神演义》,言情类的《二度梅》,抑或是才学类的《镜花缘》,都是采用雕版的方式翻印出版的。

实际上,早在同治十三年(1874)九月,即扫叶山房刻印第一部本通俗小说《忠烈侠义传》的前五年,申报馆就采用新式铅字排印出版了《儒林外史》。该书"校勘精工,摆刷细致"[30],与传统木刻本迥然而异,因此受到读者的欢迎,初版千部"曾不浃旬而便即销罄"[31],六个月后即重印了一千五百部。正如申报馆在《代印书籍》[32]广告中所宣传的那样,铅印较之木刻"至便且捷","出书愈觉清爽,非木板可比",因此,光绪初年已经开始有书局仿效申报馆,以铅印之法出版通俗小说,例如光绪三年(1877)机器印书局就出版了铅印本《于少保萃忠传》。而在扫叶山房出版第四部通俗小说《新刻绣像粉妆楼全传》的前一年,即光绪八年(1882),点石斋首次石印出版了通俗小说《三国演义》,"是书格外清晰,一无讹字。为图凡二百有四十,分列于每回之首,其原图四十,仍列卷端,工致绝伦"[33]。由于石印照相法在图像印刷上具有独特的优势,这种技术也受到其他书局的青睐,例如光绪十三年(1887)蜚英馆就石印刊行了《绘图评点儿女英雄传》。

扫叶山房当时显然对铅石印这类的新兴技术也予以过关注和应用。例如,扫叶山房光绪八年(1882)发行的《扫叶山房书目》就分为木版和铅版两大类,开始出现了铅版书籍;而光绪十二年(1886)所出版的《历代帝王年表》三卷已经是石印本,光绪十五年(1889)版的《李氏五种》之内封,亦采用石印技术印刷。尽管如此,由于席威主持的扫叶山房开始陆续出版通俗小说的时候,以铅石印技术刊行通俗小说正处于兴起阶段[34],据潘建国的统计,同治十三年(1874)至光绪十六年(1890),采用铅石印刷术翻印明清通俗小说的书局只有十一家,其中铅印本不过三十八种,而石印本仅有十四种,未能对整个通俗小说翻印行业产生影响,也就未能推动扫叶山房以铅石印技术刊行通俗小说。此时,对于一家历史悠久的传统书坊而言,放弃木刻雕版技术刊行通俗小说的时机显然还未到来。

扫叶山房通俗小说刊行方式的转变发生在光绪二十一年(1895)。这一年,该书坊请图书集成局代印了一部名为《隋唐传》[35]的通俗小说,并由图书集成局为之在《申报》上刊登"开印《隋唐传》"广告:

> 《隋唐》一书,虽属稗官野史,而笔法既好,叙事尤详,敷佐既新,选词尤雅,茶余酒后,尽可消闲。现扫叶山房托本局代印。刻已开印,俟告竣后装订成册发售,以便诸公购阅也。图书集成局启。[36]

扫叶山房出版铅印本通俗小说的出版计划,是与当时的时代背景密切相关的。因为光绪十七年(1891)至光绪二十四年(1898)是通俗小说翻印的鼎盛期,期间共有六十二家书局采用铅石印技术,翻印通俗小说约二百八十种(包括同一小说的不同书局版本),其中在光绪十九年(1893)至二十二年(1896)之间处于翻印的顶峰,四年中翻印的通俗小说合计二百一十三种,约占总数的76%;而二百八十种通俗小说的近代翻印本中,石印本二百七十三种,铅印本四十三种。可以说,正是在这种以铅石印技术翻印通俗小说的出版环境的推动下,光绪二十一年(1895)扫叶山房开始尝试委托其他书局代为排印铅版通俗小说,并且还在第二年将以前曾经木刻雕版印行过的《东周列国志》重新石印刊行。不过,席威主持期间,扫叶山房在通俗小说的翻印上,对铅石印技术的运用并不积极主动,而是被时代潮流推动着前进所作出的选择,这某种程度上也反映出传统书坊一种步履维艰的革新困境。

光绪二十四年(1898)，席威的儿子席裕琨接管扫叶山房，此时恰巧处于以石印技术翻印通俗小说顶峰期刚过，而鼎盛期尚未结束的时间点，他主持下的扫叶山房开始全面运用石印技术刊行通俗小说。此阶段，该书坊首刊的通俗小说《绣像七侠五义》就是石印本。显然正是由于采用了石印技术刊行，才令该部小说绣像插图的精致与清晰程度远远超过了之前所出版的刻本通俗小说，从而受到了读者的广泛欢迎，以至于扫叶山房趁着这个畅销势头，又立即陆续石印出版了《七侠五义》的续书《小五义》和《续小五义》。席裕琨显然已经充分意识到了石印技术在翻印通俗小说上的巨大优势，据目前所见的资料，他在任期间扫叶山房所出版的二十部通俗小说[37]，除《精忠演义说岳全传》一部为铅印本之外，几乎全部采用石印技术刊行。事实上，根据光绪三十年(1904)《上海书业公会书底挂号簿》统计，扫叶山房南北号在光绪间共出版石印书籍一百零五种，其中十一部石印本通俗章回小说赫然在列，标志着扫叶山房以雕版木刻刊行通俗小说的时代至此完全终结。

不过，席裕琨主持期间扫叶山房刊行的石印本通俗小说，多采用手写石印的方法[38]，印本以楷体书写，虽然字迹清晰，但是为了节约纸张一般字划细小，行格紧密，如光绪二十五年(1899)刊行《绣像续小五义》一书每半页多达二十二行，每行四十八字，读者阅读时颇费目力，还算不上是精本石印。光绪三十年(1904)之后扫叶山房由席氏族戚席少梧、席悟奕等人接管，此情况有所改变。

期间，该书坊一方面将照相石印技术充分运用于各类书籍的翻印出版，一方面在采用手写石印之法刊行书籍的时候，放大字体，使行格相对之前的版本相对疏朗，例如，民国十七年(1928)石印的《增补齐省堂全图儒林外史》,每半页十五行,每行最多三十四字。因此,这期间扫叶山房在介绍其石印古籍的时候,或称"本号特缮大字精本,并延名宿,悉心雠校,付诸石印",或称觅得原本"同付影印,字画圈点,悉与原本丝毫无二"。正如民国七年(1918)《扫叶山房发行石印精本书籍目录》序所言,"雕本流传,缪为士林称许。囊因锓版不便,易亦精本石印行世",此时扫叶山房出版的通俗小说也出现了不少石印精本,例如,民国三年(1915)的《大字足本绣像全图三国志演义》,民国十一年(1923)《增像全图东周列国志》和《增评加注全图红楼梦》,民国十三年(1925)的《绘图绣像第五才子书水浒全传》等等。因此,虽然宣统及民国年间的扫叶山房,在小说出版类型的选择上,呈现出从通俗小说向笔记小说倾斜的趋势,但是在所以石印技术刊行通俗小说的质量要求上,却体现出新的追求。

据目前可见的资料统计,扫叶山房共出版公案、神魔、言情、讲史等类型的通俗小说三十七种。这家书坊在首刊通俗小说之初,对作品题材的精心选择,折射出光绪初年通俗小说出版业特殊的时代背景,而这一选择既显示出传统书坊谨慎与保守的一面,又标志着此类大众喜闻乐见的作品正逐渐进入该书坊的出版视野;在高度重视传统题材作品的出版,特别选择出版其他书局业已印行的作品,强调作品的民间性与传统性的同时,不过最终还是尝试出版了时人创作的与现实社会相关的作品;一直坚持木刻雕版刊行通俗小说,在铅石印技术普遍应用于通俗小说翻印的年代中,才被出版潮流推动着步履蹒跚地加入此种行列之中,然而却在通俗小说翻印的大幕即将缓缓降落之时,从手写石印法刊行通俗小说发展为照相石印法出版石印精本。以上种种充分反映出这家积习深厚的书坊,带着自身所固有的一些传统性融入近代小说的出版潮流中,进而又不断受到出版环境的深刻影响,试图进行某些革新的努力以及革新维艰的困境。

【注释】

［30］《新印〈儒林外史〉出售》,《申报》同治十三年(1874)九月二十七日。

［31］《〈儒林外史〉出售》,《申报》光绪元年(1875)四月一七日。

［32］《代印书籍》,《申报》光绪二年(1876)正月二十四日。

［33］《石印〈三国演义全图〉出售》,《申报》光绪八年(1882)十一月四日。

［34］潘建国在《铅石印技术与明清通俗小说的近代传播》(《学术月刊》,2001年第2期)中对清末上海地区通俗小说的翻印史进行了研究,根据他的分析,同治十三年(1874)至光绪十六年(1890)为初兴发展期,光绪十七年(1891)至光绪二十四年(1898)为鼎盛期,光绪二十四年(1898)之后为翻印的后续期。

［35］此广告中的《隋唐传》当为《隋唐演义》,一百回,清初褚人获著。

［36］《开印〈隋唐传〉》,《申报》光绪二十一年(1895)十月十四日。

［37］《锦香亭》、《儿女英雄传》、《斩鬼传》、《走马春秋》四种出版时间不详,因此暂不计入席裕琨主持扫叶山房所出版的章回小说数目统计中。

［38］石印技术的有两种基本制版方式,一种为手写石印,即在一种专写纸上缮写文字,然后再反转描印于石板上;一种方法为照相石印,即先用照相的方法拍摄书籍底本,获得反字负片,然后经过特殊的处理制成印版。

第二部分

论著提要

一、专著

1. 综论

少室山房笔丛
〔明〕胡应麟

《少室山房笔丛》四十八卷,在作者生前没有结集或单独刊行过,最早的刻本是作者去世后的万历四十二年(1614)的良贵堂刊本。其后又有万历四十六年(1618)的《少室山房全集》本,而比较通行的是清末广雅书局重刊的《少室山房集》本。

本书是明代著名学者胡应麟撰写的一部内容十分广博的学术笔记。共分十二部分,几乎涵盖了前代的各种典籍,小说、戏曲也在研治之列。其中《经籍会通》篇对刊刻中心、刻书质量、特点以及出版、发行诸问题作了论述,为研究古代刻书和小说刊印提供了原始材料。

中国雕版源流考
孙毓修

商务印书馆 1918 年初版。

本书是较早系统讲述中国古代印刷史的研究著作,扼要论述了雕版印刷术的发明和发展,内容涉及古籍版本的各种基本知识。

中国书史
陈彬龢　查猛济

商务印书馆 1931 年初版。

本书是关于历代版刻特征、诸家藏书情况的详细介绍。书中描述了文字的创造、纸张的出现、宋代刻书的发达、元代藏书的优劣以及明代的私刻和坊刻、清代的藏书与校书等情况。本书对诸家藏书的变迁均有较全面的记载和评述。

中国通俗小说书目
孙楷第

国立北平图书馆 1933 年初版。

孙楷第 1931 年赴日本调查东京公私所藏中国小说，回国时途经大连，整理大连图书馆所藏小说。1932 年整理笔记，撰《日本东京所见小说书目》六卷、《大连图书馆所见小说书目》一卷。1933 年，结集相关材料，撰《中国通俗小说书目》十卷，包括现存和已佚未见书的相关信息，并详细记录了东京、大连所见书目的版本样式、故事原委，必要时照抄原书题跋目录，考校异同、批评文字。1933 年由国立北平图书馆、《中国大辞典》编纂处将三种书合印行世。三种书是中国小说目录学的开山之作，也是古典小说研究的必备书；其中对小说版本流变情况的记录和考证，对小说刊印研究有着重要意义。

中国版画史图录
郑振铎

上海良友图书公司 1940 年初版。

本书收录自唐五代至民国的我国版画史实及图录。凡正文四卷,图录二十卷。其中收录有《杨家将演义插图》、《三宝太监下西洋记插图》、《皇明英烈传插图》等古代小说版画插图。

古典小说戏曲丛考

刘修业

作家出版社 1958 年初版。

本书是作者 1937—1947 年间在欧洲访书的成果,共收入关于古典小说戏曲的札记二十七篇,内容涉及伦敦博物院图书馆、剑桥大学图书馆、牛津大学图书馆、巴黎图书馆等机构所藏的小说刊本,作者对这些版本的版式特征、流传情况等进行了描述和考证。除此之外,还收入了作者对吴承恩生平事迹进行考证的四篇文章。

中国版刻图录

北京图书馆

文物出版社 1960 年初版,1961 年增订再版,2015 年修订版。

本书是系统反映中国雕版印刷成就的大型书影图谱,选辑中国雕版印刷术发明以后历代雕版印刷的书籍中有代表性的作品的样页,按刻版时代和刻版地区编排,展示了各个时代刻版印刷技术的发展。从中可看到同一时代在不同地区刻印的书在字体风格上的差异以及同一地区不同时代版刻风格的延续性。1960 年初印选书五百种,有图版六百六十二幅,用宣纸印刷三百部;1961 年增订再版,选书五百五十种,有图版七百二十四幅。2015 年修订本将原书的开本由八开放大至四开,图版中的古籍叶面尽可能做到原大,并且保存原貌。该书在刻版书籍之后,还增加了活字印本与版画部分,各成系统。对所选之书,每种都撰有说明,内容为该书版刻特点、版本鉴定的依据、雕版源流、补版先后等。用十万字的篇幅,阐述了唐代至清代中国相关地区古籍刻印的大致情况,所收五百五十种古籍的基本数据,以及评价和考订。

中国版画史
王伯敏

上海人民美术出版社1961年初版,河北美术出版社2002年增订再版,更名《中国版画通史》。

本书研究范围从商周直到民国时期,将中国版画的历史发展分为原始、雏形、成长、兴盛、鼎盛、续盛、新兴等时期,逐一探究。其中第五章第四节《戏曲小说的插图》、第六章第五节《民间坊刻书籍插图》等章节,对明清两代坊刻小说版画进行了介绍。

西谛书目
北京图书馆

文物出版社1963年初版。

西谛即郑振铎,是新中国首屈一指的大藏书家。本书是郑振铎藏书(捐赠北京图书馆)的书目。全书按经、史、子、集分类编排。西谛藏书的主要类别,有历代诗文别集、总集、词曲、小说、弹词、宝卷、版画和各种政治经济史料等,范围十分广泛,总达七千七百四十种。其中明清版居多数,手写本次之。宋元版最少,仅陶集、杜诗、佛经等数种。

中国文言小说书目
袁行霈　侯忠义

北京大学出版社 1981 年初版。

本书以时代为序，收录中国古代自秦至清文言小说两千余种，列明书名、卷数、存佚状况、撰者、著录、版本及相关的考证说明，可以从中考察中国文言小说历代编撰、著录、版刻、流传情况。著录版本时，"不求完备，但善本及通行之单刻本、丛书本、今人校点校注本，尽量录入。坊刻本多有校勘不精或任意删削者，则酌情收录"（凡例）。

伦敦所见中国小说书目提要
［澳］柳存仁

书目文献出版社 1982 年初版。

本书收录了作者 1957 年在伦敦英国博物院东方书籍及珍本部（Department of Oriental Books & Manuscripts, British Museum）、英国皇家亚洲学会（Royal Asiatic Society）所见的旧刻本中国小说，共一百三十篇提要、一百三十四部书。在记录书籍、版刻之外，也对其中一部分书籍版本进行了考证。

中国善本书提要
王重民

上海古籍出版社 1983 年初版。

本书是一部古籍善本书目，著录作者在北京图书馆、北京大学图书馆和美国国会图书馆所经眼的中国古籍善本书 4400 余种（包括补遗 100 余种）。每书除记述书名、卷数、册数、每半叶行数、每行字数、板框高下大小、牌记等版刻特征外，更撰著了内容丰富的提要，考校版本源流，介绍作者生平事略、该书内容及其研究价值，详记序跋、题识（重要者录其全文或摘要）。书前刊有《总目》。书后附列《书名索引》《撰校刊刻人名索引》《刻工人名索引》和《刻书铺号索引》（以上均按四角号码顺序排列），以备检索。附录有《中国善本书题跋》。

古本稀见小说汇考

谭正璧　谭　寻

浙江文艺出版社 1984 年初版。

本书以 1945 年《中国佚本小说述考》为底本，增加内容、扩充材料，补充了日本、英国、法国等国的藏本。对于国内的某些孤本、稀本，也酌情收录，但仍以国外佚本为主。共收录古本稀见小说一百六十三种，计传奇小说十三种，话本小说三十三种，章回小说一百十七种。每种考明卷书、回数、撰者、评者、刊刻年代及书谱名称，正书版式及有无图像，在何处收藏，全书内容大要、故事来源及其影响等信息，略作介绍，附于其后。

中国古代木刻画选集

郑振铎

人民美术出版社 1985 年初版。

本书是郑振铎先生穷其一生搜集、整理、研究、编印的一部中国木刻版画史料，一函十册，其中《中国古代木刻画史略》一册，目录一册。

古典小说版本资料选编
朱一玄

山西人民出版社1986年初版。

本书选编了七部著名古典小说的版本资料,包括《三国演义》、《水浒传》、《西游记》、《金瓶梅》、《聊斋志异》、《儒林外史》和《红楼梦》,在书目、笔记杂文、序跋题记中的记载情况,以明其版本流变、刊印情况。每条资料均注明写作时代、作者、所在书的卷数和所根据的版本。

古本小说丛刊
《古本小说丛刊》编辑委员会

共41辑,第1辑由《古本小说丛刊》编辑委员会主编,中华书局1987年初版;第2至41辑由刘世德、陈庆浩、石昌渝主编,中华书局1991年初版。

《古本小说丛刊》是古典小说总集,系郑振铎生前倡议编集,与《古本戏曲丛刊》作为姊妹篇,曾列入国务院1982—1990《古籍整理出版规划》,由中国社会科学院文学研究所组成编委会,进行筹备。1988年影印出版第1辑,共5册。1989年,编委会考虑到学术界急需,决定与法国国家科学院合作,将流传海外而国内不存或稀见的明清小说孤本、善本汇总,从中精选出170余种,编为第2辑至第41辑,于1991年出版。以收录通俗小说为主,兼采少量文言小说和讲唱文学作品。选目精审,版本上佳,如法国巴黎和丹麦哥本哈根所藏残本《插增田虎王庆忠义水浒全传》、刘兴我刊本《水浒忠义志传》、《最娱情》等均为孤本;郑少垣刊本《三国志传》、兼善堂刊本《警世通言》、

《幻中游》等,亦是罕见之善本;同一版本系统的小说,则选用原刊初刻本或卷帙最全者,如旧抄本《绿野仙踪》,原刊本《吕祖全传》、《警寤钟》等。每辑卷首写有前言,简要介绍所收小说之版本、藏所、流传及其主要特点,间作必要的考证。

小说书坊录
韩锡铎　王清原

春风文艺出版社 1987 年初版;修订版由韩锡铎、牟仁隆、王清原编纂,北京图书馆出版社 2002 年出版。

本书是关于坊刻小说的专门著作,收录了宋元以降、下限至 1930 年的通俗小说出版情况,其中绝大部分小说是书坊刻书,反映了这一阶段非主流文化的发展状况。作为一本工具书,该书的编排体例方便易用,正文按时间顺序排,书后附书名索引和书坊索引,是研究古代小说史、出版史、版本学、文献学、目录学的参考工具书。

明清小说资料选编(上、下册)
朱一玄

齐鲁书社 1990 年初版。

本书在此前《水浒传》、《三国演义》、《金瓶梅》、《聊斋志异》、《儒林外史》、《红楼梦》等七部著名古典小说资料汇编的基础上,扩大范围,收录自明初至清末共计 281 种小说的资料,共分七编:第一编,历史小说,收"讲史"类作品;第二编,侠义小说,收"说公案"作品,又按其内容分为"侠义"和"精察"两个子目;第三编,神魔小说,收"灵怪"类的作品;第四编,世情小说,收"烟粉"类的作品,又分为"人情"、"狭邪"、"才子佳人"、"英雄儿女"、"猥亵"五个子目;第五编,讽谕小说,又分"讽谕"、"劝诫"两个子目;第六编,话本小说,收白话短篇小说总集;第七编,文言小说。所收资料包括小说的序跋、凡例及有关考证、评论,可以从中了解小说版本、刊印等情况。

中国通俗小说总目提要
江苏省社会科学院明清小说研究中心

中国文联出版公司 1990 年初版。

本书所收,以唐代至清末的通俗白话小说为主,不收传奇体笔记体文言小说;若干为从来之通俗小说书目著录的章回体文言小说(如《蟫史》等)酌情收录;所收书目为确已成书者,列出书名、作者、版本、内容提要和回目五个部分,在版本上按年代顺序,全称列出所见、所知的重要版本,注明卷数、回数,刊刻年代及书坊名称,正书版式,有无图像,有无序跋,有无评注等,并扼要说明各重要版本内容上的重大差异及相互之间的流变递嬗关系。是通俗小说研究的资料性工具书,对于研究小说刊印、版本与传播状况有着重要意义。

历代刻书考述
李致忠

巴蜀书社 1990 年初版。

本书对我国古代印刷术从雕版到活字,从两宋时期直到元、明、清的发展、改进和创新为线索,梳理了长达一千三百年的印书事业,描摹了一条史的发展轨迹,对于出版史的探寻和印刷技术史、文化史的研究,具有一定价值。

和风堂文集
[澳]柳存仁

上海古籍出版社1991年初版。

本书是柳存仁先生研究中国古典文学和古代文化的论文结集，其中《论明清中国通俗小说之版本》、《孤本与罕见本小说》、《元至治本全相武王伐纣平话明刊本列国志传卷一与封神演义之关系》、《四游记的明刻本》等多篇涉及小说的版本、刊刻与传播问题。

珍本禁毁小说大观：稗海访书录
萧相恺

中州古籍出版社1992年初版。

本书是作者在国内外各图书馆访书的记录，介绍了四十多个图书馆所见珍本、秘籍的详细情况，以及读书时的点滴感受、零星考证。书中著录的多是孤本、未见著录本和罕见本通俗小说，有抄本，也有刻印本。全书分为七个部分：一、世情小说，又按其内容分为世情类、艳情类、才子佳人类三种；二、拟市人小说；三、神魔小说；四、讲史小说；五、侠义公案小说；六、讽喻劝谏小说；七、通俗类书。

中国古代小说百科全书
《中国古代小说百科全书》编辑委员会

中国大百科全书出版社1993年初版，1998年第2版，2006年第3版，2010年修订版。

本书是一部古代小说研究工具书，全书共分七个部分，包括总论、上古秦汉魏晋南北朝小说、唐五代小说、宋辽金元小说、明代小说、清代小说、小说理论批评,收录下限为清宣统三年(1911年)。共收录与中国古代小说相关的条目2200余条,附有全部条目的汉字笔画索引、内容索引。

江苏刻书
江澄波

江苏人民出版社1993年初版。

本书主要收录了宋代至民国期间江苏的各种刻书,从地域文化的角度对江苏古代刻书事业的发展流变情况进行了梳理。

江西历代刻书
杜信孚 漆身起

江西人民出版社1994年初版。

本书收录江西历代(宋至1949年以前)官、私、坊刻书共2840余种。凡难以确定刻者的书不予收录。其中官刻收录范围包括省、府、县各级机构刻书、学校及书院刻书、道观祠堂刻书等;私刻主要收录不以卖书谋利为目的的私人刻书者在江西的刻书及难以确定刻书地的江西籍人的刻书;坊刻则收录以卖书谋利为目的的江西书坊刻书。本书著录书名、卷数、修纂者(编著者)、刻书年代以及刻书者,对于了解江西地域刻书文化和历史具有参考性。

中国文言小说总目提要
宁稼雨

齐鲁书社1996年初版。

本书收录了先秦至1919年间单篇文言小说、文言小说集、文言小说丛书、文言小说类书，正文正名 2184 种，异名 516 种。另附《剔除书目》正名 292 种，异名 57 种，《伪讹书目》正名 172 种，异名 4 种。全书共收正名 2648 种，异名 577 种，总目 325 种。全书按时代顺序，共分"唐前"、"唐五代"、"宋辽金元"、"明代"、"清代至民初"五编。

福建古代刻书
谢水顺　李　斑

福建人民出版社 1997 年初版。

本书是福建文化丛书之一，以时间为序，介绍了从宋代到清代福建刻书的特点、代表门派、发展过程等。

三国演义版刻图录　水浒传版刻图录
西游记版刻图录　红楼梦版刻图录
江苏广陵古籍刻印社

江苏广陵古籍刻印社 1999 年初版。

本套版刻图录是江苏广陵古籍刻印社编选的木刻版画和石印本插图的精品及代表性作品，按四大古典名著分为四编。

中国古籍版刻辞典
瞿冕良

齐鲁书社 1999 年初版，苏州大学出版社 2009 年增订版。

本书增订本共 189 万字，收集了 21500 余条词目，大体时间断限上溯唐代下及清代乾隆前后。主要内容涵盖如下四个方面：一是版刻名词。包括各种版本的名称、印刷用纸、款式、装帧，也包括一些书业用语，如边准、朱丝栏、黑口、鱼尾等，从中可以窥见版刻的时代变迁。二是刻字工人。本书中收录了万余条关于刻字工人的词目，主要记录他们所雕刻的图书，填补了史料空白。三是历代刻书家、抄书家。侧重于宋、元、明三代，也包括少数清代稀见的和有学术价值的书籍的刻印者和抄写者。刻书家往往是古代书籍的出版发行人，这为书籍或出版史的研究提供了翔实的资料。四是版本书目。收录了部分版本方面的专著、书目、题跋，并简介其内容和使用价值。另外，本辞典的资料来源既有原本或影印本，也有各种参考工具书，书后附列了从清乾隆三十八年（1773）武英殿聚珍本到2005年部分版本方面的专著、书目共计248种，是研究我国古籍版刻的珍贵线索。

中国版本文化丛书

　　任继愈主编，薛冰、徐雁执行主编

江苏古籍出版社2002年初版。

　　本套丛书共计十四种，分宋本、元本、明本、清刻本、少数民族古籍版本、佛经版本、稿本、批校本、坊刻本、家刻本、活字本、插图本、新文学版本等多种专册，几乎涵盖了中国版本文化的全部，基本理清了中国版本文化发展的线索和源流，首次集中反映了我国版本文化研究的最新风貌和水平。

　　本套丛书以奚椿年先生的《中国书源流》为开篇，从《宋本》、《元本》、《明本》到黄裳的《清刻本》及姜德明的《新文学版本》，是中国版本大致按时代纵向发展的一条线索，大致勾勒出了中国历代版本的代表性文化风貌；从《稿本》、《批校本》、《坊刻本》、《家刻本》、《活字本》、《插图本》到《佛经版本》、《少数民族古籍版本》，则是一个版本专题的系列，展示了我国版本横断面的文化风采。

看图说书:小说绣像阅读札记

陈平原

生活·读书·新知三联书店 2003 年初版。

本书以中国古典小说《红楼梦》、《金瓶梅》、《聊斋志异》、《剑侠传》、《淞隐漫录》为考察对象,重点考察了其出版史上名家木刻版画插图(即小说绣像),对图像、文字两种媒介的特点与相互之间的关系做了点评与鉴赏。

中国古代小说总目

石昌渝

山西教育出版社 2004 年初版。

本书为中国古代小说的总目录及对每一条目所作的提要,下限至 1912 年,是一部供古代文学研究者、学习者使用的大型工具书,其主要内容分为文言卷、白话卷及索引卷。条目标题由书名、卷(回)数、作者及著述方式四项构成。提要正文内容大致分为五个方面:作者生平、情节梗概、学术评价、版本情况、海外影响。在版本情况方面,包括书名、卷数、版本类型(稿本、钞本、刻本、活字本、石印本等)、版本性质(原刻本、覆刻本、重刻本等)、刊印时间地点、刊刻书坊、插图、版式、行款、刻工、木记、书品(字迹漶漫、污损、缺脱或配补等等)、以及序跋、题记、凡例、评点、收藏等情况,对于研究版本源流,考证小说成书、作者以及创作意图等都很有价值。

中国古代白话小说戏曲传播论

李玉莲

山西教育出版社 2005 年初版。

本书运用现代传播理论,对宋元明清时期白话小说戏曲作品的传播者、传播方式与渠道等问题作了系统的探索和剖析。书分上下编,上编为传播者研究,下编为媒介与渠道研究。其中下编第三章《技术与组织》中,对印刷这一传播的技术基础及坊肆等商业性传播组织进行了研究与探讨。

插图本中国图书史

肖东发　杨　虎

广西师范大学出版社 2005 年初版。

本书对中国古代图书文化进行了深入的考察。全书共分十个部分,分别论述了书籍的起源、载体、印制技术等,讨论了中国古代图书的突出成就,总结了中国古人制作和保存书籍的经验,对治书之学也加以概括的介绍,从而理清了书籍发展的脉络,使读者对中国书文化有了全貌性的认识。

中国古代小说总目提要

朱一玄　宁稼雨　陈桂声

人民文学出版社 2005 年初版。

本书分为上下两编。上编为文言,下编为白话:文言部分计收正名二千一百九十二种,异名三百五十种,共二千五百四十二种。白话部分,计收正名一千三百八十九种,异名七百五十九种,共二千一百四十八种。文言和白话两部分，合共收正名三千五百八十一种，异名一千一百零九种，总共四千六百九十种。均按作品产生的时代先后排列。所收古代小说，上起先秦，下迄清末。民国以降，原则上不予收录。但始撰于清而终于民国者，则在收录范围之内。现存作品均撰写提要；亡佚作品亦根据有关材料、尽力予以介绍。所有书目皆入正文，不作另编或附录处理。每一条目大致包括作者概况、书名的来源依据和异名情况、版本简况、内容简介与故事源流、艺术特点及在小说发展史上的地位影响诸方面内容。

中国古代书坊研究
戚福康

商务印书馆 2007 年版。

本书分生长、兴盛、成熟、转型四个时期，对古代书坊的发展演变作了比较全面的勾勒，并探讨了书坊与文化的关系。

中国出版通史
《中国出版通史》编委会

中国书籍出版社 2008 年初版。

本套丛书按历史发展顺序列卷，分为《先秦两汉卷》、《魏晋南北朝卷》、《隋唐五代卷》、《宋辽夏金元卷》、《明代卷》、《清代卷（上）》、《清代卷（下）》、《中华民国卷》、《中华人民共和国卷》，共计九卷，近400万字，包罗采辑历史图片800余幅，以研究我国历史上出版事业的产生、发展及其规律为基本内容，在广征博引文献典籍和考古发现以及前人研究成果的基础上，清晰地展现中国出版滥觞、形成、发展的历史轨迹。

中国古代四大名著插图研究

颜　彦

社会科学文献出版社 2014 年初版。

本书以中国古代四大名著(《三国演义》《水浒传》《西游记》《红楼梦》)插图为研究对象,力求全面系统地描述与阐释各部小说刊本插图的源流演变和图文关系,进而探讨明清小说插图在文本所运用的不同语汇形式及其所呈现的风格特征,揭示和发掘小说插图在文学、艺术、文化上的多元魅力。

朝鲜所刊中国珍本小说丛刊

孙　逊　[韩]朴在渊　潘建国

上海古籍出版社 2014 年初版。

本丛刊从已知朝鲜本中国小说中,精选出《三国志通俗演义》、《三国志传通俗演义》、《太平广记详节》、《太平通载》、《酉阳杂俎》、《剪灯新话句解》、《删补文苑楂橘》、《效颦集》、《花影集》、《钟离葫芦》、《新增九云楼》等书,裒为九册,影印流通。书后另附中日韩三国学者的相关研究论文,就其版本流播、底本情况及其学术意义,详加考论,为读者进一步阅读研究,提供了一个权威可靠的学术基础。此丛刊的编辑出版,不仅有裨于中国小说的深入研究,对于东亚书籍传播史、中国文学受容史以及中朝(专指古代朝鲜半岛)文化交流史诸领域研究,亦具有重要的史料价值。

中国古代小说在韩国研究之综考

[韩]闵宽东著　李英月译

武汉大学出版社 2016 年初版。

本书介绍了韩国主要图书馆、书院及寺刹书库所藏的珍贵文献，尤以中国古代小说和戏曲类版本为重点，大体包括传入研究、评论研究、版本研究、翻译研究、出版研究、研究史研究等内容。本书全面调查和发掘韩国所藏中国古典小说和戏曲，在以往相关研究的基础上，拓宽了调查对象的宽度和领域。其中第二章《中国古典小说在朝鲜时代出版情况》、第六章《收藏在韩国的日本版中国古典小说》，对中国古典小说在朝鲜半岛的出版现况、类型和样态进行了考察；此外，对《酉阳杂俎》《夷坚志》《三国志演义》《水浒传》等具体作品的流传、接受和版本情况进行了考辨。

明清小说戏曲插图研究

乔光辉

东南大学出版社 2016 年初版。

本书以明清小说戏曲的插图为研究对象，探讨明清小说戏曲插图与文学文本的关系，尝试开拓小说戏曲研究与美术史研究的新领域。本成果共六章包括三大板块：理论篇、地域篇、个案篇，第一章对既有理论与方法进行梳理与反思，寻求文学插图学研究的理论支撑；第二至六章提供了金陵地区、建阳地区以及《西游记》《水浒传》诸多小说刊本插图的具体研究案例，探讨了小说刊刻插图对小说传播影响等问题。附录对古典小说戏曲的插图本进行了详尽地统计，提供了丰富的明清小说戏曲插图本文献资料。

2. 明代之前的小说刊印研究

古籍宋元刊工姓名索引
王肇文

上海古籍出版社1990年初版,2012年重版。

以《宋元书目行格表》《宝礼堂宋本书录》《涵芬楼烬余书录》《藏园群书题记》《中国版刻图录》为蓝本,收录宋元刊工姓名四千余种,涉及宋元书籍300余种,前一部分列刻工姓名与刻工参与刊刻的图书,后一部分列宋元善本书名、版本与参与刊刻的刊工姓名,两相对照,是一部资料翔实的古籍版本鉴定的工具书。

宋元书刻牌记图录
林申清

北京图书馆出版社1999年初版。

本书取宋元书刻牌记65家92种104幅汇为一编。其中,宋刻本38家51种56幅,元刻本27家41种48幅。内又细分为官刻、家刻与坊刻,可以从中得见宋元书影,了解宋元版书籍的字体、版式及官、家、坊刻书等情况。

太平广记版本考述
张国风

中华书局2004年初版。

本书作者搜罗《太平广记》现存版本达十余种,在对诸版本一一考辨的基础上,结合文献资料和海内外现有的研究成果,对其版本和引书,作了较为深入的研究。

3. 明代小说刊印研究

水浒资料汇编
马蹄疾

中华书局1977年初版，1980年第2版。

本书辑录自南宋到五四运动以来，有关梁山泊农民起义故事和《水浒传》及其作者的相关资料，共分六卷：卷一为《水浒传》各版本序言、引言、缘起、凡例、题跋、按语等，与各版本续书、戏曲、绘画的主要序跋附编于末；卷二辑录《水浒传》三种有代表性的版本的四种回评；卷三辑录研究和注释《水浒传》的专著；卷四辑录明清两代诗文、笔记、尺牍、公文中有关《水浒传》的记载；卷五辑录南宋以来对梁山泊故事的叙述和《水浒传》问世后对其故事、人物、地点的相关考证；卷六辑录施耐庵和罗贯中的生平资料。其中《水浒传》各版本情况和笔记中的相关记载，可考察其书从明清以来的刊印状况。

水浒传资料汇编
朱一玄　刘毓忱

百花文艺出版社1981年初版。

全书共分六编：一、本事编，辑录《水浒传》成书以前有关宋江等人的记载及其他可能与《水浒传》创作有关的资料。二、作者编，兼收施耐庵和罗贯中两人的资料。三、版本编，收录了各种版本的资料。四、评论编，辑录明清近代各家的评论。五、注释编，主要收录清代程穆衡《水浒传注略》。六、影响编，辑录与《水浒传》有关的记述、小说、戏曲、人物画等。

明代版刻综录
杜信孚

江苏广陵古籍刻印社 1983 年初版。

本书共八卷，卷首选印明刻书影十余幅，末为索引一册。书中共收明刻本近万种，明朝三百七十余年所有刊本存世者，包括官刻、坊刻、家刻等。书中对已知明版书及其作者、刊者、版式、行款及出书年代等情况作了考察。

《西游记》资料汇编
朱一玄　刘毓忱

中州书画出版社 1983 年初版。

本书所收录资料共分五编：一、本事编，辑录玄奘取经后到《西游记》成书前有关取经故事的资料。二、作者编，辑录吴承恩生平、思想和著作的资料。三、版本编，辑录《西游记》的版本资料。四、评论编，辑录《西游记》问世以来各家的评论。五、影响编，分为对社会、小说和戏曲三个方面的影响。版本编节录了《集外集拾遗》《中国通俗小说书目》《日本东京所见中国小说书目》《内阁文库访书记》等研究《西游记》版本源流情况的著述。

三国演义资料汇编
朱一玄　刘毓忱

百花文艺出版社 1983 年初版。

本书所收资料分为五编：一、本事编，辑录晋到元末关于三国人物故事的历史记载和文艺作品。二、作者编，辑录有关作者生平、思想和著述的资料。三、版本编,辑录小说版本方面的材料。四、评论编,记录小说问世以后各家的评论。五、影响编,辑录小说对各方面的影响的材料,分为诗文、小说笔记和戏曲三个部分。所收资料的下限一般截至五四运动。版本编部分节录了《古今书刻》《三国志演义凡例》《三国志演义补例》《集外集拾遗》《中国通俗小说书目》《日本东京所见中国小说书目》《古典小说戏曲论丛》,对各版本及著录情况进行收录。从笔记序跋中,也可一窥刊印与版本流变情况。

金瓶梅的幽隐探照

魏子云

台湾学生书局 1988 年初版。

本书为台湾学者魏子云研究《金瓶梅》相关问题的文章合集,分为《万历野获编》(卷二十五)"金瓶梅"解说、抄本、刻本、成书年代、作者、冯梦龙与《金瓶梅》、附录几大部分。其中对《金瓶梅》抄本、刻本与成书年代的讨论,涉及《金瓶梅》刊印与传播的相关问题。

日本研究《金瓶梅》论文集

黄　霖　王国安编译

齐鲁书社 1989 年初版。

本书收录了日本学者长泽规矩也、鸟居久靖、小野忍等人研究《金瓶梅》最有代表性的一系列论文,对《金瓶梅》的成书、刊刻、版本、流传等问题进行了探讨。

【目录】

小野忍　　　《金瓶梅》解说

鸟居久靖　　《金瓶梅》版本考

	《金瓶梅》版本考订补
	关于《绣像金瓶梅》
	《金瓶梅》版本考再补
	《金瓶梅词话》版本考补说
长泽规矩也	《金瓶梅词话》影印的过程
上村幸次	关于毛利本《金瓶梅词话》
饭田吉郎	关于大安本《金瓶梅词话》的价值
泽田瑞穗	随笔《金瓶梅》
日下翠	《金瓶梅》成书年代考
荒木猛	关于《新刻绣像批评金瓶梅》(内阁文库藏书)的出版书肆
鸟居久靖	《〈金瓶梅词话〉编年稿》备忘录
	《金瓶梅》作者试探
上野惠司	从《水浒传》到《金瓶梅》
大内田三郎	《水浒传》与《金瓶梅》
寺村政男	《金瓶梅》从词话本到改订本的转变
	《金瓶梅词话》中的作者介入文——"看官听说"考
阿部泰记	论《金瓶梅词话》叙述之混乱
饭田吉郎	《金瓶梅》研究小史
泽田瑞穗	增修《金瓶梅》研究资料要览

金瓶梅艺术世界

吉林大学中国文化研究所

吉林大学出版社 1991 年初版。

本书结集了国内外学者研讨《金瓶梅》的论文,其中一些对《金瓶梅》成书和刊本的研究,涉及《金瓶梅》的刊刻、传播问题。

【目录】

《金瓶梅词话》最初刊本问题	吴晓铃
冯梦龙与《金瓶梅》	(台湾)魏子云
《金瓶梅》本事时代考四题	王 莹
两部《金瓶梅》,两种文学	陈 辽
《金瓶梅》词话本与说散本关系考校	(香港)梅节
《金瓶梅》成书问题之我见	周钧韬
也谈《金瓶梅》的成书和"隐喻"——与魏子云先生商榷	刘 辉
考察《金瓶梅》作者的新途径——《金瓶梅》作者与罗汝芳的哲学思想	赵兴勤
李开先及其著作与《金瓶梅》	郑庆山
《金瓶梅》与明代商品经济	李文焕
谈《金瓶梅》对万历帝宠妃郑贵妃的影射	鲁歌 马征
《金瓶梅》的艺术视角	田秉锷
论《金瓶梅》的心理描写	周中明
《金瓶梅》中的游艺活动	李昭恂
论《金瓶梅》语言的价值	孙维张
《〈金瓶梅〉词语选释》辨误	孟昭连
《金瓶梅》中的熟语、俗字	张鸿魁
《金瓶梅》临清地名续考	王连洲
《金瓶梅》版本概说	于凤树
丁耀亢其人其事	孙玉明
《续金瓶梅》的刻本、抄本和改写本	孙言诚

《续金瓶梅》的作期及其他　　　　　　　　　　石　玲
《金瓶梅》的作者和版本　　　　（美）浦安迪著　沈亨寿译
《金瓶梅》的章回结构和时空设计　（美）浦安迪著　沈亨寿译
《金瓶梅》作品考——怎样理解《金瓶梅》　　（日）日下翠
《金瓶梅》的结局　　　（美）凯瑟琳·卡尔丽茨著　毕国胜译
《金瓶梅》中所见作者的道德观　　　　　　　　白云开
从原型到变体——论潘金莲的文学形象　　　　曾　理
对中国小说的民俗探讨——《金瓶梅》与《水浒传》比较

庄梦德著　姚翠文译

俗语连珠,面目各别——从《金瓶梅》人物口中的俗语见性格

吴小燕

编后记

三国志演义古版丛刊(影印本)

陈翔华主编

　　本套丛刊首辑(五种)1995年由中华全国图书馆文献缩微复制中心出版,续辑(七种)2005年出版。

　　丛刊选取海内外所藏具有重要价值的罕见珍本十多种,辑成《三国志演义古版丛刊》陆续影印出版。首辑共五种:《音释补遗按鉴演义全像批评三国志传》、《新刻汤学士校正古本按鉴演义全像通俗三国志传》、《新锲全像大字通俗演义三国志传》、《新刻音释旁训评林演讲三国志史传》、《新刻按鉴演义京本三国英雄志传》。各书卷首有中外专家所撰前言:陈翔华《略论余象斗与其批评三国志传》、周兆新《汤宾尹校本三国志传略说》、陈翔华《刘龙田及其乔山堂本三国志传记略》、金文京《朱鼎臣辑本新刻音释旁训译林演义三国志史传

前言》、岑桦《六卷本三国志简记》。续辑七种:《新刊通俗演义三国志史传》、《三国志演义断简》、《新刻校正古本大字音释三国志通俗演义》、《新刊校正古本大字音释三国志通俗演义》、《新刻京本补遗通俗演义三国志全传》、《新锲音释评林演义合相三国志传》、《李卓吾先生批评三国志》。

三言二拍传播研究
程国赋

中国社会科学出版社 2006 年初版。

本书以"三言"、"二拍"的传播作为考察对象,探讨三言二拍自明末刊刻以后在文坛上、社会上的传播情况,通过这一特定的视角探寻明清时期同样作为叙事文学的小说、戏曲之间渗透与融合的发展趋势,了解明清时期社会文化的变迁与不同时代文士心态的转换,阐述小说文体的发展以及小说观念的引进。其中第一章《三言二拍的版本流传》探寻了三言二拍的版本系统,勾勒出三言二拍在明末至清代的刊刻情况;第五章《传播地域研究》对三言二拍的选本编印者以及改编作者的籍贯、活动地区分布等情况进行了考察,并结合当时的社会背景以及经济、文化的发展加以总结。

水浒二论
[美]马幼垣

生活·读书·新知三联书店 2007 年初版。

本书是马幼垣《水浒》研究论文结集。作者在严密考据的基础之上,广泛涉猎水浒研究的各个课题,诸如版本收集与比勘,小说本事与演化,作品立意、结构与人物的分析与品评等等。作者对以往水浒研究专家几成定论的一些观点提出质疑,并批评了当下水浒研究中存在的各种问题。本书分为两部分:"专论"和"简研"。"专论"部分是学术论文,"简研"部分则是一些短论。

明代书坊之研究

陈昭珍

台湾花木兰文化出版社2008年初版。

本书在作者1984年台湾大学硕士论文的基础上修订而成。研究主要采历史研究法,收集各公私馆藏目录及史料文献。统计得明代书坊可考者共计405家,刻书1132种,其中闽建书坊151家,刻书560种。浙江省50家,刻书104种。金陵92家,刻书243种。苏州36家,刻书74种。北京9家,刻书35种。新安3家,刻书26种。富沙3家,刻书3种,此外尚有一些书坊未能确定其地点共61家,刻书87种。明代书坊主要集中于闽建、金陵、苏州、武林。除了书坊刻书数外,作者对书板之转鬻、书坊刻风之风气、明代刻工、明代书籍之销售等问题做了深入的探讨。

余象斗小说评点及出版文化研究

林雅玲

台湾里仁书局2009年初版。

本书以余象斗小说评点及图书出版文化为中心进行探讨,对新兴市民与精英文人、大众与小众间不同的阅读文化与接受现象,进行进一步的辨析。明万历中叶以后,新兴城市人口增加,带动图书消费,书坊如何应对新读者需求,为晚明值得观察之出版文化现象。其中建阳书商余象斗刊行大量小说,为观察此时图书之生产与消费,提供绝佳材料。余象斗文化水平虽不及精英文人,但他改良小说版式,运用广告宣传,同时藉评点提升读者鉴赏水平,并寄托儒家思想教化。其半儒半商之出版策略,实为万历年间通俗读物雅俗分化之阅读现象,提供一典型例证。

书坊主作家陆云龙兄弟研究

顾克勇

中国社会科学出版社 2010 年初版。

本书对陆氏兄弟所刊刻的诗文集及小说评点进行研究,将研究视野扩展为文学研究和书坊传播研究,进而关注陆氏书坊的成书方式、材料来源、刊刻特点等传播情况,考察追求商业利润对其编创活动所造成的影响。

《三国志演义》版本研究

[日]中川谕著　林妙燕译

上海古籍出版社 2010 初版。

本书对《三国志演义》的现存诸多版本条分缕析,对《三国志演义》诸版本的系统分类、二十四卷系统诸本的相互关系、二十卷繁本系统诸本、二十卷简本系统诸本、三个系统的关系与《三国志演义》的简略文本等问题进行了研究探讨。

《三国志演义》作者与版本考论

刘世德

中华书局 2010 初版。

本书共分四卷:卷一,《三国志演义》作者考;卷二,《三国志演义》版本考;卷三,《三国志演义》嘉靖壬午本与叶逢春刊本比校谭;卷四,读《三国志演义》脞录。其中卷二、卷三部分对《三国演义》嘉靖刊本、叶逢春刊本、熊成冶刊本、朝鲜翻刻本等重要刻本的研究、考论和比较,对考察《三国演义》的版本刊印和流变情况具有重要意义。

西游记版本源流考
曹炳建

人民出版社2012年初版。

本书共分十二章,在全面借鉴前人研究成果的基础上,对《西游记》的现存版本和已佚版本进行系统研究,并绘制了《〈西游记〉版本流变图》。全书将《西游记》版本分为三大系统:一是古版本系统;二是明代版本系统;三是清代版本系统,对各个系统所涉及的《西游记》版本,进行了全面而系统的研究,描绘其版本基本面貌,厘定其流变过程,考订其相关问题,并对其评点本的评点文字进行了全面探讨。

从精英文化到大众传播:明代商业出版研究
张献忠

广西师范大学出版社2015年初版。

本书借鉴"新文化史"的研究范式,以传统的历史学的方法为基础,综合分析各种相关的文献资料,在尽可能客观地展现明代商业出版面貌的同时,借鉴传播学、经济学和社会学的相关理论知识,探讨商业出版在社会和文化变迁中的作用。详细阐述并分析了明代商业出版兴盛及其背景和原因、明代商业出版中心、明代商业出版的主要品种、明代商业出版的经营状况、明代商业出版与社会和思想文化变迁等。

《金瓶梅》版本史
王汝梅

齐鲁书社 2015 年初版。

本书介绍了《金瓶梅》包括自问世抄本到 2014 年齐鲁书社重印张评本在内近百种版本,涉及了《金瓶梅》现存的主要版本系统,论述了各种版本之间的差异和特点,兼及校勘考辨。同时,对《金瓶梅》的现代出版、海外传播、续书等情况有所论述。全书图文并茂,每帧书影图片辅以说明文字,客观地描述特征。需加以分析论述之处,列述主要的不同观点。

《金瓶梅》版本知见录
史小军 罗志欢

国家图书馆出版社 2016 年初版。

本书以图文并茂的形式展示海内外《金瓶梅》的出版情况,并编制《金瓶梅》版本研究索引,为广大金学爱好者和研究者提供版本研究和检索之便利。本书分为"图录"和"索引"两部分,旨在展示《金瓶梅》知见传本、影印本、点校本、翻译本书影及其版本、评点研究成果等。

明代建阳书坊之小说刊刻
涂秀虹

人民出版社 2017 年版。

福建建阳为宋元明三代全国刻书中心之一,在中国印刷史上的地位令人瞩目。现存明代小说三分之二以上的刊本出于建阳书坊,因此，建阳刻书对于明代小说的繁荣乃至中国古代小说发展走向具有决定性意义。本书对建阳书坊在明代的小说刊刻情况进行了全面考察，对相关问题予以分篇讨论，如：建阳刊刻之小说多为书坊自编自刊，与闽地之教育普及、史学积累、清官文化、民间信仰等关系极为密切；建阳被称为"闽邦邹鲁""道南理窟"，独特的地域文化决定了建阳刊刻小说明显的地域特征，在题材选择上以讲史、神魔、公案三种类型为主，而少有人情小说；受朱子闽学精神深刻影响，建阳书坊刊刻小说通过讲述故事通俗演绎儒家义理，在刊刻形式和销售定位上具有普及文化、教化民众的自觉意识。

《水浒传》版本知见录

邓雷

凤凰出版社 2017 年初版。

本书对现存《水浒传》诸多版本进行收集并加以著录，主要信息有藏处、存佚情况、递藏情况、书籍概况、著录情况、影印本及点校本情况、序跋被收录情况、相关研究文章、目录等。书中除客观著录之外，亦吸收最新的研究成果，同时指出前人书中著录有误之处。

4. 清代小说刊印研究

红楼梦新证
周汝昌

1953年棠棣出版社初版,1976年人民文学出版社增订版。

　　本书主要涵盖三方面内容,一是考证整理出了曹雪芹的籍贯、出身、家世、生平等问题,提供了丰富的新材料,进而探讨《红楼梦》成书之背景;二是结合"曹学"对《红楼梦》进行考释;三是对脂批及《红楼梦》各版本进行考证,对《红楼梦》流传过程中的读者接受给予评价。书中"附录编:本子与读者"一章中,对各脂本及有正书局印本进行了考辨分析。

红楼梦书录
一粟

上海古典文学出版社1958年初版,中华书局1963年增订版。

　　本书收集了从《红楼梦》问世到1954年10月以前为止,与《红楼梦》有关的作品约九百种,包括原书各版本、续书、译本等,反映了二百年来《红楼梦》的流传、刊印情况。

红楼梦资料汇编(全二册)
一粟

中华书局1964年初版。

　　本书辑录从乾隆到"五四"止大约一百六十年间,有关《红楼梦》及其作者的评论和考据资料。共分六卷,卷一为关于曹雪芹和高鹗的资料,卷二包括《红楼梦》各版本及其续书、戏曲和仿作的序跋,卷三为专门评论、考据《红楼梦》的作品,卷四收录有关《红楼梦》的笔记杂记类,卷五为诗词,卷六为文论。其中收录的清代《红楼梦》各版本情况和笔记中的相关记载,可考察《红楼梦》在清代至民国的刊印状况。

红楼梦版本论丛
南京师范学院中文系资料室

南京师范学院中文系资料室编(内部参考),南京图书馆1976年翻印。

本书收录有关《红楼梦》抄本、刻印本的研究文章18篇,对《红楼梦》的版本进行考察和分析。其中对程本系统发展源流的考察,涉及《红楼梦》在清代的刊印和版本流变问题。附书影十六幅。

【目录】

《红楼梦》版本浅谈	文 雷
《红楼梦》版本常谈	周汝昌
《红楼梦》百二十回本中的问题(第一部分)	吴世昌
亚东本《红楼梦》摭谈	魏绍昌
读俞平伯《红楼梦八十回校本》	陈毓罴
己卯本《石头记》新探	吴恩裕
新发现的"有正本"《红楼梦》底本概述	魏绍昌
谈南京图书馆藏戚序抄本《红楼梦》	毛国瑶
读刘铨福原藏残本《脂砚斋重评石头记》散记	周绍良
读靖本《石头记》批语谈脂砚斋、畸笏叟和曹雪芹	吴恩裕
脂本评者资料辑录	徐恭时

《红楼梦》版本有关人物资料札记 　　　　　　　　　　徐恭时
清蒙古王府本《石头记》墨笔行侧批辑录 　　　周祜昌　周汝昌
简介一部《红楼梦》新抄本 　　　　　　　　　　　玉　言
脂靖本《红楼梦》批语 　　　　　　　　　　　　　毛国瑶
对靖本《红楼梦》批语的几点看法 　　　　　　　　毛国瑶
附录
读列宁格勒《红楼梦》抄本记 　　　　　　　　　　潘重规
长篇小说《红楼梦》的无名抄本（摘要） 〔苏〕缅希科夫　里弗京
后记

　　书影目次
1. 有正本底本目录第一页正面
2. 有正底本戚序第一页正面
3. 有正石印大字本戚序第一页正面
4. 有正底本"改动"示例
5. 有正底本上的四方藏书章
　 有正底本原藏者的著作书影
6. 南图本第十八回第十九页正面
7. 南图本第二十回第十一页正面
8. 蒙府本第二十回第十页反面
9. 蒙府本第四十九回第五页反面和第六页正面
10. 己卯本书影（六）[附说明]
11. 己卯本书影（一）至（五）
12. 脂亚本第三回第九页反面和第十页正面
13. 脂亚本第五十七回结尾和第五十八回开始

14. 程甲本第四回第三页正面

    程乙本第九十七回第十五页反面
15. 程甲本程序末页

    程丙本程序末页
16. 亚东本封面

    《红楼梦八十回校本》封面

红楼梦叙录
胡文彬

吉林人民出版社 1980 年初版。

本书著录有关《红楼梦》研究的书面资料，特别是一粟《红楼梦书录》未加著录或著录而内容有较大出入者。所录资料上迄《红楼梦》问世，下至 1978 年 12 月底。所著录的资料性质，分抄本、印本、译本、续书、论著、资料辑览、报刊文章、诗词、绘画、戏曲电影小说等十二项。其中"印本"一章对 22 个《红楼梦》印本的情况进行了介绍，包括人民文学出版社 1957 年、1958 年出版的两个印本，其他 20 个印本为清代至民国时期刊印。

红楼梦版本研究
王三庆

台湾石门图书公司 1981 年初版。后收入潘美月、杜洁祥主编《古典文学研究辑刊》八编（台湾花木兰文化出版社 2009 年版）。

本书分上、中、下篇。上篇着重于八十回抄本系统研究；中篇是《乾隆抄本百廿回红楼梦稿》专题讨论；下篇含括所有活字版及刻本的研究，尤其着重程本的刊行次数及刊刻地点的讨论，并根据木活字的特性提出判读程本的异版方法,并以武英殿聚珍版程式,探讨程本刻印的经过和流传中各种可能发生的问题。

红楼梦版本小考
魏绍昌

中国社会科学出版社1982年初版。

本书主要着眼于《红楼梦》在现代的印本,以有正书局本、亚东书局本为主要研究对象,探讨其底本、异文等内容,并梳理了《红楼梦》脂本、程本与译本系统的版本源流问题。

程刻本红楼梦新考
徐仁存　徐有为

台湾编译馆1982年初版。

1977年,随着台湾大学新发现一部《红楼梦》活字本,广文书局编辑徐有为、徐仁存把青石本、亚东重排本分别命名为"程丙本""程丁本",影印出版。1980年,徐氏发表系列文章,论述在程甲本之后程刻本有过三个重订本,探讨了程刻本的版本、异文、刻印传播过程等问题,"证实萃文书屋当年刊印的《绣像红楼梦》,并非如一般所说只有甲、乙两个本子,而实在曾经前后出过四版"(引言)。1982年文章结集出版,是为本书。

儒林外史研究资料
李汉秋

上海古籍出版社1984年初版,2017年增订为《儒林外史研究资料集成》。

本书所收资料,按内容性质分为四编:第一编为作者生平,收录与吴敬梓相关的亲友记述和《文木山房集》外的吴敬梓佚文佚诗三十一篇;第二编为版本和序跋评点,其中从好斋辑校本题跋是新发现的珍贵资料,对研究《儒林外史》版本源流和评点流传等有很大意义,各本序跋题识后的编者按语,介绍了《儒林外史》各主要版本的基本情况;第三编为创作素材,分为情节素材资料和人物原型资料两部分;第四编为评论,节录了自晚清至"五四"对《儒林外史》的评论文字。

红楼梦资料汇编
朱一玄

南开大学出版社1985年初版。

本书所收资料分为四编:一、作者编,辑录有关曹雪芹家世、生平的资料以及高鹗的生平资料。二、版本编,辑录《红楼梦》版本方面的资料。三、评论编,辑录《红楼梦》问世以来的各家评论。四、影响编,辑录《红楼梦》对小说、戏曲的影响的资料。所收资料的下限一般截至五四运动。版本编部分节录了孙楷第《中国通俗小说书目》和一粟《红楼梦书录》,收录各版本及著录情况。

儒林外史资料汇编
朱一玄 刘毓忱

南开大学出版社1998年初版。

本书所收资料分为四编:一、素材编,是有关小说原型的传记和作者塑造人物所借用的前人著述中的材料。二、作者编,辑录有关吴敬梓生平、思想和著述的材料,并把建国后发现的吴敬梓诗文,辑录为《文木山房集外编》,附载于此。三、版本编,辑录小说版本方面的材料。四、评论编,辑录小说问世以后各家的评论。

红楼梦的版本及其校勘
郑庆山

北京图书馆出版社 2002 年初版。

本书是研究《红楼梦》版本的专书,分上、下编。上编是现存所有抄本和程甲本等各个本子的分别研考;下编系综述总结,以及校勘问题的探讨。其中《程甲本源流辨略》、《论程高本后四十回的作者——纪念程甲本诞生二百周年》、《〈红楼梦〉的回目与版本源流》等文,对程高本排印出版的过程进行了探讨。

《红楼梦》版本探微
刘世德

华东师范大学出版社 2003 年初版。

本书通过各种具体例证,论述了《红楼梦》的版本演变问题。全书由上、下两卷组成。卷上"从红楼版本问题看曹雪芹创作过程"分为十章,也可以作为十篇有连续性的研究《红楼梦》版本问题的系列论文;卷下"读红脞录"分为八十节,也可以作为八十篇有连续性的关于《红楼梦》版本问题的系列札记。

红楼梦东观阁本研究
曹立波

北京图书馆出版社 2004 年初版。

东观阁本是《红楼梦》程甲本的早期翻刻本之一,也是流传最早的带批注的翻刻本,在《红楼梦》版本史和传播史上都占有特殊的地位。本书分上、下篇，上篇考察了《红楼梦》东观阁本的刊印、翻刻及流传状况，探讨了东观阁本在《红楼梦》传播史上的特殊地位的历史价值；下篇析清了东观阁评点的基本形态、文论价值、批语渊源及影响。

一百二十回本《红楼梦》版本研究和数字化论文集
曹立波　周文业

首都师范大学出版社 2011 年初版。

《红楼梦》一百二十回本与前八十回本相比，传播领域较广，影响范围也较大。从乾隆五十六年（1791年）木活字初刊（程甲本），到次年的再版（程乙本）；从乾隆末嘉庆初年木刻翻印的若干种白文本，到嘉庆年间加印评点的东观阁本（始见嘉庆十六年1811年本）；从道光十二年（1832年）的王希廉评本，到光绪十年（1884年）前后的王希廉、姚燮合评本；直至光绪三十二年（1906年）蝶芗仙史评订的汇评本等。纵观有清一代百余年的《红楼梦》传播史，由活字、木刻到石印、铅印，印刷技术不断更新，说明读者对《红楼梦》的需求量在不断增大。由白文到增评、汇评，版本内容的逐渐丰富，说明读者对《红楼梦》的理解程度在不断加深。而上述这些印本，都是以一百二十回本的形式出版刊行的。

本书是 2008 年首都师范大学与中央民族大学联合召开的"一百二十回本《红楼梦》版本专题研讨会"论文合集，并增加了一些未在会议上发表的论文；书后附录了一百二十回本《红楼梦》版本研究论文目录。

【目录（部分）】

前言一：一百二十回本《红楼梦》传播与研究简况　　　　　　曹立波

前言二：中国古代小说版本数字化之路 　　　　　　　　　　周文业

上编 版本及评点研究

中国古代小说和《红楼梦》版本数字化及研究 　　　　　　　周文业
从《红楼梦》前十回看程乙本对程甲本的修改 　　　　　　　刘世德
程本红楼语词校读札记（一） 　　　　　　　　　　　　　　张　俊
程甲、程乙及其异本考证 　　　　　　　　　　　　　　　　杜春耕
《妙复轩评本·绣像石头记红楼梦》序 　　　　　　　　　　张庆善
《双清仙馆本·新评绣像红楼梦全传》序 　　　　　　　　　孙玉明
《增评绘图大观琐录》序 　　　　　　　　　　　　　　　　杜春耕
影印云罗山人手评《绣像批点红楼梦》序 　　　　　张书才　杜志军
杨本的删改与《红楼梦》后四十回修订过程考论
　　　——兼谈杨本与程甲本、程乙本后四十回的关系
　　　　　　　　　　　　　　　　　　　　　　　　耿晓辉　曹立波
增改稿《杨继振旧藏"红楼梦稿"告诉了人们什么？》 　　　　杜春耕
论王希廉《红楼梦》"评语"的小说学思想 　　　　　　　　段江丽
张子梁《评订红楼梦》三题 　　　　　　　　　　　　　　　刘继保
周春与《红楼梦》研究 　　　　　　　　　　　　　　　　　李　虹
《红楼梦》春草堂藏本 　　　　　　　　　　　　　　　　　夏　薇
补拙斋抄本：一部新发现带批语的《红楼梦》抄本 　　　　　夏　薇
"籀红室藏本"和一段旧公案
　　　——《红楼梦》120回抄本系列研究之一 　　　　　　夏　薇
《红楼梦》"吉晖堂"藏一百二十回抄本研究 　　　　　　　　夏　薇
程甲本红楼梦版画的特色、功能与不足 　　　　　　　　　　张　惠
俞平伯校书史事钩沉 　　　　　　　　　　　　　　　　　　沈治钧
脂砚斋是曹雪芹的合作者吗？ 　　　　　　　　　　　　　　孙伟科

试析甲戌本脂批中时间词的作用　　　　　　　　　　刘成成

从北师本后十回看其与各抄本之间的相似性　　高文晶　曹立波

历史的光影：程伟元与《红楼梦》
胡文彬

时代作家出版社 2011 年初版。

　　本书在搜集、整理大量程伟元相关材料的基础之上，对程伟元家世、生平、交游、才艺，以及其搜集、整理、刊印百二十回本《红楼梦》的过程作了研究。本书共八章，前四章主要阐述了程伟元的家世、交游和才艺，从而考查出程伟元并非如胡适所认定的是一个只知道牟利的"书商"，而是一位具有多方面才艺又与清朝中上层官员有着密切联系的文士。第五、六、七章考证了程伟元收集《红楼梦》早期版本，于北京进行刊刻的相关情况，阐释了程刻本的版本价值，及在中外文化交流中的影响。同时，作者依据版本校勘及木活字印刷知识，判断世传程丙本其实只是"程甲、程乙本装订成书后剩余页子的拼配"。

《红楼梦》程甲本探究：纪念《红楼梦》程甲本刊行 220 周年学术研讨会论文集
北京曹雪芹学会

当代中国出版社 2012 年初版。

　　为了把关于《红楼梦》程甲本的研究引向深细，促进整个红学研究和红楼文化的大发展大繁荣，北京曹雪芹学会在 2011 年举办"纪念程甲本刊行 220 周年学术研讨会"，本书为会议论文合集。程甲本的出现，是中国文学史、中国小说史乃至中国文化史上的一件大事：它为万千读者提供了第一部完整的百二十回的排印本《红楼梦》，为这部伟大的文学作品的传播,为红楼文化的开发,立下了无可替代的功劳。它更为红学史,甚至中国学术史注入了新的丰富的内容,不仅使关于《红楼梦》的作者、版本、思想、艺术、传播的研究进入了一个新阶段,而且也为传统的校勘、训诂、语言、民俗之学提供了新的材料。因此,程甲本所具有的多方面的意义和价值不容低估。

【目录】

程刻本《红楼梦》的两个版次与"第三种"版本	胡文彬
《红楼梦》后四十回应是高鹗补续	张书才
"《红楼梦》八十回后系曹雪芹著"辨	樊志宾
增添与更换并未掩盖贯穿与暗线作用	王海平
北京师大校注本《红楼梦》(程甲本)杂忆	张　俊
程本三题	段启明
谈"程高本"前八十回的价值	刘广定
浅议程甲本在《红楼梦》传播史上的影响　　李瑞清	熊志习
禁而不绝,徒唤奈何	孟庆先
《红楼梦》后四十回叙事的意脉	郑铁生
作为续书的后四十回	张　云
程高本后四十回作者问题及其他	王　畅
新发现朝鲜史料中有关程伟元的记载	詹　颂
《红楼梦》百廿回"全抄本"考略	乔福锦
《红楼梦》序文新论	高淮生
程甲本《红楼梦》插图和评赞作者蠡测	董志新

《红楼梦》研究资料分类索引(1630—2009)

刘晓安　刘雪梅

国家图书馆出版社 2012 年初版。

本书是按类梳理检索历代《红楼梦》研究资料篇目的工具书,作为大型专题分类索引,收集了从 1630 年至 2009 年止近四百年间海内外有关红学研究的专著、论文及其他资料。全书共分为七编,分别探讨曹雪芹家世及其生平、曹雪芹与《红楼梦》、版本研究、后四十回研究(附前八十回有关六十四、六十七回的研究)、脂评研究、作品研究、红学及红学史研究等相关问题。其中第三编《版本研究》,分为版本综合研究,脂本,程高本,作家、人民文学本及其他新校注本,其他版本、续书和仿作五个部分。

清代前期通俗小说传播机制研究

文革红

世界图书出版公司 2013 年初版。

本书主要研究清代前期通俗小说的传播机制,围绕书坊与小说的关系,对清代前期小说的传播进行深入地探讨和分析。分别从传播的八个要素:信源、编码、信息、解码、渠道、读者、反馈、噪音出发,论述书坊在清代前期小说传播过程中的主导作用,对清代前期小说传播的过程、特征和效果进行总结,以便全面地认识清代前期小说的传播特点及其对小说发展的影响。本书认为小说出版中的传播者具有围绕书坊运作的组织形态,并且由于传播的覆盖面是以市民为中心的城市,从而使得清代前期通俗小说的信源具有地方性特征。

清代《红楼梦》的图像世界

陈 骁

浙江工商大学出版社 2015 年初版。

本书以《红楼梦》中的图像为主要研究对象,探讨图像与文本之间的关系,并着重于受众接受的视角阐述了清代《红楼梦》小说文本如何转化为图像的过程。

清代禁毁小说坊刻研究

王 颖

河南大学出版社 2015 年初版。

本书将清代禁毁小说按照时代发展和政治策略的变化,进行详细分类并归纳,对清代禁毁小说在刊刻及传播方面的特色进行详尽分析,结合清代文化政策规范等因素,考查禁毁小说出版传播的现象以及商业运作过程。同时,从独特的角度探讨清代统治阶层对"违碍"小说的政治态度,通过研究清廷的文治手段,总结对"违碍"小说的各类处理方式的得失。

5. 近代小说刊印研究

晚清戏曲小说目
阿英

上海文艺联合出版社 1954 年初版。

收《晚清小说目》、《晚清戏曲录》二种。其中《小说目》分创作、翻译二卷，以单行本为主，旁及杂志所刊，录创作 479 种，翻译 628 种。其时限始于光绪初年，讫于宣统辛亥革命成功。所录各书均有扼要说明，介绍著者、版本、出版年月、内容本事等。

报刊·市场·小说：晚清报刊与晚清小说发展关系研究
方晓红

南京师范大学出版社 2000 年初版。

本书从新闻学的角度研究了晚清小说的特点，对晚清小说的产生、发展、兴盛、衰亡的过程及原因作一介绍与分析；叙述了晚清小说的摇篮——中国报刊的产生，综合考察了报刊与小说相互影响并相互作用的关系，指出报刊的出版传播影响改变了晚清时代的小说。

新编增补清末民初小说目录
[日]樽本照雄

齐鲁书社 2002 年初版。

本书在日本 1988 年出版的《新编清末民初小说目录》的基础上，重加增补订正，新增条目 3100 条，使全书收录书目综述多达 19000

余条,是迄今为止辑录我国清末民初小说目录最为详备的一部资料性图书。

晚清小说期刊史论
王 燕

吉林人民出版社 2002 年初版。

本书从传播媒介的独特视角探讨晚清小说的发展与变化,试图通过整理晚清小说期刊发展的脉络,对晚清小说期刊进行独立、系统的研究,逐步揭示晚清小说期刊与小说发展之间的关系。书中对印刷技术与书报价格之间的关系、城市崛起与小说消费市场的关系等小说刊印史方面的问题进行了探讨。

中国近代小说编年
陈大康

华东师范大学出版社 2002 年初版。

本书著录自道光二十年(1840)至宣统三年(1911)共 72 年有关小说创作的重要事件,其中包括新作品问世、已有作品再版、作家概况、重要理论论著、清政府关于小说的政策以及小说出版机构等。共著录问世于近代的小说 2,755 种(含翻译小说 1,003 种),涉及作者及译者共 1,204 人(另有 416 种作品作者不详,87 种译作译者不详),出版机构 598 个(报刊 205 种,书局、书坊 393 家,另有 162 种作品出版者不详),对于重要的小说评论(包括作品序跋),则作扼要的摘录。本编年史利于对近代小说发展历程作宏观把握,较直观地显示了近代小说创作的盛衰起伏,作品何时骤然增多,报载小说兴盛于何时,译作何时引起人们兴趣,重要作家的活动状况,创作地域分布等,据此编年史都易得出较可靠的结论。

晚清小说目录
刘永文

上海古籍出版社 2008 年初版。

本书是对现存晚清日报小说、期刊小说以及单行本小说做一个较全面的搜集与汇编，其中期刊小说 1141 种，日报小说 1239 种，利用各大图书馆原件和缩微胶卷编制，单行本小说 2593 种则多利用前人成果，是对日本学者樽本照雄《新编增补清末民初小说目录》的补充。

清末小说的生产与传播
李彦东

中国文史出版社 2008 年初版。

本书将清末小说作为研究范畴，探讨其生成的外部环境，并将其生产和传播当做本书研究的重点，本书分别从新闻史、印刷史、小说批评等多个方面，探讨清末小说在一个动荡时代出现的新变以及这一现象所昭示的各种可能性。

清末民初小说版本经眼录
付建舟　朱秀梅

上海远东出版社 2010 年初版，此为第一集；《清末民初小说版本经眼录二集》，付建舟著，浙江工商大学出版社 2013 年版；《清末民初小说版本经眼录三集》，付建舟著，中国社会科学出版社 2013 年版；《清末民初小说版本经眼录·俄国小说卷》，付建舟著，中国致公出版社 2015 年版;《清末民初小说版本经眼录·日语小说卷》,付建舟著,中国致公出版社 2015 年版。

作者精选所见清末民初小说上百部,考察其版本状况,介绍其相关信息,包括:印行日期、定价、书局、发卖者、版式、卷册数、著译者、内容、目录、序跋等,对于了解这一时期的小说创作与传播情况具有参考价值。

中国近代出版史稿

元青主编

南开大学出版社 2011 年初版。

本书将中国近代出版史划分为两次鸦片战争时期、洋务运动时期、清末、北洋政府时期、国民政府初期、抗战时期、抗战胜利后至新中国成立等七个历史阶段,对各历史阶段出版活动的经济、政治、文化背景,出版机构的创办与发展,出版机构的内部管理制度及运营方式与活动,出版新技术的引进与运用,重要的编译活动等进行了全面的介绍。

晚清稀见小说经眼录

习斌

上海远东出版社 2012 年初版。

本书共计收录 1840—1912 年间的稀见通俗小说近百部,其中大部分出自作者的个人私藏。收录的小说大体可分为三类:一是未见书目著录的小说,如《刘华东故事》、《禁烟伟人林则徐》等;二是书目著录为未见或已佚的小说,如《现世之天堂地狱》、《新官场现形记》等;三是难得一见的珍贵小说版本,如《白云塔》、《和尚现形记》、《醒游地狱记》等。书中对原书的卷数、著述者、出版单位等信息予以著录,还收录了原书中一些重要的序跋资料。

文学场域变革中的交融共生:扫叶山房说部及杂志刊行研究
文 娟

上海大学出版社 2015 年初版。

本书以上海近代著名书坊扫叶山房为研究对象,在与其他出版机构如申报馆、商务印书馆等的对比中,研究其与近代小说发展之间交融共生的互动关系。具体探讨在近代小说发展过程中,扫叶山房如何通过出版刊行以及代售说部书籍、发行文学期刊、借鉴其他书局的宣传营销模式等措施,在保守中进行开拓创新实现变革,在创新中又力图保留传统品格,融入小说勃兴的时代大潮之中,从而影响近代小说发展;而与此同时,书坊自身的发展又是如何受到近代小说发展的影响,如何与近代小说的发展进程紧密结合在一起。

二、单篇论文

1. 综论

巴黎国家图书馆中之中国小说与戏曲
郑振铎

发表于《小说月报》1927 年第 11 期。

本文为郑振铎在巴黎国家图书馆所见的中国小说与戏曲书目记录,介绍了其中"个人认为罕见的或可注意的、可资研究的小说及戏曲"的刻本、抄本情况,共收录通俗小说 32 种,并对版本刊印、传播及本子之间的关系等情况进行了考辨。

大连满铁图书馆所藏中国小说戏曲目录
马 廉

发表于《图书馆学季刊》1928 年第 4 期。

本文收录了作者在大连满铁图书馆所见的小说、戏曲版本,其中明清"平话小说"22 种。

古典小说和戏曲作品的木刻插图
王达弗

发表于《人民日报》1961 年 10 月 15 日。

本文对中国古代木刻插图的起源、小说和戏曲作品插图的创作和绘制情况、四个主要的木刻插图书籍生产中心、木刻插图的主要特点等问题进行了介绍和分析,指出这些插图作品给文学作品添了光彩,增加了内容的感染力,起了形象宣传的效果。由于诗书画的结合,更使得书籍装帧的装饰性大放异彩。

我国雕版印刷术与活字印刷术的比较研究

丁 瑜

发表于《图书馆学研究》1984年第2期。

本文对雕版印刷术和活字印刷术的特点与差异进行了比较研究,讨论了雕版印刷术做出的贡献,分析了活字印刷术在我国古代未能得到推广普及的原因。

建阳余氏刻书考略(上、中、下)

肖东发

本文分上、中、下三部分,分别发表于《文献》1984第3、4期,1985年第1期。

建阳书林余氏是我国历史上著名的刻书世家。本文在以往有关论著的基础上,结合作者平时的学习和调查所得,对建阳余氏刻书的历史发展,历朝各代余氏著名的刻书家,他们所刻书籍的品种、数量、特点及其在各文化史上的影响等方面,做了一些综合的历史探讨。

明清金陵坊刻概述

叶树声

发表于《山东图书馆季刊》1985年第4期。

本文介绍了明清时期金陵地区书坊刻书的概况、金陵坊刻兴起的原因，并对其在地区经济发展和图书文化事业、古代版刻艺术的发展等方面的贡献等进行了论述。

试论明代戏曲小说插图的兴盛原因

廖以厚

发表于《东华理工学院学报》1987 年第 3 期。

本文探讨了明代小说戏曲插图兴盛的现象，认为这是明代特别是明代中晚期政治、经济的反映；指出明代初期经济的恢复和发展，促进刻书事业的繁荣；同时分析了木刻插图兴盛的直接原因，认为主要有以下几点：雕版印刷技术和绘画艺术的高度发展，明代中晚期城市商品经济的发展，市民阶层的扩大，文学观念的转变，小说戏曲书籍的大量印刷和广泛流传。

中国古代的书业广告

袁 逸

发表于《编辑之友》1993 年 01 期。

本文对中国古代图书领域的广告现象进行了考察，指出在印刷术趋于实用并迅速普及的唐宋时期，书籍的交易事业渐趋繁荣、成熟，包括广告在内的各种商业手段在此时得到大量运用，以后历代愈盛；认为在中国古代漫长封建专制下的商业活动中，书业是其中最具活力，最富创造的行业之一，而书业广告的涌现则是构成古代书业繁荣必不可少又十分重要的因素。

中国古代小说评点的价值系统
谭 帆

发表于《文学评论》1998年第1期。

本文将小说评点之价值概括为"文本价值"、"传播价值"和"理论价值"三个层面,认为只有从综合角度观照小说评点,才能更切近小说评点的"原生状态"。文中讨论小说评点的传播价值的部分,对小说刊刻与小说评点之间的关系进行了考论。

中国古代版画溯源
白化文

本文上、下篇,分别发表于《中国典籍与文化》1998年第4期、1999年第1期。

本文对中国古代版画的特点、源流、各代发展情况、各种版画形式等问题作了论述和分析,对明清时期小说插图版画进行了考察。

元明的文学传播与文学接受
郭英德

发表于《求是学刊》1999年第2期。

本文对元明时期文学的社会传播方式的三种类型分别进行了考察:(一)书籍的借阅和传抄,(二)书籍的抄刻和买卖,(三)戏剧演出和说书活动。指出:书籍的借阅和传抄是一种经由交换渠道的人际传播,书籍的抄刻和买卖是一种经由市场渠道的商业传播,而戏剧演出和说书活动则是一种经由公共渠道的娱乐传播。书籍传播的不同方式都与文学接受发生了密切的互动关系。

中国石印版小说目录(稿)
[日]丸山浩明

发表于日本《广岛女子大学国际文化学部纪要》第 7 号(1999 年 3 月)。

本文认为,关于中国石板印刷的研究目前尚未达到一定的水平,这是因为随着印刷技术的迅速发展,石印技术受到冷落。本目录是以考察石印小说的出版情况为目的而编制,统计了八百多部石印小说。纪要特点如下:一、出版高潮集中在以下三个时期: 1. 1888, 2. 1893—1895, 3. 1908—1910/1912—1914,这三个时期与新小说最初活跃的年代并不吻合;二、出版数量集中在以下四个出版社:上海书局、上海广益书局、上海锦章图书局、上海会文堂(会文堂书局)(1920年代)。这四家出版社所出石印版小说占到全目录的四分之一,尤其是上海书局一家就占到全目录的八分之一。

周绍良藏古代小说版刻插图并识语汇录(一、二、三、四)
周绍良

本文分四部分,分别发表于《中国典籍与文化》2000 年第 2、3、4 期,2003 年第 4 期。

周绍良先生为古典文献专家,本文是其收藏的小说版刻插图三十六种、三百余帧及所作识语汇集而成。

中国古代通俗小说出版中的伪盗之风
苗怀明

发表于《社会科学》2000 年第 8 期。

本文重点考察伴随通俗小说刊行传播过程的伪盗之风,指出除少数官刻和家刻版本外,中国古代通俗小说的刊行主要由私人书坊承担。文章分析了产生这一现象的原因是古代通俗小说有着十分广泛的读者面,市场潜力巨大,出于牟利的考虑,私人书坊对通俗小说从选题创作到书籍版式,从文本形式到发兑销售,无不直接参与。众多的私人书坊在一定程度上左右着中国古代通俗小说的发展演变进程,使得小说的刊刻过程中出现了伪托、盗版等现象。

古代书坊对图书编排技术发展的贡献

施勇勤

发表于《出版与印刷》2001年第2期。

本文对古代书坊在书籍编排技术方面的创新与贡献进行了论述,认为主要表现在以下几个方面:象鼻与书耳的创制,创立正文、注疏、音义、释文合刊的编排体例,重音、重意的运用,分栏、分版的创新,插图的运用和版面的美化,花栏的运用等。

中国石印本小说的特点

[日]丸山浩明

发表于日本《广岛女子大学国际文化学部纪要》第10号(2002年2月)。

本文通过对中国石印本小说出版情况的考察,论述了石印本小说的存在意义及其在近代小说史上的地位:

1. 石印本小说出版概况。根据作者初步调查,自光绪初期到1930年之间,有四百七十余部小说以石印本形式印刷出版。明确记载有出版年代的大约有六百三十种不同版本,出版年代不详的有一百五十部以上,共计八百多部。在出版社方面,上海书局一家就占总数量的八分之一,一共出版了一百种以上的石印本小说;上海广益书局与上海锦章图书局两家各出版了三十多种石印本小说。上海会文堂(会文堂书局)是后期的代表性出版社之一,20世纪20年代为其鼎盛时期。

2. 书籍的形态和内容。由于石印技术可以较自由地将版面放大或缩小,所以书籍的开本各色各样。作者认为石印本小说的开本大小实际上是与内容有一定联系的:中型本开本大、容量大,故主要用于古代小说(章回体、短篇集等)的印刷。小型本内容多为言情小说、义侠小说、讲史小说之类,其中线装小型本多为20回以上的中篇,洋装小型本多为8至20回左右的短篇。袖珍本多为线装小型本的通行本。

3. 书价。据底页或封面上记载的定价,可以得到平均每本2角左右的价格,从当时的物价来看,这些书籍的价格也许并不便宜,有待进一步研究。

4. 石印本小说的存在意义及其在近代小说史上的地位。从内容来看,石印本小说大多还是古代通俗小说的延续,而从出版文化史来看,它提供了新小说单行本出现前的准备。

白话小说的编撰出版

缪咏禾

发表于《出版发行研究》2003年第3期。

本文重点考察了明代长篇白话小说集、短篇白话小说集的创作与出版,并对明代小说编印中的一些特色进行了讨论。

编辑出版角度的小说文献学研究

张次第

发表于《保定师范专科学校学报》2003年第1期。

本文从编辑出版角度考察和研究一代小说,论述了明代后期通俗小说刊刻体现的几方面特征:刊刻的精选性、版本的多样性、同书异名、盗用名牌等。

中国古代小说"语-图"互文现象及其叙事功能

于德山

发表于《明清小说研究》2003年第3期。

本文从通俗文学作品中的"语-图"互文现象入手,认为"语-图"互文现象不仅可以"还原"中国古代小说叙事文本存在与传播的本初形态,也可以帮助重新审视众多困扰学界的疑难问题,揭示出中国古代小说叙事独特的叙事形式与叙事观念。

略论17世纪白话小说创作与传播的特征

许振东

发表于《南开学报》2003年第4期。

17世纪是我国白话小说发展的重要阶段。本文考察了此期在作品的创作与传播上,与白话小说出现的初期相比,所具有的三个基本特点:一、文人参与到小说创作中来,作品呈现出文人化倾向;二、创作传播的地域分部特色十分明显;三、小说的创作传播带有一定的商业色彩,成为一种产业。认为这一时期通俗小说的创作与传播,体现出文人化倾向、地域化特色及产业化转型等新特征。

清初书坊啸花轩刊印小说考论

李忠明

发表于《文学前沿》2004 年第 1 期。

晚明以后有一些书坊专门迎合市场需要,根据读者口味选择刊刻作品,以获取最大的商业利润,而啸花轩就是其中的典型。本文对啸花轩及其所刊刻的小说进行研究,考察了啸花轩所刊刻小说的目录、刊刻小说作品的主要时期、作品的内容分类等问题,指出以啸花轩为代表的小说书坊一方面对扩大通俗小说的影响,产生了积极的推动作用;但另一方面,在刊刻小说时体现出的对庸俗情趣的迎合性和诱导性,在相当程度上扼杀了小说的艺术品味和审美价值,在更大程度上制约了小说的健康发展。

讲史平话的体制与款式

楼含松

发表于《浙江大学学报》2004 年第 5 期。

讲史平话的体裁特点主要由内容层面(体制)的开场诗与散场诗、入话与头回,形式层面(款式)的插图、节目、卷次等构成。本文通过对其与小说话本的比较,结合古代通俗文学发展史、书籍印刷出版史,得出结论:讲史平话是介于口头文学向书面文学发展过程之间的产物,其体制特点受到说唱文学的影响,同时受到书面化款式要求的制约。

略论古代小说序跋中的出版史料

范 军

发表于《华中师范大学学报》2004年第6期。

本文从古代小说的笔记、话本、章回、总集四类中,选录若干简短的序跋,节录篇幅较长序跋中的相关文字,以期窥斑而见豹,了解古代小说序跋中所蕴藏的丰厚出版史资料及其价值。

地域、经济、文化与中国古代白话短篇小说的发展:
以白话短篇小说若干重镇的变迁轨迹为例

文 娟

发表于《内蒙古社会科学》2005年第1期。

本文考察了中国古代白话短篇小说的发展与变化,指出中国古代白话短篇小说的兴盛地,呈现出东京、临安—金陵、苏州、杭州—上海的变迁轨迹,而这几地都是当朝经济、文化最为发达的地区;认为兴盛地的转移情况清晰地显示出白话短篇小说的发展所受到的地域经济、文化因素的影响。

书坊的研究价值论

戚福康

发表于《江苏大学学报》2006年第6期。

本文认为,书坊不仅对雕版印刷术的发明及应用有首创之功,而且奠定了中国书籍印刷工艺的基础,同时对社会经济、政治、文化、思想等方面都有不同程度的渗透力,这些对当今的出版业大有启示。

明清小说插图艺术特征浅析
姜夏旺

发表于《贵州大学学报(艺术版)》2006年第4期。

明清是中国文化史上小说发展的顶峰时期,在这一时期,随着世俗文化的发展以及印刷术技艺的提高,插图不仅随之出现,并且也达到了相当高的艺术水准。本文简要的从插图的几个方面,即明清小说插图的构图特点、美学特征、文化特征等来分析插图的艺术特征。

朝鲜时代中国古典小说之出版情况
[韩]闵宽东

发表于《明清小说研究》2007年第1期。

本文考察了朝鲜时代的中国小说出版的状况:从出版机关来看,分为官刻本和私刻本,其中官刻本是由国家主管刻印的板本,私刻本是指个人刻印的板本。与出版中国小说有关的机关有校书馆、司译院、六曹(礼部)、各地方监营等。同时,考察了朝鲜时代出版的中国古典小说作品,如《列女传》、《世说新语》、《酉阳杂俎》、《太平广记》、《剪灯新话句解》、《娇红记》、《剪灯余话》、《三国演义》、《水浒传》、《西避记》、《楚汉传》、《薛仁贵传》、《钟离葫芦》、《锦香亭记》、《花影集》、《效颦集》、《玉壶水》等。

小说书坊啸花轩考
文革红

发表于《明清小说研究》2007年第1期。

本文主要是对小说书坊啸花轩存在的时间和地点的考证。根据啸花轩所刊书大多数在清康熙中期以后,断定它为清康熙中期以后书坊。从作者题署、方言、民歌、故事发生地、翻刻小说所在地等情况断定它在苏州。

尺寸之间见筹谋:明清小说刊本封面、内封与牌记设计的促销策略及价值

张天星

发表于《明清小说研究》2007年第4期。

本文考察了明清两代小说刊本的版式设计、促销手段等问题,指出明清刊刻小说的坊贾有较强促销意识,他们充分利用封面、内封与牌记的有限版面进行促销,通常采用在封面、内封与牌记上的书名前以标示词标明出自名家,作预售广告,标示内附别部小说,刊载简短的广告和进行封面装璜等方式吸引消费者。认为明清刊本小说的封面、内封或牌记设计体现了较多样而明确的营销策略,是坊贾商业运作的产物,它们从侧面反映了明清小说刊刻的繁荣。坊贾对封面、牌记或内封的营销设计为小说出版水平的提高做出了贡献,是考察明清小说刊刻与传播的真切资料。

论日本内阁文库藏清平山堂所刊小说:以版式与刻字特点为视角

[日]中里见敬

发表于《明清小说研究》2007年第4期。

本文以内阁文库所藏清平山堂所刊小说十五篇为考察对象,通过详细的版本调查,总结其版式及刻字特点,认为清平山堂刊刻的小说中包含着四个不同系统的刻本。同时,尝试通过现存资料的版本

特征探讨白话小说成立的渊源。

中国古代小说图像研究说略
李芬兰 孙逊

发表于《明清小说研究》2007 年第 4 期。

本文认为古代小说图像研究史主要有三个方面的特点：一是重史的研究者们注重对于古代小说图像整体历史地进行梳理和描述；二是有一批学者着重对专书、专人进行研究，拓展了小说图像研究的空间；三是近年来有学者从文学、传播学、符号学等方面来观照小说图像，以求多角度、全面地诠释古代小说图像的独特价值。其研究视角可谓越来越多面和深入，专业化程度也越来越高。但也还存在着许多研究的困难，有待后来的研究者进一步深入下去。

建阳本小说研究发微
缪小云

发表于《兰州学刊》2008 年第 2 期。

福建建阳是明代小说刊刻的中心之一，嘉靖、万历年间刊刻小说数量居全国之冠。本文将这些建阳书坊刊刻的小说称之为"建阳本小说"，介绍了建阳本小说的概况，20 世纪以前对建阳本小说的评价，20 世纪以后出版学和小说学两大学科中建阳本小说相关的研究，指出建阳本小说作为一种文学现象具有重要的研究意义。

清代江西的小说刊刻业
文革红

发表于《时代文学》（下半月）2008 年第 4 期。

本文研究清代江西的小说刊刻业状况,对江西印刷业的总体情况、各主要刊印地、清代江西的小说书坊等问题进行了考察,统计出清代江西的小说书坊有近十家,大部分集中在金溪地区,这些书坊包括大文堂、广顺堂、三让堂、四友堂等,其中刊刻小说最多的是大文堂,刊刻小说十多种。

试论中国古代雕版印刷版权形态的基本特征
何朝晖

发表于《图书与情报》2008年第3期。

本文提出中国古代的版权形态具有三个特征:个别保护、局部协调与载体依赖。首先揭示个体出版者如何在地方政府的帮助下维护其版权,其次介绍古代民间的几种版权管理实践,然后指出中国古代雕版印刷的版权与其物理载体——书版紧密联系,最后探讨了形成这些版权特征的因素。

乾隆时期白话小说市场及出版方式
王 颖

发表于《郑州航空工业管理学院学报》2008年第4期。

本文对乾隆时期的小说出版传播进行了考察,指出乾隆时期文化环境和经济环境的特殊性导致小说出版业发生了变化,书坊主为了保证小说出版可以获得利润,采取了各种刊刻和经营措施;同时亦出现了书坊主联合刊刻小说的现象,并在一定时期内对某种小说的刊刻销售市场进行垄断。

巾箱本与清代文言小说的传播

沙 虹

发表于《文史杂志》2008 年第 6 期,又见于《图书馆》2008 年第 6 期。

本文认为,巾箱本孤本的传播为我们全面了解清代文言小说的创作出版情况,提供了弥足珍贵的第一手资料。文章分析了用巾箱本刊刻文言小说的原因:统治者的喜好而引发的时尚以及版本本身的小巧玲珑、便于携带;文言小说篇幅短小,简洁扼要,与巾箱本的形制很相称,符合士大夫阶层随身携带、阅读的需求;刊刻成本较低,同时满足了买卖双方的需求。

中国古代书业广告述略

王海刚

发表于《图书情报知识》2009 年第 2 期。

中国古代书业广告内容丰富,形式多样,不仅反映了古代书商的商业经营活动,同时也反映了古代社会政治、经济和文化生活,是中国出版文化研究的重要资料。本文从牌记广告、序跋广告、书名广告、书目广告及征稿广告五个方面对古代书业广告作了初步探讨和分析。

明清通俗小说识语研究

程国赋

发表于《文艺研究》2009 年第 4 期。

识语是附着于小说文本的一种独特的文体形式,具有较高的研究价值。本文在对明清通俗小说识语进行爬梳抉剔与统计的基础上,阐述明清通俗小说识语的史料价值,探讨通俗小说识语的广告意义,并通过识语这一视角考察通俗小说创作主旨、读者阶层与通俗小说创作、传播之间的内在关系,试图从文献整理和理论研究双重层面关注这一特定小说文体,由此探寻明清时期通俗小说产生、发展、演变的真实轨迹。

石印小说小论

李彦东

发表于《编辑之友》2009年第5期。

本文对石印小说的价值、图文策略、上海背景与文化消费等问题进行了考察,认为大批新石印小说的生产,展示了技术在文化消费中的魅力;石印小说本身似乎已不能用小说史的范畴去绑定,它已进入更为广阔的艺术品生产逻辑当中;不同阶段的推陈出新展现了在都市语境中主题书系的不同侧重和不断变迁。

以图叙事:从《中国古代小说版画集成》题书名探讨插图本通俗小说之图文关系

李玉珍

发表于台湾《中华技术学院学报》2009年总第40期。

本文研究的对象以明清时期的插图本通俗小说为主,藉由《中国古代小说版画集成》这套书的版画插图配以善本内文的交互观察,从书名显露的文化现象进行分析,试图了解古代小说图文的关系、比重的转变;探究版画插图是如何由小说附属的配角,逐渐成为脱离小说的纯粹艺术品。

清代前期通俗小说书板出租现象初探

文革红

发表于《乌鲁木齐职业大学学报》2009年第2期。

本文主要探讨清代前期通俗小说出版中租赁书板的现象，认为租赁书板是清代前期通俗小说书坊版权转换方式之一，并对书坊出租书板的原因以及这种经营机制在小说传播中所起的作用进行了具体的分析研究。

清代福建地区通俗小说刊刻述略

文革红

发表于《小说评论》2009年第5期增刊。

福建地区的小说刊刻在乾隆以后开始得到发展，建阳之外福州、泉州、厦门等地的书坊业开始发展起来，给福建的刻书业带来了新成就。因此，福建小说出版中心出现了转移，即由建阳地区转到泉州、厦门和福州地区。本文在调查统计的基础上对清代福建地区小说书坊刊刻小说总体情况及其特点进行分析，涉及清代福建地区小说书坊22家，刊刻小说56个版本。

晚明、晚清商业运作与小说刊印形态之变迁：
以晚明建阳书坊和晚清上海书局为中心

傅湘龙

发表于《中国文学研究》2009年第4期。

在通俗小说的出版史上，晚明与晚清是两个巅峰时期，而建阳书坊和上海书局的小说刊刻分别在两个时期颇具代表性。因此，本文以这两个集散地为考察中心，旁涉其他地区的出版概况，从广告、插图、版式等角度切入，在小说销售层面上具体呈现因商业运作而导致小说刊印形态的变迁情况。

试论中国传统雕版书籍的印数及相关问题

何朝晖

发表于《浙江大学学报》2009年第8期。

中国传统雕版书籍的印数问题对于考察传统印刷出版业的生产经营活动十分关键。古籍印数的多少牵涉到多个方面，如中国传统雕版印刷的技术特性、书籍产量、书籍市场大小、书籍生产周期、出版者的生产经营模式、书籍流通状况等等。但由于资料的匮乏，这个重要问题自来少人关注。本文针对雕版印刷的相关问题，在中文史料搜集整理发现的基础上，结合新发现的近代西方来华传教士对雕版印数问题的记述资料，相互参证，弥补本土史料的某些不足，拟在已有研究的基础上，对这个学界长期以来语焉不详的问题作一梳理、分析。

略论话本小说版本问题的特殊性

刘勇强

发表于《明清小说研究》2009年第4期。

本文对话本小说版本问题的特殊性进行了梳理考察，指出：话本小说编刊的特殊性，使其版本研究需兼顾表演与文本两个方面的因素；话本小说版本数量相对较少，使得校勘、考证存在一定的局限；话本小说在演变与传播过程中存在版本的变异、改纂和修订。这些特点及其所造成的版本特殊性是相对普遍性而言的，因此在话本小说的版本研究中，应兼顾这种特殊性和普遍性。

明清印刷书籍成本、价格及其商品价值的研究

周启荣

发表于《浙江大学学报》2009年第9期。

本文研究中国明清时期的书籍市场,从书价、印刷成本、藏书目录和存世刊本四方面入手,从少量的书籍价格资料和书籍刻印记录,大体计算出明后期的书籍价格范围与印刷成本:明代至少从万历时开始,中、下档次的新出的单册刊本价格大抵不会超过一两银子。文章指出,明清时期的刊本书籍已经成为一般百姓的消费品,书籍市场随着经济发展、城市化、教育的普及而不断扩大,同时刊本也流通全国。

上图下文:建阳刊小说的标志性版式

涂秀虹

发表于《福建论坛》2009年第12期。

福建建阳刊刻的小说有其明显的特点,最为引人注目的是上图下文的版式。本文对这种版式进行了考察和分析,指出建阳刊本小说题目多标明"全像",以此相标榜,并由此决定了它插图多而文字少的版本面貌。这样的特点是由建阳地区的经济文化水平和书坊的民间商业经营性质所决定的,体现了书坊主以图释文、以图补文的刻书理念,也可见书坊主明确自己的刻书走的是通俗路线,"上图下文"是有着强烈的商品意识而采用的出版手段。

明清广东书坊述略
林子雄

发表于《图书馆论坛》2009年第6期。

本文在大量阅览明朝以来广东出版物,搜集整理有关广东书坊文献记载的基础上,致力反映不同时期广东各地书坊的状况及其出版物,为广东出版史,特别是明清两代广东民间印刷出版业的研究提供佐证。

"左图右史"的小说呈现
程国赋

发表于《中国社会科学报》2010年1月26日。

本文考察了明清时期小说插图刊刻形态从"全相"(全像)到"绣像"的转变。指出这一变化体现出小说插图功能的转换,即由配合小说文字阅读、增强对情节的理解发展到注重刻画人物言行、性格、形象,从中可以见出小说创作观念的变化以及小说创作的逐步成熟,即由故事到人物,由叙述故事为主过渡到重视塑造人物。

论明清小说插图中的"语-图"互文现象
张玉勤

发表于《明清小说研究》2010年第1期。

本文考察了明清小说中的插图,指出这些插图不是小说文本的附庸,而是对人物刻画、情节叙事等起到了有力的支撑作用,因而具有很强的艺术独立性与审美感染力;插图的"图像叙事"与小说的"语词叙事"之间形成了多重互文关系,如通过莱辛式的"暗示"、图像并置、叙述视角转换、叙事区隔等方式实现的"因文生图"、"图略于文"、"图溢出文"、"图中增文"、"图外生文"等。

江西小说刊刻地:"云林"考
文革红

发表于《明清小说研究》2010 年第 1 期。

"云林"是明清小说书坊名称前所使用的地域标志之一,通常代表书坊所在地。本文通过翔实的调查,考证出"云林"指的是江西金溪县云林镇,是江西金溪书坊所使用的地域标志,因此,凡书坊名称前加有"云林"标志的均为江西金溪书坊。对"云林"地点的考定,进一步确立了江西金溪在古代小说印刷史上的地位。

清代广州地区通俗小说刊刻考略
文革红

发表于《暨南学报》2010 年第 2 期。

本文通过考查清代广州地区小说书坊及刊刻小说情况,获知清代广州地区约有小说书坊 29 家,刊刻小说 107 种,指出清代广州地区通俗小说刊刻具有品类集中、翻刻本居多、流行性强的特征,主要刊刻时间在乾隆以后。广州为乾隆以后仅次于苏州的第二大小说出版地。

传播学视角下的古代书坊广告
胡发强

发表于《广告大观(理论版)》2010 年第 5 期。

本文从传播学的视角,对古代的书坊广告进行了考察,指出:以介绍书籍内容、特点、刊刻底本、校勘水平以及树立品牌形象为主的文字广告和插图广告是书坊广告的主要表现形式,传播形式的多样化、信息诉求的多样性以及受众的针对性是书坊广告的特点。

明清小说编创与评点的互动及其影响:
以明清时期世情小说为例

纪德君

发表于《文艺研究》2010年10期。

本文指出,明清时期小说编创与评点的互动,对小说创作史与评点史均产生了实质性的影响。文章分析了明清时期小说编创与评点交互影响的动态发展过程。以世情小说为例,其"末流"艳情小说的编创就是在"先师不删郑卫"、"以欲写情"和"以淫止淫"等编创理念的指导下进行的。其"异流"才子佳人小说虽力戒艳情小说编创的弊端,却又在不同程度上偏离了世情小说的写实原则,引起了不少评点者的不满与批驳,致使此后的作者在描写才子佳人的风流韵事时自觉地涉笔世情,杂糅战争、侠义、艳情等内容,导致了该类小说文体的变革。至于世情小说的"主流"《醒世姻缘传》、《红楼梦》等,则以"描摹世态,见其炎凉"为旨趣,以写真实、合情理为原则,理论与实践相辅相成,终于将该类小说的创作推向了前无古人的艺术高峰。

从琉璃厂书坊业行业神信仰中看书商的竞争与联合

王 成

收入《人文北京与世界城市建设2010年北京学国际学术研讨会论文集》(2010年10月)。

乾隆年间琉璃厂以江西金溪籍为代表的南方书商居多,后来一些北方书商也在琉璃厂开设书肆,出现了激烈的竞争。南北方书商都奉文昌帝君为行业祖师神。本文从清代北京琉璃厂书市中的行业信仰问题入手,探讨行业祖师神信仰在书商的竞争与联合过程中发挥的重要作用。

明清通俗小说凡例研究
程国赋

发表于《文学评论》2010年第6期。

  作为附着于小说文本的一种特定的文体形式,小说凡例具有很好的研究价值。本文在对明清通俗小说凡例进行搜集、统计的基础上,归纳其整体特征,并从四个层面加以论述:一、明清通俗小说凡例的史料价值;二、凡例与通俗小说创作方法;三、凡例与通俗小说回目;四、凡例与通俗小说读者。试图从文献整理和理论研究双重层面关注这一特定小说文体,由此探寻明清通俗小说的创作方法、体制结构,还原通俗小说产生、发展、演变的真实轨迹。

试论中国古典小说回目与图题之关系
李小龙

发表于《文学遗产》2010年第6期。

  本文探讨了宋元以来小说的叙事性图题与正文标目之间的关系,认为这种图题往往代为行使回目的职能,在小说回目完全成熟后,一部分小说图题又与回目合二为一。此后,叙事性图题便渐渐被回目所取代,并随着插图风气的变化而消失,最后只剩下了绣像插图中的人物姓名与诗赞,但图题的基因已经渗透进成熟的回目体制之中。

明清小说插图叙事的时空表现图式

颜 彦

发表于《中国文化研究》2011年第1期。

本文以明清小说插图为研究对象,总结小说插图时空呈现的形式技巧,归纳时空表现的四种构成类型:一时一地、同时异地、同地异时、异时异地。具体分析时空叙事表现出来的独有特征:情节性、动态性和情境性。从对时空图式的阐释中可以发现,从图像生成机制来看,明清小说插图中的时空图式更多地体现出与小说文本之关联;从构图技巧来看,时空图式更多地表现出传统绘画之一格,同时又饱含绘刻者自身的匠心和新变。

明清时期出版行业的出版权益保护

余晓宏

发表于《编辑之友》2011年第3期。

本文对我国古代出版行业的复版、盗版现象和对出版者权益的保护情况作了研究,指出直到明清时期,对出版者权益的保护才成为一种普遍的意识,并且采取了许多具体的措施来保护书坊的经济利益和其他权益。

明清小说类书序跋与小说类书之编刻

温庆新

发表于《广东技术师范学院学报》2011年第2期。

本文从明清小说类书序跋为切入点,讨论了其所体现的明清小说类书之编刻观、"说部"刊刻之由、小说类书传播与读者接受等,认为研究明清小说类书序跋,有助于探讨明清小说类书的编刻情形,从而在古小说理论史上予以合理定位。

明清时期图书广告与促销术
王海刚

发表于《编辑之友》2011 年第 4 期。

本文从牌记广告、扉页广告、序文广告、书目广告及征稿广告等方面,对明清时期书坊所采取的图书促销策略作了考察。

绣像小说:图文之间的历史
陈正宏

发表于《图书馆杂志》2011 年第 9 期。

本文对五个方面的问题进行了探讨:一、什么是绣像小说,二、绣像小说的图像样式,三、绣像小说当中的图文关系,四、从小说的绣像看时代,五、研读绣像小说的新途径。从中对绣像小说的发展历史进行了梳理,对绣像小说图像与文字之间的关系和研究方法进行了考察。

明清江南坊刻小说插图叙事的审美表征及其文化意义
张　伟

发表于《深圳大学学报》2011 年第 6 期。

本文对明清时期江南坊刻小说中的插图进行了考察,指出江南坊刻小说插图代表了我国古代小说插图发展的成熟形态,在汲取建阳小说插图成功经验的基础上,实现了表意范式和叙事模式的深度转换,完善了插图的"预叙"功能和"溢出"效应,构建了文本、插图与评点的叙事"共谋"形态,体现出富于地域特征的"文人化"倾向,从而成就了小说走向文学经典的成功范例。

论中国古代的"图像批评"

张玉勤

发表于《中国文学研究》2012年第1期。

本文认为中国古代"图文本"中的图像之所以构成"图像批评",主要缘于:图像选择体现出图像作者的"视点",图像转译体现出对语言文本的诠释,图像解读体现出对语言文本的"发挥",图像阐释体现出意义空间的敞开。同时指出,"化语成图"的直观表现、"驻足凝视"的审美驿站、"象外之象"的意蕴空间,构成了图像批评"以象入意"的批评特性。

白话小说对明代中篇文言传奇的文体渗透: 以若干明代中篇文言传奇的刊行与删改为例

潘建国

发表于《暨南学报》2012年第2期。

明代中篇文言传奇小说存在三种方式:单行本、合刊本及改装本,在单行本与合刊之间或者两个合刊本之间,其文本往往发生删改变动,具体表现为:增饰故事细节,语言化雅为俗,变文为白,甚至羼入白话小说习用套语。本文以此为研究对象,讨论这其中显示出颇为清晰的接受白话小说影响的痕迹。此外,在中篇文言传奇专集《万锦情林》中,杂入了采用白话小说文体编撰的《情义姻缘》;而在白话小说集《欢喜冤家》中,又出现了模拟中篇文言传奇文体而作的《许玄之赚出重囚牢》,本文指出,这两个特殊文本的存在,表明中篇文言传奇与白话小说之间的文学互动,曾经颇为活跃和深入。

大运河与明清通俗小说刊刻中心的转移

谢　君

发表于《湖南人文科技学院学报》2012年第2期。

明清通俗小说刊刻中心经历了一个由福建建阳向苏州、杭州、扬州、常州、湖州等江南运河城市转移的过程。建阳书坊业带动了明清通俗小说的初步繁荣,江南运河城市的书坊业却促成了通俗小说的全面繁荣。本文对大运河在通俗小说刊刻中心的转移过程起到的作用进行了探讨,认为大运河为江南运河城市的书坊业与通俗小说的发展提供了繁荣的商品经济、壮大的市民阶层、便利的水陆运输与广阔的市场等得天独厚的条件,保证了这些城市的书坊业在市场竞争中能立于不败之地。

从古典小说内部寻求中国出版史的轨迹:
以《金瓶梅词话》、《儒林外史》为例

李振聚

发表于《明清小说研究》2012年第3期。

本文尝试从古典小说内部寻求出版史的遗迹,重点探讨了《金瓶梅词话》、《儒林外史》等古典小说内部保存的大量有关出版的材料,并通过这些古典小说内部材料来寻求中国出版史的发展痕迹,以扩大出版史研究的取材范围。

论明清小说戏曲繁荣与出版印刷业发展之间的关系

刘 畅

发表于《戏剧文学》2012 年第 9 期。

本文讨论了明清两朝小说戏曲等通俗文学大量刊刻问世的原因,指出这是由商业经济的繁荣、出版印刷业的快速发展等良好的社会环境和有力的经济保障所决定的,通俗文学依靠出版印刷业这个重要的物质载体,在商业经济的制导之下,成为出版印刷文化产业的有机组成部分,从而也实现了自身的繁盛发展。在此发展过程中,二者之间也形成互相依存、共同发展的和谐关系。

清代乾隆以后四川地区通俗小说刊刻考略

文革红 欧阳伟

发表于《江西青年职业学院学报》2012 年第 3 期。

清代乾隆以后四川地区为通俗小说重要刊刻地。本文通过相关的考证和调查统计,获知清代乾隆以后四川地区约有小说书坊 22 家,刊刻小说 41 种。其所刊刻小说具有品类集中、翻刻本居多的特征。

试论明清时期文学名著的"集评"现象

曾绍皇

发表于《复旦学报》2012 年第 5 期。

明清时期,有关文学名著的"集评"之作大量涌现,这是文学评点全面繁盛的重要标志。本文分析了"集评"及其与"汇评"、"合评"、"辑评"、"评林"等概念呈现混用、交叉的状况,认为"集评"的发生在版式形态上借鉴了文学经典注疏的"集注"体例、"大全"类书籍的编刊手段等成熟的操作方式,明代出版文化政策的调整、书坊主出于谋利的营销策略和迎合读者心理的市场定位,则成为"集评"之作不断涌现的重要文化背景和外在条件。同时指出,集评本具有明显的文本优势:便于比较诸家评点,提高文本的受众影响力,辅助读者深入理解文本内涵,具有批评之批评的批评史学意义等,而"集评"之作也因自身体例的局限,往往导致文本繁冗、辑录的评点与原始批点讹异等客观缺陷。

浅谈徽派插图与徽州戏曲小说文本传播

李秋芳

发表于《出版发行研究》2012年第10期。

在明万历中后期,我国的商品经济空前发达,刻书事业迎来了"黄金时代",木刻插图业也遇到了发展的良机,出现了"无书不图"的盛况。徽派插图随之崛起,并成为一时之风尚,从而引发了徽本戏曲小说传播的热潮。本文集中探讨了徽派插图与徽州戏曲小说文本传播之间的关系,以及书坊主所采用的各种宣传、营销手段。

试析清代北京通俗小说的出版与说唱业的关系:
以侠义公案小说的形成为例

汪燕岗

发表于《北京社会科学》2012年第5期。

通俗小说出版的繁盛时期是光绪年间,但绝大部分都是翻刻本或话本小说选本,仅有侠义公案小说例外,《三侠五义》《小五义》《续小五义》《彭公案》等作品都产生于北京。本文以此为研究对象,分析了北京说唱业的发达与侠义公案小说的成书之间的关系，认为前者给后者提供了契机：《三侠五义》的前身《龙图耳录》就是根据说唱本石韵书改编而来，但经过了文人的加工；《小五义》虽然经过整理，但仍然保存了说唱文学的许多特点。

书坊主编创与明清通俗小说类型的生成

纪德君

发表于《明清小说研究》2012年第4期。

本文对明清时期书坊主或亲自操觚，或聘请下层文人编创通俗小说的行为进行了分析，指出这些通俗小说多以抄改、辑补、拼凑、模仿等方式进行编创，虽然其艺术质量乏善可陈，但却先后促进了历史演义、神魔小说、公案小说、艳情小说、才子佳人小说编创的兴起，致使通俗小说种类繁多，在小说史上产生了深广的影响。

论明清小说插图的"从属性"与"独立性"

王 逊

发表于《中南大学学报》2012年第6期。

王朝闻认为明清小说插图具有"应有的从属性"与"相对独立性"两种性质：一方面，插图依附于文本，表达特定文本中的特定故事；另一方面，插图可以在不依靠文字的情况下，从插图形象本身来表现故事情节。本文对这一观点进行了辨析，认为从实际情况来看，一方面，插图存在着一种去"从属性"的性质；另一方面，由于图像自身的缺陷，脱离文本表达主题的目标难以实现。因此，本文指出，身处文学、历史传统中，脱离文本来理解插图的纯粹行为是根本不存在的。

书肆、书佣、书坊关系辨考

车凯龙　铁 茜

发表于《图书馆学刊》2012 年第 12 期。

本文对中国古代书肆、书佣、书坊之间的关系进行了辨析,指出书肆是民间书籍贸易交流的场所,是古代书籍收集、生产和买卖的场所。书坊正是在书肆的基础上产生和发展起来的,书坊的一个显著特征就是集生产、销售、经营为一体,构成了一个简单的资本循环产业链,它有固定作坊刻工和以刻书、卖书为业的家庭手工业者。而书佣是写本书时代书籍的主要生产者,是生产力水平高低的直接反映。它是在书肆发展的基础上产生的,也是在书坊发展的基础上衰落的,对古代文化的修复、传承起了重要作用。

书估与清帝国的书籍流转

徐雁平

发表于《古典文献研究》2013 年第十六辑。

本文以清代书估的文化贡献为研究对象,认为活跃在环太湖地区的湖贾促使东南地区的书籍充分流动;同时,他们将南方的图书资源转运北方,促使文化资源的均衡配置,从而在京城形成一个书籍交流中心,为政治中心与文化中心的形成注入丰富的内涵。

建阳本小说插图述评

缪小云

发表于《临沂大学学报》2013 年第 5 期。

图文并茂的版式是建阳本小说最鲜明的特色之一,而将建阳本图文并茂的特征发挥得最为极致和出色的是小说刊本。本文通过整理元明及清初建阳本小说插图的基本形态和发展状况，在此基础上分析"上图下文"的插图版式决定了建阳本小说的成与败。

明清家将小说商业化成书方式及其弊端

黄宇新

发表于《学术交流》2014年第6期。

从明代中叶到清末，印刷业飞速发展，民间书坊迅速兴起。在此背景下，以家族为中心描写家将英雄及其后代的家将小说日渐繁盛，虽屡遭禁毁却"盛行于里巷"，形成独树一帜的通俗小说类型。本文以书坊主商业化运作下的家将小说成书方式为研究对象，指出由于书坊主急于求利的心态与粗率芜杂的成书方式，导致传统文人的审美格调完全让位于市井化的欣赏口味，造成了家将小说文意并拙的弊端，整体思想艺术价值不高。

商业化出版运作与民国通俗小说

张　霞　汪　潜

发表于《编辑之友》2014年第8期。

本文认为，近代文化出版产业经营者成功的商业化出版运作，是民国通俗小说畅销的重要原因之一，指出当时的杂志编辑、出版商花样繁多的商业化出版运作手段带来了通俗小说的畅销，在保障通俗小说作家的生存需要、保持通俗小说持久发展的生命力方面，有积极的作用；但只认可经济利润的市场机制，也让很多通俗小说无法摆脱粗制滥造、格调低下、庸俗媚众的痼疾。

论明清时期的小说插图意识及其功能

金秀玹

发表于《温州大学学报》2014年第5期。

本文以明清时期插图本小说的凡例或识语为研究对象,探讨当时人们的插图意识和小说插图的功能,指出明清时期的小说插图意识是从导读功能与审美功能这两个方面呈现的,随着版刻技术的发展与审美意识的深化,凡例与识语中经常出现强调插图之玩赏价值的"耳目之奇玩"或"案头珍赏"一类词汇,可以反映出当时插图的欣赏功能已超过导读功能,换言之,插图本小说已成为明清读者的玩赏对象。

论明清江南通俗小说中心圈的形成

冯保善

发表于《明清小说研究》2014年第4期。

本文探讨了明清通俗小说江南中心圈的形成及其原因,分析了其成型的几个阶段:明代万历二十年以前,通俗小说仅处在起步阶段,作者寥寥,新出作品数量稀少,缺乏高质量的创作;万历二十年以后的二十余年间,通俗小说飞速发展,并开始走向繁荣,江南与建阳各有优长,实难分轩轾,可并谓之中心;天启、崇祯两朝,建阳则已经开始从通俗小说中心淡出,而江南则无论小说创作还是出版,都已成为全国的绝对中心;进入清代,江南更成为集通俗小说创作、评点与出版为一体的唯一中心圈。本文指出江南之所以成为全国通俗小说中心,与其庞大的小说图书消费市场、灵活便捷的销售手段、图书生产适应市场需求应运而生、充足的小说创作与评点人才储备有着密切关系。

试论中国古代小说插图的批评功能
毛 杰

发表于《文学遗产》2015年第1期。

本文关注中国古代小说插图可能存在的"画外之音",即其所表现的批评功能,认为在插图的编纂过程中,图像作者并不仅仅着眼于用画面"再现"文本,同时还有可能借助小说插图自身独特的表意机制和"语法"规则,通过图像选编、题榜、排序、钤印等方式,有意无意地将他们对文本的理解和评论带入到插图之中,使小说插图实际上具备了一定的批评功能。

论清代四川雕版印刷下通俗小说的出版
汪燕岗

发表于《四川图书馆学报》2015年第6期。

本文考察了清代四川刊刻通俗小说的书坊,统计书坊37家,刊行版本71个;对清代四川雕版印刷业的发展状况、小说刊刻中的翻刻和选本现象等问题进行了分析,指出从清代通俗小说的刊刻可以窥见当时四川的社会风气。

明清小说插图设计中构图的视觉隐喻研究
徐一茗

发表于《明清小说研究》2016年第1期。

本文分析了明清小说的插图在完成审美功能的基础上,还承担了补充书籍内容和传达文化意义的作用;指出小说插图为实现这些功能,使用了视觉隐喻的手段,除图形、色彩外,其构图手段脱胎于传统中国画的构图规律，兼具美感和象征意义，在丰富画面布局的同时，主动有意识地将作者的意图植入插图中，并呈现特定的视觉氛围，从而形成了独特的视觉隐喻，成为明清小说视觉文化不可缺少的一部分。

论清代佛山雕版印刷下通俗小说的出版
汪燕岗

发表于《四川师范大学学报》2017年第2期。

本文对清代中晚期佛山的通俗小说出版情况进行了分析研究，据相关文献的统计及考证，有28家书坊，刊行通俗小说89个版本。除了本地出版的新书外，符合商人、士子和市民口味的小说也被多次重印或翻刻，其刻工主要来自顺德马冈，版本形式上有强烈的市民化特征，体现书商有意识的选择。本文指出，佛山出版业的繁荣与广州独口通商后成为全国最大的港口与对外贸易中心的进程是一致的，作为一个产业的出版业与当地的经济状况息息相关。

2. 明代之前的小说刊印研究

关于《搜神记》

范　宁

发表于《文学评论》1964 年第 1 期。

本文对《搜神记》八卷本和二十卷本两种版本的相关情况进行了考辨分析,指出八卷本并非干宝所作,或即据昙永所撰的《搜神论》残卷而增补;二十卷本不是干宝原书,也不是传世古本,而是后人从类书中搜辑起来的,胡元瑞编辑的可能性最大。

《京本通俗小说》辨疑

苏　兴

发表于《文物》1978 年第 3 期。

本文对缪荃孙"影元写本"的《京本通俗小说》相关情况进行考辨分析后认为,此书内容不都是宋人作品,并且指出此书话本不假,但话本汇集为此书是假,《京本通俗小说》是缪荃孙伪造。

记元刻《新编红白蜘蛛小说》残页

黄永年

发表于《中华文史论丛》1982 年第 1 期,收入《黄永年学术经典文集》(山西人民出版社 2015 年版)。

西安市文物管理委员会为配合《全国古籍善本书总目》的编纂,在 1979 年上半年对存藏古籍进行了清理整编,本文作者在参与整理的过程中发现一页《新编红白蜘蛛小说》残页,使人们第一次看到元刊平话小说的残页，不仅对厘清郑信和蜘蛛小说的来源有帮助，更可用于鉴别传世的旧话本小说，看其中有哪些保存了宋元时刊本的真面目。

试论《太平广记》的版本演变
张国风

发表于《文献》1994 年第 4 期。

本文对《太平广记》的重要版本进行了介绍，并考辨出其版本演变轨迹。在文章附录中，考察了版本异文、活字本、诸本分卷情况等问题。

二十卷本《搜神记》考
李剑国

发表于《文献》2000 年第 4 期。

本文对二十卷本《搜神记》的相关问题进行了考证，包括其著录流传情况、异本、胡应麟辑录二十卷本及《搜神后记》的情况，并指出其辑本中录入了大量的他书文字。

关于宋元刊平话中的阴文
王旭川

发表于《齐鲁学刊》2001 年第 5 期。

本文对宋元刊平话中广泛存在的"阴文"现象进行了考辨分析，认为其主要起醒目的提示作用，但是这种提示是针对说话人的，而非明以后章回小说的回目等是面对读者的；并指出可以从阴文在平话中的存在得出宋元刊平话是未经文人整理的说话底本的结论，阴文可以作为元刊小说的重要鉴定依据。

《夷坚志》的版本研究
张祝平

发表于《古籍整理研究学刊》2003年第2期。

《夷坚志》的版刻及其流传情况异常复杂,本文对宋以后所能见到的版本以及选本进行了梳理,对前人未能关注的明祝允明手抄《夷坚丁志》、明万历王光祖的选本《感应汇征夷坚志纂》、万历间题名钟惺评点的《新订增补夷坚志》以及作为《夷坚志》重要选本的《分类夷坚志》分类上的独到之处都进行了研究。

论元刊平话之"全相"的表述功用
卢世华

发表于《华中师范大学学报》2006年第3期。

本文以元代刊行的"全相平话五种"为基础,考察"全相"插图的具体特点和表述功用。认为插图与文字是平话不可分割的两部分,二者共同承担起叙述故事等功能。插图填补了文字叙事的不足,增添了形象性和趣味性,使平话的阅读变得更轻松,因而为平话赢得了更多的读者。因此指出,研究平话者不应抛开插图,专门以文字为依据来讨论其文学性。

《游仙窟》的日本古钞本和古刊本
李时人 詹绪左

发表于《上海师范大学学报》2006年第3期。

文章根据对日本现存《游仙窟》古钞本和古刊本进行考察,认为这些本子可以分为"白文本"和"有注本"两种类型。现存最早的"白文本"康永三年(1344)"醍醐寺钞本"所据的是正安二年(1300)的本子;而现存有"文章生英房"序和正文双行夹注的刊本"江户初期无刊记刊本"("庆安五年刊本"是其同板异刷本)原本可以上溯到文保三年(1319)。虽比"醍醐寺钞本"所据原本晚20年,却比其抄写的时间要早25年。"醍醐寺钞本"在抄写时曾利用过与"无刊记刊本"正文和注文相同的"有注本",说明醍醐寺钞本与"无刊记刊本"的"祖本"应该有一定关系。文章认为,虽然"醍醐寺钞本"和"无刊记刊本"是日本现存古代所有《游仙窟》本子中渊源最早的两个本子,但"无刊记刊本"更适宜作校勘的底本。

《游仙窟》古钞本、古刊本勘误与质疑

李时人　詹绪左

发表于《徐州师范大学学报》2007年第6期。

本文指出,《游仙窟》日本古钞本、古刊本在传抄和刊刻中形成的错误,虽然多数可以通过版本比勘求正,但也有一些是版本比勘不能解决的:一是错误十分明显,基本可以凭"理校"纠正;二是很可能有误,但无法通过"理校"提出纠错的方案;三是或文义隐晦,或扞格难通,只能存疑待考。文章中对相关的例子进行了分析考辨。

《世说新语》元刻本考: 兼论"刘辰翁"评点实系元代坊肆伪托

潘建国

发表于《文学遗产》2009年第6期。

本文以藏于日本及台湾之《世说新语》元刻本为文献基础,通过

细致的文本比勘,就其底本与分卷,刘孝标旧注删存情况,刘应登批注之特点和内容以及"刘辰翁"评点实系元代坊肆伪托等项,进行了详尽的梳理与考辨。文章认为:元刻本正文源自一个文本面貌极为接近"湘中本"的宋本,具有很高的版本校勘价值;其所刊刘应登批注及"刘辰翁"评点,亦有助于廓清由明凌濛初刻本衍生出来的种种讹误,推进《世说新语》及古代小说评点研究。

元刻本《世说新语》补刻刘辰翁评点真伪考
周兴陆

发表于《文艺研究》2011年第11期。

《世说新语》的刘辰翁评点,最初为元人补刻于刘应登删注本《世说新语》上,但最近学界有刘辰翁评点系"元代书坊伪托"的说法。本文考察刘辰翁与刘应登的关系、刘辰翁评点与刘应登删注的高度相关性、评点文字与刘辰翁思想的契合性,认为刘辰翁的批语就是批在刘应登删注本的初刊本上,甚至直接针对刘应登删注而发,不可能为元人伪托;此外考察刘辰翁评点本的早期传播形态,"补刻"并非唯一个案,刘批苏轼诗同样为"补刻"本,从而论证元代补刻本刘应登删注《世说新语》上增补的刘辰翁批语的真实性。

《世说新语》在宋代的流播及其书籍史意义
潘建国

发表于《文学评论》2015年第4期。

本文在梳理了《世说新语》宋代藏本的基础上,考察其在宋代的书籍形态和流播情况,并藉此探讨了印本与抄本书籍兴替之利弊。指出在董弅刻本出现之后,借助印刷本的"定本效应",该书乃定三卷三十六门为一尊。印本盛行导致抄本日渐亡佚,印本中的讹误遂无从校勘。不过,印本时代《世说新语》的藏阅群体大为扩展,且从原先的上层文人下移至普通士子,而文本的普及,又切实推动了宋代文人对于《世说新语》的接受、引用和学术研讨。

也谈《三分事略》与《三国志平话》的刊刻年代及版式异同

罗筱玉

发表于《文献》2016 年第 3 期。

本文将《三分事略》与《三国志平话》重加比勘,并对《事略》与《平话》的异文、正误等详加分析,发现现存《事略》很可能是由元末建安书堂刊于至正甲午(1354)年间,是在原《事略》(可能刊刻于后至元年间)旧板基础上覆刻刊补而成,是一个供人阅读却甚为粗恶的翻刻坊本。

3. 明代小说刊印研究

3.1《三国演义》

旧本《三国演义》版本的调查
马　廉

发表于《北平北海图书馆月刊》1929年第5号，又见于《图书馆报》1929年第5期。

本文在20世纪初发现的《三国志演义》各版本的基础上，著录了明清两代除毛纶、毛宗岗评本以外16种版本的《三国演义》，其中多为明刊本。

三国志演义的演化
郑振铎

发表于《小说月报》1929年第10号。

本文列举了除嘉靖壬午本之外的十种明刊本，即周曰校刊本《新刊校正古本大字音释三国志演义》、夏振宇刊本《新刻校正古本大字音释三国志通俗演义》、余氏双峰堂刊本《新刻按鉴全像批评三国志传》、郑少垣联辉堂三垣馆刊本《新镌京本校正通俗演义按鉴三国志》、杨闽斋刊本《重刻京本通俗演义按鉴三国志传》、杨美生刊本《新刻按鉴演义全像三国志英雄传》、郑以桢刊本《新镌校正京本大字音释圈点三国志演义》、吴观明刻本《李卓吾先生批评三国志》、宝翰楼刊《李卓吾先生批评三国志真本》、雄飞馆刊本《精镌合刻三国水浒全传》，以及清代的毛评本和李渔评本。文中不仅详细说明书名、卷数、封面、序跋、牌记等版本特征,还分步骤地撰写了介绍性的提要。揭示出嘉靖壬午本至毛评本一百余年间,《三国志演义》一直处于一种动态的演变中,而在社会传播过程中也经历了一系列演化,开辟了《三国志演义》版本学研究的道路。

嘉靖本《三国志通俗演义》小字注是作者手笔吗?
——兼及《三国志通俗演义》的版本和成书时间

王长友

发表于《武汉师范学院学报》1983 年第 2 期。

章培恒认为嘉靖本《三国志通俗演义》小字注出自罗贯中之手并据此考定罗贯中生活年代及写作年代。针对这一观点,本文对《三国志通俗演义》嘉靖本小字注进行了研究,认为不应出自作者之手:有些注文与正文相矛盾且破坏了正文的艺术效果,有些注文应与正文合并而有些又是多余的;注文口气、对曹操的称呼与原作不一致;注文中所明确提到的"旧本",证明其所作时间应当在小说刊行之后,从而反驳了郑振铎所提出的"在嘉靖以前,罗贯中著的《三国志通俗演义》似是没有刻本的"(《中国文学研究·嘉靖本三国志演义的发见》)的说法。后有章培恒《关于嘉靖本〈三国志通俗演义〉小注的作者》(《复旦学报》1985 年第 3 期)、王长友《再说〈三国志通俗演义〉的"旧本"和小字注问题——答章培恒先生》(《学海》1994 年第 3 期)对此问题予以持续关注。

《三国志通俗演义》成书于明中叶辨：与王利器、周邨、章培恒等同志商榷：兼论此书小字注的问题

张国光

发表于《社会科学研究》1983 年第 4 期，后收入《古典文学论争集》（武汉出版社 1987 年版）。

本文着重分析和探讨了《三国志通俗演义》的作者和成书年代。作者认为：《三国志通俗演义》是第一部成熟的《三国演义》版本，无论从考据学的角度还是从文学演进的规律来看，它都只能是明中叶的作品；《三国志通俗演义》的作者也不是罗贯中，而是一位有较丰富的历史知识和深湛的文学修养的文士，他很可能就是为此书作序的庸愚子（金华蒋大器）。

有关毛本《三国演义》的若干问题

黄霖

收入《三国演义研究集》（四川省社会科学院出版社 1983 年版）。

毛本《三国演义》在《三国》演化过程中有着重要意义，战胜了以往的一切旧本，以一种崭新的定本的姿态流传至今，且其评点在我国小说批评史上举足轻重。本文主要观点为：毛纶、毛宗岗父子当于康熙三年甲辰（公元 1664 年）起开始批改《三国演义》，至多不超过二年半完稿，康熙丙午（1666 年）"刻事中阁"；毛本题金人瑞序非金人瑞所作，伪托者应为后来的书商；研究毛本《三国演义》时，必须联系到它的唯一的祖本李卓吾评本；毛本评点在我国小说批评史上有其贡献。

《三国演义》版本试探：以建安诸本为中心
[韩]金文京著　陈西中译

本文分正、续两部分，分别发表于《明清小说研究》1992年第2期，3、4期合刊。

本文以建安诸本为中心，讨论了《三国演义》版本相关的问题，同时注意到《三国演义》、《水浒传》、《西游记》等作品其实由相同的编者和书肆出版的情形，提出有必要通过它们的编者、书肆以及李卓吾、钟惺等评者的线索，更多地去注意这些作品之间的横向联系，以及研究视野不应仅仅局限于小说，最好扩大到包括戏曲在内的当时整个的出版范围。

《三国演义》的毛声山批评本和李笠翁本
[日]小川环树著　孙玉明译

发表于《明清小说研究》1993年第2期。

本文对《三国演义》毛评本、李笠翁评本进行了考论，认为后来的书商将毛评本与李笠翁评本的序混在一起，又伪作了金圣叹的序，并把李笠翁本标题的第一才子书之名移给了毛评本，结果就出现了现在所见到的通行毛评本那种情况；把毛本说成金圣叹的著述绝非毛氏本意，而金序的伪作者亦非毛氏及其友人。进行这番加工的年代也许要追溯到乾隆初年或康熙末年。

《李笠翁批阅三国志》简论
沈伯俊

发表于《社会科学研究》1993年第5期。

清初著名作家李渔评改的《李笠翁批阅三国志》(原刻本,封面题作《笠翁评阅绘像三国志第一才子书》)是《三国演义》版本演变史上比较重要的版本。本文对其刊印过程、特色等问题进行了专门论述。

黄正甫刊本《三国志传》乃今见《三国演义》最早刻本考：
兼说嘉靖本非最早刻本亦非罗贯中原作

张志合

发表于《北京师范大学学报》1994年第2期。

本文作者在北京图书馆发现黄正甫刊本《三国志传》,论证实乃今所见《三国演义》诸本中的最早刊本。

黄正甫刊本《三国志传》非今见《三国演义》最早刻本：
与张志合先生商榷

张宗伟

发表于《明清小说研究》1999年第1期。

本文对张志合《黄正甫刊本〈三国志传〉乃今见〈三国演义〉最早刻本考》一文提出商榷,认为黄正甫刊本不仅不是今见《三国演义》的最早刻本,而且是《三国演义》今存明刊本中出现较晚的一种,孙楷第先生把它定为明天启间刊本是可靠的。

关于《三国演义》叶逢春刊本的发现及其意义

[日]高桥乃子

发表于《中国文学研究》2001年第4期。

《三国演义》的版本,就其根源来说,有两种系统。第一种系统,现在所知道的最早的版本就是嘉靖元年刻的《三国志通俗演义》。第二种系统,最早的版本是嘉靖二十七年刻的叶逢春本。其他的均分别从这两个系统的本子衍生。第一种系统的版本与叶逢春刻本的异同究竟如何,却还是一个需要进一步研讨的问题。本文通过嘉靖元年刻本《三国志通俗演义》与嘉靖二十七年刊叶逢春本的校勘,指出嘉靖元年本与叶逢春刊本是《三国演义》的最早传本,而且是保存这一作品基本面貌的版本。那些与它们有较大差别的本子例如有关索故事的本子都是后人的修改,不能作为研究《三国演义》原貌的依据。

《三国志演义》周曰校刊本四种试论

刘世德

发表于《文学遗产》2002 年第 5 期。

本文的基本观点为:周曰校刊本有甲、乙、丙三本之分。甲本无图,每行 24 字;乙本、丙本有图,每行 26 字。甲本刊行于万历十九年之前。仁寿堂刊本不等于周曰校刊本。周曰校刊本"增补"的两个步骤:甲本增补了人物和情节;乙本增补了图像。

从传播角度看《三国志通俗演义》的成书年代

王 平

发表于《山东大学学报》2003 年第 4 期。

学术界普遍认为,《三国志通俗演义》一书的故事内容是累积而成的,但又认为其文本是出自某一人之手,因此文本的成书不是累积而成,从而对其成书年代产生了种种分歧。本文从传播角度对这一问题进行了重新思考,发现其文本的写定同样有一个累积或演变过程,其起点应在元末,而其终点则应定为嘉靖元年即该本正式刊行之日。

《三国演义》在明清时期的传播
金 崴

发表于《成都大学学报》2006年第2期。

本文主要观点为:传抄、刊售、评点、续书、编演、说书与翻译等几种不同的传播方式在不同范围或不同时间担载过《三国演义》的传播任务,并为《三国演义》的刊印出版及之后的发行出售奠定了坚实的基础;商品经济的发展与商贾市民阶层力量的壮大使小说出版后能迅速流传于广大市民之间;印刷术的进步与印刷业的兴盛促进了《三国演义》的刊印行世。

建阳刻本《三国》小说传播衰退原因浅析
涂秀虹 陈旭东

发表于《明清小说研究》2006年第4期。

现存《三国》小说版本中,刊刻者以建阳书坊最为集中。建阳各版本《三国》小说的刊刻时间多集中于嘉靖(1522—1566)万历(1573—1619)年间,刻于天启崇祯间的较少。入清以后,建阳刻本《三国》小说就很少传播了。本文认为其传播衰退的主要原因在于:一、建阳书坊的衰落;二、建阳刻本《三国》小说通俗娱乐的品质定位;三、毛本《三国演义》的通行和小说艺术由俗入雅的发展趋势,以及小说类型发展的规律。

《三国志演义》嘉庆七年刊本试论

刘世德

发表于《文学遗产》2007 年第 1 期。

本文对《三国志演义》嘉庆七年刊本进行了考辨，认为其属于《三国志演义》建阳刊本二十卷简本中的一种，放弃了"上图下文"的版式，移植了毛评本的图像，在《三国志演义》传播史上占据着一定的地位。

《三国志演义》朝鲜翻刻本试论：周曰校刊本研究之二

刘世德

发表于《文学遗产》2010 年第 1 期。

本文对现存朝鲜翻刻本《三国志演义》进行了考辨，认为其底本是周曰校刊本甲本，"丁卯"年刊刻于济州岛。进而论证周曰校刊本甲本刊刻于嘉靖年间。嘉靖壬午本张尚德引言署年"壬午"，而朝鲜翻刻本（周曰校刊本甲本）张尚德引言署年却是"壬子"，进而指出周曰校刊本甲本可能刊刻于嘉靖三十一年。

周曰校刊《三国志通俗演义》的初刻年代问题

陈翔华

发表于《南开学报》2013 年第 1 期。

本文对周曰校刊本的初刻年代进行了分析，认为周曰校初刻的是万历十九年的插图本，周曰校从事刻书活动在万历年间，"嘉靖壬子"不可能是周曰校刊本的初刻年代。

古代小说"语-图"互文现象初探：
以插图本《三国演义》为例

王　凌

发表于《四川师范大学学报》2015年第5期。

本文以明清以来各插图本《三国演义》为切入点，探讨明清插图小说"语-图"互文规律，指出明清小说插图的绘图者们热衷于通过对最具"孕育性"顷刻的把握、特殊的时空分割方式以及独具意蕴的静态绣像描画以达到最真实、准确再现文字信息的目的；而插图对故事场景进行的带有情感倾向的取舍、图题的褒贬寄寓以及有意无意的图、文不符现象，又表明绘画者试图对小说作出符合自身审美习惯解读的努力。在插图本小说中，文字与图像之间呈现一种特殊的互动关系。明清以来各插图本《三国演义》，正是明清插图小说"语-图"互文规律的代表。

3.2《水浒传》

水浒传的演化

郑振铎

发表于《小说月报》1929 年第 9 期，收入《郑振铎文集》第五卷（人民文学出版社 1988 年版）。

郑振铎在文中对《水浒传》的演化进行了详尽的论述,将《水浒传》成书演化从产生到最后定型分为六个阶段:《水浒传》的故事从南宋开始；在元代时有了一部《水浒》,其作者或编者大约是施耐庵；元末明初,罗贯中依施氏之作重新编次,并添演征方腊事,此即为《水浒》祖本；嘉靖年间,郭勋将罗书重加润饰改编、加入征辽情节,共成百回；万历年间,余象斗又取罗氏原书刊行,同时加入郭氏本征辽一节,并增写征田虎、王庆；天启、崇祯间,杨定见则又取郭氏本刊行,插入余氏所增之田、王故事,定为一百二十回,遂成为一部完备的《水浒传》。在内容的演变上,是以罗本(包括"误走妖魔"、"全伙招安"、"征讨方腊"和"魂聚蓼儿洼"几部分)为中心,通过郭本插增"征辽"和余本、杨本插增征"田虎王庆"形成一个三级发展的同心圆。

《水浒传》旧本考

孙楷第

发表于《图书季刊》1941 年新 3 卷第 3、4 期。收入《孙楷第集》（中国社会科学出版社 2008 年版）。

孙楷第在本文中由明代新安刊大涤余人序本百回本《水浒传》入手,探讨《水浒传》旧本的相关情况,提出了自宋代以来水浒故事传说的流传中,形成了南北两个系统和百回本《水浒》写成于元代的看法。

记金圣叹刻本《水浒传》里避讳的谨严

胡 适

发表于天津《大公报》1947年11月14日。

胡适在本文中对金圣叹批刻本《水浒传》中的避讳现象进行了整理,指出"这部崇祯十四年刻的《水浒传》原来处处严避明朝皇帝名讳,可说是明末刻书避讳的一种样本或范本"。

关于新发现的《京本忠义传》残页

顾廷龙　沈　津

发表于《学习与批判》1975年第12期。

1975年,上海图书馆在清理图书时,在明代刻本的残页中发现了两张旧书封面内页的衬纸,其内容为《水浒传》中"三打祝家庄"残文。本文对该书的相关情况进行了介绍,并对其刊刻年代、性质、内容等进行了分析,指出其为《京本忠义传》残页,可能是明代正德、嘉靖间书坊的刻本。

明嘉靖朝都察院和武定侯郭勋为什么刊刻《水浒》?

陈美林

发表于《文史哲》1976年第1期。

《水浒》成书于元末明初,但过了近一个半世纪,未见有刻本流传。而嘉靖皇帝朱厚熜即位后,不但达官贵族武定侯郭勋刊刻它(见嘉靖廿年进士晁瑮《宝文堂书目》),连中央政府机构都察院也刊刻它(见嘉靖卅八年进士周弘祖《古今书刻》)。本文对此现象进行了讨论，认为嘉靖朝这两种《水浒》的出炉，不是孤立现象，是与当时阶级斗争和统治集团内部矛盾有紧密的关系的。

袁无涯刊本《水浒》李贽评辨伪
崔文印

发表于《中华文史论丛》1980年第2期。

本文从刊刻年代、《樗斋漫录》的作者即叶昼等几个方面入手进行探讨，指出容与堂刊本、袁无涯刊本的李贽评为叶昼伪托。

牛津大学所藏明代简本水浒残叶书后
［美］马幼垣

发表于《中华文史论丛》1981年第4期。

本文对英国牛津大学卜德林图书馆（Bodleian Library, Oxford University）所藏编号Sinica 121 的《水浒》残叶进行了介绍，认为此残叶对于简本系统的研究有一定价值，其与《新刊京本全像增插田虎王庆忠义水浒全传》是同书异版，而且是在版式上的分别都极微的两版。

《水浒传》版本考：中心是繁本和简本的关系
［日］大内田三郎著　黄南山译

发表于《水浒争鸣》1982年第1期。

本文对各家关于《水浒传》繁本与简本系统关系的主要见解进行了梳理，在校勘繁本《水浒全传》（天都外臣本加进了征讨田虎、王庆二十回）（人民文学出版社）和简本百十五回本（汉宋奇书·英雄谱）的基础上，调查了两者的字句在何种程度上一致，弄清了繁本和简本的关系，并且推定了成书年代不明的百十五回本的刊行时代。

《水浒传》的传日与文简本

[日] 白木直也著　程耀鎏译

发表于《水浒争鸣》1982 年第 1 期。

本文通过对《水浒传》刊印情况的考察,指出《水浒》最早传入日本的是文简本系统,而在江户早期传入的可能性甚大。当时日本唐话学尚未发达,日本人对内容精彩的画书有所爱好,这也可能是《水浒传》传入后受到日人喜爱、接受之原因。

呼吁研究简本《水浒》意见书

[美] 马幼垣

发表于《水浒争鸣》1984 年第 3 期。

本文对《水浒传》较为复杂的版本问题和研究状况进行了梳理,指出简本、繁本系统的前后因承问题没有勉强搬出答案的必要,而细读精校各种主要本子尤其是简本系统,是更为重要的基础性工作。

雄飞馆刊本《英雄谱》与《二刻英雄谱》的区别：
《水浒传》版本探索之一

刘世德

发表于《阴山学刊》1988 年第 1 期。

崇祯年间雄飞馆刊印的《英雄谱》和《二刻英雄谱》,即《水浒传》和《三国志演义》两部小说的合刻。本文以雄飞馆初刻本的残本,和二刻本(影印本)对校,注意到它们之间的一些异同之处,介绍了这个残本的概况,并着重探讨了雄飞馆初刻本与雄飞馆二刻本的区别。

关于《水浒》的郭勋本与袁无涯本

章培恒

发表于《复旦学报》1991年第3期。

本文对《水浒》郭勋本与袁无涯本的特点进行了考辨,指出袁无涯本刊行在先的可能性实较容与堂本刊行在先的可能性更大,两本中的有些评语相同,很可能是容与堂本抄袭袁无涯本的结果;强调郭勋本的两个特点即"移置阎婆事"和在七十二回的"大寇"名单中删去主、田而加上辽国。同时,进一步指出袁无涯本是最接近郭本的一个本子,天都外臣序本等各种版本的《水浒》全都不是出于郭武定本,而是以一种比郭本更早的本子为祖本。

《水浒传》成书于嘉靖初年考

石昌渝

发表于《上海师大学报》2001年第5期。

《水浒传》成书年代问题是一个悬案,通行的意见是元末明初,然终无坚实的证据,只是一种推论而已。本文不同意此说,认为:一、嘉靖前没有人知道有《水浒传》其书;二、《水浒传》所描写土兵是正德以后的情状;三、《水浒传》写人们交易广泛使用白银,这种情况不可能发生在正统(1436—1449)之前,很可能在弘治、正德之后;四、《水浒传》描写的腰刀是明代中期才有的新式兵器,而凌振使用的子母炮,则是正德末才出现的新式火炮。综上所举的外证和内证,可以证实《水浒传》绝不可能写于明初,只能是在嘉靖初年。

《水浒传》成书于嘉靖说辨证:与石昌渝先生商榷

萧相恺　苗怀明

发表于《文学遗产》2007年第5期。

本文对石昌渝先生《水浒传》成书于嘉靖间的观点提出质疑,通过对文献的辨析指出:文献记载证明,早在嘉靖之前就有《水浒传》一书;《水浒传》中的名物,诸如"子母炮"、"腰刀"、"碎银子"、"土兵"等都反映了宋元时代的生活实际,不能证明《水浒传》成书于嘉靖间。早期的《水浒传》本子署施耐庵、罗贯中,而罗贯中的时代又可肯定在元末明初,《水浒传》成书于元末明初的结论迄今为止尚不能推翻。

中国明代《水浒传》插图与日本江户《水浒传》插图比较研究

时　准

发表于《美术教育研究》2014年第7期。

中国明代小说繁荣,插图版画盛行,随着《水浒传》传入日本,《水浒传》插图成为日本画师热衷的题材。本文通过将中国明代和日本江户具有代表性的《水浒传》插图进行比较,总结两国《水浒传》插图的相异点,以及各自所蕴含的文化思想。

百年来《水浒传》小说与插图关系研究述评

赵敬鹏

发表于《明清小说研究》2014年第2期。

本文梳理了20世纪20年代以来《水浒传》小说与插图关系研究的三个阶段,即20世纪20年代至40年代的初始阶段、20世纪50年代至70年代的缓慢发展阶段以及20世纪80年代初至今的相对快速发展阶段，指出小说与插图关系并非水浒研究的"主流"，究其根源，首先要归因于这一命题的跨学科性质，更与"文以载道"的学术惯性息息相关；此外，研究方法的单一与保守，也不利于该研究的开展。本文认为，《水浒传》小说与插图关系研究仍不充分，有着极大的提升空间，至少可以在五个方面进行拓展。就其学术意义而言，此项课题可以推动"水浒研究"进一步发展；而面对当下的"图像时代"，研究《水浒传》小说与插图关系有其强烈的现实关怀。

两种《水浒传》为何"再造"一百回本：
加州大学伯克莱校藏本与东京大学文学部藏本
[日] 荒木达雄

发表于《河北学刊》2016 年第 1 期。

本文作者在美国加州大学伯克莱校和日本东京大学文学部汉籍书库分别发现了删改一百二十回《忠义水浒全书》而成的"再造一百回本"，目前学术界、出版界、古籍界尚未有人分析过这两部书，作者在文中重点介绍了这两个珍稀藏本，并分析了为何要"再造"一百回本。

3.3《西游记》

百回本西游记及其早期版本

[英]杜德桥著　苏正隆译

本文分上、下篇,分别发表于台湾《中外文学》1977年第9、10期。

本文对百回本《西游记》的版本相关问题进行了考述,主要分为以下十一个方面的内容:一、版本分类;二、杨志和本的地位;三、朱鼎臣本的地位;四、杨朱二版本间的关系;五、汪澹漪和第九回;六、章回的划分和朱本;七、细节的矛盾;八、陈光蕊故事的阙如;九、朱本及其来源;十、吴承恩与西游记;十一、百回本西游记的首次出现。

重评朱鼎臣《唐三藏西游释厄传》的地位和价值

陈　新

发表于《江海学刊》1983年第1期。

《唐三藏西游释厄传》,书前题"羊城冲怀朱鼎臣编辑,书林莲台刘求茂绣梓",1930年前后在日本村口书店发现,是海内仅存的唯一孤本,插图和文字刊刻精美,在小说刻本中堪称上乘。长泽规矩也曾认为此本是吴承恩《西游记》的祖本。原书为北京图书馆所藏。本文对此本的刊刻年代,杨本、朱本、吴本之间的关系,以及朱本的地位和价值等问题进行了考察。

杨志和《西游记》摭谈

苏　兴

发表于《文学遗产》1983年第2期。

本文就杨志和《西游记》的几个问题进行了探讨，认为其成书时间是"把明时已有的东、南、北三游拉来想编辑合本《四游记》的人，没有采用朱鼎臣的《西游记》，而由杨志和仓促临阵节编而成的"，杨志和约是清初康熙间人，《四游记》或许就是他所编刊的，最早的刻本应不早于康熙末。

再谈百回本《西游记》是否吴承恩所作
章培恒

发表于《复旦学报》1986 年第 1 期。

本文对苏兴《也谈百回本〈西游记〉是否吴承恩所作》一文的观点进行了辨证，认为应当对百回本《西游记》为吴承恩作的说法是持保留态度。文中重点论证了现存的各种《西游记》的明刻本没有一部是署吴承恩作的，连各种清刻本也都如此。正因《西游记》各种刻本均未署吴承恩作，天启《淮安府志》的著录又不足以证明吴承恩就是百回本《西游记》的作者，所以，若无其他证据，目前尚不能肯定百回本《西游记》为吴承恩所作。

熊云滨与世德堂本《西游记》
方彦寿

发表于《文献》1988 年第 4 期。

本文认为，现存被称为"世德堂本"的《西游记》，实际上应为明万历间建阳书林熊云滨重刻世德堂本。熊氏刻本的意义在于完整地保存了世德堂本，即现存最早也最接近吴承恩原作刻本的本来面貌，为研究《西游记》的演化过程提供了一个不可多得的版本资料。

现存世德堂本《西游记》是否即熊云滨重刻本的探讨
苏 兴

发表于《文献》1990 年第 1 期。

本文针对方彦寿《熊云滨与世德堂本〈西游记〉》一文,认定"熊氏与世德堂唐氏之间存在着某种翻刻与被翻刻的关系"是成立的,但据孙楷第和王重民的著录而判断"现存被称为'世德堂本'的《西游记》,实际上应为明万历间建阳书林熊云滨重刻世德堂本",则是一大误会。

记味潜斋石印本《新说西游记图像》:
附记《古本小说集成》本《新说西游记》
苏 兴 苏铁戈 苏壮歌

发表于《社会科学战线》1994 年第 4 期。

《新说西游记》(张书绅评点本)今传清代的刻本有:书业公本、其有堂本、善成堂本。上海古籍出版社出版的《古本小说集成》收有该新说本的刻本影印本,所据底本,因内封已失,无法判明具体刊刻年代,但板式与书业公本、其有堂本全同。除上述刻本外,还有光绪十四年(1888)味潜斋石印本,题《新说西游记图像》,有 1985 年 7 月北京中国书店影印本。本文对此二种影印本的基本情况作了介绍,并对版本、源流等问题进行了考辨。

李评本二探
吴圣昔

发表于《明清小说研究》1995 年第 2 期。

《李卓吾先生批评西游记》(李评本)是百回本《西游记》的笺评本,梓刻于明末。李评本开创了百回本《西游记》全面笺评的先河,而且由于它的白文直接从世德堂本沿袭而来,是迄今保存最为完整的明刊本,所以在《西游记》研究工作中具有一定的重要性。但是,由于早期介绍于国人的本子远藏日本,而国内存本却在近年才被发现,因此一般研究者很少有机会见到这部书的原貌和全貌,更谈不上进行深入的版本研究。本文作者近年来将李评本和其它《西游记》本子进行了对读和校勘,整理成文二则,对这个本子的相关情况进行了介绍与考辨。

从"乌鸡国"的增插看《西游记》早期刊本的演变

侯 会

发表于《文学遗产》1996 年第 4 期。

本文对《西游记》八十一难中的"乌鸡国"故事进行考辨分析,认为其在情节模式、卷帙结构、行文叙事、刊本情况等各方面都有着明显的增插痕迹,很可能不是小说的"原装"内容,而是在吴承恩之后、由另外的作者拟写插入的。以这一问题为出发点,本文还对《西游记》早期刊本的演变问题进行了讨论,指出唐传的刊落不是世本所为,而更可能是荣寿堂改版所致。

《西游记》版本探索

程毅中 程有庆

发表于《文学遗产》1997 年第 3 期。

本文从《西游记》文本入手,分析《西游记》的成书和版本问题,提出:一、从《大唐三藏取经诗话》到百回本《西游记》,中间有过许多种西游故事的古本小说。《永乐大典》所引的《西游记》，可能就是《朴通事谚解》所引的《西游记平话》，但也不能完全肯定，也可能另有一本《西游记词话》。世德堂本《西游记》里的许多唱词，可能是《西游记词话》留传下来的残文，也可能是《西游记平话》里就有的，但它一定出自说唱艺人的话本，绝不会出自文人的创作。二、从《永乐大典》本到百回本《西游记》，经过了不止一次的增订，也经过不止一次的删改，出现过不少版本。我们没有见到的，至少有《古今书刻》所著录的鲁府本、登州府本，还有一种盛于斯幼年所见的末回作"九九数完归大道，三三行满见真如"的版本，可能还有一种"周邸"本和朱鼎臣据以删节的《释厄传》本，大多数都在世德堂本之前。三、世德堂本《西游记》是现存最完整的，可能也是最早的百回本，它还保存着一些旧本《西游记》的痕迹。从它删改未尽的某些残文看，似乎还传承自永乐五年以前的古本。而在世德堂本以后的李评本直到近年所出的多种新版本，却把这些旧本的痕迹逐步删改得泯灭殆尽了。四、已如不少研究者所指出的，《西游记》是一部世代累积型的作品。而从它的演化史考察，文献资料非常丰富而头绪又极为纷繁，比之《三国志通俗演义》、《水浒传》更有典型意义。但是在百回本定型以后，各种版本差异只是少量诗词和细节的增删。吴承恩即使真作过一些修订工作，也是微不足道的。

民国石印本《西游真诠》的变异：
《西游记》版本中的一个案例分析

胡淳艳

收入《中国水浒学会会议论文集》（2005年）。

本文对比了民国间锦章书局和广益书局印行的石印本《西游真

诠》正文中的侧评、旁批,指出这些批语是来源于《新说西游记》的夹评、旁批,出版者将其混入《西游真诠》中,冒充陈士斌批点。因此,上述两种石印本已非真正纯粹的《西游真诠》版本,而是一个复合本,在《西游记》版本中是比较独特的一个,不宜作为版本立论的基础。

明朝后期《西游记》的集大成及其传播
[日]矶部彰著　黄毅译

发表于《中国文学研究》(辑刊)2007年第8期。

本文着重探讨了世德堂本《西游记》的若干问题。指出世德堂本之前的旧版《西游记》可能出自王府,但鲁王府本《西游记》也许是戏曲类作品而非小说。世德堂版初印本已佚,现存世德堂本《西游记》是福建书林熊云滨用南京世德堂的木版重印。本文还对朱鼎臣本、杨致和编本进行了考证,重点探讨了杨致和编本的各种版本之间的关系:东洋文库清刊本从英国藏明刊本而来,锦盛堂清刊本则依据比英国本更早的明刊本翻刻,而该明刊本也许就是杨致和编本的原本。

《西游记》世德堂本研究二题
曹炳建

发表于《东南大学学报》2009年第2期。

本文对《西游记》世德堂本的相关问题进行了考辨,认为其并非百回本《西游记》的初刻本,初刻本可能是盛于斯《休庵影语》中提到的周府刻本。梳理了世本之前的版本流变情况,应为:吴承恩稿本——荆府抄本——周府九十九回抄本——周府百回刊本——世德堂本。认为世德堂和荣寿堂共同出资刊刻并印刷了百回本,后板片归熊云滨,又经多次印刷;其中台湾世本是熊云滨的补刻重印本,天理世本是熊云滨的补修重印本；熊云滨亦曾单独刊刻过百回本《西游记》。

论《西游记》故事的图像传播

孔庆茂

发表于《江西社会科学》2009年第10期。

本文重点考察《西游记》故事随着明清小说的发展，特别是版画刻印的发展，指出《西游记》的版画插图也经历了一个发展变化的过程，并对这些版画、插图和作品中的情节、人物相互对应的情况进行分析，指出其能够反映出版刻艺术和绘图艺术的发展、演变与继承关系，具有很高的艺术价值和欣赏价值。

世德堂刊本《西游记》传本考述

[日]上原究一

发表于《文学遗产》2010年第4期。

在现存一百回本《西游记》中，刊行最早的是万历二十年（1592）序的《新刻出像官板大字西游记》。因为这个版本中大多数卷的卷首都题有"金陵世德堂梓行"，一般称之为"世德堂本"，或略称为"世本"。目前所知的共有四部，都是江户时代（1603—1867）流传到日本，然后在20世纪被日本学者发现的。本文对四部世本《西游记》的准确信息加以考述，并论证了四个本子之间的关系，认为浅野世本比其他三部更多地保留了世德堂原刊本的面目，但非全部都是原版的后印，部分叶是后来覆刻补版的，覆刻时有可能利用了跟其他三部同版的本子。其他三部应是熊云滨覆刻的。

《西游记》佚本探考
曹炳建

发表于《明清小说研究》2011年第2期。

本文对今所知的《西游记》佚本情况进行了梳理考辨，认为孙绪所见本、耿定向所闻本、盛于斯所读本、周邸九十九回抄本、周邸百回刊本、吴承恩稿本、世德堂原刊本、前世本等，可以确定为《西游记》的佚本；荆府抄本、词话本等亦可大致确定为《西游记》的佚本；鲁府本、登州府本、大略堂古本、道教本等很可能并非《西游记》的佚本；蔡金注本、鲁府本的删节本、嘉靖十一年刊本等并非《西游记》的佚本。

新见巴黎藏明刊《新刻全像批评西游记》考
潘建国

发表于《文学遗产》2014年第1期。

已知存世《西游记》明刊繁本，有世德堂本和《李卓吾先生批评西游记》两种，本文对法国国家图书馆藏《新刻全像批评西游记》残卷从分卷及版式、插图、批语、正文文字四个方面与世本、李本（包括甲、乙、丙三个系统）进行了详细比勘，推知其底本属于李丙本系统，很有可能为李丙本的早期印本；但其分卷版式以及若干文字，则又参照世本而定，乃一个兼有世本、李本特征的新版本。这一发现不仅丰富了《西游记》文本传播的版本链条，有益于《西游记》版本研究，尤其是李卓吾评本的学术研究，也促使研究者重新检讨闽斋堂刊本《新刻增补批评全像西游记》的底本问题。

3.4 《金瓶梅》

《金瓶梅》初刻本年代商榷
[法]安德烈·雷威安著　周昭明译

发表于《中外文学》1980年第11期。

本文在重新检视已有资料的基础上，认为无需假定《金瓶梅》有所谓"失传"的万历三十八、九年刻本。

《金瓶梅》最早付刻人浅探：兼与张远芬同志商榷
李锦山

发表于《徐州师院学报》1983年第3期。

本文通过对《野获编》和《快雪帖》等史料的梳理推敲，认为《金瓶梅》初刻本的付刻人并非刘承禧，可能是沈德符和冯梦龙，而冯梦龙的可能性最大。

谈《金瓶梅》的初刻本
李时人

发表于《文学遗产》1985年第2期。

本文对《金瓶梅》初刻本的时间和刻本与抄本之间的关系进行了探讨，认为目前所知的材料不能说明在丁巳本之前还有《金瓶梅》的其他刻本，丁巳本很有可能就是沈德符《野获编》所提到的吴中初刻本。

《金瓶梅》主要版本所见录
刘 辉

发表于《复旦学报》1986年第2期。

本文对《金瓶梅》主要版本的著录,有助于研究《金瓶梅》一书在不同时期内所发生的演变及其产生的社会影响。所谓主要版本,即指有价值、有影响的版本。系同一版本而派生出的不同翻刻本,著录从简;徒有《金瓶梅》其名而内容已失其实者,仅录其出现时间最早的一种;他如各种"真本"、"古本"、"足本",不录;近期出现的影印本,不录;见于他人著录而未能睹其原貌者,亦不录。

《金瓶梅》的版本及其他
[美]韩南著　丁婉贞译

收入胡文彬编《金瓶梅的世界》(北方文艺出版社1987年版)。

本文探讨了两个问题:一是《金瓶梅》的赝伪问题,二是《金瓶梅》一书的版本演化的过程,并就《金瓶梅》早期各不同手抄本之出处提出新的见解。

《金瓶梅》的传抄、付梓与流行
魏子云

收入胡文彬编《金瓶梅的世界》(北方文艺出版社1987年版)。

本文对《金瓶梅》各版本传抄、成书、梓行与流传的过程进行了探讨,认为《金瓶梅词话》中写有万历朝以后的史实;东吴弄珠客在万历丁巳冬为其作叙言时有心要将《金瓶梅》付梓,却由于某种可能的政治上的原因搁浅下来。

《金瓶梅》初刻本问世年代考辨
周钧韬

收入《金瓶梅新探》(百花文艺出版社1987年版)。

本文对《金瓶梅》初刻本的相关问题进行了探讨,认为:一、《金瓶梅》"庚戌初刻本"是不存在的,鲁迅《金瓶梅》"万历庚戌吴中始有刻本"说,是没有根据的;二、《金瓶梅》初刻本载有东吴弄珠客写在万历丁巳季冬的序,因此在万历丁巳年(四十五年)前,不可能有苏州或杭州的其他刻本;三、《金瓶梅》初刻本问世的时间,在万历四十五年冬到万历四十七年之间。

再论《金瓶梅》付刻问题
刘孔伏 潘良炽

发表于《西南民族学院学报》1991年第2期。

本文认为东吴弄珠客即为吴廷挚友刘承禧,刘与书坊书贾有一定关系,在旅途中写下序言后便匆匆付梓刊行,此万历四十五年本即为《金瓶梅》的初刻本。

再论《金瓶梅》崇祯本系统各本之间的关系
黄霖

发表于《上海师范大学学报》2001年第5期。

本文先以实证,列举"内阁本"或有意简略,或无意脱漏及多有错刻的现象,再从序跋、图像、眉批等不同角度论证了它不可能是崇祯本系统中的"正头香主",而是二字行眉批本的翻刻本;同时兼论了崇祯本是词话本的评改本。

张竹坡批评《第一奇书金瓶梅》"康熙乙亥本"刊刻地点考
文革红

发表于《江西财经大学学报》2005 年第 4 期。

清初张竹坡批评的《第一奇书金瓶梅》"康熙乙亥本"系列,现存有三个版本:康熙乙亥本、皋鹤草堂梓行本和在兹堂刊本,统称为"康熙乙亥本"。本文对这三个版本的刊刻地点分别进行了考证,其刊刻地分别在江苏苏州、徐州和安徽合肥;考察了这三个版本的来历与渊源,探明了它们刊刻和流传的大致情况。

《金瓶梅》"初刊"辨伪记略:从"大安本"说起
黄 霖

发表于《河南理工大学学报》2013 年第 2 期。

本文先论证十卷线装的"大安本"是冒充初刊的盗版,进而谈及崇祯本中自称"原本"的内阁文库本、张评本中形形色色的装作原刊初版的本子均非真正的初刊原本,以此说明越打扮成"初刊""原本"的本子,越可能是假的。

关于《金瓶梅》词话本的几个问题
黄 霖

发表于《文学遗产》2015 年第 3 期。

现存基本完整的《金瓶梅词话》有三部:一部现藏于台北"故宫博物院",另两部藏于日本。本文对这三部词话本的几个问题进行了考辨分析,指出发现于山西的台藏本的刊印最良,后世的保存也优;日本两部,毛利本可能刷印在先。山西发现词话本后,由古佚小说刊行会影印了104部，然此本实刊落了近三分之二的批语，个别批改文字与符号也有变易。日本的"大安本"长期以来也为学界所重，然此本的影印工作也多疏误。1978年在台湾影印出版的联经本，不同于过去都采用缩印的方式，而是将叶面放大至原本一样大小，且朱墨套印，自称据古佚本并"比对"了台藏本影印，实际上既未忠于古佚本，更未"比对"台藏本，貌似原刊而实离原刊更远。

《新刻绣像批评金瓶梅》插图研究

[韩] 金宰民

发表于《中国文学研究》2015年第2期。

本文着眼于《金瓶梅》插图的两大特点进行分析。第一，细密且正确的描写；第二，时间、空间的融合以及构图的形成。依照底稿画工及刻工的文学成就，将200幅插图全体进行分类。指出《金瓶梅》原典叙事能够如此以插图进行视觉化的重新构建，均是源于底稿画工与刻工杰出的文本理解分析能力，以及其高超的技术水准。小说作者、底稿画工、刻工等，用相同的文学感情实现了一部完整的作品，这在中国文学史中也是极具价值的成果。

第一奇书的一个重要版本：
苹华堂藏版《彭城张竹坡批评金瓶梅第一奇书》评议

王军明 吴敢

发表于《明清小说研究》2016年第4期。

本文对苹华堂藏版《彭城张竹坡批评金瓶梅第一奇书》的相关问题进行了考辨，认为其是仅次于原刊本系统的早期刊本，是为第一奇书首先增订图像者，其所增图像出自崇祯本。

3.5 明代其他小说作品

岳传的演化

郑振铎

发表于《文学周报》1925 年第 376 期,收入《郑振铎全集》(花山文艺出版社 1998 年版)。

本文对岳飞故事从明至清的演化和主要版本进行了介绍,指出明代至少有四种版本的《岳传》流行:(一)《武穆演义八卷》,明熊大木编。后集三卷,李春芳编。嘉靖三十一年刊。这部书又有一部明刊本,名《宋武穆王演义》,凡十卷,亦题熊大木编。又有《绣像精忠全传》凡八卷,题李卓吾先生评,前有李春芳序,大约即为熊本。前两部书日本内阁文库有藏本,后一部书道、咸间有袖珍翻刊本。(二)《重订按鉴通俗演义精忠传》,明于华玉著,友益斋梓行。出于熊大木本《武穆演义》之后。金世俊的序,未著岁月,大约是万历间的作品。此书一名《尽忠报国传》。(三)《岳王传演义》八册,明余登鳌编,明版,日本内阁文库有藏本。(四)《精忠全传》明吉水邹元标编次。而清代钱彩编次、金丰增订的《精忠演义说本岳王全传》,凡二十卷八十回,是一部最完备的《精忠传》,使岳飞故事有了一个总结。

三言二拍源流考

孙楷第

发表于《国立北平图书馆馆刊》1931 年第 2 期。收入《孙楷第集》(中国社会科学出版社 2008 年版)。

本文是孙楷第先生在对三言、二拍相关文献资料展开广泛调查的基础之上写成,论及各种版本的三言二拍24种,通过考述版本及其源流,考证小说故事的本事来源,厘析小说形成、演进过程中出现的问题,进而对三言二拍发展史进行诠释和建构。

《平妖传》版本初探

陆树仑

收入《中国古典文学丛考》1985年第1辑。

本文对《平妖传》版本流传演变情况进行了考述,指出二十回本《平妖传》不是王慎修重刻罗贯中原本的"武林旧刻本",而是一种复刻补配本。其所根据的祖本,有繁有简,非止一种,其中也有冯梦龙增补的文字。扉页右上方题"冯犹龙先生增定",不是书坊作伪,以招徕读者,而是在说明复刻补配的一些真实情况;此外,对冯梦龙增补的四十回《平妖传》的传世版本情况进行了介绍。

三遂平妖传原本考辨

欧阳健

发表于《中华文史论丛》1985年第3期。

本文对《三遂平妖传》的版本问题进行了探讨,认为二十回本乃从四十回本删削改作而成,四十回本之《平妖传》刊行于嘉靖之前,为罗氏原本;泰昌元年书贾将此书四十回重新刻印,为招揽读者,同冯梦龙互相作伪,篡改了张无咎的叙,将四十回本说成是冯梦龙的增补本。

《如意君传》的刊刻年代及其与《金瓶梅》之关系
刘　辉

发表于《徐州师院学报》1987 年第 3 期。

本文对《如意君传》及黄训其人进行研究的基础上，考察《如意君传》与金瓶梅的关系，提出《如意君传》对《金瓶梅》的成书，产生了直接影响，不容忽视；《如意君传》成书刊刻在前，在一些性生活描写上，是《金瓶梅》借用抄录了《如意君传》，而不是相反。

《虞初志》的编者和版本
程毅中

发表于《文献》1988 年第 2 期。

本文对《虞初志》编者和版本问题进行了考述，指出其书是明代较早的也是比较严肃的晋唐小说选本，在版本上有一定的研究价值，如隐草堂本的刻印年代在谈恺刻《太平广记》之前，所以《虞初志》所收的小说都是比较古的版本，在文字上有不少优于《太平广记》的地方，是唐代小说的一个重要版本，而以隐草堂刻本尤其珍贵。

关于《警世通言》的版本：
以佐伯文库本和都立中央图书馆本为中心
[日]大塚秀高著　黄霖译

发表于《明清小说研究》1989 年第 1 期。

明末清初刊行了许多白话短篇小说集（所谓话本集乃至拟话本集）。但是，其后期作品以前期几种作品为对象来加以选录的事例不少（《今古奇观》为其代表），在同一名称的书中，也有所收篇数、内容相异的情况。不但如此,也有袭用几种旧板拼凑的情况。本文即为判明这种复杂情况的尝试之一,指出佐伯文库本或许是据兼善堂本(恐怕是原刻本)覆刻本(包括图像)的后印本。卷四十虽然可以说是覆刻本的补刻部分,但也有眉批,不能认为是粗制滥造之作,或许就是冯梦龙所作。作者有《关于〈警世通言〉的版本(补)》(《明清小说研究》1996年第2期)、《〈警世通言〉版本新考》(《文学遗产》2014年第1期)等文对此问题进行持续研究。

《熊龙峰四种小说》是建阳刻本
官桂铨

发表于《文献》1989年第3期。

本文论证了熊龙峰是明代建阳有名的小说戏曲刻书家,《熊龙峰四种小说》应为建阳刻本。

《国色天香》周文炜刻本补考
刘奉文

发表于《明清小说研究》1991年第1期。

本文对《国色天香》周文炜刻本系统光霁堂原刊原印本进行考述,指出光霁堂本是以万卷楼本为底本,而敬业堂本等皆以光霁堂本为底本,或辗转翻雕,光霁堂本是一个版本价值珍贵的本子。

韩国所见奎章阁藏本《型世言》
[韩]朴在渊著　朴德俊译

发表于《文学遗产》1993年第3期。

本文对汉城大学(今称首尔大学)奎章阁所藏明刊本《峥霄馆评

定通俗演义型世言》的版本情况进行了研究和介绍，指出此书的价值不仅在于是存世唯一孤本，而且由于作为《型世言》之异本的《幻影》和《三拍》有所残缺，亦可通过《型世言》内的四十回了解原本的内容。

关于《剪灯新话》的版本
［日］市成直子

发表于《上海大学学报》1995 年第 3 期。

本文对《剪灯新话》的版本相关问题进行了考辨，认为《诵芬室丛刊二编》本并非以白本"活版本"为底本，并对"诵"本《剪灯新话》与日本"活版本"《剪灯新话句解》的情况作一比较，对瞿遛刊本《剪灯新话》的版本源流进行了考察。

《剪灯新话》的版本流变考述
乔光辉

发表于《中国典籍与文化》2006 年第 1 期。

文章以时间为序，考述《剪灯新话》的版本流传与接受，重点剖析胡子昂抄本、瞿佑重校本、瞿遛刊本以及张光启刻本的版本特征，清晰地描述了《剪灯新话》版本演变。

董说《西游补》的版本、序跋考辩
韩洪举

发表于《浙江师范大学学报》2014 年第 5 期。

《西游补》的版本与序跋问题存在着诸多争议，如版本与序跋写作的时间、序跋的作者、《西游记》续书之序跋搞混等。本文通过对有关文献资料的甄别和新材料的进一步挖掘,考定出崇祯间刊本《西游补》附有明代嶷如居士的《西游补序》和静啸斋主人的《西游补答问》。嶷如居士就是小说的作者,与静啸斋主人为同一人,即董说。该版本并无"天目山樵序"和《读西游补杂记》。空青室刊本《西游补》同时附"天目山樵序"和《读西游补杂记》。"天目山樵序"作者为张文虎,序文写于咸丰三年(1853),三一道人乃是张文虎友人。《读西游补杂记》作者为钱培名,写于咸丰三、四年间。

4. 清代小说刊印研究

4.1 《聊斋志异》

记但明伦道光壬寅(1842)刻的《聊斋志异》新评
胡 适

作于 1945 年,收入《胡适手稿》第九集(台北胡适纪念馆 1970 年版)。

胡适 1944 年 12 月购入传教士累莲裳(Rolect Lilley)的藏书,其中有但明伦《聊斋志异新评》十六册。在介绍此版本的基础之上,本文梳理了青柯亭刻本和但明伦评本中的序跋、例言及其中的有关史料,初步考证了《聊斋志异》的底本、刻本、评注本之间的衍生关系,略及后来的石印本、商务铅印本。

志异撰写与评注及稿本钞本刊本
刘阶平

发表于台湾《书目季刊》1977 年第 1 期,收入《阶平文存》(台湾文史哲出版社 1980 年版)。

本文对《聊斋志异》的撰写、评注、稿本、抄本、刊本等问题进行了考证研究,论及《聊斋志异》的出资者、校勘者和刻印刊行过程等。

《聊斋志异》版本略述
骆 伟

发表于《蒲松龄研究集刊》1982 年第 3 期,收入朱一玄编《古典小说版本资料选编四种(上册)》(山西人民出版社1986年版)。

本文对《聊斋志异》的六十多种版本进行了初步统计,并按照性质、内容分为:(一)稿本、抄本,(二)初刻本,(三)译注、图绘本,(四)补遗、拾遗本四种类型,分别进行了介绍。

民国石印本《聊斋全集》辨伪新证
杨海儒

发表于《蒲松龄研究》1994年第3期。

本文对民国期间石印本《聊斋全集》的真伪进行了考察,认为此书为伪造,其出版者国学维持社要么是在未见到蒲松龄的全部著作的情况下上了伪作者的当;要么,是其根据国学扶轮社的印本直接授意某文人苦心伪造的。

《聊斋志异》的版本系列
薛洪勋

发表于《明清小说研究》2002年第3期。

本文以说明文的方式,梳理了此书的"手稿本系列"、"清稿本系列"、"殿抄本系列"、"副录本系列"、"青刻本系列"内部及各系列间的源流关系,评估了各种版本在此书的传播及校勘等方面的价值。

书传四海,版刻严陵:赵起杲和青本《聊斋》
朱睦卿

发表于《蒲松龄研究》2005年第4期。

山东莱阳人赵起杲在浙江严州知府任上刊刻的青柯亭本《聊斋志异》,是《聊斋》的第一个木刻本,在《聊斋》的传播史上有着重要的地位。多年来,对青本的研究不多,对青本的编刻者赵起杲的研究更是一个空白。本文依据《天水赵氏族谱》和严州地方史料,对赵起杲的生平及编刻青本的经过作了详实的考证和介绍,对青本的价值和作用也作了深入的考评。

文言小说图像传播的历史考察:以《聊斋志异》为中心
冀运鲁

发表于《兰州学刊》2009年第6期。

文言小说的插图兴起于晚清刊行的《详注聊斋志异图咏》。本文对《聊斋》插图的相关情况和其对《聊斋》出版传播的影响进行了考辨;指出随着时代的进步,各种图咏本、绣像本、连环画,甚至邮票、剪纸都成了《聊斋》传播的载体,正是这些形式多样的插图本的出现和传播,使得《聊斋》能够同《水浒传》、《西游记》等通俗小说一样进入普通大众的阅读视野。

徽商刊刻明清小说的心理认同与文化意义:
以鲍廷博襄刻青柯亭本《聊斋志异》为中心
周生杰

发表于《文学评论丛刊》2013年第1期。

本文以清代著名藏书家和刻书家鲍廷博襄助青柯亭本《聊斋志异》为例,管窥徽商刊刻明清小说的心理认同与文化意义。指出徽州商人将大量资产投放于科教文化事业上,提升了这一群体的文化素养,繁荣了明清时期各种文化事业。

王金范选刻本《聊斋志异》价值及印刷堂号考辨

孙方之

发表于《蒲松龄研究》2016 年第 1 期。

本文对《聊斋志异》王金范十八卷选刻本相关问题进行了探讨,包括其书没能广泛流传的原因、印刷者堂号刊印等,指出王刻本在选目、编次等方面存在问题,是导致其本销声匿迹的主要原因。

4.2《儒林外史》

《儒林外史》版本考订及其他
厉鼎煃

发表于《安徽史学通讯》1958年第4期。

本文对《儒林外史》的初刻本、评点本、铅印本等版本源流问题，以及吴敬梓生平和《儒林外史》的写作过程等问题进行了考述。

《儒林外史》原书应为五十卷
章培恒

发表于《复旦学报》1982年第4期。

本文从金和《儒林外史跋》和吴敬梓生平相关资料的梳理入手，结合《儒林外史》文本和思想分析，指出第五十六回之不出于吴敬梓手笔，实极明显；认为金和大概觉察到了这一回不像是吴敬梓所写，但却没有发现另外还有五回也是后人窜入。

《儒林外史》第五十六回真伪辨
陈 新　杜维沫

收入《儒林外史研究论文集》（安徽人民出版社1982年版）。

本文由分析文本资料入手，结合金和生平事迹、作品思想主旨和出版通则，推定第五十六回并非伪作；卧闲草堂本扉页上"新镌"两字可知卧本极有可能是初刻本，它所根据的底本应该就是传抄本，而所谓"金刻本"不过是子虚乌有之谈。

关于《儒林外史》的评本和评语
孙 逊

发表于《明清小说研究》1986年第1期。

本文对《儒林外史》的各评本系统和源流进行了梳理,并对各个评本系统的评语作了综述和评价,认为以卧本上的评语价值为最高,山樵、齐眉则等而次之。

论《儒林外史》第五十六回乃吴敬梓原作
顾鸣塘

发表于《明清小说研究》2000年第4期。

本文在仔细研究了新发现吴敬梓佚著《诗说》和推敲了《儒林外史》第五十六回的基础上,指出此回为吴敬梓所著无疑。

《儒林外史》新证:宁楷的《〈儒林外史〉题辞》及其意义
郑志良

发表于《文学遗产》2015年第3期。

以往学界在研究宁楷与吴敬梓的关系时,所用材料是嘉庆八年(1803)刻本《修洁堂集略》,但宁楷还有《修洁堂初稿》存世,此稿成于吴敬梓去世(乾隆十九年,1754)之前。稿中有宁楷所作《〈儒林外史〉题辞》及其他有关《儒林外史》的研究材料。本文从《〈儒林外史〉题辞》入手,考证《儒林外史》第五十六回内容为吴敬梓原稿所固有,并非后人伪作窜入;根据《修洁堂初稿》判定,宁楷即是《儒林外史》中"武书"这一人物的原型。

《修洁堂初稿》及《〈儒林外史〉题辞》考论

叶楚炎

发表于《文学遗产》2015 年第 6 期。

本文根据《〈儒林外史〉题辞》和宁楷本人的作品,结合其他相关资料,考证出载有《〈儒林外史〉题辞》的《修洁堂初稿》一书的完成不会早于乾隆二十八年(1763),也便是在吴敬梓去世至少十年后方才成书;论证《〈儒林外史〉题辞》在宁楷著述中所处的位置较为特殊,从内容看也基本都集中于小说的下半部;同时指出,以宁楷为原型塑造的小说人物"武书"在书中有种种超乎寻常的表现,而在宁楷的诗文作品和"幽榜"之间也充满了诸多微妙的联系,因此宁楷可能便是《儒林外史》中"幽榜"一回的增补者。

4.3 《红楼梦》

跋乾隆庚辰本脂砚斋重评《石头记》抄本
胡 适

发表于《国学季刊》1932 年 12 月第 3 卷第 4 号(此号实际延期出版,文章作于 1933 年)。

胡适 1933 年得见北平徐星署所藏《脂砚斋重评石头记》八册七十八回,在文中考证此本是乾隆庚辰秋写定本的过录本(即后来所称"庚辰本"),梳理了已知各版本的时间顺序;通过对此本与有正书局印本、程本的异文对比,认为有正石印本是据刻本对抄本进行了改动。

跋子水藏的有正书局石印的戚蓼生序本《红楼梦》的小字本
胡 适

作于 1961 年,收入《胡适手稿》第九集(台北胡适纪念馆 1970 年版)。

胡适在文中对比了有正书局石印大字本、小字本的异同,并对有正书局石印的过程与稿酬进行了论述。

程伟元刊《新镌全部绣像红楼梦》小考:
程本的"配本"问题探讨札记
[日] 伊藤漱平 李春林

本文分上、下篇,分别发表于《红楼梦学刊》1979 年第 1、2 辑。

本文认为胡天猎藏本《红楼梦》实为六十五回程乙本和五十五回程甲本的混合本,并以此为切入点,探讨了程本存在的"配本"、"配页"、异植字版等情况,以及程甲本、程乙本在版本上的诸特征;通过比对各本板式,分析了程伟元、高鹗初印及重印《红楼梦》一百二十回本的过程。

论程丙本
文　雷

发表于《红楼梦学刊》1980年第4辑。

本文通过分析程甲、程乙、胡天猎本等各本的文字异同、印刷装帧、版式行款、绣像插图,探讨了程甲本、程乙本、程丙本的排印地点、印刷次序等问题,认为程丙本的确存在,胡天猎本不是程乙本,而是有部分属于程丙本。

初评《程刻本〈红楼梦〉新考》
顾鸣塘

发表于《图书馆杂志》1987年第3期。

七十年代末,台湾广文书局发行了一套《红楼梦丛书》,编辑者徐有为、徐存仁先生将其中的四种程本分称为程甲、程乙、程丙、程丁本。1982年,台湾编译馆还出版了徐氏昆仲的专著《程刻本〈红楼梦〉新考》。本文认为徐先生由于判读不当引起的误解,导致《新考》产生了根本性的错误;指出在版本研究中,只有程高以"萃文书屋"名义印行的木活字本《红楼梦》才能简称"程本"或"程刻本",其它程本系统的本子只能以它的出版单位来命名,如"东观阁本"、"亚东本"等,它们据以校改的底本或底本的底本才是程本;《新考》所论四个程本,两个是据甲本或乙本的重排本排印的,两个是合装本的影印本,实际上并未超出甲、乙本的范围。

程甲本、程乙本与程高本系统
胡文彬

发表于《红楼梦学刊》1991年第2辑。

本文对程甲本、程乙本的具体情况和异同进行了介绍,指出程甲本、程乙本的问世,基本上结束了《石头记》的抄本时代,在《红楼梦》版本史上具有跨时代的意义,《红楼梦》的版本研究不应只重视脂抄本,还应重视程高本系统的诸种本子的研究。

《红楼梦》东观阁本小议
陈 力

发表于《红楼梦学刊》1994年第2辑。

本文介绍了四川大学图书馆所藏《红楼梦》嘉庆十九年东观阁本的具体情况,以及所附徐耀之批语的特色,分析了东观阁本《红楼梦》的刻印过程及其在《红楼梦》流传史中的地位。

《红楼梦程乙本》版本演变之谜
王 永

发表于《唐都学刊》1997年第1期。

本文认为,程乙本校改的文字与内容比程甲本准确、流畅,然而东观阁、藤花榭、王希廉评本等系列后续刻本都是根据程甲本的内容刊印,而没有一个本子是根据程乙本的校改内容翻印的。造成这一现象的原因是拼凑本的大量发行,加之程乙本出版时间晚于程甲本且印数不多,这就形成了一种恶性循环,致使后世翻印者只选中程甲本。

琉璃厂与《红楼梦》版本的流传略述
曹立波　张　俊

发表于《红楼梦学刊》2002年第4辑。

本文考察了《红楼梦》诸多版本与北京琉璃厂之间的关系，指出《红楼梦》从初次印行到再版翻刻，甚至一些手抄本的流传，都与琉璃厂有着千丝万缕的联系。

本衙藏版本《红楼梦》考辨
曹立波

发表于《明清小说研究》2003年第4期。

本文作者从北京大学图书馆藏程甲本中，找寻到东观阁本翻刻前贴改的大量印迹。以此为根据查验国家图书馆的本衙藏版本，发现在许多东观阁本改正过的地方，本衙藏版本依然保留着程甲本的原始面貌（讹误文字）。由此推断：本衙藏版本翻刻程甲本的时间当早于东观阁本；东观阁本参照程乙本做了大量校正，本衙藏版本当是直接从程甲本翻刻的。

程甲本版画构图、寓意与其他《红楼梦》版画之比较
张　惠

发表于《红楼梦学刊》2009年第3辑。

本文考察了程甲本版画的特点，指出程甲本版画构图的整体构思是两个循环结构，单幅构图是"截取"和"拼合"的结合，并且充分借鉴和吸收前代版画的优秀成果。从寓意看，一是对文本进行形象化阐释，二是蕴含道德教化。程甲本版画和其他《红楼梦》版画相比，

从一些构图的细微差别可以推知它们所依据的是不同版本。程甲本版画所附部分诗词评赞,相比于同主题其他《红楼梦》版画诗词评赞,笔力不足。

从《红楼梦》前十回看程乙本对程甲本的修改
刘世德

发表于《文学遗产》2009年第4期。

本文以《红楼梦》前十回为例,探讨程乙本修改程甲本的优劣与功过问题。认为程乙本的修改很多是草率的、不成功的,程乙本对后世的影响远小于程甲本,这是与版本优劣程度有关的。

重印有正书局小字本《红楼梦》序
林建超

发表于《红楼梦学刊》2010年第3辑。

本文介绍了有正书局刊印《红楼梦》的时代背景等相关情况,以及狄平子在《红楼梦》研究和版本问题上的态度;认为有正本《红楼梦》的公开影印出版具有重要的时代政治意义,有正本具有不可忽视的价值。

程刻本《红楼梦》的两个版次与"第三种"版本
胡文彬

发表于《曹雪芹研究》2011年第2期。

本文指出程甲本、程乙本是程伟元、高鹗刊印的两种重要的活字本,开创了《红楼梦》版本史的新时代,功不可没;分析了两本各自具有的特色和价值。而所谓"程丙本"系程甲本、程乙本的"混合本",属于出版商为牟利而拼配的盗版书,既非独立版次,亦无版本价值。

关于"萃文书屋"木活字本《红楼梦》摆印的两个问题

沈 畅

发表于《红楼梦学刊》2013年第5辑。

本文分为两部分,就萃文书屋本《红楼梦》在摆印方面的两个问题分别进行考辨。第一部分就萃文书屋是否为武英殿修书处这一问题,分别从证明二者相关之证据的可靠性、清宫档案记载、实物对比三个方面进行辨析,从而证明二者毫无关系。第二部分在证明程乙本确实仅用70余天就排印完成之后,通过分析程乙本上独有的与程甲本"叶终取齐"的现象的成因,为程乙本缩短工期的方法从排印工艺方面提供了一种证据与可能性。

《红楼梦》后四十回版本研究:以杨藏本为中心

[法]陈庆浩 蔡芷瑜

发表于《中国文化研究》2013年第4期。

《红楼梦》杨藏本和程本孰先孰后是《红楼梦》后四十回版本研究的重点之一。多数学者主张杨藏本在先。本文将目前掌握到的四个影印程本和杨藏本影印本,逐行剪下粘贴,逐字比对,得出判断程甲本、程乙本的标准,并以程甲、程乙和杨藏本比较,藉以了解各本间的关系。以程乙本后四十回各叶的起讫文字与《程甲本》相较,发现有高达94%的全同率,显示程乙本乃在程甲本基础上修订而成,因此确定程本排版的先后次序为先甲后乙,且程乙本是在已印出程甲本的叶面上修改重排的。杨藏本后四十回,是在程乙本出版后才可能产生的,不是如绝大多数研究者所认定的,越过程乙本,作为程本的母本。

《红楼梦》图像概貌及文化解析
李芬兰

发表于《天水师范学院学报》2015年第1期。

本文在前人研究基础上,以《红楼梦》三百余年图像系统为核心,分析图像与文本在传播过程中的互动关系,探求印刷科技的变更对图像、小说传播的影响力和《红楼梦》图像反映出的各时代丰富的审美文化内涵。

《红楼梦》程高本纸厂印记考辨
项旋 舒鸣

发表于《红楼梦学刊》2015年第6辑。

目前所见多种《红楼梦》程甲本、程乙本均有"万茂魁记"、"祥泰字号"等标明纸厂商标的印记。本文在搜罗、梳理所见两种版本所钤印记的基础上,指出以往学界所认为的程高本"东厂扇料"印记实为"本厂扇料"之误,故该印不能作为证明程本刻印地点是北京的证据,程高本《红楼梦》摆印地点与琉璃厂东或者东厂也无必然关系。文章还首次发现台湾东海大学所藏乾隆五十七年凝晖阁藏板《易研》同样有"万茂魁记"、"本厂扇料"等印记,为重新探索《红楼梦》程高本用纸来源提供了重要线索。

论萃文书屋木活字本实无"套格"事：
附论中国传统活字印刷的一般形态

沈　畅

发表于《红楼梦学刊》2016年第1辑。

王三庆先生提出的萃文书屋木活字本套格印刷说，在论证时所使用的直接证据《武英殿聚珍版程式》并不能代表萃文书屋的技术，现存的活字印刷史资料证明《程式》中的套格技术没有被广泛应用。本文作者通过查验实物，发现萃文书屋印本本身不但不具有套格即二次刷印的特征，反而具有明显一次刷印的特征；一次刷印是中国传统活字印刷的一般形态。

逼真的幻象：西洋镜、透视法与大观园的梦幻魅影

商　伟

本文分为上、中、下三部分，分别发表于《曹雪芹研究》2016年第1、2、3期。

上篇从"《红楼梦》现象"谈起，在考察18世纪以后的大观园图像呈现时，强调了现代视觉技术工具的重要性。中篇指出，伴随西洋镜等现代西方视镜而来的，并不是现代认知观念、空间想象与"模仿"、"再现"模式，而是中国本土的"魅影"话语的再生。下篇集中分析《大观园图》，揭示它如何通过真假虚实的时空演绎，将西洋镜所展示的魔幻"魅影"效果推向极致，从而完成了中国艺术史上一件稀世杰作，也以视觉艺术的全新方式对《红楼梦》做出了精湛的诠释。

4.4 清代其他小说作品

《野叟曝言》的版本
胡 适

作于1956年,刊载于《文献》1994年第3期。

胡适在本文中对光绪辛巳(七年)常州刊本(即汇珍楼活字本)的版式和残缺状况进行了介绍,摘记文字残缺的情形,以备后来者以其他本子进行对勘,解决相关问题如此本是否根据"旧本之最完者",后来补足的本子是否依据比较完好的传本,补足残缺的历史有可考否,等等。

李渔《无声戏》、《连城璧》版本嬗变考索
萧欣桥

发表于《文献》1987年第1期。

本文对《无声戏》、《十二楼》的版本问题作一系统考察和认真梳理,并在此基础上对《无声戏》的现存版本进行了介绍,总结梳理了对《无声戏》版本问题的不同看法,指出《无声戏》一集就是尊经阁本《无声戏》十二回,二集就是不见于《无声戏》十二回的其他篇什。

《绿野仙踪》的作者、版本及其它
陈 新

发表于《明清小说研究》1988年第1期。

本文从《绿野仙踪》序和文本入手,讨论李百川生平经历、《绿野仙踪》的版本问题以及百回本与八十回本之间的关系。在百回本与

八十回本的关系问题上，提出百回本并未经过刊刻，而是以抄本的形式发售，初刻本所依据的底本是易回评本的修改本。

《野叟曝言》版本辨析
欧阳健

发表于《明清小说研究》1988 年第 1 期。

本文对《野叟曝言》光绪七年毗陵汇珍楼刊活字本和光绪八年序石印本及排印本的版本情况和关系做了考述，认为汇珍楼活字本虽然是一个残缺本，却保留了原本正文中的双行小字夹批；光绪八年序本不是后人的增补本，而是作者原作的复本，完全可以把它看作有机的整体，两个本子各有其价值，可据此从事夏敬渠思想和艺术的研究。

《阅微草堂笔记》版本考略
李永忠　赵立新

发表于《文献》1999 年第 3 期。

《阅微草堂笔记》自嘉庆庚申（1800）年刊出后，各种版本纷出，其中良莠不齐，尤其是坊间通行的一些石印本，错讹百出、随意删削。理清其版本源流，有利于读者和研究者臻选善本。本文就其清代主要刊本、民国间主要刻本和建国以来主要刊本进行了论述。

关于周越然与《姑妄言》残抄本和残刊本
王长友

发表于《文献》2000 年第 2 期。

《姑妄言》的本子，最重要的俄罗斯国家图书馆手稿部藏本。除此以外，现存的就是 1941 年上海优生学会和 1942 年上海中华书局印行的两个残刊本。见于著录的,则还有一个残抄本,最早著录的是周越然《孤本小说十种》。本文对这几种本子及其之间的关系,以及周越然的生平经历进行了分析研究,指出周越然所著录残抄本应是他的家藏,而从版本研究的角度看,残抄本的意义要远过于残刊本;残抄本与俄藏本相比,俄藏本在先,更接近原本。

《醒世姻缘传》的研究序说:关于版本和成书年代问题
杨春宇

发表于《明清小说研究》2003年第2期。

本文认为,《醒世姻缘传》的版本大致可分为十行本与十二行本两个系统,而探讨成书年代应以十行本为中心,省轩本与同德堂本同版,同为重订本;大连图书馆藏辛丑序刻本为初刻本,刊刻大致在康熙初年到二十年之间。本文还初步探讨了"传自武林,取正白下"相关的一些问题;对于成书年代,本文从"同历西周"说等方面出发,论证了小说的成书时间上不早于甲申事件,下不晚于顺治十八年;作者当为经明入清的遗民。

《醒世姻缘传》版本新探
李国庆

本文分上、下篇,分别发表于《明清小说研究》2005年第2期、2006年第3期。

本文作者以大连图书馆藏辛丑十行本为底本与其他各种版本对校,以大量的版刻特征和文字异同为据,认为现存刻本同出一源,但都不是初刻;并对各个《醒世姻缘传》刻本的大致刊刻年代进行了推测。

清代川刻宣讲小说集刍议:兼述新见三种小说集残卷
汪燕岗

发表于《文学遗产》2011年第2期。

本文在对三种清代川刻白话短篇小说集残卷《孝逆报》、《保命金丹》和《阴阳普度》进行考察研究的基础之上,对川刻小说集的性质、产生原因与过程,以及其文体特征的形成因素等问题进行了考察。

论烟水散人与素政堂的合作关系
邹明军

发表于《明清小说研究》2011年第3期。

本文通过对相关小说版本、序跋等资料的分析考证,指出才子佳人小说名家烟水散人徐震曾旅居苏州,因编订《鸳鸯配》、《赛花铃》等小说而与以"本衙藏板"为标示的书坊素政堂有多次合作关系;烟水散人与书坊主天花藏主人的最初交往,至迟可能在天花藏主人刊刻《鸳鸯配》、《后水浒传》的时候。

素政堂主人是天花藏主人:
兼考其非冯梦龙之子冯焴及冯氏后裔
梁 苑

发表于《明清小说研究》2011年第3期。

本文以考证素政堂主人非冯梦龙之子冯焴及冯氏后裔的纠谬工作为根基,确立素政堂主人的真实身份就是天花藏主人。

王希廉、王朝忠兄弟刊刻小说名著及其先世货殖考

武全全　赵春辉

发表于《明清小说研究》2014年第1期。

本文依据王希廉家族三部不同时期的家谱,结合明清诗文别集、方志等史料,考证出王希廉家族先世在明代先以武臣立身,后以货殖与举业起家。其光化公支以举业为主,家族涌现了王鏊(探花)、王世琛(状元)、王芑孙(召试举人)等杰出人物。而王希廉本支以润公支则以货殖为主,德和公支入清后,则更是"读书不仕,隐于货殖"。先后涌现了王鏖、王奕经、王金增等商贾巨子。而王希廉、王朝忠兄弟家于常熟昭文,亦是继承先祖"隐于货殖"之志,并尝试刊刻《红楼梦》、《三国演义》等书以售。

5. 近代小说刊印研究

晚清出版小说的欺世花招

吴　敢

发表于《出版史料》1986 年第 5 期，收入《曲海说山录》（文化艺术出版社 1996 年版）。

本文对晚清出版小说中的改头换面、冒名顶替等种种现象进行了分析考证，指出这些出版行为与晚清小说创作的枯竭有着密切关系。

《圣朝鼎盛万年清》版本考补

吴　敢　邓瑞琼

发表于《明清小说研究》1988 年第 4 期，收入《曲海说山录》（文化艺术出版社 1996 年版）。

本文对《中国通俗小说书目》中未曾收录的《圣朝鼎盛万年青》诸版本进行了梳理，介绍了各版本版式情况，并对版本关系、源流等作了考述。

《施公案》的刊行年代

寒　操

发表于《古典文学知识》1993 年第 1 期。

本文对《施公案》一书的最早刊行年代进行了考察，认为孙楷第《中国通俗小说书目》著录的最早刊本"清道光十八年刊本"时间太晚，而《中国通俗小说总目提要》著录的最早刊本又不准确。嘉庆三年（1798），才是现知《施公案》的最早刊行年代。

丁日昌的刻书与禁书

陈益源

发表于《明清小说研究》1997年第2期。

本文肯定了丁日昌在中国出版史上的地位，论述了丁日昌刻书与禁书的前因后果以及个中种种矛盾，发掘和探讨了矛盾产生的原因。

《新小说》创办刊行情况略述

郭浩帆

发表于《明清小说研究》2002年第4期。

《新小说》是中国第一份以"小说"命名的文学期刊，在中国小说史上别开生面，影响很大。本文略考其创办刊行的过程，以显其影响和意义。

《申报》与晚清小说传播

刘永文　王景龙

发表于《上海师范大学学报》2003年第6期。

本文重点考察了《申报》在晚清小说的传播史上的重要作用：在报纸上刊登小说征文，登载理论文章，大量登载小说出版广告；开辟小说专栏登载著、译小说或附送石印绘画小说；创办文学杂志登载小说；与其相关的书局大量出版各类小说。

清末民初小说与报刊业之关系探略

郭浩帆

发表于《文史哲》2004 年第 3 期。

本文对清末民初时期小说与报刊之间密切而微妙复杂的关系进行了考察,指出清末的小说与新闻业呈同步发展的态势;而到民初,与新闻界长期遭受打击和镇压的命运相反,小说事业却进入了蓬勃发展的兴盛时期。指出小说杂志始终是小说和小说理论发表的最主要阵地,以小说杂志为代表的近代报刊业的兴盛促成了中国小说传播方式的变革,并成为中国小说现代转型的主要载体和推动力量。

试论近代小说出版中的盗版现象: 以《申报》小说广告为例

文 娟

发表于《明清小说研究》2005 年第 2 期。

本文以近代《申报》上所刊登的小说广告为线索,着重论述了近代小说出版中的盗版现象,并对书局、报馆的防盗版手段如增加防伪标识、登记版权、惩办盗版者等维护自身利益的方式进行了分析考察。

插图与晚清小说的传播:以晚清《申报》小说广告为例

刘颖慧

发表于《理论导刊》2006 年第 11 期。

本文以《申报》上刊载的小说广告位切入点,考察晚清小说传播中插图大量增加的现象。指出《申报》上刊登的小说广告,体现了晚清小说插图大量增加，插图本小说价格不断降低，以及"每名绣像，逐回图说"的插图方式等特征。指出这些广告虽然极尽渲染夸张之能事，但却真实地体现了晚清的书坊主们对小说的经营策略，以及晚清小说的传播方式。

试论早期申报馆的小说出版事业及其影响

文　娟

发表于《中文自学指导》2007年第3期。

本文着重考察了早期申报馆（同治十一年至光绪十五年）的小说出版情况，对申报馆主人和《申报》主笔求购小说书稿的方式、出版小说作品的标准、小说促销方式等进行了论述，指出申报馆的小说出版事业扩大了小说在读者中的影响，某种程度上为后来梁启超开展"小说界革命"奠定了一定的读者基础，并对近代的小说创作产生了深远的影响。

晚清印刷技术的提高及其对小说的影响

郭浩帆

发表于《贵州大学学报》2007年第4期。

本文指出，作为新闻出版事业所赖以生存和发展的物质技术基础，晚清印刷业对于小说事业的兴盛发生了重要影响，具体表现在以活版铅印和石印为主要方式的近代化印刷体系已经开始建立，规模化的机器复制方式在文化传播方面具有明显的优势；有了近代化的印刷事业作基础，发行量一天天扩大的近代化报刊和平装书的大量产生成为可能，以报刊和平装书为主要载体的晚清小说事业才可能繁荣兴盛。

简论中国出版近代化对晚清小说出版的影响
董智颖

发表于《中共福建省委党校学报》2008 年第 2 期。

中国出版在整个近代时期完成了它的转型和古今之变,出版业的近代化对小说出版也产生了巨大的影响。本文主要从小说出版的物质基础的变革、晚清单行本小说的新变、民营资本主义出版机构及运营方式、出版观念的变革、文化消费主体的变化等五个方面来论述。

晚清小说出版述略
孙文杰

发表于《编辑之友》2008 年第 5 期。

本文就晚清小说出版的主体、形式、地区、内容、特点及管理等方面的情况进行了分析考察,指出读者群体的不断壮大、小说租赁业的兴起和印刷技术的进步,是造成清末小说出版繁盛的三点原因。

《官场现形记》连载及刊行考
王学钧

发表于《明清小说研究》2008 年第 3 期。

本文旨在查考和澄清《官场现形记》在《世界繁华报》上的连载过程及其初版单行本的刊行过程:从 1903 年 5 月开始在《世界繁华报》上连载,至 1905 年 11 月连载结束。每连载 12 回汇为一编,经作者统一修饰,由世界繁华报馆出版单行本。初编(1—12 回)单行本署"光绪癸卯(1903)八月既望",即 1903 年 10 月 6 日,至 1905 年 11

月出版第五编单行本。

打破旧平衡的初始环节：
论申报馆在近代小说史上的地位

陈大康

发表于《文学遗产》2009 年第 2 期。

本文考察了申报馆在创办的报纸、杂志上刊载西方翻译小说，又以先进的印刷设备与技术出版传统旧小说的举措，认为此举在经济上的成功导致了激烈的竞争，其结果是先进印刷术的普及，为近代小说崛起在物质生产层面做好了准备。已维持三百余年的出版传播、作者、理论、官方的文化政策与读者五个要素共同制约小说发展的系统平衡在这时被打破，新的平衡以及各要素间的联系因此而重新构建，进而引发了其后"小说界革命"的产生。

晚清报载小说广告和小说界革命的兴起与发展

张天星

发表于《华南农业大学学报》2010 年第 4 期。

本文重点考察晚清报载小说广告的情况，指出其既是晚清新小说组织生产和销售的主要媒介，也是晚清小说界革命兴起与发展的推动力量；报载新小说广告意图明确、简明扼要地鼓吹小说改良社会的主张，对小说界革命理论的传播起着积极的宣传普及作用，规范和引导着新小说的内容和形式；报载小说广告的销售宣传，加剧了新小说撰译和出版中的跟风现象，对小说界革命的创作繁荣和形成思潮起着推波助澜的作用。

从报刊媒体影响看王韬的小说

张袁月

发表于《明清小说研究》2010 年第 4 期。

本文通过对比王韬的三部小说,揭示出传播载体改变给小说情节内容、叙事模式、体裁题材等方面带来的变化,而这些为适应报载方式所出现的新变特征则成为近代小说转型的先声。

晚清留日学生刊物与小说刊载

李亚娟

发表于《明清小说研究》2010 年第 4 期。

本文考察了晚清留日学生创办刊物刊载的小说,认为其与国内小说启蒙和娱乐相互博弈的发展态势迥然不同,始终具有强烈的社会使命感和激进的政治态度,一如既往地表现出浓厚的政治功用色彩;同时指出,在留日学生刊物的影响下,救亡思想、国家意识、民族观念在青年学生的头脑中明晰与发展起来,影响了一代或几代人的信仰和行为。

清末民初石印术的传入与上海石印鼓词小说的出版

孙英芳

发表于《沧桑》2010 年第 12 期。

本文考察了清末民初时期石印印刷技术传入中国后对中国近代出版业产生的重大影响;同时指出,在石印术的带动下,鼓词的出版也出现了空前的兴盛,鼓词传统的传播形式发生了巨大的变革。

变革突破与回归传统：
试论近代扫叶山房的笔记小说出版

文 娟

发表于《编辑之友》2012年第10期。

本文考察了扫叶山房在晚清至民国年间刊印笔记小说的历史，论述了其从出版符合书坊宗旨的传统学者型笔记小说，到力图实现笔记小说类型的变革与突破，继而在民国年间向学者型笔记小说出版传统进行回归的过程，以及在这一过程中形成了笔记小说出版的"扫叶山房模式"。

论近代小说传播中的盗版问题

陈大康

发表于《文学遗产》2015年第1期。

本文认为出版业自同治末年起开始逐步完成近代化改造，书价随之下降，小说读者群则不断扩大，阅读市场的迅速扩张致使传播领域进入失序状态。本文通过考察当时由盗版引发版权问题的案例，指出当时的书局与作者为保护自己的权益作了种种努力，官府也给予他们一定的支持；经过二三十年的较量，盗版的猖獗势头已被压制，而在这一过程中，近代小说传播领域的秩序也终于基本建立。